青石纪

祭鸿 著

四川人民出版社

图书在版编目（CIP）数据

青石纪／祭鸿著. -- 成都：四川人民出版社，2025.4. -- ISBN 978-7-220-13989-5

Ⅰ. I247.5

中国国家版本馆 CIP 数据核字第 20253755F2 号

QINGSHIJI

青石纪

祭鸿 著

出 版 人	黄立新
责任编辑	姚慧鸿
装帧设计	李其飞
责任印制	祝　健
出版发行	四川人民出版社（成都市三色路238号）
网　　址	http://www.scpph.com
E-mail	scrmcbs@sina.com
新浪微博	@四川人民出版社
微博公众号	四川人民出版社
发行部业务电话	（028）86361653　86361656
防盗版举报电话	（028）86361653
排　　版	⬢四川看熊猫杂志有限公司
印　　刷	四川五洲彩印有限责任公司
成品尺寸	145 mm×210 mm
印　　张	14.75
字　　数	332 千
版　　次	2025 年 4 月第 1 版
印　　次	2025 年 4 月第 1 次印刷
书　　号	ISBN 978-7-220-13989-5
定　　价	60.00 元

■版权所有·翻印必究

本书若出现印装质量问题，请与我社发行部联系调换

电话：（028）86361656

天神已为你点起满天火把，但你得闭上眼睛才能感受到光明。

——《释比经文·天神》

目 录

序章　有人盯上了 …………………………… 001

上 卷

第一章　好吧，我认了 …………………………… 024
第二章　除非你把我打趴下 …………………………… 094
第三章　那就死我吧 …………………………… 150
第四章　别冲动，坐下喝酒 …………………………… 203
第五章　敲吧，真的要垮了 …………………………… 247

下 卷

第六章　好像有什么声音 …………………………… 300
第七章　师父你大胆往前走 …………………………… 322
第八章　我在这儿 …………………………… 368
第九章　对不起 …………………………… 386
第十章　那就干吧 …………………………… 398
第十一章　是时候了 …………………………… 408
第十二章　有本事就冲我来 …………………………… 443

序　章

有人盯上了

　　左眼跳财，右眼跳崖。这些年，洛南时常在睡梦中被眼跳惊醒。每一次眼跳，他都睡不好觉，感觉如同站在悬崖边上，心里总会隐隐不安。可是，2002年初夏那个早上，洛南却不知道自己是被眼跳惊醒的还是被电话吵醒的。他反复用手揉眼皮，手刚停下，眼皮如被水汽冲撞的锅盖，又跳起来，睁开眼睛时，只知道窗外不知名的鸟在桉树枝叶里叫得幸灾乐祸、阴阳怪气。床头的电话机似乎在与鸟叫比试着谁更刺耳。他脑子里依然是梦里儿子委屈的哭声，电话机还在响。洛南摸出手机看了看，才早上七点。这日子真他妈不是人过的！他头脑中出现了短暂的空白，从枕边摸出烟与打火机，叭叭叭三下才终于点燃。电话机还在执着地嚎叫，一粒红光在黑暗中闪了几下，几声咳嗽之后，洛南才完全从梦中回到现实。

　　一个男人沙哑的声音带着半夜露水的凉意敲击着洛南的耳膜，眼皮如被针扎跳得零乱，洛南脑子里还是儿子洛阳咧着嘴的样子。电话里嗡嗡半天，他还是没听清楚，你说慢点，我听不太清楚……

电话里声音大了一些,但没有放慢,东山旅馆,有人准备买卖大熊猫皮。

大熊猫皮!这可不是小事!洛南从床上坐起,眼皮还在跳,背上涌起一股凉意,口气冷漠如面对犯人,你是谁?恶意假举报是要受处罚的。

别管我是谁,是不是假举报你们去查了不就知道了。电话里的人干咳了两声,似乎也在抽着烟。

洛南感到一股强烈的厌恶情绪冲到胸口,你哪儿来的消息?

别问我哪里来的消息。电话里的声音少了一丝沙哑,也许烟已经抽完了,东山旅馆三楼,信不信由你。

洛南又点燃一支烟,努力将声音平和下来,你能不能告诉我你的联系方式,如果属实,我们好通知你领取奖金。

电话里只剩下嘟嘟声。洛南坐在床上将烟抽完,再将烟头按灭。自己从乡下调回来才一个多月,老邵去欧洲考察还不到十天,临走前再三说,不是天要垮了就别给他打电话。可这大熊猫的事算不算天要垮了?虽然陌生男人的声音让洛南厌恶,但他凭直觉判断这个举报极有可能是真的。背上的凉意再次涌起,他拿起床头的电话。通了,没人接,又拨,还是没人接。我操!洛南又拿起手机再拨,电话里终于响起一个男人睡梦中的声音,喂——

余科长,刚才接到举报,你马上通知公安科全体人员除了内勤值班的外,七点半准时到林业局大门口集合。

洛南想了一下,又说,对了,把枪带上。

什么案子还要带枪?余伟疑问中带着睡意,洛局你哪里接到的消息?可靠不?

我怎么知道可靠不可靠?洛南心里感觉很冒火,可靠不可靠去了不就知道了!

洛南穿好衣服,又拿起手机拨通了驾驶员刘洪志的电话,你马上到林业局门口等我,有紧急任务。

洛南到达林业局门口时,公安科的五个人已经全部到齐。洛南对科长余伟说,举报人说有人倒卖熊猫皮。打电话请刑警队配合一下,地点东山旅馆。

余伟说,陌生人提供的消息不一定十分可靠,我建议还是先不惊动刑警队好。

洛南想,你是怕刑警队抢了你的功劳吧,可是你这几个人行吗?洛南心里虽然这么想可嘴里却说,宁可信其有,不可信其无。请他们马上派得力人员直接赶往东山旅馆封锁现场!

余伟犹豫着,我们林业公安和刑警队是平级的,是不是你给他们领导打个电话?

洛南终于克制不住心里的火气,什么平级不平级的,这是他们的职责。打不打是你的事,来不来是他们的事。你打了如果不行我再给他们领导说。

林业公安与刑警迅速将东山旅馆包围。刑警队长侯天明向洛南报告,没有放出宾馆内的任何一个人,包括服务员和宾馆的经理。洛南问,举报人只说在三楼,没有说具体房间,怎么办?

那就挨个房间搜查!侯天明说。

好,你们分下工,不要放过任何一个细节!洛南说。

那我们刑警队负责封锁与警戒,林业公安负责搜查!侯天明对余伟说。

一个小时不到,三楼的房间全部搜查完毕。两个小时后,余伟报告,宾馆所有的客房搜查完毕,没有发现熊猫皮,也没发现有什么人随身携带大量现金。

有没有发现可疑人员？洛南问。

对每个旅客都进行了询问、查看了身份证，有一个是外地做药材生意的，其他都是乡下来的本县人，没有发现明显的可疑人员。余伟说。

听服务员说，我们到达前几分钟有两个人退房离开。站在旁边的干警母辉说。

已问过服务员，两人是一周前住进来的，说是买洋芋的。余伟说。

洛局，我们的人员是不是撤了？侯天明问。

洛南掏出一支烟点上，深深地吸了一口，撤吧，都撤了！

我就说，陌生人的消息不一定准确，是不是？余伟低声说。

洛南看了一眼余伟，转身就上了车。

天快黑的时候，林政股长陈西对洛南说，这段时间路上不太清静，拉黑木材的比较多，晚上我们打算到几条路上去跑一跑，洛局你要不要和我们一起去看看？

洛南说，反正今晚我也没事，就和你们一起去看看吧。

陈西问，那咱们走近点还是远点？

洛南说，随你定吧，去看一看就回来早点睡觉。

陈西掏出手机便给张波和许强打了电话，洛南也掏出电话准备叫刘洪志开车过来。陈西道，咱们局里的车太显眼了，还是叫外面野的吧，目标小一点。不到十分钟，一辆面包车就来到两人身旁。洛南让陈西坐副驾驶位置，自己坐到了后面。车还没到林业局门口，就看见张波和许强站在门口抽烟，陈西说，别在门口停，让他们两人到前面上车。洛南说，陈西你也太那个了，咱们就跟搞地下工作一样。陈西说，没办法，现在的木材贩子天天盯着我们，说不定我们刚上车人家就已经得到消息了。等到张波与许强都上了面包车，陈西才问，洛局，你说咱们走哪条路？洛南随意回答道，走哪条路你安排，我只是跟着去看看。

青石县通往县外的公路主要有三个出口，除了主出口关河通往岷州市以外，还有云岭和香泉分别通往相邻的两个县，三个地方都设有木材检查站，三个检查站对外统称青石县木材检查站，由分管林政的林业局副局长洛南兼任站长，下面再设一个负责具体工作的副站长。

陈西说，那咱们去云岭方向吧。洛南同意了。通往云岭的公路很窄，弯道很多，面包车在公路上跑得很慢，犹如一只散步的乌龟。天渐渐黑下来，洛南坐在后排靠窗边，山路上很少有车来往，偶尔一辆面包车驶过，直到快到云岭检查站，也没有发现一辆拉木材的车。

洛南问，怎么会一辆木材车都没有？

陈西说，这条路上本来车就少，主要的木材还是从关河出去的。

张波说，我们今天时间有点早，那些黑木材要晚上一两点才会往出拉。洛南让车在路边停下，自己下了车站在路边抽烟。天上一团团黑云涌动，一股风吹来，几大滴雨砸在脸上。

洛南刚点燃一支烟，陈西也从车上下来，问，要不要去云岭检查站坐一会儿？

洛南觉得有些累，便说，算了，下雨了，回去吧。

雨越下越大。面包车在碎石公路上开得很小心，回到县城已是凌晨一点过。洛南打开房门便径直走向卧室，打算不洗脚直接上床睡觉。自从调回局里以后，他经常无端地感到疲倦，说劳累也算不上，身体似乎也没有什么大毛病，就是感到没什么精神。窗外雨一直没停。洛南没有开灯，伸着脚在地上找到拖鞋走向卫生间，然后转身走进卧室。窗外传来沙沙的雨声和隆隆的雷声，闪电将窗帘照亮。风从没有关拢的窗户挤进，将窗帘掀起，雨点飘进来，几滴凉凉的水珠飞到洛南脸上。他想起身去把窗户关上，却浑身疲倦得只想闭上眼睛。

睁开眼时，窗外的亮光已经照到床上。洛南看看手里的电话，快八点了！三个未接来电。床头的电话还在响，如一个撒泼的悍妇，洛南侧过身将话筒抓起。

洛局长吗？声音感觉是被人捏着喉咙发出来的，又像是嘴里含着东西。

你是谁？洛南总觉得那声音有些熟悉，却又想不起是谁。

电话里的陌生人并没有理会洛南的冷漠，友好地说，我给你提供一条信息……

洛南不说话。

明水乡泽可村有人在砍伐红桦，放下山的原木已不下百根，其余的木材正在从山上往下放，路边正在装车……电话里的人有意放慢速度说。

能不能告诉我你是谁？洛南一边问一边在床头柜上摸打火机。

电话里传来两声干咳，然后只剩下了嘟嘟声。

洛南大口将一支烟抽完，拿起电话开始拨号，电话通了，没人接，又拨，还是没人接。

洛南又点上一支烟再拨，电话里终于响起陈西的声音，喂——

陈西，别睡了！刚才接到举报，明水乡泽可村在滥伐红桦，你叫两个林政股的人，我们一起去看吧。

明水乡泽可村在滥伐红桦？陈西复述着洛南的话，似乎睡醒了。他犹豫了一下，说，洛局，你看你连续累了好几天，你就难得跑了，我带两个人去处理就行了。

那，那好吧。到了有情况再给我说。

洛南说完便挂了电话，头脑昏昏沉沉地又躺下。洛南感觉自己迷迷糊糊中好像到了一个陌生的地方，自己开着一辆破旧的吉普车，满街都是行人，车向行人驶去，洛南不停地踩刹车，车子却不能停下，有喇叭声拼命响起，洛南睁开眼睛，又是电话在响。窗外已经微亮，他侧过身抓起电话又将电话放下，又转过身闭上眼睛。电话再次响起，如被鬼魂附身有意要和他作对一样。

妈的，还要不要人睡觉。电话里却是妻子秦柯的声音，你的手机怎么一直打不通？

洛南这才看清楚手机早没电自动关机了，便说，昨天晚上到乡下去了一趟才回来，忘记充电了。

秦柯问，这周六我爸生日，我们给他买点什么？

洛南说，买套衣服吧。

秦柯声音变了，又是衣服？你知道我爸不喜欢穿戴。

洛南说，那，那我们再想想。

秦柯又问，你今天回来不？

洛南说，刚才又接到举报电话，现在还说不清楚。

秦柯轻叹一口气，等你回来，咱们请洛阳的老师吃个饭。

放下电话，洛南感觉虽然很疲倦，却没了睡意。看看已经九点过，陈西他们不知怎么样了。是福不是祸，是祸躲不过。还是去看看吧。老头般地一阵咳嗽之后，他又拿起电话，余科长，接举报说明水乡泽可村有人在采伐红桦，刚才我已让陈西先带人去了。你再叫几个公安科的人，我们一起去现场看看。

余伟似乎在犹豫什么，洛局，既然陈西已经带人去了，是不是让他在现场处理就行了。处理不了公安再去，好不好？

洛南将电话换了一个手，泽可村的集体林不是被天润公司买了吗？我估计可能是尚文兵干的。我想过了，还是去一下好。尚文兵这个人我了解，仅靠陈西那几个人恐怕招呼不住他。

余伟说，那我带两个人去协助陈西吧，有什么情况处理不了再向你汇报。你就难得跑了。

洛南说，算了，我还是去一下，不要弄出事情收不到场，也免得又让人说闲话。你先把人叫齐，在局里等我，我马上过来。

洛南放下电话，坐在床上抽起床烟，还是给邵局长报告一下吧。洛南拿起电话，犹豫了下又放下，还是让他在花花世界安心地多玩几天吧！

余伟、母辉、蒋志远已经在局门口车前等候。上车之后，洛南才又想起秦柯刚才说的事情。岳父过生，请儿子的老师吃饭，这些事本来都是该他操心的，现在却要妻子来提醒。儿子刚上小学一年级，妻子秦柯在市里一所学校教书，儿子和妻子都住在市里老岳父家。在乡镇工作的时候，虽然星期六、星期天不放假，但一个月集中休息八天，这八天洛南总是在家里洗衣、煮饭、拖地，修理老岳父家的破旧桌椅、老冰箱以及经常罢工的洗衣机。自从又调回林业局，星期六、星期天不但多数不能休息，一个月再也没有集中的八天休息了。

电话响起，陈西大声说，我和许强、张波已经到达案发现场，公路边正在装木材的汽车已被挡获，看起来举报基本属实。电话里陈西的声音停了一下，好像是信号不太好，又说，听现场挡获的人说，木材可能是尚兵娃请他们砍的。

能不能确定？洛南将座机的话筒换了一个手。

现在还不敢确定。陈西说。

洛南挂了电话,眼皮又跳了两下。他闭上眼睛,夏天早上的风让他打了一个寒战。坐在后排的余伟一直不说话,母辉和蒋志远两个小伙子已进入了梦乡,没心没肺旁若无人地打起了呼噜。从乡镇调回来两个多月,虽然小的偷伐乱砍、偷拉盗运不断,但总体上还算平静。对于青石县这样一个林区大县,不出大的案件就是烧了高香,梳了光光头。平安是福,平安就是成绩,能保住平安就是没有功劳的苦劳。看起来,要实现这个目标还得看天意了。

洛南也闭上眼准备打一会儿盹,却睡不着,只好睁着两眼望着窗外,接过驾驶员刘洪志递过来的烟,两个哈欠过后,干涩的眼睛被双手揉出了眼泪。十多年前,青石县的十来个集体林场经营得红火。由于集体林场的开办,很多村里修通了公路,架设了电线,看上了电视,喝上了自来水。很多村民将小木棚改成了楼房。在完成采伐迹地造林更新的同时,成片的荒山、次生林也变成了整齐的人工林。林业局育林基金账户上有了丰富的存款。青石县的集体林场成了全市、全省参观学习的先进典型,也成了当地乡镇的重要税收来源。很多林区乡镇茶馆、酒楼、歌厅林立,处处一片繁华景象。由于人工商品林集中分布于各个集体林场,所以每个集体林场都争取到几百至上千米[①]采伐指标。计划下到每个林场,县内外大大小小的木材老板就闻风而动,一个林场一个林场地跑,先是请林场负责人下山吃饭、喝酒,去市里进包厢、找小姐唱歌,最后提出了整批量收购林场采伐木材方案。虽然整批收购的价格不到零卖价格的一半,但很多林场场长迫于木材老板的威胁与利益诱惑,

---

① 木材行业对木材计量以立方米为单位,口语中常简称为米。

纷纷接受了老板们对材种规格、平均价格、检尺方式等的条件。

在众多的木材企业中，尚文雄的天润木业公司又是老大中的老大，全县十来个集体林场，只要是资源好一点的，基本上都被他买了。明水乡泽可村林场是天润木业第一批买下的。尚文雄买下后就交给尚文兵负责采伐。这祸事，多半是尚文兵惹下的。

感觉车子停下，洛南睁开眼睛。许强、张波站在路边对几个当事人做询问笔录。公路边上停着的一辆大货车上已装了一整车红桦木材，路边还零散地堆放着几十件原木。那些原木饱满通直，树皮光滑紫红，的确是红桦。不远处公路边停着一辆丰田越野车。

陈西指着公路边的一辆车说，那应该是尚文兵的车，可能尚文兵还在车上。

果然是尚文兵。洛南揉揉左眼，问，询问出来什么情况？

陈西说，根据对几个工人的询问，他们都是别人请来帮忙的，其他情况都不知道。两个货车驾驶员一个说是尚兵娃请他来的，另一个说是金三娃请他来的。据山上下来的人说，还有采了的木材在山上。

你看怎么办？洛南问余伟。

余伟道，你是领导，你说怎么办就怎么办。

洛南又问陈西，泽可村今年办采伐手续没有？

陈西回复说，应该没办，两周前才交申请上来，还没报局里研究呢。

洛南又问，那有没有去年结转到今年的指标？

陈西快速回答道，我马上让办公室查一下。陈西说完就爬到路边一处小坡上打电话，回来后告诉洛南泽可村去年没有指标结转。

洛南说，就算有指标也是人工林指标，这些红桦一看就是野生的，怎么可能是人工林。

陈西说，如果没有采伐证就应属滥伐，按现在地上的木材数量，已达到了立案标准。若按程序，就应该将嫌疑人和木材车辆押回去置留审讯，再分一路人带嫌疑人上山到现场指认地点。

余伟说，如果严格按标准是该这样，但实际处理时都没弄那么严。要不先把木材查封了，其他的回去把情况弄清楚再说。如果带尚文兵回去，会不会……

母辉说，就这地上堆的木材都已够刑案标准，现在不带嫌疑人回去，今后上哪儿去传唤他？

还是按陈西、母辉说的办吧。洛南说完踩熄烟头向丰田越野车走去。

刚走到一半，丰田越野车内下来四个人。洛南一看，走在前面的正是尚文兵。尚文兵不过三十来岁，在社会上已很有名气，在尚氏兄弟中以狠和猛出名。尚文兵中等身材，体形也不魁梧，一张白净的圆脸，如果不是冲天的直发与胸前文的壁虎，如果不是他眼里时常流露出的寒冷，谁也不会知道他就是在青石县横着走的尚兵娃。尚文兵旁边跟着一个身材高大、浅平头、穿花格衬衣、面相粗粝的男子，他就是尚文兵的手下、青石县乃至岷州市都有名的金三娃。尚文兵带着金三娃和胡黑娃径直向已经被公安科扣挡的货车走来。

洛南低声对余伟和陈西说，如果确认尚文兵是主犯，就应该将他带回局里调查取证。我和尚文雄的关系你们知道，就你们出面处理吧。注意方式方法！

尚文兵带着两个手下走到洛南面前，叫了一声南哥、伟哥，又叫了一声陈主任，然后取出中华烟来散发。余伟和母辉都不抽烟，洛南和陈西分别接过烟自己掏出打火机点上。

陈西问，尚文兵，这些桦木是你的吗？

尚文兵答道，当然是我的，这么好的桦木只有我们承包的泽可村才有。

余伟轻声问，你办了采伐证吗？

尚文兵盯着余伟看了一眼，采伐证？有啊。

母辉说，那你拿出来给我们看看。

采伐证在我大哥那里，你们只有去向我大哥要。尚文兵的声音不高，手续的事找他，我只管砍！

我们已经调查了，这批木材根本没有办采伐证，你涉嫌滥伐，现在你跟我们回林业局配合调查！母辉说。

你说什么！尚文兵声音里透着一股寒气。

母辉又重复了一遍，你已涉嫌滥伐，现在请你跟我们回去配合调查。

母幺娃，你有多大的面子，要我跟你回林业局！尚文兵陡然变了脸色，老子犯了什么法，除非你把枪拿出来对准我额头上。

母辉不紧不慢地说，现在我们是要求你跟我们回林业局配合调查，不是在求你。

母幺娃，你算哪把夜壶，敢跟兵哥这样说话！金三娃一步冲到母辉面前，你赌不赌，老子今天让你趴在地上！

你金三娃又有啥了不起，别人怕你，我不怕你！母辉丝毫没有退让的打算。

金三娃一把抓住母辉的衣领，右手举起后再慢慢握成拳头，蒋志远和张波迅速冲上前去。现场陡然充满了浓烈的火药味。尚文兵低声喝了一声，老三！今天南哥在这儿，不得乱来。

金三娃猛地向前一推,松开抓住母辉的手,一只手握成拳头在另一只手掌里搓揉着,老子早晚要收拾得你心服口服!

陈西平和地说,尚文兵,我们是在调查情况,又不是要和你打架。

尚文兵说,你们调查情况有什么了不起,有啥要问的就在这儿问。

余伟说,尚兵娃,洛局还在这儿,你不给我们面子也要给洛局一个面子。大家都体谅一下,我们要你跟我们回去配合调查,又不是要抓你。

洛南拿出电话,才发现没有信号,他转身走到公路的拐弯处,才拨出尚文雄的号码。回到车前,尚文兵还在和余伟、陈西争执。洛南声音平和如一个局外人,尚兵娃,既然森林公安要你回去配合调查,你就去一趟吧。

尚文兵正想说什么,电话响起来。尚文兵拿出电话看了看,对着电话叫了一声大哥,然后不再出声,挂了电话后,顿了一下,说,既然南哥开口了,我就去一趟!我还不相信你们敢动我一根毫毛。老三,把车给我开回去。尚文兵说完扔掉手中的烟,钻进了公安科的警车。

洛南对余伟说,你和蒋远志、许强先带尚文兵回去调查,把木材也押回去。地上堆的木材就地封存。我和陈西、母辉、张波带砍树的人去山上指认现场。

余伟说,好。

洛南又补充了一句,一切等我回来再决定怎么处理。

陈西说,洛局你这段时间身体状况不好,上山看现场我和母辉、张波去就行了,你还是回局里吧。我们晚上就能赶回来。

洛南说，我还是想到现场去看看。

临近中午十二点，洛南一行才进入泽可村地界。爬山对洛南来说是再平常不过的事，可由于连续几天没有休息好，肠炎又犯了，走起路来竟然感到有些吃力。陈西问洛南要不要歇一会儿，洛南笑着说，要歇你们歇，别看我今天有些不在状态，但也不至于落在你们后面，好歹我也是猎人的后代。母辉说，洛局你虽然是猎人的后代，却不是猎人。爬山还是不要跟我比。洛南说，我在你这么年轻的时候也不比你差。

走到现场已是午后两点过，几个人吃了点干粮就开始勘查现场。野生红桦是一种生长缓慢的阔叶树种，天然分布很少，通常生长在高山的陡坡上。现场名叫野猪岩，海拔2100多米，很多混生在杂树林的红桦被砍倒在地，倒下的树木又将林中其他树木成片压倒。有的树木被砍倒后，地上还留了一米多高的伐桩。

母辉在嫌疑人的带领下确认砍伐地点，陈西和张波对采伐现场进行调查。洛南则独自坐在一条小水沟边抽烟。他感觉到累已不是一天两天，又说不出来身体有什么问题。从乡下调回来是自己与妻子秦柯一直努力达成的事，可是洛南却突然怀疑这是对了还是错了。如果还在乡镇当副书记，会有这种疲倦感吗？

根据现场勘查，采伐的红桦伐桩有两百多个，材积至少三十米，全部为天然林。按照公安部的立案标准，这已经构成刑事案件。现场调查结束后，洛南便让陈西、母辉和张波带着砍树的人在前面先走，自己在后面慢慢来。

洛南走得很慢，走不了多远就在路边坐下来抽一支烟，等身上的汗凉了才又继续走。刚工作的那些年，洛南爬山的速度与耐力在局里没有几个人能比得上，连文局长都说，他看起来还像个猎人的后代。而现在，洛南已经怀疑自己身上到底剩多少猎人的基因。从乡镇调回来几个月了，洛南依然感到自己还没回过神，早上醒来想的还是今天去不去下村。工作十五六年了，他却始终觉得昨天才从学校毕业。眼前这些山一直挥之不去，山上有树，因为有了树木花草，山才成为山。洛南很难想象，如果山上没有一株草一棵树会是什么样子。山和树都是安静的事物，身处山中，内心的焦躁忧虑也会短暂消失。尚文兵这么一闹，日子又不得清静了。洛南之所以不想让陈西他们与自己一路，就是想一个人在山上走走，让身心在山里放松一些。手机没有信号，外面的世界即使有天大的事也找不到他。

天黑尽时，洛南走到山脚上了刘洪志的车。手机有了信号，铃声不停地响起。余伟说，我们都还在办公室等你。关县长说，你回来后到我办公室来一下。

回到县城已是晚上十点过。洛南让刘洪志自己去找地方吃东西，自己直接在林业局门口下了车。刚进办公室，余伟就走进门来。

洛南为自己倒了一杯温水，喝下一大半，才问，情况怎样？

尚文兵还在置留室，我们已经先对尚文兵进行了讯问，尚文兵先是承认是他指使人干的，后面又不承认了，说是金三娃找人砍的。到现在也没有交代任何细节。另一个嫌疑人晚上带回来后我们也进行了讯问，也是开始指认是尚文兵指使他们上山召集人采伐，后来又都翻供了，都说金三娃找他们砍的。

洛南点燃一支烟，泽可村的木材是天润公司收购了的，如果不是尚文兵安排，谁有这个胆去砍？可是，是尚文兵砍的又怎么样？虽然按法律规定，滥伐十立方米就达到了刑事立案标准，但是尚文兵因为这事被移送检察院，即使被起诉，法院也不一定会给他实际的刑事处罚。那样尚文兵毫发未伤，而自己和尚文雄今后还怎么见面。就算自己不顾个人情面六亲不认，就能把尚文兵送进监狱吗？邵局长、关副县长能同意吗？可是，如果就这样算了，万一今后上面查起来，责任又由谁来承担，难道大家不会把责任往我身上推？洛南从转椅上起身关上办公室门，又接一杯水喝了，然后坐到沙发上，你说该怎么处理？

你是领导，你拿主意。余伟说。

妈的，一个个都比狐狸还猾，洛南在心里说。手机又响了，洛南放下电话，对余伟说，关副县长还在办公室等我们汇报，你和我一起去。

县政府办公楼的门厅和走廊上没有一个人，但灯火通明。两人走进副县长关云山的办公室，关副县长指指沙发，然后低头在手上的文件上签完字，才抬起头问他们是不是把尚文兵抓起来了。洛南说，也不是抓，是让他到局里配合调查。关云山用手势制止洛南继续说下去，天润公司是县委、县政府培育起来的重点龙头企业，又是县里的利税大户，这些你们都是知道的，为什么抓尚文兵不向政府汇报？

洛南说，关县长，当时在山上信号不好，所以我们几个人商量先把尚文兵带回来，再向您汇报。是不是让我们先把情况向您汇报一下？

关云山说，你说吧，简短点。

洛南简单汇报完后又说，举报人说如果我们不查，就打电话到市里到省上。我担心的是，如果我们没有措施，举报人真的举报到市上、省上，省上、市上再派人来督办，我们就会很被动。

什么人举报的？关云山问。

我问了，对方不说。电话上显示为未知号码。洛南站在关云山办公桌前回答。

站着干什么，坐下说。关云山指指沙发，看起来是有人盯上了。

洛南和余伟在沙发上坐下，都没有继续说话。

那你们调查与讯问出什么结果了吗？尚文雄已经打电话到我这里三次了。关副县长用铅笔敲着办公桌。

余伟说，根据今天的讯问，另一名嫌疑人开始已经承认了砍伐红桦的事实，只是后来又翻供了，不承认尚文兵是他们的主使。问是谁让他们干的，一会儿说是金三娃，一会儿又说记不清楚了。

关云山靠在转椅背上，说，那也就是说，滥伐事件虽然属实，却没有证据证明尚文兵就是犯罪嫌疑人，对不对？

余伟说，可以这么理解，目前的情况就是这样。

正在这时，余伟手机响起，蒋志远打电话来说，金三娃来了，主动说是他找人砍的。关云山舒了一口气，说，洛南啊，这几天你们邵局长在国外考察，你办事一定要慎之又慎，不要把政府搞得很被动，也把你们自己搞得很被动。对尚文兵既然没有证据，金三娃又承认是他砍的，就马上放了尚文兵。你们回去马上就办！关副县长说完又拿起桌上的文件。

洛南与余伟起身告辞，关云山低着头说，余科长你先回去，洛南你再留一下。

余伟出门后，关云山站起身端着杯子到饮水机旁倒了一杯开水，一边喝一边回到自己的转椅上，取出烟扔给洛南一支。洛南摸出打火机，走到关云山面前给关云山点上，再给自己点上，然后站在关云山写字台前，等着关云山说话。关云山深吸一口烟，然后说，你做事情怎么这么毛躁，居然随便把尚文兵给抓起来了!

我，是我没考虑清楚……

刚才余伟在场我不好说你，所以才单独把你留下来。凡事总要自己长个脑袋，你是主管副局长，余伟是公安科长，你听他的还是他听你的!

洛南觉得自己额上有汗冒出来，嘴里说不出一句话。

关云山停了一下又说，因为外面都说是我把你提起来的，所以，我一直把你当成自己人，才对你说这些话，你应该有这个悟性。不是因为你是尚文雄的兄弟，所以我才器重你，而是看你有能力，会办事。

我知道……洛南终于说出了三个字。

对林业局的一些事情，该汇报的要主动汇报。千万不要自作主张，免得到时候收不了场。

我知道……

下午尚文雄来找我，说是体谅到你的难处，要我出面过问一下，你回去办起来也名正言顺。有什么事情不还有我这个高个子顶着吗?关云山语重心长，如一个威严而慈祥的兄长。

洛南一边点头一边起身告辞。关云山又打手势让他等一下，这个举报人似乎是和尚文雄较上了劲，如果查不出来，后患无穷。洛南站着等关云山说下去，关云山沉默片刻，你回去想想办法，看能不能把这个人找出来。

由于金三娃主动投案自首，第二天尚文雄就来为他办理了取保候审手续。兴师动众地去了那么多人，爬了那么久的山，尚文兵放了，金三娃也放了。案子调查完结移送检察院后，因为违法采伐数量只有十五立方米，虽然达到了刑案标准，但不属于数量巨大，加上嫌疑人投案自首，从轻处罚，检察院做出了不予起诉决定。当余伟将检察院的决定书交给洛南看时，洛南问，山上那么多伐桩，地上还有那么多，怎么就只有十五立方米？余伟回答，这是由专业技术人员做出的鉴定，不是公安方定的。洛南没再说什么，将决定书还给余伟。

走出政府大楼，洛南看看手机，已经快十一点了。在往回走的路上，洛南想今晚总能睡个安稳觉了吧。进了门就直奔寝室倒在床上，直到床头的电话铃声将他吵醒。手机显示已是凌晨三点，他这一躺，衣服没脱，梦也没做，似乎眼睛刚闭上就是四个小时。

关河检查站站长张明在电话里带着哭腔，洛局，你们快来吧，要出人命了！

当洛南和陈西、母辉赶到检查站时，值班室已经只剩下张明和两个值班人员，地上满是破碎的啤酒瓶和玻璃碴，桌上的值班登记表也撒了一地。一个值班人员衣服被撕开一条口，另一个衣服上全是啤酒，手里还握着一把铁锹。张明半边脸肿得像馒头，见了洛南，如受欺侮的孩子见了爹娘，哭出了声。洛南问两个值班人员伤到哪里没有，一个说手膀痛一个说腰痛。洛南又问张明具体是怎么回事，张明止住哭腔，说了事情的大概。大概两点过，关内方向来了一辆皮卡车。值班员王大林看货厢上面盖着篷布，就走到路边举牌示意停车检查。过了晚上十二点，检查站的花杆就是放下来的，但皮卡车没有停下，值班人员就没有开杆。皮卡车直接开到花杆前才急刹住。王大林正要走上去检查，车上就下来三个人，一个是胡黑娃，另外两个虽然看起来面熟却喊不出名字。三个人手里握着啤酒一边喝一边走向值班室，胡黑娃问为啥不给他们开杆。另一个值班员周勇说得把篷布打开看一下才能放行。胡黑娃就骂了起来，说自己又没拉木头。周勇说拉没拉木头要检查了才知道。胡黑娃的一个跟班二话没说突然就将啤酒瓶砸向周勇，嘴里还大骂，瓜娃子，你再嘴硬老子弄死你。周勇双手抱着头蹲到地上，王大林上去劝解，肩膀上也挨了一下，吓得大声喊张明。张明听到楼下的吵闹声和喊声，穿上拖鞋就下楼。看到两个值班员一个被抓住了衣领，另一个被逼到了墙角。张明上前阻拦，刚要开口，脸上就挨了胡黑娃一巴掌。缩在墙角的周勇顺手操起墙角的一把短柄铁锹，举起来却不敢劈下去。张明按下值班桌上的花杆控制按钮，转身抓起桌上的电话。三个人看见花杆开起才收了手。胡黑娃一边走向皮卡车一边说，今后敢挡老子的车，老子遇到你们一次弄你们一次。张明肩膀发抖，牙齿打战，说话也变得结结巴巴，洛局，如果局里不硬起来，我们这班就莫法值了。

洛南让张明别再说了，尚文兵前脚刚放出来，后脚就让胡黑娃来检查站闹事，这明显有示威的意思。他让张明带上受伤的周勇去县医院检查，自己和陈西留下来顶班。陈西说，洛局你回去吧，我和母辉留下来就行了。张明捂着脸说，让王大林与周勇两个自己去检查吧，我留下来值班。我挨了一巴掌，应该没啥。洛南再次感到巨大的疲倦，说，那好吧，你们注意安全。

从关河回到家里，洛南躺在床上再也睡不着，眼皮跳个不停。早上刚走进办公室，准备坐下来喝点水，余伟就进来报告，刚才东山旅馆经理打来电话，说水电工人在宾馆的消防箱内发现了一只蛇皮口袋，打开后发现里面藏着一张新鲜的野兽皮，看起来像大熊猫。

洛南与余伟、野保办主任简玉强等赶到宾馆时，野兽皮已经摆在经理办公室的地板上。真的是熊猫皮！简玉强对熊猫皮仔细查看后，确认是新鲜的大熊猫皮。洛南发现熊猫皮非常完整，除了右后腿上有一道口子，没有其他任何破洞，完全可以制成一个很好的标本。凭着自己孩提时与父亲上山打猎的经验，洛南判断大熊猫是后腿被大型兽夹夹伤或夹断后被杀害的。看起来昨天早上这里的确有人准备交易熊猫皮，可能还没来得及交易就得到了什么消息，为了逃脱，慌乱中将熊猫皮藏在了消防箱内，在公安到达前逃走或者在盘查时蒙混过关逃脱了。

简玉强说，这应当是一只年龄在十岁左右的壮年熊猫，从体格上看是雄性，从皮毛的新鲜程度上看，被杀害的时间不超过二十天。

洛南想，罪犯多半是从自己眼皮下溜走了。现在案发了，线索却没了。这个老邵，早不出去晚不出去，一出去啥事都来了。

下一步怎么办？余伟问，是不是按程序上报？

猎杀国家一级保护动物国宝大熊猫，这可不是一般的猎捕案。谁也不敢隐瞒不报。该来的不该来的都来了！洛南吸一口气，报吧。

大熊猫案按程序通过市上报到省林业厅森林公安局的第三天，洛南刚进办公室，余伟就行色匆匆地进来。早上七点过接小岭乡林业站站长范文勇报告，小岭乡紫山村村民杨开全上山挖天麻时，在距保护区边界不远处的黑竹垭发现了一堆动物尸骨，在尸骨旁边同时发现了黑白两种兽毛，两百米外有一具使用过的猎夹。长期在山上挖药的杨开全觉得那毛应该是大熊猫身上的毛，那堆骨头也应该是大熊猫骨头。

发现熊猫皮时，洛南还心存侥幸，会不会是偷猎者在外县其他地方杀了熊猫，只是带到青石县来交易呢。现在小岭乡发现了猎杀现场，肯定就不是小事了。洛南当即安排余伟、公安科干警母辉、野保办简玉强一起赶到小岭乡林业站，在听了杨开全的介绍后，简玉强与范文勇初步推定，杨开全发现的就是被杀害的大熊猫的毛与尸骨。

青石县地处四川盆地西北部边缘，是岷山地区大熊猫AB种群连接的走廊地带。据权威的调查资料，全县有大熊猫100～110只，其中80%分布在自然保护区内，少量分布在保护区周边海拔1800～2800米的青川箭竹、缺苞箭竹与团竹林内。随着高海拔箭竹开花枯死，大熊猫被迫向低海拔地带迁移。近几年，陆续出现了多起熊猫下山到农民地里、家里觅食的事件，引起了媒体的高度关注。大熊猫是青石县的对外名片，大熊猫保护则成了林业部门的另一根高压线。

几个人在杨开全的带领下，背上干粮向黑竹垭进发，从早上八点走到下午两点过，终于到达杨开全发现兽毛与尸骨的地方。黑竹垭海拔2700米，坡度较为平缓，整个山坡上全部生长着被老百姓称为黑竹的箭竹。这是距保护边界不到一千米，大熊猫经常活动的场所。在竹林中很容易发现大熊猫活动的痕迹。几个人通过进一步辨认，完全确认被猎杀的动物是大熊猫。通过进一步现场搜查，未发现大熊猫皮，只是在不远处发现了一个燃尽的火堆，火堆边上发现了小块烤玉米饼及一些玉米饼碎渣。除此之外再没有任何有价值的线索。余伟和母辉都认为，这起大熊猫案与前不久的大熊猫皮案件是同一案件。

几个人连夜赶下山，向县政府分管领导报告。分管领导又向县委、县政府主要领导汇报。县委书记薛鉴、县长文契要求公安局牵头、林业局配合，全力以赴尽快破案。县公安局与林业局联合成立了专案组，县委常委、政法委书记肖明和公安局长张天佑担任组长，邵年和公安局主管刑侦的副局长任副组长，洛南、余伟等任成员。专案组对案发现场进行了重新勘查、取证，对黑竹垭周边村社农户进行了逐户走访调查，同时对出县的所有关口、检查站进行了严密的布控、检查，甚至将火堆边的小块玉米饼送到省公安厅进行化验，并将熊猫皮和尸骨送省上专门机构进行外形复原，很快得出结论，皮和骨架为同一只大熊猫，被猎杀前右后腿严重受伤，被猎杀的时间为一个月以前。

大熊猫案被省、市森林公安局列为督办案件。洛南被县纪委提醒谈话后，又陪同关云山代表青石县政府到省林业厅接受约谈。当两人低着头走出省林业厅大门时，关云山说，这个案子不破，你我都会一直被它压得喘不过气。

上　卷

第一章　好吧，我认了

01

　　洛南怀疑，一切都是从十八年前舞厅那次打架事件开始的。
　　那本来是一个很平常的下午，洛南在办公室接到秦柯的电话时，已经预感到了些什么。秦柯问，这周星期天下来吗？有几首习作想请你帮忙修改提高一下，市里的报纸打算发表。洛南感觉有些意外，秦柯这是真的让他修改诗歌呢，还是有其他意思？便说你已经写得很好了，我都要向你学习了，还修改什么？秦柯说，你就不要摆架子了嘛，到时我请你吃饭。洛南只好说那到时我学习一下吧。经过多次犹豫，洛南在周末还是按照约定到了市里。秦柯已经在校门口等他，洛南觉得自己这样背着尚文雄和秦柯见面是不是不太地道，便对秦柯说，咱们把尚文雄叫上一起吃饭吧。秦柯问，那你啥时帮我修改稿子？洛南说，还真要看稿子啊？秦柯说，是啊。洛南只好说，那等吃饭的时候看吧。当两人走到尚文雄寝室时，尚文雄正一个人在房间里用花生米下酒，看见洛南与秦柯，尚文雄愣了一下，立即给他们搬椅子，我还以为这周你不下来了呢。洛南说，我本来是打算上山去看看老猎人,可是秦老师说要请我们俩吃饭。尚文雄收拾好花生和酒杯,走吧,吃饭,吃饭。洛南问,老二、老三呢,一起叫上吧。尚文雄一边换鞋一边说不知道野到什么地方去了,懒得管他们。

刚坐上餐桌,秦柯就拿出几张稿子让洛南修改。洛南接过稿子看了一遍说,每个人都有不同的语言风格与想象力,我如果动手改了就不是你要的作品了。秦柯说,那你提点具体的意见嘛。洛南说,我在中文科班生面前班门弄斧,万一说错了,那尚文雄不得在心里冷笑我。尚文雄说,你就少在那儿拿架子了好不好,秦老师一片真心对你、求你,你就别装成菩萨样了。看见秦柯的脸陡然红了,洛南忙转过头去拿钢笔,对着几行句子讲起诗歌的意象与空间构建。正当秦柯听得似懂非懂的时候,菜上来了。洛南趁机对尚文雄说,刚才你在家喝白酒,现在喝啤酒吧,秦老师也来一瓶,吃完饭一起去跳舞。

吃过饭准备往舞厅走的时候,尚文雄突然说,我要去看看老二、老三回来没有,还是你们去跳吧。洛南说,不行,我们说了一起去就一起去。尚文雄说,老二、老三到城里来了以后,一直不想找地方上班,前几天我才又给他们找了一家工厂,让他们去打工,后天就让他俩去上班了。洛南说,我知道老二、老三也想跳舞,干脆把他们都叫上,今天好好玩玩,后天就叫他们安心上班。秦柯也附和说他们都还是小孩子,贪玩也是正常的,让尚文雄把他们叫上一起。三个人又回到尚文雄的住处,兄弟俩正在屋里练习格斗。看见秦柯,虽然陌生,但一经尚文雄介绍,兄弟俩齐声吼道,秦姐好!听说去跳舞,都高兴得忙着换衣服,弄头发。

舞厅里还是灯光昏暗,顶上吊下的激光灯在大厅里撒下一片片雪花。人影晃动,进了里面就是站在对面也看不清脸。也许是星期六的缘故，舞厅显得十分拥挤。四男一女五人找了一个卡座坐下，尚文雄说今天我请客，一人一听可乐，今天玩了以后你两兄弟后天就去好好上班。兄弟俩嘴里答应着，眼睛却开始在灯光暗影里寻找陌生舞伴。兄弟两人一支烟抽完就起身，一出去就没有回来。一曲过后兄弟二人春风满面，回到卡座，大哥、南哥、秦姐，怎么不跳舞！音乐再起时，洛南让尚文雄请秦老师跳舞。尚文雄笑着说，还是你请秦老师跳吧，我胆子大，不愁请不到舞伴。尚文雄说完便走向一个陌生的女子，看尚文雄有了舞伴，洛南才拉着秦柯的手走向舞池。

洛南是在尚文雄寝室认识秦柯的，尚文雄是洛南大学毕业后认识的第一个好兄弟，刚才尚文雄起身去请其他舞伴时，洛南心里既期待又有些不安。尚文雄这是要向自己表明一个什么态度？自己又不能把秦柯丢下去请其他舞伴，现在和秦柯跳舞，是不是也向尚文雄表明了一个态度。

音乐如溪水一般流淌，洛南拥着秦柯在如水的音乐中低声谈着话，有一种忘忧的感觉。尚文雄带着舞伴跳了过来，尚文军、尚文兵也跳着花哨的舞步移了过来。尚文雄和洛南轻轻靠了一下，算是打过了招呼然后又分开。秦柯说，尚文雄对他两个弟弟还真好，做大哥的就是辛苦。洛南说，还好我不是老大，我是老二，我大哥已经和我们分家了，现在他是一家，我和老爸是一家。秦柯说，今后你还会和你爸分家吗？洛南说，当然不会！

尚文雄兄弟三人都还在舞池中跳得兴致正浓，洛南和秦柯跳了两曲，便回到卡座里坐下喝可乐。两人刚坐下，一个人影向卡座这边走来，绕开洛南直接走到秦柯面前。洛南侧过头，一个穿着牛仔服的男子伸出手来请秦柯跳舞。秦柯礼貌地摆摆手说，对不起，我想歇一会儿。牛仔服却没有离开，而是继续站在秦柯面前，给哥们儿一个面子跳一曲舞吧。秦柯还是摆摆手，说对不起不想跳。牛仔服伸手就要去拉秦柯，洛南站起身拍拍牛仔服的肩膀沉声说，她不想跳，你去请其他人吧！

牛仔服说，你懂什么，小妞跳不跳舞是小事，哥们儿丢了面子是大事。洛南还没反应过来就被猛地推了一把，牛仔服转身又伸手去拉秦柯。洛南上前就将牛仔服推开，牛仔服转过身向洛南逼来，你他妈想打架是不是！

尚文雄从洛南身后冲过来，飞起一脚将牛仔服踢倒在地，口里大骂，敢在老子面前撒野！牛仔服还没从地上爬起来，尚文雄似乎突然间变了一个人，发疯一般对着牛仔服猛踢，口里不停地骂，老子弄死你！

牛仔服的两个同伴也冲过来，一个长得壮实的扑向尚文雄，另一个个子高的挥起拳头冲向洛南。秦柯被吓得尖叫着往墙角躲。尚文雄不管不顾地又向刚从地上站起的牛仔服猛扑猛打，又将牛仔服踹倒在地，口里骂着，老子弄死你！尚文雄头上挨了胖子一拳，依然不管不顾继续扑向牛仔服。洛南在高个子面前只有招架之功，被高个子的拳头逼得不停地后退。

有人从洛南身后冲出，洛南耳边响起了尚文军、尚文兵兄弟的喊声，大哥，南哥，你们让开，我们来收拾他们！尚文兵侧身飞起一脚就将高个子牛仔服踹得捂着肚子后退了几步。尚文军冲上前对着胖子脸上就是连续几拳。尚文雄让到一边，大声喊：给我打！尚文军出手快而狠，胖子抵挡着后退，最开始被踢倒的牛仔服刚爬起来，又挨了尚文军一脚。舞厅里顿时乱成一团，喊叫声不断，所有跳舞的人都挤过来，没有人敢上来劝架。尚文雄对洛南说，打架没你的事，快到边上去照顾好秦柯。有人在往舞厅外面跑，洛南在人群中寻找秦柯的身影，原来秦柯就在他身边。

尚文雄兄弟和牛仔服三个人都不见了，所有的人都在往楼下跑。洛南拉起秦柯，冲下舞厅的楼梯，看到尚文雄站在街边吆喝，给我打！尚文军、尚文兵两兄弟又在两三米外的大街上和那三人打了起来。可那三人哪里是尚文军、尚文兵兄弟的对手。尚文军、尚文兵两兄弟打架真是一把好手，勇猛、凶狠，两人对三人毫无惧色，越打越猛。尚文雄站在街边抽烟，尚文兵一边打斗一边喊叫，飞起脚将一人踢倒在路边，回头又抓住了牛仔服的衣襟，敢和大爷较劲，老子今天要废了你。说完便猛地一拳头。有人发出惨叫，有人被踢倒在地，刚爬起来就又被尚文兵一脚踹倒。

秦柯被吓得全身发抖，紧紧抓住洛南的手臂哭了起来。洛南跑到人堆前大喊快住手，可是没有人听他的。洛南转身对尚文雄说，快叫他们住手，万一出了人命可不得了。一道白光晃过，一个牛仔服从地上爬起后摸出匕首，挥动着向尚文兵刺去。洛南心里大惊，不好。可转眼间匕首又到了尚文兵手上，又一道白光闪过，牛仔服大叫一声再次倒在了地上。另外两人已被尚文军打得连连后退，刚从地上爬起又被打倒。洛南再次说，快让他们别打了！尚文雄大吼一声，行了。兄弟俩立即收手，口里还在骂，你敢欺侮我南哥我秦姐。你他妈就是找死，今后老子见你一次就揍你一次。

有警笛声远远地响起。尚文雄抬手便拦下一辆出租车，对洛南说，你先送秦柯回家。洛南说这样不好，我还是跟你们一路吧！尚文雄说有什么好不好，你去了也不起作用。洛南说，这事情是我们引起的，怎么能把你们留在这儿自己跑了。尚文雄来了火气，你怎么又书生气了，这种事万一有什么影响，能少搅进来一个人就少一个人，不要让秦老师跟着受影响。洛南还在犹豫，尚文雄拉开出租车门，快上！洛南转过头，秦柯还在哆嗦。洛南心想我就这样走了算怎么回事。可是，如果被警察抓去再通知单位，我还怎么好意思面对单位的领导和同事。警笛声越来越近，洛南在犹豫中被尚文雄一把推进车里。

尚文雄兄弟三人站在街边，牛仔服三人也站在街边，其中一个牛仔服正在给受伤的同伴包扎伤口。背后警灯闪亮，一辆警车闪着警灯、鸣着警笛停在路边。几个警察下车向他们走来。一个警察看了他们一眼，刚才在舞厅打架的是你们吧？尚文雄正在想怎么回答，尚文兵已经开了口，他们欺负我们，我们当然要还手。尚文军想说什么被尚文雄用眼神制止。四个警察全部围过来，刚才问话的警察说，全部跟我们去城厢派出所。尚文雄说，他们打我们，我们还手。凭什么让我们去派出所？警察说，你不要问我为什么，都要去！我不会冤枉一个好人，也不会放过一个坏人。尚文雄看看兄弟俩，然后说，去就去。尚文雄说完便招呼老二、老三上车。一个警察说，不要耍花招，不要想溜掉。又对出租车司机交代，走我们前面，直接拉他们去派出所。尚文雄与老二、老三上车后，司机便启动车子。兄弟三人都没说话，倒是司机先开了口，别害怕，派出所没什么好怕的。尚文兵说，我尚兵娃从来就没有怕过，敢把我惹毛了，我一把火把派出所给烧了。

坐在后排的老二尚文军说，等会儿到了派出所，我和老三就说打架的是我们，和大哥无关，老三记住了吧。老三尚文兵说，那是当然，怎么能把大哥扯进去。尚文雄说，等会儿一定要看我的眼色说话，是那三个小混混先惹事，先动手打人，你们才还手的。尚文军说知道，尚文兵也说知道。尚文雄又说，就说只有我们三个，千万不能说还有洛南和秦柯！记住了吗？兄弟俩都说，记住了，大哥你放心吧。

到了派出所，兄弟三人刚在门口下车，和他们打架的三人也下了车，一个人的裤脚被剪掉一只，大腿上缠着一圈纱布，腋下支着一只拐杖。尚文雄这才仔细看了看那三个人，都是长头发牛仔裤牛仔服，虽然样子很新潮，但身子明显单薄了一些，哪里可能是老二老三的对手。而且看他们的眼神，狠劲不足，就是每天在街上赶时髦、舞厅里泡泡小妹、在台球室打打台球的小混混。这样的小混混既闹不起大风浪，也应该不会有多硬的后台，想到这儿尚文雄的心就放下了。从后面警车上下来的四个警察中年纪大的一边走一边说，都到里面来。一群人便跟着几个警察到了一间大办公室，尚文雄立即掏出平时敬领导的红塔山烟，挨个给警察发，小声对年纪大的警察说，我是才分配到市里的大学生，不想让单位知道今天的事，请领导多关照。办公室只有一张办公桌，一把椅子，年纪大的警察坐下，两个年轻警察站在他旁边。尚文雄三兄弟站在一边，三个牛仔服站在另一边，年纪大的警察声音低沉严厉，说嘛，为啥要打架？牛仔服中的一个矮个子说，他们先出手打人，用刀捅了二娃子。邓所长你可要为我们主持公道。邓所长吼道，哪次惹事不是你们几个？还喊我主持公道，我主持公道就是把你们都丢进去，关半个月放出来就什么都公道了。矮个子又说这次是他们先打我们。邓所长转头看看尚文雄三人，你们说为啥打架。尚文雄说，是他们先动手打人，我的两个兄弟才还手的。尚文兵指着腿上挨了一刀的牛仔服说，他掏出刀来捅我，被我夺过来，他又过来抢，我才给了他一刀。

牛仔服说，他们还有两个人，为啥没叫来？邓所长看着尚文雄，是不是还有两个人？尚文雄说，就我们三个人，哪里还有其他人？牛仔服中的高个子和矮个子都说，我们看到他先动手才过去帮忙的。站在尚文雄旁边的尚文军说，放屁！我是看到你们先打我的兄弟，三个人打我兄弟一个人，我才过来帮忙的。

受伤的牛仔服说，他们就是还有两人，为什么不叫来？尚文兵和尚文军都说，只有我们三兄弟，你凭什么说还有其他人！

邓所长又问尚文雄，到底还有没有其他人？尚文雄大声说，肯定没有，他们这是诬陷。高个子牛仔服说，他们在撒谎！就是还有两人。尚文军兄弟也大叫，放屁，只有我们三个人。矮个子也叫，他们撒谎！

邓所长大吼一声，够了！你们三个是啥底细，我还不知道吗？

被捅的牛仔服叫道，明明是他先动手打人的。尚文兵也大声说，明明是你先推我。牛仔服说，是你先打我一巴掌。两边立即又吵得一团糟。邓所长大吼一声，行了，都闭嘴。我也不想听你们再争来争去了。现在我提三种解决办法，你们随便选一种。第一种，你们两边再打一架，就在派出所这里打，死伤都各自负责，打完就各自回家。第二种，你们两边都进去关半个月，关完以后各自回家。第三种，现在就各自回家，医药费各人管各人的，出门之后就当什么也没发生，各走各的路。如果谁再惹事，我就没这么客气了。看看大家都不说话，邓所长说，如果都不说话，那就是第三种办法，我天天事情多得很，这二更半夜的就懒得给你们做笔录了。

三个牛仔服哼哼着出了门，尚文雄这才掏出红塔山来给所长和几个警察发，邓所长看看尚文雄的烟，才又看了尚文雄一眼，问，你既然是单位上的，怎么也跟那些街头小混混打到一起？尚文雄说，我不想惹事，但别人惹我，我这两个兄弟就不服气。邓所长说，你这两个兄弟看样子就不是一般人，你要好好管教管教，不然今后还会给你惹事。尚文雄说，邓所长说得对,今后我会好好管教他们。我在计划经济委员会上班,平时没什么时间,邓所长放心,今后我会好好管教他们。邓所长说,看你也不像街上的混混,今后要注意点。现在社会上小混混多得很,特别是舞厅、录像厅、台球室这些地方尽量少去。尚文雄又给邓所长发烟,主动给他点上,然后说,谢谢邓所长教育,找机会请邓所长和所里的兄弟吃个饭。今后还要请邓所长多关照。

从派出所出来已是夜里十一点过,尚文兵和尚文军一路上还在讨论刚才打架的细节,研究招式和动作。回到寝室,秦柯已经回去,洛南还在门口等他们。洛南忙问情况怎么样,处理好了吗,赔钱没有?尚文兵抢着说,南哥刚才你没看见,咱们在派出所有多威风,连所长都得让咱们三分。尚文军说,他们硬说咱们另外还有两个人,我们一直不承认,所长也拿咱们没办法,只好不了了之。尚文雄对洛南说,这个社会就是凭实力说话,如果不是看咱们有点蛮,不太好欺负,哪能就这样轻易解决?至少医药费得让咱们赔。所以实力胜过道理,该出手时还得出手。

洛南心有余悸地说,刚才我真的该跟你们一起去派出所。尚文雄拍拍洛南肩膀,别再想那么多,都过去了。洛南感觉能认识尚文雄这个兄弟是幸运的,但他又感到有什么东西在心里结成了一团。

02

洛南和尚文雄是在市人事局干部科吵吵嚷嚷的办公室里认识的。

尚文雄小时候最大的梦想,就是把供销社主任的腿打断一条，让他不能再抬腿踢人。可是当他大学毕业回到老家时，母亲说老主任已经烧成了一坛灰，埋在了乡场后面的官山上。没有人再敢踢母亲了！站在市人事局干部科门外的走廊上，尚文雄想到小时候的理想，就在心里笑了一声，脸上也笑了一下。父亲在乡镇供销社当了几十年的驾驶员，却在一次外出拉货时把车开到了悬崖下。早上出门还说要买卤肉回来，晚上回来就变成了一个陶瓷坛子，捧在手里冰凉冰凉的。为了抚恤金和供养费，母亲带着尚文雄三兄弟天天去主任办公室闹，母亲和主任吵得房顶都抖了起来。主任吵不过就要赶母亲出去，赶不出去主任自己就要出去。母亲跪在地上抱住主任的腿，主任抽出腿来就对着母亲踢。刚满六岁的尚文雄扑过去想咬主任的手腕，被主任一把推到地上，不满四岁的尚文军和两岁的尚文兵站在旁边号哭。尚文雄想，等长大了一定要把主任的腿打成两截。以前用脚踢母亲的老主任已经死了，心中的仇恨似乎也随之烟消云散。楼下院子里桂花的香气钻进鼻孔，尚文雄取出一支烟点上，看着匆匆走过身边的机关干部，过几天自己也会和他们一样，到了月底就去财务室领工资。马上就要端上铁饭碗了，心里有一丝兴奋与激动。

上大学以后，尚文雄就为自己今后的人生定了一个目标，就是不再像父母那样过日子，不再受别人欺侮。尚文雄是靠自己打工挣钱上完大学的。而那时，上学打工还不是普遍的事。尚文雄在大学一年级时帮学生食堂送菜，除了挣点小钱以外，和食堂的师傅一个个都混熟悉了，每天打饭时都能用两毛的菜票打到别人四毛才能打到的菜。二、三年级时他帮学生会搞理发店、小卖部，领到的补助已经基本够自己每天吃饭。四年级时他到校外去弄了许多新潮的杂志、书籍到学校图书馆前摆摊，赚的钱除了吃饭还有了结余。大学毕业，他感觉自己的人生目标又发生了改变,世界很大,应该有自己的一个位置,有自己的一方天地。毕业后他回到家里,看到两个弟弟都长得比自己还高,心里稍稍舒了一口气。他知道毕业分配对实现自己的人生目标很重要,如果能分到一个好单位,就等于有了一个好的起点。可是在这人生地不熟的城市,没有任何关系能帮上自己,一切都只能靠自己。

身后的办公室传来争吵声。为了分到好一点的单位,毕业生与干部科长争吵是干部科天天都有的事。尚文雄继续抽烟,身后的争吵声如当年主任办公室一样,越来越大,逐渐充满了火药味。尚文雄转过身,一个戴眼镜的长头发大学生与女科长正隔着办公桌相互指着对方,旁边站着几个学生观而不语。长头发说,凭什么我是青石县的就必须回青石去?什么政策规定的你翻出来我看看。女科长气得刚烫过的卷发飞起来,端起茶杯又放下,你学的是林业,青石是林区大县,安排你回去是为了发挥你的专业特长。长头发说,我告诉过你,我的特长是写作,我档案里的获奖证书你看到了吗?女科长说,我只知道你学的是林业。

尚文雄走进办公室,轻轻拍一下长头发的肩膀,你这样与科长吵解决不了问题,走吧,我陪你出去转一圈。尚文雄一边劝说一边拉着长头发走出办公室,到了走廊尽头才对长头发说,你怎么刚报到就和科长吵起来了?你的命运捏在她手上,你越和她吵结果不越糟吗?

长头发低着头不说话。尚文雄掏出烟来,我叫尚文雄,比你早报到三天。长头发说,我叫洛南,你分到哪里了?尚文雄说,大家都在招待所等,听说还要一两周才会正式宣布分配方案。洛南依然气哼哼地说,科长也太欺负人了。

尚文雄说,我那个房间还只有我一个人,你来跟我住吧。

洛南似乎还想回去和女科长争个高下。尚文雄又说，刚才我听你说你的特长是写作？洛南看了一眼尚文雄，你也爱好文学？尚文雄说，我上的是中文系，但我并不特别爱好文学。洛南抬起头，眼睛发亮，我高中时候最大的愿望就是上中文系，可惜没考上。

尚文雄与洛南在市政府招待所同一个房间一起待了十多天。早上睡懒觉，下午去干部科看看然后就去大街上闲逛，晚上就在房间里抽烟喝酒聊天，聊大学生活，聊文学以及今后的打算。聊到兴奋处，尚文雄就想喝酒，洛南只好半夜陪他到街上买酒。洛南喜欢抽烟，尚文雄就在吃晚饭时买一包烟，在两个人的吞云吐雾中，一包烟一晚上就全部变成了烟屁股。尚文雄个子粗壮剪着浅平头，洛南身材瘦削戴眼镜留长发，二人如舞台上说相声的一对搭档。两个人在房间里聊着各自的大学生活以及对今后美好生活的憧憬。两个人家都在本市辖区的县上，洛南家在地图的西北边，尚文雄的家在地图的东南边。西北边是林区大县，而东南边却是人口大县。北边是山区，南边是丘陵。尚文雄性格豪放，对人热情大方。洛南性格内向不善交际，时常沉默寡言。尚文雄学的中文，热衷于朋友交往、官场与生财之道。洛南学的是每天和大山打交道的林业却视文学为神圣。两个外形、性格与爱好完全相反的人，却能在房间里一聊就是大半夜。

每次在外面吃饭与买烟都是尚文雄掏钱，洛南时常觉得不好意思，可自己口袋里除了准备买车票的几元钱，确实不名一文了。尚文雄却一点儿没有在意，吃饭、买烟时钱照掏，就像那钱本来就是两个人共有的，只不过是他在保管一样。后来尚文雄说，我们是兄弟，我的钱就是你的钱，咱们有难同当，有福同享。洛南感动得无言地点头。洛南感到很庆幸，刚从学校毕业就结识了这样一个文学素养很高、豪爽义气的朋友。虽然每天晚上在尚文雄入睡以后，他都要忍受雷鸣般的鼾声震耳之苦，但仍然觉得心里宁静而踏实，没有多少年以后因失眠而在床上辗转反侧的恐慌与烦躁。

洛南问尚文雄，我把科长得罪了，她会不会把我往死里整，把我分配到比青石更偏僻的地方？尚文雄说，你只图一时痛快，现在后悔了？洛南说，我是猎人的后代，就是这个性格。尚文雄说，我看你还是去给她认个错吧，谁让咱们的命运捏在她手上呢。第二天，两人走进干部科办公室，看到科长办公桌前围满了人，洛南却始终不愿挤进去向科长说声对不起。尚文雄在后面几次用手推他，洛南脚上如钉了钉子就是不往前走一步，到最后反而转身走出科长办公室，我宁愿跟父亲上山打猎，也不愿……尚文雄说，算了，人各有志，该来的总会来的。

尚文雄虽然表面上和其他毕业生一样无所事事，眼睛却留意着身边的人和事。他发现毕业生都喜欢下午去逛街，干部科办公室上午虽然人多，下午却很冷清。要想和科长沟通拉关系，下午明显比上午合适。可是科长经常也下午不来，当洛南还在客房睡午觉的时候，尚文雄守株待兔般去干部科办公室磨蹭。很多时候办公室就剩下一个中年女干部守电话，尚文雄开口就夸女干部漂亮，闭口说女干部有气质，一口一个姐姐地和女干部拉家常。终于有一天从女干部口中得知，今年凡是学中文的，都会分到学校去教书。尚文雄正一筹莫展时，女干部又说，今年要在毕业生中选两个到市级部门去锻炼几年，然后再调去给市领导当秘书。尚文雄心跳加快，如果能够给领导当秘书，今后也就有机会当领导。可女干部又说，听说局领导看到了一个学林业的毕业生档案里的获奖证书，有意选他，只是科长不同意，说他不懂规矩。尚文雄知道，如果错过了这个机会，今后恐怕再也不会有机会了。

尚文雄悄悄将自己身上所有口袋里的钱全部掏出来清点了一下，还有六十多块。这点钱不算多也不算少。小时候父亲每到过年都要去给主任拜年，才能够在那么多驾驶员都转行去站柜台时，他一直有车开。礼多人不怪。尚文雄走进市百货商店，服装、鞋子、毛巾等柜台一个一个比较，最后用三十八块钱买了一套进口的化妆品。化妆品有一个精致的包装盒，上面全是英文和法文，外观就给人一种贵族气质。尚文雄将包装盒放进一个塑料口袋，并在里面放了一张字条，上面写了自己的姓名、毕业学校，希望能分配到市里的党政机关。

快下班的时候，尚文雄提着塑料袋站在人事局大门外一百米的街边，看见女科长骑着自行车过来，尚文雄热情地叫，邹科长！女科长刹住车，一只脚踩在地上，两眼漠然地看着他。尚文雄恭敬地上前一步笑着说，我是等待分配的大学生，我用自己上学时勤工俭学挣的钱给您买了一套化妆品，请您关照一下！尚文雄一边说一边将口袋放进女科长自行车前的篮子里。女科长露出意外而为难的表情，双手扶着自行车的龙头，任尚文雄将口袋放在篮子里，低声问，你叫什么名字，哪个学校毕业的？尚文雄退到旁边，我写了一张小字条放在口袋里了。女科长说，我看你很机灵，上大学就能挣钱，不错。今后好好工作，有前途。尚文雄脸上始终挂着笑，不停地说请科长多关照。看着女科长的背影消失在骑自行车的人流中，尚文雄在心里说，对不起！兄弟，我和你不一样，我不能去站讲台。

半个月后，最后的分配方案在干部科会议室由女科长宣布。尚文雄分到了市计经委，而洛南还是如女科长以前所说的那样，分配到自己家乡青石县林业局。女科长神色严肃地说，这是组织上经反复研究最后决定了的分配方案，必须服从，不服从则视为自行放弃分配，后果自负。

领到派遣证以后，洛南独自到街上一个小理发店，剪了头上的长发，然后继续悲壮地在大街上行走。从上小学那天起，洛南就有一个目标，让爹不再骂自己是脓疱疮。爹最开始担心他长不大，后来又担心他长大后娶不到媳妇，每次在他面前叹气都如在抽他耳光，你哥今后好歹还有个打猎的手艺，你如果考不上大学，今后我可没钱给你娶媳妇！考上大学以后，校园里的文学氛围让他喜欢上了诗歌。那些跳动的分行文字，撩拨着他、抚慰着他、引诱着他。他后悔自己高中时没有学文科，考大学时没有填中文系。听说尚文雄学的是中文专业，洛南心中充满了佩服与羡慕，也更加懊悔不已。大学四年的课余时间，洛南一心都用在了写诗上，并以成了校园里的著名诗人而自豪。看着别的同学出双入对，他把诗歌当成了自己的恋人，将白纸当成倾诉对象，让诗歌填补心中的裂缝。再后来，就是办诗社，自办油印刊物，举办诗歌朗诵会，忙的全是与吃饭无关的事情。作为猎人的后代，虽然在山里出生长大，但走出校门后，洛南却和其他大学生一样，希望留在市里，以真正实现自己从农村走向城市的梦想。希望今后能在这座不大不小的中等城市找一个地道的城里老婆，让长年在山上打猎的老父亲走出山里看看外面的世界，不再骂自己是脓疱疮。洛南从临湖大街走到西蜀大道，从翠花街走到了子云胡同，一边走一边在心里说，绕了这么大一圈，我还是要回山里去了！

洛南走回宾馆房间，尚文雄正坐在床边抽烟。洛南说我还是分回青石县了。尚文雄说，青石离市里也不远，两个小时班车就回来了，咱们今后还是可以经常一起玩的。洛南叹了一口气。尚文雄递给洛南一支烟，你先在下面干几年，再想办法调回市上来。洛南依然在叹息。尚文雄说，走，我请你喝酒，为你钱行。

在招待所外的一家小餐馆，尚文雄点了烧鸡、卤猪头肉和烧鱼，一人两瓶啤酒。看洛南垂头丧气的样子，尚文雄端起杯子，神色庄重地说，"莫愁前路无知己，天下谁人不识君"，来，这杯酒为你壮行，祝你早日如愿调回市里来！洛南与尚文雄碰杯，神色与尚文雄一样凝重，"苟富贵，勿相忘"。尚文雄也说，"苟富贵，勿相忘"。两人一口干了杯子里的酒，洛南眼睛发红，又将两个杯子倒满，站起身说，来，咱们再干一杯。今后谁要是没饭吃了，就去找对方。谁也不能拒绝对方。尚文雄大声说，从今以后，我没饭吃了就去找你，你没饭吃了就来找我！尚文雄一边说一边站起身与洛南碰杯说，咱们一言为定！有福同享，有难同当。坐在柜台后的胖老板看了他们半天，然后提着两瓶啤酒过来，我看你们都有前途，这两瓶酒算我赠送你们的。来，我敬你们两个年轻人，祝你们前程似锦！两人再次站起身，回敬老板的祝福，祝老板生意兴隆、财源广进。洛南脸色已经泛红，说话也大声起来，我是猎人的后代，从来言而无悔，咱们今后就是兄弟了。尚文雄说，猎人的后代一定有猎人的基因。我虽然不是猎人的后代，但是猎人的兄弟，一样言而无悔。

行李箱在水泥路上发出滚石般的轰隆声，尚文雄为洛南背着行李包，而洛南自己则拖着箱子。到长途汽车站不算远也不算近，阳光将女贞树叶烤得吱吱响，午后的街上行人很少。走过一个又一个公交站，却没有人提出要坐公交车，似乎在大街上行走是一件惬意的事。尚文雄想，自己终于在这座城市立足了，今后要是混上一官半职，也算对得起入土了的父亲。街上行人不多，汽车也不多，多的是自行车。尚文雄想到女科长骑着自行车的样子，那也就是自己想要的样子。礼多人不怪，还是父亲教导的有用。洛南说，能骑着车在城里生活真好！尚文雄说，等我领了工资就买一辆，你回来了咱们就一起骑。

到了车站，尚文雄说我去给你买票！洛南说，我自己去买！尚文雄已经挤进了售票窗前拥挤的人群中。白晃晃的阳光将一切都化成了剪影，很魔幻地在眼前浮动。尚文雄身强体壮，向人堆里挤时侧着身子，用肩膀往里钻。有人被他挤得叫了起来，有人想开口骂人，但一看他那粗壮的身体，话到了嘴边又吞了回去。尚文雄将买票的钱拿在胸前侧着肩膀一步一步地从人堆中挤到售票窗口，拿到票时却将手举过头顶向洛南不停地挥舞。等待发车时，尚文雄站在车外窗下和洛南说话，突然想起了什么，说你等一下我马上回来，便跑出了车站。

过了两三分钟，售票员开始验票，汽车开始发动，洛南张望着却不见尚文雄回来。汽车缓缓向出站口驶去，在即将开出站门口时，洛南终于见到尚文雄飞快跑来的身影。尚文雄在奔跑时姿势如在水里游泳，两手不停地向前划出，像是正努力拨开阻挡自己的空气。阳光白得刺眼，尚文雄一边跑一边舞动着右手的塑料口袋，高喊着等一下等一下。汽车在尚文雄的呼喊声中停下，司机以为他要上车打开车门，尚文雄将口袋从窗口递给洛南，说，带着路上吃，到单位报到以后给我写信！洛南接过口袋，感动得一个劲儿地说好。汽车重新启动，驶向出站口。洛南回过头，尚文雄还站在站台上向他挥手。

03

尚文雄到单位上班以后，口袋里总装着两包烟。一包是自己一个人时抽的，五毛钱一包的大前门。另一包则是两块钱一包的阿诗玛，用来见了领导时敬烟的。能够在毕业时就分到市级机关，他感到自己已经向着人生目标跨出了第一步。他见了人就微笑，见了男领导就敬烟，别人说什么都点头。每天早上到了办公室，他总是先拿起水瓶下楼到机关大院开水房打两瓶开水，然后回到办公室抹桌子、拖地板，干完这些以后，科里的其他同事才会陆续到来。如果科长或副科长过来安排什么事情，尚文雄就会拉开自己办公桌的抽屉取出烟给领导与同事，还掏出打火机给大家点上。和他相邻办公桌的同事张大姐说，小尚才上班不到一个月就知道和领导与同事搞好关系，今后肯定前途无量。

市计经委里总共五六十个人，有三四十人都是领导，主任加副主任七个，他们科里七个人，只有三个办事员。他来的时间最短，人也最年轻，所以什么跑腿打杂的事情，几乎都该他去做。到后来大家都指派他，就是跑得再快也跑不过来了。尚文雄想，这样下去我就是累死也落不到个好字。可是自己资历浅，最年轻，根基最差，除了跑腿也没有好办法，只好经常给科长送点小礼，买包好烟，在别人不在的时候偷偷塞进科长手里。科长对尚文雄很关照，虽然他来的时间最短，但每个月的奖金、补助和别人比一分不少。科长知道他是中文系毕业生，科里的材料就时常交给他来写，科长出差时也喜欢把他带上，让他提包端杯子跑前跑后。

尚文雄在内心定了一个计划，两三年内至少混一个副科长。有了副科长这个平台，自己的才能才有机会展示。等当了副科长，就有机会与主任、副主任接触，所有的理想才有了一个台阶。在单位里领导就是上帝，和领导关系搞好了，一切都有机会。和领导关系搞僵了，一切机会又都会成为泡影。尚文雄虽然看不起科里人的唯唯诺诺，但他还是对每个人都热情有加。如果当上了副科长，就能当上科长、副主任、主任，那时候，单位就是我说了算，大家就都得看我的脸色了。

看到他成了科长的红人，副科长李长兴不满了。李长兴常常趁科长不在时批评尚文雄工作不认真踏实，思想动机不纯。尚文雄努力赔着笑脸虚心接受，心里却骂你个老不死的杂毛有什么本事，你有本事快要退休了还是个副科长嘛，老子要是到了你这把年纪还是个副科长，老子还不如跳楼死了算了！

有一次，科长去外地出差，副科长李长兴当家做主，就天天安排尚文雄打杂跑腿，校对文件、送文件、发通知，甚至开会时倒水。尚文雄心里虽然不愿意，但是只能服从。可李长兴还是抓住了他在校对一份文件时的疏漏，当着大家一点不留情面地教训他。尚文雄咬着牙，让李长兴教训。李长兴也许是看他不回话，就越说越来劲。你还是大学本科中文系毕业的，这么明显的错别字都没看出来，你这大学是怎么混毕业的？难道现在的大学生就这个水平！

李长兴的表情让尚文雄想起了供销社的老主任，想起了老二、老三和母亲一起坐在地上号哭的场景，母亲哭出了鼻涕眼泪，老二、老三也哭出了鼻涕和口水。我十年寒窗，难道还要受这种欺负。他火气直往上蹿，我上大学是正规考上的，可不是凭关系，更不是靠群众推荐的。工农兵大学毕业的李长兴被戳到了痛处，更加火气直蹿，你这是什么态度，你这是什么思想觉悟！你要是不想干了就走人！尚文雄说，我走不走人还不是你说了算。李长兴拍桌子，你是觉得有人给你撑腰是不是？我马上去给主任报告，扣你半年奖金。尚文雄说，都说欺老不欺少，你何必整天有意跟我过不去呢？

张大姐起身劝李科长，小尚刚参加工作，缺少经验，让他下次细心点就行了。又过来劝尚文雄，年轻人今后细心点，多向李科长学习哈。尚文雄回到自己的办公桌前坐下,张大姐看他脸红筋涨的样子,小声劝他说,你这么年轻,又是正规大学毕业的,今后有的是前途,何必去和他这种没文化的人一般见识呢。再说,你要把他得罪了,今后肯定会给你穿小鞋的,吃亏的还不是你自己?可是尚文雄心里依然愤愤不平,老子读这么多年书,可不是为了来受你这个窝囊气的。

下班以后,尚文雄一个人走上大街,望着街上来来往往的行人与车辆,觉得有些孤单。虽然在这座城市有了工作,分了一间房子,也有了自行车,可仍然感到离这座城市很远,也不知道洛南在县上混得怎么样了。

04

"如果海洋注定要决堤,就让所有的苦水注入我心中。如果陆地注定要上升,就让人类重新选择生存的峰顶。"星期六下午,办公室的同事都已经下班了,洛南一个人在办公室低头读着北岛,那些忧伤、苍凉、悲悯的句子,让他忘记了下班的时间。每当读到感动的地方,他就不自觉读出声来。

虚掩着的门被风吹开,洛南抬起头,才猛然看见面前站着一个人。尚文雄!洛南喜出望外,如见了亲人一般,兴奋得当胸给了尚文雄一拳,怎么不提前说一声,我好去车站接你!

尚文雄说,这么点大个地方,随便问个人就找到了,我又不是什么大人物,有什么好接的?

看看,这就是我上班的地方,满眼望去都是山。洛南如一个唠叨的老人,站在办公室窗前指点着自己身边的一切,我现在的工作是指导老百姓植树造林,隔不了几天就得爬山。虽然有点累,但老百姓对我们可是够热情的,不仅要留吃饭,有时还会杀鸡。

尚文雄指着窗外问，那些山怎么那么高，能爬上去吗？洛南一边收拾办公桌一边说，当然能爬上去，上面还住着人家呢。尚文雄感叹，我以前还从来没见过这么高的山。

走，下饭馆去，我领工资了，今天我掏钱！洛南也学尚文雄以前的模样用手拍着口袋。洛南知道，小县城不能和岷州比。尚文雄能够专门坐班车来看他，洛南心里的空寂被填满，涌起暖暖的幸福与兴奋。他如一个穷人想把自家最好的东西展示给客人一样，努力想把小县城里自己觉得最好玩的地方都介绍给尚文雄，这样尚文雄今后才会经常来。

两个人进了饭馆。那是小县城中三轮车夫、卖菜农民常去的那种小饭馆，既卖面条、米粉又卖干饭、炒菜、白酒。小方桌上有着永远也抹不干净的油垢，筷子上不时地会有苍蝇歇脚，老板娘胸前始终挂着看不清什么颜色的围腰，围腰下部的包里装着由十元五元角票分币组成的全天营业款。

一盘卤猪头肉，一盘炒猪肝，一盘回锅肉，一盘花生米，尚文雄四两洛南二两白酒，两个人如过节一般频频举杯。洛南觉得自己终于挣到了工资，能用自己挣的钱请尚文雄吃饭喝酒了，握着筷子一次又一次地说，喝，喝，吃，吃，不够又点。

二两白酒还没喝完，洛南脸上已成了猪肝色，昏昏然又开始无端地兴奋，提出要和尚文雄划拳。尚文雄疑惑，你会划拳了？洛南得意地说，当然，下乡时学会的。尚文雄也兴奋起来，好啊，好啊，我们来分个高低，见个雌雄。

四季财、六六顺……洛南划拳的动作很潇洒，但是不出三拳就会被尚文雄咬住。尚文雄的手势虽然难看，胜率却大大高于洛南。尚文雄划拳不仅是手指头变化，而且整个手臂也一起摆动，似乎是要拼命的架势。那种架势在多少年以后，当洛南与尚文雄在关河检查站分别从不同的车上走下，彼此看着对方愤怒的脸时，依然能够清晰地记起。

半醉以后，两人又如小混混一样在小县城狭窄而热闹的街上东游西荡。商店里不是播放"我是一匹来自北方的狼"就是"外面的世界很精彩"。两人很快就把小县城的几条街道逛完，然后窜到县城唯一的娱乐城，那里有台球室，有录像厅，还有舞厅。改革开放的春风，一旦过了玉门关，便有席卷全国，荡漾到每一个阴暗角落的破竹之势，小县城当然也不例外地沐浴在春风之中。两人首先来到一楼的台球室，一人操起一根球杆。洛南说，划拳与喝酒输了，台球桌要再不扳回一局就太没面子了。尚文雄说，输了就输了，面子没那么重要。尚文雄不停地往左手虎口涂滑石粉，又往杆头涂滑石粉，不停地围着球桌转来转去，目测、选袋、架枪、瞄准、击球、分球、反弹，姿势虽然漂亮，但出枪的准确性明显不够。洛南在大学里没谈女朋友，所有的时间都用在了写诗、跳舞、打台球上，还专门参加了学校的台球训练班。洛南很快就领先，而且比分越拉越大，尚文雄由落后三分到落后二十五分，最后相差二十八分。然后是第二局，第三局，都以尚文雄失败告终。尚文雄说，今天喝了酒不算，过一段时间咱俩再较量一次，那时再见分晓。

台球打累了，两人又上到三楼的舞厅。买了门票掀开门帘，扑面而来的是震耳的音乐声。舞厅内昏暗得只能看见一团团移动的人影，看不清每个人的面孔，甚至分不清几步外的人是男是女。在青石县城上班一两个月，洛南只知道街上有舞厅，却从来没来过。现在他才知道小县城的舞厅和大学校园里的舞厅大不一样。紫外线灯光将每个人的牙齿与眼球照得惨白如青面獠牙的厉鬼。一些服装怪异、头发五颜六色的小混混在舞厅内穿梭，三五成群张牙舞爪地抽烟，几个小街妹穿着超短裙在激光灯下展示诱人的大腿。

音乐时而激越如醉汉，时而柔绵如温泉，让人沉浸于一种莫名的柔情之中欲静不能。尚文雄与洛南坐在墙边的长条木椅上，一边抽烟一边装作悠闲地欣赏，实际是为了掩饰没找到舞伴的尴尬，并不露声色地寻觅在椅子上被人遗忘、有可能接受邀请的舞伴。音乐停了又起，洛南继续点上一支烟，稳住自己的情绪，让烟掩盖自己自信心的不足。尚文雄却大方地走到了斜对面坐着的女士面前，伸出右手，微微弯下腰做了个请的姿势。女士向他摆了摆手，尚文雄却并没有离开，而是继续站在女士面前，似乎在说着什么。女士终于站起身将左手搭在尚文雄的肩上，右手放在他的左手掌心，让尚文雄用右手揽住腰步入了移动的人群中。尚文雄搂住女士腰的时候，回过头来向坐在墙边的洛南做了一个鬼脸。一曲下来，尚文雄已春风满面。下一曲音乐又开始时，尚文雄对洛南说，那边角上有两个，走，我们过去一人请一个。洛南扔掉烟头从椅子上站起，如上战场一般故作镇定地迈着大步和尚文雄并肩走上前去，向两位陌生的女士伸出了手。洛南的舞技在学校经过了国标的训练与诗社舞会的多次实践，所以听到音乐便得心应手，从容自如。舞伴有些自卑地说，我跳得不好。洛南说，没关系，谁都不是专业跳舞的，多跳几曲就熟练了。第一次邀陌生女孩跳舞旗开得胜，让洛南信心倍增，也和尚文雄一样春风满面。尚文雄说，没看出你还是跳舞的高手，诗人就是不一样！洛南第一次感到了尚文雄言语里对他充满赞叹，真诚地说，只是我没有你的那份胆量。尚文雄说，有的时候，胆子比技术重要。现在这个社会，胆子太小可不是件好事。

回到寝室，两人挤到洛南床上抽烟时，洛南说，我发现一个现象，城里虽然好玩，但心里总是躁动的。在山上待着，内心反而是宁静的。你说怪不怪？尚文雄说，既然这么神奇，那我有时间也要爬上去试试。洛南说，我们股里一个老工程师死了。在山上被毒蛇咬了，当时我们俩一起去验收一块造林地，他掌罗盘仪测量我记录。不知道是一条什么样的蛇咬穿了他的布袜子，他感觉到痛，虽然知道被蛇咬了，开始却没怎么在意。扛着罗盘仪又测了几站，感觉实在痛得不行了，才解开布袜子。整个腿已经肿了，伤口已经发黑，随后就渐渐昏迷。山高路陡，我和林业站的人费了很大的力，才把他背到公路边，那时候他已完全不省人事。终于把他送到医院时，医生说已经晚了。他直到死都没有再睁开过眼睛。尚文雄跟着叹息一声，你今后下乡时一定要注意点。洛南似乎陷入了一种情绪之中，这个老工程师平时比较刻板，50年代的大学生，在农村改造了十年，性格依然很犟，眼看马上就要退休了，却没有领到一天退休金。虽然以前我们经常会有些小争执，但现在，我却经常想起他说的话。有一次我们一起下乡，他说，我虽然是外地人，但在这儿几十年，早已把这些山当成了自己的家。你是青石人，应该比我更爱这片土地。一个人无论走多远，都有自己的家自己的根。只要你对这些山林这片土地有了感情，你的心就不会再飘浮，不会再心神不定。现在，我觉得他的话有些道理。有时候我就在想，我到底应该过什么样的生活。什么样的生活对我才是有价值的，或者说更合适的。有时候想在城里做一个普通人；有时候又想在山里与这些树相处。尚文雄说，你说的两种我都觉得不对，没有钱，没有地位，你就什么理想都实现不了。

05

夏天即将过去的一个周末，尚文雄接到洛南电话，说星期天他打算回山上去看看老爹，问尚文雄要不要一起去玩。尚文雄说，当然要去！我早就想去了！

星期六下午，尚文雄就坐班车来到青石县，星期天一大早两人坐上了去月山乡的头班车，上午十点到达了离县城六十来公里的月山乡。虽然也是一个乡，却没有一条像样的街道，只有二三十户人家顺着青石河边建着高低错落的木架房，一条柏油公路从楼房中间穿过，伸向更远的乡镇和保护区。洛南说到我家黑沟村还要走两三个小时，我们路上带点干粮。洛南买了饼干和矿泉水，尚文雄买了一桶五公斤的老白干玉米酒，洛南问你买酒干什么，尚文雄说，喝啊。洛南说，你要喝回来再买，爬山提上不累啊？尚文雄说，提到你们家喝。

从乡上到家里七八公里，全是小路。两人开始走得快，一个小时以后，尚文雄就跟不上了。两人只好不停地坐在路边树荫下歇气抽烟，虽然一路上都有树遮阴，汗水还是将衣服湿透。尚文雄说，还是城里好。洛南说，你这才爬一次，我上班下乡时天天爬山，还不一样过了？尚文雄说，那你要想办法当个官，当了官就不用爬山了。

爬了近两个钟头，终于进了黑沟村地界。山风吹来，身上起了一丝凉意。云一会儿在头顶的天上一会儿在脚下的山腰，一会儿星星点点一会儿又连成厚厚的一大片，如一堆堆充满诱惑的棉花山。风过去，山间便剩下了几片巨大的白色羽毛飘浮着。远处，有透迤的山脉交错缠绕。云将影子投在地上，云与云之间，天是深蓝的，即使白天也能看见星星。洛南又兴致勃勃地向尚文雄介绍那些山的名字。拐上通往自家的小路，洛南看到路边玉米地里一个人在除草，那人身穿碎花衬衣，背弓着，身体前倾，头上的草帽挡住了脸。洛南心里沉了一下，这是大哥洛北家的承包地，除了嫂子索娅，村里谁还会在这中午顶着烈日干活？洛南没有停脚，他不想和嫂子打招呼。走过大哥家门前时，看院门半开着，尚文雄说，我太渴了，咱们去向老乡要点水喝吧。洛南犹豫着往里看了一眼说，算了，前面沟里就有泉水。

到家时已是中午一点。长这么大，洛南还是第一次带朋友回家。三只狗从院子里冲出来，将洛南和尚文雄围住叫。父亲洛承义听到狗叫从屋里出来，头上缠着黑头帕，上身穿蓝布褂子，下身穿的是黑裤子和黑布鞋。看见洛南回来，洛承义脸上有了亮光。洛南告诉父亲，尚文雄是自己毕业分配时就结识的好朋友，也是大学生，毕业后等分配时两个人同住一间屋子。

洛承义盯着尚文雄看了片刻，说，年轻人今后会有大出息。

洛承义从烤火房的挂梁上取下腊肉，从地里摘回豆子，开始烧菜做饭。尚文雄说，我们去帮着煮吧。洛南说，不用了，我爸既是猎人，又是厨师。尚文雄赞叹，你爸真是奇人！洛承义听到尚文雄的称赞，一边理豆子一边抬头看了他们一眼。尚文雄走进灶屋去给正在忙活的洛承义敬烟，洛承义放下手里的腊肉，我抽不惯你那个洋烟，我抽叶子烟，有劲。说罢将一支卷好的烟卷递给尚文雄，你抽一支试试！尚文雄接过叶子烟，点燃，用力吸了一口，喉咙被辣得痛，但他努力忍住了咳嗽的冲动，将烟吞进肚里，然后慢慢吐出来，红着脸对洛承义说，有劲，有劲！

门外阳光白得刺眼，天上看不到一丝云彩，但屋子里凉悠悠的。看着挂在墙上的几杆猎枪，尚文雄来了兴趣，这么多枪啊！洛南说，咱们家是猎人世家，哪能少了猎枪。

吃饭的时候，洛南对自己爹说，尚文雄现在分配到了市计经委工作。那可是好单位，在市政府里呢！洛承义说，市政府就是以前的州衙门，当然是好单位了。也许是尚文雄抽了他的叶子烟，洛承义一改往日的冷漠，友好地问起尚文雄家里的情况，当得知尚文雄家中还有母亲，三兄弟都要靠他一人时，洛承义大加赞赏，养儿子就得有你这个样子，长兄为父，长嫂当母，还是你有出息啊！尚文雄说，人都是被逼出来的，还是你有福气，这把年纪身体还这么硬朗。我今天爬这一次山，回去说不定要蔫好多天呢！洛承义不停给尚文雄添酒，你看我这两个儿子，洛南这几年读书一直在外，现在才毕业回来，而且在县上工作，回来时间也很少。老大更不中用，娶了媳妇忘了爹，养了他等于没养！

尚文雄说，等几年洛南在城里娶了媳妇安了家，你就到城里来享福了。洛承义端起酒杯，我不仅是猎人，还是天神的护灯，生来就是山的子民，今后死了也埋在山上。尚文雄好奇地望着洛承义，护灯是什么？洛承义端着酒杯向尚文雄举了一下，就是定期去庙里给天神打扫灰尘、续灯油的人。洛承义喝下一口酒才又说，天神护佑咱们，咱们当然要敬奉他。神像虽在庙里，神却在心中。来，喝酒！

因为洛南酒量小，尚文雄陪着洛承义一杯一杯地喝酒。腊猪舌头、腊排骨、腊猪蹄炖豆子，都是山里人家最好的东西。尚文雄对洛承义的手艺赞不绝口，一口一个大伯地表扬得洛承义脸上越来越有光彩。洛承义一边喝酒一边向尚文雄讲述自己以前在山上打猎的种种惊险，讲年轻时一次能喝上一斤二两老白干，打猎时两天不沾一点儿粮食，而要将带上的干粮留给猎狗，讲打死一头野猪如何在山上分割，哪些背下山，那些喂狗。野兽是天神给他的子民的慰劳，我们供奉神，天神也供养我们。然后洛承义叹息一声，我那几条狗，隔两座山都能闻出老熊、麂子、野猪的气味，追野物几座山都不会喘气，还会摆三角阵，把野物困在中间，等我开枪。可惜啊，现在都老了！

尚文雄问洛承义，莫非打猎还要家传吗？洛承义喝下一大口酒才说，当然！没有家传怎么算得上猎人世家？在黑沟，真正的猎人只有咱们一家。咱家祖上可是得过青石县打猎比赛的头筹，你看墙上那杆短枪，就是清朝光绪年间县令赏给咱家祖上的。

临走的时候，洛承义一定要尚文雄带上他做的腊肉、香肠和一条麂子腿。尚文雄坚决不要。洛承义说，晴带雨伞饱带饥粮，带上吧，说不定用得上。尚文雄还是不要，最后看洛承义不高兴了，才只好收下。洛承义再三叮嘱洛南，下次回来时一定要把尚文雄带上，这年轻人跟我投缘。尚文雄说，肯定会来，我还想跟您老学点手艺呢。

因为中午喝了几两，下山时两人都很兴奋。太阳开始向西边山头靠近。小路曲折而陡峭，尚文雄不敢像洛南一样放开步子小跑，只能一步一步小心地下移。经过大哥家玉米地时，索娅还在地里锄草，地边摆着一只铝饭盒、一个军用水壶。洛南感到心又往下沉，他低头装作什么都没看见。走过大哥的承包地边，洛南才回头看尚文雄，尚文雄虽然走得摇摇晃晃，却并没摔倒。一阵凉风吹过，太阳便短暂地降低了热度，尚文雄一边走一边兴奋地高声吟诵，"大江东去，浪淘尽"，然后说，咱们俩可真是有缘啊！洛南也被尚文雄的激情感染，扯着嗓子吼起了，"人生如梦，一尊还酹江月"。

尚文雄说，今后我要是当官，就当一个有实权的官，我要是当了官，我就回到镇上摆几桌酒，请街坊邻居吃喝一顿。洛南说那到时候你把我请上吧。尚文雄响亮地说，那是当然。

　　下山的路刚走到一半左右，尚文雄大概酒劲过了，越走越慢越走越安静，不停地喊口渴，不断在路边找泉水喝。洛南没有办法，只好不停地在路边坐下来抽烟等他。

　　天边一片灰色的云很快游到头顶，洛南说，要下雨了。话刚说完，豆大的雨滴就砸落下来。天空是明亮的，阳光照在树叶上、照在如牛肋巴骨的蕨草上。可雨也是真的，很快便把身上的衣服淋湿，山路变得光滑难走。尚文雄终于滑倒了两跤，洛南也溜了好几次。雨不见变小，天色却逐渐变暗。衣服已经湿透，头发开始滴水。尚文雄说，咱们得找个地方躲躲才行。

　　洛南抬眼望去，四周看不到一户人家，躲没地方躲，走也没法走，总不可能这样站在雨中干淋着。尚文雄问，附近有没有什么山洞、岩窝？洛南想起天神庙应该就在前面白羊坪山坳里，小时候爹经常带着他去庙里打扫，给灯添油和上供品。油是桐子油，全村人捐的，一家一户一小瓶地送来。父亲将每家送来的油倒进一个木桶里，七天去添一次油，每次去添油就从桶里打一小瓶。供品由村里人自愿进贡，水果、干果、野生动物肉、烤玉米饼，什么都有。秋天和冬天，贡品不断，种类也多，而夏天和春天贡品少。村民没有吃的那些年，供品也中断了。父亲是黑沟的护灯，每次去天神庙都要把洛南带上，开始的时候洛南喜欢去，后来就不喜欢去了，他觉得庙里没什么好玩的。上小学以后，爹就没有再叫他。因为庙不在路边，而在山包背后的山洼里。洛南上学以后就再也没去过，甚至也很少想起过。但此时，那庙却突然从脑子中冒出来，洛南便对尚文雄说，我记得天神庙就在右边山坳里，我们过去先躲躲。

　　两人顺着旁边的小路，拐过一个山脊，再往前走了百十米，就看到一座小庙立在山林之间。眼前的庙比记忆中小了许多，似乎随着时间的流逝，一切都在变小。村里的老人，自家的房子和院子，还有曾经的小学和操场，都变小了。小庙很旧，周围的树木却很茂密，桦木和大叶杨已高过庙檐，将树枝伸到庙顶的瓦上。通往庙门的小路已被杂草全部掩盖，如一个被高个子同学欺负的弱小孩子。小庙虽然被树木和杂草挤压，依然昂着头，一副不屈或毫不在乎的神态。

洛南从林间捡起一块白石头，放到路边一个小石堆上，心里说，天神，谢谢你给了我们躲雨的地方。

进了庙门，才感觉庙虽不大，但在这山上，也不算小了。就一户普通人家房子那么宽，就百十平方米吧。地上是平整的青石板，正对庙门塑着五尊神像，中间坐着的是天神，两边站着的是山神、火神、水神与风神。天神大眼浓眉，脸色紫红，头戴金冠，身穿黑袍，手执神杖，双目柔和地望着庙门外的群山。天神身形高大，即使坐着，也比两边站着的诸神略高少许。

相对于庙内的空间，并排的神像显得拥挤了些，对人产生了强烈的压迫感。神像下面立着一个木牌，上面写着几个字：

三界天神

神像的前面摆放一个长条形石制香火炉、两个土碗油灯，香与蜡烛都已经燃尽，灯却亮着，炉中残留着燃过的纸钱灰，台上摆着核桃、板栗。看起来不久前洛承义来打扫过。洛南将口袋里的腊肉、香肠放到神像前的石台上，对着天神作了一次揖，口里说，因天下雨，打扰天神，这些腊肉和香肠，请天神先享用吧。

大雨伴着雷声，敲打着小庙房顶上的瓦片，发出轻轻的脆响，如一把把豆子撒落。门外挂起了灰白色的雨帘，门内的人如在水帘洞内。一只老鼠从神像背后顺着石台犄角溜出，转动眼珠看了看两个陌生人又看看石台上的一只土碗，洛南也跟着老鼠的目光转向石台，原来土碗里装着一碗板栗。老鼠看后似乎有些无奈，然后若有所思地又顺着石台犄角返回。

世界突然之间变得很安静，只有雨声和雷声。洛南在神像前立正，然后双手合十于胸前，对着神像鞠了三个躬，求天神保佑雨快停下来。尚文雄也站到神像前，问洛南天神是管什么的。洛南说，天神是咱们羌人的万能神，护佑着所有羌人的平安。尚文雄说，我从来没信过佛祖，也没信过上帝，但今天在我们落魄之时，天神给了我们容身之所，所以我要拜一拜。尚文雄说罢也像洛南刚才的样子，神情肃穆地向天神鞠了三个躬，说，等我今后发达了，就来给你重新修座庙。

天色逐渐暗下，洛南和尚文雄在靠门边的小石磴上坐下来抽烟。烟抽了好几支，雨却越下越大，没有一点停下来的迹象。没有手电和雨伞，这样的雨天是没办法下山的。尚文雄说，再这样下去，天黑就下不了山了。洛南说，这雨不停，咱们就没办法出门。尚文雄说，等雨停了天也黑了。我平时没走过夜路，下了雨的山路那么滑，恐怕只有爬行了，咱们在附近找一户人家过夜吧。洛南说，来了就是缘分。咱们就在这庙里睡上一晚吧，明天一早再下山安全些。洛南又向神像作揖，求天神饶恕打扰。尚文雄说，你爸真是神仙，算准了天会下雨，我们晚上下不了山，专门给我们准备了吃的。洛南说，那就既来之，则安之吧。尚文雄说，可是，我长这么大，还从来没有在野外过夜呢。洛南说，能够遮风挡雨，哪算什么野外，况且还有天神陪着呢。

天完全黑了，雨却如一个抽泣的女人半天收不了口。蚊子不知从什么地方成群结队地赶来，义无反顾、前赴后继地喊着口号向两个人的脸上、手上、脚上冲锋。尚文雄坐在石阶上不停地拍打蚊子。洛南说，我出去弄些柴草来烧一堆火驱蚊子、烤衣服。说罢站起身走到庙外，雨已经停了，天比刚才亮了一些，星星镶在深蓝的天幕上，似乎伸手就可以摘到。有凉风吹来，知了开始多声部合唱。尚文雄也走出来，两人走到路边掰下几根湿马尾松树枝，又从树下刨起一把带水的枯叶回到庙里，在神像前找出几张没有燃完的纸钱，将纸钱放在枯叶下，松枝放在枯叶上，用打火机将纸点燃。松枝的烟在庙里弥漫，蚊子没有了，眼睛却被熏得流出了眼泪。

弄了半天终于燃起明火，两人脱了衣服与裤子，用一截树枝顶着在火边烤。烤干了上衣和裤子，尚文雄还要将内裤脱下来烤。洛南说，咱们这样赤身裸体的，会不会得罪天神。尚文雄问，天神应该也是男的吧，那有什么，你也脱了烤吧。洛南没有脱内裤，但他分明看见在火光照映中的天神在笑，只是不知道是真笑还是嘲笑。烤干了衣服，尚文雄就开始烤口袋里的香肠，用小树枝穿着烤。庙里很快就弥漫着肉香。尚文雄一边吃香肠一边说，要是有一壶酒就好了。

两人在神像前的火堆边躺下，尚文雄说，咱们俩一起经历了这个晚上，今后就是一辈子的兄弟。洛南也说，对，做一辈子的兄弟。尚文雄又郑重地说，咱们要记住这座庙，记住这个晚上。无论今后贫穷与富贵，无论世道发生什么变化，咱们都永远是兄弟。洛南说，天神说，我们经历的所有苦难，都会变成一种财富。尚文雄说，这座庙，我一定还会再来。

尚文雄不久便发出了鼾声。洛南闭上眼睛，天神像后面露出一张圆圆的脸，发出脆生生的声音：我在这儿！洛南胸口涌起一股温热，瞬间变成满嘴的甜味，然后慢慢流到地上，是自己的血。那血慢慢收缩成小团，开成一朵朵小花，妖艳无比。门外浊浪汹涌，天黑前那只老鼠从石台后向他走来，跟着后面又跑出两只小老鼠，跟在大老鼠后边畏畏缩缩地站着。天神庙成了汪洋中的一艘船，大老鼠回过头对两只小老鼠说，愣着干什么，还不快来帮忙！两只小老鼠壮着胆子上前，三只老鼠一起用牙齿咬住洛南的皮鞋用力向后拖。它们是要把自己的鞋子脱掉弄回去当船！洛南努力想把脚缩回，可腿似乎被固定了。三只老鼠抬着他的皮鞋如抬着一只无盖的棺材，洪水翻过高高的门槛漫进庙里。老鼠们回过头看了一眼洛南，眼里充满了怜悯，然后爬上鞋子，在水波中远去。

洛南猛地从地上坐起，尚文雄还在打着拉风箱般的呼噜。蚊子没有了，皮鞋还在脚上，老鼠不见了，门槛还在。门外已经透进亮光，星星正在隐去，东方开始发白。

06

洛南在造林股上班一年后，被调到林政股。他虽然有些不愿意，但领导安排了就得服从。股长谷仁君是从部队转业调来的干部，操一口夹生的四川话，平时总是马着脸，一本正经的样子，像大家都欠了他什么似的。谷仁君特别看不惯的是街上的舞厅、录像厅、台球室，时常愤愤不平地说，现在社会都成什么样子了，到处都是乱七八糟的东西。当他听说洛南经常跳舞、打台球时，就直接在办公室批评洛南，不要天天在外面跳舞、打台球，不要和社会上不三不四的人交往。洛南说，我跳舞、打台球都是在下班时间，又没影响工作，为什么不行？谷仁君说，新中国成立前的资本家才跳舞，街上的小流氓才打台球，你现在是国家干部，怎么能和他们一样？看着谷仁君脸黑着的样子，洛南心里也有了火气，下班后我想干什么就干什么，只要不犯法，你管得着吗！谷仁君猛地拍桌大吼，你不要以为自己是大学生就不得了了，知识分子的思想应该认真改造。洛南猛地从椅子上站起，用力拍一下桌子，你少给我扣帽子！现在已经不是扣帽子的时代了。两人的吵架声越来越大，办公室门口和走廊上很快就站满了人。有人进来劝住洛南。洛南看看门口，站着的同事似乎都在看自己的笑话，他生平第一次感到被人欺负的委屈，回到自己办公室，望着窗外发呆。

第二天局长文契将洛南叫到办公室，先扔给他一支烟，也没问昨天吵架的事，温和地说，大家都反映你工作不错，业务能力强，政策熟悉快，怎么去和老同志争吵嘛。洛南支吾着说，我还是在造林股从事专业技术工作适合些。文契声音高起来，我还是学的林业专业呢，现在不当局长吗？哪个林业学院有局长专业？洛南闭上嘴低下头，文契的声调又降下来，调你到林政股工作既是局里的工作需要，也是为了让你到多个岗位锻炼，有多的机会接触林业行业的各项工作，林政股和造林股不一样，主要是和人打交道，这项工作你要是做好了，就能真正有进步了。文契一边说一边又扔过来一支烟，你要明白我的意思。听着局长的话，洛南觉得文局长在自己面前如一座高山，而自己则是一个仰望者。文局长也是学林业专业，却当了局长，没有哪所学校开设了局长专业、县长专业，教这些的学校只能是社会大学。自己也想有一天能当上局长，甚至当上县长，但是没有人告诉他，怎样才能当上局长，只有眼前的局长对他说，让他去多个岗位锻炼，让他学会和人打交道。局长对自己这么好，自己却没理解他的苦心。洛南感到很愧疚，想说上几句感激的话，却找不到准确的词句，只有一个劲儿地嗯嗯，一个劲儿地点头。

文契看他想通了，又轻描淡写地说，不要和快退休的老同志计较，你是大学生，要有点风度。

林政股的工作真的如局长说的那样，天天做着和人打交道的事。老股长虽然还是批评他跳舞、打台球，但批评归批评，从不给他小鞋穿，而且还爱在下乡时带上他。老股长在查处违法案件时从不讲人情，有时候连文局长的指示也敢顶回去。洛南经常跟在老股长屁股后面下乡查处案子，晚上到几个路口值班检查，然后就是搞采伐设计、伐区验收。由于他年轻，腿脚勤快，所以股里的领导与同事都喜欢叫上他一起去查案、值班与路检。几个月下来，洛南就开始自己牵头办案，开始学着和各种各样的木材商贩、加工厂老板、卡车驾驶员、林场场长打交道。谷仁君每次一言不对就会开骂，骂过之后又向被他骂的人道歉，我这人当兵出身，性格不好，你不要计较。股里每个同事都被他骂过，每个人都没和他记过仇。洛南也一样，每次股长骂他，他就要回嘴，吵过之后，照样下乡检查，夜间上路执法。没事的时候，照样跳舞、打台球，一个人无聊的时候，洛南就会来到娱乐城的台球室，有时看别人打，有时别人会邀他打。那个时候，认识不认识的人都可以打一局，谁输了谁出每局一元的球桌钱。主要是娱乐消磨时间，不让自己在无聊的时候显得过于孤单。洛南觉得打台球是一种很好的消遣方式，靠技术不是靠运气，安静，公正，没有人会在打台球时耍赖，而且旁边还有很多义务裁判。当你打出一杆漂亮的好球，就会有人情不自禁地为你喝彩。时光打发了，孤单感驱走了，虚荣心也满足了，还不花什么钱，真是一杆多得的事。后来洛南甚至还参加了县体育局举办的台球比赛，居然进了前六名。

然而，城市依然引诱着他，隔上一两周，洛南也会在星期六下午搭班车到岷州市里。城市给他某种向往的同时也带给他莫名的忧伤。洛南用下乡的出差补助买了一部双卡收录机，每次到岷州都会去音像店买几盘最新的流行音乐磁带，回青石晚上一个人的时候跟着唱。他觉得流行音乐虽然有些浮浅，但唱出了他内心的某种忧伤，某种无由的哀愁。他希望有一场风花雪月的爱情，但眼前晃动的每一张面孔都太清晰太现实，都不是那场恋爱的主角。尚文雄通常会骑着自行车来车站接他。两个人如收破烂一般在城里的大街小巷里钻来钻去。累了，就在街边找一家小吃店，要一盘猪头肉、半斤白酒，尚文雄四两，洛南一两。洛南觉得，和小县城相比，岷州市真算得上是人间天堂了。他不停地幻想一场纯情的恋爱，让自己能和这座城市联系起来。两人在街上行走时，装得像城里人的样子，明明心里很浮躁，表面却装得很淡定。坐公交时喜欢把手插在裤包里，口里哼着罗大佑和童安格的歌。绝不用手抓扶手，而是背靠在用来抓手的杆子上。眼睛绝不东张西望，避免被人当作小偷，也不愿被小偷当成好偷的主。打台球时喜欢嘴上叼着烟，看电影时总是跷着二郎腿。看见街上的年轻人留着长头发，洛南又把头发留得盖住了耳朵。看录像厅和舞厅里的人都挂着一把弹簧刀，尚文雄说，这玩意儿就一装饰品，若是真遇到什么事儿，靠的可不是这个。洛南问，靠什么？尚文雄，靠的是胆儿！如果没有胆了，就算给你一把枪，你敢扣动扳机吗？

两个人在尚文雄的单身宿舍，经常是上了床又都睡不着。尚文雄粗壮的身体常常将洛南挤得靠在墙边不能动弹。洛南坐起来继续抽烟、聊天。尚文雄问，你在单位里当什么官了吗？洛南说没有，尚文雄松了一口气，我也没有。洛南说，我们股里已经有一个股长和一个副股长，还轮不到我。尚文雄说，我们科里也有一个科长和一个副科长，科长倒是对我不错，副科长却横竖看我不顺眼,科长没在的时候,我就得天天受他的气,看起来还得想法当个一官半职才行。洛南说,我倒没觉得当官有什么好,我觉得现在这样也不错。尚文雄说,现在这个社会,在单位你没个一官半职,在社会上没有钱,走到哪儿都没人理你。

他不想再讨论当官的事,便说,你能不能弄一张宽点的床嘛,俩男人睡这床也太挤了。尚文雄说,要是我当了副科长,就能分到房子,有厨房有厕所的那种,到时候弄两张床,咱们就不用再挤了,要挤我就找个女朋友回来挤。你就睡另外一间哈!

洛南脑子里想的全是电影院、舞厅、流行音乐、美女、台球和诗歌,仿佛这城市就是自己的家,满大街上行走的美女都与自己无关又都与自己有关,她们成就了洛南的某种心情,又加剧了他内心的某种孤独、忧郁与伤感,可是一旦回到青石县,下乡进了山里,所有的忧郁、伤感都没有了。

07

相邻办公桌的张大姐说要给尚文雄介绍女朋友,尚文雄说好啊。一天下班后张大姐真的从包里掏出一张照片递给他,照片上的女子很年轻,穿米黄色风衣,一头卷发如张开的花菜。张大姐说女方姓刘,是跃进路三〇三厂的检验员。三〇三厂可是好单位,工资高,福利好,小刘是技校毕业生,刚工作就当了检验员。尚文雄总觉得女子的头发怪怪的,便将照片还给了张大姐,口里不停说谢谢,然后说我过几天给你回话。

尚文雄正在犹豫该怎样给张大姐回话,就遇上了秦柯。尚文雄与秦柯的相识有些偶然,偶然得如一场俗套的戏。那天下午，尚文雄下班刚出单位大门，秦柯下班后在人行道被一男子骑自行车撞倒，男子欲逃，秦柯大声呼救。尚文雄回过头，看见一个穿灰色西服的男子正骑车离去。尚文雄一个箭步冲出，伸手抓住自行车后架，自行车猛地偏倒，尚文雄抓住男子的衣服，一把将他拉下，男子挣扎着在地上站稳。尚文雄说，把人撞倒了，你就想跑？男子不说话，双手抓着龙头趁尚文雄不备突然跨上自行车，尚文雄再次伸手抓住自行车的后架，用力一抬一掀，男子便和自行车一起摔倒在地上。周围已经站满了看热闹的人，男子从地上站起，又去扶自行车。你骑车撞了人，就这样跑了？！尚文雄说。被撞的女子挣扎着从地上坐起，嘴里哎哟地叫着。男子说，你有什么证据说是我撞了她？尚文雄感觉自己的拳头击在了男子的脸上，老子还没见过你这么无赖的男人，居然可以当场不认账。老子亲眼看见的，你都敢抵赖！坐在地上的女子停止叫唤，说，就是他！就是他！灰衣服还想争辩，看见尚文雄的右手又举起，只好说，好吧，我认了。

就这样，尚文雄认识了秦柯。秦柯是市一中的老师，而一中与尚文雄上班的市计经委办公大院在同一条街上。秦柯也是刚毕业的大学生，听说尚文雄是中文系毕业的，心里充满了崇拜，主动说咱们留个电话吧。尚文雄说好。后来，秦柯先是到尚文雄的寝室借书，然后是还书。嘴里不停地赞叹，中文系就是好，可以天天读世界名著。某一次借书过后，尚文雄说，晚上我请你吃饭吧。秦柯爽快地说，好呀。尚文雄在学校虽然谈过恋爱，可此时与秦柯单独走在街上竟感觉有些不自然。两人在一家干净的小饭馆相对而坐，尚文雄将菜单递给秦柯，秦柯不停地摆手说自己不会点菜。尚文雄看着菜单问，那你喜欢吃什么？秦柯说，随便，你点什么吃什么。尚文雄就指着菜单上贵的点。菜上来时，秦柯一看就对服务员说，菜够了，别再上了。服务员说，厨房已经在做了。秦柯说，浪费了多可惜。尚文雄在心里对自己说，你已不再是学校里的大学生，这城市也不再是校园，不是摆阔气的地方，但对秦柯说，吃不了待会儿打包回去。

秦柯不喝酒，尚文雄就陪着她喝豆奶。秦柯不停地提出与文学有关的话题，尚文雄被动地应对着，觉得有些不适应，便主动抛出单位工作的话题，说我也差一点去当老师的。秦柯抬起头，脸上显出兴奋，那你怎么没去？你要是分去当老师，说不定会分到我们学校呢。尚文雄淡然地说，不想去。秦柯显得更加不理解，为什么不想去？当老师挺好的呀！秦柯笑起来脸上就现出两个酒窝，我教学生数学，下班后就写点小文章，虽然没法和你们专业的比，但觉得很有意思。尚文雄说，以前我也觉得有意思，所以才报了中文系，可是后来觉得没意思了。秦柯问，为什么？尚文雄说，我发现自己不是写出一流文章的料，也不是当老师的料。秦柯脸上显出狡黠的笑，那你觉得你是当官的料，还是当老板发财的料？尚文雄被眼前这双漂亮的眼睛看出了深藏的心事，突然觉得心里有些慌乱，脸上发烫，忙端起杯子，来咱们干杯。

秦柯也许没有看出尚文雄脸上的红晕，说，我上中学的梦想，就是当一个作家、一个诗人。尚文雄感叹说，现在文学青年可真不少，我从学校毕业都遇上两个了。

两个？

你便是其中一个。

那还有一个是谁呀？

还有一个可是真正的诗人，上大学就在刊物上发表了很多诗歌，获了好多奖。

你能不能介绍我们认识一下？秦柯兴奋地说。

08

周末洛南坐班车到市里时没有提前给尚文雄打电话，他想独自在市里逛逛，感受一下城市生活的气息。洛南一个人在街上漫无目的地走，努力对照自己与城里人的差异，服装、发式及抽的烟的牌子，心中充满了对城市生活的向往。

直到天快黑了，洛南才走到尚文雄的住处。敲门，门开了，洛南随尚文雄进屋，却发现房间仅有的一把椅子上坐着一个年轻女子，正在低头看着一本书。

尚文雄介绍，这是市一中的秦老师，又向女子介绍洛南，这就是我说过的另一位文学青年，我的好朋友好兄弟，有名的诗人洛南，现在青石县工作。

洛南看到秦老师眼里闪动着一丝惊异的亮光，急忙说，你别听他吹，他是正规中文系毕业的，和他相比我充其量是个半罐水。秦老师红着脸说，我今后一定好好向你们两位学习、请教。

过了一周，秦柯真的带了几张稿子到尚文雄住处，对尚文雄和洛南说，这是我写的几首诗，你们两位老师帮我批阅一下，指点指点……

尚文雄没有接过稿子，洛南是诗人，我又不写诗，当然找他指点。秦柯将稿子递给洛南，大诗人你给我看看嘛！洛南只好接过稿子，我已经很久没写诗了，是我向你学习才对，我现在天天爬山，哪儿有心情写诗啊！

秦柯说，洛诗人你就指点指点嘛！

洛南翻开稿子：

柳树挥动柔软的手臂
向夏天告别
风是我的船
载起我驶向秋天
……

洛南读完以后，认真地称赞，不错！不错！很清新，很美。

秦柯专心听着洛南的点评，神情恭谦如一个小学生。洛南说完诗歌，又说我这也是随意胡说的，只是我个人的观点，你可别当真，还是按你自己的想法写吧。

尚文雄站起身说，走吧，一起吃饭，今天诗人请客。

在科长的帮助下，计经委给尚文雄分了一套两居室的房子，虽然每间屋子都很小，但有厨房、厕所，还有一个小阳台。尚文雄感到已经很不错了。在城里上了一年多班，以前一直住在一个单间里，洗脸上厕所都要到走廊的尽头，现在终于有了自己的房子。尚文雄特地买了两条烟、两瓶酒去感谢科长，科长热情地让他坐，表扬他能干、懂事，又鼓励他好好干，有前途！尚文雄一个劲儿地感谢科长对他的关心，说今后一定好好工作，不辜负领导的希望。

尚文雄从科长家里出来，感觉前途充满了希望。想到两个弟弟在家里已经没有人能够管得住，都不愿意读书，又不想找正经事情做，整天在街上与小混混一起东游西荡。自己现在分到了房子，也算是在城里立住脚了，就应该把他们弄出来，在市里找个地方打工，同时好好管教一下。尚文雄便给洛南打电话，我想回老家看看母亲，顺便把两个弟弟接到城里来，你跟我一起去玩吧。

星期天，洛南和尚文雄一起坐上了去尚文雄老家南泉县的班车。两个小时后汽车开进了南泉县汽车站。尚文雄走出车站去买了一些奶粉、饼干、卤肉，两人又上了另一辆班车。一个小时以后，到了一个名叫泉头的小镇，尚文雄才说到了。这是一个普通的丘区小镇，两条街，街头有两棵大的黄葛树，街道两边低矮的瓦房中夹杂着几栋小水泥楼房，那是镇上的供销社、信用社、卫生院。尚文雄的家就在街头距黄葛树不远的临街平房里，房子一进三，临街是一间三四米开间的杂货铺，后面两间是寝室。铺面不大，但油盐酱醋、烟酒副食、大米、面条、黄豆、干杂等一应俱全。

一个身材瘦小五十来岁的妇女站在柜台后望着行人稀少的大街；尚文雄走到门口喊了一声妈，然后将手中的东西放在柜台上。看见大儿子回来，尚文雄母亲灰暗的脸上立即有了光亮，雄娃子回来了！尚文雄对母亲介绍说，这是我的好朋友洛南，也是大学生。我们在市上等分配时住一个房间。

洛南向尚母问好，尚文雄母亲说，快请屋里坐，雄娃子的好朋友，你也是大学生，你们都能干，都争气，考上大学安排了工作。那你老家在哪儿，是不是也在市里工作了？洛南说，我老家是青石县的，我分回老家去了！尚文雄母亲说，分回老家好啊，既有了工作，还可以照顾老人，不像雄娃子，就是不愿回来。

尚母激动地在屋里站了片刻，才对尚文雄说，你帮我把店守着，我去买点菜回来。尚文雄说不用了，我买了菜回来的，都是熟的。然后问，尚军娃和尚兵娃呢？尚文雄母亲说，早上出去了就没回来，不知上哪儿去了。尚文雄说，那我到街上去找找。

尚文雄出去以后，尚母又从店里拿来瓜子让洛南吃。洛南说，伯母你去忙你的，不要耽误了生意。尚母说，这个小街上不逢赶场的时候，根本就没有什么生意。现在农村的生意是越来越难做了，一个月辛苦下来，也就只够糊嘴巴。

尚母问洛南家的情况，然后说，尚文雄很小就没了父亲，你小时候也没了娘，都是吃苦长大的，都很争气。又问，你父亲身体还好吗？洛南说，还好，就是爱喝酒，每天都要喝二三两。尚母说，男人都爱喝酒，雄娃子他爸要是不喝酒，也不会滚崖了。洛南说，你一个人养他们三个长大，很辛苦啊。尚母说，人都是被逼出来的，要想活命总会有办法。三个娃命里克父，现在他们总算长大了。可是除了老大雄娃子懂事一点，老二、老三都成了天棒。我老了，管不了他们了。

说话之间尚文雄已经带两个兄弟进了门。两个兄弟跟在尚文雄身后，个子都已比尚文雄还高。尚文雄指着两兄弟对洛南说，这是老二尚文军，只小我两岁，马上就二十了。这是老三尚文兵，已经满十七岁。又对两兄弟说，这是洛南，也是大学生，哥的好朋友。两个人叫了一声南哥，然后说，今后我们出去就跟你们混了！

洛南看着尚文军和尚文兵，两兄弟和尚文雄一样，几乎都是从一个模子里铸出来的。只是老二是长发披头，老三是短发刺天。老二壮实，老三的身体还显得单薄。尚文雄叫老三帮忙做饭去了，尚文军在屋里的凳子上坐下来，便取出牡丹牌香烟，一支递给洛南，一支自己点上，样子十分老练。洛南说，这烟不错的，就是有点贵，我平时都舍不得买。尚文军说，当然了，一块多钱一包呢。现在这个社会别人就看你穿得好不好、烟抽什么牌子、会不会玩、会不会发狠。我和老三这段时间都在跟着师父练武呢。今后出去混，没有两下子怎么行。洛南说，听你哥说你上过高中，出去今后打算做什么工作呢？尚文军说，我那个高中也没正经地上过几天，账倒是会算，钱会认，名字会写。老三连高中都没上过，还不如我呢。

尚文军突然转移了话题，听我大哥说，南哥你跳舞很棒，台球也打得漂亮？洛南说，那些都是闲的时候玩的，再好也只能是玩玩，又不能当职业，好不好都没有什么区别。尚文军说，好不好差别大了，我们泉头镇也有台球，也有舞厅，球打得好，舞跳得棒别人都会佩服你，女孩子也会每天围着你转。

这时尚文兵进来了，南哥，进城后什么时候我们比比，你要赢了我们就拜你为老大。尚文兵的头发被摩丝梳理得一根根向天直立着，活像一只伸着头的刺猬。

饭端上来了，除了米饭，菜全是尚文雄从县城里买回的卤肉。兄弟俩从杂货铺的柜台里取来了啤酒又取来杯子，老二说一人一瓶。洛南说，我不喝，你们喝。老三说，南哥你在外面混，不会喝酒怎么行，来来，我先给你满上。洛南说我是真的不喝。尚文雄说，那你少一点，半瓶，另半瓶我帮你喝。尚文雄说完，端起一碗饭，又取来一只空碗，将每一样菜夹上两筷子，然后给在门口守店的母亲端去。尚文雄回来时，兄弟俩已经先干下了一杯。老二问，大哥，我们到城里你给我们找什么工作？老二说，太了先玩几天再说。

尚文雄说，你们两个每天就知道玩，又没有一点正经本事，要是不好好找工作上班，我看你们早晚有一天只能去踩三轮车。都是二十来岁的人了，怎么还一点不懂事，我总不可能管你们一辈子，管你们娶媳妇、生孩子。

尚文雄转过头对洛南说，这样下去早晚有一天，他们不是进牢房就是被枪毙。今后你帮我教育教育吧。以前我在家的时候,还能管住他们。现在虽然我回来了,也不一定能管得住他们了。尚文雄举起杯子对两兄弟说,你们两个今天听清楚,今后记清楚,洛南今后也是你们的哥,你们要听他的话,就像听我的话一样,不然我对你们不会客气的。

兄弟俩一齐端起杯子站起身,南哥,我们敬你一杯,今后我们就听你的了!

尚文雄把刚分到的房子钥匙给了洛南一把,让他来去自由。但尚文雄还是骑车来车站接他,洛南说你还是多花点时间陪秦老师吧,今后就不用接我了。尚文雄说,等你攒够钱买了自行车,我就懒得管你了。尚文雄的两个兄弟见了洛南,就闹着要和他比试台球。尚文雄说你们两个进城来都这么长时间了还没找个正经事情做,天天就想着玩,能玩一辈子吗?又对洛南说,你可别让他们把你缠住了。

只要到了周末,兄弟俩就会给洛南打电话,要他早点下来。洛南也觉得比以前星期天天天逛街看录像有意思。一段时间下来,兄弟俩跳自由舞已找到了感觉,台球技术也有了很大长进,听说老二尚文军还在跳舞时交上了女朋友,尚文雄和洛南在他们面前都觉得落伍了。

09

星期天早上,洛南还坐在床上想今天要不要去岷州,就听到敲门声。谷仁君站在门外说,小洛快穿好衣服跟我去下乡,洛南想说自己准备去岷州市里,看到谷仁君急切的眼神又将话咽了回去,上车以后谷仁君才说,早上接到举报,黄杨乡马家村有人在盗伐国有林,今天又是星期天,其他人都有家室,就你是单身汉,只好叫你跟我一起去。驾驶员小肖开玩笑说,洛南虽然是单身汉，但人家正好趁星期天谈恋爱呢，谷股长你这样，不是让他当一辈子单身汉吗？谷仁君说，慌什么，过几天我给你介绍一个就是了。如果你今天不跟我一起去，我就只有一个人去了。北京吉普开到黄杨乡离马家村还有五六公里的地方就因为没有公路停下了，两人就开始走小路，走了接近两个小时，才到马家村。找到打举报电话的村干部吉马，吉马是村主任，又是林业局聘请的国有林护林员，吉马说，咱们马家村的山林与国有林以马家大岩为界，本来边界是很清楚的，可这些年，连界的村民都偷偷越界到国有林中砍树，现在有人已经砍到了马家大岩上面几十米上百米的地方。再这样砍下去，国有林就被侵占完了。吉马带着谷仁君、洛南又走了接近两个小时，才终于走到马家大岩。还没走到国有林边界，就听到了斧子声。谷仁君骂，狗日的胆子太大了，一定要严惩。

三个人一口气爬上马家大岩，几个人正在林子里砍树，砍倒的全是胸径20厘米以上的桦木。谷仁君大吼，这是国有林，谁让你们砍的！五六个砍树的人没有谁理他，继续砍。谷仁君冲到几个人身边，你们公然盗伐国有林，必须从严惩处。一个中年人停下斧头说，这明明是村上分给我们的责任山，凭什么说是国有林？

洛南上前说，我们是林业局的，这是林政股的谷股长，马家村的国有林以大岩为界，大岩以上全是国有林，必须立即停止采伐接受处罚。洛南一边说一边从包里取出国有林分布图和登记表，这地图上勾绘得很清楚，登记表上也写得很明白。谷仁君走到一个还在砍树的年轻人身边，命令他立即停下。年轻人说，和国有林连界的不止我们一家，大家都砍到了大岩以上，凭什么我们就不能砍？谷仁君说，把斧头给我。年轻人继续挥起斧头对着一棵桦木砍去，谷仁君上前伸手就去夺斧头，两个人立即扭到一起。洛南和吉马向谷仁君跑去，在争夺斧头的过程中，年轻人猛地一松手，谷仁君手里握着斧头仰面倒下，后脑勺碰到一块石头上。当洛南过去将他扶起时，才发现从他头发中浸出的血已经顺着后脑勺流到了后颈上。几个砍树的人停下斧子，洛南问谷仁君，谷叔你感觉怎么样？头昏得厉害不？谷仁君右手捂住胸口，左手捂着后脑勺用力站起身，还没走出一步，又摇晃着坐在地上，血从他指缝里往外流。洛南说必须马上下山去医院检查，他让吉马向砍树的人讲，必须立即停止采伐，等待林业公安来处理，然后蹲下身子，请吉马扶着谷仁君趴到自己背上就往山下走。

下山的路很陡，弯道多，谷仁君体形瘦高，虽不算重，但一个人背着比自己高的人，走下坡路就显得有些吃力。洛南与吉马两人轮换着背，额上全是汗水。背上的谷仁君已经昏迷了，头耷拉着，嘴对着洛南的脖子吹着热气。走到一半，洛南对吉马说我一个人能背动，你先走一步，到村上找一条干净的布带子，再找两个人扎个滑竿，等我到了先给他包扎一下止血，然后再抬谷股长下山。吉马走以后，洛南背着谷仁君走得小心翼翼，生怕他再摔一跤就不得了了。实在背不动了，就找个路边的石坎将谷仁君的屁股放在石坎上，自己半蹲着喘气，然后又走。离村子还有一道弯，谷仁君在背上动了动，头也扭了一下。洛南说谷叔你醒过来啦？谷仁君嗯了一声，洛南又说，我让吉马先到村上扎一个滑竿，我们到村上就找两个人抬你，你再坚持一下啊，等上了车就好了。谷仁君又嗯了一声，又走过一段路后，谷仁君声音大了一点，你放我下来，我自己走。洛南说不行啊，你后脑上出了那么多血，到了村上先得给你包扎一下才行。慢慢地谷仁君似乎精神好了一些，又在背上说，我没那么严重，只是感觉头有点昏。洛南喘着气说，要等检查了才知道。谷仁君说，放我下来。

洛南将谷仁君放下，扶着他慢慢走，谷仁君说，我在自卫反击战时，那么多人受了伤，简单包扎一下就又上前线，一仗打完，那么多人死了，还有很多人残了，我这点伤算个啥？洛南说，你们从战场上下来的都是英雄。谷仁君说，小洛你这体力不错啊。洛南说，我是猎人的后代，当然体力不错。两人走一小段就得在路边歇气，谷仁君说，转业回来开始我还不想到林业局，可是工作了这些年，才感觉咱们干林业的，就和以前修桥补路的一样，是为人造福的。咱们生活在山里，这些山就是我们的家园，山给了我们生活所需的一切，咱们就得保护它。咱们搞林业的人就是这些山的守护神。所以我看到那些乱砍滥伐的，就像看到仇人一样。回去就让林业公安把那几个人好好收拾一下。洛南说，回去我就给公安科说，你先把伤治好。

10

舞厅打架过后，尚文雄将兄弟俩弄去了厂里上班。洛南感到林政股的事的确比造林股麻烦得多，到市里的时间少了，到了市里也不想再去跳舞，星期天尚文雄便与洛南在房间里一张新添置的小方桌上下围棋。洛南问尚文雄，怎么好久不见秦老师来你这儿玩了？尚文雄说，我怎么知道，你打电话问问她吧。她不是要跟你学写诗吗，你电话一打她不就一溜烟跑过来了？洛南说，还是你自己打吧。尚文雄说，算了，我懒得打。

尚文雄说完刚落下一颗子，秦柯和一位姑娘走进来。尚文雄抬起头，见多了一位美女，忙说不下了不下了！洛南说，还没分出胜负，除非你认输了。尚文雄说，我认输，我认输。走走走，我请大家爬山，然后请大家吃饭。秦柯说，爬山还用你请啊，爬山我请，吃饭你请，免得说我们占你的便宜。跟在秦柯身边的姑娘一直微笑着，不插一句话。

那个姑娘就是梅玲，是秦柯的同事，也是师范学院毕业，只不过学的是生物学。在爬山与吃饭的时候，梅玲很少说话，即使偶尔说一两句也是低声细语，十分文静的样子。尚文雄却处处照顾着她，爬山时先问她渴不渴，点菜时先问她喜欢吃什么。洛南与秦柯一起抱怨，说他重色轻友！尚文雄说，你们懂什么，这是绅士风度。梅玲的脸上已经抹上了一层又一层红霞。

秦柯悄悄对尚文雄说，梅玲很不错，你要抓住机会。听说她家可是有钱人家，我把她办公室电话给你，你自己搞定。我看她的样子，说不定已经喜欢上你了。

认识梅玲以后，尚文雄就一直没给张大姐回话，张大姐也没再追问他。尚文雄觉得不用再给她回话了。虽然李长兴带给他心中的灰暗没有完全消除，但那份焦虑得到了缓解。当初，很偶然地认识秦柯，让尚文雄心中曾有过很朦胧的向往。偶然就是缘分，而缘分就是命里注定的。可是看着秦柯与洛南说话的语气和神态，尚文雄又觉得所谓的缘分是不可靠的。洛南是自己的兄弟，秦柯却对他大有一见钟情的样子，天天拿着自己写的诗要他指点，洛南居然也没有拒绝。真的成了有心栽花花不开，无意插柳柳成荫。尚文雄虽然不是多情的人，心中依然感到了失落。对秦柯的那份朦胧的向往，随着她与洛南越走越近而消失。百步之内必有芳草，梅玲和秦柯相比，性情更加温柔，长相也不比秦柯差。虽然学的是理科，却很会关心人。评价一个男人，首先看他找什么样的女人。找个什么样的女人结婚，尚文雄并没有具体的概念，说不定梅玲就是这样的人选呢。

为了赶走那份失落，尚文雄在几天后一个下午快下班的时候，拨通了梅玲的电话，晚上我请你看电影。电话那头梅玲似乎还没有反应过来，尚文雄又说了一遍，晚上我请你看电影。梅玲说，好。下班后，尚文雄便推着自行车在学校门口守着，梅玲穿着一件蓝色连衣裙走出校门。看见尚文雄的自行车，梅玲露出一丝犹豫。尚文雄说，走路太费时间了，你坐，我搭你。梅玲终于说出一句，可是，我不会搭车。那你先坐上，抓好！尚文雄用力一蹬，车子猛地蹿出，他感到一只手在背后紧张地抓住了自己的衣服。

看着面前来来往往的行人与车辆，尚文雄发现，如果没有梅玲，自己在这座城市其实是个游离者，单位同事只有在办公室时才有联系，平时自己和这座城市是没有联系的。秦柯性情大方，热情而有主见。和秦柯相比，梅玲更像一池安静的水，随和温柔，小鸟依人，说什么她都不反对。第一次单独与梅玲看电影时，两人之间的话依然不多。坐在电影院，两人的眼睛都盯着银幕，尚文雄不知道自己该不该把手伸过去握着梅玲的手。直到电影散场，尚文雄提议去吃夜宵，梅玲依然是处处顺从他。他说吃什么就吃什么，他说去哪里就去哪里。虽然没有电影里那种浪漫，但一切又显得很自然，尚文雄觉得，如此甚好。

在往回走的路上，尚文雄很随意地牵起了梅玲的手，梅玲没有拒绝没有犹豫似乎也没感到任何意外，一切都在情理之中的样子。尚文雄觉得牵手是一种必要的仪式，在大街上牵着手走路，实际上是一种宣告。既是向世界宣告，也是彼此宣告，咱俩恋爱了。不知道洛南和秦柯是否也牵着手在大街上走路。到了学校门口，在大门上灯光的照射下，梅玲脸上羞涩的幸福一览无余。尚文雄说，上班有时间我给你打电话。梅玲说好。梅玲让尚文雄心中的忧郁与压抑得到了舒缓。虽然他与梅玲在一起看电影、吃饭、逛街的时候也没有完全忘记李长兴的冷眼，忘记狗日的前程，但当他每次与梅玲告别独自走回自己寝室时，也感觉那些曾让他揪心的前程、同事、工作等，在背上轻了许多。

到了周六下午，洛南下来以后，梅玲又会和秦柯一起来尚文雄寝室。谁也没再提出去跳舞，四个人一起不是吃饭、看电影就是逛大街。实在没啥好玩的时候四个人就在小方桌上打扑克。尚文雄喜欢打升级，而洛南则喜欢更加简单的拱猪，不管是升级还是拱猪，洛南的牌技都是一塌糊涂，经常被两位女士嘲笑。

当把两位女士送回学校，洛南和尚文雄便开始挤在床上抽烟。几句话就又聊到彼此的工作上。洛南说，以前自己干的是纯技术活，规划设计，技术指导，检查验收，哪种地方适合栽什么树，什么时候栽怎么栽。天天爬山，既单纯又有意思。而现在管砍树，管拉木材，天天晚上都要去玩猫捉老鼠的游戏，去路上查夜，抓偷拉黑木材的，既得罪人不说，有时候遇到凶狠的蛮的，还很危险。我天生不喜欢这种差事，但工作就是工作，领导安排了就得去。

听洛南说起工作，尚文雄开始后悔自己当初的选择。当初一门心思留在市里，现在看来到县上去才是对的。洛南说那我们俩对调吧，我就习惯在办公室写写画画，下班后就去看电影，喝咖啡，写诗，然后出诗集。尚文雄叹了一口气，也许我天生不是坐机关的料，我不习惯每天被人呼来唤去。上一周，对我一直不错的中年科长调走了，做梦也没想到的是，那个老年副科长李长兴居然当了科长。今后的日子，看起来不会好过了。

洛南说，想想我们十几年寒窗，不就是为了有一份稳定的工作，有一只铁饭碗吗？韩信还要忍受胯下之辱，再说，你两个弟弟都需要你的照顾与管束，你要是才上班几年就不干了，这十几年书不就白读了吗？还是坚持下去吧，有机会还是跟他好好沟通沟通，说不定就过去了。尚文雄长长地叹了一口气，你说的这些我都试过了，没有一点用处，送礼他不收，请吃他不来。这个班我真是不想上了。洛南说，以我的性格，我还是劝你再坚持、忍耐一段时间。事情总是变化的，那个老科长也当不了几年，你我这么年轻还怕和他耗吗？

终于有一天，尚文雄与李长兴还是在办公室爆发了冲突，原因是市政府领导要从计经委借用一名年轻大学生做秘书，主任刘国伦有意推荐尚文雄，理由是他学的是中文专业，人又灵活。可是科长却公开反对，刘国伦只好另推他人。准备提拔他当副科长的事，也就没了下文。尚文雄在科长办公室依然努力克制火气，与科长讲道理，可是李长兴完全是在发泄怨气，每一句话都刺激着尚文雄的神经。吵声越来越大，火药味越来越浓，科里的其他同事闻声过来劝阻。手下的到来似乎给李长兴壮了胆，说话更加口无遮拦，竟然带出了粗话与谩骂。尚文雄抓起桌上的烟灰缸就要向科长砸过去，同事们忙将尚文雄手中的烟灰缸夺下。

尚文雄被张大姐推着走出科长办公室，张大姐一直在他耳边说，小尚你可不要意气用事，忍一时之气，免百日之忧。后退一步，海阔天空。你可不能因为一时不忍而影响了自己的前途。尚文雄坐在自己办公桌前，觉得眼前一片黑暗。他一个人走出单位，顺着人行道走得很快，抬起头发现走到了梅玲教书的学校门口，尚文雄看了一眼学校操场上奔跑的学生，又继续往前走。不知走了多少条街，终于将城市抛在身后。眼前出现了油菜、小麦和农舍。看见在地里干活的农民、田埂上的黄牛，他觉得心中的火气降了下来，自己和地里的农民相比，已经算是天上。天天坐在办公室，风吹不到雨淋不到，工资每月准时到手。当初努力考大学，不正是为了这样的日子吗？

不知走了多久，尚文雄感到口干舌燥，走到田坎上对正在给油菜灌粪水的老大爷说，大爷，我走路走得有些口渴，能不能给点水喝？大爷指了指田埂上的水桶，你看看桶里还有没有，如果有你就自己舀，如果没有了，那棵椿树下就是水井，把桶提过去自己打吧。尚文雄走到桶边，看见桶里只剩不到半瓢水，自己喝了就没有了。便喝了剩下的水，又提着桶到井边打了一桶，提回到田坎上，口里向大爷道谢。老大爷说，你这年轻人还懂事，喝了一口水又去打回一桶，今后肯定有出息。

第二天，办公室张大姐对尚文雄说，你去给科长认个错吧。尚文雄说，不去。张大姐小声说，科长已经五十多岁了，而你才二十多，就是熬，也能熬得过他。

看尚文雄还在生闷气，张大姐又悄悄问，听说你找了个女朋友，还是咱们旁边学校的老师？尚文雄说，八字还没一撇呢。张大姐说，学校的老师好，将来娃娃上学不用愁了。哪像我们，天天都得操心孩子。

舞厅打架之事过去快两个月以后，当尚文雄已经忘记时，一辆警车悄然停到了计经委办公楼下。三个警察上楼直接去了主任办公室，几分钟后，办公室的小刘就来通知尚文雄到刘主任办公室去。尚文雄进了刘国伦办公室，看见三个警察才猛然记起舞厅打架之事，心里有了不好的预感。果然，没等他开口问刘国伦就说，他们是城厢派出所的，前不久你和几个人在舞厅打架，现在上面领导要求重新调查处理，你就跟他们去配合处理吧。

尚文雄这才知道，自己不一定熬得过谁了。

尚文雄一声不响地跟着警察下了楼，没等警察推搡，就主动从后排上了车。两个警察一边一个将他夹在中间，车刚起步，坐在右边的胖警察就取下腰间的手铐，强行将他的双手铐上。尚文雄这才问，几位领导，打架这事不是已经处理了吗？怎么现在又？开车的年轻警察和坐在右边的胖警察都不说话，坐在左边的中年警察说，等下到了派出所你就知道了。尚文雄脑子里飞快转动着，领导要求重新调查处理是什么意思？看来自己惹上麻烦了，便不再说话，要死要活，也只能走一步看一步了。

到了城厢派出所，尚文雄直接被两个警察带进了一间很小的屋子。房间里黑得看不清大小，尚文雄刚走到门口就被人从后面用力推了一把，他跟跄着在黑暗中稳住身子。门在身后刚关上，后脑勺上就挨了重重一拳。他想伸手去护头时，才发现双手被铐在一起。背上挨了一脚，腰上又挨了一脚，尚文雄在倒地时用双肘撑住地面，不让自己的头碰到地上，用力收起腿，准备抵挡再次袭来的拳脚。这时门被打开，他听到一个声音，行了！

灯开了，尚文雄挣扎着站起身，胖警察站在他面前，脸上和他一样满是怒气。中年警察将他带到一张专门供犯人坐的特制椅子里坐下，将椅子前面的横板放下，锁了，才在他对面的办公桌后坐下。胖警察依然站着，口气严厉而冷漠，老实交代，上次你和几个人在舞厅打架的原因和经过。

尚文雄努力压制内心的怒气与不安，盯着胖警察说，上次不是已经调查处理了吗？不信你们去问邓所长吧。

胖警察立即厉声打断他的话，邓所长就是因为你们打架这个事儿受了处理,你还好意思问邓所长!

尚文雄这才感到自己遇到的不是小麻烦,而是大麻烦,背上一阵发凉,但他还是口气镇定地说,上次舞厅打架,就是普通的打架斗殴事件,本来是对方先动手,他们却说是我们先动手,邓所长看谁也扯不清楚,也没什么大的伤残,所以就让双方各自治伤各自回家了。

中年警察这才慢慢地说,现在他们说是你们在舞厅里惹事打人,他们没还手,都跑出舞厅跑到街上了,你们还追上去把他们一个人捅伤了。他们现在不光要求把你们抓起来,还告咱们派出所徇私枉法,邓所长都被撤职调到其他地方去了。

尚文雄背上又凉了一股,迅速冒出汗,中年警察说的他们,到底是什么来头,连派出所都怕他们?但他强迫自己镇定下来,就算天要垮了,也不能在警察面前丢脸,便把自己已经想好的话又重新说了一遍,那天我和两个兄弟去舞厅跳舞,我邀请了一个舞伴,那女子刚起身准备跟我去跳舞,一个穿牛仔服的却过来冲到我面前,要那女子跟她跳舞。女子犹豫不定,我说她是我先邀请的,你去请其他人吧。那穿牛仔服的转过来就推了我一把,让我滚一边去。我也就反手给了他一巴掌,就这样打起来了。后来他的两个同伙也过来打我,我的两个兄弟见了也就加入了进来。打着打着就打到了舞厅外,打到了街上,有一个穿牛仔服的打红了眼,抽出一把匕首就刺我的兄弟,我的兄弟在和他抢匕首时,匕首就刺中了牛仔服的腿。后来警察就来了,把我们全部带到了派出所处理,事情就是这样。

两个警察都沉默着。

过了片刻,胖警察也到办公桌后坐下,突然问,当时他们三个人都说你们另外还有两个人,为什么一直没到派出所来?

尚文雄感到自己脑子里嗡嗡声响成一片，他努力不让自己说话打结，当时就说清楚了的，除了我们兄弟三人，没有其他人了。

胖警察大声说，明明你们当时还有另外一男一女两人，你还敢撒谎！

尚文雄额上又冒出了汗，依旧说，我没有撒谎，只有我们三人。

胖警察起身快步走到他跟前，抬手就给了他一巴掌。

尚文雄感到耳朵里的嗡嗡声与脑子里的声音连成了一片，充斥了整个世界。他感到口腔里有一股咸甜的味道，也许牙齿被打掉了。他将带着咸味的口水咽进肚里，抬头盯着胖警察，一字一句地说，有本事你就打死我，你就是打死我，也没有其他两人，只有我们三兄弟。

胖警察抬起手，被中年警察制止住，又回到办公桌后面坐下。中年警察这才说，你知道我们为什么没有把你的两个兄弟铐进来吗？尚文雄不说话，中年警察才又说，因为他们点名告的是你和你的另外两个男女同伙，你的两个兄弟是社会无业人员，而你和那另外一男一女都是单位的职工。人家就是冲着你们是干部这个点来的，摆明了就是要敲掉你们的饭碗，你明白吗？

尚文雄没有回答中年警察的话，还是说没有另外两人，要敲饭碗就敲我的好了。中年警察看了胖警察一眼，胖警察便说，你如果一直不说实话，今天你就出不去了，我们将以寻衅滋事罪拘留你，明天就给你办手续。尚文雄还是不说话，两个警察便起身走出审讯室，出门后就将门关上。

门关上以后，尚文雄这才转头看看这个房间，没有窗户，四周的墙和屋顶都是阴沉的灰色。他知道自己是惹到大人物了。看来那天在派出所自己还是看走了眼，小瞧了他们的背景。刚才中年警察说那番话之前，他还在犹豫，要不要把洛南和秦柯说出来，反正打架的又不是他们，大不了批评教育一顿。现在看来，人家就是要收拾咱们三人，哪管你有理没理，所以现在更加不能说了。洛南是我的兄弟，秦柯虽然也许会成为洛南的女朋友，但她也是我的朋友，他们都是经不起打击的人。与其三个人一起倒霉，还不如我一个人扛了。想到这儿，他背上不凉了，脑子里也不嗡嗡响了。

不知过了多久，门又开了，进来的却只有中年警察一个人。进来后就问，你喝不喝水？尚文雄不回答。中年警察又问，那你要不要上厕所？尚文雄还是不回答。中年警察又坐回办公桌后抽了一支烟，然后走到尚文雄面前。尚文雄将牙齿咬紧，做好再挨耳光的准备。中年警察却在他面前半蹲下来，小声说，我看你是条汉子，宁愿自己受罪丢饭碗都不出卖朋友。现在没有其他人，你能不能告诉我实话，你那两个朋友叫什么名字？在哪个单位？说了我就可以让你悄悄回去，明天继续上你的班，他们也不会知道是你说出他们的。

尚文雄没看中年警察，他两眼平视着灰色的墙说，没有另外两人。

中年警察没有发火，继续半蹲着说，我看你很讲义气，就实话告诉你吧，那本来是一起很普通的打架斗殴事件，一个小的治安事件，连案子都算不上。当时邓所长那样处理并没有错，可是他错在没有了解清楚那个被你兄弟捅了一刀的小混混的全部背景，不知道他是市里某个领导的亲侄子。领导过后才知道自己的侄子被捅了一刀，本来就非常生气，又听说其中还涉及机关干部，亲自指示必须对参与的机关干部严查严处。所以对你那两个兄弟都无所谓，主要是要查处你们机关干部职工。邓所长粗心大意挨了个误伤,你说我们现在该怎么办?

尚文雄这才看了中年警察一眼,真的没有其他两人,你们要怎么处理我就处理吧。

中年警察站直身子,你可要想好,如果你说出另外两人,他们只是可能丢饭碗,而你的工作则可以保住。如果你不说,那么你的饭碗肯定是保不住了。

尚文雄还是只有一句话,没有什么其他两人。

中年警察慢慢走过去,给尚文雄嘴里塞了一支烟,又掏出打火机给他点上。说实话,我很佩服你这样的人,宁死也不出卖朋友,你那两个朋友交上你这样的朋友是他们的幸运。现在我也不为难你,今晚你就在这儿过一夜,也不拘留你。明天早上就放你回去再想一想,如果愿意说,就自己来找我们。如果你依然坚持你说的话,我们就会正式通知你单位,你觉得行不行?

中年警察离开后,尚文雄就靠在椅子上闭上眼睛,脑子里全是洛南和秦柯的影子,然后又是洛南老家黑沟村天神庙里神像模糊的脸,慢慢地竟然睡着了。不知过了多久,门就被打开,一个陌生警察进来打开椅子上的锁,又给他解下手铐。

你可以走了。

11

洛南到林政股上班两年多一点,谷仁君退休时,向文契推荐洛南担任林政股长。洛南心里有些惶恐,他没想到自己能当上股长,总觉得文局长在拿这样的大事和自己开玩笑。任命宣布后,洛南才知道这是真的了。文契将洛南叫到办公室,郑重地说,青石县两千多平方公里的森林资源管理,我就交给你了。青石县是林业大县，这个担子可不轻松。你得多操点心，才能让我省心。木材采伐与运输一直是县委、县政府重视的工作，也是社会关注度很高的事，千万马虎不得。人总不可能玩一辈子，把你以前打台球和跳舞的精力多用来操心怎么将森林资源管好吧。洛南感到自己长成了大人，感到了肩上的压力。他郑重地表态，我一定全力把工作做好，不辜负你的希望。洛南专门回家将局里的红头文件拿给爹看。洛承义接过那张纸看了看，抬起头时脸上有了光泽，眼里也有了以前没有的东西，说，虽然只是个股长，但咱们家也算出了一个当官的了。我这就去把你二叔一家叫过来，一起吃顿饭，喝两杯。

当林政股股长后，洛南经常要晚上出去路检，和股里的几个同事一起到外运木材必须经过的公路口子上蹲点守候，很多时候一守就是一个通宵。还有时候半夜睡得正香，突然会响起敲门声，快起来去路检！那个时候，青石县林业局都只有两部摇把式座机，就像电影里打仗时用的那种，所以每当值班人员在半夜接到举报，就会用敲门的方式通知相关人员坐上局里的吉普车赶往举报人所说的地点。有时候一去就抓个正着，押着木材车凯旋继续回去睡觉。有时候却是扑了个空，原来是有人恶意举报，大家骂上几句后悻悻而归回去睡觉。

只有两种情况会让洛南和同事们通宵难合眼，一种是遇上了硬骨头，就是老百姓所说的恶人。这种人是社会上的老大，手下有一大群兄弟，对执法检查常常采取强行对抗方式。开车撞执法人员、动手打人都是司空见惯的事。所以在执法时经常会发生摩擦甚至流血事件，这时候洛南他们就会尽快想办法通知森林公安科的干警前来增援，强行扣挡。另一种人则是上层关系户，仗着上面有领导撑腰，完全不将林政执法人员放在眼里，你今天将他的木材扣押了，明天他就会通过关系给你的领导打招呼，把木材取出去。取出来时，还会放出话来，今后不管谁扣了我的木材，最后都会乖乖地还给我。听到这话，洛南时常想甩手不干了！

洛南又找到文局长说，看起来我天生不善于和人打交道，还是让我去爬山，去搞规划设计、指导育苗栽树、检查验收吧。文局长说，你想调哪里就调哪里吗？你是局长还是我是局长？你要是县长，我就听你的；你要不是，你就听我的。洛南委屈得说不出一句话。文局长却又开口了，年轻人经不起一点点挫折，还能做成什么大事？林政执法是一项艰苦的工作，又是一项锻炼人的工作。执法是一件严肃的事，但实际情况又是复杂的。法律是死的，实际情况却是千变万化的。从哲学上讲，就需要我们具体问题具体分析。有的木材是你们挡了，我又让放了。你们挡是正确的，我放也是正确的，因为都是工作的需要。什么时候挡，什么时候该放，你应该自己去好好思考。

文局长的问题让洛南苦苦思考了好长时间，仍然没有真正想透想明白，只好在不明不白中继续着昼伏夜出、夜游神一般地工作。秦柯打电话来，漫不经心地问他周末下去不。洛南说，我也想下来，可是，可是局里正在搞林政执法大检查，我都五天晚上没睡好觉了。秦柯没再说什么，洛南也不知道说什么，只是内心那份朦胧的哀愁也越来越淡，周末到岷州的时间也越来越少了。

12

从派出所出来已是第二天早上，尚文雄走进办公室就悄悄整理自己的东西，张大姐小声问他，昨天警察找你什么事情啊，那么久都没回来？尚文雄说没什么事，张大姐说有什么事说出来我们帮你想办法。尚文雄说，真的没什么事。办公室的同事似乎都没察觉他有什么异样，该安排他做事的安排他做事，想和他聊天的依旧和他聊天。张大姐在给上小学的女儿指导作业，每隔一会儿就开始抱怨，你看我这孩子，马上就要上初中了，做个作业还要大人监督。尚文雄一边和同事们应酬一边想，也许真的熬不过去了！

梅玲打电话到办公室，问他晚上去不去看电影。尚文雄头脑昏沉，冷淡地说不去。梅玲没再说话也没挂电话。尚文雄才又说，这两天有点其他事，等这两天过了再说。梅玲还想说些什么，尚文雄先挂了电话。

在办公室熬到下班，也没有什么人来找他。尚文雄买了几包方便面两包烟，就回到自己的寝室躺在床上抽烟。那件事最坏的结果会是什么？如果把洛南和秦柯说出来，自己的工作肯定是保住了，洛南和秦柯的饭碗却没有了。那我尚文雄成什么人了？今后还有脸去见他们吗？如果工作没有了，自己今后怎么生活是小事，老母亲在乡下的面子往哪儿放？两个弟弟怎么办？梅玲怎么办？就让他们自己走自己的路吧！尚文雄一支接一支地抽烟。窗外天色暗下来，楼下街边路灯亮起，小贩的吆喝声、炒板栗的气味从窗户飘进来。他感到肚子里很空，却什么都不想吃。自己辛苦上大学夹着尾巴工作到底是为了什么？有人在敲门，咚咚咚，声音很轻，肯定是梅玲。说了这几天有事，她还是不甘心地跑过来敲门，那就让她敲吧，敲累了就回去了。敲门声持续了几分钟，停下，然后又响起。再停下，再响起。尚文雄悄悄从床上坐起，他听见了门外徘徊的脚步声，他轻脚走到门后，听到门外脚步声逐渐远去，才又回到床上，望着被楼下路灯照亮半边的天花板，这天会垮下来吗？他感到自己正在往一道看不到底的深谷下坠，他知道，触底的时候就是自己粉身碎骨的时候。他宁愿这深谷没有底，那就一直这样坠下去。

第二天尚文雄没去办公室，他感到头痛欲裂，身上的骨头也痛得快散架一般。闭上眼睛就一直在噩梦里钻进穿出，他感到自己身上热得如被架在火上烤，口里干得快吐出火。到了第三天，他感到头痛减轻了，身上也不烧了，才用力从床上爬起来，到单位就直接去了主任办公室。

主任看见他，直截了当地说，打架的事派出所的人又来过，了解你平时在单位的表现情况。我不希望咱们单位有人被处理，因为这样单位也会受影响。所以我还是想挽救你。这件事是上面打了招呼的，必须处理人。但派出所说了，只要你说出和你一起打架的另外那一男一女，你的工作就能保住。尚文雄说，我自己做的事我自己承担。刘主任沉默片刻，明明有人看见你们是五个人一起。尚文雄说，别人肯定是看错了，只有我们兄弟三人。刘主任说，你这不是在讲义气，而是执迷不悟。如果你仍然坚持不说出另两人，你的工作就保不住了。上面打了招呼，要么自己辞职，要么由单位报人事局开除。刘主任叹息一声，你知道不知道，每年那么多大学生毕业分配，谁都想分到市级政府部门，特别是咱们计经委这样的单位，你一旦从这里出去就不可能再回来了。

尚文雄从沙发上站起，谢谢刘主任的好意，实在不行我就辞职吧。

刘国伦也站起身，感叹说，单位那房子你就先继续住吧。我看你心气很高，今后肯定会有出息。

从主任办公室出来，尚文雄觉得自己的腰杆又直了。他回到办公室一边向同事道别，一边整理自己的办公桌，将自己手边的工作向同事移交。张大姐很惊讶地问，这么好的工作，你怎么突然就辞职了！又忧心忡忡地说，没有了工作今后你又干什么去啊？尚文雄开玩笑说，踩三轮车啊，今后你们出门可要多照顾我的生意啊。尚文雄将办公室钥匙放在自己办公桌上，抱着一个小纸箱走出办公室时没有回头，下楼梯时他没有回头。直到走出办公楼，走出市政府大门，站到大街上，才看了一眼这个自己曾经无限向往，后来又十分畏惧的安静的大门。

  尚文雄来到大街上，看到街上往来的车流和行人，他突然感到自由得连脚踩在人行道上也有些飘浮。他这才想起自己丢掉饭碗的事，老二、老三都不知道，洛南不知道，梅玲也不知道。告诉了他们又怎么样？不知走了多久，他觉得街边一家小饭馆很熟悉，抬脚便拐了进去，看见长头发胖老板腰上的酱色围腰，他想起了毕业后他与洛南一起喝酒的场景，没错，就是这个小饭馆。他认出了曾经送过他们两瓶啤酒、和他们干过杯的老板，老板却没有认出他。三年多了，餐馆天天客来客往，怎么可能记住他？尚文雄没有和老板攀谈，独自喝酒。喝干三两白酒后，他觉得酒兴正好，又要了三两。为了保住洛南和秦柯，自己辞掉了工作，他感到自己如壮烈牺牲的英雄，复活后变成了舞台上的一个跑龙套的。尚文雄不知不觉又喝干了杯子里的酒，但他还想喝，他不知道自己为什么兴奋，就像刚坐了过山车下来。刚才喝下的酒是向过去告别，现在再喝二两面向明天的酒。刚才喝的是苦酒，而现在喝下的则是甘甜的酒。他想过要不要告诉洛南自己辞职的真正原因，但每次都毫不犹豫地否决。责任是我要承担的，决定是我自己做的，难道我还要到他面前邀功领赏吗？一个人喝了八两白酒的尚文雄，走在街上脚步平稳，望着街边的路灯，他感觉自己的背很直，自己就是老大。自由了。再也不用担心李长兴的刁难，再也不用被人呼来唤去，再也不用逢人就笑见人就弯腰了。

13

洛南刚从乡下回办公室，就接到梅玲的电话，尚文雄不见好几天了。

梅玲说，去他寝室敲门，一直没人。打电话到单位，也说不知道。洛南问，不会出什么事吧？梅玲说话带着哭腔，我也不知道，几天前给他打电话，他就是冷冰冰的样子，就像谁欠了他什么一样。洛南想了想说，尚文雄这个人我了解，应该不会出什么事。梅玲不说话。洛南又说，如果这两天他都还没消息，周六我就下来去他老家看看。

正当洛南准备周五下午去岷州找尚文雄时，尚文雄却敲响了他的寝室门。

多少年以后，当洛南与尚文雄在关河检查站的冷风中对峙，他依然记得1990年夏天过后的那个中午，尚文雄提着旅行包站在门外的样子。那时洛南正在睡午觉，听见敲门声，洛南揉揉眼睛穿着拖鞋去开了门。尚文雄提着一个大包站在门口，那包是在市人事局招待所洛南见过的特大旅行包，深蓝色防水帆布做成。上面有两道平行的拉链，外面两头还有带拉链的小包，样子看起来很老气，但十分结实，特别能装。尚文雄穿着大号牛仔服、登山鞋，头上的灰尘被楼梯上的微光织成了一顶灰色的帽子，脸上也扑着灰尘，感觉很疲倦的样子。

洛南一边穿衣服一边说，梅玲在到处找你呢，你这几天去哪里了？

尚文雄没有回答，进门后就一边脱鞋子衣服一边往床上爬。

出什么事了？

没事。

辞了？

辞了！

洛南给尚文雄泡了方便面，又从腰上取下钥匙，辞了就辞了，不过你应该告诉梅玲一声。

过几天再说吧。尚文雄已经钻进被子里，并用被子蒙住了头。

洛南去上班以后，尚文雄躺在床上时睡时醒，醒来时感到头脑昏沉，又继续睡，刚睡着又被梦惊醒。他感觉睡觉也成了一件累人的事，便在房间里找书看。洛南屋子里虽然书不少，但多数是诗集和诗歌杂志。尚文雄虽然学的是中文，但对诗歌并不特别热爱。他觉得诗歌只是将某种情绪放大，并没有创造出新的东西，更没给他传递什么能量。他还在一堆诗集中翻到一本洛南自己的诗集，是一个手抄本，看笔迹是洛南自己用白纸抄写的，看来他真的有出版一本诗集的打算。尚文雄读了几行便放下，我可不能被他的情绪所左右。他走上阳台，望着那些挡住了他视线的山，尚文雄将眼睛不停地上移，看看能不能找到那些山的最高点。山顶没有看到，却看到那些伸进云中的山上，有一些白色细线，肯定是小路。再看又发现了一些模糊的小方块，那是房子。这世上居然有人住在那么高的地方，他们与楼下的车辆行人、商店与餐馆、舞厅有什么关系！哪里的黄土不埋人？远离人世的云上都能够生存，我为什么非得老想着以前那张办公桌。

洛南每天下班回来，看见尚文雄还在床上，就说起来我们出去吃饭！尚文雄说不想出去。洛南便买了一大口袋方便面、火腿肠、蛋糕面包之类，又买了两瓶白酒一条烟。下班后两人就一起吃方便面喝白酒,然后又在房间里下围棋。尚文雄的辞职会不会和舞厅打架有关?洛南想问一下他,想想又不好开口。既然他不说,就有不说的原因。洛南说干脆咱们去看电影吧,尚文雄说不想去。洛南又说那咱们去跳舞,尚文雄还是说不想去。洛南想了想说,那过几天我下乡时你跟我一起去玩。尚文雄说,过几天再说吧。

洛南再次接到梅玲打来的电话,你有尚文雄的消息没?洛南说,到我这儿来了,他辞职了。

星期天梅玲便坐班车来到青石。她穿着运动鞋,提着一大包食品,出了车站就一边走一边问路,终于在快中午时走进了林业局大门。当洛南听见敲门声,打开门看见梅玲站在门口时,第一反应是大喊,尚文雄快起床了。尚文雄没有响应。梅玲走到床边,你这几天去哪里了?到处都找不到你。尚文雄从床上坐起,黑着脸说,你来干吗?梅玲没说话,尚文雄又说,你回去吧,今后别来找我了。

尚文雄说完又躺下缩进被子里,梅玲站在床边,你有什么事就说出来,不要这样闷着好不好。洛南走过去将尚文雄身上的被子拉开,梅玲这么远专门来看你,你不能再睡了,起来去吃饭吧!

尚文雄又坐起身,我让你今后别来找我了,未必我死了你也要跟着我去死!

梅玲的眼泪无声地流出来,半天才说,我到底什么地方惹你不高兴了,你告诉我。你为什么要这样对我?

尚文雄低着头,我高兴不高兴都是我自己的事,和你无关,也不用你管,我看到谁都烦。

梅玲哭着转身,提起自己的小包就冲出门。

尚文雄不仅没有下床,反而又躺进被窝里。

洛南追出门喊，梅玲你别走。梅玲没有停下。到了林业局大门，洛南才将梅玲追上。梅玲依然没有停步。洛南说，你先别走啊，尚文雄刚辞了职，可能心情不好，过一会儿就好了。你专门赶来，就应该好好和他谈谈。梅玲一边走一边抹眼泪，他这种人，我跟他还有什么好谈的！我再也不来找他了！洛南一直跟在梅玲身后，到了汽车站，梅玲也不愿意回来，上了车都还在抹眼泪，我再也不想见他了。

洛南回到寝室，尚文雄还躺在被子里，两眼直直地望着天花板。洛南说，回去了。尚文雄坐起身。洛南又说，就算有天大的事，也不应该伤害梅玲，她是爱你的。

我知道。

找时间给她打个电话吧。

我知道。

过了三天，梅玲又来了。

尚文雄终于愿意出去吃饭了，吃完饭下午洛南又得去上班，下班回来时房间里已经变了一个样。床上的衣服被子叠整齐了。茶几上的杂物清理了，烟灰缸洗过了，地上拖过了。厨房里响起噼里啪啦的炒菜声。没过一会儿梅玲就在厨房里喊开饭了，回锅肉、韭菜炒蛋、藕炖排骨，洛南忙着支起平时很少用的折叠小方桌，尚文雄也帮着端菜。工作几年了，洛南还是第一次在家里闻到饭菜的香味，因为这香味而感到了家的气息。尚文雄提议喝一杯，洛南爽快地答应了，反正晚上又不上班。梅玲依然很斯文，轻声说话，轻脚走路，吃饭的时候隔会儿就看尚文雄一眼，似乎想劝他少喝一点，又没开口。尚文雄问洛南，你猜我们下午去哪里了？洛南放下杯子问，去河边了？尚文雄说我带梅玲爬山了。爬山？尚文雄说，我们爬到望乡台上面去了，在那上面不仅可以看到青石县城的全貌，还能看到更远处河流转弯的样子。梅玲还去望乡台的那个庙里烧了香。梅玲说，望乡台看起来没多高，爬的时候才知道也不矮，我的腿都还在疼呢。

饭后洛南提议去跳舞，尚文雄和梅玲都说行。到了舞厅，尚文雄和梅玲下了舞池，洛南便坐在长条椅上抽烟，他感到自己离舞厅越来越远，抽完一支烟他又接着抽第二支，第二支抽完他才去邀请了一个舞伴。音乐还是那些音乐，灯光还是以前的灯光，只是心中已找不到以前那份温暖与柔情。他一边搂着舞伴在人影中穿梭，一边看着远处慢慢移动的尚文雄和梅玲。梅玲身材娇小，而尚文雄虎背熊腰，尚文雄的头有些僵硬地抬着，梅玲的脸靠在他的胸口上，头发正好顶着尚文雄的下颌。那么好的工作单位，尚文雄居然敢辞职！洛南想到自己的工作，虽然苦累烦心，但说辞职，那可是想都不敢想的。

梅玲第二天早上搭头班车回岷州，尚文雄却要继续留在青石。梅玲要尚文雄一起回去，尚文雄说你回去是为了上班，我忙着回去干什么，我就在青石生根了。看梅玲又快要哭了的样子，尚文雄才说，你放心吧，我会回去的。

梅玲离开后，洛南和尚文雄便经常在黄昏去逛河滩。走过杂草丛生的乱石滩，随便在水边找块石头坐下。前面是河，河水安静。对面是山，山的上半部隐在云雾之中。风无声，狗尾巴草的摆动无声。尚文雄在一块石头上坐下就感叹，真是好地方。等我老了，就来这山里生活，每天有三顿饭二两酒一包烟足矣。尚文雄说得悲观，但口气已经有了改变。

那你来青石吧！洛南说。

我来青石能干什么。我不可能就这样让你养一辈子，就算你愿意，我还要娶妻生子，你养得起吗？

洛南说，其实机关的工作是一个怪圈，大家拼命往里钻，钻进来了才觉得没有一点意思，看不到一点希望，但是又没有勇气跳出去。所以我很佩服你，别人不敢做的，你已经做到了。

尚文雄说，以前那张办公桌，那条走廊已经对我失去了吸引力，也不是我人生的目的地。我要的是更宽阔的天地，我要的是不再天天听从别人差遣。

洛南说，我看梅玲对你可以说是一往情深，你可别辜负了人家。尚文雄说，梅玲说不管我有工作还是没工作，她都愿意跟我。就冲她对我的这份情义，我也要努力混出个人样子来，才对得起她。

白天洛南上班，尚文雄就在家睡觉，晚上两人就一起下饭馆喝酒，上舞厅跳舞，但更多的时候，两个人都是去绕城而过的青石河的河滩上静坐。尚文雄逐渐有了精神，显得无忧无虑的样子，让洛南心里放松了许多。

尚文雄开始计划自己的未来。以前想的是升官，可是再大的官，都是奴才。我不想做奴才，所以也不想去做那个鸟官了！我要自己做生意，再也不要看别人的脸色。

洛南说，我看很多做木材生意的人，好像都赚了钱，你也可以来试试。尚文雄摇了摇头，木材生意我一点都不熟悉，我还是先做其他什么小生意吧，我想先从摆地摊起步，积累了本钱再开公司。洛南说，木材生意其实很简单，就是到山上那些林场去买了木材，拉到县外或者岷州市里去卖，吃一点点差价。我在林政股工作了两年，现在又当了股长，我看好多拉木材的贩子都逐步发财了，需要的本钱也不多，又没啥风险。从上山到拉出去卖掉不过就两三天，就是辛苦一点，不过日积月累，还是能赚钱的。

尚文雄沉默了一会儿，似乎已经开始考虑洛南的建议，说辛苦一点倒是没什么，只是那些林场的人，我一个都不认识，而且到哪里去卖，我都不熟悉。

洛南说，不是有我吗？你我是朋友，是兄弟，我无法给你特殊照顾，但可以让你去了能够拉到木材，而且检尺、质量和价格上都不至于坑你。至于手续、市场、税费等等，你做上自然就熟悉了。

尚文雄还是下不了决心。

洛南说，先去拉几车试试，实在不行再去做其他生意，即使有什么问题，不是还有我吗！

尚文雄说，那我就试一试吧。

第二章　除非你把我打趴下

14

尚文雄在青石县城的各条街上寻了个遍，见到停在街边的货车空车就上前问，去不去拉木材？司机们要么说到林场拉木材的太多了，进去两天都排不上，三天还装不上车，还要在山上过夜。还有司机听说是进山到林场拉木材，都摆手说，路太烂了、太陡了，爬不上去。尚文雄从大街上又转到小巷里，还是见了货车就问，就发烟，还是没有司机愿意去。他有点灰心，但又不甘心，这木材生意难道就不是人做的。我还没开张，总不可能就这样放弃了。他顺着街边一边走一边想，还有哪里有货车。快走到城外时，看见路边一家汽车修理厂，果然有几辆货车在修理，他向修理工打听到了司机，还没说事情先发烟，终于有一辆货车司机答应进山拉木材，但车要下午才能修好。尚文雄请司机吃午饭，上车出发就给了司机一包烟。吃饭的时候，尚文雄说自己的兄弟是林业局的林政股长洛南，自己本来在市上的单位上班，是他喊我来拉木头的。司机听说他是洛股长的好兄弟，对他的态度立即变得热情，说，你有这样硬的关系，到哪个林场都拉得到好木材，价格还不会多算你一分，今后不愁在这行混不到饭吃。

尚文雄做梦也没想到，自己十年寒窗，居然成了一个木材贩子。洛南已经给他讲了怎样找车，给多少运费，去哪些林场，找什么人，尚文雄还是没有一点底。但当他真的坐着大卡车往山里走时，就觉得坐在洛南阳台时的阴云、办公室科长的阴沉、走在办公楼走廊时的战战兢兢，都已烟消云散。他一路上不停地感叹眼前山的陡、公路的险，不停地跟司机递烟，与司机称兄道弟，向他打探做木材生意的行规，很快就与司机交上了朋友。进了山里，司机主动给他介绍哪个林场的木材好卖，哪个林场的路太烂。哪个林场车子排队少，哪个林场场长好说话。尚文雄将带来的烟一条给场长，另一条拆了给检尺员和装车工人一人一包，开口一个兄弟闭口一个大哥。当尚文雄押着一车木材从山里出来，到达县城已是晚上十点。洛南又帮他叫醒办运输证的老刘大爷，办完运输证，尚文雄叫上洛南和司机一起去吃夜宵，洛南又陪着尚文雄过检查站。尚文雄买了两包红塔山。木材拉到岷州市郊的木材综合市场，有木材老板围上来，看材质，讲价钱。尚文雄飞快盘算了一路上的所有开支与买材成本，然后加上五百元报了价，一个木材老板三下五除二便和他成交，两天时间除去所有成本，净赚了四百元。看来洛南介绍的这个生意还可以做下去。两天没有睡好觉，尚文雄觉得很困，回到市里睡了半天。第二天，尚文雄又回到青石，对洛南说我第一趟就赚了四百元，都是你的功劳，星期天我请你和你媳妇吃顿好吃的。然后尚文雄一次叫了三辆卡车，一路开进山里，还是去前次的那个林场，见了场长递过去一包红塔山，见了检尺员也递过去一包。卡车司机都觉得尚文雄耿直讲义气，林场场长觉得尚文雄出手大方没有架子，加工厂的老板觉得尚文雄拉来的木材质量好，要价也公道，让他有木材尽管拉来。两天后，三车木材在市郊的一个加工厂卸完，尚文雄算账，赚了整整一千五百元。

不到两个月，尚文雄就把青石县的林场跑了个遍。每个场长都愿意在价格上给他优惠，甚至还可以让他卖了木材以后再来给钱。很多司机都知道尚文雄这个名字，知道给他拉材不会拖欠运费。

星期天，尚文雄没有进山拉材，而是和洛南挤在一张床上睡觉。尚文雄说，你和秦老师交往这么长时间了，每次下来不去她家睡觉还老是跑来挤我，我他妈真想把你一脚蹬出去。洛南说，才发了点小财就不认兄弟了，就想赶我走了，有你这么做兄弟的吗？

尚文雄请梅玲、洛南、秦柯到四海居吃饭，尚文军、尚文兵两兄弟也被叫了过来。六个人在一个雅间里吃海鲜喝红酒。尚文雄说，早知木材生意这么容易赚，我以前还上那个鸟班做什么！还不如你也不上班了，我们一起做，一起赚钱。

洛南说，算了，我爹要是听说我放着国家干部不当而去拉木材，那不气死才怪。

尚文军、尚文兵两兄弟听说大哥做木材生意才两个月就赚了上万块，再也不愿意回厂里上班了，要跟着大哥一起去。尚文雄想，让他两个跟着自己也好，一来可以随时管教，二来自己的兄弟，办什么事总要放心一些，便答应了两兄弟的要求。兄弟三人分成三队，同时到了三个林场装木材。夜晚整齐一排停在青石县林业局门外，等着尚文雄去办运输证。三个月后，尚文雄这个名字已经在青石县的木材贩子中无人不知。后来尚文雄又对兄弟俩进行了分工，老二负责在山上联系装车，老三负责押车，自己负责联系林场材源办理手续与销售。

洛南说，你可不能打我的牌子向别人提特殊要求，你那样早晚把我这块牌子给砸了。尚文雄说，你放心，我不会砸你这块牌子的，砸了我吃什么去。我不会让你为难的！

15

万豪木业是与青石县相邻的泉州县大安镇的一家不大不小的木材加工厂，带锯圆盘、锯刨机一应俱全，主要加工农村建房的木椽子和包装箱。最初，尚文雄一个人一次拉一车两车木材停到厂门前，老板李太贵总是叨着烟围着车转来转去，一边转圈一边说这根不好那根太弯，然后又说这车材不出六米，开出很低的价。尚文雄不停地跟李太贵递烟，让李太贵一百两百地往上加。小加工厂收购木材有两种讲价方式：一种是讲多少钱一立方米，然后检尺，按实际米数算钱；另一种则是整车估算后报价，然后买卖双方讨价还价，价钱讲好以后，加工厂老板数钱给卖木材的贩子，木材贩子拿了钱就走人，一手交钱一手交货，连下车都不管。尚文雄到万豪木业交过几次材，感觉李太贵这人精明小气，压价狠，后来他就没再去万豪卖材。一次从门口经过时，李太贵却在门口将他叫住，尚文雄也就停下来和他讲价，李太贵出价大方了，付款时却说先给你一半，剩余一半七天后来拿。看尚文雄面色犹豫，李太贵拍着胸脯保证，七天后来拿！我这么大个厂在这儿，你还怕我跑了不成？尚文雄看看天色不早，李太贵给出的价还不算低，就答应了。

一周之后，尚文雄去拿余款时，李太贵却有意躲了起来。尚文雄隔了两天突然在门口堵住了李太贵，李太贵看见尚文雄脸色黑着，笑着说昨晚打牌输光了，老弟再过五天来吧。尚文雄说，好，我就再过五天来。

五天后，尚文雄带着老二老三再次来到万豪木业，他让老二老三先在门外等着，他自己一个人进了厂门。李太贵正在指挥几个工人从一辆车上下材。尚文雄走过去说李老板五天到了，李太贵看一眼尚文雄没搭话，又转身继续指挥工人下木材。尚文雄伸手拍一下李太贵肩膀，李太贵还是没有理他。尚文雄说，李老板，我这是第三次来了，事不过三，这道理你知道吧？

李太贵这才认真看了尚文雄一眼，说今天手上实在没现钱，你明后天来吧。尚文雄说，我不可能为你这点钱跑第四次，今天必须给我结清。李太贵说，我也想跟你结清，可我手上拿不出来钱有啥办法。不信我把会计喊出来问你。李太贵一边说一边大喊，宋良，出来。一个戴眼镜的矮瘦小伙子从一间办公室出来，站在门口看着李太贵，问，姐夫什么事？李太贵说，这位兄弟来收木材款，你那边还有钱没有？宋良又看一眼李太贵，犹豫一下说，昨天你全部拿去收了木材，没有钱了。李太贵转身对尚文雄摊摊手，我没骗你吧。尚文雄轻轻向门外招招手。尚文军、尚文兵二人冲进加工厂，尚文军走到李太贵面前，二话不说就飞起脚踢向李太贵肚子。毫无防备的李太贵被尚文军一脚踢倒在一堆木材上，还没来得及叫喊，老三尚文兵冲上去对着李太贵头上就是两拳。

几个下材的工人吓得呆立一旁，尚文兵还要继续挥拳，听见尚文雄在身后喊，行了。尚文兵站起来，大哥？尚文雄站着不动，等李太贵从木材堆上站起，才说，上次所欠木材款四千五百元，一天利息一百元加今天我兄弟俩的辛苦茶钱一人一百元一共五千九百元。李太贵左眼已经肿成一个桃子，腮帮上也黑了一块，忙掏出烟给兄弟三人递上，看不出老弟，不，老兄还是道上的人物。我马上去拿钱！马上去拿钱！李太贵钻进自己的厂长办公室，立即关上了门。

尚文雄听到了里面锁门的声音，说这个李太贵，肯定是躲在屋里打电话叫人来了。尚文军说，让他叫，就算叫来七八个，我们兄弟俩也能对付。尚文兵拉开衣服，大哥你看！尚文雄看尚文兵衣服里插着两把尺长的刀，尚文军也拉开衣服取出两把刀握在手上。尚文雄小声说，万一打不赢了咱就跑。尚文军说，大哥放心，看我的。

尚文军说完回身一脚向办公室门踹去，人造板门被踢出一个洞。下材的工人远远地站着，有一个年轻小伙子上来问，你们干什么？尚文兵抽出刀在手上一挥，讨债的，跟你们无关，不想流血的马上滚远点。工人们犹豫着说，我们的工钱还没拿到呢。一个年龄大的人说，你要钱就不要命了，这个时候还要工钱。五个下材的人转眼全部出了厂门。尚文军又要踢第二脚，李太贵打开了门，说你把我门踹坏了得赔。尚文雄问，你是不是喊打手来了？李太贵哼一声，不说话。尚文兵问，钱呢？李太贵还是不说话。尚文兵上前左手从后面一把锁住李太贵的脖子，右手将刀横在他胸前，老子看你今天喊多少人来，能不能保住你的性命！李太贵被尚文兵左小臂锁得呼吸急促，大张着嘴。宋良从自己办公室出来，看见眼前的阵势，吓得半天才喊叫出声，杀人了！

加工厂铁门外涌进七八个手持铁棍、砍刀的年轻人。尚文雄上前一步，大声说，我们在讨李大娃欠的木材款，与你们无关。如果有不怕死的，就上来试试我兄弟的刀法。尚文兵一手握刀，一手锁着李太贵的喉结，将他拖到尚文雄面前，命令李太贵，喊他们都回去。宋良喊，姐夫，快把钱给他们吧！李太贵被勒得说不出一句整话，只好向几个人挥手，回、回去。几个人中有两个突然挥着铁棍冲向尚文雄，尚文军从侧后方迎上去，用刀背挡住铁棍，一脚踢中一个人胸口，尚文军再一步上前将刀尖顶住另一人的脖子，被踢中胸口的人倒在地上半天没有反应，被尚文兵架住的李太贵又向其他几个人挥手，回——

回——回去。七八个人全部愣住。尚文雄说,还有谁不服可以再上前来试试。没有人动弹没有人说话。尚文雄又说,你们记住,我们三个人都姓尚,如果下次再遇上,我们就没有今天这么客气了,滚!

几个人慌忙拖起地上半昏迷的人出了厂门。尚文兵松开李太贵,刚才是五千九现在六千。

李太贵双手哆嗦着,从衣服内掏出一卷钞票,这是我准备明天收木材的货款,一共一万块,三位大哥全部拿去,多的就算我给几位哥赔罪请喝杯酒,今后还请雄哥军哥兵哥多多关照。

16

1993年夏天,禹王乡党委书记邵年从乡镇调到林业局任副局长。邵年是土生土长的山里人,二十五岁做乡镇长,不到三十岁就当上了党委书记,虽然只有初中文化,却是县里有名的能干人,被大家看好的大有前途的年轻干部。几年之间,邵年从一个乡调到另一个乡,每一个地方都干出了让领导满意的成绩,创造出了让领导到市里介绍的思路与经验,最后邵年被调到了县里最大的也是经济基础最好、上交税费最多的禹王乡任书记。很多人都预计他会做副县长或者常务副县长,他自己心里也许已经在思考做了副县长以后的事了。可是,在乡党委书记的位置上又干了四年,县委书记换了几茬,每届书记都在表扬邵年,邵年的位置却一直没有再动过。就如同青少年长身高,长到一米七就停止了一样。就在新来的县委书记薛鉴上任后不到一个月,邵年过了四十七岁生日后不久,一纸文件将他调到了县林业局任副局长。文件上面以括号的形式加了一个说明，享受正科级待遇。长期的官场经历让他的心中有种挥之不去的失落感，由于邵年不懂林业业务，所以到林业局主要分管林政资源和行政后勤。洛南对邵年十分尊重，洛南感到邵局长为人很讲义气，处理问题也比较公正。邵年也觉得洛南对人厚道，为人正直，从不偷奸耍滑，关键时敢于承担责任。两人关系处得还算融洽。洛南觉得，邵局长是一个不错的领导，而邵年也觉得洛南是一个称职的下级。就这样，二十四五岁的不爱喝酒的大学生洛南竟与四十七岁的酒量惊人的邵年，成了全局所有人都羡慕而又不能理解的忘年交。

　　晚上路检的时候，洛南经常会向邵年请示，今天晚上我们打算去路上跑一跑，邵局长要不要一起去？邵年多数时候会说你们几个去就是了，但有时候也会和他们一起在路上跑几个小时，半夜回局里时才会感叹，你们这活真的很辛苦，天天晚上这样，也要注意休息。那个时候，洛南更加觉得邵年是一个体谅下属的人。

　　这天晚上，邵年又答应和他们一起去路上看看，邵年坐前排副驾驶位，洛南和陈西、许强坐第二排，刘洪志开车，在晚上九点过悄悄出了林业局大门。出门后刘洪志才问洛南怎么走，洛南又问邵年，邵年说你们定就是了。洛南便让刘洪志往关内开。从青石县城到禹王镇，一路上冷冷清清，偶尔才有一辆轿车、吉普车或空货车开过，根本就没有遇见一辆拉木材的车。公路在山腰，左边是逼人的悬崖，右边是黑咕隆咚的深涧，涧底就是从关内雪山流出来的大禹河，深秋的夜风带着河水的凉气从窗户吹进。洛南打了一个寒战，将衣服拉链拉上，又向邵年征求意见，这条路上今晚看起来不会有什么收获了，往回走行不行？邵年说好。洛南便让刘洪志掉头，快回到县城时，洛南说干脆咱们往永通路看看。永通路是青石县通往西边临县泉州县的一条乡村公路，路窄、弯道多，还是碎石路面，沿途不经过任何场镇，很少有车通行。虽说在与泉州县交界处有一个检查点，但只有一个人值班。值班人员晚上睡觉时，花杆虽然放下了却不敢上锁，所以这条路便成了拉黑木材的常用通道。

刘洪志在通往县城的禹青路和永通路三岔路口往左一拐，车子便驶向坑坑洼洼的永通路。在猎豹车的摇晃中，车上的人似乎都昏昏欲睡，除了车的前方，两边窗户外都是深不见底的黑。洛南虽然感觉有些疲倦，却没有睡意，便掏出烟来给大家发。除了邵年不抽烟，几个人都将烟点上，车内的烟雾立即熏得人睁不开眼睛。邵年率先按下窗玻璃，后窗户也开了一半，冷风立即让猎豹车变成了敞篷车。后面的人又赶快将窗户关上，邵年说快点抽，抽完好关窗子。洛南第一个将烟头按熄放进车内的烟缸里，准备靠着后靠背养会儿神。他刚准备闭上眼睛，便看到远光照着的前面五百米左右有两个红点闪了一下，那应该是汽车的尾灯。他揉了揉眼睛再看，的确是汽车尾灯，而且应该是一辆大货车的尾灯，如两只怪异的眼睛在山路上上下左右跳跃。

洛南低声说，追上前面那辆车。

几个人听说前面有目标，都来了精神。陈西盯着前面说，看样子像木材车。许强说，这么晚在这条路上跑，多半是黑木材。刘洪志开始加油，很快追上了货车，果然是一车原木，至少八立方米。按照路检执法的惯例，执法车要加大油门超过去，将木材车逼停，再下车要求车主或货主出示木材运输证。刘洪志将车紧抵在大货车左后方不停地按喇叭，货车依然没有减速靠边让行的迹象。刘洪志又按响了车上的警笛，货车还是不停不让。由于公路太窄，又不停地拐弯上坡下坡，货车不让猎豹车就超不过去，只能一直跟在后面吃灰尘。夜光灯这么亮，又是喇叭又是警笛，货车司机不可能没有看到。洛南明白，这肯定是故意不让的，看来今晚遇上狠角色了。

邵年忍不住骂起来，这狗日的太坏了，等一会儿超过去一定好好收拾一下。

刘洪志终于在一段不足五十米的相对平缓的路上，猛踩油门超过了货车，然后一脚刹车，在货车前几米处停下。货车在身后发出尖厉的刹车声，然后在距猎豹车不足一米处停下。洛南、陈西、许强立即从两边车门下车，走到货车驾驶室一边。洛南大声说，把手续拿出来。邵年也从前门下来大声说，把手续拿出来！

驾驶室的玻璃窗慢慢摇下，洛南认出开车的是经常拉木材的杨大春，外号春狗儿。春狗儿从窗户上递出烟来，笑着招呼，邵局、南哥，这车木头是牛哥的，今天手续没在车上，几位就放一马吧。洛南知道春狗儿说的牛哥就是社会上名号很响的赵牛娃，赵牛娃以打架凶狠出名，他手下的金三娃更是号称打遍岷州无敌手。赵牛娃经常在青石县的各村集体林场强霸着买木材，自己看好的就不准其他木材贩子拉，有谁不服就拳脚相加。很多木材老板都怕他，不敢与他争抢。洛南心想，看来遇上狠角色了，今天没有公安的人，怎么办呢？

邵年却开口大吼起来，我管他是牛哥还是马哥，拿不出手续都得没收。赵牛娃又怎么样？他有好大的面子！往回开，开到林业局去处理！陈西、许强命令春狗儿，掉头开到林业局去。洛南抬手招呼刘洪志过来，小声在他耳边说，今晚看来要出事，赶快去旁边打电话，让森林公安科的人马上赶过来。

刘洪志刚离开，赵牛娃就从货车的另一边下来了，跟着下来的还有他的跟班金三娃。赵牛娃身材高大，粗眉倒竖，头大出奇，站在车头如一座铁塔。开口就带着火药味，邵大爷，我又没有得罪你，你又何必跟我过不去呢，不就拉了一车材吗？手续我家多得很，明天给你补上就是了。邵年心里正窝着刚才货车不让道的火，我知道你叫赵牛娃，你拉黑木材还有理了！我就不相信你吃屎的还把拉屎的吓住了！你赵牛娃有啥了不起的嘛，不就能打嘛！有本事你把我们几个都打在地上，不然这车黑木材就必须拉回林业局去。

赵牛娃猛地冲上前就要打邵年，陈西、洛南和许强忙上前阻挡。赵牛娃还要往前扑，指着邵年大骂，姓邵的，不要以为你当个鸟官就不得了了，我不收拾你，你还以为我赵牛娃是病猫。公路上顿时吵成一团，金三娃一直站在赵牛娃身后跃跃欲试。邵年也不甘示弱，赵牛娃你算哪把夜壶，别人怕你我不怕你，有本事你就来。赵牛娃猛地一拳向邵年挥去，许强一步冲到邵年面前。金三娃冲上前来要动手，被赵牛娃吼住，你站到旁边去，我一个人收拾他们就够了。许强肩上挨了一拳，陈西和洛南又冲上去，三个人在赵牛娃面前，依然只有招架之功而无还手之力。赵牛娃的拳头实在太重了，即使手臂格挡住了，也被震得生痛。洛南感到自己被赵牛娃拳头上的风逼得站立不稳，邵年在黑暗中抱起一块路边的石头冲过来，向赵牛娃的影子扔过去。赵牛娃一闪身石头砸空，抬起脚向邵年踢去。洛南扑到邵年面前，只听自己胸口咔嚓一声，胸腔一股钻心的痛，眼前发黑，大叫一声倒在地上，身体缩成一团，豆大的汗珠从额上冒出，嘴里发出痛苦的呻吟。

陈西急忙蹲下去拉洛南，赵牛娃还要扑向邵年，许强吃力地抵挡着，眼看又要倒下去。刘洪志从车上抓起一根上轮胎用的扳手套筒，大叫着冲过来挥起金属套筒就向赵牛娃头上劈去，金三娃冲上前抬起左手一挡，套筒在他手背上发出一声闷响。金三娃抬脚就要向刘洪志踢去，赵牛娃吼一声，金三娃停手！金三娃收回脚，赵牛娃也收住手，说，咱们给他们点教训就行了。春哥把车开过来，咱们走。春狗儿说他们的车挡在路中间过不去。

赵牛娃又向刘洪志逼过去，把车挪开，我赵牛娃不为难你。

刘洪志举着套筒咬着牙说，除非你把我打趴下。

蹲在洛南旁边的邵年大声说，让他过去，咱们先救洛南要紧，他跑得了和尚跑不了庙。刘洪志犹豫着。邵年又说，快把车门打开。刘洪志转身打开车后门，陈西、许强提着洛南的两边腋下从后面上了车。刘洪志上车打燃火。邵年走到赵牛娃面前，指着赵牛娃说，你打伤了执法人员，现在必须跟我们回林业局。如果你现在要跑，你可要想清楚后果。

赵牛娃大笑说，大不了把我抓去枪毙了，我等着你们就是了。

两辆警车从公路的两头闪着警灯驶来停在货车和猎豹车前面，两个车上同时跳下四个警察，有人举着枪，有人握着警棍。邵年看清一辆车上下来的是森林公安，另一辆车是通泉派出所的，七八个警察举着枪和警棍，将赵牛娃和金三娃围住。公安科长和派出所所长跑到邵年面前听候指示，邵年说，一定要把赵牛娃抓回去，把木材押回林业局。洛南受伤了，我们马上送他去医院。

洛南被赵牛娃一脚踢断了两根肋骨，在医院住了将近一个月。而赵牛娃却在拘留所关了十五天。赵牛娃被放出来后，还带着金三娃到病房来看洛南。洛南正躺在床上输液，看见赵牛娃进来，心里有些吃惊，他没有坐起身，也没有说话，盯着赵牛娃看了一眼就闭上眼睛。赵牛娃走到洛南病床前大声说，不打不相识,那天的事是大水冲了龙王庙,哥今天来给你道个歉。洛南还是闭着眼睛,金三娃站在赵牛娃身后不说话。赵牛娃又说,青石林业局有很多人都是我的兄弟,县政府也有很多领导是我的朋友,你看我这不是半个月就被放出来了。今后咱们也是朋友兄弟,能放一马就放一马,何必要闹得大家面子上都过不去呢?只要你不天天盯着我,我也不会让你为难的。洛南抬起手指着门口,请你出去。赵牛娃站着没动,洛南大叫一声,你出去!金三娃一步冲上前来,赵牛娃抬手制止金三娃,老三,咱们走。

邵年听说后质问公安科长,公安科长说,派出所出面后,一切都是他们在处理,按治安管理条例也只能拘留半个月。森林公安只负责没收了黑木材,按木材价的三倍处了五千元罚款。邵年愤愤不平,敢把林政股长的肋骨打断两根,根本就没把执法人员放在眼里,这样的人如果不抓去坐牢,今后谁还敢去执法!

尚文雄听说洛南受了伤,专门买了水果奶粉到医院来看他。洛南半躺在病床上,脸色苍白。尚文雄说看来干你们这行也有危险,今后还是不要太较真了。洛南却慢慢从床上下来,你带烟了吗?尚文雄说带了,洛南就一只手按着胸口慢慢往病房外走,尚文雄也跟着往外走,到了走廊头上站住,尚文雄掏出烟来两人点上,洛南抽了一口就开始咳嗽,一咳就痛得捂住胸口,咳过了又抽一口,才说,我让他们不要告诉秦柯,你回去也不要告诉她。尚文雄点点头,告诉她也不起作用,反而多一个人担心。洛南叹息一声,赵牛娃违法运输,我们去查处他,反而被他打伤。我都还在住院,他却已经被放出来了,放出来后还跑到病房来向我炫耀,他关系广、后台硬,我这个林政股长当得也真他妈太窝囊了。我这两根肋骨算是白断了,这口气我实在咽不下。等出院后我还是去找文局长，把我调回造林股算了。

尚文雄笑着说，你还是别这么轻易打退堂鼓。我还要靠着你这个林政股长拉木材呢。

17

夏天很快过去，快到九月，青石县却遭受了几十年不遇的特大洪灾，通往关内十多个乡镇的公路全部被冲断。而受灾最重的又都是关内的乡镇，县上组建了抗洪救灾指挥部，派出多个工作组奔赴各乡镇指导抗灾自救。局长文契受命带领由林业局、水务局、交通局人员组成的工作组，到关内受灾最重的桃源乡指导救灾。文契对洛南说，你是猎人的后代，你跟我去。桃源乡距青石县城五十多公里，由于公路多处被洪水冲毁，一路都只能步行。几个人背着水壶和干粮沿着公路往关内走，由于通信线路损毁，电话不通，文契让洛南背了一部森林防火电台，还带了两部对讲机。遇上路断了的地方，就爬山绕行。走了近十个小时，才在天快黑时到达桃源乡政府。除了书记、乡长外，乡上其他干部都已被派到各村了解灾情，桃源乡共7个村，根据目前掌握的情况，受灾重的有6个村，受损房屋350多间，人员失踪8人，房屋被全冲毁的有30多户，目前正在组织房屋被水冲毁和严重损毁的群众向外转移。文契让洛南安装好电台，乡长冒雨将天线安到乡政府后面的山包上，在断断续续的信号中向县上指挥部报告了情况。第二天上午，派出的乡干部陆续回来报告情况，只有最远的桃花村至今仍无消息，乡上派往桃花村的副乡长杨小平已经去了两天，既没人回来，也没消息出来。去桃花村必须从清蜂沟进去，本来有一条机耕道，但被洪水全部冲毁，连路基都没有了。现在要去桃花村，就只能从旁边的石关村翻过石关岭过去。虽然以前有一条翻山的小路，但不知道洪灾后小路是否还在。桃花村沟狭坡陡，这次洪灾肯定受灾很严重，可是到底严重到什么程度？人员伤亡如何？有没有潜在的次生灾害？粮食和饮水是否缺乏？杨小平没有回来，所有的情况都无法得知。文契说，必须再派人去桃花村，一是了解杨小平是安全到了桃花村还是在中途发生了什么事故；二是了解桃花村的灾情，组织群众自救；三是派人到乡上报告情况。可是回来的乡干部又被安排到各村救灾去了，乡上只剩下了书记和乡长。乡长说，那我去吧。文契说，你和书记都得留在乡上组织安置从各村转移出来的受灾群众，你去还不如我去。洛南看看工作组的几个人，水务局的王局长已经50多岁，交通局的尹股长虽然年龄和自己差不多，但太胖了，昨天从县城走到桃源乡已经累得走路都在摇摆，除了自己还有谁。便主动说，我去吧。文契看一眼洛南说，好。你是猎人的后代，又是天天爬山的林业人，我相信你。

  洛南背上水壶、干粮、雨衣、手电筒，带了地形图、对讲机就出发。他先顺石板沟进石关村，雨一直在下，一路上到处都是滑坡和泥石流，两边山上到处都能听见山洪声，很多地方机耕道的路基都不见了。洛南到了二道坪就撑开伞，打开地形图辨认方向，然后顺着小路往石关岭爬，遇上滑坡就直接从滑下的石堆上爬过去。小路被冲垮的地方就绕道。实在走不动了就坐在石头上抽一支烟，在经过大岩坡时，他看垮下的泥石流表面是碎石子，就打算从上面踩过去，双脚却陷入泥石流中，他想返回去，双脚却挣扎不出来，反而越用力陷得越深。洛南环顾四周，看不到一个人影。坡上又有泥石流向他冲来，洛南被推倒在泥浆里，他闭上眼睛绝望地想，难道我一生就这样完了！雨扑打在他脸上，似乎要提醒他什么。洛南听见心里一个声音说，你是猎人的后代，不能给猎人丢脸！洛南睁开眼睛，天空有雷声响起，你是猎人的后代，只要还有一口气，就得爬起来！一块碗大的石头跳跃着飞过来，洛南侧着头躲过，反手取下背上的背包，趴在泥石流上，拖着背包带子一点点终于爬出了泥石流堆。

在经历了无数次危险之后，下午五点他终于翻过石关岭到了桃花村。原来副乡长杨小平是在翻过石关岭往下走的时候，将一个土坎踩垮摔伤了腿，无法回乡上报告，只好组织受伤的房子被冲毁的群众到村委会临时安置。洛南、杨小平及村干部一起入户检查农户的房屋受损情况，发现有垮塌危险的，一律要求到村委会暂住。他们还动员没受灾的村民拿出自家的衣服、被子、粮食送到村委会供受灾户使用。第二天下午雨依然在下，洛南将对讲机交给杨乡长，自己又顺着来路翻过石关岭，经过石板沟回到乡上。

当他晚上八点一身泥水站在文契面前，文契连拍了几下他的肩膀，好样的，不愧是猎人的后代。晚上在乡上睡下后，洛南才感到自己的双腿痛得如长时间抽筋，伸也不行弯也不行，只想大声呻吟，只好半夜又坐起来抽烟。

18

听说赵牛娃带了几个车进了白水林场，尚文雄对两兄弟说，咱们也去看看。然后就和兄弟俩押了七辆车去白水林场，他们头天晚上就到了青泉乡住下，第二天天没亮就往山上爬。白水林场木材好，但路远路陡弯道急，尚文兵坐第一辆车，尚文军在中间，尚文雄则在最后一辆车上压阵。其他木材老板给司机的烟都是花溪或者黄果树,而尚文雄给每辆车的司机一人一包红塔山烟。司机们都很听招呼,遇上陡坡不要本钱地踩油门,再烂的路也敢向前开。当车到达白水林场时,前面却已排了五辆货车。尚文兵上前一问,全是赵牛娃的车,昨天晚上就开上了山,司机都住在林场场长杨和平家里。尚文雄将老二老三叫到跟前悄悄说,赵牛娃前次打伤了洛南,今天咱们既要买材,又要替洛南出气,而且还要立威。等会儿你们做好准备,见机行事。兄弟俩都说明白。尚文兵指挥司机们往林场的集材场开,刚将第一个车倒进楞场口,赵牛娃出来了。赵牛娃穿一件中长皮夹克,叼着烟走到尚文兵的第一个车前对司机大吼,谁让你倒进来的!退出去!

司机说,老板叫我开进来的。

赵牛娃又吼,倒出去!

司机说,我听我们老板的,他让我倒我才倒出去。

赵牛娃问,你老板是谁?

司机说,尚兵娃。

赵牛娃上前猛地将车门拉开,我不管他是尚兵娃还是夏水娃,我让你倒出去你就倒出去,你不行就下来,我给你倒。

司机双手抓着方向盘没动,嘴里说你去跟我们老板商量。金三娃从赵牛娃身后猛地冲上前来,一拳打在司机脸上,然后一把将司机上半身拉出车外。司机嘴角流出血,双脚和屁股还留在车内,大叫起来,杀人了,打死人了!

正在后面指挥车子排队的尚文兵听到前面的喊叫声,立即从一辆货车驾驶室抽出一把砍刀,对后面的尚文军喊了一声,二哥,机会来了!

尚文兵冲到车队前面,第一个车的司机已经被拖着倒在车门外地上,金三娃正用脚踢向司机。尚文兵冲上前挥刀就向金三娃砍去。金三娃见尚文兵刀快如影，急忙向后躲闪，尚文兵第二刀又劈来。赵牛娃刚要上前劝阻，尚文兵的刀又向他挥来。赵牛娃看尚文兵来势凶猛，转身就跑。尚文兵不追赵牛娃，再次挥刀扑向赤手空拳的金三娃，将他逼进楞场装车台下。

尚文军在身后喊，老三你收拾金三娃，我来收拾赵牛娃。赵牛娃转身从车上工人手里抓起一根用来抓木头的带铁钩的爪子杆，挥舞着向尚文军扫去。尚文军抬刀挡住赵牛娃的爪子杆，再伸出左手将杆子抓住，然后上前飞脚向赵牛娃踢去。赵牛娃应声倒地，捂着肚子尖叫。尚文军再上前一步，抬脚猛踢赵牛娃头部。尚文军发疯一般对缩成一团的赵牛娃连踢十多脚，赵牛娃口里大叫，尚文军举起手里的刀就向赵牛娃劈去，身后传来一声大吼，住手！

尚文军将刀举在空中，回过头看见大哥已站在他身后。尚文雄说把他弄死了，咱们也脱不了手，留他一命。尚文军又踢了赵牛娃一脚，转身向金三娃冲去。老三与金三娃正扭打在一起，尚文兵的刀扔在旁边。尚文军喊，老三让开，我来收拾他。尚文兵没听老二的话，猛地一脚踢向金三娃的裆部，金三娃迅速后闪躲开。尚文军冲过去，二人一前一后将金三娃夹在中间。金三娃刚躲开前面尚文兵的一脚后脑就挨了重重一拳。金三娃回身抓起一根杂原木，在尚文军、尚文兵兄弟之间左冲右突。而兄弟两人一时间也难以近身将他制服。

尚文雄站在旁边喊，金三娃服输吧。

金三娃一边抵挡一边说，要我服输，拿命来换。

尚文雄说，你的老大赵牛娃已经废了，不信你过去看看吧。

金三娃侧过头看见赵牛娃倒在一堆原木前呻吟，犹豫着扔掉手中的原木，跑到赵牛娃面前，拉起赵牛娃就要往背上背。尚文雄走上前，今天赵牛娃打伤了我的司机，我的兄弟当然不答应，你要弄他走可以，得先把我司机的医药费赔了。

赵牛娃坐在地上，你是谁？

尚文雄掏出一支烟蹲下塞进赵牛娃嘴里，又用打火机给他点上，然后平和地说，我姓尚，尚文雄。他们两个都是我的兄弟。本来我们就想找你，没想到今天正好碰上了。告诉你也无妨，我们今天是来替一个人出气的。

赵牛娃呻吟着问，谁？

尚文雄蹲在赵牛娃面前，小声说，一个月前你把谁打伤了，这么快就记不得了？

赵牛娃看着尚文雄，洛南？他是你什么人？

尚文雄说，这你就不用管了。你记住，从今天起白水林场的木材你一根都不能拉了。你这五个车就转给我了。

赵牛娃说，雄哥你狠，我服输。今后我不再踏入白水林场半步，但今天这五车木材就让我拉出去吧，好歹也算留个面子。

尚文雄说，给你留了面子，我的面子往哪里放？

林场场长杨和平走过来，主动跟尚文雄递烟，雄哥的名字我早就听说了，是林业局洛股长的兄弟，专门管咱们集体林场的采伐验收和采伐指标，今天终于见了真神。中午林场请客，赵老板的事儿，就放他一马吧，让他装一车下去，他好歹也好跟车去医断腿。

尚文雄说，杨场长客气了，今后我们兄弟还要靠你多支持。又对赵牛娃说，看在杨场长面子上，就让你拉一车。今后我劝你就别再做木材生意了。

金三娃将赵牛娃背在背上，走向一辆已经装好木材的车。

看着金三娃背着赵牛娃远去，尚文雄对兄弟二人说，这个金三娃，能打，胆大，还忠义，如果能想办法让他来跟咱们操，咱们的力量就更大了。

尚文雄将三万块钱当定金交给杨和平，白水林场今年五百米木材我就包了，其他任何人不得来拉一根，然后又悄悄将一个两千块的信封塞给杨和平，拍拍杨和平的肩膀，今后价格每米让一百块，给检尺员说一下，尺子放松点，烂材莫往车上装。只要我们兄弟有钱赚，就不会亏待你。杨和平慌忙拒绝，要掏出信封还给尚文雄。尚文雄脸色黑下来，你要不收就是看不起我雄大娃，不给我面子。赵牛娃的事刚才你也看到了，我雄大娃要干的事没有干不成的。

杨和平只好将掏出一半的信封又放进裤包。尚文雄又拍了拍杨和平的肩膀，今后你就是我的兄弟，到了岷州，一切我都给你安排好。

白水林场五百米木材全部由尚文雄买下，一个月内全部拉出卖掉，净赚了五万多块。

19

收拾了李太贵和赵牛娃，尚文雄三兄弟在泉州县有了名气。当他们再次从山上拉木材下来，加工厂老板都说，全部现钱，全部现钱。三兄弟在半年时间把青石县的集体林场跑了个遍，当兄弟三人走在青石的街上，感觉和他们打招呼的人多了，货车司机、木材贩子，还有小酒馆老板，都主动向他们递烟。

尚文雄对兄弟俩说，现在这个社会，什么都凭实力说话，靠的就是一个"狠"字。今后谁要挡咱们的道，跟咱们抢生意，咱们就要像收拾李太贵、赵牛娃那样收拾他。谁不给咱面子，咱也就不给他面子。尚文军说，对，谁不服咱们，咱就收拾得让他服。尚文兵也说，大哥，我和二哥以后就是你手上的两把剑，今后大哥说收拾谁我们就收拾谁，你说要谁一条腿我绝不下他一只手。

傍晚，尚文雄一个人走到街上。他一边走一边抽烟，看着身上的灰尘和鞋子上的黄泥，心里回想起以前在计经委的日子，恍惚置身梦中。我当公务员，天天受人欺负排挤，哪知道退一步居然又蹚出了一条新路。但是我一个堂堂大学生，难道就这样每天在山里排队、检尺、装车、跟车、办手续，风里来雨里去吗？几十年后我和开卡车的父亲有什么区别？虽然口袋里有几个钱，但脚上都是泥土，走进城里都让人看不起。而且每拉一车木材就赚三五百块钱，进出得两天时间，还得看天气、货车司机技术。关键是价钱还被加工厂压着，而加工厂买一车木材加工后价值就翻了一番，大头都让加工厂赚去了。这无论如何都不是我人生的目标。看来咱们也得办一个厂，自己从山上拉木材回来加工，两边的钱都赚了不说，而且是不管拉回来的木材多少、时间早晚，都不愁买家了。可是要建加工厂，首先要有地盘，如果在泉州，咱们人生地不熟，今后会不会受排挤？要建就建在青石县。不知道洛南能不能帮忙把木材加工许可证申请到。洛南只是一个股长，有那么大的能耐吗？

尚文雄直接到办公室找洛南，提出了办木材加工厂的想法。洛南毫不犹豫地说，好啊，天天这样拉木头，能拉出个什么来。是应该办个厂，自己买木材自己加工，加工后直接面对市场，再也不用天天在别人的厂门口看别人脸色了。尚文雄问，县里能批吗？洛南说，年加工能力五千方以下的都是由县上批，你想建在什么地方？尚文雄说当然建在青石县内。洛南说，你先把地点选好，找人弄一个简单的项目建议书或者可行性报告报上来，其他的工作我来做。尚文雄说好。洛南又说，那个项目可行性研究报告，你实在不行就我帮你弄一个吧。你说说你想加工什么产品、选什么位置、土地是租还是买，购什么设备、招多少工人、年加工能力多少、投资多少钱、销售收入多少、上缴税款多少。尚文雄没想到，洛南不仅没有反对，反而如此支持。他连续半个月在卖木材的同时，向每个加工厂老板打听办厂的每个环节，了解清楚了设备从哪里买，产品加工后往哪里销，土地怎么办，等等。

尚文雄在青石县靠近泉州边界找到一块集体土地，是原来村委会的地点，村委会搬到新地点后，地空了出来，上面有村委会的旧砖平房，一块两亩左右的平坝。村委会要的租金很便宜，而且同意每年交，但地方是小了点，而且道路又陡又窄，还是泥土路，大货车通行困难。尚文雄想，凡事一步一步来，先把加工许可证办下来，把厂办起来，几年后再想办法搬到交通和位置好的地点。

一个月以后，尚文雄的木材加工厂顺利开业，他请了村上、乡上和林业局副局长邵年、股长洛南参加，在放完鞭炮，揭开"天润木材加工厂"牌子上的红布后，尚文雄亲自推上新安装的电闸，给大家展示带锯、圆盘锯、小型升降机、抛光机的工作状态，后又请来参加开业典礼的林业局和乡镇村领导去青石县最好的饭店吃饭。尚文军、尚文兵兄弟俩跟在尚文雄身后向每一个人敬酒，给每个人敬酒时都干杯。大家都夸尚文雄，一个正规学校的大学生，市计经委的干部，能下海办工厂，真是好胆识，今后一定会干出一番大事。乡长说，尚总年纪轻轻，抱负远大，还有这两个生龙活虎的亲兄弟帮衬，今后你就是刘备，肯定能闯出一片天下。邵年听说尚文雄的兄弟把赵牛娃打得住了一个多月医院，豪爽地和三兄弟各干了两杯。尚文雄虽然酒量也不小，但一轮又一轮让他感觉还是有些头昏。洛南说酒差不多了，喝醉了不好。尚文雄说，今天来的都是贵客，都是看得起我尚文雄才来的，我怎么能缩手缩脚？说完又继续向大家敬酒，第三轮敬完，所有客人都送走以后，尚文雄返回饭店包间，一头栽倒在沙发上，很快就发出了鼾声。

加工厂开张后，尚文雄将进山拉木材的事交给了他的两个兄弟，自己天天守在厂房里，检查调试设备运转，然后就是跑周边的木材市场，联系销售渠道，建立客户网络，天天累得脚不沾地，腰酸背疼。可是三个月核算下来加工厂却没有盈利，不仅没有盈利，反而亏损。尚文雄坐在机器边，望着堆在坝子上的木材和码在铁皮棚下的包装箱、木椽子，反复思索，人家一米原木可以加工出六寸椽子，自己加工出来却只有五寸。人家的椽子风干了不变形，他加工出来的椽子干了就成了扁担。所以人家卖一千二百多块一方，他只能卖一千块。关键问题是设备落后，要提高出材率就必须改进生产工艺，要改进生产工艺就必须增添新设备。

正当尚文雄在车间打转的时候，洛南带队到厂里来检查。洛南和陈西、简玉强走进天润加工厂时，尚文雄正坐在狭小的办公室发闷。看见洛南站在门口，尚文雄喜出望外，亲自动手擦桌子椅子，用电茶壶在电炉上烧开水，一边给几人递烟一边说，怎么不提前说一声，我好到门口接你们。洛南说，你这加工厂是新建的，本来不在我们这次检查范围，是我临时想起过来看看的。我又不是什么领导，还要提前通知你打扫庭院出门迎接？尚文雄说，这个时候，你就是来检查工作的领导，我出来接你是应该的。洛南站起身说走去看看吧，一行人便往车间走。洛南说，我以为你没在厂里，如果提前给你打个电话，你还得专门跑过来。尚文雄说，老二老三都在山里拉木材，所以我这个月天天都在厂里，晚上就在厂里睡。进了车间，机器都停着。尚文雄从办公室拿来一大沓木材准运证，对陈西说，咱们是新厂小厂，你们放心，所有木材都是通过正规渠道从关内集体林场拉来的，全部都有正规手续。尚文雄指着坝子上的木材堆拍拍胸口，我敢保证没有一根黑木材。陈西直接将运输手续还给尚文雄，尚总是大学生，比我文凭还高，我们当然相信你。洛南问怎么机器都停了，尚文雄说生产上出了一点小问题，停几天检修一下。中午咱们就在关河乡吃个便饭，咱们有一段时间没在一起吃饭了。洛南说，今天算了，我们还要跑好几家。全县三十多家加工厂，我们争取一周内跑完。这周星期天吧，我来请客，把两个老师也约在一起，慰问一下你。

星期天的饭桌上虽然大家有说有笑，吃了饭又跳舞，但洛南发现尚文雄始终没有什么兴致，跳完舞尚文军、尚文兵还想去吃烧烤，洛南便以太累拒绝了。将梅玲和秦柯送回去以后，洛南和尚文雄又挤到一张床上，尚文军和尚文兵还在另一间屋子里兴奋地说笑。洛南将门关上对尚文雄说，我看你精神不好，是不是有什么事情？尚文雄掏出烟来两人都点上，轻描淡写地说没啥事儿。洛南说那天我们到你厂里来，看你精神就不对，那天为什么没有生产？尚文雄闷着头将一支烟抽完，还是没有说话。洛南笑着说，有啥问题还把你这个天不怕地不怕的能干人拦住了？尚文雄说生产上遇到点小麻烦，洛南让他说具体点，尚文雄才说，我当初进的设备价格虽然便宜，但性能差，而且只能锯刨直径八公分以上的木材，小的梢头就没办法，所以我加工厂的产品质量没别人的好，木材使用率也低，通到厂里的机耕道也增加了运输上的成本，机器开一天就亏一天，还不如暂时先停了。

洛南说，现在要做的是怎么改进，提高出材率和产品质量。当初信心满满，不可能这么快就打退堂鼓吧。况且打退堂鼓是有损失的，厂房、机器，还有土地……尚文雄又说，而且我没有烘干设备，所以无法先将原木烘干，加工的产品就会变形。洛南说那就只有再添设备。尚文雄说，我以前积累的资金全部都用来买了那摊子机器建了厂房，当时还在银行贷了十万元周转金，基本上都买了木材或者向林场交了定金，现在哪儿还有钱再添设备。洛南说那想办法再找银行贷点。尚文雄说已经找过好几家，没有一家不摇头，都说你的设备和厂房评估不了多少钱，而且已经抵押贷了款，土地是租用的集体土地，无法作为抵押品，木材呢就更不行了。洛南叹一口气，说，一碗米难倒英雄汉，秦琼当年还有马可卖。尚文雄说，我想最快捷的办法就是先把机器停了，把买回的木材卖给别人，将资金收回来后去买新设备，买了新设备再重新去买木材。

洛南说，这个办法虽然可行，但是有损失的，你这上千米木材要集中卖出去，别人肯定会砍你的价，还会增加装卸成本。再说等你设备购回来安装好，你又哪儿来的钱去买木材？总不可能买一车加工一车，产品卖了再去买原材料吧。尚文雄不说话，两人又继续抽完两支烟。洛南说，回去我找银行的工作人员问一下，看看能不能弄到几十万短期贷款。

几天以后，尚文雄接到洛南的电话，说是资金的事可能有戏，约了农行信贷部主任黄江水晚上一起吃饭。尚文雄急忙预订了饭店雅间，提前赶到安排。黄江水年龄不过三十来岁，外表看起来有些冷漠，但熟悉之后却很耿直。在尚文雄详细地介绍清楚项目情况后，黄江水衡量了一会儿，就答应了对尚文雄加工厂的设备原材料进行评估，用作抵押物。尚文雄以一比三的比例干了九杯白酒，强行压住胃里向上涌的酒与食物，拍着胸脯对黄江水说，我保证六个月还清本息，绝不给黄主任添麻烦。洛南也说，我以我的工作担保，尚文雄是讲信用的人，他一定会按期还本付息。

五十万元贷款到账后，尚文雄购进了新设备，加工厂很快重新生产。尚文雄将加工厂交给老二看管，自己到周边木材市场一家一家地看，与各摊点的老板吃饭喝酒，两个月内就建立起了十多家经销商摊点，加工厂生产出的产品基本不用存货，资金也及时回笼。

到了年底，尚文雄准时还清了农行的贷款，又请黄江水吃饭，黄江水对尚文雄大加赞赏，多次预言尚文雄能成大器，希望他多发财，发大财。而尚文雄则在酒席结束后，随手提起一个装着几条好烟几瓶好酒的口袋，轻描淡写地递到黄江水手上，仿若递过去的是打包的剩菜。

加工厂给尚文雄带来了效益，也让他第一次感觉有了地盘，不再四处飘荡。除了跑市场和进山与各林场谈收购木材，他几乎每天都泡在厂里。老二老三说，大哥咱们好久没去市里玩玩了，嫂子说不定有意见了。尚文雄说，要玩你们进城去玩吧。咱们不能有了一点小钱就天天想着玩，虽然咱们在青石县有了点名气，但就现在咱们进城去，也就是三个不起眼的小混混。咱们得想办法做大，那时候再进城去玩，谁也不敢低瞧咱们。

20

尚文雄的加工厂正红火的时候，雨季来了，从主公路到厂里的两公里土路，让山里拉木材进厂、县外来装成品的货车全部陷住了。看着厂里堆积的集装箱、椽子和厂门前如深渊般泥泞的公路，尚文雄红着眼睛在厂办公室不停地抽烟。如果再拖下去，这厂自己就垮了。出路只有两条，要么出钱把公路拓宽、弯道拉直、陡坡降平，再打上水泥，要么搬厂。重修公路至少要好几十万，而且等公路修好，说不定自己的厂子早就垮了。几十万的修路资金去哪里找且先不说，就算借到了贷到了也全部都砸在路上，而这条路又是村道，不能成为自己的资产。而修公路的投资，却要产品销售的利润去换。尚文雄越想越焦急，又把老二老三从山上叫回来商量对策。

　　正在大家无计可施时，老三尚文兵突然说，大哥，我记得最初选厂址的时候你说过，咱们可以找一家现有的接过来，那样现在的问题都解决了。尚文雄看看老三，又看看老二，这办法我不是没想过，愿意转让的肯定都是位置不好地盘狭窄的地方，位置好的肯定不会心甘情愿转让给我们，那样又免不了一场打打杀杀了。老二说，大哥你别忘记，我和老三是干什么的。尚文雄说，咱们不能动不动就喊打喊杀，凡事都得先礼后兵。

　　尚文雄让老二负责守厂，老三继续进山收购木材，自己独自一人开着北京吉普越野车，在青石与泉州交界处到处逛。木材加工厂集中分布在青石的关河，泉州县的大安、永城三个乡镇，即青石县到岷州市的主公路的两边。关河距大安镇有五六公里，中间隔着青石县的关河木材检查站。尚文雄将车开得很慢，经常停下来慢慢观察。尚文雄想既然要搬厂就得找一个宽点的地方，不仅现在能摆机器，堆料堆产品，还要为今后预留空间。

　　尚文雄在公路上遛了一圈又回到大安镇上，准备找一家茶馆喝茶，刚在一家名叫恋恋风尘的茶楼的卡座坐下，就见从另一头包间区走出一个人，个子高头发直立，手背上文着一条青龙，是金三娃。金三娃的衣着打扮没变，人却显得没有精神，低头走到吧台前，对吧台后的中年男子说，陈哥，再借点钱。被叫作陈哥的中年人说，你上个月的那笔钱到期了都还没还，我咋好再借给你钱。金三娃放低声音说，我又不会赖账，这几天手气不好，你再借给我点，我赢回来连本带息不少你一分。陈哥说，你说得轻松，没有大哥点头，我可不敢再借你一分钱。金三娃在吧台前站了片刻，终于无精打采地走向茶楼门口。

金三娃刚走到门口，就从门外进来三个人将他拦住。三个人威猛高大，清一色的浅平头，手臂上文着褐色蜘蛛图案，身穿短袖T恤加牛仔裤，脚穿白色运动鞋，中间一个体形较胖的中年男子沉着脸说，金三娃，难不成你还想赖账吗！

金三娃看见三人，脸上的气色就更差，但他并不慌张，低声说，凡哥，这几天手气不好，再缓几天吧。被叫凡哥的脸色更加难看，点上一支烟，才又说，你的意思是不是如果手气不变好，这钱就不还了？金三娃说，我不是这个意思，凡哥的钱我怎么可能不还！

凡哥突然大叫起来，金三娃，你我都在道上混，我看你还算是个有血性讲义气的人，才敢把钱借给你。你要是今天再不还钱，就别说我凡二娃不给你面子。凡二娃左右两边的青年人上前一步，便将茶楼的门完全堵住。金三娃还是平静地说，过几天不管输赢，我都会想办法把钱还给你，凡哥再宽限三天。凡二娃的声音时高时低，我已经给你宽限十个三天了，今天你不还钱就别想出这门，要想出这门就得跟我们有个了断。

金三娃冷冷地说，你若实在要在今天了断，要手要脚还是要命，你就拿去吧，我绝不眨眼，也绝不反抗。

凡二娃上前一步，你真以为我不敢是不是？

两边的年轻人唰地从腰间抽出匕首。尚文雄从卡座走上前去，取出烟来给几个人发，几位哥，我是金三娃的朋友，他借了你们多少钱？我来帮他想办法。凡二娃说连本带利三万五千。尚文雄看一眼金三娃，金三娃点点头，尚文雄又回到卡座上打开手提包，取出一沓钞票数了一下。回身走到金三娃和凡二娃几人面前，将钱递给金三娃。金三娃转手便交给凡二娃。凡二娃将钱交给左边的男子，男子收起匕首很快点了一遍说，对的。凡二娃脸色缓和下来，对尚文雄拱拱手，请问这位哥尊姓大名？

我姓尚，尚文雄。

凡二娃连忙赞叹说，你就是用刀向李太贵收债、把赵牛娃打服气的雄老大？早知道金三娃是你的兄弟，我就不催他了。

三人一番客气后随即离开，金三娃默不作声地跟尚文雄回到卡座上。尚文雄又摸出烟递给金三娃，金三娃还是闷坐在沙发上，只抽烟不说话。尚文雄只好先开了口，我看你刚才面对凡二娃三人那样子，就有英雄气。尚文雄自己也点上一支烟说，我们在白水林场不打不相识。金三娃还是没有说话。尚文雄问，赵牛娃现在咋样了？金三娃说，垮了。自从那次在白水林场吃了你们兄弟的闷亏，他就垮了。腿杆虽然医好了，但精神萎了，胆子小了，摊子垮了，兄弟也就散了。尚文雄说，白水林场那次交道过后，我两个兄弟都夸你功夫好，胆子大，不怕事，都说想跟你喝一杯。金三娃按熄烟头还是不说话。尚文雄说，我看你刚才在茶楼上想借水钱，是不是还想去翻本？金三娃这才说，这几天手气背。

尚文雄又从随身的皮包里掏出一沓钞票，这些钱你拿去。赢了就还我，输了就算了。

金三娃看着尚文雄，眼里充满疑惑，并没有伸出手，你为啥要借给我钱？尚文雄将钱塞到金三娃手上，什么借不借的，大家都是兄弟，拿去用就是了。我看你是忠义之人，绝不会来催你还的。金三娃将钱放进衣服口袋，说，今后雄大哥有啥需要我金三娃的，只管吩咐，刀山火海杀人放火，我绝不含糊，然后站起身又进了包间。

加工厂搬迁的地点一直没有确定，尚文雄只好花钱请推土机，将厂子到主公路的村道几处陡坡降平，又找装载机拉来石料，在上面铺了一层，才能勉强让木材车通行。可是重车碾过之后，村道很容易变形，维护成本很高。看来搬迁之事越拖损失越大，他决定再沿着岷青路查看。尚文雄开着吉普车在公路上走走停停，对路边的加工厂每一家都认真观察，默记于心，然后在心里反复比较。仅青石县关河和泉州的大安两个镇，沿公路的加工厂就有二十七家。

尚文雄回到大安镇的恋恋风尘茶楼，在茶楼吃了午饭又继续睡觉，睡了觉又继续喝茶。到了晚上尚文雄独自顺着街边闲逛，心里依然想着加工厂搬迁的事。抬起头见前方两个人向自己迎面走来，尚文雄突然感觉有些不对劲，因为两个人提着棍子走路的样子，让他感觉似曾相识。尚文雄回头看看身后，也有两个人提着棍子向他走过来。尚文雄转身往回走，四个人很快将他围住。

尚文雄问，几位兄弟有什么事吗？有什么事直说，我尚大娃能办到的一定不含糊。

我们只想要你半条命！一个矮个子话还没说完，手中的棍子便向他劈来。

尚文雄立即躲闪，肩上挨了一棍，他斜着向旁边一个人猛地撞去，然后往街对面跑，被撞到地上的人喊，别让他跑了！

三人很快将尚文雄追上，尚文雄知道今天是遇上仇家了，唯有奋力一搏才有活路。当一个人挥着棍子向他头上劈下时，他抬脚就向对方裆部踢去，被踢的人尖叫着倒在地上缩成一团。他的头上挨了一棍，耳朵里发出嗡嗡声，接着又挨了一棍，他感到眼前的人影开始晃动，挥着拳头对着一个影子猛扑过去，腰上挨了一脚，胸口又挨了重重一拳，头上有血顺着额头流到嘴角。尚文雄感到自己的双腿再也支撑不住身体的重量，睁着眼睛向后倒去，后脑将一棵女贞树碰得枝叶抖动。他不再抵挡，努力记住眼前每一个人的长相，大口喘着气，对眼前的人墙说，告诉我你们的老大是谁。

一个中等个子又踢他一脚，我们老板是谁你用不着知道。老板要我们告诉你，这个码头不是你撒野的地方。

尚文雄用力说，告诉你们老板，除非他把我弄死，只要他弄不死我，今后我就会弄死他。

中等个子举起棍子又要向他劈来，尚文雄闭上眼睛，脑子里一团坚硬的黑。

一个黑影不知从什么地方突然钻出，飞起一脚向中年男子踢去。中年男子尖叫一声飞向路灯下，另一个男子举起棍子向黑影劈过去，黑影又飞起一脚，举棍子的男子也嘭的一声倒下。高个子和矮个子慌忙过去拉起中年男子，就往巷子一头跑去。

尚文雄感到有人弯下腰在拉他。他感到自己头很昏很疲倦，在一片黑暗的世界中向下坠落。当他再次睁开眼睛，看到一张熟悉的脸，听到风吹动女贞树发出的沙沙声，远处一盏昏黄的路灯依然亮着。尚文雄感到头痛欲裂，费力地说，金三娃，我、我遭暗算了，送我回厂里。他先动动双腿，然后抬抬手臂，发现手脚都还能动，便反手撑地坐起来。金三娃伸手要拉他，尚文雄摆摆手，我自己起来。他伸手摸摸头上，手上便全是血。

尚文雄收起双脚用力从地上站起，身体有些飘浮，赶忙扶住女贞树立了一会儿，感觉世界不再摇晃，才让金三娃搀着一步一歇往旅馆走。快走到旅馆门口时，他觉得自己这样上楼，会把旅馆的服务员吓着，引起别人的议论和猜测，便说去河边。金三娃又扶着他走向旁边一条小巷，走过短巷子就到了河边，尚文雄在乱石杂草丛中歇了两次，到了水边蹲下来，捧着水洗掉脸上的血迹，用手将头发上的血抹掉。他感到自己胸腔里有东西往上涌，张开嘴就有一股热乎乎的东西喷到水里，他感到胸口的憋闷轻了一些，用手抹了一把嘴。金三娃几次要帮他，都被他拒绝。他又在水里洗了手，站起身拍了拍衣服和裤子上的灰尘。回到街上，尚文雄说不去旅馆了，直接回厂里。头很疼，腰和肩也很疼。上车后，他将钥匙递给金三娃，就歪倒在座椅上。

当尚文军被敲门声吵醒，穿着短裤打开门，看见尚文雄弯着腰站在门外，吃惊地说，大哥你怎么了？尚文雄捂着肚子进屋就躺在床上，尚文军开了灯又问，大哥你怎么了？尚文军看了还站在门外的金三娃，愤怒地指着金三娃问，是你干的？金三娃不说话，尚文雄却开了口，我被人暗算了，是金三娃救了我。别声张，送我去市里医院。

第二天上午，尚文兵也赶到市里，尚文雄半躺在病床上，头上缠着纱布，手上挂着水。尚文军说，大哥头上只是皮外伤，是棍子伤的，缝了三针，打了破伤风，照了片子。左肋骨骨折了一根，肩上背上都是软组织挫伤。当医生和护士都离开病房以后，尚文雄才向三人招招手，三人都围到尚文雄床头，尚文雄才说，是李太贵指使人干的。我认出了那四个人就是我们去讨债那次提棍子来帮忙的人中的几个。尚文兵说咱们现在就回去干掉他，尚文雄抬手制止尚文兵说下去，抬眼看着三个人，低声说，一切都等我出院以后再说。然后他将声音放得更低，咱们正愁找不到机会下手，现在机会来了。我被打的事绝不能声张，有人问起就说我去外省了。尚文军问，那咱们现在怎么办？尚文雄坐起身，一切照旧，收材、拉木材、加工送产品，现在老二回厂里，老三继续去山里收木材，金三娃就留在这里照顾我。

尚文军、尚文兵二人离开以后，尚文雄问金三娃，你手下现在还有多少信得过的兄弟？金三娃说，十来个。尚文雄说，好，回去你就联络到一起，全部带来跟我们操。金三娃说只要大哥不嫌弃，他们都愿意来跟大哥操。尚文雄说，如果有人要比狠，咱们就要比他更狠；如果有人跟咱们要诡计，咱们就跟他比谁的诡计多。金三娃说，诡计咱不行，但比狠绝不含糊，只要大哥说要谁的命，我绝不忍手。

尚文雄说，我雄大娃和赵牛娃不同，虽然我现在拉木头开小厂，但今后不可能一辈子都这样。我们兄弟三人在李太贵那里收货款的事，你听说了吧。一个好汉三个帮，你跟了我尚文雄，今后我们就是四兄弟，这青石、泉州地盘上谁敢挡我们的道，咱们就可以将他踩到脚下。金三娃说，从今天起你就是我的大哥，我就是你的跟班，谁要是敢动你一根指头，我金三娃就宰了他的一只手。尚文雄说，等我出院了，我们就喝一杯兄弟酒，今后咱们就是比亲兄弟还亲的兄弟了。

梅玲到医院看见尚文雄头上包着的纱布和脸上的乌青，吓得嘴唇发抖，眼泪悄悄流出来。尚文雄说，哭什么？这点伤又死不了。梅玲擦掉眼泪，眼里依然是惊悸。到了晚上，梅玲要留下来照顾尚文雄，尚文雄说，你明天还要上课，就不用守在这里了。梅玲说我给学校请假了的，尚文雄说请了假，你也回去，这里有金三娃照顾我就行了。梅玲还是不想走。尚文雄又说，这病房里都是男的，你在这儿很不方便，回去吧，等我出院了就会回去的。

半个月后，尚文雄出了医院，就在岷州市里摆酒正式收金三娃为四弟。四人进了一家酒店要了包间，酒菜上齐以后，尚文雄掏出小刀在手臂上一划，血就从白森森的口子里冒出来，尚文雄侧过手臂慢慢将血滴进每一个杯子里，端起杯起身说，老二、老三，今天金三娃正式成为咱们自己的人。从今天起他就是咱们的兄弟，来咱们一起干三杯兄弟酒，有福同享，有难同当。金三娃和尚文军、尚文兵同时站起，端起酒杯说，今后咱们全听大哥的。有福同享，有难同当。三杯干过后，尚文雄说，今后金老三就排行在老三后，大家就叫你老四。金三娃站起身，先向尚文雄敬三杯，再向尚文军、尚文兵各敬三杯。尚文兵改口最快，拍拍金三娃的肩膀，老四，那次在白水林场，我们两个人对你一个，你都不怕，不认输，不投降。好样的！金三娃说，那时候我有眼不识泰山，得罪二哥、三哥，我自罚三杯。尚文兵、尚文军说，我们也陪你三杯。尚文雄说，老四当时各为其主，是义气之人。三人又一起敬尚文雄，今后大哥说什么我们就干什么。尚文雄和三人碰杯说，兄弟齐心，其利断金。有了你们三兄弟，咱们今后就没有办不成的事情，青石和泉州，不，整个岷州就是咱们的天下。

摆过酒后，尚文雄还是没回厂里，而是和金三娃一起，每天晚上在大安街上吃烧烤喝啤酒，他们每天换一家，每次都专门挑选不起眼的角落，吃完烧烤又进歌厅游戏厅，终于在一家昏暗的电子游戏厅看见一个手腕上戴着一串珠子的短头发男人。尚文雄对金三娃耳语两句，就走出游戏厅去另一条街上将车开到游戏厅门口，然后按两声喇叭，就见金三娃挽着短头发的手臂走出来，金三娃拉开车门，先将短头发推上去，自己跟着上车坐在短头发旁边。

尚文雄启动车子，开出街道驶上岷青公路，短头发才在后排问，三哥，谁要找我？金三娃说，过会儿你就知道了。短头发伸手就去开车门，金三娃反手一拳打在短头发腮帮上，少废话，如果想死，老子马上把你拖到河边，按到水里头。

短头发缩在座位上不再说话。车子开进加工厂，尚文雄走前面，金三娃拖着短头发跟在后面，进了一间没有窗户也没有任何东西的空屋子。尚文雄刚开了灯，尚文军也过来了，灯光下短头发终于看清了尚文雄的面容，吓得立即跪下，大哥饶命，大哥饶命！

尚文雄冷冷地说，我头上这伤疤是你打的吧，我说过只要你不敢弄死我，我就会弄死你。

短头发将头贴在地上，大哥饶命。尚文军对着他的头就是一脚。尚文雄制止住尚文军，对缩成一团的短头发说，给你两条路，一条死路，我的兄弟将你弄到白堰岩，先把你闷死，再将你扔到河里，让你的尸体在下游被冲到河滩上，公安一辈子都破不了案；另一条生路，告诉我们谁指使你们来偷袭我，和你一起的另外三个人叫什么名字，住在哪里，你还要带我们去把另外三个人一个一个地找来。你选哪条路？

短头发抬起头，我陈小娃家中还有老母亲和妹妹，都靠我挣钱养活，我选生路，我选生路！

陈小娃的交代果然印证了尚文雄的判断，李太贵因为尚文雄兄弟收货款事件挨了打，赔了钱还丢了面子，有一天发现尚文雄经常一个人在大安喝茶与闲逛，就花钱请了那天晚上来撑场子的毛二兵、陈小娃、刘一刀和国娃子几个暗中跟踪了尚文雄几天，终于在那天晚上找准了机会。

尚文军、金三娃和从山上回来的尚文兵带着陈小娃又回到大安镇，金三娃开车，尚文兵与尚文军一前一后将陈小娃夹在中间，在一家烧烤摊发现了国娃子，同样的方法将国娃子带到加工厂那间空屋子里关起来，然后又在另一家游戏厅和台球室找到了毛二兵和刘一刀。三个人都承认是李太贵给了他们每人一千块，让他们干的。尚文雄叫人去商店买了录音机，让每个人对着录音机再把事情的详细经过讲一遍，让每个人在白纸上写明李太贵指使他们收拾尚文雄的全部过程，并按上指印。

尚文雄将老二、老三和金三娃叫到办公室，郑重地说，兄弟们，咱们的机会来了。我头上和腰上的伤，总得为咱们换点东西回来。

尚文雄召集人马分别乘四辆越野车，将陈小娃四人反绑在车上，晚上十点突然开到万豪木业门口，四辆车并排堵住了厂门。每个车上留一人，门口留两个人，其余的人一起涌进厂门内。此时李太贵正在给四个上木材的工人结算工钱，除了工人还剩下李太贵和他的舅子也就是管账的会计宋良。李太贵看见尚文雄，额上的汗珠就冒了出来，口里依然故作镇静，尚大哥这么晚了还来交材吗？尚文雄一挥手，四个被绑着的人便被推到李太贵面前，跪到地上。

看见跪在地上的四个人，李太贵依然装聋作哑地说，他们这是怎么回事啊？尚文雄在跪着的人身上各踢了一脚，说吧！四人直起腰七嘴八舌地说，是李老板让我们干的，他说给我们每人一千块，现在都还差我们五百块没给。

李太贵看一眼被绑的四人，说，你们这是栽赃，陷害。说完转过头看一眼宋良，宋良悄悄往办公室走去。尚文兵一步上前抓住宋良的肩膀，一把将他摔在了地上。金三娃上前当胸给了李太贵一拳，李太贵仰脸倒在宋良身上，嘴里也没有喊叫。几个装车的工人开始还闹着要出厂门，一看这阵势，吓得闭了嘴远远地躲在了围墙边上。

李太贵倒在舅子身上没有叫唤，半天才捂着胸口坐起，伴着几声咳嗽，一口血从嘴里涌出，喷到自己的裤子上。金三娃上前又抬起脚，尚文雄招呼老四，别忙，让他先说。金三娃收起脚，尚文雄才走到李太贵面前，李老板，怎么，还是不承认吗？

李太贵坐在地上，你们要说是我唆使的，我也没办法，要打要杀就随你们吧。

尚文雄蹲下，从包里掏出几张纸，你看清楚，他们四人白纸黑字写得清清楚楚的，还有手印，你啥时间啥地点给他们怎么说的，啥时候带他们到街上来指认了我，啥时候给他们拿的钱都写得一清二楚，交给公安，公安也得认。尚文雄又让把录音机提到李太贵面前，他们四个人说的话全部都录在这里面，你还要说我在栽赃你吗？

李太贵不再争辩，也不再说话。

尚文雄站起身，点上一支烟，然后说，我说过，你弄不死我，我就会弄死你。我尚大娃头上这个疤不能白长，肋骨不能白断，这打不能白挨，你明白我的意思吗？

李太贵说，那你说怎么了断吧。

尚文雄慢慢吐出一口烟，说，我有三种了断法，你自己选一种。如果你不选，那我就选一种。第一种，我现在把你们拉到白堰岩，从那里把你们俩扔进大禹河，如果你们能活着爬出来，就算你命大。第二种，我现在就弄断你和你舅子两条腿，让你们俩今后几十年到死都只能坐在轮椅上。如果这两种你都不愿意，那还可以选第三种，将这家工厂的地盘无偿转给我，把你所有的机器搬走，所有原材料全部折价卖给我。现在就签协议，协议签了你就可以走人。如果你不选，那我就帮你选第一种。

尚文雄说完，向尚文军递了眼神，尚文军一挥手，几个人就上前抓着李太贵和他的舅子往厂门口拖。

宋良大喊，姐夫，我不想死，快答应他们吧。

李太贵被两人拖着又吐出一口血，还是不说话。宋良又喊，我们死了，我姐还有外甥怎么办？快答应他们吧。

当两人被拖到工厂铁门口时，李太贵终于说，我答应你。这辈子我再也不开加工厂了！

当尚文雄被打断的肋骨基本长好时，加工厂的搬迁也基本完成。尚文雄用新厂里的座机电话告诉洛南这个消息。洛南说，你这么不声不响地就办成了这件大事，看来黄主任说得真没错，你不简单啊。尚文雄说，这只是一个粗加工厂，有啥不简单的，今后我还想办木地板厂、家具厂。洛南说，人不能一口吃个胖子，还是一步一步来吧。

搬迁过后的加工厂，规模虽然还是不大，生意却迅速红火起来。厂里生产的老百姓建房用的椽子以及各种包装箱、半成品，销售到了县外及岷州市里。1993年底，全县开展木材加工企业年度检查，分管副局长邵年带领洛南和林政股人员走进尚文雄的这个取名为天润家具厂的人门，走进十分简陋的带锯车间、圆盘锯车间、精加工车间，看着墙上的安全生产规定、严禁烟火标志以及"今天工作不努力，明天努力找工作"这类激励职工的标语。他们又走进尚文雄简易的办公室，尚文雄一本本地翻出木材购进、产品销售台账，各种加工、运输许可证明，税费上缴凭证。邵年十分高兴，对尚文雄加工厂的生产管理、遵纪守法给予了高度赞扬。

年度检查后，天润加工厂被评为了1993年全县遵纪守法文明企业、重合同守信用企业、安全生产先进企业，尚文雄将一大堆奖状、奖牌挂在自己办公室的墙上，然后给洛南打电话，兄弟俩好久没有聚聚了，我今天有这个摊子，都有你的一份功劳。找个星期天，我兄弟三个加上你和秦柯、梅玲，我们在岷州好好聚聚吧。六个人还是到四海居吃海鲜喝红酒，尚文军、尚文兵兄弟俩穿的是新潮服装，留的是时髦头型。见了洛南还是叫南哥，却改口叫梅玲、秦柯嫂子。

在兄弟俩和秦柯吹牛时，尚文雄拉着洛南走进洗手间，从衣服口袋里取出一个信封，我这生意本来就有你的一份，今后有利润都有你的，这点钱你先拿着。洛南说，你这是干什么！尚文雄说你和秦柯恋爱了这么长时间，去给人家买几件像样点儿的衣服。说完便将信封往洛南口袋里塞。洛南急了，用力推开，你的生意我又没投一分钱，俗话说无功不受禄，我们是兄弟，我们相互帮助并不是要对方给予多少回报。你这样倒是让我们兄弟显得生分了。尚文雄愣了半晌，说那行吧，有困难的时候一定要说一声。

21

1994年底，洛南打算结婚了。和秦柯恋爱了四五年，虽然没有曾经幻想中的浪漫与惊心动魄，没有海誓山盟，但洛南知道自己不会再有更好的选择，也不可能再做选择了。既然已经放弃了做诗人的梦想，那就像俗人一样结婚生子。秦柯虽然算不上特别漂亮，但温柔贤惠、知书达礼，不再热衷写诗以后，就是做妻子的合适人选。洛南在林业局贷款买了房改房，秦柯在市一中所分的房子在房改时也由单位卖给了个人。秦柯的父亲在县上退休后,也到了市里和女儿住在一起,所以房子也算有了。虽然窄了一点,但有两间寝室,洛南已经很满足了。

洛南回家将准备结婚的事告诉父亲,洛承义说,按照祖上的传统,你结婚,我得给你打一只狐狸回来,用皮给你做一件皮裘子。洛南说,爹,不用了,你看我现在哪里还穿皮裘呀!洛承义脸上暗下来,咱们猎人世家,男人结婚时都得有一件皮裘子。你穿不穿是你的事。

洛承义取出自己积蓄的五千元交给洛南。洛南不要,说我有钱,再说不买房子也用不了多少钱。洛承义说,你有没有钱是你的事,我是你爹,这是我该给你的。我们山里人家,辛苦一辈子不就是为了盖几间房子,给儿子娶上媳妇吗?你自己努力考上了大学,当了国家干部,房子不用我给你盖了,但这五千块你必须拿着,等今后我老了动不了的时候再向你要,千万不要像你哥那样。

小时候,洛南觉得爹很偏心,哥哥上学,他却要放羊。有好吃的爹总是先给哥哥,看着哥哥吃面用大碗他用小碗,哥哥吃野兔腿,而只给他一块全是骨头的肋巴,他就伤心得流眼泪。爹看见他哭就开始骂,洛南心里的委屈与悲伤止不住,爹的巴掌便落到他头上。洛南挨了打就往山上跑,他想起了自己每次挨打的情景,羊吃了路边的麦苗,爹用荆条打他;吃饭时把碗打了,爹用扫把打他;放羊回来晚了,爹用竹条打他。洛南脑子里全是挨打的记忆,似乎他不是吃饭长大的,而是被爹打大的。林间有野鸡的咕咕声,兔子在窝里磨牙的窸窣声。他一口气爬上滴水岩,滴水岩是一个像山洞的岩窝,离家并不远,避风避雨,洞口滴着水,钻到里面却很干燥。地上还有一层细细的泥沙,洛南白天放羊时经常在这里玩耍,累了也在里面睡觉，挨打以后都跑到这里来躲藏。两边的树林在风里低沉地啸叫，天上的星星大得如牛的眼睛。风过后，远处溪沟里传来潺潺的流水声。洛南感到肚子很饿，他想在洞里面睡觉，却听到小路上哥哥的呼唤声。他希望哥哥找到他，却又不愿回答哥哥的呼喊。直到哥哥走到洞口，他才在洞里发出哭声，洛北只好小心钻进岩窝里面，在黑暗中摸到洛南的头和衣服将他拉起来，饭还给你留着。洛南被洛北拉着往回走，心里的委屈没有了，却依然伤心。

　　上小学以后，爹就再也没打过洛南，也不再叫他上山放羊和捡柴，因为爹听老师说，洛南虽然个头很矮，但每次考试都是全班第一名。洛南还在上小学五年级时，洛北初中毕业，爹就让洛北回到家里干活。洛北一言不发地跟着爹上了山。那时候虽然土地承包到了户，家里还是很穷。有好吃的爹不再给洛北，而是留给放学归来的洛南。爹养牛养猪不在行，只有隔三岔五往山林里钻。每次回来带着的不是野猪就是野鸡，不是麂子就是獐子，运气再差也会擒回几只野兔，都会烧了、烤了给洛南吃。

　　可是洛南的个子依旧长得很慢，当他到乡上上初中的时候，成了班上最矮的一个。洛承义眉头皱得如一堆乱草，忧虑地说，好好念书吧，不然今后恐怕连媳妇都娶不上。因为个子小，便有同学嘲笑他是武大郎。洛南骂你爹才是武大郎。在一次吃饭的时候，全班的男生都端着搪瓷饭盅在操场上一边吃饭一边晒太阳。一个高个子同学又开玩笑叫他武大郎，洛南毛了脸，骂高个子没人教。骂着骂着两人便动起了手，洛南当然不是对手，鼻子出了血，衣服被撕破了，还被摔到地上，饭也倒得满地都是。洛南爬起来又冲向高个子，旁边的同学立即将两人拉开。高个子同学见洛南来横的，也就不再出手。洛南从地上捡起饭盅，反过来底朝天，盅口朝下，对着高个子头上猛地扣下去。高个子惨叫一声捂住头，血很快浸湿了头发，从指尖流出来。高个子被老师带到乡上的医院缝了好几针，虽然为这事老师批评了他，但并没有让他喊家长来赔医药费，高个子的家长也没来学校找他的麻烦。从那以后，班里再也没有人嘲笑他个子矮了。

洛承义捏着钱的手一直伸着。洛南觉得鼻子有些酸，只好伸手接过钱，爸，等我结了婚，你就到城里来住吧。看洛南收好钱后，洛承义才又说，去给你娘和你姐说一下吧。

洛南在岔路口拐上去洛北家的小路。洛南上高中的时候，洛北开始天天跟着爹进山打猎。洛南刚上大学一年级，洛北就娶了石板村的头号美女索娅。正在几千里外学校上课的洛南，为哥哥感到高兴，专门写信回家，向哥哥表示祝贺。可是当他暑假坐了两天火车，又坐汽车，然后走路回到家时，却只见父亲一个人孤零零地坐在门槛上。洛南再三追问父亲，洛承义才说，分家了。

看到爹突然增多的白发，洛南心里由酸痛到愤怒，不顾爹的劝阻，跑到洛北家就和他大吵了一场。面对弟弟的指责、痛骂，洛北采取了忍让的态度，可是他老婆索娅却站了出来，借题发挥，指桑骂槐，骂洛北没出息，窝囊废，你还帮助他上大学，现在他都指着鼻子了，还不敢还嘴。你们洛家的人没有一个好东西，我嫁给你这辈子算是倒了大霉……

正在火头上的洛南冲上去给了索娅一巴掌。索娅大哭。洛北终于被激怒，反手给了洛南一耳光，又指着洛南大吼，你有什么资格教训我？你上了大学就不得了了！滚出去！今后我再没有你这个弟弟，你永远不要再到我家来了！

洛南转身离开了洛北的院子。自那以后，兄弟俩就不再说话。心里的隔阂如一道高墙，挡在两人中间。后来，侄子洛玄出生了，到爷爷家里来玩，遇上洛南甜甜地叫幺爸，两人的关系才表面上恢复了正常，可是洛南还是很少与洛北往来。

洛北正在院子里用斧头劈柴。洛南站在院门口说，哥，我要结婚了，你和爸一起来吧。洛北说，我知道了。洛南给洛北发了喜烟，洛北叼着烟继续劈柴，洛南在院门口站立片刻，索娅在院子里侍弄一群鸡鸭，一直没有抬头看他一眼。洛南觉得找不到什么话说，只好沉闷地走出院门。

娘和洛西是合葬的，坟就在老家房后的杨家坪。杨家坪是一块不大的凹地，避风，背后就是曾家坡。坡上全是松树和青杠树，坟上长满了茅草，如果不走到跟前，根本不知道这里有一个坟堆。那一年洛南六岁，姐姐洛西八岁。眼看就要到九月，洛西多次哭闹之后，爹才同意她上学。洛南也想上学，爹说，你那么矮，再长两年吧。洛西用一根红头绳在自己的书包带上扎了一个蝴蝶结，又要娘再帮她绣一朵羊角花。哥哥洛北在玩爹的猎枪，洛南跟姐姐一起看着娘绣花，心里想着自己上学时也要娘给绣一朵。远处传来沉闷的雷声，雨点在青石屋顶上发出炒豆子的沙沙声。油灯橘黄的火苗在风中摇摆。娘还没把花绣好，洛南就感到瞌睡了，眼皮开始打架。当他醒来时，正被爹夹在腋下往山上跑，天黑得让他看不清爹的脸，雷声在头顶响个不停。房子已经没有了，娘和姐姐也跟着房子一起被洪水冲走了。洛北跟在爹身后一边在雨水里爬一边哭，走几步就摔倒，站起来又继续爬继续哭。闪电照亮了山的样子，爹在雷声的间隙带着哭腔骂，哭有什么用，已经死了两个了，你还要再哭死两个啊！娘和姐姐的尸体是在洪水过后三天才在下龙湾被找到的。母女俩紧紧抱在一起，安静地浮在一个回水湾的几根横着的树枝中间。这些年，黑沟很少再有人提起她们，犹如她们没到这人世来过。洛南在坟前点燃香烛纸钱，娘，姐姐，我要娶媳妇了！

洛南和秦柯将两人的钱汇集起来，买家具、电器，采购衣服、床上用品，拍婚纱照。尚文雄找人来为洛南粉刷了房屋。秦柯在墙上贴了五颜六色的泡沫彩纸剪成的花草、卡通动物，在房顶上贴了星星月亮。窗户和床头上贴了大红喜字，吊灯换了大灯泡，再蒙上粉红色的绸布，屋里便有了浓浓的浪漫气氛。为便于秦柯的亲戚、同事、朋友，婚宴定在岷州市里的一个酒店。尚文雄在婚礼的前两天来看了洛南的新房，虽然简单了点，却也显得温馨而有情调，连声称赞不错！不错！今后我结婚也请你们帮忙设计，然后掏出一个红包，递到了秦柯手上。本来打算给你们买件什么东西，又怕买了你们不喜欢，还是你们自己去买吧。那天车子我就让司机给你们开，我来给你们做伴郎。秦柯正在推辞，尚文雄已经转身走到门口。洛南接过红包跟上尚文雄，文雄，你这礼送得太重了，我不能接受！君子之交淡如水，你这样让我觉得心里很难受。洛南说着便将红包递回给尚文雄。

尚文雄有些生气，洛南啊，你怎么迂了！什么君子之交淡如水，我们是患难与共的兄弟，当初我们不是说过有难同当，有福同享吗？现在我多多少少算是发了点，我不能看着你这么寒碜地办自己的结婚大事。你自己不讲面子了，也要给秦柯挣点面子吧！

洛南说，可是我觉得就这样已经很好了，我一个农村出来的山里娃，比起山上的老父亲，我觉得已经很好了！咱们之间要是牵扯了利益，兄弟关系就变味了。

婚礼按照洛南预期的那样，简朴而热闹。洛南请了文局长为主婚人，文局长风趣而热情洋溢的语言引得客人阵阵笑声。

洛南的父亲和秦柯的父亲秦孟终于坐到了一起，接受新人的鞠躬。尚文雄既是伴郎又是资客，尚文军、尚文兵做了伴郎，梅玲和秦柯的另一个同事做了伴娘，林政股的同事都忙着接待和后勤。

洛南眼睛在客人中扫来扫去，心里总觉得缺少点什么，便忍不住过去问父亲，爹，我哥怎么没来？洛承义说，他不来你就不结婚了？你请了他，他不来你还用轿子去抬他吗？！

蜜月刚结束，文契就将洛南叫到办公室。文局长扔过来一支烟，自己也点上一支，然后问，蜜月玩得还开心吧？洛南心里还在打鼓，局长叫自己来绝不仅是要问他的蜜月，嘴上却说，感谢文局长，放了我十天假，玩得很开心。文局长开门见山地说，你到林业局也已经七八年了，还没有写入党申请书吧？洛南说还没有。文局长说，我觉得你进步很快。国家培养了你，年轻人也应该有点觉悟，有点事业心，应该积极要求进步。用自己的专长为青石做点事情，这也是你的责任。我看你忠厚老实，不是那种奸诈虚滑之人，也是知识分子，才器重你。厚道老实是绝大多数人都认同的优点，但是路还得靠你自己去走。第三天，洛南就向党组织递交了入党申请书，一个月以后参加了县里的入党积极分子培训班。

1995年秋天，洛南的儿子降生。洛南为儿子取名洛阳。洛阳生下来不到三天，眼睛就不停地转来转去，似乎对周围的一切都很感兴趣。洛承义也被洛南专程接到岷州市里住了好几天。但终于还是因为和秦孟没有共同爱好而提出要回到山上去。临走时洛承义说，等孙子会走路了，就每年带回山上来住几天，跟着我上山打猎。

洛阳刚满月，尚文雄就进了家门。尚文雄显得更加有精神，见了谁都热情而随意，一定要秦柯将洛阳抱出来给他看看，看了以后就往孩子襁褓里塞了一个红包，就提出要认洛阳为干儿子。我和洛南如亲兄弟一样，你们的儿子当然要认我做干爹！尚文雄说。

秦孟说，过去老家有这个说法，小孩认个干爹，好养，今后少病痛。文雄和你们是多年的好朋友，做洛阳的干爹最合适不过了。

秦柯说，爸说行，就行。

洛南说，同意。

22

李太贵坐在吧台内望着窗外灰蒙蒙的天空，心里也和天色一样灰。茶楼大厅下午没人喝茶，只有包间里有一桌在打麻将。舅子宋良说，反正这会儿没事，我出去一会儿。李太贵知道宋良又要去女朋友的副食店玩，便答应了。宋良职高毕业就跟着李太贵。李太贵开加工厂时，老婆宋慧提出让弟弟宋良管账，怕老婆的李太贵不敢不答应。加工厂没有了，又开茶楼，宋慧还是让宋良跟李太贵打下手。只是茶楼小本生意，收支简单，也没有什么财务好管，便干一些服务员的事，端茶倒水、给客人换零钱。遇上有客人三缺一，李太贵只好顶上，宋良便既守吧台又当服务员。宋良老实迂腐胆小，快三十岁了，才终于在姐姐的撮合下找了个女朋友，所以一有空便去女朋友的小副食店泡着，生怕别人给抢了似的。李太贵在吧台内的高凳子上坐了一会儿，又在大厅里走了一圈，将两张桌上烟灰缸里的烟头倒掉，又去窗边将开着的玻璃窗关上，以防飘雨进来。

包间里有人在叫老板。李太贵估计是客人叫加开水，便提着一只保温水壶过去推开门,准备将原来的水壶换出。坐在靠窗子一边的赵牛娃却递给他三张一百元的钞票,说来四包烟。李太贵拿着四包软中华和找回的零钱又来到包间,坐在赵牛娃对面的安二娃却站起来说,李老板你来帮我打几把。赵牛娃是拉木材的,安二娃是开加工厂的,另外两人不熟悉,好像是赵牛娃的朋友。李太贵说,这会儿吧台上没人呢。安二娃说,你还害怕有人把你抢了吗,帮我打几把吧,我出去办点小事,半个钟头就回来。

赵牛娃也说,那你就打几把嘛,他敢不回来?李太贵只好坐上牌桌,虽然五十块一炮在木材老板中很是平常,但对如今的他来说也算不小了。要是输多了被老婆知道,又会一晚上都不得安宁。他一边小心翼翼出牌一边赔着笑脸,几把下来居然小有盈余,便盼着安二娃快点回来,自己好见好就收。

赵牛娃话不多,而另外两人却不停地说着和木材有关的事,青石哪个地方什么林场的材又被哪个老板包了,哪个老板又和检查站的人拉上了关系,哪个检查站又换了新站长,哪家加工厂又收到一批什么木材。几个人有一句没一句的,一边摸牌碰牌出牌一边闲扯。

李太贵想起自己现在已经是和木材无关的人,便不插话,只小心出牌。赵牛娃突然漫不经心地说出一句,狗日的尚大娃,前次遭了一把火,不仅没被烧蔫,反而越来越雄了。李太贵冷笑两声,不说话。

坐在李太贵上手的人突然问,李老板加工厂那么好的地盘,怎么就让出去了?

李太贵码牌的手停下来,胸口如被人狠狠擂了一拳。被尚文雄抢走地盘的事一直是他内心最讳莫如深的痛,除了他自己和宋良几乎没有其他人清楚内幕。牙齿被打掉只能往肚里吞,而不能吐出来让别人笑话。他只好干笑着回答，太累了，身体受不了，还是开茶楼轻松些。赵牛娃没再说什么。坐在李太贵上手的人又开了口，尚大娃把你的摊子接过去后，狗日的是越做越大了。板材厂改成了家具厂，听说又要建木地板厂，青石好多林场的木材都被他整买了，你都没想过收拾他一下？坐在李太贵下手的人说，听说他在青石县上关系硬得很，在岷州市也有人罩着。他那个家具厂天天收黑木材，都没有人动他。

天天收黑木材！李太贵脑子里闪过一道亮光，狗日的！老子就不相信弄不倒你，老子明里斗不过你，暗地里还不能给你下颌支两块砖吗！

这个念头在脑子里闪过之后，李太贵感觉自己又有了精神，日子也有了目标。他一个人在晚上十二点过悄悄开着以前加工厂留下的皮卡车，到了距以前自己的加工厂现在的天润家具厂两三百米处，就开始将车速放慢，一边开车一边观察加工厂门口。黑咕隆咚的大门紧闭着，看不出任何动静。隔了两晚上他又出去，在公路上来回跑了两三圈，还是和前次一样。回到家里躺在床上，宋慧问他哪里去了。他搪塞着说打小牌，心里却反复在想，无风不起浪，既然社会上都在传你天天收黑木头，我就不信抓不到你的尾巴。

李太贵连续十来天晚上独自一人悄悄开着皮卡车在岷青公路上逛，做贼不心虚，不做贼反而心虚。他一边看路一边不停地扫向公路外边的河滩，黑夜如海水将世界填得不留一点空隙，只有自己的车灯打出的两束光将海水短暂地撕开。快到金宝石河堤，他照旧放慢了车速。尚文雄的家具厂厂门离公路虽不过百余米，但由于地势限制，从主公路到厂区的路要拐一道弯，所以靠得太近反而在公路上看不见厂门口的动静。车开过靠近天润家具厂那段后，他看看前后都没有车来，便在路边停了车熄了火关了灯，下车朝家具厂方向看，又竖着耳朵仔细听。看不到一点光也听不到一点声音。第二天白天他又开着车在公路上慢跑，一边开车一边观察金宝石周边的地形，发现距家具厂三四百米远的公路外有一座小山包，他将车停在松林包下那条小路的尽头。那条小路不要说是晚上，就算白天在主公路上也发现不了。山包的一面很平缓，上面全是松树林。他装作闲逛的样子顺着林中隐约的小路很快就走到了山包的最高处。站在松林的边缘正好看到家具厂的大门和门前的公路。回来之后，他暗中通过以前认识的木材贩子在电信局上班的熟人，还有泉州林业局的朋友，打听到青石县林业局洛南和公安科余伟家的座机电话，然后又在熟人那里买了一个小灵通。

一切准备就绪后，李太贵在晚上茶楼关门后，悄悄将车开到松林包脚下，然后走到松林包上，躲在松树林边观察尚文雄的家具厂门口。看到有木材车往门口开，就用小灵通给青石县林业局洛南和余伟家的座机打电话举报，打完之后就在树林里等着。直到看到林业局的执法车闪着警灯到了天润加工厂大门口，才悄悄下山开车离开。

23

就在洛阳出生后不久，洛南第一次接到了关于天润家具厂收购无证木材的举报电话。电话里举报人的声音如含着什么东西，带有明显的挑衅意味。洛南叫来陈西，你知道尚文雄和我的关系，按规定我应该回避，你去查一下吧。

陈西和林政股另一个人员去了被举报的尚文雄家具厂，回来以后告诉洛南，举报的情况基本不属实，但我们还是给了尚文雄警告，他向我们保证，不会乱收购一米无证木材，你就放心吧。

没隔几天,洛南又接到一次关于天润家具厂的电话举报。洛南如听到医生说自己骨头里有病一样,心中涌起一股隐隐的忧虑,说不定举报是真的呢。他又让陈西去看看,专门交代说,回来一定要对我说实话。陈西带人去了后回来说,还是没查到什么。

洛南便在一天下午约尚文雄到青石吃饭,饭后又到以前两人经常去的河滩散步。

洛南说,老实告诉我,你是不是收了黑木材!

尚文雄说,我什么时候收了黑木材?我怎么会收黑木材?

洛南说,那为什么有人举报你?

尚文雄心有不平地说,肯定有人看我赚了钱,眼红了,陷害我。

洛南说,我可丑话说前头,不管是谁违了法,我都一样处理,到时候你可别说我不给你面子。

24

1996年元旦前夕,市农业局纪检组长关云山调任青石县委常委、副县长。

关于天润加工厂收黑木材的举报越来越频繁,这让洛南心中隐藏的忧虑越来越重。洛南就像不停地接到医生的病理检验报告一样,某种病变正在产生,而且不断扩大。虽然大多数时候没有显现,但那种隐忧某一个时刻就会突然冒出。两人的情义正在被这黑夜慢慢吞噬,留下一地残渣。

虽然举报电话让洛南晚上不得安宁,但洛阳的到来为他带来了安慰。洛阳高兴的时候见人就笑,谁都能抱,小手不停地在空中舞动，小腿杆一挣一挣地向上冲，嘴里还不停地咿咿呀呀。这个时候，洛南就会将孩子抱到阳台上，去看楼下的行人和车流，去看阳台上岳父秦孟养的各种花草，让孩子伸手去抓住一片叶子不停摇晃。洛阳也给洛南带来了烦恼。洛南回青石上班以后，秦柯隔一两天就要打电话抱怨一通，孩子又不是我一个人的，我不要你负担一半，但你也至少每个星期天要回来照顾一天。你的工作是工作，别人的工作就不是工作了？洛南说，那就请个保姆吧，你看我每个星期天回来都睡不好觉。

孩子满六个月后的一个星期一早上。洛南刚进办公室就接到局长文契的电话，要他到局长办公室去。文契一脸严肃，让洛南关上门后在沙发上坐下。洛南从来没有见文局长如此严肃过，便直直地坐在沙发上等着文局长说话，文局长扔过来一支烟，自己也点上一支。

你到林业局马上就十年了吧？

还差一个月就整十年。

文局长没有再问他的工龄，我可能在近期就要调离。我已向县委推荐了你担任副局长，估计问题不大。但是现在你不能对任何人说，工作要更加谨慎、更加努力，做人要更加低调，考虑问题要更加周详，争取在群众推荐时得到绝大多数支持票。县上很多领导对你印象都不错。你我都是从农村出来的，靠的是自己努力，考上了大学才有了工作，而一旦到了单位，每天的言行就被大家看在眼里。我们读了十多年书，有了比别人更多的知识和见识。我们只要把它们发挥出来，用在工作上，自然就会被领导和同事认可，自己也会有更高的平台，为社会做更多的事。

洛南听完文契的话，心情开始由紧张变为激动。十年之间，他做梦也没想到自己有一天会成为林业局的领导。如果真的有那一天，父亲、秦柯、岳父心里都会为自己感到骄傲。父亲会觉得自己真的没有白辛苦养这个儿子，对山上的农民来说，一个县上的副局长，也算是一个不大不小的官了。

洛南想自己没有能够成为真正的城里人，但儿子却在市里出生，上了岷州市户口，现在又无意中走上了另外一条路，也算是有心栽花花不开，无心插柳柳成荫吧。洛南真心想对文局长说句感谢的话，由于心里过于激动，竟然变得口吃起来，只好一个劲儿地点头嗯嗯。

几天后，尚文雄又约他喝茶，刚坐下就说，关县长前几天告诉我说，文局长要高升，你们那里要来新局长，县上已经考虑将你提为副局长，你听说了吗？

洛南说，没听说。

是关县长向县委推荐的你，说你是专业学院毕业生，工作勤奋，业务能力强，社会反映一直很好。关县长还说，青石作为林区大县，应该有专业人才进入主管部门领导班子。尚文雄说，我们都希望你能真正有所进步，副局长和股长之间，看起来只差一点点，实际上是很大的一步，前者是一个单位的领导，而后者却只是一个跑腿办事的中层干部。再有啊，你做了副局长，今后就是县管干部，就算是进官场这个大门了。

尚文雄停了一下又说，我这一生，本来希望能做个官，可天生没有这个命，这个愿望就只能由你来实现了！

洛南笑了笑，现在说这些还太早了点。

尚文雄和文局长的话让洛南好几天都不能平静，看起来是真有那么回事了。到底会怎么样，洛南不愿再去细想。

1997年国庆刚过，组织部的人来林业局完成了对洛南的推荐考察，当公示贴到林业局门口，局里的人便开始向他祝贺。半个月后，洛南被纪委通知去参加任前谈话。又一周后，洛南看到了写着自己名字的任命文件，虽然自己只在中间占了一行，但这一张纸，就可以改变自己一生的命运。无论怎样，自己总算是有所进步了！

一个月后，文契被市委任命为青石县委常委，随后县人大常委会便选举了文契为青石县人民政府常务副县长。

新局长曲源就在组织部部长的带领下，来到林业局与职工见面。曲局长主持为文县长召开欢送会。饯行酒宴上，大家都真诚地向文县长敬酒。洛南知道应该向文县长说几句感谢的话，他打了腹稿，倒了一个满杯走到文契面前，文局长，感谢您这十年对我的爱护。你是我的好领导、好老师、好兄长，我……还没说完就被文契打断，好了，好了，别说那么多肉麻的话。

文契端起杯子站起身，拍拍洛南的肩膀，严肃地说，我没有看错你，走到今天这个位置上是组织对你的信任，不是哪一个人的功劳。坐到这个位置上，要如履薄冰，一直保持自己低调做人的原则，不要有任何骄傲自大。

文契转身对曲源说，这个小伙子人品不错，你要关照他，更要严格要求他。

洛南和文契干了一杯，然后又向新局长曲源敬酒。曲源很诚恳地说，我知道你不太能喝，大家都少喝一点，今后我们在一起共事，这些酒桌上的形式，能不讲就不讲，只要把工作做好，什么都得了。

洛南又向邵局长敬酒，感谢邵局长对自己的关照与帮助，邵年很豪爽地端起杯子与洛南干杯，以前我是你的领导，今后我们是一个班子的成员，大家今后更要相互支持。你敬了我一杯，我也要敬你一杯！

当副局长后，洛南提名陈西任林政资源股股长。没过多久，公安科老科长退休，余伟从乡镇派出所去到局里任公安科长。洛南虽然不当股长了，但举报电话还是经常在夜里打到他这里。他专门将余伟和陈西叫到自己办公室，交代森林公安、林政资源股的工作和今后要注意的许多事情。然后说，还有一件事情，你们今后一定要注意，那就是对尚文雄的木材加工厂，私人关系是私人关系，公事是公事，不能因为我跟他的私人关系就网开一面，所以，今后要是有关于尚文雄的事情，你们在下面自己按规处理，该怎么办就怎么办。

1998年9月，局里成立了天然林保护管理办公室，曲源对洛南说，天保这块和资源业务上有相关之处，所以天然林保护这块就由你来分管吧。就这样，洛南既管林政、公安、检查站，又管天保与国有林业企业，成了林业局业务工作最多的副局长。

天保工程实施几年后，国家又开始下达人工商品林采伐限额。青石县的公路上又热闹起来，全县的木材加工厂的数量也不断增加，几年之间就差不多翻了一番。尚文雄也及时将只有带锯、圆盘锯的加工厂升级成了真正的家具厂。

洛南感到自己肩上的压力越来越大，如果管得不好，就会出事情，甚至出大事情。而自己管资源的最大任务就是不出事情。党组会上，洛南明确提出全县不能再新增加木材加工厂，可是曲源不表态，其他班子成员也没人支持他这个提议。局里形成不了决定，洛南便对陈西说，今后涉及新办木材加工企业的申请，原则上都不受理，受理了也不进审批程序。他又召集林政股的人一起研究，提出开展一次加工企业整顿。大家都同意对全县木材加工企业开展突击检查和违法处罚。整顿方案形成后，洛南向曲源做了专门汇报，曲源说，你比我熟悉情况，就按你这个方案办吧。洛南便组织林政股、公安科，在夜间不定时地对全县加工企业进行突击检查，对查处的违法木材一律没收，情节严重的处一千元以上罚款，同时还要求各乡镇林业站对辖区内的木材加工厂半个月进行一次全面检查，发现问题及时查处整改。一个半月以后，全县木材采伐和运输中的违法现象明显减少。可是公安科和林政股的职工都有了怨言，如果长期这样天天不回家，我们都没法向老婆孩子交代了。

加工企业的增加，导致了原材料需求大幅增加。为了收到好木材，加工厂之间便相互抬价。原材料价格从杉木每立方米六百涨到了八百，杂木每立方米从四百涨到六百。原材料价格上涨直接压缩了加工厂的利润空间。

尚文雄一方面马不停蹄地跑各个乡镇集体林场，与林场交涉整体收购林场的木材；另一方面也收其他木材贩子拉来的零散木材。他让尚文军在每天晚上十点以后悄悄收黑木材。尚文兵则到山里的一些林场既拉有手续的正材也拉没有手续的黑木材。他们通常在半夜以后才上路，而且不走主公路，只能从乡村公路上绕道。即使这样还是会遇到林业局的稽查队。尚文兵并不是每次都拉黑木材。他经常是拉五车木材，可能只有两三辆车有手续，或者一车木材实际八米却只办五米的手续，也会用同一张运输手续拉两次木材。如果天润公司在某个林场整体购买的是五百米，用这些办法就可以从林场拉出八百米甚至上千米。

尚文雄感觉这样下去，不是长久之计。

2000年春，就在木材老板都还守着生产包装箱板的粗加工厂抬价收购木材的时候，尚文雄对关云山说出了办木地板厂的想法。关云山觉得这个想法不错，既可以增加技术含量和附加值，又能从低端木材市场竞争中挣脱出来。尚文雄又找了曲源,曲源让他先找分管局长报告。曲源说,洛南是专家,又熟悉情况,比我懂。

尚文雄又找到洛南。洛南却对他办木地板厂的计划提出了明确的反对意见,你家具厂都还没经营出个样子,就一口气想吃个胖子。我知道你的志向,但凡事都得一步步来。尚文雄心里一凉,还想多解释几句。洛南又说,我也不赞同青石县再增加木材加工企业,现在的五十多家已经够多了,青石的资源就这么多,如果再增加加工厂,僧多粥少,只会增加资源被破坏的风险,增加我们管理的压力。

尚文雄被洛南一瓢冷水浇得闷了好多天。他越想越觉得洛南在这事情上有意阻挠他,完全没为他着想。难道他当了副局长就变了一个人?也许他早就后悔让我到青石来做木材生意了。

尚文雄不服气,他又去找了曲源。曲源听说洛南不同意,心里犹豫了半天,才对尚文雄说,洛局长说得也有道理。他作为分管局长,他的意见我也不敢说完全不听。那就先放一放,过段时间再说吧。曲源虽然说话十分客气,但意思却很明显。尚文雄又去找关云山,说洛南为了自己争表现,才找出不同意的理由,根本没念一点兄弟感情。关云山听了以后,也是半天不说话。

尚文雄知道,办木地板厂这事,黄了。

第三章　那就死我吧

25

郭青苗提着塑料编织口袋出门时，不远处树林里有乌鸦"啊——"地叫了一声，那一声很长如传说中的饿鬼号叫。郭青苗心里颤了一下，停下脚步却没有再听见叫声，四处张望也没有发现乌鸦歇停的影子，这才小心翼翼继续向山上走。郭青苗在生下了女儿马芸芸以后就落下了腰酸背痛的毛病，重活不能干，隔三岔五还要到卫生院买药，几年下来家里欠下不少债务。村里的小学只有五年级，夏天过后女儿便开始到乡里上六年级，虽然学校免去了芸芸的学杂费，但每个月二三十块钱的柴火费还是让马万财发愁。山上到处都是野生板栗树，一斤板栗拿到街上可以卖到两三块钱，捡上百十斤就可以解决女儿一个学期的柴火费。为了给女儿马芸芸筹集柴火费，不能干重活的郭青苗在马万财到地里收玉米时，一个人上山采野板栗。

天黑后回到家里，郭青苗将乌鸦叫的事告诉了丈夫马万财，马万财说，乌鸦叫是凶兆，也不知会有什么祸事，你就不要再上山去了。

第二天，当马万财出门干活后，郭青苗又提上口袋，向山上的树林里走去。出门时郭青苗没有再听见乌鸦叫，秋日的阳光如一个炫目的灯笼，在树林里散着无数紫色的光环。郭青苗蹲在地上捡了不到两斤，就觉得太慢，抬头望望树上的板栗，结得又多又粒，就是不往地上掉。每一朵壳斗都开了口，里面有三至五颗暗黄色的板栗，阳光照在栗子上，如一张张灿烂的笑脸，如一个个顽皮的孩童向她招手，上来呀，上来呀！乌鸦飞过变成了一群叽叽喳喳的喜鹊。望着树上的板栗，郭青苗忘了乌鸦的叫声，决定爬到树上去采摘。板栗树干粗大，郭青苗如一只笨重而心急的野猪，只顾向上爬而忘了自己的重量，终于在一棵高大的树上将一根树枝压断。

蜷缩在地上不停叫唤的郭青苗被乡亲们发现后扶进了屋里。正在地里干活的马万财听到报信，赶回家里时，妻子已经被扶到床上。呼天抢地的叫声让马万财不知所措，有人说，赶快送县上医院，要耽误了时间，病人将会落得终身残疾。现在住医院，没有几千块去了也是白去。家里只有前不久卖两只山羊的八百块钱。马万财听见有人说，去借啊！去借啊！

马万财一生没念过几天书，不怕吃苦、不怕受累，就怕去向别人借钱，借钱甚至比偷、抢还让他心虚。要在平时，宁愿受冻挨饿，他也不会向别人开口。可是今天不行了，找大哥借吧！大哥家里虽然不富裕，但大哥是厚道人，从小到大，大哥一直对自己很好，这次也肯定会帮忙的。马万财匆匆赶到大哥马万金家里。大哥没有多说什么，就将准备为儿子娶媳妇的钱拿出一千块交给马万财，说让他再到其他邻居那里借一点。口袋里的钱总共有了二千八百块，邻居们帮马万财把郭青苗抬到村委会，大哥的儿子骑三轮车将他们送到乡场上了班车。

县医院办住院手续的是一个穿白大褂的年轻姑娘，看了马万财一眼说，先交五千。

我没那么多钱。

没钱就不能住院，这是医院的规矩。

可是我媳妇不救就来不及了，求求你，能不能先少交一点！

那就先交四千。

四千我也没有，我只有两千块。

姑娘说，那我要请示科长。过了一会儿，姑娘回来说，科长说看在你们家在农村，又的确有困难的分上，同意你们先交两千，住院以后你可要尽快去筹钱，只有等你们交够了钱，医院才能给病人做手术。

医生将X光片举过头顶，然后说，病人腰椎骨严重错位，必须进行手术，否则病人的腰就直不起来了。那要多少钱啊？马万财问。手术费和治疗费需要七八千元，医生说。

马万财当即傻了眼，一个大男子在医院的走廊上低声哭起来。医生说，你在这儿哭我也没有办法，你还是回去想办法借钱吧。医院不是救济单位，我们这些医生护士都要养家糊口，老百姓有困难，当然应该找政府。

出门的时候，马万财下意识地拍了拍衣服上的灰尘，捏了捏装着二十块钱的上衣口袋。马上就要进寒露了，马万财一个人累了整整两天，才把秋洋芋种完。郭青苗还躺在县医院的病床上呻吟，今天，又必须去借钱了！心里总觉得有些虚，乌鸦的叫声老是在耳边响起。北风从黄棉袄下灌进，身上如没有穿衣服一般，他忍不住打了一个寒战。马万财抬起头，天空灰暗似乎要下雪的样子，回过身锁好门，再将挂锁向下拉了拉。旧旅行包里装的是给郭青苗换洗的衣服和两块煮熟了的腊肉、大半碗炒熟了的板栗。

山路上铺满了刚落下的青杠树叶，今天到底先走哪一家呢，又去找大哥？前次已经在他那里借了一千块了，现在又怎么上门去开口？何况大哥马上要为侄儿娶媳妇。马万财虽然穿着黄夹袄，背上还是出了冷汗。马万财一边走一边想，大哥那里不好再去，那就只有找周围的邻居、乡亲了。抬起头，已经走到张二叔家门口，他二叔，芸芸她妈从树上摔下来把腰摔断了，没钱医院不给做手术，能不能请你帮忙借点钱，多少都随你，等芸芸她妈好了一定还你。张二叔从房里柜子中翻出两百块交到马万财手上，马万财不停地点头，将腰弯成了九十度，谢谢你！谢谢你！我们一家一定会记住你。顺着小路，马万财又进了李三婶的院子，还是那些话，三婶也从枕头下的手帕里翻出六张五十块的纸币，这是我刚卖猪的钱，你拿去吧，乡里乡亲的，我知道你是老实人，说那么多客气话干吗。然后是王大伯、孙老五、许幺爸、徐表叔，除了许幺爸家里实在拿不出钱，只拿出了十个鸡蛋外，马万财数了数手里的钱，一共有二千五百五十块。

躺在病床上的郭青苗与守在床边的马芸芸看见马万财的眼神，就知道了马万财借钱的结果。马芸芸的泪水流下来，却没有哭出一点声音。马万财掏出跟乡亲们借来的两千五百五十块钱，留了生活费与回家的车费，余下的全部交给了医院，我只借到这么多，求求你们为我媳妇做手术吧，我会还你们钱的！医生说，只有钱交够了才能安排做手术，你再去想办法吧。

郭青苗说，不治了，我们回去。马芸芸一个人躲在墙脚哭泣。马万财说，咱们不回去，我身上还有钱呢。转身拉过墙脚的马芸芸，马上要期末考试了，你回去上课，有我在这儿照顾你娘就行了。马芸芸说，我不上学了，我照顾我娘。马万财从衣服口袋里取出二十块钱塞到马芸芸手上，骂着将马芸芸赶出了医院，自己每天都守在郭青苗的病床前。

不到半个月，交上去的钱又用完了。医生来到病房，马万财，你如果今天再不交费，我就不能再给你媳妇开药了，开了你也取不到。马万财说，医生，求求你，我会去找钱的。医生说，医院有医院的规定，你找我也没有用，你要么去交钱，要么就让你媳妇出院吧。

郭青苗又说，我们回去。

马万财用一根布带背着郭青苗在大街上茫然地行走，引来了无数行人驻足观看。马万财背着郭青苗轻飘飘的身体，从大街到小巷，从城里走到城外，最后上了回乡里的班车。车到乡上的时候已经是黄昏，马万财背着郭青苗顺着街道往回走。过年了，给咱女儿买一件新衣服吧。不买了，还有呢。出了场镇的街道，过了一座小石桥，就是回村的机耕道，走完两公里的机耕道，然后就开始上山。马万财背着郭青苗如背着半背篓土豆，走上两百米就要停下来歇上一会儿。天色暗下来，炊烟从一座座木房子中冒出。快要过年了，有人家在杀过年猪，有人家在炕腊肉，有人家在做洋芋粉条。

不远处有乌鸦的叫声突然响起，啊——啊——！啊——啊——！声音凄惨如一个落水老人的呼救。

马万财心里升起了巨大的恐惧，停住脚步环顾四周。天空没有一只飞鸟，他没看见乌鸦歇在什么地方！

如果，咱家要死一个人才能平安，那就死我吧！

26

马万财踩着山路上的积雪，爬上一道山梁，灰色的阳光从山垭口照进，马万财觉得额上冒出了细汗，便想找一块干燥的石头坐下歇一口气，屁股在石头上刚坐下就再一次听见了乌鸦的叫声，还是一个单调的"啊"字，尖厉而刺耳，树枝轻微地晃动，有雪块从树枝上落下，肯定是乌鸦！这个不吉利的东西！马万财仔细观察着四周的树林，除了一片雪白，没有一点其他东西。奇怪了，这乌鸦到底躲在什么地方？马万财拈起一小块石头向林子扔去，一只雪白的鸟从树林中冲出，又一次发出了尖厉的叫声,啊——啊——!白鸟在林子的上空盘旋了一圈又歇在旁边一棵树上。是乌鸦,白色的乌鸦!

马万财从石头上站起,闭上眼睛双手合十,我只想烧点炭去卖了给媳妇治病、供女儿上学。如果咱们家一定要死人,就我去死吧!

乌鸦终于抖落翅膀上的雪片,飞向别的地方。

马万财并没有因为乌鸦的警告而放弃自己的行动计划,他继续翻过山梁,在一个背风的地方停了下来,这是几天前就选好的地方,也是马万财的责任山林。这里地势平缓,周围有很多青杠树,烧出的杠炭背上街可以卖到好的价钱。选好窑址,马万财便开始砍树,他只选手臂粗的青杠树,砍倒后再劈成短截。然后他挖出一个两米见方的炭窑,将青杠木整齐地放进窑里,再在上面覆上土,压实,然后从窑门点火。偶尔一只松鼠从林间穿过,树梢的雪成团地落下,使马万财头上的黑发变成了白发。

青烟从林中缕缕地升起,马万财坐在窑边感到无限暖和,等把炭驮下山去卖了,就可以为妻子买药,女儿也可以继续上学了。山林一片寂静,马万财逐渐进入了梦乡,媳妇背着一背年货从门前的小路上走来,大米、白面、清油,还有给女儿买的新衣服,沉沉的一大背篓,媳妇转过身将背篓递给马万财,好沉!

马万财感到有东西在背后推着自己,猛地从梦中醒来,看见村主任刘光和一个护林员站在他的面前,心里知道一切都完了,双腿颤抖着,半天不能从地上站起来。

看着护林员用水将正在冒烟的炭窑浇灭,马万财像是换了一个人,口里反复说着一句话,乌鸦叫了,活不下去了!马万财突然从地上站起,扑向正在浇水灭火的护林员,求求你了,求求你了！护林员将马万财推向一边，继续浇水灭火。马万财转向刘光，求求你！刘光冷着脸如一尊石像，马万财转身扑向正在浇水的护林员，两人扭着一起倒在雪地里。

刘光吼道，马万财，你违法烧炭，不老实认罪，还殴打护林员，我们要把你扭到乡林业站去，让你去坐牢！

刘光一边说一边上前，和护林员一人抓住马万财的一只手，用力将马万财按到了地上。马万财一边大声号叫，一边奋力挣扎，一口咬住了护林员的手臂，护林员疼得大叫一声松开了手，马万财又一脚将刘光踹到了雪地上，自己从雪地上爬起来就向山下跑。

马万财如一只被老虎追逐的兔子，箭一般窜出了几十米远，身后传来奔跑的脚步声与刘光的叫喊声，站住！站住！马万财没有回头，仍然沿着下山的路奔跑。有雪的路上跑起来很费劲，在陡的地方马万财就顺着路往下滚，平的地方再爬起来跑。转过前面一道弯，就能看见自己的家了！我要回家！马万财以百米冲刺的速度顺着小路向家里跑。距自己家已不到两百米，青石片房顶没有炊烟，积雪在阳光下十分耀眼，不知道郭青苗有没有吃过早饭。马万财穿过一片小树林，跳下一道土坎，脚踝上一阵钻心的痛，当他努力地从地上爬起，刘光和护林员已站在他面前。

马万财被绑着双手坐刘光的小车到了林业站，站长范文勇刚骑着摩托车从乡下回来，村主任刘光迎上去，给范文勇发烟，范文勇架好摩托车，接过烟看了看双手背在后面蹲在地上的马万财，问，怎么回事？刘光说，我们抓了个烧炭的，请林业站从严处理。范文勇说，怎么把手给绑着？快松了。刘光说，这是个屡教不改的惯犯，今天被当场抓住，还态度恶劣，殴打护林员。

范文勇皱着眉头又说，快松了。刘光向护林员招招手，护林员才过去将马万财手腕上的绳子解开。马万财刚站起身，不自觉地蹲在了地上。范文勇转身问马万财，你怎么蹲在地上？马万财带着哭腔说，我的右脚扭了。范文勇说，那你起来坐到椅子上去。马万财站起来，一只脚踮着走到椅子边坐下，范文勇才问，你叫什么名字？

马万财。

你家住在哪里？

马坪乡岩路村三组。

身份证拿出来。

没带。

是你在山上烧炭吗？

俺媳妇摔伤了，我不烧炭拿什么给媳妇治病。

我只问你，是你在山上烧炭吗？

是。

在哪里烧炭？在哪里砍的树？

在俺的责任山里。

根据森林法实施条例和省市规定，烧炭属于违法行为，我们要依法没收你烧的炭，并对你罚款处理。

我在自己的山林里砍树烧炭，一没偷二没抢，我犯了哪门子法？

国家规定不准烧炭，自己的山林也不能烧炭。你已经违法了。

我不违法，我媳妇就只有等死了。马万财刚要站起，便感到右脚一阵钻心的痛，差点跪在地上。我女儿还在上小学，我媳妇腰摔断了还在床上躺着，等着炭卖了救命啦！

范文勇说，你起来，要不要处罚你，我不能做主，我要向局里请示。范文勇到另一个房间打电话,过了两分钟出来对刘光说,你们先回去吧。范文勇又对马万财说,你就在这儿等着,一会儿局里来人处理。

马万财坐在椅子上,感到肚子里的肠子在不停地翻腾。烤的火烧馍才吃了三个,其余的都落在了炭窑边。太阳如一个疲惫的老人正在云中打瞌睡,街边的法国梧桐上挂着最后一片叶子,如擎着一面骄傲的旗帜。马万财觉得眼皮很沉重,背上凉得如贴着冰块,一大群乌鸦从天边飞来,安静地歇在只剩一片叶子的法国梧桐上,齐刷刷地盯着他,眼睛里充满饥饿与期待。马万财挥起双手,一只乌鸦准确地歇在他的手上,张开嘴叫,你要死了,你要死了。

公安科长余伟接了范文勇的电话就向洛南报告。余伟从警校毕业就一直在乡镇派出所,换了三个乡镇才当上副所长,副所长干了五年才当上一个小所的所长。余伟能从一个乡镇的派出所所长调到林业局当公安科长靠的全是曲源帮忙,至今为止,没有人知道他和曲源是表亲,他的母亲和曲源是表兄妹关系。曲源对余伟的帮助是暗中的,不准余伟对任何人说。曲源知道自己不会再有提升的机会,他已计划在林业局退二线,然后退休,所以他只希望自己在这个位置上平平安安。他私下里多次对余伟说,我能帮你的就是把你从乡镇调回来,今后就靠你自己了,不过你可不能给我丢脸。公安科长这个位置级别不高,在县上都挂不上号,但很重要,决定着很多人的命运。小心驶得万年船,你可得好自为之。

听了余伟的汇报,洛南说,这些普通的案子,你们去处理了就是了。余伟说,我才从乡镇调来不久,很多政策都还不熟悉,还要请领导多带一带才行。

洛南与余伟、蒋远志在马坪林业站院子下车时,马万财正缩在院子里的一把小椅子上,双手抄着,头都快缩进肚子里。法国梧桐叶被北风吹得在地上乱飞,范文勇从办公室出来招呼他们进屋里坐。洛南在外面一把藤椅上坐下,先说说情况。范文勇把马万财的情况简单说了一下。洛南对余伟说,你看怎么处理吧。余伟又问,烧了多少?采了多少木材?范文勇说,我们还没到现场,听护林员说,虽然只有一口窑,但砍下的木材应该有十来米。

余伟说,超过十米就属于刑事案件,按法律规定应该先拘留。洛局,我建议,如果他家里真有病人,那就网开一面,改罚款吧,没收违法采伐的木材和所烧的木炭,罚款一千元。

马万财听清了余科长最后一句话,罚款一千元。马万财又从椅子上站起,刚走出一步,右脚又感到一阵痛,我媳妇治病都没钱,要钱没有,要命你们就拿去吧!

洛南心里紧了一下,没有说话。范文勇看一眼马万财,问洛南,洛局你看怎么处理?

洛南问范文勇,你们了解他家里的情况吗?范文勇说,不了解。要他拿身份证他也拿不出来。洛南又问站上的另一个职工沈正明,沈正明也说不了解。洛南说,既然搞不清他说的是真是假,那就先不说怎么处理,明天你们到现场去看了回来再说。

范文勇问,那让马万财先回去,明天我们去看现场,到了岩路村再通知他给我们带路?

先放他回去?你看他这个态度,万一他跑了,我们到哪里去找他。余伟看看范文勇,我看就让他在林业站待一晚上,明天去现场就跟我们一路了。

马万财再次从椅子上站起,抓住了余伟的大衣,求求你了领导,让我回去吧,我不回去我媳妇会饿死的。余伟用力挣脱马万财的手，你再闹我们就要拘留你了。马万财又转过身来求洛南，求求你，领导，放我回去吧。我媳妇还躺在床上，我不会跑的。

余伟小声说，万一他说的假话，万一他真的跑了怎么办？洛南看着马万财，人心难测，天知道这个看起来老实巴交的人内心是怎么想的，万一他说的假话，万一他真跑了怎么办？

我们也没说一定要拘留你、罚你款。我们得先把事情搞清楚才行。洛南看着马万财说，那你就在林业站待一晚上，明天给他们带路。你说的情况是真是假，他们去看看就清楚了。

马万财伸手又来抓洛南的衣服，我怎么会说谎！

洛南说，我怎么知道你说没说谎？

一只乌鸦尖厉地叫了一声，从梧桐树枝里飞出。马万财想起刘光和乡长，心里涌起一股愤怒，大叫起来，只有你们当官的才爱说谎。你们当官的就没有一个好人。

洛南突然感觉烦躁无比，我什么时候爱说谎了！他站起身准备上车，衣服却被马万财抓住。

范文勇过来拉开马万财，马万财高声叫喊，你们当官的，就只知道收拾我们老实人。

就让他在站上待一晚上吧。洛南一边上车一边说。

马万财感到一阵晕眩，不停地自言自语，活不下去了。

天黑了，乌鸦又从梧桐树枝叶间飞出。马万财感到自己进入了一个黑暗的世界，黑暗得如窑里的杠炭。天是黑的，山是黑的，星星和月亮也是黑的。只有漫天的乌鸦如山上的鸽子花，在自己的身前身后翩翩起舞。一只乌鸦在头顶喊，你去死呀！你去死呀！你死了你家就平安了！马万财从地上站起，觉得脚已经不痛了。乌鸦还在喊，上来呀，上来呀！上来你就能回家了！

马万财解下自己腰上的帆布腰带挂在窗户上,他一边将头伸进帆布带一边对自己说,我要死了,乌鸦的叫声应验了,咱家今后平安了。

乌鸦瞬间消失,天地间只有成群的鸽子飞翔。

27

接到范文勇的电话时,洛南突然发现自己的眼皮不跳了,心头却如坠着大石头般往下沉。马万财死了!这个昨天还在我面前哭闹、向我求情的人,真的死了!那么他真的没有说谎?真的是有病人在家等着他回去?昨天他说了他不会跑,现在更不会跑了!

范文勇的声音颤抖如打碎了茶杯的孩子,洛局你看怎么办啦?洛南右手握着话筒,等范文勇继续说下去,电话那头范文勇却没有再吭声。风声从电话那边吹过来,变成了悠长的叹息。该来的来了,洛南将左手的烟头在烟缸里按熄,几天来的焦躁没有了,他用力提一口气,对着话筒说,我马上向曲局长汇报。保护好现场,一切等我过来以后再说。

洛南放下电话就走进局长曲源办公室,向曲局长简要报告了马万财死亡的大致情况。洛南汇报完以后就不说话,等着曲源指示。曲源脸色黑得如夏天的积雨云,不知道他脑子里在想什么。曲源是一个天生谨慎的人,参加工作就一直在乡镇,虽然只有初中文化,却一步一个脚印走到了大区区委书记的位置,他一直遵循的就是小心谨慎、对人恭谦的信条。曲源没有批评责怪洛南半句,拿起桌上的电话就向县委常委、副县长关云山报告,放下电话后才对洛南说,关县长要求县上成立专门小组,对事件进行调查和善后处理,有可能对执法人员问责。

一个违法烧炭的农民被村主任带到林业站接受处罚，却死在了林业站的值班室，无论怎样都不是一件好事。你尽快赶过去，先把真实情况弄清楚，及时做好善后，县上调查组来了才免得被动，万一事情弄大了，就不是你我能掌握的了。

洛南立即叫上余伟向事发地马坪乡赶。洛南感到肚子很空，胸口很闷，这个昨天还闹着要回去的马万财，怎么就上吊自杀了？既然他家里还有卧床的媳妇和十一岁的女儿，他怎么就忍心抛下她们一死了之？洛南感到闷得实在透不过气，打开车窗，冷风又吹得全身直哆嗦。怀疑本身就是一件凶器，杀伤力胜过刀枪。这马万财是在用死向我证明他没有说谎，向我抗议，我当时怎么就没相信他说的话呢！当官的自己爱说谎，才不相信别人。

马万财，你怎么是这么个人呢！

洛南望着前方，车内沉闷如窗外的天幕。窗外不下雨也不见太阳，只是一副要下雪的样子。马万财死了，林业局哪些人会受处分？会不会有人为此丢饭碗？只有看天了。

马坪乡林业站大门外围了很多人，但都被乡派出所的警察挡在了铁栏大门外。马万财平躺在几张办公桌拼起的台子上，半张着嘴，紧闭着眼，脸上贮存着笑意，双手自然弯曲，双腿一屈一伸，只是脖子上的那道勒痕无法遮挡。范文勇阴沉着脸，乡上派出所的两个警察也不说话。

范文勇说，早上他来到林业站第一件事就是打开值班室，准备喊马万财一起去吃早饭。因为今天公安科要去查看现场。打开值班室却没看到人，打开灯才看清楚他的双脚。

范文勇一边说一边带着洛南、余伟等人进了不足十平方米的值班室，里面摆着一架钢丝床，上面有值班用的棉絮和被子，旁边堆着森林灭火的铁扫把、铲子、消防背心，还有两台油锯，墙角倒着一瓶矿泉水，一袋看起来没有拆开的饼干。范文勇指着窗户护栏上的一根钢筋栏杆，说，就是挂在那上面的，我们站上几个人搭着凳子才把他放下来，但人已经冷硬了。

洛南问，你们是不是把他反锁在里面的？

范文勇支支吾吾，值班室的门根本就没法反锁，我只是把林业站的院门锁了。

余伟问，把他关在这里，你们晚上没留人吗？范文勇说，我们站上没有职工寝室，只有值班室有一张床，职工晚上都回家住，我们不可能让他去住旅馆，也不可能把他带回自己家里，只好让他在值班室睡一晚。我走的时候还给了他一瓶水、一包饼干。

洛南又走到躺在办公桌上的马万财面前，问范文勇，死者家属呢，通知了没有？

范文勇说，已经打了电话给他家村上，村上说他妻子因为摔伤了腰一直躺在床上，一个十一岁的女儿在乡上读小学。洛南感到胸口又被猛击了一下，脑子里嗡的一声如有一面大鼓被敲响，马万财真的没有说谎！那还通知什么家属，难道还能让一个瘫痪在床的女人爬到乡上来领男人的尸首吗！难道能让一个十一岁的孩子来处理父亲的后事吗！

这时，派出所的一个警察向洛南介绍，这是我们张所长。洛南和张所长握了手，张所长你看下一步该怎么处理。张所长说，根据现场勘验我们已经排除他杀，确认马万财属自杀身亡。在你们到来之前，我们已对林业站的范站长和其他两人进行了询问，笔录上他们都签了字，盖了手印，我们派出所该做的事已经做完，回去就向局里报告。剩下的事洛局你们按程序处理就是了。

张所长与另两个警察离开后，洛南让范文勇去将围在门外看热闹的人劝散，然后才让大家到范文勇的办公室坐下，而他自己站着，口气平静地说，事情都出了，现在再说任何理由都没用，现在也不是追究责任的时候，就算要挨处分，我也是第一个。现在要紧的，是把当下的事情处理好。我的意见是先不报民政局，民政局一旦知道了就会过来把马万财的尸体拉去殡仪馆，我们总不可能在他老婆孩子都没见上他一面的时候，就把尸体火化了吧。我们又没办法让一个瘫痪的人和一个小孩子来，那就只有把马万财的尸体弄回去。

弄回去？余伟和范文勇几乎同时问出口。

对，弄回他家里去。所有的后事都回他家里去处理。先让亲戚出面，召集邻居按村上的风俗安葬，再与他家里的人商量善后事宜。

余伟问，要是民政局和县上追问起来怎么办？

如果民政局真的追问起来，这个责任就我来担着吧。洛南看看余伟，又看看屋里其他人，马万财死了，一个家的顶梁柱倒了，我们总得让他的老婆孩子看上一眼。

余伟又问，那怎么弄回去呢？都说拉死人晦气，除了殡仪馆的车，没有车肯拉死人的。范文勇也说，的确没有人愿意拉，其他的人都很忌讳。

洛南说，那就用我们的车。几个人都没说话。洛南看看驾驶员刘洪志，刘洪志犹豫着说，车是单位的，领导说用就用，只是这车要是拉了死人，今后大家还敢不敢坐。

洛南打断刘洪志的话，有啥不敢坐的，这车平时不就是我在坐吗？世上只有晦气的人，哪有晦气的车！我都不怕，其他人还怕啥！就这么定了。范文勇你再租一个车你们几个人坐，我就跟刘洪志一起。你们先去把村上那边联系好，让村上找几个人到村口来把马万财抬回去，再去马万财家里去与他老婆孩子见面。

范文勇说，洛局还是我来跟车吧，祸都是我惹的，怎么能让你陪死人？

我是猎人的后代，从不忌讳死人的。洛南说，还是我来给刘洪志壮胆有用些。况且马万财的死我也有责任，我来送他回家吧。

从马坪乡到岩路村，路虽然不远，却全是急弯陡坡村道，虽然有三米多宽，但路上全是沟槽坑洼，而且长满了半人深的杂草，越野车在路上如一个皮肤瘙痒的人不停地扭摆。北风在山谷冲撞，在林梢盘旋，天低得压到山尖上，路边草尖上顶着的残雪在灰暗的暮色下分外耀眼。

刘洪志一路不说话。洛南知道，他是因为拉死人感到委屈，自己却找不到一句话安慰他。刘洪志给洛南开车好几年了，他比洛南小七八岁，当兵退伍安置到林业局开车，洛南当副局长之前就与他关系不错，所以从洛南当副局长那天起，刘洪志就一直给他开车。当兵转业的人有一个普遍的优点，就是服从意识强，不管心里高不高兴，只要领导安排了，就会执行。

洛南掏出烟来给刘洪志一支，自己也点上。车里的烟雾很快就熏得他眼睛难受，只好伸手将玻璃按下一条缝，冷风从缝里猛扑进来。洛南回过头看一眼横摆在后排座上的马万财，正随着车子的摇摆跳动，但始终没有从座位上滚下去。在将马万财尸体往车上抬的时候，大家都说放座位后面的车厢板上，洛南坚持让平放到第二排座位上。洛南看出每个人心里都不愿意，但他感觉只有让马万财躺在活人坐的座位上，只有自己亲自将马万财的尸体送回去，他心里的愧疚才会减轻一些。

看到刘洪志单手将嘴上的烟点燃，洛南没话找话地问，你怕不怕死人？活人都不怕，死人有啥好怕的？哪有当兵的怕死人的！刘洪志一手握方向盘一手抽烟，淡然地说。

马万财的丧事由马芸芸的大伯马万金主持料理。请木匠做棺材、看墓地、挖坑、抬丧，所有的事情都完全按当地风俗办。丧事办了三天，他的妻子郭青苗就半卧在床上哭了整整三天。马万金为人忠厚老实，处理后事过程中从来没有向洛南提出任何过分要求。洛南悬着的心稍放下了一些。在谈费用补偿时，马万金没漫天要价，只提出马万财妻子生病和女儿才十一岁的情况，请林业局考虑。洛南直接套用最高标准，算出来以后在电话上给曲局长汇报。曲局长说，只要能尽快把事情处理平顺，不留尾巴，只要不超过规定标准，一切由洛南现场决定。马万财事件以林业局一次性支付马万财家属丧葬费用两万元、困难补助一万元，支付马万财妻子郭青苗腰伤住院费用三万五千元，负担马万财女儿马芸芸十八岁之前的生活及上学费用作结。

当看到马万财被放进棺材抬上山，洛南在心里说，马万财，你没有说谎，我不该怀疑你，应该让你回去。你的女儿，就让我来替你养大吧。

洛南没有和秦柯商量就认了马芸芸做干女儿，郭青苗双手撑着床边坐起来，让马芸芸给洛南磕头。洛南伸手摸着她的头，掏了两千元要马芸芸拿着，你妈妈会很快好起来的，今后有什么困难就随时来找我，干爹会随时来看你。

郭青苗被马万金找车重新送到县医院，由她大嫂在医院照顾，马芸芸回到了乡上小学，周末就回大伯家，有时间就跟大伯去医院看妈妈。一周后，当洛南去县医院看郭青苗时，马芸芸正扶着妈妈在床边走动，见了洛南就说干爹，你看我妈妈又能走路了。

马万财事件十分顺利地处理完，曲源很满意，县上领导也感到意外。在遇事就漫天要价，狮子大张口的风气下，马万财家属如此通情达理，所有人都觉得很庆幸。洛南心里松了半口气，还有半口气悬着。县纪委的调查结论已经出来，林业部门在执法过程中简单粗暴，违规滞留当事人，才导致了当事人自杀的严重后果。关云山听到调查小组的汇报后，明确指示林业局提出对相关人员追责问责意见并上报纪委。

曲源召集党组会专门研究问责意见。副局长邵年发言说，虽然我们在执法过程中存在不细致、考虑不周、麻痹大意的行为，但马万财自己想不开是主要原因。所以我建议能不处分的尽量不处分，必须处分的尽量从轻，不要让在一线努力工作的人背上思想包袱。曲源说，要依我个人的意见，一个都不处理最好，可是关县长和县纪委已经明确要求必须对责任人给予处分。关县长私下对我说，现在处理几个人是小事，如果今后有人拿这事做文章，为这事翻案才是大事。现在不处理人就是给今后留了隐患，到那时候再来处理，被追责的恐怕就不止今天这几个人了，所以大家还是说说怎么给处分吧。曲源看看参会的人，大家有的低头玩手中的钢笔，有的不停地翻笔记本。

洛南看看大家都不说话，主动开了口，曲局长说的有道理，县上领导考虑的是对的，我无论从哪个方面说都有责任，所以我请求纪委给我纪律处分，撤职、降级都可以。对余伟和范文勇，能不给处分最好，如果实在要给，那么就轻一点，让他们长个教训就行了。

曲源说你只是领导责任，他们两个才是直接责任人，特别是范文勇，他是站长，关了人又不派人看管，他才是主要责任人。洛南说，老范这人忠厚老实，家又是农村的，他一个招聘干部，半边户，处分重了影响了他的工资奖金，他娃娃上学就会受影响。我是副科级公务员，老婆也有正式工作，工资就是降一级也不至于娃娃上不起学。再说，马万财一个活生生的命没了，马芸芸这么小就失去了爸爸，我如果不受这个处分，心里也不会安稳。"

县上的处分决定下来以后，洛南感到心里那口气又放下了一些，洛南和范文勇都被行政记过，两年内不得提拔，不得晋级工资，年终奖扣发 50%，而余伟则被严重警告，处分期内不得提拔晋升，但年终奖不受影响。洛南很想让马万财从脑子里淡化，好好睡一觉，可是他的眼睛却一直跳，睁开眼跳闭上眼还是跳。

早上八点左右，洛南刚从床上坐起，靠在床头上抽起床烟，一边抽烟一边惶恐地等着什么发生。床头的电话刺耳地响起，洛南心里说，来了！

28

电话是一把手曲局长打来的，曲局长一般不会用家里的座机给下属打电话，打电话就肯定有事情。曲局长电话里声音依然很平静，似乎火烧了眉毛他都不会高声嚷嚷，《岷州晚报》上登了一篇署名艾农的记者调查《谁在逼农民上吊》，三分之二的版面详细披露了马万财因妻子受伤无钱治疗，偷偷进山烧炭被护林员抓住送林业站处理，在林业站上吊自杀的全过程。文章不仅采访了岩路村的许多老百姓，还到马万财砍木材烧炭的地方拍了照，在文章的后半部分，对地方政府不关心困难群众、粗暴执法，提出了尖锐的质问与批评。

洛南感到头有些疼，犹如在梦中挨了一棒，没有吃早饭就赶到了办公室，他将那篇报道读了一遍又一遍，感到里面每一句诘问都如一条鞭子在他身上抽着。他走到饮水机前接了一杯凉水两大口吞下，再回到办公桌后的转椅上，闭上眼睛，已经消失的噩梦终于又被唤醒。信任与怀疑就在一念之间。如果当初自己选择信任，让马万财回去，哪有今天的噩梦！所有的恶果都已在一念之间形成，既然这样，如果天要垮了，就让自己变成高个子吧！

洛南走进曲源办公室，向曲源表态愿意承担责任，争取不给局里添更多的麻烦。曲源也在叹气，很多事都不是人力能掌控的。现在的任务是，我们要想办法把这事的影响降到最低，不然我们的职工还会有人受处分。

很多事情，只要被媒体翻出来见了光，就变得不可控，就像一座大楼要垮的时候，谁也撑不住。谁想撑住谁就会先被砸扁。所以感觉势头不对时，人人都会先求自保，没人再为你说一句话，人人都巴不得让你当替罪羊。当洛南开始整理自己办公室的文件与资料时，他想干脆回到造林股去，就当一个普通的工程师，天天爬山搞规划、设计、检查、验收，也许这样就可以将心中的噩梦消除。今后回市里陪洛阳的时间也多了，甚至还可以把自己写的那些诗稿整理出来，找一个出版社出版。

洛南整理完文件资料，就关了门在办公室等着，日光灯在头顶吱吱地响，如正在渗水的阀门。洛南关了灯又顺手锁了门，在沙发上半躺下来，他没有感觉到头痛，却感到自己脸上如扑满了灰尘，心上也落满了灰尘。

尚文雄在睡觉之前接到关云山的电话，开口就问他和洛南的关系如何。自从木地板厂的事黄了以后，尚文雄就一直闷闷不乐，但他只是觉得洛南这个人太一根筋了，却没有怀疑过两人的关系。所以他几乎没想就说，我们是多年的兄弟啊。关云山说，如果你觉得他在林业局天天盯着你，希望他挪一个位置，现在机会来了。

尚文雄没说话，关云山把马万财的事和报纸上的文章向他说了，又说这事虽然本身不存在大问题，但影响太大，书记、县长要给上面交差，只能舍车保帅。尚文雄还是说，马万财这事是一个偶然事件，是范文勇做事太马虎。

关云山笑起来，看起来你还是维护他的。他虽然没有直接责任，但他是分管领导。

尚文雄忧郁地说，看来只要当官，就有受冤枉的时候。

关云山说，咱们虽然是亲戚，但我这人从不愿欠谁人情。你帮了我不少忙，关键时候我也得帮帮你。现在书记在征求我对他的处理意见。如果你觉得他在林业局对你的发展不利，那就让他到乡上去，今后即使回县上，也不一定能回林业局了。

尚文雄叹了一口气，没表态。关云山换了一种口气，他不管这行了，说不定你们的朋友情义还会比现在更好。

尚文雄又叹了一口气，那好吧。

想到自己的加工厂今后将因为洛南的挪动而少了许多阻力，尚文雄感觉压在心上的石头不见了，因为木地板厂项目而聚集起的怨气悄悄消散。

星期天早上，曲源给洛南打来电话，正式告诉了他县上的处理决定。余伟降为副科长。范文勇撤销站长职务，调到小岭乡林业站。而洛南，则调到青坪乡任副书记。曲源不停地安慰洛南，内容也和尚文雄说的差不多，无非是过两年就会将他调回来之类的话。

洛南按要求去纪委和组织部接受谈话，然后回市里不声不响收拾被子衣服。看着洛南在客厅与寝室之间不停地穿来穿去，一副灰头土脸的样子，秦柯说，让你努力往市上调，这么多年一点动静都没有，往乡下调你却不声不响就去了！

洛南说，我也不想去，可是马万财命都没有了，马芸芸十一岁就没了父亲，我再待在县上办公室也不能心安理得。

秦柯眼里闪着泪花，当初嫁给你的时候我就说过，我不求你当多大官发多少财，只求一家人在一起，让洛阳在学校不要天天被老师问，你爸爸怎么从来不来开家长会。洛南低着头不说话，秦柯的声音却越来越高，秦孟让秦柯不要再说了，秦柯又转头埋怨父亲，爸你从来都是护着他，当官有什么意思嘛。我当年不是看他能当官，而是看他多才多艺，对人好，才嫁给他的。可现在，他哪儿还有一点当年的样子！

洛阳从卧室里跑出来喊，别吵了！别吵了！我要做作业。

电话又响起，是文县长。洛南忙拿起电话走到阳台上，文契的声音还是那样洪亮，人这一生总得要跌几次跤，才能长成大人。关键是要吃一堑长一智，在今后更加谨慎。只有清醒的人，才能永远立于不败之地。到乡镇去干几年，对你没有什么坏处。放下包袱，去吧！说不定几年后你就真正成熟了。

挂了电话，洛南抬起头，不远处的房顶上一群鸽子正在阳光下翻飞，翅膀反射着金色的光。

29

星期天早上，余伟还在床上睡觉，就收到尚文雄发的消息：兄弟，今天来岷州喝茶。余伟看了尚文雄的消息，再也睡不着，他没想到尚文雄会邀请他，也不清楚尚文雄有什么目的，更不清楚尚文雄是否请了其他人，会不会又请了关县长、曲局长。除了曲源这个表亲，余伟再也没有任何有用的关系，所以他努力在工作上表现自己，希望得到局里其他领导甚至县上领导的认可。因为马万财这事，他又从科长变成了副科长，工资也降了一级。要怪就怪自己运气太差。尚文雄说，是关县长出面做工作他才能继续留在林业公安科的，说明关县长对他有印象。尚文雄说的应该不是假话，出了马万财这事，还能留在公安科主持工作，关云山作为县委常委、分管林业的副县长，没有他帮忙是办不成的。听说尚文雄是关县长的表弟，如果和尚文雄的关系搞好了，那么处好和关县长的关系自然也就有了机会。

  余伟开着公安科的警车到了岷州才给尚文雄打电话。尚文雄让他直接去一家名叫金海的酒楼，去了之后才知道尚文雄没有请其他任何人，只有他和尚文军、尚文兵两兄弟，外加金三娃。几个人正坐在一个亭子里喝茶，尚文雄看见余伟就热情地招呼，今天没请其他人，就咱们兄弟几个，所以大家尽管放松。余伟看见没有关云山和局里其他领导，心里有点失落，但也松了一口气。尚文雄向几个兄弟介绍他时说，余科长是正规警校毕业生，管着咱们全县的木材，咱们都得靠他关照，你们都得尊敬他。尚文雄又向余伟介绍了他的兄弟和金三娃，说他们都不是外人，都是靠得住的兄弟。在家靠父母出门靠兄弟，今后余科长有什么需要的地方，只要开口，他们都会为了朋友不惜两肋插刀。几个人喝了一会儿茶就去泡温泉，当大家都只穿着一条短裤，泡在一个水池子时，人与人的差别就缩小了，距离就拉近了。几个人在热水池泡一阵又去桑拿房蒸一蒸，然后再去凉水池泡一阵，如此反复，身体也变得松软。泡了温泉出来，余伟感到尚文雄和他这些兄弟其实都是性情耿直的人，虽然带着浓重的江湖气，但用不着过多戒备。

中午的饭就安排在温泉酒店的一个豪华包间，虽然没有其他领导，但尚文雄依然安排了最高的标准，鲍鱼、龙虾、深海鱼，酒是五粮液，烟是软中华，每一样都是余伟平时从来不敢消费的。看来当老板也有当老板的好处，如果尚文雄还在市计经委上班，他能上这里来买单享受吗？尚文雄让余伟坐到他旁边，既把他当成贵客，又很随和地和他说笑。三杯酒过后，尚文雄开始向他单敬，尚文军、尚文兵、金三娃都过来给他敬酒。余伟知道，自己当然不能就这样坐等别人敬酒，他也端起杯子，先敬尚文雄，然后走到每个人跟前敬酒。每个人都很豪爽，站起来跟他碰杯，拍拍他的肩膀，又拍拍自己的胸口，然后一口干杯。尚文雄又单独和他喝了三杯，夸他能干，很亲密地说关县长一直在关注他，今后找机会一定再帮他引荐。不仅是关县长，李县长、薛书记都可以帮他引荐。尚文雄说我能在青石立足，由一个小木材贩子到今天，绝不仅仅靠洛南一个人，现在他去了乡下，而他空出来的这个位置县上至今没有安排其他人来，我觉得这对你来说是个机会，如果你能当上林业局的副局长，不仅实现了你的人生理想，对咱们兄弟也有好处，你说是不是？

余伟被尚文雄的话说得胸口怦怦直跳，自己刚从乡下调回来才几个月就受了处分，哪还敢想这样的好事。他不停地端起杯了向尚文雄表示感谢，不停地表态，今后需要他帮什么忙他一定尽力。尚文雄也耿直地和他喝了一杯又一杯，说这个社会靠的就是相互帮助。

喝了酒，下午尚文雄又提出就在酒店打麻将。余伟说要回去，尚文雄说你喝了那么多酒，现在最好别开车，万一有点什么事，得不偿失。大家都是自己人，一起玩玩，你就放心吧。余伟被尚文雄推着坐到麻将桌边，尚文雄从公文包里掏出一沓钱放进余伟桌边下面的抽屉里。尚文雄说，我不打牌，让他们三兄弟陪你打。余伟站起，又被尚文雄按着肩膀坐下，你就放心吧，大家都是自己人。

余伟从摸牌就开始紧张，问尚文军打多大。尚文军说打小点，就五十吧。余伟想说五十太大了，打十块吧，话到嘴边又没有说出口，只好小心出牌，话也很少说。可尚文军三人却不停地一边打牌，一边说笑话说怪话，完全是无所谓的样子，而且抓牌出牌又快。余伟平时很少打麻将，摸牌、碰牌、出牌都很慢，但大家对他都很友好，耐心地等他出牌。尚文雄躺在旁边的沙发上发出了鼾声。余伟背上冒着汗，感到比爬山还累，但几局下来他居然赢了，心情也逐渐放松下来。每一次他想吃牌碰牌时都有人打出来，每一次听牌以后都有人给他点炮。尚文雄在沙发上睡醒了，站起来走到牌桌前看了一会儿，说我出去走一圈，回来咱们就去吃饭。当尚文雄再回到包间时，尚文兵说最后一局。余伟估计自己已经赢了几千块，便完全放松地出牌，居然做了一个清一色自摸。尚文雄又拍拍他的肩膀说兄弟手气不错，余伟将本钱和赢的钱还给尚文雄，尚文雄坚决不要，这是你赢的，要不收那就太见外了，太不相信这些兄弟了。余伟愣了片刻，终于将钱放进自己包里。

余伟虽然将几千块钱放进了包里，回去后却一直没敢拿出来用。他虽然感觉尚文雄不是一个奸诈的人，但他毕竟和自己没有深交，更谈不上知根知底。直到半个多月过去，日子依旧风平浪静，他心里的疙瘩才放下，将那几千块钱和自己的工资津贴放在一起。在家靠父母出门靠朋友，自己靠表舅的关系，从乡镇调到了人人羡慕的林业局当了科长，管着 2800 平方公里土地上所有乱砍树木、偷猎野生动物、乱占林地的案子，现在首先要做的，是让自己在这个位置上坐稳，让社会上的老板知道自己手中的权力。所以凡涉及的案子，他都亲自参与，将定性拍板权牢牢抓在自己手里，但是自己毕竟只是一个科长，在局里只算一个中层干部，上面还有分管副局长、局长，而他们的指示削弱着他的权力，他又不能不照办。洛南在局里分管公安的时候，虽然表面上在放权，实际上都是他在主导。加上洛南这个人骨子里犟，说话办事从不给下属留情面，余伟时常觉得委屈又无可奈何。现在因为马万财之死，洛南到乡下去了，自己也从科长降为副科长，依然主持工作，县上既没有安排新人来做副局长，也没有叫人来当公安科长。余伟猜不透县上的意图，私下想去探探表舅曲源的口风，曲源也没有回答，只是说让他安心把本职工作做好，不要想得太多。听尚文雄一说，余伟觉得马万财的死虽然对自己也造成了影响，但也带来了机会。关县长是常委，尚文雄是关县长的表弟，曲源帮不上的忙，尚文雄也许能帮上。

没有洛南，邵年又不懂业务，不过问具体的案子，作为主持工作的副科长，余伟知道自己的权力大了许多。在后来涉及尚文雄几兄弟的几个小案子中，余伟亲自办理，放了尚文兵一马，才觉得自己不再欠尚文雄的人情了。后来尚文雄过一段时间便会约余伟一次，和尚文雄兄弟在一起的时间多了，余伟心里原来的那份警觉渐渐放下了。

不知道到底是曲源帮的忙还是尚文雄通过关云山做的工作，一年以后，当洛南还在乡下当副书记的时候，组织部发文件，任命余伟为公安科长。

余伟到岷州与尚文雄兄弟一起的时间越来越多，时间长了，心中的顾虑就少了。虽然尚文雄一直对他很客气，但无形中已把他当成了自己的兄弟。余伟有时觉得不习惯，他想到自己还要靠他在关县长面前说话，也就努力让自己的心气平静下来。

中秋节尚文雄给余伟打电话，邀请他去岷州吃饭，余伟想找个借口推托却下不了决心，心里还在犹豫嘴上却已经答应了。到岷州依然是吃饭喝酒，酒后到歌城唱歌。刚在歌厅坐下，尚文雄将余伟拉到身边，又让尚文军、尚文兵也围过来，先叹一口长气，然后才说，现在这里没有外人，我先说个事，说完后大家再放心地玩。

几个人都不说话，尚文雄这才说，自从我开了这个厂，举报就一直不断，肯定是有人专门要跟我对着干。大家都在收黑木材，就我这个家具厂倒霉，天天被林业局查。这样下去，我晚上睡不好觉是小事，这个厂早晚要被查垮。

尚文兵说，如果查出来是谁，我直接就把他扔下白堰岩。

余伟不说话，尚文雄又说，所以我想请余科长帮个忙。你是公安，又当过派出所所长，举报人经常给你打电话，你很容易就能查出他的信息。只要你把举报人的信息给我，老三他们自己就会去摆平。

余伟终于开口，咱们公安系统有明文规定，不得泄露举报人信息，万一今后查出来，我就得倒大霉。尚文军说，这里又没外人，我们不说出去，别人怎么会知道是你告诉我们的？

余伟还是犹豫着。

尚文雄说，看来余科长还是不相信我们啊，咱们在社会上混，信义为第一。我尚文雄如不讲信义，能求表哥出面又让你当上科长吗？

余伟叹息一声，那好吧，回头我把举报人的信息查出来就给你。你们可千万不能意气用事，弄出什么祸事来，最多私下找他沟通，警告一下，最好能化敌为友，多个朋友少个敌人。

尚文雄这才笑着拍拍余伟肩膀，老弟你就放心吧，我知道怎么处理。好，不说这事儿了。现在大家开心玩，所有的费用都我买单。

从歌城出来，尚文军拍拍余伟的肩膀，兄弟爽了没有？余伟感到尚文军的话意味深长，背上冒起了冷汗。尚文兵说这年头谁不在外面找个小妹玩玩，除非他功能不正常。兄弟你说是不是？

余伟突然对自己感到十分厌倦，只想找一个角落，把自己的五脏六腑全部吐出来。

30

青坪乡没有集镇，街上只有两家副食店、一家豆腐店、两家小馆子、一家旅馆，以及兽医站、种子站、水保站、林业站、信用社、派出所、杂货店、农具店。洛南在青坪乡已经两个星期没回市里了。他自己都感到奇怪的是，从县上到乡里时心中的落魄只停留了一天，当他在乡政府宿舍安顿好自己，站在窗外望着远处的山时，心里很快就变得安静了，安静得如得道的高僧。早知道如此，当初还不如直接要求分到乡下工作。

自从调到乡上，回家的时间就越来越少。到了开春，森林防火就成了他晚上睡不着觉的主要原因。他总是觉得有人在山上转来转去，如做贼一般怀里揣着打火机，想要趁夜深人静、月黑风高、他闭上眼的时候，摸出打火机将山林点燃，然后躲到远处某个山洞里观看。

秦柯不再经常给他打电话，洛南反而觉得有些不习惯，便主动打电话回去，本意是要问一问洛阳的情况，可电话变成了秦柯的出气筒。秦柯也许是工作上有压力或者是受了委屈，正愁找不到地方出气，一旦有了出口，便如河水奔涌。你还记得问一下洛阳！你在乡下多逍遥自在，早把家都忘得一干二净了。我哪怕身体不舒服，还要每天去接送洛阳。我们学校现在也经常加班，回来还要给他洗衣服、煮饭、收拾东西。家里天天都那么多事情，你能不能多少分担一点？

洛南想到孩子就觉得愧疚，但如果防火上出了问题，哪个村一把火，领导的批评就比秦柯的抱怨严厉得多。他宁愿挨秦柯十次骂，不愿挨领导一次批评，更不愿到县上去表态发言或被约谈。只要秦柯挂了电话，不到十分钟以后，他脑子里想的又全是森林防火的事情了。

夜里睡不着，洛南便穿上衣服一个人出去走。街上静寂无人，只有派出所大门上方挂着一盏大节能灯，连何豆腐的店也关了门。

豆腐店的老板姓何，大家都叫他何豆腐，独自一人在这街上已经住了四十年。何豆腐是一个盲人，据说是60年代的成都知青。他的店门总是上午十点开，晚上十点关。他不光卖豆腐，还卖烟酒、方便面、火腿肠。何豆腐每天开门和关门的声音悠长而悦耳，吱——嘎——！晚上没事的时候，洛南就去跟何豆腐下棋。下的是盲棋，何豆腐一边做事一边报棋，几乎不影响自己干活。棋子是桃木的，棋盘就刻在小方桌的桌面上。开始的时候，洛南不习惯一个人同时下两边的棋子，总感觉犹如左手在与右手下棋。何豆腐下棋从来不问输赢，一盘棋常常才下到中途，他就说，你明天还要下村，回去休息吧。

洛南一个人在街上走得不紧不慢，除了自己的脚步声，就是街道外面河里的流水声。他很快便走出了街道，上了通往县上的公路，河里的流水声如体内的血液流动，只有完全安静的时候才能听见。洛南掏出烟来点燃，抬头望着对岸看不到山顶山脊的山，山黑黢黢如一面无边的墙，黑得没有层次，黑得让他安宁。只要没有人用火去点燃这黑，这山就是安全的，他这个副书记也就是安全的。站在公路边，面对眼前这盛大的黑，洛南将双手放在胸前，天神啊，赐这些山安宁吧！

虽然没有风，但洛南还是感觉背上如浸在水中，所以抽完烟就开始往回走。又躺到床上时，他感到了疲倦，心里想这下总能睡上几个小时了。眼皮开始变重，终于有了一丝睡意，洛南闭上眼睛滑向黑暗的深处。

墙角传来一丝细微的声音，如春天雪化后溪水流动。黑暗的隧道其实也有炫目的色彩，溪水流动声中冒出了间断的不和谐音，那不是墙角应该有的声音。洛南从黑暗隧道又被抛回现实，他闭着眼睛屏住气，声音的确来自墙角而非幻境。那是小时候睡觉前经常听到的声音，这房子里有老鼠！

老鼠哪里没有？洛南又努力寻找黑暗隧道的入口。可是那声音一旦被发现，就成了醒目的存在，每次都及时将他从半睡中唤醒。这样下去是睡不着的。他爬起来开了灯下了床，那声音隐匿如根本就没有响起过。洛南环顾一下房间，靠书桌边的墙角有一堆纸箱，靠小茶几边墙角堆放着调来时装书的纸箱，上面放着装衣服的旅行包等杂物，床下也有几只装杂物的纸箱。青坪乡政府的住房和客房虽然是水泥和砖建的，但几个墙角都有小洞或缝隙，门下面的缝足以让体形不大的老鼠来去自如。木框窗户的插销是坏的，这样的房间有老鼠完全是正常的。声音没有了，洛南先走到茶几边，伸手把纸箱及杂物挪开，没有发现老鼠的影子，又同样去翻了书桌边的纸箱，不仅没有找到老鼠，连老鼠屎也没有一粒。

洛南又躺回床上，一直竖起耳朵，始终再没听到屋内有任何响动。直到不远处山上传来一声鸡叫，洛南翻一个身，眼睛虽然闭着，睡意却逃得无影无踪。

天亮以后洛南睁开眼睛，不知道自己晚上到底睡着过没有。吃过早饭就与林业站的许加星下村，先去最远的羊角村。洛南坐在副驾驶座位上，在北京213的摇摆与油门声中，没过两分钟就打起了瞌睡。他感到自己没有完全睡着就进了梦的碎片，马万财躺在后排座位上睡得安稳，马万财不是已经被埋了吗？洛南想这么抖动，他怎么就没被抖下去？父亲坐在门槛上一边喝玉米粥一边啃土豆。洛南睁开眼，北京吉普正在回头线上喘着气向前拱，路两边的树梢如一只只拦车的手向他挥来。洛北扛着一把长砍刀来找他，眼里充满求助的凄楚，洛南问大哥你要去哪里？洛北张张嘴，肩上的砍刀变成了猎枪。洛北身后又多了一群人，似乎都是村里的乡亲，洛南却一个都不认识。

洛南又睁开眼睛，后排的许加星给他递来一支烟，洛南摇摇头又闭上眼睛，尚文雄坐在一辆装满木材的卡车的木材上，头戴着鸭舌帽，洛南走到卡车前喊他下来喝水抽烟，卡车却响起油门声，洛南赶忙闪到旁边，卡车轰鸣着从他鼻尖划过。洛南背上惊出一身冷汗，再次睁开眼睛，许加星又递来一支烟，洛局，咱们中午是在羊角村吃饭，还是羊角检查后去羊背村吃饭，我好先给村上说一声。洛南点上烟，感到眼睛干涩，只想回去躺在床上，半闭着眼睛说，你看着安排，你说在哪儿吃饭就在哪儿吃饭，你说在哪儿下车就在哪儿下车。

许加星说，洛局你开玩笑，我只是你的跟班跑腿的。许加星也是退伍兵出身，当兵回来就安排在大坪镇林业站，大坪站是片区站，负责管辖大坪、青坪片区。许加星又被安排到青坪乡，青坪乡虽然有林业站的机构与编制，却只有许加星和另外一个聘用人员，没有站长，许加星便被大家封为许站长。洛南说我现在是乡干部，不是局领导，林业上的事我都听你的。吉普车拐过一个弯,一群白山羊咩咩叫着向车冲来,驾驶员赵斌急忙刹车。眼看就要冲入羊群中,赵斌只好向岩边猛打方向,咯噔一声,吉普车的前轮陷入排水沟中。洛南的头在车门的玻璃上重重碰了一下,瞌睡总算没有了。

晚上与何豆腐下棋的时候,洛南说,我那房间有老鼠,抓又抓不到,弄得我晚上都睡不好。

何豆腐说,有老鼠不是怪事,没老鼠才是。洛南说,那你这里怎么没有?何豆腐有些不屑,你凭什么说我这里没有老鼠,为了不让它们爬到我做好的豆腐上乱啃,我每天都得切一块豆腐干给它们放在洞口。何豆腐说,老鼠其实就是象棋中的象,你不到它的地盘上,它是没有攻击性的。

两个多月后,一个背着双肩包、衣着时尚的女子在一天下午突然站到洛南办公室的门口,并且掏出名片主动自我介绍说,我叫艾农,《岷州晚报》的记者。

洛南漠然地说,我知道,我能到乡镇来当副书记,都是你的功劳。

艾农说,我不是有意的,我只想帮身处底层的人说句公道话,却没想到你会受到处分,对不起。

洛南还是没有起身给背着双肩包的艾农倒水,也没给她让座,而是独自点上一支烟,说,将一个人的噩梦唤醒,是一件不道德的事。我做错事就该受罚,有什么对得起对不起的。

艾农没有转身离开,而是将包取下放在办公室的地上,自己也掏出一支女士烟点燃,才说,十字架压住的都是良知未泯的人。对不起,今后我再也不会在你面前提这事了。

洛南还是坐着没动。他感觉有些不习惯。此刻对艾农的怨气不是因为她写了那篇报道,而是她的报道激活了洛南关于马万财事件中那些让人难受的记忆。洛南用眼角的余光瞄瞄办公室门外，希望有一个人进来打破房内该死的沉闷。一支烟抽完，办公室门外平时热闹得如集市般的走廊上连一个人影都没有。

马万财没有了，马芸芸没了爸爸，郭青苗没了可以依靠的丈夫，而自己几乎毫发无损，只不过从县城的办公室搬到了乡镇的办公室。在乡镇有什么不好，都是工作，工资不少一分还多两百块乡镇补贴，自己还有什么好抱怨的。

艾农抽完烟，自己去饮水机上接了一杯水一口喝完，才说，我是来采访你的。然后从双肩包里掏出一张介绍信放到洛南办公桌上，领导安排的任务，说不定能将你失掉的分找回来。

洛南心底已没有对艾农的怨恨，但他也没有一丝对艾农所谓采访的兴趣。我没有失掉什么，也就不存在找回来这一说。洛南伸手拿起介绍信还给艾农，站起身说，来者是客。走吧，我请你吃午饭，吃了饭你拿着这介绍信去找其他乡镇，一样能写出让领导喜欢的报道。

31

自从第一次看到尚文雄的家具厂被林业公安查处，李太贵才觉得自己这一招的确狠毒。虽然松林包的树林里蚊子将他身上叮出了无数又痒又痛的疙瘩，但隔不了几天就能有一次收获。每次当他透过松枝看到一车车木材拉进天润家具厂大门，便悄悄给洛南或余伟打电话，然后躲在树林里等候，直到闪着警灯的警车到了厂门口，才悄悄下山上车。往回走的时候，李太贵一边开车一边骂，狗日的尚大娃，你让老子没好日子过，老子也要让你不得安生。我看你尚大娃早晚有一天要垮。你那两个兄弟早晚有一天要被敲砂罐，不被枪毙也要坐班房。咱就这样天天告，告不死你也要拖死你。

看着一大车木材被闪着警灯的警车押着出了天润家具厂大门，李太贵小声骂了一句，狗日的，老子看你神气！然后摸黑顺着小路往下走，松树林下的长脚蚊实在太厉害，他一边走路一边在手背上拍打。青泉公路上不见一点车灯，听不到一点声音，夜黑得让他感觉安全。

上了皮卡车打燃火，开着小灯小心翼翼将车开上青泉公路，他才开了大灯，不慌不忙地往回开。狗日的尚大娃，你霸占了我的加工厂，我要告死你，告不死你也让你天天不得安生。

过了麻柳湾就是猿门坪，转过猿门坪就开始下坡。皮卡车越来越快，凉风从窗户刮进，李太贵感觉心中的恶气一点点呼出来。

又转过一道弯，前面就是百堰岩上的急弯，李太贵踩一脚刹车，发现刹车又松又软，根本使不上劲。他又踩了几脚，皮卡车在下坡路上一点没有减速的迹象。

汗水从额上冒出，完了！完了！一切都完了！他想骂一句狗日的尚大娃，还没来得及骂出口，皮卡车就飞起来，冲进深不见底的黑暗中。

第二天上午，金三娃走进尚文雄办公室，将嘴凑到尚文雄耳边小声说，大哥，你今后再也不用担心睡觉时被吵醒了。

32

院子里的桃花开得如夏天的朝霞，散发出雨水的香气，蜜蜂的嗡嗡声只有屏住气才能听到。洛承义望着挂在睡屋墙上的猎枪，如看着被自己冷落了多年的老朋友。洛承义以前有很多支猎枪，长的有一人高，短的不足两尺，枪把有直的有弯的，多的时候应该有五六把。后来政府不准打猎了，乡上和村上的干部都知道他是猎人世家，每一次上门清理他都得交出一支，现在只剩这祖上传下的最后一支了。洛南到林业局工作以后，多次对洛承义说，不要再上山打猎了，打野生动物是违法的。洛承义表面答应，背地里有时还是会到山上打一头野猪或者麂子。直到后来，乡上又召开猎人会，洛承义才封了枪，每天带着猎狗尔朵到山上瞎跑。洛承义看见尔朵就看见了自己，看见自己就看见了在山林里奔跑的老熊、野猪、麂子，看见了野牛、羚羊、兔子，它们都在林子里舞蹈。锦鸡、红腹角雉、布谷鸟，都在高大的枫香、杨树上歌唱。

　　这枪是洛承义爷爷的爷爷传下来的，那时候朝廷举行狩猎比赛，祖上凭着超高的技术和丰硕的战果，拔得了青石县的头筹。吉荣土司亲自给他挂了红，奖励了他这支长三尺的乌砂铁枪管、梨花木枪把上刻着飞禽走兽的猎枪。为了不让乡村干部发现他还有猎枪没上交，平时他都将枪藏在睡屋的床下。这两年估计猎枪都收完了，干部也不来检查了，他才将这支枪挂到墙上。虽然每天闭眼之前、睁眼之后都要看上一眼，平时却从来不摸一下，更不会取下来。洛北当了村主任，洛南当了国家干部，政府不准打猎了，这杆祖上传下来的猎枪，今后又传给谁？

　　原来的三条猎狗都早已埋到山上，眼前这条是十二年前买回来的，体瘦、腿长、小腿呈弓形，洛承义就给它起名尔朵。尔朵每天孤独地坐在屋檐下望着远处的山，从来看不起其他猎狗，不与山上的土狗一起玩，更不愿与其他母狗交配。它从不对着陌生人追咬，更不与猫游戏，每天独自去山林里跑一圈，然后便坐在屋檐下望山。可是尔朵和猎枪不一样，猎枪挂在墙上十年，只要擦掉灰尘，枪管依然乌黑透亮，枪把依旧反射着很有质感的、暗黄色的光，而尔朵却老了！

洛承义随手将猎枪取下，尔朵就悄悄来到他身边，围着他的脚边打转，不停地抬起头看他。洛承义从尔朵眼里看到了一份委屈、一份期待，心里升起一股强烈的愧疚与冲动，尔朵已经十三岁了，有生之年已经不多，我就再满足一次他的心愿，带它去打一次猎吧。

洛承义给酒壶灌满了酒，煮了一块腊肉，烤了几张玉米饼，穿上羊皮褂，取下挂在墙上的火药、砂子，然后蹲下身子，拍拍尔朵的脑袋，说，准备出发吧。尔朵心领神会地转身走到院子中间。走出院子，尔朵就轻车熟路地走在洛承义前面，直接往清风垭方向走。走上清风垭，洛承义面对路边一座白石堆站住，将猎枪放在地上，取下酒壶，拧开盖子将玉米酒洒在石头的斜面上，然后双手作揖，纳鲁侬呀多！我和尔朵进山去转转，求山神保佑我们平安！给山神敬了酒，洛承义坐下来抽烟。烟虽然是乡场上买的叶子烟，火却用的是打火机。火柴再怎么样也没现在的液化气打火机好用。烟刚抽了一半，他想起好久没见面的猎神了。猎神是老光棍，一个人住在小岭乡离村寨很远的山坡上。猎神的姓名没有人能够记起，但是方圆百里无人不知。即使在邻县，猎神的名字也让那些猎人当神一般崇敬。洛承义和猎神不在一个村，也不在一个乡，可是两人却交往了几十年，经常一起打猎喝酒。说不定这是自己和尔朵最后一次上山打猎了，干脆去把猎神也叫上吧。

洛承义将一支叶子烟抽完，站起身对尔朵说，咱们走左边。尔朵很快领会了洛承义的意思，直接走上了通往猎神家的小路。小路已经很少有人走，蕨草长满了路面，小青蛇在草丛中慢慢游走。洛承义深深呼吸着森林的气味，那气味有茅草的青涩、松针的柔绵、腐殖土的沉闷，还有山风的清冽。洛承义听见了林子里雄锦鸡在呱呱呱寻找配偶，听见了远处麂子在叽叽叽、咕咕咕。尔朵一直走在他前面，有时候奔跑一阵，然后在山垭口停下来等。洛承义与尔朵翻过了清风岭，又坐下来抽烟歇气，他将腊肉上的瘦肉撕下一块扔给尔朵，自己啃了半块玉米饼，喝了两口酒，然后吆喝一声，走。又翻过一座山，过一道梁就开始往下走，尔朵不停地在前面转圈，然后望着洛承义，意思是林子里有猎物。洛承义说我知道有猎物，但咱们现在不打，咱们去叫上猎神再一起上山打。

　　洛承义带着尔朵翻了四座山，太阳完全落下的时候，才走到猎神家的院子前。尔朵一边叫一边冲进院子，猎神从屋里走出来大声说，我听到狗叫就知道你心里又发痒了。洛承义说，我是怕再不来看看你，说不定哪天你就归天了。猎神说，现在政府不准打猎，我们这些人活在这世上也没意思，早就该归天了。两人坐下来就开始吃腊肉喝酒，洛承义边走边说，我看尔朵已经老得开始掉毛，我们也老了，人的命和狗一样，说不定哪天说没就没了。可惜啊，祖上传下来的这门手艺，就要在我手上失传了！猎神一边喝酒一边说，失传就失传吧，你就是天天愁也没用，来喝酒吧。天不管地不管酒管。洛承义说，我要在尔朵死之前让它再撵一次山。

　　第二天一大早，猎神就煮了玉米蒸干饭，烤了玉米馍，煮了一块牦牛肉，山下的鸡刚叫头遍，两人就吃了早饭，带着尔朵出发。

　　路上，洛承义说，现在政府不准打猎，你知道我老二又是管这个的，所以我们今天只能打几只野兔，就当是个纪念。猎神边走边喝酒,行,那就只打几只野兔。洛承义说行。猎神扛的是一杆长猎枪,立在地上和人一样高,铁砂子是很多年前留下的,火药是自己配的。洛承义知道,猎神这杆猎枪虽然不起眼,但射程远,火力猛,自己的枪比起来就差远了。

猎神年龄和洛承义差不多,平时喝了酒,走路都走不稳,可爬山却如一只猴子。两个人走着走着就成了比赛,看谁的腿脚快。不一会儿就上了黑熊坪,洛承义知道这里是野猪出没的地方,地上还有清晰的野猪脚印,但是说好了今天只打野兔,便装了火药,提起枪往野杉和桦木林里钻。猎神说你急什么,先喝两口嘛。洛承义折回身在路边的蕨草上坐下,取下酒囊递给猎神,喝我这个,度数高,劲大。猎神接过酒囊,喝两口又还给洛承义,问,咱们俩是一起走还是分开走?洛承义也喝下两口,说打两只兔子,哪用两个人一起,分开各打各吧。猎神说,那好一人一只兔子,打到就回到这里集合,咱们比比看谁先回来。

两个人同时钻入林中,尔朵叫了两声,立即跟上洛承义。洛承义提着枪,仔细查看地形和地上的杂草,左前方地上长满了苦麻菜,肯定有兔子窝。他检查了猎枪的撞针位置,弓着腰听周围的动静,然后低声吆喝,尔朵,叫。尔朵立即一边叫一边往前冲,不远处已响起枪声,洛承义暗自叹息一声又输了,眼睛不停地扫视前方。猎神这一枪刚响过,草丛中飞快闪过一团白影,洛承义抬起枪对着白影前方扣动了扳机,当他提着一只兔子走回黑熊坪,猎神已经坐在草丛里喝酒了。

猎神一边喝酒,一边撕下一块腊肉扔向尔朵,路边摆着两只血淋淋的兔子,然后对洛承义说,刚才看到一个野猪窝,根据脚印判断至少有一大一小,如果不是有言在先,我肯定会拖一条野猪回来。洛承义将手里的兔子丢给尔朵去撕扯,对猎神说这次算你赢了，咱们往下走，等会儿再比一次。

两人喝了酒吃了玉米馍，重新给猎枪装了火药，就顺着山腰往低处走。走上野牛岭，洛承义说，咱们在这儿分开，打到野兔后，在前面的金鸡垭集合。洛承义钻进林子就听到野兔的吱吱声，他侧身对尔朵做了一个"嘘"的动作，尔朵也懂事地放慢了脚步，由于树叶的遮挡，看不清野兔窝的位置。他双手端着枪，向大叶杨下的一丛灌木悄悄移动。不远处猎神的枪声又先响起，锦鸡从大叶杨上噗的一声飞向另一株花楸树，洛承义在野兔钻出灌木丛之前扣动了扳机。

洛承义提着野兔回到金鸡垭，猎神已经用葛藤将几只野兔串在一起，坐在地上喝酒。见洛承义回来，猎神笑得很开心，两场你都输了，该你请客喝酒。洛承义说，我这枪的准头哪能和你的长管子相比。猎神说，你别再人穷怪屋基好不好，那咱俩交换一支吧。洛承义将自己的酒囊递过去，喝吧。猎人站起身拍拍身上的草屑，我说的不是喝你皮囊里的酒，我是要你请客，到馆子里喝酒。洛承义不说话，只看着猎神。猎神拍完了自己身上，又拍洛承义身上，说，怎么，舍不得？你儿子还是当官的，比农民还抠吗？洛承义也用葛藤穿起兔子，说，老家伙，你就想宰我，咱们到哪儿去喝？

猎神将猎物挂在枪管上，说从这儿顺着金鸡岭往下，翻过白合垭，再顺张家沟走出沟就是小岭乡街上，咱们去小岭街上喝，我好久没吃廖家馆子的麻婆豆腐了。

两人顺着山脊往下走，刚过白合垭，走在前面的猎神突然钻进右边白夹竹林，然后就是一声枪响，两分钟后猎神就提着一只竹鼠出来。尔朵兴奋地围着猎神叫，猎神将一只还在挣扎的竹鼠扔给尔朵，口里骂，拿去吧，又不出力又嘴馋的东西。

两人走到小岭街上已近黄昏，小岭乡本来是一个偏远的小乡，百米长的一条街上除了乡政府林业站、农机站、兽医站、派出所，就一家小旅馆，两家小饭馆。一家叫尔玛人家，专卖腊肉、荞面、野菜；另一家廖平饭馆，招牌菜却是水煮鱼和麻婆豆腐。

猎神说，咱们把这些兔子卖给尔玛人家吧，用卖的钱去廖平饭店喝酒。洛承义说，说好了喝酒我请，就我请，我口袋里有钱。现在不准打猎，谁还敢买你的东西，要卖你自己去卖，反正我不敢去。

尔朵紧紧靠在洛承义脚边，夹着尾巴，对小街上的一切都保持着戒备。猎神说你不去我去，卖了再过来喝酒。两人刚走到廖平饭店门口，就见两个人从街的一头向他们走来，走到他们面前就停下了。一个中年男人问，这是你们打的吗？洛承义没有回答，猎神却开了口，对，你要买吗？便宜卖给你们，刚打的新鲜，拿回去红烧，多放点大香。中年人说我们是林业站的，你们两人跟我们到林业站去一趟。洛承义知道糟了，但还是没有说话。猎神却说，跟你们去干什么？中年人又说，国家已经禁止猎捕野生动物，你们已经违法了。

洛南从青坪乡赶到小岭乡时，已是第二天中午。当范文勇看到洛南走进办公室时，感到十分意外，洛局你怎么来了？洛南说，我这个被贬的副局长来看看你这个被贬的站长不行吗。范文勇忙着发烟，洛南在范文勇办公室的椅子上坐下，等范文勇给他点了烟泡了茶端过来，才说，我来请你这个代理站长吃饭呢。看着范文勇一脸茫然的样子，才笑起来问，我爹呢？

范文勇猛然醒悟过来，两个打猎的？他们两个都没带身份证，哪个是你爹？我现在就去叫来。洛南说，不急，你总得给我管顿饭吧。范文勇说那是当然。洛南问，他们两个违法打猎到了立案标准没有？范文勇说，几只兔子，没到立案标准！把猎物没收了，批评教育一下，就可以回去了。另一个是你什么人？洛南说，另一个就是猎神。你这个乡的，你难道不认识？范文勇又忙着给洛南添水递烟，猎神这个名字早就听说了，只是我到这个乡的时间不长，一直没有见到人。我这个小乡林业站的代理站长，居然同时见到两个传奇人物。

当洛承义走进办公室，看到坐在椅子上的洛南时，脸上红得如喝了三两早酒，他微低着头，也没和洛南打招呼。猎神跟在后面也进了办公室，问范文勇，我们可以走了吗？我真的没钱，不要说五百，就是五十块都交不出来。洛承义回头瞪了猎神一眼，老顽童便闭上了嘴。范文勇笑着说，鉴于你们情节轻微，罚款就不用交了，但猎物必须没收。

吃过饭以后，两人却不想上洛南的车。猎神说，咱们走路翻山回去。洛承义说，我们自己搭班车回去。洛南说，人家班车会让你把尔朵带上吗？算了，还是我送你们回去吧。洛承义说，那行，你把我们送到开坪镇上，我们就各人搭班车回各人家，你也就回青坪乡。两人上了车都坐在后排。尔朵也跟着洛承义跳上后排，蹲在洛承义脚边。当车启动时，尔朵对着窗外叫了几声，似乎在向谁告别。

车开出小岭乡的街道，洛承义才支支吾吾地说，我是不是又给你找麻烦了。洛南说，爸，幸好你还记得我的电话，看来你还没糊涂嘛。我现在没在林业局上班了，放假的时候又要回去看洛阳，以后不能经常回来看你了。洛承义脸色立即紧张起来，你犯什么错误了？洛南说并不是犯了错误才到乡上。洛承义又问怎么会无缘无故被贬呢？洛南说，只是到乡上工作，又没降我的级。洛承义脸上的阴云始终没散，那你现在不是国家干部了？洛南说当然还是国家干部，只不过以前是县上的干部，现在是乡干部，乡干部就只管得到自己那个乡的事，管不到全县的事。洛承义在后排窸窸窣窣地摸叶子烟,一边打火一边问,那我的孙子呢?洛南说,洛阳还是在市里上幼儿园。洛承义说,难怪我前段时间眼皮跳,原来是你被贬了。

洛南说,以前我眼皮也跳,现在不跳了,你就安心在家喝你的小酒吧,国家已经不准打猎,你就别折腾了。

这一趟打猎不顺心,心里的气又找不到地方出。在开坪镇下车后,洛承义还想请猎神去月山乡,到自己家喝酒。可是猎神说什么也不愿去,摆着手说,咱们都出来两天了,我还是回我那个窝睡得安稳些。今后要喝酒还是到我家来喝吧。两人在开坪镇的场口分手后,洛承义走得很快,他没有再爬山走小路,而是一直顺着公路走。开坪镇到月山乡十来公里,他没有歇一次气,而且速度也一直不减,犹如和谁赌着气。到了月山乡,天色已近黄昏。从乡场往家走的时候,他才感到有些累,精神也松弛下来。洛承义在心里叹了口气,老了,都老了。尔朵一会儿在前,一会儿在后,遇上其他同类也不叫不吼。走到一半的时候,天色就已经黑尽。走到一个三岔路口,尔朵却停住了,屁股坐在地上等他。洛承义心里一愣,尔朵也太懂他的心思了,干脆也在路边的一块石头上坐下来,掏出叶子烟点燃。

好久没去白沙湾了,不知水月的病好些了没有。

那场洪水过后,公社和大队帮无家可归的二十多户人家在高处又盖了房子。看着两个半大的娃娃每天穿的衣裳破了没人补,脏了没人洗,洛承义想应该有一个女人来打理这个家。媒婆告诉他,白沙湾有一个四十来岁的女人叫水月,男人在修大寨渠掏哑炮时被炸死了,现在也拖着一儿一女两个娃娃,收拾家务与庄稼活都是一把好手。如果你愿意,我就带来你看看。

洛承义说，还是我去那边看看吧。媒婆说也行。洛承义便提着一只风干的野兔、一大块野猪肉熏肉，还到大队代销店买了一包白糖，跟着媒婆去了水月家。

水月的年龄和死去的叶珠差不多，看起来却要年轻些。一身天蓝色的对襟衣服显得很合身，家里房子虽然破旧，却收拾得干干净净。圈上有三头猪、五只羊，还有一头母牛带一头牛犊。媒婆说，水月的两个娃娃都上学去了，哥哥上四年级，妹妹上二年级，成绩都很好。水月似乎有些羞涩，低头给媒婆和他端茶倒水，倒完水后抬头看了洛承义一眼。洛承义感到那一眼很亲切，充满女人的柔情与和善，他想应该可以把这个女人娶回去。水月留他和媒婆吃饭，媒婆看看他，他客气两句也便答应了。水月一个人在厨房忙了一个时辰，端上了一桌既中看又好吃的饭菜，还略带歉意地说家里没酒，就将就吃点吧。

从水月家出来后，洛承义对媒婆说他答应这门婚事了。媒婆说水月也没意见，但要等娃娃回来看娃同不同意。洛承义想，自己也应该回去问一下两个儿子。可是当他在晚饭桌上向洛北和洛南提出这件事时，兄弟俩居然同时反对。洛承义说爹再娶一个回来，还不是为了照顾你们，你看你们身上的衣服都烂成什么样子了。洛南说我不要后妈。洛北说爹你要是真娶一个回来，我和弟弟今后就不回来了，我们去歇岩窝。洛承义没想到两个儿子居然这样对他，大怒道，你们小娃娃懂什么？大人的事不要你们管，你们要歇岩窝现在就去。洛北站起身拉起洛南就往门外走，看着兄弟俩在夜色中出了院门，洛承义没有起身去阻拦，可是杯里的酒却再也喝不下去了。第二天上午，他爬上滴水岩，对缩在岩窝里的兄弟俩说，回去吧，爹答应你们就是了。

因为儿子的反对，与水月结婚的事黄了，洛承义专门到水月家沮丧地告诉她这个坏消息。水月叹息一声，却安慰他，算了，儿女要紧，等儿女长大了就什么都好了。洛承义感觉水月不光是能干，也是一个通情达理的女人。将水月娶进家门的事泡了汤，他却在儿子上学的时候隔三岔五地往水月家跑，农忙的时候过去帮几天忙，打了野物后提半块过去。水月也没有再嫁人，但从不到洛承义家来。两人就一直这样，半明半暗地往来着。洛承义不知道水月的儿女是否清楚、是否赞成或默认他们这种关系。水月不说，他也从来不问。后来，洛南上了大学，洛北成了家。水月的儿女都大学毕业有了工作，相隔不到十里的两家人一边都只剩下了一个，洛承义便走得更勤了。有时上山打猎，下山时拐个弯就直接带着尔朵去水月家。洛承义感觉，虽然水月家也是一个人，但她那屋里才像一个家，而自己家里和天神庙差不了多少。

　　洛承义抽完烟天已经黑透，反正路上也不会有人看见，那就再去看看她吧。他站起身提起包了布的猎枪，就拐上了往右边通往白沙湾的乡村公路。尔朵摇着尾巴跟了上来，路上很少碰到人，洛承义心里也安定了些，虽然在这条路上已经走了好多次，但他还是不想让人看到他往水月家走。即使一个是鳏夫，一个是寡妇，但毕竟没有明媒正娶，也就名不正言不顺，双方都是有儿女的人，好歹也得给儿女留点脸面。走着走着他又犹豫了起来，几只兔子都被林业站没收了，自己扛着这根包了布的烧火棍，却没有给水月买任何东西。虽说水月不会在乎他是否打着空手，但他还是觉得有些过意不去。

　　洛承义停了片刻，放下猎枪对尔朵吆喝一声，兔子！然后迅速钻进路边的桦木林。尔朵立即如年轻了十岁，敏捷地跟着洛承义，时而立足静听，时而在黑漆的林间穿梭，嘴里发出低沉的喉音。洛承义很快听到了左前方一灌木丛中野兔细微的咀嚼声，他和尔朵同时放轻了脚步，一左一右向灌木丛探去。四周的黑暗褪去，林内的草木渐渐显现出来，等到达距灌木丛一步的时候，尔朵和洛承义同时跳起，扑向灌木丛，将身体压在灌木丛中兔子的洞口。

从林子中提着一大一小两只兔子出来，洛承义才又继续往前走，湾里黑得只有天上的星星，只有脚下的路在随着自己的脚延伸。

到了水月家门口，洛承义又犹豫了。尔朵却低低地叫了两声先进了院门。水月打开堂屋门，站在阶沿上看着走进院门的洛承义。洛承义硬着头皮走上阶沿，说，打的兔子被没收了，今后也不准打猎了，这枪也就没用了，今后就放你这儿吧。

堂屋的桌上放着一只碗一双筷子，碗里还有半碗稀饭，稀饭上放着一块泡姜。水月因为咳嗽，听说泡姜可以止咳，所以平时都是泡姜下稀饭。水月说，我昨天刚煮了一块腊肉，我去切了，你喝两口。洛承义问，儿女回来过了？水月说，儿子没有回来，是女儿带外孙回来歇了一晚上。水月很快将腊肉切了蒸热端了出来，又拿出一只酒杯和一只装酒的塑料桶。洛承义拈起两块腊肉丢给尔朵，才自己倒了酒坐下慢慢喝。水月说，我再去给你煎两个鹅蛋。洛承义说，算了，有腊肉就行了。水月说，那我去给你煮面吧。洛承义又给尔朵扔了一块腊肉，才说，不忙，你先把饭吃了再去煮吧。

水月便坐下来继续吃稀饭，一边吃一边说，你上次拿来的药吃了两天咳嗽就缓了也轻了，昨天女子回来说我是慢性支气管炎，要我去城里医院找医生检查，我不想去。这屋里的猪鸡鸭一天都离不开人。洛承义说，你还是该去，自从有了西药，现在的草药都没以前那么灵了。到大医院去检查一下总是对的，你这些鸡鸭如果找不到人照顾，我就来帮你照顾几天吧。

反正我家里就我和尔朵两个活物,门一关十天半月不回去都没啥。

水月说,别让你儿子知道了心里不高兴。

洛承义喝完一杯又倒了一杯,这么多年,你以为他们真不知道吗?只不过装作不知道罢了。

33

到小岭乡接爹和猎神回乡上后,洛南心里暗暗松了一口气,爹还可以跟猎神一起上山到处跑,说明他身体还没啥问题,至少近几年内不会需要人照顾生活吧。

洛南正在想爹今后老了怎么办,就接到马芸芸的电话。马芸芸在马坪乡上小学六年级,平时住在学校,周末下午才放学回家,平时很少给洛南打电话。马芸芸说,干爹,我用的是学校的公用电话。洛南正想问马芸芸她妈妈现在恢复得怎么样了,马芸芸却主动说,妈妈已经出院回家了,现在可以慢慢走一小段路,医生说再恢复两个月,就可以像正常人那样走路了。洛南想问马芸芸成绩怎么样,马芸芸又说,我们班这周五下午开家长会,我妈妈还不能走那么远,干爹你能不能来帮我开家长会呀?洛南正在想周五洛阳的学校是不是也要开家长会,马芸芸又说,老师要求每个学生的家长都必须来,家长没来的要点名批评。

洛南想起自己对马万财的承诺,说,好吧,我来。

周五吃过中午饭,洛南就开车去了马坪乡中心小学,就像给洛阳开家长会那样,孩子们在操场上或寝室里玩,而家长坐到了教室里小学生的座位上。其实洛阳的家长会他只参加过两次,其余都是岳父秦孟或妻子秦柯去参加的。小学教室让他感到似曾相识的亲切。家长发言，老师讲话，在家长和老师分别沟通时，班主任和科任老师都夸马芸芸懂事，学习刻苦，守纪律，成绩也一直排在班上的前十来名。

开完家长会，洛南带着马芸芸走出校门后说，我送你回家吧。马芸芸却说要走路回去，干爹，你还要回去看洛阳弟弟呢。洛南说我开车半个小时，你走路却得三个小时，我送了你再回去都来得及。

上车以后，马芸芸开始很兴奋，不停地跟洛南讲学校的事情，讲那个叫艾农的阿姨经常到学校来看她，每次来都买好多东西，然后讲到别的同学都是爸爸骑摩托车星期天下午送，星期五下午接，慢慢地马芸芸话就越来越少，最后悄悄哭起来。

洛南问马芸芸怎么啦。马芸芸哭着说，我想我爸爸了，我看见别的同学坐在爸爸的摩托车上，双手抱着爸爸腰从学校门口离开，我就会想我的爸爸。洛南感到胸口又开始发闷，他放慢车速，转头看，马芸芸脸上已满是泪光，哭声却很低。

马芸芸哭了一会儿，自己擦掉泪水，问洛南，干爹，你今后还能来帮我开家长会吗？

洛南看着马芸芸说，干爹答应你，今后每次都来帮你开家长会。

马芸芸脸上又有了笑容。洛南又说，是干爹的过错才让你没有了爸爸，对不起！

马芸芸说，妈妈和大伯都说了，不是干爹你的过错，是我爸爸自己想不开。洛南这才说，等长大以后，你会发现小时候经历的苦难，已经变成了你的财富。马芸芸听得似懂非懂，说，放暑假后，我想去看洛阳弟弟。

夏天刚过，艾农背着双肩包，再次站到洛南办公室门口。

那个时候洛南正在接待几个老上访户,一个姓姜,七十岁了,多次反映儿子不孝,儿媳天天骂他老不死的;第二个姓木,与邻居争自留地边界,架也打了吵也吵了,村上和派出所都调解过好多次,依然隔一段时间就吵就打;第三个姓梁,多次反映自家退耕还林退了五亩五,可领的补助只有三亩五的钱和粮食。洛南身子靠着自己的办公桌,站在屋子中间,不停地说话,隔一会儿又拿起桌上的电话打,看样子是在和村干部、林业站了解情况。远处山林正在变黄,那黄中间又透着星星点点的红,红得并不鲜艳却很亮。一条很细的白线在山腰缠绕着伸向高处,空气中有一股凛冽与安静。艾农在洛南办公室外站了一会儿,感觉腿发酸,又到楼下走一圈回来。洛南的办公室还是挤满了人。刚才的那几个人已经走了,现在在办公室的人都坐着,在笔记本上不停地记录。洛南依旧靠着桌沿站着,一支接一支地抽烟,做记录的人也大多数抽烟,艾农站在门口都闻到刺鼻的烟味。

　　直到快中午十二点,洛南办公室的人才走完。洛南先清理桌上、茶几上的烟灰缸,再用干毛巾擦桌子。艾农走进办公室帮洛南打开窗户。洛南一边整理桌子上的文件一边问,这次来又有什么事?艾农自己去接了一杯水喝,然后说,我是记者,当然是采访。洛南没问艾农采访什么内容,收拾完桌子就对艾农说,走吧,先去吃饭。正好今天杨书记也在,等一下你先给他报告。洛南带着艾农到了乡政府食堂,将艾农介绍给正在吃饭的书记杨家明。杨家明也是县上派下来的,只不过比洛南早了几年,先在另一个乡当了两年乡长,然后才到青坪乡当书记。

　　杨家明听了艾农的来意,当即表现出很大的热情,咱们是边远小乡,县上的领导都来得少,外面的人知道得就更少了。

虽然留守老人与留守儿童是当前农村的普遍问题，但咱们乡是做得不错的，至少儿童都能上学，老年人的生活都有保障。艾记者，你得好好帮咱们宣传一下。吃过午饭，艾农采访了书记两个小时。艾农说，我还想到村上走走，采访一些农民和村干部，拍一些照片，取一些一手资料。

杨书记对洛南说，艾记者要深入村社了解情况，你就负责陪她。洛南说，我又没分管这块，书记你还是安排其他人嘛。杨家明说，说什么分管没分管，咱们乡除了乡长，就你一个副书记，我管不过来的事都是你管。如果不是要去县上开会，这么漂亮的美女我还想去陪呢。

洛南只好陪艾农去几个村上。等车开到一半，洛南说，咱们还是把村干部喊上，既带路又介绍情况。艾农说，算了吧，我可不想听你们干部吹牛，还是想多听听老百姓怎么说。

看见老百姓的院子，艾农就要求下车去农户家看看，洛南只好也跟着下车，小心翼翼地向那些分散的小院走。艾农怕狗，洛南心里也害怕，表面却装作不怕的样子。走了好几家，都是房门紧锁。有的圈里有猪，院子里有鸡，说明人在山上干活，到了晚上才会回来。有的则什么都没有，这说明全家都已外出打工。当他们从一户人家院子走进相邻的另一家时，一只黄狗突然吼叫着冲过来。艾农顿时被吓得变了脸色。洛南强作镇定，与黄狗对吼，走开走开！好在黄狗冲到他面前还有一米左右就停住，只向他吼叫，并没有真正向他扑来。

院子里不见人影，却传来一个老大爷嘶嘶的声音，回来！黄狗悻悻地折身。

艾农与洛南走到长满青苔的泥土院坝中间，才看清门槛上坐着一个人，就是刚才唤狗的老大爷。才进秋天，老大爷却穿上了棉衣，头戴羊皮帽，双手抄衣袖里，看见来了陌生人也没有站起来招呼。洛南看看院子里，圈里没有猪，地上也没有鸡屎，就知道这肯定是一个留守老人。艾农走上石梯，站在门前问老人，大爷，你家还有其他人吗？老大爷从袖子里抽出双手，用力地从门槛上站起来看着艾农，很明显没听清楚他的话。艾农又走近一步，将嘴靠近老大爷，大声问，你家里还有其他人吗？老大爷脸上终于有了反应，声音却依然嘶嘶的，其他人？儿子儿媳孙子都在城里。艾农问他们平时都回来吗？老人说又不过生又不过年，平时回来干啥？打工的要打工，读书的要读书，哪有时间回来噢。艾农又问，那你平时一个人生活能行吗？老人愣着看了艾农半天，什么？艾农又一字一句地问了两遍。老人才说，有啥行不行？柜子里有粮食，缸里有水，煮一顿吃两天，怎么都饿不死。

洛南带着艾农又走了几家，两家门上了锁，一家门关着没锁，但没有人。只有一家有老两口儿，带着一个三岁左右的孙子在院子里喂一群鸡。小孩的身上沾满了灰尘和干了的鸡屎，脸上手上也是脏兮兮的。老两口热情地招呼他们坐，老大爷进屋去拿出一包烟给洛南抽，老太婆端来半碗炒板栗要艾农吃。老两口都不过六十来岁，却男的驼背，女的不停地咳嗽。说到儿女，老大爷说，女儿嫁到了省外，在外打工就嫁了。儿子在浙江打工，儿媳在福建打工。孙子就只能留在家里。上学？上学的事就只有等到了时候再说。小男孩正独自在阶沿上和一只灰猫玩，听见爷爷奶奶在说他，忙着大声说，我妈妈不要我爸爸，我爸爸也不要妈妈了。我长大就去找妈妈找爸爸。

到了乡上吃过晚饭，整个乡政府里已经没有一个人。乡政府是个很旧的院子，洛南站在门口，看看整个政府院子，只有拐角处亮着一盏昏暗的路灯，远处的山藏在黑暗中，河里的水似乎也已入眠，不发出一点声响。洛南将艾农送到乡政府的客房就准备回自己寝室，艾农却留他说话。

洛南走进艾农房间，在靠窗的一张小桌子旁的椅子上坐下来。艾农说，看了山上那些老人和孩子，我心里难受。当初写马万财的那篇报道，也是看了马芸芸孤苦可怜的样子。我这人天生看不得别人受苦受难，看别人受苦就如自己受苦一个样。可是没想到，却伤到了你这个无辜者，实在对不起。洛南说，都过去了。虽然孩子只能由外公和妈妈照管，但我在乡下很逍遥自在，也算有所失有所得吧。

艾农盯着洛南，你真的不记恨我？

洛南说，都过去了，记恨你干吗！

艾农狡黠一笑，那你去买两瓶啤酒上来陪我喝。

洛南瞪着艾农，你！

洛南瞪归瞪，终究还是下楼到街上敲开何豆腐的门。何豆腐问，来客人了？洛南说就是，市上的记者。何豆腐说，远客，好好陪陪，这里还有几袋小吃，你都拿去。

啤酒下肚，洛南感到自己的情绪也好了起来，酒如一阵风，将心上的阴云扫到了墙角。他开始和艾农海阔天空地神聊起来，就像当年和尚文雄在旅馆的房间里一样，聊各自的童年和梦想。

聊着聊着，艾农脸上开心的神色不见了，露出浅淡的忧郁与惶惑，我很喜欢记者这个职业，喜欢每天到处跑，为自己看到的不平呐喊几声。如果能够无所顾忌地说真话，那记者无疑是世界最好的职业了。可是我写的报道已经得罪了不少人，有人在夜里打电话约我出去喝茶，有人往我家门缝里塞字条要我当心点，还有人直接到我家门口，带着威胁的口气，让我别再调查某件事，还有人说是受某个领导委托给我打招呼，让我顾全大局，少写那些影响地方形象的东西。艾农说话的口气淡淡的，如刚从梦中醒来。

洛南吐出一口烟说，在这个社会说真话是要付出代价的，你准备好了吗？如果没准备好，那就放弃吧。艾农说，我根本就没有做任何准备，可是我看见别人的苦难就经常做噩梦。我管不住自己！

艾农声音逐渐变得遥远，大家都只知道我是个记者，却没人知道我的身世。

看见洛南注视着自己，艾农又低下了头，你听说过当年肖凯阳的案子吗？洛南说，那个案子当年那么轰动，谁不知道？艾农声音压得更低，我就是肖凯阳的女儿肖艾农。我爸出事那年我才十五岁，为了不让别人知道我的身世，妈妈给我改了名，去掉了前面的"肖"字，又将我转到另一座没人认识我们的城市里上学。

我爸因受贿罪和巨额财产来源不明，余生都只能在监狱里度过了。我爸本来就有糖尿病，几乎每个月我都要去监狱看他。现在他身体越来越不好，我想给他办保外就医，他还不想出来。看到我爸头发越来越白越来越少，想到他年轻时那么勤奋，那么风光，老了却走岔了路，经不起诱惑，落得如此下场。艾农取出一支烟点上，叹一口长气，如果他死了，我就没有爸爸了。

我不想让别人用异样眼光看着我。也许后半生我都要隐姓埋名，才能像普通人一样工作和生活。艾农停下，抬起头望着洛南，又点上一支烟，前几天我去北城监狱看爸，给他送治糖尿病的药。一个七十来岁的人，看起来已完全是八九十岁的样子。每次当我和我爸单独面对时，却再也没有了亲人相见的温暖与欣喜，充满房间的全是沉默的压抑。他对我说的无非只有一句，找个踏实的人，踏实地过日子。

洛南也跟艾农一边抽烟一边叹息，凡事皆有因果，错一步都无法回头。

艾农按熄烟头，不说他了。我只是一个小小的记者，除了为正义呐喊几声，似乎也没办法做得更多。但记者也有记者的优势，可以收集到许多问题线索，甚至证据，而这些证据到了关键时候是会起作用的。现在我已有了一些志同道合的朋友，有了他们我就不孤单了。

最后一支烟抽完，洛南听到山上传来一声鸡叫，远处似乎有脚步声传来，如父亲在山上行走。墙角传来细微的吱吱声，如遥远的警告。洛南站起身走向门口，伸手打开房门，声音平静地说，明天你还要回市里，时间不早了，快去睡吧。

第四章 别冲动，坐下喝酒

34

山上的雪慢慢融化，深绿的树颜色逐渐变浅。桃花刚开过，杜鹃花又开，珙桐也冒出花苞。院子里枯黄的铁线草又冒出新绿。洛承义站在院子里抽烟，洛北说要来祭山，让他准备司祭的行头。祭山的地点固定在黑沟内沟的紫云峡谷口的歇牛岭。由于妇女和儿童不能进去，所以祭山都只有村里的成年男人参加。洛承义说，枪没有了火药，炮放不响，光准备行头有什么用。洛北说，咱们是山民，靠山养活，放不放炮，天神都得祭。

洛承义穿好司祭服走到尔朵趴着的地方，尔朵望着山下没动，洛承义踢了它一脚，走，上山！尔朵站起身，抬头望了洛承义一眼，才不情愿地跟着他往山上走。祖上那杆猎枪已经留在了水月家，以前挂在墙上，天天看到心里难受。现在看不到，心里更难受。洛承义带着尔朵空着手走得有些无精打采。不能再上山打猎，咱洛家今后就不再是猎人世家了。不当猎人也没有什么，可是洛南怎么从县干部被贬成了乡干部？他觉得不是洛南被贬而是自己被贬了。虽然他从不在乡邻面前提起自己的两个儿子，但内心因为这个当县干部的儿子而特有的底气、傲气一直都在。大儿子这个村干部本质上还是农民，现在二儿子成了乡干部，他觉得心里那点傲气没有了。

歇牛岭白石祭塔前已经站满了人。三旺老汉牵着一只羊站在人群边上，那是三旺家最大最漂亮的羊，浑身雪白，白得柔软而温暖,没有一点杂色。山羊两只角上扎着红布,身上和脖子上也缠着红布,如被打扮的新娘。羊神色安静,好奇地望着周边的人,过一会儿就咩咩地叫唤着,似乎在诉说什么。释比安珠站在羊旁边,不停地对着羊念经。洛承义走到安珠旁边说,怎么昨晚不念现在才念?安珠停下念经说,昨晚三旺没把羊牵过来,我念给谁听!上沟田家兄弟头上扎着羌红站在旁边,地上摆着一个未开封的砸酒坛子和一摞土红的酒碗。村支书严守信看见洛承义走来,就对洛北说,你爹来了,咱们开始吧。洛北问安珠,念好了没有?安珠又念了片刻,才停住说,好了。

洛北站到塔前一个大石包上,大声宣布黑沟村祭山开始,请司祭上场!洛承义走到塔前,喊一声,鸣炮!一个男子点燃挂在神树枝上的鞭炮。鞭炮响过,洛承义又高声喊道,杀羊!向天神敬献三牲!

村里专门宰羊的屠夫水田走到三旺面前,从老汉手里接过拴羊的绳子,然后蹲下,伸出手解下拴在羊脖子上的绳子,又在羊背上轻轻抚摸,口中也和安珠一样念念有词,羊如回答水田似的,又咩咩地叫了两声。水田阴冷的脸上表情柔和起来,他右手反手从腰后抽出尖刀,左手握住一只拴了红布的羊角,在羊叫声刚停下时,十分轻柔地将尖刀插进了羊的脖子。羊不再叫,血顺着刀把流到正在长嫩叶的蒿草上。羊头朝白石塔方向,两只前脚呈跪着的姿势安静地趴在地上。水田抽出尖刀,刀尖围着羊脖子画了一圈又画第二圈,当他画完第三圈时,羊头从脖子上掉向地上。田家兄弟伸过一块木板接住羊头,扶正,抬向祭祀塔,将羊头摆放在塔前的石台上。

洛北和严守信上前用手抬起羊头安放在塔前的石台上,洛承义又喊,请安珠上场!安珠身穿羊皮裘,头戴狗皮帽,脚上扎着羊毛绑腿，右手握着神杖左手执响铃，迈着方步走到塔前面，先吆喝两声，然后揭开酒坛的封布，将一段芭茅秆插进酒坛，又抽出来对着天地各点三下，又吆喝一声，再站定。突然就舞动神杖与响铃跳起了神舞。安珠一边唱一边跳，声音时低时高，时急时缓，直到额上的汗珠顺着鼻梁流下，才用力大吼一声，阿舍！哟伊！站定，再面朝祭塔跪下。洛北跟着跪下，所有人都跪下。只有黄狗站着。安珠叩头，大家都跟着叩头。叩过三次后，安珠却没有站起，跪在地上继续唱：

青山苍苍，江水长长，神灵荡荡，天我敬、地我敬、神我敬，五谷丰登，风调雨顺，驱灾去邪，平安吉祥。天赐我日月雨露，地供我五谷牛羊，神佑我去拜富贵。啊！啊！啊！

安珠的徒弟吉羊给每个跪着的人发了一条羌红，每个人都将羌红举向天空，跟着释比喊，天神保佑，风调雨顺，纳吉纳鲁！

安珠喊一声，纳吉纳鲁！所有跪着的人都抬起头，举着羌红高喊，纳吉纳鲁！

云层被喊叫划出一条缝，血色阳光从云缝垂下，如垂着一把巨人的扫把。从野猪岭到明水梁都在扫把下反射出迷幻的色彩。洛承义抬头看见那道云缝，如一条游走的蟒蛇。

扫把云！洛承义心里咯噔一声，赶忙闭上眼睛。

远处松林发出老虎般的啸叫，一股强劲的风转眼刮到歇牛坪。洛承义睁开眼睛，云缝合拢，扫把消失，野猪林成了乌黑的墙，每个人手上的羌红被吹得如张开的弦哗哗响。山林如海上的波涛，在起伏中发出尖厉的啸叫。

尔朵不安地对着树林吼叫着，安珠在塔前跪得如一堵迎风的残墙。响铃在身边的草地上自己发出丁零声。安珠站起身，山林的呼啸便停止。风远去，歇牛坪安静如混沌未开。释比双手托着羌红走向祭坛，围着祭坛转圈。地上跪着的人也都站起，跟在释比身后转圈，然后将羌红放在祭塔石头的平台上，从地上捡起一块白石将羌红压住。当所有人都将羌红献到石台上，洛北又站到刚才的石坎上大声宣布，黑沟村春季祭山结束。

往回走的时候，洛承义有意走到洛北身边，看看旁边没有人才小声说，好多年没刮过断头风了，不是好兆头。

洛北没有慢下脚步，更没有看他一眼，似乎没听见洛承义说的话。

祭山过后，天气迅速热了起来。洛承义坐在门槛上，看对面山上的羊角花，春天的薄褂子还没穿几天，就得穿单衣服了。这天气越来越怪了，自从上次与猎神进山打猎被林业站扣挡，收了猎物还让儿子洛南来取人，洛承义感到自己越老越不中用，越老越丢人了。尔朵不知猎枪已经不在，看见洛承义在院子里转圈，也跟着他不停地转圈，甚至用嘴叼他的裤脚。一个猎人没有了猎枪，就等于失去了半条命。洛承义想，自己也许会和尔朵同时死，如果真是那样，就让他们把尔朵和我埋在一起，到了阴间说不定还可以陪我打猎。尔朵跟在他后面，在院子里转来转去，走几步就汪汪两声，似乎越来越不满。洛承义停下脚，回屋取下酒囊，拧开塞子就蹿出一股浓烈的烧酒气味。洛承义刚将酒嘴送到嘴边又停下，招呼尔朵，走，找猎神喝酒去。

尔朵马上听懂了洛承义的话，立即向他摇摇尾巴，但又看他没带枪，就站着不动。洛承义走到坝子里，尔朵还是不动。

洛承义提起酒桶将酒囊灌满，装上一块煮熟的腊肉，说，走啊！尔朵才不情愿地跳下阶沿，跟在他身后出了门。

一路上，尽管尔朵一察觉有猎物就停下来向洛承义示意，但洛承义不停脚，尔朵也就只好跟上。空着手钻山林他感觉很不习惯，只好一路走一路喝酒。

翻过野鸡岭，洛承义突然闻到了黑熊身上的膻味，心里闪过一丝忧虑，这猎枪没有了，怎么办？洛承义放轻脚又走了几步，黑熊的气味越来越浓，应该就在前面那片自己必须穿过的桦木大叶杨树林里。尔朵发出了低沉的警告声，洛承义赶忙示意尔朵，别叫，尔朵立即不再出声，尾巴却卷起来，四脚前蹬，身体后缩，做出准备攻击的架势。

洛承义停下脚，弓起腰仔细辨别黑熊气味的方向，凭着黑熊粗壮的呼吸声，终于确定黑熊就在前面十来步的两株灯台树下的灌木丛里。手里没有了枪，如果黑熊要攻击过来，我是怎么也敌不过的。洛承义转头一圈，发现右边两三步外有一株花楸树。万不得已就爬到树上去，可是尔朵怎么办？洛承义一边向尔朵打手势，一边慢慢向花楸树移动，一边从口袋里取出玉米饼放在地上。

黑熊还是躲在灌木丛里没动，洛承义挪到树边，尔朵也挨着他脚边，洛承义举起尔朵放到花楸树下面一轮树枝上，嘴里低吼一声上去，尔朵立即蹿到上一根树枝上，嘴里发出一种要吼叫的低频颤音。

洛承义也抓住了枝丫上了树，顺着枝丫又往上爬了一截，才靠着树干开始念咒语，纳鲁伊亚多，纳鲁伊亚多。黑熊慢慢从灌木丛中走出来，这是一只老年黑熊，身上毛色灰暗，走到洛承义刚才站的地方停下，开始对着花楸树吼叫，昂——昂——昂——！洛承义继续默念咒语，黑熊发现了地上的玉米饼，先嗅了几下，再开始吃，一边吃一边继续对着花楸树吼叫。直到地上的玉米饼吃完，又对着花楸树吼了几声，然后才慢慢摆着屁股钻进伐木林里。

洛承义听到黑熊的脚步声远去，又念了三遍咒语，才与尔朵从花楸树上下来继续往前走。

太阳还没落山就到了猎神家。洛承义说，一个人喝酒没劲，就出来遛遛。老光棍也说，我现在整天在家里除了喝酒就是睡觉，这样肯定活不了几天了。

洛承义把带来的腊肉拿出来给猎神。猎神说，光吃腊肉有啥意思？你等着，我去林子里弄点东西回来。说完空着手钻进了山林。

太阳刚下山，猎神就从山上提回来两只野兔扔在地上，进屋拿出两把尖刀，递给洛承义一把，来，一人一只，看谁剥得快！

两人同时动手将兔子钉在院子边的两棵花楸树上，开始剥皮。猎神刀法纯熟，动作干净利落，洛承义才剥了一半，猎神已将整只兔子的皮剥完。皮张除了两只眼睛处没有任何洞眼，头、四肢及耳朵全部连在一起，完全可以缝制成一个标本。看看还在剥两只后脚的洛承义，猎神笑着说，你输了，这烧兔子的活就归你了。猎神说完就在一把旧凉椅上坐下喝酒，一边喝一边对洛承义说，我上山抓兔子的事，你可不能给你当局长的儿子说啊，不然真把我关进去了。洛承义将两只兔子的内脏全部扔给趴在旁边的尔朵，才对猎神说，我儿子已经没在林业局了，我就是跟他说了他也管不到你。当然，如果你死前还想去吃几天牢饭，我就到林业局去告你。

洛承义把兔子烧好，猎神拿出了两瓶瓶装白酒，看包装还不像便宜酒。洛承义说，你这个老光棍啥时候也开始玩洋格了。猎神说，这是前一阵一个朋友送给我的，我专门等你来了一起喝。洛承义打猎比不过猎神，连剥个兔子皮也输了，喝酒的时候就有些没精打采。尔朵一直坐在他脚边，猎神扔了一只兔腿给它，然后问，这尔朵也十多岁了吧？洛承义说，至少十三岁了，我买回来都十二年了。猎神说，狗活十年人八十，十三年就等于人活了一百岁。

洛承义说，老了，都老了，酒也喝不动了！我现在活着就剩下一件事，每月初一、十五去给天神庙神像前添油、打扫。

猎神说，让天神保佑你活一百岁吧。我是什么事都没有了，随时都可以死。猎神说着突然停了一下，我可能活不过今年了！洛承义说你是算命的，会给自己算命？

猎神又说，我死了后，你把我埋了吧，随便找个地方挖个坑就行了，别让野物闻到了臭进屋来把我拖出去啃了就行。

猎神酒喝得比洛承义快，喝完一杯就催洛承义，喝快点，老家伙！洛承义说，你喝干了就自己倒嘛，为啥非要等我？猎神用酒杯底敲着桌子，说好的两人喝一样多，你敢耍赖，我就撬开你的嘴。洛承义只好跟着猎神干杯，第一瓶喝完又开了第二瓶。反正咱们都是快入土的人了，那就喝吧，喝吧。猎神越喝越兴奋，将杯子往桌上一蹾，就扯开了嗓子：

　　星星在天上不眨眼，
　　看我喝酒就想下凡，
　　我是天神门前虎，
　　下凡就成人间仙，
　　天神给我枪一杆，
　　这满山的野物都归我管，
　　……

猎神唱着唱着就脱掉了上衣,在长满杂草的院坝上跳起舞。洛承义望着院坝里的猎神,他跳舞的姿势既像山民种地,又像安珠跳神,还像猎人钻山林,更像一道飘浮的鬼影。

影子一边跳一边唱:

天神给我枪一杆,
这满山的野物都归我管,
都归我管,
……

酒喝好已是深夜,第二天一大早猎神还在睡觉,洛承义就带着尔朵往回走,过了青竹林,走过漩涡沟再上野鸡岭,在老熊坪吃了干粮,就转往黑沟方向的小路。尔朵似乎没有昨天兴奋,走得有些无精打采。洛南从县干部去当乡干部,肯定是犯了错误才遭了贬,这么多年了才当个副局长,这千年道行几文刷子就没有了。好在饭碗还保着。洛北更没出息,当什么村主任嘛,还不如把心思用来赚钱,把自家房子弄好点。等几年我老得走不动了,洛北那里我肯定不去,洛南那里又住不惯,谁来照顾我呢?祖上的那杆猎枪,难道就让它在水月家里生锈吗?洛承义一边走一边胡思乱想,听见狗在前面叫,抬起头才发现眼前的山路很陌生,全是灌木和竹林,前面没有路了!

真他妈遇到鬼了,在这山林里钻了五六十年,在快到家的时候竟然迷路了。

尔朵站在竹林边,原地转着圈叫,叫得有些无助,声音里隐含着迷茫与无力,一下望着洛承义一下又望着头顶上什么也看不见的天,似乎在问天。人迷路还情有可原,猎狗迷路就让洛承义背上发麻。他走到尔朵旁边招呼一声，别叫了。尔朵走到洛承义脚边，停了片刻又开始叫。洛承义从树林里捡起一块白石头，放在刚才发现迷路的地方，坐下来喝了两口酒，又抽了一支叶子烟，然后站起身仔细辨别地上化雪的痕迹和树上刚开始冒出的桦木新芽。洛承义根据走的路程，估计现在应该是中午。可是太阳早就不见影子，自己所处的地点是一处洼地，四周都是山，但又看不清山的远近与形状。他扔给尔朵一块干牦牛肉，带着尔朵朝一个方向走，可是竹林越来越密，还混杂了悬钩、刺冬泡等，走了大半个小时，依然看不到前面是山脊还是山谷，只好折转身往相反的方向走，走了将近半里，还是密密的灌木林。洛承义感到了累，看来真的老了。

洛承义坐在地上歇了一会儿，然后在原地跪下，朝着前后左右四个方向各磕了三个头，口里说，天神在上，我和尔朵迷路了，请你带我们走出去吧。尔朵不再吼叫，洛承义磕完头慢慢站起身，又从树林里捡一块白石头，放回刚才喝酒抽烟的地方。他坐下拍拍尔朵的头，如果天神不让咱们走出这林子，咱俩就能够死在一块了。

洛承义说完，又打开酒囊，刚喝下一口，就听到自己体内传来一缕奇怪的声音，像血液在血管里流动的声音。他屏住气，又感觉那声音来自远处，像溪水流动、白云飞翔、树叶摇摆。他收拾了地上的玉米饼和酒囊，站起身循着那声音往前走。尔朵悄悄跟了上来，不停用嘴碰他的裤脚。洛承义尽量让脚底不发出声音。那缕奇怪的声音依然在前方，林中的灌丛却逐渐稀疏，地上变得潮湿。渐渐出现了一条细细的水流，如麻绳一般隐在枯叶下面。原来那声音就是这水流发出的。洛承义跟着水流走了大半小时，便看到了远处的天。从林中望出去，山没有了，水流钻到了地下，路也没有了。前面不到两步的地方出现了看不见底的悬崖。

洛承义站在悬崖边,望着远处的山和山下熟悉的村子,心里暗吃一惊,背上也冒出了冷汗。纳鲁依呀多!自己居然鬼使神差地走到了方圆十里无人不知,又神秘莫测、从没有人上去过的鬼头崖来了!

鬼头崖是当地最神秘恐怖的悬崖,也是黑鬼沟的尽头,据说钻进沟里的人和动物都没有再出来过。这里也是村里人谈起就害怕的地方。洛承义看了一眼尔朵,尔朵也和他一样,眼里六神无主。洛承义又喝了两口酒,将最后一块腊肉扔给尔朵,然后转身,背朝鬼头崖,顺着沟径直往前走。一直走到天黑尽,洛承义才从与黑沟方向相反的黑坪村走下山。

当洛承义从林中钻出,站在一块刚出苗的玉米地边,立即双手按在胸口,说,感谢天神!

看着天上亮起的一颗星星,洛承义感到颅腔深处一丝隐隐的疼痛渐渐由暗转明,由小变大,由一个点扩散到整个头。他低头对尔朵说,走吧,伙计,咱们今晚得赶夜路了!

35

尚文雄三兄弟带着烟和酒到黑沟村时已是中午,他们在青石坪停了车就往洛北家走。全县人工林采伐指标下到每个林场后,尚文雄就带着他的两个兄弟和一帮手下,一个林场一个林场地跑。迫于三兄弟的威名,很多林场场长都被迫让步。尚文雄掐指算了算,全县木材好、采伐成本低、交通条件好的集体林场几乎都与他签订了收购合同,现在就剩下月山乡黑沟林场这一家了。月山乡是青石县的一个典型的少数民族乡,全村三百多人,虽然人口少,但面积宽,上万亩村集体林已全部划入村林场，其人工林面积、质量都是全县最好的。地势平缓，采伐难度小，道路状况好，运输成本低，是木材加工企业老板们眼中的一块肥肉。自从接了李太贵的地盘，尚文雄的天润家具厂生产规模也翻了一倍，对原材料的需求大幅度增加。而制伏了赵牛娃后，在青石县和自己争林场的人基本没有了。除了我尚文雄，谁还能来把这黑沟林场上等的木材买了去？听说这个村的民风还不开化，但我能治住赵牛娃这样的狠角色，难道还搞不定黑沟村的几个村干部吗！

当尚文雄兄弟几人在黑沟村青石坪下车时，本以为一顿酒喝下去，给几个村干部红包一塞，这合同就签订了。当他走进黑沟时，可没想到村主任兼场长的洛北是洛南的亲哥，更没想到这个洛北不妥协不让步，利诱不动，威胁不怕，油盐不进，敬酒罚酒都不吃。

看着尚文雄兄弟提着烟酒走进院子，洛北吩咐索娅从地里回来给客人烧菜煮饭，又请来了村里的支书严守信、文书云丹、支委仁青、村委木由作陪。酒桌上大家一边喝酒一边聊，干过前三杯，尚文雄就提出了整体收购林场木材之事。洛北说，黑沟村林场年度的人工商品林采伐指标为原木800立方米，市场销售均价为每立方米400元，合计价款应为32万元，扣除采伐成本每米150元，整体购买价款应为20万元。洛北又说，整批收购价格上可以适当优惠，但不能低于18万元，装材时大小规格原木一起，不能再对原木进行挑选，检尺以林业部门专门检尺员检尺为准。付款方式上，收买方先行预付总价款的50%，木材运输一半时，付清剩余一半木材款后继续运输。上车费由收购方每次上车后直接付给民工。而尚文雄提出，整批收购价不能高于每立方米200元，小头直径低于14厘米的不能上车，预付款不能超过5万元，其余木材款在运输结束后结算。

严守信说，洛主任是林业局洛局长的哥，尚总又是洛局长的好兄弟，说起来大家就是一家人了。

洛北说，私人关系是私人关系，但这林子是村上的，不是我私人的，我可不敢拿集体资源来做私人人情。

尚文雄听洛北这话硬生生的，心里感到不快，但他没有在脸上表露出来。看看桌上有些冷场，严守信又说，洛主任是耿直人，尚老板再让一点。尚文雄端起杯子说，我们在其他村都是这个价格，有的比这个价还低，你们可以去打听打听。洛北说，其他村是其他村，黑沟是黑沟。

尚文军和尚文兵也以敬酒的名义，不断放出半软半硬带威胁性的语言。酒过中巡，洛北已经感觉到桌上的气氛逐渐有些变味，我洛北可不是谁几句话就吓软了，但他尽力克制自己的情绪，继续和尚文雄碰杯喝酒。

尚文雄说，洛北老兄既是村主任，又是林场的场长，在村里你说一句话，严书记也肯定会支持你的工作，你们俩都同意了，就没有人敢说一个"不"字。现在允许林场人工林采伐，对村上是好事，对我们也是一个赚钱的机会。我们几兄弟开了几个加工厂，需要买木材，而你林场要卖木材，所以这对我们都是有利的事情。

你们来买木材我们欢迎，既然采伐就是要卖的，但要条件合适，价钱合理。你们提出的条件价格太苛刻，和市场价差得太远，不光我们不能答应，就是我们答应了，老百姓也不会答应。洛北一边说一边转向严守信，书记你说对不对？

严守信说，是这个理，是这个理。大家好好商量，好好商量。尚文军说，在方圆几百里内，还没有我三兄弟办不成的事情，我们什么事情没有干过。因为你是南哥的大哥，我兄弟三人今天尊重你,把你当朋友、当兄弟,才专程上山来找你。我们兄弟有钱赚就有你的一份,兄弟的日子不好过了对你也没有好处。

洛北看起来已经半醉,可言语还是十分清楚,我和洛南是亲兄弟,但他是他,我是我。他是当官的,我只是一个山里的农民,泥腿子。老百姓信任我,把我推到这个位置上,很多事情不是我想怎么办就能怎么办。几十年前那场洪水,年龄大点的都还记得,就是因为山上的树被砍光了,天神惩罚了我们。我的娘和妹妹,还有好几个乡亲都死在洪水中。后来还是严书记带着大家把树栽起来,这沟里才又有了清水。

尚文兵从木凳上跳了起来,脸色通红冲到了洛北面前,你这意思是,不给我们兄弟面子了!

几位今天是要到我这儿来商量买木材呢,还是来我这儿打架闹事的?洛北也腾地站起来,我是打猎出身的,从来就没被吓倒过。

云丹站到洛北旁边没说话,仁青和木由都站起来劝尚文兵别冲动,严守信也站起来招呼尚文兵,小兄弟别冲动,坐下喝酒,坐下喝酒!

尚文兵还站着,洛北也站着。和严守信并排坐在上首的尚文雄干了杯子里的酒,对尚文兵吼道,老三,你这是要干吗?这里是什么地方?是你家里吗?你当老洛是什么人,他是咱们洛南老弟的亲兄弟,而洛南是我尚文雄的好兄弟,是你可以随便动手的吗?瞎胡闹!

尚文兵回到座位,洛北也重新坐下。尚文雄站起身给桌上每个人都倒满了酒,举起杯子说,严书记和老洛也是性情中人,也都是明事理的人,大家坐在一起,就是朋友了。朋友讲的就是一个"义"字。发财有什么错,这年头谁不想发财?有钱了才能盖房子、买车子、下馆子,你老洛有钱了才能送子女上大学。我们兄弟是为了发财,但我们兄弟从来不吃独食,吃独食的人都长不大。赚了钱老洛、老书记和在座的都有一份。

严守信点头,仁青、木由也跟着点头。云丹看着洛北和老支书,尚文军也举起杯子给大家敬酒,说,我们在其他林场都是按这个方法在买木材,都是这个条件,那些林场的场长、会计都成了我们的朋友,到了市里也就是回到了家里,没有人敢拿他们怎样,老洛你不信可以去问问。

尚文雄拍拍洛北的肩膀,又给老书记递烟,一次谈不拢可以再谈,生意都是谈成的。我们提的方案你们再好好想几天,过几天再给我们答复。如果来青石县城或者岷州,给我打个电话,一切都由我来安排。

尚文雄三兄弟走后,洛北和严守信还是没松一口气。林场开办好几年了,从来没有发生过这样的事情。大家都知道,事情肯定没有过去,尚文雄兄弟肯定还会再来。洛北说,是福不是祸,是祸躲不过。洛北在第二天就和书记到乡上找到乡书记和乡长。书记席小林在市委党校学习,乡长杨伍听洛北讲完事情经过后,说了一大通很模糊的话,主要意思是,现在是改革开放时期,要具有开放意识,不能只看到眼前利益而不顾长远利益,外地老板来投资、购买木材是好事,不管他是什么人,只要能为村里带来利益,就应该支持。对于尚氏兄弟购买木材一事,乡里是知道的,原则上也是支持的。具体的操作细节,你们村上自己商量研究,然后与对方好好谈判。黑沟林场是村办林场,乡里不做太多干涉。

在往回走的路上,严守信对洛北说,实在没办法,咱们还是让吧。我这一把岁数了倒没有什么,可是你还年轻呢。

洛北说,还能往哪里让?咱们不是卖自家的林子,是全村人共同的。

回到村上,严守信说,咱们开个村支两委会研究一下吧。支委村委一共五人,支委严守信、洛北、仁青,村委洛北、云丹和木由,洛北既是支委也是村委,云丹是村委兼文书。五个人坐在村委会的小会议室,烟抽了一支又一支,严守信让大家说意见,木由说我们听书记和村主任的,仁青说卖也行不卖也行,云丹说谈可以继续谈,实在谈不成就算了吧,难道谁还能强买咱们的山林?洛北说,云丹说得对,如果咱们不同意,难道他们还能来强买!严守信说,如果大家都觉得可以卖,咱们就不理他们,等他们实在想买找来了再说。

散会以后,洛北心里很愤慨。村干部们虽然都表了态,但态度并不坚决,乡长的话让他心里更加担心。这山是咱们祖祖辈辈生活的地方,内沟的山林是咱们的父辈栽下的,凭什么要便宜卖给外人!留得青山在,不愁没柴烧。卖了可以为村上修路、修饮水、拉高压电,但咱们生活在这山上,如果没有树林,这山就不是山了,这山就成了石头堆。没有了树也就没有了鸟,没有了野猪、黑熊与猴子,没有了野鸡和兔子,什么都没有了,那这还是家吗?山是咱们的,林是咱们的,凭什么要受外人欺负!大不了拿命拼了!

回到家里,洛北提出将索娅和儿子洛玄送回娘家。索娅坚决不回,别人当村主任都买了汽车盖起了楼房,你当村主任却要搭上自己的性命,要搭就连老婆孩子的命一起搭上,全家死了就更加清静,一了百了!

索娅的话说到了洛北心里的痛处,当村主任七八年了,村里很多人都盖起了楼房,买上了洗衣机、音箱,还有的买起了汽车,而他的家里,却只有那一台几年前买下的彩色电视机,他想起就觉得对不起索娅和孩子,可嘴里说出的话却是,你妇道人家懂什么，叫你回去你就回去，你要是嫌穷，就和孩子不要回来了！

索娅带洛玄一边出门一边骂，你除了对老婆发狠，你还有什么本事？不回来就不回来，你一个人好好地去当你的啄木官吧！

洛北从墙角找出上山砍柴的砍刀，在门前的磨刀石上磨了起来，长柄的砍刀在页岩制成的磨刀石上发出嚯嚯的声音。

第三天尚文雄就托人带来了口信，请洛北和严书记下山到市里喝茶，再次商量买木材的事。严守信来找洛北说，那帮人我们惹不起的，我看还是去看看吧，去了再商量，做点让步，吃点亏，免场灾祸，大家不会怪我们的。

洛北说，要去你去，我是不会去的。你们怕他，我不怕他！严守信不停地摇头，你这样早晚要出事的呀。

洛北收起砍刀，慢慢地站起来说，有我洛北在，老书记你就莫怕，天塌下来有我顶着，难道他尚文雄有三头六臂，大不了跟他们拼了！

直到严守信叹息着离开，洛北依然将刀提在手里。

过了一周左右，洛北那边一点音信都没有。尚文雄心里掠过一丝不好的预感，黑沟村这事会有麻烦。洛北的脾气比洛南还犟，一点都不走展，就是要一条道走到黑的架势。还有那几个村干部，没有一个人真正见过世面。

公司办公室主任凌林对尚文雄说，尚总，要不黑沟村这事先缓一缓吧，咱们再想想其他办法。尚文雄说，我也想过放弃，可黑沟林场的林子面积大、木材好、坡缓、好采伐，木材运输成本低，如果放弃实在可惜。我更担心的是，万一自己去没有收购成，而其他木材老板去反而谈成了，那我尚文雄这面子上就太过不去了。即使别人出再高的价钱，也不能让黑沟林场落入他人之手。这个洛北会不会受到什么人指使，专门来和我作对？前次因为办木地板厂的事和洛南有些不愉快，后来他又因为马万财的事被调到乡镇，会不会认为是我在背后做了手脚？自己辞职出来闯江湖，如果不能将对自己不服的人制服，今后必然后患无穷。

尚文雄将老二、老三叫到面前，有些事我不好直接出面，你们俩再去一次黑沟，人不要去多了，单独找洛北和严守信，好好和他们谈。如能谈成，就请洛北和严守信到市里来，我请他们吃饭。如果他们实在油盐不进，尚文雄说到这里叹一口气，如实在谈不成……

尚文军说，大哥放心，我知道怎么办。尚文兵说，现在没有咱们兄弟办不成的事。尚文雄又叮咛，黑沟是洛南的老家，洛北是他的亲哥。你们可以给他一点压力，但必须留有余地，不能闹事，不能动手，记住了没？

兄弟俩都说，记住了，大哥你放心吧。

几天后的一个下午，洛北正坐在门槛上抽烟，尚文军、尚文兵带着金三娃和二三十个人突然到了院子里。尚文军先开口说话，洛哥，我们大哥请你去市里喝酒，你也不赏脸，今天我们大哥让我再来问你一句，黑沟林场的木材到底卖不卖给我们，是成还是不成，你当着我两兄弟的面给一句话！

洛北慢慢地从门槛上站起来，你们这么多人拿枪提刀，哪里是来买，分明就是来抢的。黑沟林场的材不卖了。今天要怎么样就动手吧！

尚文兵挥刀就要冲上去，被尚文军制止住了。尚文军点上一支烟，缓慢地说，洛哥，我们大哥尊重你是一条汉子，大哥让我给你带句话，这青石县没有哪家林场敢说不卖给我们木材。黑沟林场的木材，我们是一定要买的，只要你答应我们的方案，什么事情都好商量，今后大家就都是一家人了。但是你不能让我们没台阶下，我们兄弟做事历来有个规矩，就是志在必得，先君子后小人，要是真的翻了脸，大家都不好说话。

看到几辆越野车进村，一群人下车就往洛北家去，严守信赶快往洛北家跑，院子里已经站满了人。严守信看到洛北坐在门槛上，膝盖上横着一把砍刀，口里说，你转告尚文雄，要做生意就要讲生意的规矩，要强买这木材，除非他先把我除掉。

尚文兵大骂，敬酒不吃吃罚酒，今天老子收拾不住你，老子就不姓尚。说完挥刀就要冲上去，尚文军再次将老三拦住，摸出一支烟点燃，咱们还是到你家坐下来谈吧。

严守信立即说，对，对！干脆到我家坐下来谈，万事和为贵，和为贵。

我是猎人，不是熊包，不会被吓倒。洛北站起身，木材的事上一次已经谈过，价钱条件都不能再变，没什么好再谈的。你们这种买法，黑沟林场的木材不卖了。

尚文兵如箭一般挥刀冲了上去，洛北抓起身边的砍柴刀，两把刀在这山村的上空碰出了一缕耀眼的火星。金三娃也立即冲上去，洛北很快被逼到院子的一角。山路上传来阵阵吆喝声，云丹带着十来个村民转眼之间就扑到了院坝上。尚文兵喊，老四，我一个人收拾洛北，你和二哥去对付那些人。一场混战由狭小的院坝打到地里。洛北肩上重重地挨了一刀，尚文兵肚子上也被砍出了一条口子。洛北背上又被刺中，头上的血流到脸上。严守信嘶着声音大叫，快停手！快停手！可是声音完全被喊叫声淹没。村民们在种地伐木方面是行家，打起架来占不到多少便宜，多数倒在了地上，没倒下的也渐渐只有招架之功，被逼得退到地坎下，有的被追得在土坎上跑。只有洛北和云丹两个人还在浑身是血地厮杀与抵抗。尚文兵一手捂着肚子一手挥刀进退自如，一刀砍伤一个，一脚又踢倒一个，眼里渐渐露出了杀机，下手也越来越狠。严守信不停地叫喊，刚上前一步，就被尚文军掀倒地上。爬起来又喊，要出人命了，要出人命了，快停下来。还是没人听他的。他埋着头冲过去抱住了尚文军的腰，哭着说，不能再打了，不要再打了，再打就要出人命了，打死了人是要抵命的哟！

尚文军看一眼在地上东倒西歪的村民，又看看手里拿着刀弓着腰的洛北，手一挥，老三，招呼弟兄们下山！

尚文兵一手捂着肚子，一边招呼其他人。尚文兵的兄弟挂彩的有好几个，但多数都是轻伤，只有尚文兵肚子上的伤口还在流血。金三娃要将尚文兵背在身上，尚文兵抬手拒绝，叫另一个手下脱下一件衣服扎在腰上就往停车的地方走。转眼之间，停在村口的两个中巴和一辆丰田越野车就不见了踪影。

看着尚文军一伙人在青石坪上车远去，洛北感觉头昏脑涨，眼前发黑，背上如被泼了凉水，双腿再也支撑不住自己的上半身，站在土坎上就向后面倒。他急忙扶住土坎上的一棵椿芽树，木由跑过来将他扶住。洛北咬着牙在土坎上坐下，血从衣服里浸出来，头发里流出的血流到了耳朵边。

一切都在转瞬之间发生了，严守信觉得有些像在梦里，看着倒在地上的洛北、云丹和呻吟的村民，他几乎不敢相信这一切是真的。仁青说，书记快报警！木由忙着去扶洛北，严守信很快回过了神，一边不停地询问每个人的伤势，一边招呼赶来的村民将受伤的人抬下山治疗，自己则急忙打急救电话。几个受了轻伤的人跑过来，严守信说快把村主任抬到公路边，马上找车把村主任和几个受伤的全部送乡上医院，快！王新成，你骑摩托车去乡上找车，钱由村上林场统一结账。张大友，你跟王新成先去信用社取五千，不，一万块出来，到医院等我们。

严守信和另外两个人把洛北架到公路边，又让人弄了开水，扶着让洛北喝了几口，才问，你感到哪里疼？洛北不说话，只低沉地呻吟。严守信看着洛北脸色发白，额上冒出豆大的汗珠，急忙把大衣给他裹上，扶他躺在路边。

太阳还没下山就失去了热度。另外几个受伤的人也被扶着到了公路边。受伤的一共七个人，除了洛北，其余几个人都是外伤。青石坪很快围满了人，严守信焦急地望着山下的路。得到消息从娘家赶回的索娅站在洛北身边不停地抱怨，让你不当这个村主任，你偏要当，好处你没捞到一分，还想要把命搭上，谁跟了你谁倒了八辈子的霉！严守信劝索娅别说了，可是索娅似乎管不住自己的嘴，闭上一分钟又说起来，如果洛北今后残废了，村上得给他养老。

终于远远地看见一辆面包车拐进沟口，严守信忙叫人准备抬洛北上车。上车的时候严守信对旁边的人说，我们走了以后，如果洛承义大爷问起村主任，就说他有事去乡上了，千万别说他受伤的事。

36

其实，洛北被抬上车的时候，洛承义正躺在床上做噩梦。从鬼头崖回来以后，他就感到自己脑子里出了一个洞，有风从洞里穿过，那洞比自己的脑袋还大。但他还是强撑着煮了一鼎锅金裹银加腊肉和土豆的干饭，自己吃了半碗，给尔朵的狗碗倒了一碗，然后熬了小半锅平时从山上扯回的草药，喝了一碗后，又在门槛上坐了半个时辰，感觉脑子里的风越吹越大，身体越来越轻，才关上门扶着墙躺到床上。

他听到有人敲门，狗叫起来，他躺着没动。敲门声又响了几下,他觉得即使天要垮了,自己也无力从床上爬起来。如果要死,那就这样不再睁开眼睛。洛承义觉得自己在床上飞了起来,飞过了青风垭,第一次从天上看到了鬼头崖的样子,那样子真像个恶鬼。叶珠坐在崖边的石头上绣花,突然抬起头问,为什么不把水月娶回来?儿孙自有儿孙福,我再也管不了了。洛承义又看见了扫把云,一个姑娘坐在那只扫把上喊爹,是洛西!洛承义看见洛西已经长成了大人,却还是一张娃娃脸。大半辈子都只在远处望望的鬼头崖,这次终于爬了上去,而且还回来睡到了床上。洛承义喊,西娃子,你爬那么高做啥,快下来!还没喊完,洛西就被风吹走了。洛承义似乎又听见了敲门声,声音很遥远,如隔着几座大山。他感到自己躺在四周全是葛藤的林子里,藤子正密密地将他缠紧,包括手和脚,嘴巴和眼睛。洛承义不知道自己躺了多久,当他睁开眼睛,看到的是弟弟洛承仁有些模糊的脸,后面站着弟媳乔天英。灯开着,亮瓦上的光白得刺眼。

洛承仁说,大哥你怎么了?是不是病了?洛承义动了动嘴,却没有听见自己的声音,洛承仁伸手摸摸他的额头,说好烫。乔天英说,我们看你门一直关着,就以为你又上山去了。可是三天都不见你回来,敲门也不开。我们送你去医院吧!

洛承义摇摇头。洛承仁又说,那我给洛南打个电话,让他来接你。洛承义喉咙里终于发出了声音,不,不要。然后双手撑着床板要坐起来,洛承仁忙将他的肩膀扶住。洛承义坐在床上喘几口气,精神慢慢恢复了一些,说,鼎锅里还有饭,给我舀一碗来。我还死不了,谁也不用回来。我在山上中了邪,迷了路,进了鬼头崖,可是我走回来了。明天,你们去帮我请一下释比,请他来给我念念经。

洛南得到消息，已经是洛北住到县医院的第四天。他从乡上赶到医院时洛北已经做完手术。洛北头上肩上背上全部缠着纱布，闭着眼睛躺在床上输液。洛北头上有两条刀口，其中一条伤到了颅骨，医生说幸好伤得不深，如果再深一毫米都会留下严重的后遗症，甚至瘫痪。肩上有一条伤口，背上有两条，几条伤口一共缝了三十九针，肋骨有两根折断，腰上还有软组织受伤。

面前就是小时候经常背自己下山，带着自己上山放牛、砍柴的亲哥哥。可是哥哥在面临那么大危险时，却没有给他打个电话。洛南被心中焦急的痛与怒火冲撞得牙齿打战，他一句话没说，转身就下楼上车。车很快开出医院上了公路，洛南感到涌上头顶的血让他心中的痛加剧，窗外的一切都成了模糊的影子。

当洛南将车停在天润家具厂坝子里，推开尚文雄办公室的门时，尚文雄正在和凌林、尚文军说什么。洛南推开门却只在门口站着。尚文雄停下说话，站起身看着洛南，凌林站起身招呼洛南。洛南没有答应，凌林对尚文雄说，尚总，南哥来找你，肯定有事情，我们就等会儿再说吧。尚文雄不置可否，凌林便招呼尚文军一起离开。尚文军站起身看一眼洛南就从他旁边走出门。尚文雄走到洛南面前，我知道你为什么来这里。既然来了，就算天大的事也得坐下来说吧。洛南走到办公室中间，却没有在沙发上坐下，眼睛盯着尚文雄说，说说到底怎么回事吧！尚文雄脸色也不好看，当时我也没在场，如果当时我在场，就不会发生这样的事情了。洛南抑制不住心中的怒火，无论你当时在没在，你的亲兄弟将我的亲哥打成重伤，这都是事实吧。尚文雄说，是。

洛南声音越来越高，你到底想怎么样？

尚文雄声音也突然高起来，我怎么样了？

洛南也跟着吼，你要在整个青石打遍天下无敌手吗？你要当黑社会吗？你打的不仅是我哥，还有无辜的村民。你天天说兄弟情谊，兄弟情谊，你还有兄弟情谊吗?!

尚文雄声音低下来，洛南我告诉你，我尚文雄是讲兄弟情义的，黑沟打架老三身上也挨了两刀，现在也在住院。我知道老三做事冲动，但你哥也不是弱人，他是铁了心让我下不了台阶，专门要跟我作对的，不信你去问问老二老三。

我哥天天在山上，他哪里跟你对着干了？他没把木材卖给你，就是让你下不了台阶，这是哪里来的道理？

尚文雄声音又高起来，黑沟林场要卖木材，我尚文雄要买木材，我找他买木材有什么错！他到底为啥就不卖给我，你说说为啥？

难道你说我在背后指使他，我指使他对我有啥好处？是你太霸道了！就算你有后台，也不应该无所顾忌吧。

尚文雄放缓语气，你想怎么骂就怎么骂吧。洛北的事情我给你道个歉，这件事你就放心，我会处理好的。但黑沟林场的木材卖不卖给我，不应该是他洛北一个人说了算的。

洛南刚要说也不是你说了算，电话就响起，是二叔洛承仁打来的，你爹病了，发烧了几天，今天才刚能下床，他不让给你打电话。你要是有时间，还是回来看看吧。

洛南转身就往门外走！现在我处理不了你，法律肯定能处理你。

洛承义自从能下床以后，就天天坐在门槛上，不知道自己坐了多久，饿了就随便吃点东西，困了就回到床上睡。耳朵也和他一样经常趴在墙角,闭着眼睛,不知道是不是真睡着了。

洛南刚走上院子门前的小路,尔朵就睁开眼,喉咙里发出低沉的气流声。当洛南站在距院子还有二十多米的山核桃树下,尔朵小跑到院门口,兴奋地叫了两声,然后回到洛承义脚边又叫了两声。洛承义抬起眼睛,看到了正在走近的洛南。

洛南手上提着两个塑料口袋,所以走得很慢。黄狗过来在他裤脚上嗅了两下,然后围着他转圈。洛南进了院门,走上三阶石梯,站到洛承义面前。洛承义抬头看看洛南,声音从喉咙深处发出,你回来了?洛南弯下腰说我回来了。他从洛承义身旁跨进屋,将塑料袋放到堂屋的方桌上,然后去灶屋找水喝。桌上放着一碗吃了一半的干饭,板凳上扑满了灰尘,堂屋正中墙上的神笼也变成了灰色。洛南走进灶屋,一股寒气向他涌来,屋里冷锅冷灶完全是好多天没有生火的样子。二十多年了,爹一个人孤零零地住在这屋子里,现在他老了,却只有一条和他一样苍老的尔朵守在身边。可是尔朵再聪明忠厚,也不会给他煮饭扫地。洛南又到自己的睡屋里看了一眼,床、蚊帐、柜子在亮瓦透进的光照下灰暗而迷离。

洛南回到阶沿上,也在一条矮凳上坐下,掏出烟点燃。洛承义先开了口,你不是一直都很忙吗?洛南说,这几天刚好忙过了,就回来看看。洛承义似乎也有了些精神,取出叶子烟一边卷一边说,你有时间多回岷州市看看洛阳嘛,跑回来做啥?洛承义将叶子烟点燃,吸了一口就开始咳嗽,越咳越凶,最后吐出两口浓痰才终于停下,脸色好了许多,说话声音也响亮许多。前几天你那个姓尚的朋友来看我,给我带的治风湿的药,涂一次管好几天,效果不错。洛南说,爹你还是跟我到城里去住吧,万一身体哪里不舒服,去医院看也方便点。我跟你到城里去?去县上,你在乡上上班,我去了还是一个人,这和山上有啥区别?还不如这山上,去岷州市里我又不会下棋打太极拳,怎么和你的岳父、媳妇过在一起,难道我还要跟你到乡上去?洛南叹息了一半停下,可是……

洛承义打断了洛南,你不用操心我,我在山上比到哪里都好。饿了吃,困了睡,就算有点小病,到村卫生室拿点药就行了。只是现在不准打猎了,可怜了尔朵。洛南说,我看见灶屋里什么吃的都没有,你是不是好多天没有生火煮饭了?这几天懒得生火,午饭是你二叔送来的。既然你回来了,我去弄块腊肉煮了。洛承义慢慢站起身,洛南也跟着站起身。

二叔、二婶进了院门。二婶手里拿着一把青菜,提着一口袋鸡蛋,二叔提着一块腊肉。洛承义说,我家里有腊肉,未必你家的腊肉硬是要好吃一些。二叔说你家的还是黑乎乎的,我这是烧好洗好了的。洛南忙着给二叔递烟,想说句感谢的话又觉得不好说出口。他和二叔一家都在一个村一个组,虽然隔得不远,但洛南小时候却很少去二叔家串门,长大以后就更少了。洛南从小就不喜欢去别人家,即使去很近的邻居家借东西还东西,他都是站在人家门口,所以他感到和二叔并不是特别亲近。而此时,他才觉得二叔二婶让他有了亲人的感觉。洛承义要跟着二叔二婶进灶屋,被二婶劝住,大哥,你快坐着歇息,我们去煮就行了。

洛南只好也陪坐下来。听着灶屋里传来生火切菜的声音,洛承义说,这几天都是你二叔二婶送饭过来,等会儿你陪他们喝两杯。明天咱们也请他们过来吃午饭。洛南说好,我明天早上就去乡上买点新鲜菜回来。

洛承义又掏出叶子烟准备点上。洛南忙着把自己的烟递过去,爸你今后就别再抽叶子烟了,抽纸烟吧,劲小不咳嗽,明天我就去给你买几条回来。

洛承义叹口气，老了，不中用了。洛南不知说什么好。洛承义又说，前几天我梦见你娘了，坐在鬼头崖上，成了神仙。洛南还是沉默着，灶屋里传来煎油的噼啪声，飘出了炒鸡蛋的香气。

洛承义停了一下，继续说，我还梦见你姐姐洛西了，坐在扫把云上叫我。

洛南脸上阴郁下来，我也梦见姐姐了。

洛承义眼角挂着两颗泪珠，似乎又回到了几十年前八月底的那个夜晚。雷声响过便是大雨，不到半小时，外沟几条山谷里就响起了山洪声。洛承义在床上睡得有些迷糊，当他听见内沟里出来的洪水声翻身下床时，脚却踩到了水里。他想点亮挂在墙上的油灯，却划不燃火柴。犹豫之间，水迅速漫过了他的脚踝。不好！洛承义一边奔向对面另一张床边拉洛北和洛南，一边高喊睡在另一间屋的妻子叶珠和女儿洛西，洪水来了，快起来跑！洪水声越来越大，转眼之间地上的水已经淹到小腿。洛北在黑暗中翻身下床，洛南却没有醒。洛承义一把将洛南扛在肩上，拉起洛北就穿过灶屋冲出后门。闪电照亮通往后山的小路，洛南终于在爹的肩上醒来，被黑暗中的雷声和耀眼的闪电吓得大哭。叶珠和洛西没有出来。洛承义放下洛南，对洛北说，拉着你弟弟往坡上跑。洛承义说完就转身向房子跑去，刚摸进灶屋门，就听见前屋的木架嘎吱作响，水已淹过他的膝盖。他蹚过灶屋，就听见了叶珠的喊叫和洛西的哭声。快过来，跑！洛承义一边叫喊一边往前蹚，一个炸雷在屋顶响起，雷声响过屋顶就迅速矮下来。洛承义大喊，叶珠！洛西！漂浮起来的木床挡住了他，木架房在闪电中发出一声巨响，一根柱子压住他的肩膀。洛承义用吃奶的力气将柱子掀开，闪电中，他却发现洛西、叶珠和木架房子已经一起不见了。

二叔出来说可以吃饭了，洛承义擦掉眼角的泪珠，站起身，站了片刻才抬起脚。洛南要去扶他，洛承义摆摆手说，去把酒桶提过来，晚上就在灶屋的小方桌上吃。洛承义主动提出自己不喝酒，洛南便陪二叔喝，白炽灯瓦数小，比煤油灯亮不了多少。洛承义又说起扫把云和断头风。二叔二婶都感叹，这年头什么怪事都出来了。

第二天早上，洛南起来给爹煮早饭，可他还没起床，爹就已经起来，说还是我来煮吧。洛南便开车去了乡场，买了菜回来，又专门走到二叔家门口，请二叔二婶中午过来吃饭。二叔说，那我让你二婶上午过来煮。洛南说也好，我煮的饭，怕你们都吃不惯。吃过中午饭，二叔和二婶都去地里点玉米，洛南便和父亲坐在阶沿上抽烟。洛承义说自己的身体已经好了，自己煮饭收拾都没问题，要洛南回去上班。洛南说，我去娘和姐姐的坟上看看。

在去杨家坪的路上，洛南走得很慢，心里似乎有些害怕。三十来年了，洛西似乎一直躲在家里某个地方和他捉迷藏。洛西的确是死了。因为死了，她才永远都是个孩子。洛南蹲在坟堆前取出香烛纸钱，看看周围没有树林，才点了香烛，火光中，娘依然在油灯下绣花，洛西圆圆的脸若隐若现。

我在这儿！

娘，姐姐，是因为爹救我，你们才被洪水冲走的。这几十年我都是背着你们的命在活，我一个人背着三个人的命，虽然也没活出个样子，但我尽力了。

姐姐，娘，爹老了，本来爹想给我们找个后妈，可是我和哥哥都没答应。现在爹每天一个人在家很孤单，我也想不到好办法。风吹得火苗哗哗响，火在笑，你们就在那边等着吧。

晚上，洛承义说，今晚咱们还是自己煮吧。洛南便跟着爹进了灶屋，洛南要帮忙，洛承义却只让他去灶门前烧火，你从小就一直在读书，读了小学到乡上读初中，然后是县城读高中，再后是省外上大学，啥时候正经地种过地、打过猎、煮过饭。洛南坐在灶前，依稀感觉又回到了儿时，灶里涌出的火让他全身感到温暖。

在灶台后切肉的洛承义突然说，你大哥这几天去哪里了？我怎么一直没有看到他，你去看看，如果他在家就让他过来跟你喝酒。洛南说，大哥这几天没在家，说是在县上开什么会。洛承义脸上暗下来，那他啥时候才回来？自从我从鬼头崖回来以后，就没有看到他了。洛南只好说，听说这个会时间有点儿长，恐怕还要十天半月。洛承义沉默半响，才说，断头风和扫把云都是不吉利的东西，你平时开车走路都要小心点。

吃过晚饭洛南就坐在院子里看远处灰蒙蒙的山。爹收拾完灶屋又给他收拾睡屋，换了被子床单扫了柜子上的灰尘，然后还是坐在门槛上卷叶子烟抽，又咳出几口浓痰。每咳出一口痰，说话的声音就响亮一些。直到远山在夜幕中隐匿，满天星如城里的路灯般迅速亮起，洛承义才进屋上床，尔朵也跟着进屋。

这一夜洛南感觉睡得非常安稳，半夜醒来过一次，走到院子里又看了看天，满天浩瀚星海如壮阔的画卷，无声而波涛汹涌。

第二天早上，洛南将带回那些药的吃法一一给爹做了交代，也不知道他会不会按时吃。洛承义破例将他送到山核桃树下。当洛南走向停在二道坪的车子时，洛承义说，前一次我稀里糊涂爬上了鬼头崖，虽然活着回来了，魂却丢了一半。昨天你回来，我这几口痰一吐，另一半魂又回来了。你就放心去忙你的工作吧，我这辈子是不会再进山了。从鬼头崖回来的人，没有谁愿意再进山的。

37

尚文军、尚文兵在黑沟林场不仅合同没谈成，反而弄出一起流血事件。村上伤了七八个，兄弟俩带去的人也伤了三四个，尚文兵自己也挨了两刀，肩上的伤缝了几针，肚子上的一处缝了七针。尚文军虽然自知事情办砸了，但心里还是不服气，不怪老三，大哥你要怪就怪我吧。都怪那个洛北，我跟他好好说，他就只一句话，不卖了。他不光油盐不进，还叫了一大群人来，摆明了就是要打架的样子，我和老三能咽下这口气吗？凌林也劝尚文雄，老二老三虽然这次事情没办好，但他们想把事办好的心是好的。

看起来真的遇到硬骨头了，不仅是硬，而且还如鱼刺一般卡在了喉咙上，吞不下，吐不出。不光兄弟俩，尚文雄自己也觉得咽不下这口气。洛南这个亲哥的底气到底哪里来的？尚文雄没有再说什么。既然已经到了这种程度，岂有就此认输罢手的道理！无论如何我也得把黑沟林场吞下，绝不能让它落入他人之手。

尚文雄专门又去青石找关云山，先送上一张千岛湖山庄的金卡，再承认自己买黑沟林场这是提前没有考虑周全，又讲了必须与黑沟村签订合同的理由，然后又补充了一句，洛南这个人太傲气了，如果不是他在后面出主意，洛北怎么会一直这么硬气。

关云山虽然也怪尚文雄这事办得毛躁，但还是分别给月山乡书记席小林、乡长杨伍打了电话，告诉他们天润公司是青石县的招商引资企业，也是县委、县政府重点支持的农业产业化企业，要乡上做好纠纷调解和今后的协调工作，支持天润公司与黑沟林场签订承包经营合同。

尚文雄带着尚文军、办公室主任凌林到了月山乡，调解开始之前，他带着凌林先去了乡长杨伍办公室，先介绍自己，又介绍凌林。杨伍见了尚文雄就热情地明确表态，天润公司是市上县上都支持的重点企业，关县长还专门给我打了电话，我们当然要支持你们与黑沟签合同。尚文雄向凌林示意一下，凌林立即笑着从包里取出两条南京烟放到杨伍办公桌上，这是尚总的一点心意。杨伍推辞不收。尚文雄说，烟酒不分家，初次见面，两包烟算个什么？杨伍不再拒绝，坐下后他告诉尚文雄黑沟村民风未开化，支书严守信年龄大，老好人，啥事都不敢拍板，所以村里的事多半都是洛北做主。洛北这人很固执，天不怕地不怕，有时连我都不放在眼里。你们要有心理准备，也要有耐心，万一一次谈不成，就两次、三次慢慢谈。尚文雄感觉杨伍还算耿直，便递了名片，客气而略带严肃地介绍了公司现在的就业人数与上缴税收、今后的发展规划与思路，又讲了收购黑沟林场的目的和意义，然后热情地邀请他到市里来玩，一切都由他来安排。杨伍爽快地答应，到了岷州一定给你打电话。尚文雄又说，今天中午我请大家吃顿饭，加深一下感情，请村上的也一起去。

洛北和云丹还住在医院，就接到严守信电话，说乡上通知去乡政府调解处理与天润公司的纠纷，洛北说还有什么好调解的。严守信说，既然乡长出面主持调解，你还是回来好些，虽然我是支书，但林场的事还是要你来决定。洛北便不顾医生的劝阻，没办出院手续就回了黑沟村。云丹还在医院，村支两委班子就只剩下书记严守信、村主任洛北、支委仁青、村委木由四人，严守信将大家召集到村委会一起商量，大家虽然心里都愤愤不平，但又都拿不出好主意。仁青喘着气说，要不咱们就不去。木由也说，他们当官的和老板穿一条裤子，去了会不会又把咱们再打趴到地上。严守信问洛北怎么办，洛北拍了一下桌子，去！凭什么不去！有理走遍天下，不去还会说咱们没理。他们要买咱们的林子，价钱不给够还要打人，咱们正好让乡政府来评理。木由低头抽烟不说话。仁青喘了口气说，我现在气都出不匀，要不你们去吧。洛北站起身骂仁青，你怕什么？我们搭车去又没喊你走路，咱们班子现在就剩四个人，你不去怎么行？严守信说，那就去，不过咱们去了一定要沉住气讲道理。仁青只好答应去，临上车时又说，到时候主要还是靠你们啊。

调解在乡政府的会议室进行，乡长杨伍坐在主席台一方正中间，左边是副乡长白石，右边是驻村干部何晓勇，乡长杨伍左手一方坐着尚文雄、尚文军和凌林。严守信三人刚在杨伍右手边坐下，杨伍就开始讲话，先讲了天润公司是县上支持的企业，每年给财政缴多少税收，创造了多少就业岗位，然后讲企业对原材料的需求，再讲黑沟村应当如何利用资源求发展，改善村里公共基础条件，增加村民收入，讲完后又说，既然一个愿买一个愿卖，就应当心平气和地协商，而不能两句话不对就恶言相向，甚至打架斗殴。

会场的气氛一直很冷，当杨伍讲到打架斗殴时洛北就想反驳，但忍住了。当杨伍又说黑沟村的干部要多走出去见见世面，不能坐井观天，洛北还是强忍住了。当杨伍说村民觉悟低，没纪律，村干部就不该带头时，洛北再也没忍住，直接打断了杨伍的话，杨乡长，你先把事情搞清楚再说好不好，黑沟林场的林不是不卖，是他们出的价太低了。我们村干部不是带头打架斗殴，不是我们打到他们厂里去，而是他们打上门来的。我被他们打断了几根肋骨，云丹和其他几个都还住在医院。价钱不给够，还要强买，买不成就打人，天下哪有这个道理！

严守信伸手拍拍洛北，别激动。可洛北根本没听严守信的劝，反而更激动，他们这哪里是买，明明就是抢嘛！洛北一边说一边不知什么时候已经从座位上站了起来，还要继续说，被杨乡长厉声打断。副乡长白石招呼他坐下。严守信又伸手拉他的衣裳，洛北这才愤愤地坐下。杨伍见洛北坐下以后才又开口，今天召集双方来就是让你们坐下来谈的，老严你是老党员了，共产党员首先要讲政治。洛北不冷静，你可不能意气用事。洛北又站了起来，大声说，他们打伤了我们的人，先给我们赔礼道歉，把受伤的人医好了再说。

坐在对面的尚文军也站了起来，我们老三也还在医院里，不是你们打伤的吗？凭什么要我们先道歉！尚文军刚说完一句，就被尚文雄用手势制止，却半天没坐下。

杨伍拍拍桌子，洛北，你们几个今天到底还要不要调解？你还是不是干部，有没有纪律？

仁青坐在旁边红着脸喘气，木由拉着洛北坐下，说，咱们听乡长的，听政府的。咱们是农民，是村干部，不是刁民。洛北坐下，尚文军也黑着脸坐下。坐在尚文雄旁边的凌林站起身去会议室边上提起水壶给大家添水，先给上首位置的杨伍、白石、何晓勇三人添，再给严守信、洛北、仁青、木由倒，最后给尚文雄、尚文军倒。尚文雄站起身发烟，也是先给主席台位置的杨伍三人发，再给严守信发，严守信、洛北都摆摆手，仁青、木由都一边站起身双手接烟，一边点头致谢。气氛缓和下来后，杨伍又继续说，今天把你们召集到一起的目的，一是调解那天打架的事，二是继续商量黑沟林场采伐承包合同。我天天事情那么多，不可能每天都来给你们调解，现在你们谁先说？

严守信看看仁青和木由，一个半张着嘴喘气一个半低着头，他又看看洛北，犹豫着是自己先说还是让洛北先说。坐在他对面的尚文雄先开了口，首先感谢杨乡长、白乡长，然后说，那天的事的确是一场误会，因为我没在场，老二老三有些鲁莽，一言不合就动起了手。虽然冲突双方都有责任，也都有人受伤，但我还是为那天的事先给村上几位老哥道个歉，那天冲突中受伤的人都还在医院医治，包括老三尚文兵和其他几个兄弟都一样。在家靠父母，出门靠朋友，我尚文雄也是读过几天书的人，以前在市上的政府部门上班，能到青石来经商办企业，靠的全是朋友。这里我先表个态，那天村上受伤的兄弟都由天润公司出钱医治，医多少给多少。目前我已经给医院转了八万块，不够又给。而且我还让公司的办公室主任凌主任，尚文雄说着指了指旁边的女子，女子站起身，向大家一边点头一边自我介绍，我叫凌林，是天润公司的办公室主任，然后坐下。尚文雄继续说，让凌主任给每个受伤的人买了牛奶水果，送了五百元慰问金，以表我心中的歉意。仁青点点头，喘着气说，前几天我在医院照顾，是有这么回事。洛北不说话，眼睛望着窗外远处山上粉红色的羊角花。尚文雄又取出烟来，自己取了一支，然后将烟盒交给凌林，凌林站起身去挨个给大家递烟。尚文雄又继续说，天润公司生产需要原材料，黑沟林场的资源也需要变成经济效益，一买一卖就成就了对方，林场支持了企业，企业也支持了村上发展，两全其美的事，为什么不能做？至于价格条件等等都可以谈，生意都是谈成的。我是个生意人，也是爱结交朋友的人。生意谈成了，大家都是朋友。

杨伍说，尚总说得对，两全其美的事就坐下来好好谈。白石和何晓勇都同时附和。仁青和木由看看严守信,又看看洛北。洛北的眼睛依然望着窗外,木由用肘碰了碰他的肘,他这才将目光收回,这个时候你们倒是说得好听,做的时候就是另一码事了。要谈就等云丹等受伤的人全部医好回来再谈。

杨伍脸上又黑下来。白石说,你们书记、主任都在这儿,云丹只是一个文书,村支两委大多数都在,你们谈了就算。洛北仍然坚持必须等云丹回来。杨伍说,难道黑沟林场没了他云丹天就不亮了?洛北说,我身上这伤都还没好完,要谈你们谈,反正我不跟拿刀逼着我们的人谈。

严守信脸黑着,几次想劝阻洛北又没开口。洛北说,价钱和条件都摆在那儿了,愿买就买,不愿买就拉倒,还有什么好谈的。我跟他们谈了,今后村上的人还要骂我们。

杨伍终于忍不住怒气,站起身指着洛北大吼起来,我知道你仗着有关系,一直没把我这个乡长放在眼里。你不要以为席书记不在我就拿你没办法了。黑沟村没了云丹照样过日子,离了你洛北天也不会垮下来。

洛北也大吼,你不要威胁我!你想怎么办就怎么办!反正你是乡长,把我这村主任、场长撤了就行了!

洛北说完就起身往门外走,何晓勇、严守信上前去劝洛北冷静点,洛北还是犟着要往外走。尚文雄坐着抽烟,杨伍又大声说,你要不干了,现在就写辞职报告,我马上就给你批了,我就不信除了你洛北,黑沟村就不叫黑沟村了。

洛北在会议室门口站住,他感到腰上又痛了一股,转头对杨伍说,我凭什么写辞职报告!然后低声命令拉他的仁青和木由放开他,仁青和木由松开手,洛北便头也不回地走出了会议室。

听着洛北下楼的脚步声,严守信、仁青和木由都站在原地不知所措，杨伍也余怒未消地站着。白石对严守信、仁青、木由说，你们三个回来坐下。三人便回到位置上坐下。杨伍说，洛北不讲纪律，老严你是支书，可不能撂挑子。你们来和尚总他们谈。严守信连忙摆摆手，不行不行，洛北是法人，还是等他来谈。仁青说，我这哮喘病，话都不敢多说。木由说，我们听乡长的。

杨伍低头和白石小声说了几句，然后大声说，尚总，今天出了点意外情况，这承包协议，咱们改天具体谈。你们先把承包合同拟好交给我们看看，如果洛北真的不干了，乡上会另外安排合适的人主持村上的工作，到时候由他和你们具体协商签合同。

尚文雄感到胸口的气就要冲出来，这世上真有不知天高地厚的人。既然你这样不识抬举，我不把你弄蔫下去，我就是泥菩萨。既然你不卖，我也不想买了。今后你要是能卖出一根木材我就不姓尚！我要让你们到时候来求我买！但他努力压住心中的怒火，对杨伍说，感谢杨乡长、白乡长，今天中午我请几位领导、严书记和仁青、木由三位一起吃个便饭，又对严守信、仁青、木由说，不打不相识，杯酒释恩仇。今天中午我让老二向你们敬杯酒，赔个不是。仁青和木由两人看看严守信，杨伍说，你们都一起去吧，今后你们还要和尚总合作，不要搞得太生分了。严守信说，我今天家里还有点事得赶回去。仁青、木由也跟着说家里有事，一边说一边就跟着严守信离开了乡政府。

洛北离开乡政府就直接在街上打了一辆摩的回到家里。儿子在学校，索娅又回了娘家，早上的饭有一半还在锅里，他没有生火热，直接就舀来吃完，然后关了门，躺在床上才开始想今天发生的事情。自从娶了索娅，和爹分了家，洛北就不再进山打猎。洛北是留在村里的唯一一个中学毕业后未外出打工的人。很多年轻人从学校毕业就外出打工，洛北不再打猎，也想出去打工，索娅坚决不同意，你不能让我嫁了人等于没嫁。洛北只好一直待在村里，儿子出生以后，他就被村民推选为村主任。索娅一直反对他当村干部，有那个精力还不如把自家这二十多亩地种好。洛北在其他事情上都听索娅的，包括和爹分家、不外出打工等，唯独当村干部这事儿他没听。大家推选我就是信任我，如果我辜负了大家的信任，我今后就是想当别人也不会选我了。而这一当就是十多年，洛北反复思量自己当村主任这些年，哪家有困难找到他，他都会全力帮忙，甚至比办自家的事还热心。到乡上县上去为村上争取修村道的补助、修引水工程扶持，为村上无数困难户申请了救济。大家都说他热心肠仗义，从不贪村上一分一毫。全县都办集体林场时，他也向上争取办了集体林场，又申请了采伐指标，他觉得自己就算没有功劳也有苦劳。他尚文雄有啥了不起，不就仗着手下有几个兄弟，县上有人撑腰吗？如果大家都齐了心，他又能把咱们黑沟村怎样？

　　洛北不知道自己睡着没有，也不知道自己睡了多久。直到听见敲门声，他爬起来打开门，才发现已是下午。院子里的李子花白得让他感觉刺眼，几只鸡在树下不停地刨土。仁青、木由站在门前。洛北问，你们谈好了？仁青在阶沿上的一根凳子上坐下才说，严书记说你是场长、法人代表，合同还是要等你来谈。你都走了，合同当然没法谈了。洛北走出门也坐到阶沿的另一根凳子上，才掏出烟来给两人一边发一边说，只要咱们齐了心，他尚文雄又能拿咱们黑沟村怎样？木由说，可是，杨乡长要求咱们跟尚文雄继续谈，一次谈不成就两次三次，直到谈成了为止。洛北说，按咱们的条件一次就能谈成，不按咱们的条件谈十次也没用。仁青说,今天把严书记也弄得很难堪,我们回来的路上他一句话都没说,这件事情你们两人还是多商量一下好些。他是书记,大事情上你还要多听他的意见。

第二天,洛北就去找严守信说,书记,咱们商量一下下一步怎么办吧。严守信一边叹息一边摇头,到现在,架也打了,谈也谈了,还有啥好商量的?反正你是林场的法人,你说签就签,你说不签就不签。今年林业局给咱们村上的八百米指标,如果不用过期就作废了。洛北说,看起来要尚文雄答应咱们的条件不可能,让咱们答应他的条件也不可能,那咱们还是像以前那样,林场自己组织人采伐,自己一车一车地卖吧。严守信还是说,你看着办吧。

洛北便召集村里的青壮年组织采伐队,让刚出院的云丹当队长,按照林业局的采伐设计进行采伐。不到一个月,一百多亩的采伐面积,八百米采伐指标基本完成。采伐的木材按规定分了正材和次材,集运到楞场。林也清了,梢头枝丫按设计要求在地里堆成了带。可是每个人心里不仅没有轻松下来,反而更加沉重。没有一个木材贩子、一辆车到林场来拉一根木材。参加采伐的人陆续来找云丹要工钱,云丹没好气地说,急什么,木材都还没卖出去,拿什么给你们?等木材卖了还会少了你们工钱吗?

云丹找到洛北,又和他一起去找严守信。严守信说,你们能组织人砍,就自己想办法卖吧。村民还等着卖木材的钱安自来水呢。洛北和云丹一起下了山,他们在月山乡街上见了拉木材的就上去说,去黑沟林场拉木材吧,材质好,价钱也公道。每个木材贩子都摇着头。洛北和云丹又到青石县城,在木材老板集中的饭馆、旅馆、餐厅、停车场,见了木材老板就说同样的话,大家还是都摇着头说不去。洛北忍不住问,为什么都不去呀？有的木材贩子说路太远了，有的说路太陡了，有的干脆直接说不想去。洛北不停地给木材贩子们发烟，说路是有点远，但并不烂并不陡啊，而且咱们去年才维修了的。这才有一个木材老板说，尚大娃看好的林场，我们这些小木材贩子哪敢进来拉一根材？难道我们今后不想在这行里混饭吃了？木材贩子说完就不再理他们。洛北和云丹在街边立了半天，云丹才问，主任，咱们怎么办？洛北愤愤地说，尚文雄跟这些木材贩子打招呼，有意要让咱们的木材卖不出去。两人在街边又站了一会儿，洛北又说，要不咱们自己找车，拉了到泉州的加工厂卖。云丹说那得多久才能卖完呢？洛北说，咱们可以像有些木材老板那样，一次多找几辆车，一辆接着一辆装，装好就往外拉，只是多找几个人跟车就是了。两人便又像木材贩子一样，去货车停车场问司机去不去拉木材，当听说去黑沟林场时，所有的司机或车主都摆手说不去。洛北还想问问原因，云丹将他拉住说，算了吧，原因肯定还是一样的。

　　当两人疲倦地回到村上，要工钱的村民又聚集到云丹家院子里。云丹费了不少口舌才将村民打发回去。过了半个月，又有村民找到严守信，听说内沟砍下的木材已经长菌子了，什么时候才能卖了给咱们村安自来水啊？严守信说，林场的事情都是洛北在负责，你们去问他吧。从此洛北家院子里边经常有要砍树工钱和询问好久安自来水的村民。洛北总是说，木材卖了就什么都解决了。一个月后，有村民找到洛北说，内沟的木头都开始烂了，再不卖今后就只能留着烧柴了。木由和仁青也来找到洛北说，要不咱们还是去和尚文雄协商吧。

　　洛北说，怎么你们都想去和尚文雄协商，和他协商对你们有什么好处？

　　木由说，我们都是为了村上好，怎么会说对我们有好处。

洛北说，我宁愿让那些木材烂在山上，也不会去找尚文雄协商。

仁青说，可是那不是我们私人的木头，那是村集体的财产。

洛北依然气哼哼地说，要协商你们去协商，反正我不当软骨头，我不去。

仁青和木由又去找严守信。仁青说，书记，洛主任这样赌气下去，咱们村今年的八百米木材要是卖不出去，不要说安自来水，就连村民砍木材的工钱都找不到地方出呀！你是书记，快想想办法吧。

严守信说，事到如今，你们说还有什么好办法？

仁青说，除了去找尚文雄协商，没有其他办法。可是洛主任他无论怎样都不去，还说我们是软骨头，想个人捞好处。看来只有你出面才行了。

严守信沉吟半响，那咱们还是开个村支两委会讨论一下吧。

在村委会二楼会议室，五个人坐得七零八落，每个人都阴着脸。洛北、云丹、木由闷着头抽烟，严守信和仁青则不停地用纸杯喝水。严守信干咳了两声，说林场砍下的木材已经堆在里面几个月了，一根都没卖出去，大家说说怎么办吧。严守信说完又继续喝水，没有人说话，会议室安静如午夜，只有电热水器里的开水向外冒气的声音。仁青又给自己倒了一杯刚烧开的水，说，等雨季过了，那些原木就会全部烂掉，谁会买朽木头？木由说，三组的村民昨天又来了十几个，问啥时候给他们安自来水。严守信问云丹，你们去找买主找到没有？云丹说，只要听说是黑沟林场，人家都不愿意来。没想到尚文雄竟然用这种阴毒办法卡咱们。

严守信这才问洛北，你看现在咋办？

洛北脸黑得如天还没亮，闷头将一支烟抽完才说，狗日的尚文雄太阴狠了，咱们去告他！严守信还没开口，木由就说，现在去告他什么，他又没偷没抢咱们一根木头，咱们拿什么去告他？仁青说，现在除了找尚文雄协商，没有其他办法。木由也跟着说，还是去找尚文雄协商吧。严守信问云丹，你说该怎么办？云丹说，我也没有什么好办法，只要能把木材卖出去，你们说怎么办就怎么办吧。

仁青说，早知道是这样，还不如当初就卖给尚文雄算了。

严守信又问洛北，你觉得行不行？

洛北又掏出烟点上，咱们凭什么向尚文雄低头，我不是软骨头，也不想他一分钱好处。要找尚文雄协商你们去吧，我宁愿死也不会去的。

严守信脸黑下来，你是村主任、林场场长，你不去怎么行。

洛北叹了一口气，既然大家都说是我不对，我就不当这个村主任和场长了吧。

严守信说，我们也不是软骨头，但我们都是干部。现在是为了村上利益，大家一起想办法。怎么能凭个人意气用事！

洛北说，祸都是我惹的，到如今我也没有好办法。

云丹说，洛主任也是一片好心，为了村上的利益。

洛北又说，既然都是我的错，从今天起我就不当这个村主任了，今后你们想怎么办就怎么办吧。

洛北说完就站起身往外走，会议室其他人都坐着没动。过了几分钟，洛北手里拿着几个文件夹又走进会议室，他将文件夹放到严守信面前，这是林场和村委的管理值班记录，这是县上乡上发的各种文件，这是村委会的学习记录，这是村委和林场的公章,这是我的辞职报告,请书记帮我转交给乡上一下。严守信不说话,大家都没说话。洛北又从腰上取下几把钥匙一起放在严守信面前,然后出了门下了楼。

走出村委会,洛北长长地叹息了一声,自己这样全心为村里争利益,关键的时候大家却退缩了,天要垮的时候就他一个人成了高个子。现在自己把乡上的人得罪了,村上的人也得罪了,自己再这样硬撑下去还有什么意思?自己不当村主任了,还待在村里睁眼看着内沟的林子被尚文雄强买去吗?眼不见心不烦,还不如出去打工算了。严守信、仁青、木由都硬不起,杨伍明摆着早就看我不顺眼了。当了十来年村干部,为村上操那么多心,我没多吃多占村上一分,却成了不受待见的人。大家都投降了,我一个人还硬扛着有什么意思。

洛北回到家里就独自关起门来喝酒,直到头越来越昏,才躺到床上。第二天一大早,索娅就回来了,直接走到灶屋煮早饭。洛北走过去说,我不想当村主任了,我要去深圳打工。索娅看看洛北问,伤好了?洛北没有回答。索娅又说,反正儿子已经上中学,你想去就去吧。洛北说,我走以后你要照顾好儿子,多去看看我爹,不管谁来问我去了哪里,都说不知道。到了深圳我会换新的号码,到时候我会用新号码打给你,千万不能告诉其他人。索娅声音突然变得温柔起来,我又不是三岁孩子,要你教!

洛北在家翻补了屋顶的瓦,他感到伤口还是有些痛,但还是坚持补了牛圈的墙,清理了房后的排水沟,还锯了一大堆烧柴码好。第三天早上鸡叫头遍时,他背上帆布背包出了门。他站在院门前的岔路口转头望了一眼,父亲的院子里没有灯光,他也没有听见老黄狗耳朵的叫声,也许父亲还在睡觉。洛北背着包如机警的猎人一边走一边察看,走一段公路又穿一截小路，避开了村子里所有的院子，在天刚亮时赶到了乡上，上了停在场头的头班车。他先到了禹王镇，在禹王中学门口给洛玄的班主任打了电话，几分钟后洛玄来到学校门口。洛北觉得儿子又长高了，话却越来越少。洛北说，爸爸要到外地去一段时间，你周末放假要按时回家，要多去看看你爷爷。洛玄问，爸爸你要到哪里去？什么时候回来？洛北说，到时候妈妈会告诉你的。

到了县上，他背着包走到县政府大门前，看着门口一排排小车，从车上下来的人都提着公文包，或者拿着笔记本，走得匆匆忙忙又旁若无人，从门内出来的人也行色匆匆地走向停着的小车。他站在旗杆下犹豫着自己要不要进去。县上领导他是认识的，县长李蒙、常务副县长文契、副县长关云山都到黑沟村来检查过工作，关县长还在村上吃过饭，洛北作为村主任还向他敬过酒。可是他记得县领导，县领导记得他吗？何况看样子大家都很忙，就算是县领导记得他，但人家有时间接待他吗？就在他原地打转时，大门口的一个保安向他走来，大声呵斥道，你站在这里干什么？洛北说，我想找县领导反映情况。保安说，县领导都在开会，你没看见这么多人都在往里面走吗？你看见没有，这栋楼右边有个3号楼，那里一楼就是信访局，你有事情就去跟他们反映。洛北没有按保安的指引去信访局，黑沟村的事情都与我无关了，我又何必咸吃萝卜淡操心。

洛北离开县政府广场，又走路去林业局，走到大门口才想起洛南已经调到青坪乡。尚文雄没把我们打倒，而自己人却把我们打倒了。洛北从林业局离开就没有在青石县城停留，直接走到汽车站，上了去岷州市的班车。

38

　　严守信又带着仁青、木由、云丹去乡上找杨伍。听说村林场采伐的八百米木材一根都没卖出去，洛北交了辞职报告而且离开了村里，杨伍当即决定由严守信负责黑沟村全部工作，包括黑沟林场的经营，然后又电话告知尚文雄，请他再来月山乡重新洽谈黑沟的承包合同。可是尚文雄却说，自己这几天很忙，抽不出时间上来，请月山乡和黑沟村的领导到岷州市去面谈。杨伍对严守信几人说，我事情这么多，你们就自己去吧。严守信四人坐班车到了岷州市，尚文雄已经安排专车在车站等他们，到了酒店，先吃饭喝酒，再谈合同。在谈承包合同时，尚文雄唯一做出的让步，就是按市场价的百分之七十，把林场自己采伐的八百米材全部收购。今后的采伐由天润公司以林场的名义自行向林业局申请指标，自己组织采伐。

　　黑沟林场承包协议签订以后，尚文雄拿到了林场的公章，写了追加采伐指标的报告，他没有先去找林政股长陈西，而直接将报告交给分管副局长邵年。邵年说全县十来个集体林场，采伐指标一共才五千多米，局里年初已经给黑沟下了八百米指标，你又申请两千米，其他林场是要来局里闹事的。尚文雄笑着说，安排每个林场多少指标，还不是老大你说了算，你是老资格，你说的话曲局长都得给你面子，你就帮兄弟一把吧，兄弟我会记住的。邵年说，尚总的面子我当然要给你，放心，我会尽力。尚文雄立即表态，今后老大有什么要办的事，只要一个电话，我尚文雄二话不说给你办好。

　　尚文雄离开后，邵年叫来陈西，将尚文雄的报告交给他。陈西问给他多少指标合适，邵年说你拿去先放几天再说吧，过几天我们再研究。陈西说好。洛南调走没多久,尚文雄多次约陈西去岷州市里喝茶吃饭。每一次陈西都说,实在不好意思,这次的确家里有事,等下次吧。尚文雄约他几次都被拒绝后便不再约他。陈西和尚文雄的关系还是老样子,见了面既亲热又客气,陈西不仅拒绝尚文雄的约请,连邵年请吃饭,他也是多次找借口推托。陈西知道自己只是一个中专生,学历上没有优势,机遇上也不能和洛南比。文局长赏识他,因为文局长自己也是大学生。而现在的局长、副局长都是高中和初中毕业的乡干部。洛南去乡镇后,他虽然和每个人都能很好相处,但又感觉和每个人都有距离。尚文雄,陈西既不想得罪他,也没有要与他走得太近的愿望。自己作为林政资源股长,只要尚文雄不违法,他也绝不会无事找事。邵年作为分管领导,性情耿直豪爽,他拍了板的事一律按他的意见办,当然有什么差错他也不会往下面推责任,陈西正好大事小事都主动请示汇报。

晚上,邵年就接到了关云山的电话,尚文雄申请的采伐指标,你尽快给他处理一下。邵年说曲局长出差了。关云山说,你们都是乡上的书记回来的,你的资格比他还老,你在分管资源这一块,未必一点儿小事都要等一把手来定夺。

第二天上班,陈西又被邵年叫到办公室。邵年说,天润公司那个申请,昨晚县上领导专门给我打了电话说这事,今天就给办了。陈西问给多少呢,邵年沉默片刻,他写两千,我们当然不能他要多少给多少,砍掉一半吧。陈西说好。邵年又说,先把文件起草出来,我签了就发下去,曲局长那儿等他回来补签字就行了。陈西很快起草好文件,邵年签字后当天就将一千米指标下达给了天润公司,然后又向邵年做了汇报。

邵年说,等曲局长回来,记得一定找他补签个字。

第五章　敲吧，真的要垮了

39

看着山上的木材一车车往山下拉，严守信夜里就睡不着觉。听说尚文雄在林业局办了一千米的采伐证，将采伐的事交给了他二弟尚文军，尚文军又将具体的工人组织、现场采伐集运等交给手下王小娃。王小娃以前是从老百姓手上买采伐证再到处乱收木材的小老板，曾经多次被林业局处罚过。昨天仁青和云丹来找他，说内沟的林子快被尚文军糟蹋完了，那些长了百年的落叶松、云杉和桦子树都是天然林，都是国家规定不能砍的，一旦砍了就再也长不起来。云丹说，咱们黑沟村虽然山高路远，但全县都知道咱们村的林子好，据说除了保护区，全县就咱们黑沟村还有这片真正的原始森林。仁青说，如果他们再砍下去，砍到神树林，那可就完了。

那一年，公社革委喊出"战天斗地大开荒，誓将荒山变良田"的口号，黑沟村的社员全部被动员上山砍树开荒。眼看内沟和外沟山上的树都快被砍光了，老释比白羊坐在砍伐现场号哭，不能再砍了！再砍下去，天神发怒整个黑沟都得遭殃了！公社刘主任说白羊散布封建迷信思想，命令武装部长带民兵将白羊绑去公社批斗。白羊被批斗回来后，不到两个月就归了天。内沟和外沟的山林也在一个夏天被砍得如秃子的头顶。可是，砍倒的树还没被清理下山，粮田还没开建，八月底的那个晚上，黑沟就真正感受到了天神发怒的威猛。二十多户人家的房子被冲毁，七人被冲走。开荒造田运动只好停止，副大队长严守信又带着大伙用了三年才将内沟和外沟的山上栽满了树。

严守信和仁青、云丹、木由一起进了内沟。黑沟是一条十来公里长的深沟，分内沟和外沟，外沟连接村外，坡缓，地势相对开阔，黑沟村五个村民小组，二百六十多户八百二十来人都分布在外沟河沟两边。外沟往内沟要走四公里多。过了麂子园，里面就是内沟，内沟地势起伏大，平均海拔1800米以上。进沟的右边是缓坡，左边则多为陡岩，内沟主沟一直延伸到海拔三千七百多米的阳角顶。主沟两边又分布着大小不一的多条支沟，左边的一条支沟有小路通向清风垭，翻过清风垭就是野牛岭，过了野牛岭就到了马坪乡的地界。

右边的第二条支沟叫紫云峡谷，紫云峡谷坡陡、河沟狭窄，沟的两边都是原始的冷杉林。不知从哪朝哪代开始，紫云峡谷这片一千多亩的冷杉林就被称为神树林。任何人不能去神树林砍树，哪怕是捡枯枝朽木都不行。释比说神树林是天神居住的地方，谁要动了神树林的一根树，山民都会受到天神的惩罚，整个黑沟的人都会跟着遭殃。大开荒那年，外沟和内沟的天然林都被破坏，只有紫云峡谷完好地留存了下来。

内沟右边五六千亩的缓坡上全部是大洪灾后栽的桦木、白辛树、杉木和大叶杨。20世纪90年代，大家靠着这片山林兴办了集体林场，这些山林又全部划归林场管理。黑沟林场由天润公司承包后，申请采伐的伐区，就是内沟右边缓坡上的人工林，伐区靠近紫云峡谷，虽然紫云峡谷因为峡谷狭窄，两边下部全是陡坡，无法修公路，但严守信还是担心，万一他们去砍了神树林，那可就惹出天大的祸事了。

新修的公路两边随处都是木材，修路的石头将路下边的树损毁一大片，山脚边新开了一块集材场，场上堆的全是桦木和杉木。严守信问正在上木材的人，尚文军在哪里？上材的人说,尚总好久没上山来了,山上的事都是王老板在管。严守信问王小娃在哪里?几个上材的人都说不知道,王老板有时在乡上有时在县上。

严守信几人沿着新开的路到了采伐现场,看到王小娃的人却在左边陡坡上砍冷杉树,砍掉后就直接往沟里放,又打倒了坡上其他树。而且已经砍到了紫云峡谷的外面,距进谷的沟口已不到两百米。村上与天润公司的承包合同上面写得明明白白,承包的范围是林场的人工林,按林业局下达的指标和设计采伐,而且采伐后必须造林更新。可是眼前的情形说明尚文军完全没有按承包合同执行。他大声喊在对面坡上砍树的人停下,可对面的人都似乎没听见他的叫喊。

云丹说,我爬上去喊他们下来。严守信说,你身上的伤还没好完,算了。仁青喘着气,木由二话没说就下了眼前的小水沟,向对面坡上爬去。仁青在路边一根砍倒的桦木上坐下,口里自言自语,我这腰痛的老毛病越来越严重,越来越不中用了。云丹说,如果洛北还在村上,他肯定会提上砍刀跟王小娃拼命。木由在坡上如一只山羊,一会儿下坡,一会儿上坎,一会被乔木和灌木淹没,一会儿又在一片空地上出现影子。木由终于爬上一个小石包,站在石包上喊砍树的人停下。斧头的声音停下,严守信只能听见对面的说话声音,却听不清楚在说什么。说话声停下,斧头声又响起。木由在坡上和砍树的工人争吵起来。云丹说,我上去看看。严守信叹息一声,你的伤还没有好,咱们这几个人也阻止不了。让木由下来吧,咱们找林业站找乡政府去。

四个人到乡上先找到了驻村干部何晓勇,何晓勇正在电脑前忙碌,听到严守信的反映,态度诚恳地说,你看我这正忙着弄两个文件,都是书记乡长等着要的,要不你们直接去给杨乡长或者白乡长汇报。四个人走到乡长杨伍办公室前，看见乡长办公室挤满了人，又折回何晓勇办公室。严守信叹口气，这样拖下去早晚要出大事呀。我们担心，万一他们砍了咱们的神树林，那可是天大的事呀。有的人为了钱，是什么都做得出来的。何晓勇也显出很为难的样子，要不你们去林业站报个案。你们报了案，他们不来处理就是他们的责任，万一今后出了事情，你们也有理有据。

林业站站长边军听了他们反映的情况，当场就给公安科打电话。余伟在电话里说，上次你们不是专门去现场查看了，没有问题吗，怎么现在又有问题了？边军说，上次我们去看了，不是说一点问题没有，比如超界采伐当时就让他们整改了，所以就没写在报告里。现在村上来反映他们已经超出了大的界线，砍到了水沟对面的天然林里，还是请你们公安科来处理吧。余伟说，我们公安科就这么几个人，全县到处都在报案，哪里跑得过来。还是你们到现场去，要求他们停止越界采伐。如果他们不听，就给他们出书面整改通知。如果他们仍然违法采伐，我再派人来处理。

第二天，边军就带着林业站人员上山，并通知采伐现场负责人王小娃到了现场。王小娃当着边军面说，我只是打工的，怎么砍、砍哪里都是二老板说了算，你们最好给他说。边军说，组织砍树的人是你，我当然要求你停止越界采伐。王小娃掏出烟给大家发，可是如果我不按二老板说的办，他又会找我的麻烦。如果他不给我工钱，我这些工人还不把我吃了？边军努力压住火气，我不管你的工钱，也不管你听谁的，我只要求你停止违法采伐。难道尚文军给你钱，让你去杀人放火你也去？今天当着村上干部的面，我明确要求你不能采出划定的区域，更不能采伐天然林。你要记住，万一上面当真查起来，去坐牢的肯定不是尚文军,而是你王小娃。边军说完,便让一起来的林业站人员取出《限期整改通知书》,填写完后让王小娃签收了,又说过几天我还会来检查,如果你不想进去就记住我的话。

下山以后,严守信请林业站人员到家吃饭。云丹、仁青和木由作陪。严守信忍不住向边军表达对黑沟林场的担忧,现在村民天天找我们几个,说黑沟林场的林子是大家的,如果就这样被外人砍光了,我们既对不起祖先,也对不起子孙。与其让外人砍了,还不如我们自己去砍,谁砍了归谁。这样下去早晚有一天会出事,到那个时候肯定有人倒霉了。边军叹一口气,你们也看到了我一个小小的林业站长,又没有处罚权,该出面制止我出面制止了,该向上反映我反映了,此外我还有什么办法。万一今后出了事,你们可要给我做个证明。

陪边军吃过饭回到家里,云丹就感到黑沟林场早晚还会出事。严书记怕祸事,林业站也不想得罪人,何晓勇更是不能指望。洛北一离开,原来村上坚决反对天润公司低价收购的人都不敢再说话,更不用说出面阻止尚文军带人采伐了。云丹觉得中午的酒喝得闷,心里更闷,便坐在门槛上抽烟。上了床也怎么都睡不着,不知道洛北到底去了哪里。今后说不定还会发生什么事。我得留个材料,万一今后真出了事,才能说得清楚。看看老婆睡着了,他便下床找出纸和笔,在堂屋的饭桌上一字一句写起来。他详细地写了黑沟村办林场的经过,又写了天润公司如何强买,打伤村干部,胁迫签承包合同以及违法采伐的情况。写好以后,他回到睡屋,坐在床边上想,该把这材料放哪里,心里又想,黑沟村的林子不是你一个人的,即使被砍光了,又怎么样。你犟得像头牛,只能挨鞭子!他掏出打火机就要将写的几页纸点燃,可是又怕吵醒老婆,便将材料对折了两次收进柜子里。

40

星期一刚到办公室，余伟就接到一封市林业局转来的举报信，月山乡黑沟村发生严重的乱砍滥伐，上面有市局公安处领导的批示：请青石县林业公安科调查处理后及时将情况报我处。余伟叫上母辉、张波一起开着科里的警车去了月山乡。

到了乡上，他没有直接去黑沟村，而是先到乡政府向副乡长白石说明来意，白石叫来驻村干部何晓勇和林业站站长边军，两人都说黑沟林场虽然已承包给了天润公司，但是办理了采伐证，没听说有乱砍滥伐现象。白石说现在举报不要成本，一封信一个电话就让人跑断腿。余伟说我们接到举报，如果不来别人还会说我们失职。白石说乡政府每年能接到上百个举报电话、几十封举报信，如果每一个都去调查，那乡政府其他什么事情都不用做了。余伟让边军拿来黑沟林场的采伐手续和运输登记台账，从账面上看，黑沟林场原来办理采伐许可证八百米，一个月以前又在局里办了一千米采伐证。有县内运输证，也有放行登记台账。尚文军代表天润公司与林业站签了责任书。余伟问母辉、张波，你们看这些手续有没有啥问题？张波说手续应该没有问题。母辉说手续是没问题，可既然有人举报还是应该去现场看看为好，有手续并不能保证现场没有超范围、超采伐指标。白石说，天润公司是县上明确要求支持的重点企业，不可能为了一点小利去干违法的事，因为这种违法对企业来说得不偿失。我看你们就不用辛苦了，我让何晓勇与村委会、林业站今后对黑沟林场加强监管，保证不出问题。余伟转身对边军说，那你们就这几天专门上去一次，一则是现场查看是否存在乱砍滥伐，二则是加强监管，今天我们就不上去了。

中午乡政府安排在街上馆子吃饭，几个人刚走进餐馆，就看见尚文军站在大厅里。尚文军一边给大家递烟，一边将大家引进一个包间。包间里菜和酒已经摆好，白石主动坐了主人位置，然后要余伟坐在他右手边的主宾席上，而尚文军则坐到白石的左手边。其余的人都随意坐下后，白石才说今天中午本来是乡政府安排，可是尚总听说余科长来了，专门从山上下来，要来买单。尚文军看看余伟又看看张波和母辉，说局里的领导来了，大哥专门打电话让我下来给余科长和各位兄弟敬杯酒，昨天山上的工人捡到一只摔死了的麂子，今天我专门带下来给兄弟们尝尝。这酒也是山上的玉米酒，只不过里面泡了很多珍贵的药材，兄弟们都多喝两杯。喝酒的人一旦坐上酒桌，心情就放松了。除了母辉主动说回去他开车不能喝酒外，其余的人都端了杯。白乡长酒量好，尚文军喝得耿直，何晓勇三杯过后脸就红得如打了鸡血，张波仗着年轻还向每个人敬酒，只有余伟喝得很克制，他除了向白乡长敬酒干杯外，和其余人碰杯都只喝一半。他想起那天晚上从歌城出来时，尚文军问他爽不爽的样子。虽然尚文军在他面前并没有表现出任何特别，但尚文军给他的压力始终在，让他觉得杯里的酒越喝越苦。

尚文军约余伟打牌的时间越来越多。余伟每次都半推半就，他发现麻将桌上时间过得真快，手一摸上牌就会忘了其他所有事，听到洗牌时发出的哗哗声，心里就像被什么力量牵引着。他一直都和尚文军、尚文兵、金三娃三人打牌，尚文雄不打牌，但有时会站在旁边观战。虽然尚文雄不再每次都给余伟铺底，但他每次都在赢，多则七八千少则一两千，几乎没有一次输钱。当每次在牌桌上赢钱后，他感到自己内心是舒适的，既娱乐了又赢了钱，这无疑是自己最喜欢的生活样子。慢慢地与尚家兄弟混熟了，他觉得几兄弟虽然喜欢打打杀杀，但也很讲义气，而且都很聪明。自从前次他去了月山乡，调查关于黑沟林场的举报，没有去现场更没有处罚天润公司，尚文军对他就更加亲密，有时候干脆不叫他余科长而亲切地叫他伟哥，打牌喝酒时，也更加把他当自己人。

一天晚上，几个人从某个迪吧出来，尚文军问，兄弟们，咱们又去哪里玩？尚文兵说，好玩不过人耍人，好玩不过钱耍钱。除了打牌和找妹妹还有什么好玩的。余伟说，你们几个去玩吧，我想回去睡觉了。金三娃说，天天找小妹也没啥意思，我带你们去一个好玩的地方。尚文军、尚文兵看着金三娃，金三娃说去了就知道了。尚文军对余伟说，既然金三娃说好玩，咱们一起去看看。余伟还是说我想回去睡觉了。尚文兵拍拍他的肩膀，这么早，睡什么觉，要去一起去。金三娃开车在城里七弯八拐，然后在一栋黑漆漆的楼前停下，几个人跟着金三娃来到楼前，一楼大厅亮着灯但门却关着，大门内两个保安走到门口，看清了是金三娃，又问了他身后几个是什么人。金三娃说都是自家兄弟，保安才打开了门放他们进去。

金三娃带着几个人拐一个弯，进了一部电梯，按下了负三楼，走出电梯后又穿过一条狭窄的巷子，眼前出现了一个灯火通明的大厅。厅里摆着各种台子，推牌九、扯码、诈金花、梭哈、押大小，旁边还有一排老虎机。每个台子前面都有人，余伟感觉这是一个地下赌场，他在乡镇当派出所所长时在镇上抓过赌，在电影电视里见到过赌场，他听说过市里有地下赌场，但真正走进来还是头一次。

金三娃轻车熟路，带着几个人在每个台前一边看，一边介绍每一种赌博的玩法，有人一天在这里输了几十万，就像输了几十块一样没当回事，第二天又在这里赢了一百多万。有人几千块起本，在这里赢了一家三星级酒店，一夜之间就成了真正的老板。当然如果不想赌身家，也可以玩玩小的。在大厅里的押大小，押多少赔多少。金三娃率先摸出一沓钱，去一个窗口买了筹码，一个筹码一百块，先到一个台子上推牌九，不到半个小时赢了几十个筹码。他又来到诈金花台子上，先输了，然后又赢了十多个，几个人跟在他后面看他一会儿赢一会儿输一会儿又赢。尚文兵看了一会儿也去买了一百个筹码，然后坐到了押大小的台子前，一会儿押大，一会儿押小，一会儿押多，一会儿押少，前面的筹码变多又变少又变多。尚文军对余伟说，伟哥也去玩一玩吧。余伟心里发痒，嘴上却说你们玩吧，我看着你们玩就行了。尚文军便也买了筹码，坐到了推牌九的桌子上。

金三娃押得正起劲，感觉有人拍他的肩膀，一把押下去又赢了一摞筹码，他才抬起头，是赵牛娃。赵牛娃说，老三手气不错嘛。金三娃愣了一下，说牛哥你也来玩，说完便站起身要给赵牛娃让座。赵牛娃按住他的肩膀，低声说，刚才我又输了，借点钱给我。

金三娃看一眼赵牛娃，抓起一摞面前的筹码递过去，我的钱都买成筹码在这儿了，你拿去玩吧。赵牛娃接过筹码，又小声说，可别跟尚文军两兄弟说，我可不想在这里见到他们。金三娃说，那你最好别和他们碰面。

赵牛娃接过筹码，转身又说，狗日的尚大娃挡了我的财路，我早晚要收拾他。见金三娃不说话，赵牛娃又小声说，啥时候我干票大的，赚了钱你又回来跟我操吧。

金三娃看看左右，你快去吧，别让军哥看见了。赵牛娃离开后，金三娃突然失去了再玩的兴致，他站起身向尚文军坐着的桌子走过去，说，军哥，我先回去了。

尚文军侧头看看金三娃，你娃又想去找哪个小妹了？金三娃说，没有的事。尚文军也没有再追究，说去吧。金三娃走后，尚文军又去窗口买了一百个筹码过来，随手递给余伟几摞，来了就玩玩，拿去，赢了是你的，输了就算了。余伟接过筹码，也到押大小的台子前，先押上三五个，有输有赢，然后押上十来个还是有输有赢。不一会儿下来，自己面前的筹码居然高出了许多，他想应该见好就收，便收起筹码又到其他台子上，小心地押注，甚至还到老虎机上玩了几把。将大厅里的台子都玩了一圈，他看看自己盘子里的筹码比原来多了几十个，感觉差不多了，就对尚文军说不想玩了，要把筹码还给他，尚文军说，我说了赢了是你的，还什么还。余伟把筹码换成了现金，独自从大楼出来，站在街边半天等不到一辆出租车，只好走路回到旅馆，躺下后却怎么也睡不着。

41

云丹在山上干活回来，一个人坐在门槛上抽烟，一个人影无声地进了院子。当影子站到院坝中间，向云丹打招呼，他才回过神，看清楚站在院子中间的是自家的表弟杨宝昌。杨宝昌提着一只帆布旅行包，穿着一件城里人穿的运动衫，脚上穿着黑皮鞋，一边往外掏烟，一边往阶沿上走，表哥你咋一个人坐着发呆？云丹接过烟问杨宝昌，啥时候回来的？宝昌说，昨天晚上，上午我来找你，你家里没人。

杨宝昌在城里收废品，差不多十年了，每次回来都会穿一套八成新的衣服，有时是夹克衫，有时是运动衫，有时还是西服。云丹知道，那都是他收废品时按斤低价收来的，觉得合身就留下来自己穿,包括鞋子、袜子都是一样。平时杨宝昌是不回来的,自己院子里杂草已经比人还高,屋里的灰尘至少有半寸厚,所以每次回来他几乎都来表哥云丹家里面住。云丹的儿子到外村当了上门女婿,女儿嫁到了山外,家里只剩下他和妻子紫衣。云丹招呼宝昌坐,然后才问,打听到什么新消息了吗?杨宝昌摇摇头。云丹说,你都找十年了,就别再找了,回来把你那几十亩地侍弄好,找人新给你介绍一个。杨宝昌还是摇摇头,我这次回来就是来跟你说一下,我那些包产地,还是你继续种吧,收成全部归你,我一颗粮都不要。云丹说,难道你想一辈子找下去,杨宝昌又掏出烟来发,老婆可以跟人跑,儿子永远都是我的儿子,我当然得找。

十年前妻子带着不满四岁的儿子离家之后,就一直如石沉大海,杳无音信。杨宝昌找到村上,洛北组织村里的青壮年将黑沟的每片山林、每条水沟、每个池塘都找了个遍,甚至每一户的后院都搜过,没有找到一点他妻儿的痕迹,只好带着他去乡上派出所报案。一个月了没有结果,三个月过去依然没有音信。半年后,在岷州市踩三轮车的郑大全回村时说看见宝昌媳妇了。杨宝昌当即决定去城里找老婆孩子,他将家里的猪羊鸡鸭,全部托给表哥云丹照管。十天过后,杨宝昌没有回来,半个月后他回来了,却是无精打采一个人。他找到云丹说,我还要进城去,找到老婆儿子才回来。我家里这些猪羊鸡鸭,你就多少给点钱买去吧。云丹说行,市场上什么价我就给你什么价吧。杨宝昌又说,我家这十几亩地,我不在家,荒着也是荒着,你要愿意我就交给你种吧,我不要你一颗粮食,你只管把该交的农业税帮我交了就行了。从那以后,杨宝昌就离开了黑沟村,开始是两三个月回来一次,然后半年回来一趟,再后来一年回来一次。每次回来他都先到云丹家喝一顿酒,再回去打扫一下自家院子。近两年,他回来就直接在云丹家吃住,自家院子都懒得进了。杨宝昌对云丹说,他在城里租了房子收废品,天天走街串巷,一边收废品,一边打听老婆儿子的消息。收废品是一个好营生,不要本钱又自由,收入虽然比不上踩三轮车,但也比在家种地强。而且你看我身上穿的都是收来的,哪一件都比村里人穿得好。我屋里的电视机、电饭煲还有桌子、凳子,都是收来的。云丹说,我还是觉得咱们祖祖辈辈都在这山上,有天神护佑着。外面再好,都不如咱山上好,你还是回来吧。杨宝昌说,等找到老婆和儿子,我就会回来的。

云丹站起身,既然你回来了,我去煮块腊肉,晚上咱俩喝一杯。杨宝昌这才拉开帆布包的拉链,表哥你看,我带了两瓶酒,好几百块钱一瓶,都是我收的,咱们晚上就喝这酒吧。杨宝昌又从帆布包里取出几件衣服说,这些衣服虽说都是我收的,但都至少有九成新,而且布料都不错,样式也好看,你试一下,如果有合身的就挑一两件吧。今后走亲戚上街进城穿上,谁也不知道你穿的是别人的旧衣服。云丹试了一件夹克、一件呢子大衣,都很合身,用手摸摸布料,露出满意的神色,便问多少钱。杨宝昌说,说什么钱嘛,你不嫌弃就行。咱们是表亲,我每次回来都在你家吃住,说钱就见外了。杨宝昌又翻出一条紫色围巾递给云丹,这个是纯羊毛的,我看颜色也好,给表嫂吧。云丹说,那等会儿你自己给她吧。

云丹老婆紫衣从坡上回来后,看到杨宝昌的羊毛围巾很高兴,放下手上的锄头,就将围巾围在脖子上。云丹对紫衣说,你回来了就去煮饭吧,把腊肉煮一块,弄两个下酒菜,宝昌带了好酒来,我们俩要好好喝两杯。三杯酒下肚以后,云丹这才叹了一口气说,我都不想当这个村干部了。宝昌问原因,云丹才说了黑沟林场的事。宝昌说,你去告他们呀!我在城里,看到市政府门前天天都有老百姓告状呢。云丹说，洛北都不管了，乡上和林业站都不管，我这个村上的文书还能怎么样。何况我要种这几十亩地，天天都在山上，哪有时间去告状啊？宝昌也跟着叹气，内沟挨着紫云峡谷，要是他们砍到了神树林，咱们就完了。云丹说，我有时候真想跟他们拼一场，可是大家心里都害怕尚文军那些手下，我一个人又能把他们怎样。

两人一边叹息一边喝酒，云丹突然说，要不你替咱们去告状吧。

杨宝昌看看云丹，我？

云丹说，反正你对城里熟，又有的是时间，你去市政府告他们。

杨宝昌摇摇头，我又不是村干部，说也说不清楚，还是你自己去吧。

云丹给宝昌杯子里添满酒，看看老婆正在灶屋里忙，才悄悄说，前一阵我写了一个材料，你带回去找个打字店打出来，然后去市政府告状时就把材料带上，自己说不清楚，把材料交给他们就行了。

杨宝昌不点头也不摇头，云丹又说，你也是咱们黑沟村的人，林场也有你一份，神树林是咱们黑沟村共有的，难道你就愿意眼睁睁看着它被外人糟蹋吗？杨宝昌端起酒杯又放下，然后又端起，万一要是被王小娃他们知道了，我这打虎不成，就会反被虎伤，到那时候我就没命了。

云丹放下杯子拍拍自己的胸口，这件事就你知我知，怎么会被王小娃知道！难道我会不想要命了，自己跑去给他们说？杨宝昌这才将杯里的酒喝干说，那我就照你说的试试看吧。云丹又给杨宝昌杯里倒满酒，说，如果你实在觉得不保险，就打电话告，或者把材料打好后就直接去邮政局寄出去，上面一定要写岷州市人民政府市长收。

云丹说完，就进屋里去拿出几张对折了的纸交给宝昌，这是我前几天又改了一遍的，你可得带好，千万不能被其他人知道。杨宝昌将纸放进运动服里面的衣服里，说，你记一下我的这个手机号码，万一有什么情况就打电话给我。

42

不停接到关于黑沟林场的举报电话和举报信，余伟感到了一股压力。他安排张波、许强去现场调查，两人回来后说采伐有手续，但没有按规划采伐。余伟说，只要有手续就不是什么大事情，让当地林业站加强监管就行了。许强说，他们可能砍到了天然林。余伟不愿再听他说下去，问你们现场取证没有？张波说拍了照片，余伟让张波写个调查报告，等我向局领导汇报了再说。张波将报告交上来以后，余伟说，关于天润公司的举报不少，但是县上对天润公司的支持态度让我们很为难。关县长的意见很明确，只要不是严重问题，都只能加强监管。所以我们在处理上要特别谨慎。张波离开后，余伟拿起电话，半天没有拨出号码。他想把情况报告给关县长，关县长能有时间心平气和地听他汇报吗？他想去向曲局长汇报，曲局长肯定会说叫他直接向分管领导请示，如果向邵局长汇报，邵局长会说你们按规定办就行了，但他又会说些支持企业发展维护林区稳定的话，让人不知道到底该怎么办。是查还是不查，处还是不处？但是如果不查，万一今后上面追责，自己作为公安科长，肯定不能轻易过关。

不知不觉已过了下班时间，余伟坐在办公室，依然没有找到好的解决办法，只好拨了尚文军的电话。尚文军还没听他说完就打断了他的话，黑沟村的人就是见不得我赚钱，所以才天天找我们的麻烦。前几天还偷偷把我们修的集材公路挖断了。他们把山卖给了我们，又想把我们赶走。伟哥，你可别听他们的。你告诉我是谁在举报，我回头就找人收拾他。现在的人就是欠收拾。余伟耐着性子又说林业站公安科去现场看的情况，确实有超界采伐情况。

尚文军不满地说，林业站的边军也是小题大做，隔几天就给一个整改通知。回头给我哥说一下，让他给邵局长说，把这个姓边的调走算了。余伟听着尚文军在电话里发泄心中的不满，他听出了指桑骂槐的意思。余伟努力用平和的口气说，我们都是兄弟伙，现在也没有外人，才给你打电话，我担心如果天天有人举报，迟早会引起上面注意。万一上面来人调查，我都会跟着倒霉。我想你还是要做下村上那些人的工作，吃颗胡椒顺口气。只有下面没人告，事情才会过去。我大你几岁，经历的事情比你多一些，真心劝你一句，不要什么事情都只想用武力解决。特别是像黑沟村这样的少数民族村，吃软不吃硬，只有用软办法才行。我不管你下面有没有乱砍滥伐，有没有采伐天然林，只要没人举报，我就当什么都没看见。我虽然是公安科长，但并不是什么事都由我说了算。尚文军说知道，但立即又说，咱们既是兄弟伙，又是一条船上的人，你必须给我把那些举报压住，下面的事我专门上去处理，这周六你下来，我们一起找大哥商量商量。

周六的时候，余伟犹豫着要不要去市里。尚文雄的电话打了过来。尚文雄语气平和，完全是举重若轻的神态，今天咱们去郊外一个好地方好好放松一下。余伟说身体有点儿不舒服，想在家里休息一下。尚文雄笑着说是不是黑沟林场的几封举报信把老弟给吓着了，把心放宽点，天不会垮下来。你下来咱们当面再商量一下,把事情放平就对了。余伟只好开车去了市里,与尚文雄三兄弟一起去了岷州市著名的明月湖风景区。一眼望不到尽头的湖水,湖中散布着一座座岛屿,烟波浩渺似人间仙境。车在一座半岛上的一家度假村停下,度假村依山临水,门前是浅浅的沙滩浴场,旁边是专门钓鱼的地方。木质栈道直接伸到湖里,然后扩展成一个大的木板平台,有遮阳伞,有沙滩椅。坐在椅子上就可以将钓竿伸到水里面钓鱼。尚文军招呼服务员给大家一人递上一根钓竿一杯茶,还有鱼饵、塑料桶。余伟对钓鱼没什么兴趣,他心里老是想着黑沟林场的事,到底怎样才能像眼前这湖水风平浪静。等会儿吃饭之前还是要和尚文雄单独交流一下黑沟林场的事,不然吃饭喝酒之后就更加没有适当的机会了。如果黑沟村的举报信引起省上市上的注意,或者被省市森林公安挂牌督办,那肯定有现场调查,所有的违法采伐都将暴露出来,尚文军肯定会把责任推给王小娃,而自己能把责任推给谁。想到这些他背上又冒出了冷汗,连鱼在拖钓竿都没有察觉。

吃饭之前余伟专门走到尚文雄旁边轻声问,黑沟林场的情况,尚总知道了吧?尚文雄说,听老二说了,这事老弟要多帮我担待一点。余伟说,我担待一点没问题,我办公桌上已经压了好多封举报信,还有两封是县上转来的,一封是市上转来的。市上说要来督办,被我推了。但如果矛盾不化解,举报就还会不断,如果到了市上领导手里,领导签批让市局公安处来查处,很多事情县上就不能左右。万一事情闹大了,就真的不好办。

尚文雄叹息一声,这事从开始那天就埋下了祸根,老二是解决不了的。有时候我在想,当初执意收购黑沟林场是不是一个错误,洛南是我的兄弟,也是我入行的引路人,可是老三却打伤了他的亲哥。这个矛盾要解开,恐怕还不是一两天能办得到的。我表哥虽然在青石,但我不能老是拿这些事情去给他添乱,解铃还须系铃人,看来我是该好好和洛南沟通一下了。

尚文雄抬手将尚文军招呼过来,余科长在黑沟的事上为咱们担待了不少,功劳苦劳都不小,你知道我的意思吧。尚文军说知道。尚文雄又说黑沟的事,你不要再意气用事,不要动不动就要打要杀。要把几个举报闹事的人找到一个一个地勾兑,吃人嘴软拿人手短,不要舍不得,明白了吧。尚文军说,可是……尚文雄打断尚文军的话,你们兄弟跟我出来好几年了,要慢慢学,以前你们靠勇猛立了大功,现在要学会动脑子。宁愿花力气交十个朋友,也不要轻易树一个对手。尚文军不再争辩。余伟还想说能不能让王小娃不要再超界采伐了,尚文雄打断了他的话,今天就不再说这事了,咱们放开喝酒,余科长赢得了酒司令权力,今天中午你说怎么喝咱们就怎么喝。

43

严守信感觉自己的腰痛越来越严重了,吃过午饭和老伴去坡上收玉米,干了不到两个钟头的活,他就感到腰背痛得直不起。老伴让他回去休息,他又坚持掰了一行玉米,脸红筋胀如爬了一座山,只好坐在土坎上,歇气抽烟。老伴抱怨,叫你去找医生看你又不去,你这样活干不了,还要我天天照顾你,这地里的庄稼还要不要?如果种不进去收不回来,我们两个就坐在门槛上喝西北风吗?严守信对老伴的抱怨不理不睬,咬着牙抽完一支烟,又准备继续干活。刚把背篓背到肩上,就又感到背脊梁上如有刀在割,只好低声对老伴咕噜一句,我回去吃几颗药。他背着半背篓玉米往回走,走进院子,放下背篓,进屋翻出药店买的扑炎痛和安乃近，用早上的冷开水吃了，然后坐到门槛上大口吸气。他想等痛过了再去背玉米，抬眼就看见尚文军和王小娃走上院坝。严守信坐着没动，王小娃在前，尚文军在后，走进院坝上了阶沿，王小娃掏出烟来发，说二老板今天专门来看看你。严守信招呼两人坐，我这腰痛病又发了，刚才吃了药没法起来给你们倒开水。王小娃端过一只凳子，用手擦了上面的灰尘，再放到尚文军面前。尚文军坐下后对严守信说，找时间你到岷州市来，我安排人带你去医院找专家看一看。

严守信说，谢谢尚总的好意，我这是多年的老毛病，吃点止痛药就行了。

尚文军抽完手上的烟，又从自己包里掏出烟来，递给严守信一支，自己用烟头的火接上一支才说，我们天润公司承包黑沟林场半年多了，我们和村上签了协议，交了承包费，还把村上的路全部加宽了，路面平整了，陡坡降平了，弯道也改缓了，村上的人开车骑车都安全了。村上用我们交的承包费改了电线，添了水管，可以说每个人都受了益。可是还有人天天告状，告我们乱砍滥伐，林子我们出钱买了的，采伐办了手续的，难道我们买来看的吗？我们总该赚几个回去吧，严书记你说是不是这个道理？严大爷你是村上的支书，资格最老，现在大家都听你的话，你就出个面给那些天天告状的人打个招呼，只要他不告了，我也就不再追究，不问他是谁。但是他如果再继续告黑状，我早晚要收拾他。凭我哥在市上的关系，要查出是谁举报的，还不是小菜一碟？

严守信听完尚文军说的话，刚刚出均匀的气又紧起来，一边喘气一边说，村上的林子承包给了你们，就该你们砍伐，只要你们手续合法就没的说的。可是不停有村民来说，你们砍出了边界，不光砍到了天然林，甚至还砍到了边界相连的划给个人的责任山。合同上写得明明白白以大沟为界，可你们都砍到沟对面去了。那天我和云丹、木由还专门上山去看了一下，当时尚总你不在，王老板也不在，但确实有人在沟对面的林子里砍冷杉。木由上去让他不要砍了，他还不听。王老板，你说是不是有人砍到对面去了？

王小娃又取出烟来发，我们在对面坡上也就选着砍了几根，也不是一整面山都在砍，而且我回来就已经让他们停下了。山上又没有画线，那些工人又没文化，哪有不砍错一根两根的。

严守信说，哪里才砍一根两根。如果洛北还在村上，可能早就跟他们打起来了。尚文军说，王小娃说的都是实情，严大爷你就给老百姓做下工作，你说了他们就不会再唱反调。严守信说，你们砍出了边界，我还能做啥子工作嘛！

尚文军看一下王小娃，说你去车上给我拿包烟来。王小娃站起身向院子外走去，尚文军从包里摸出一个信封，这是我大哥的一点意思，尚文军一边说一边站起身，将信封递给严守信。严守信连忙摆手，将信封推开，不行，不行，这我不能要！尚文军将信封塞到严守信手上，我大哥说，他愿意结交你这个朋友，有时间随时可以去岷州，他给你安排去医院看病。只要你在黑沟林场这件事上说句话，一切都好说。严守信还想将信封塞回尚文军手上。尚文军脸色一变，你如果不收就是不把我当朋友，不把我大哥当朋友。严守信犹豫着将信封拿在手上，尚文军转身就走下台阶走出院子。

严守信看着尚文军的背影出了院子，他想喊却没有发出声音，他想追出去却没有从门槛上站起来。老伴在山上还没有回来，严守信将信封放进包里，一直坐在门槛上发呆。天快黑时，仁青、木由和云丹一前一后走进院子，他试着站起身，三人走到他面前，分别从包里掏出一个信封，严守信看那信封和自己包里的那个一模一样，问，你们打算怎么办？

木由和云丹说，你是支书，资格最老，我们听你的。

严守信说，我也不知怎么办。

云丹说，坚决不能收。三人便都说，不能收。

严守信将自己衣服包里的信封也掏出来，对，不能收。

第二天，严守信、仁青、云丹、木由四人在乡政府刚上班时，就进了何晓勇办公室，每人摸出一个颜色大小相同的牛皮信封放到何晓勇办公桌上。何晓勇疑惑地看着几人，怎么回事？严守信在椅子上坐下，吸了一口气才说，这是尚文军到村上来给我们的封口费，我们不收，但是他说我们不收就是看不起他，就会跟我们翻脸，我们不敢拒绝，又不能揣进自己腰包，也不知道该怎么处理，所以就只好来向你报告。现在我们把它交给乡上，今后何书记你给我们做个证明就行了。何晓勇也在一张椅子上坐下来，半天没说一句话。云丹和木由依然站着，信封里有多少钱，我都没拆开过。云丹和木由也说，我们也没有拆开看过，不知道有多少钱。

何晓勇抬起头说，你们这样交到我这儿来，我又怎么处理？要么交到纪委书记那里，让他将这钱全部上缴存入县上的廉政专用账户，同时他们还要给你们做笔录，谁送的，什么时候送的，为什么送，还要你们签字确认后将笔录报到县纪委去存档。木由说这么麻烦啊。云丹也说，我们把钱交给他就完了嘛，反正我们动都没动过。严守信问，那纪委今后会不会把尚文军喊来调查，那样的话尚文军肯定会怪我们把他卖了，早晚要找我们的麻烦。

何晓勇说，这个我也不清楚，应该不会吧。严守信又说，要不咱们就把钱交给乡上的会计，让他把钱存到乡政府账上，实在不行就存到咱们村的账上。何晓勇站起身说，那你们自己去问一下吧。几个人找到会计，拆开信封，才发现每个信封都是一万块，会计说你们交的什么钱，得有一个理由，我才能给你们开单子。你们自己去银行存，然后把回单给我拿回来。严守信愣住，他不能说是尚文军给的封口费，便和云丹、木由商量，干脆就说是收的村上集体荒地出租的承包费。存了钱，四个人回到乡政府，给会计交了回单，又找到何晓勇，严守信说，钱已经存到了村账户。现在一些村民闹得很厉害，你们不去解决早晚会出事的。

44

洛南上床后又听到了老鼠的声音，他伸手开了灯，那声音短暂停下。当他关上灯时，老鼠声又响起来。听声音不像一只，而像几只在窃窃私语。随后他又听到了纸箱晃动的声音。洛南又开了灯，私语声又停下。一只老鼠从书桌下顺着墙根跑向小茶几边的墙角。洛南下床抓起门背后的长扫把，走到小茶几前，先将茶几端开，然后一件一件拿开上面的杂物，随后打开装衣服的旅行包看了看，又将衣服取出来抖了抖，老鼠没有钻进包里。这时他听到纸箱里有轻微的响声，随手将纸箱打开，额上顿时冒出了细汗。一只黑色的大老鼠和七八只皮肤粉白的幼鼠缩在纸箱的一角。每只幼鼠都只有鸡蛋那么大，大老鼠望着洛南，嘴里不停地吱吱吱。箱底散落着一粒粒绿豆大小的老鼠屎和细碎的馒头渣，还有几粒米饭、几段干面条。几只幼鼠挤缩在大老鼠旁边，每双眼睛都望着他，眼里发出晶亮的光。大老鼠一边叫一边扒着脚下的纸箱底，似乎想打一个洞，让它的孩子们钻出去。扒几下又吱吱叫几声,然后直起身将两只前脚伸到胸口上方抓面前的空气。洛南扔掉长扫把,回身从床下拿起一只运动鞋。当他走回纸箱边,大老鼠又在扒,脚下的纸箱已经被它划出几道凹痕。洛南举起运动鞋向老鼠拍下去,大老鼠立即停止抓扒,飞快将身体挡在幼鼠面前。

洛南耳边突然响起一个遥远的声音:我在这儿!洛南闭上眼睛,手里的运动鞋在半空中停住。所有的声音都从世界上消失了,包括外边河里的流水,后面山上被风吹得摇摆的桤木树林。洛南转身放下鞋子,打开门,回身端起纸箱出了门。走廊上黑如世界的背面,纸箱里安静如无物。他摸黑下了楼梯,走到院子里。天上的星星让院子里有了光,他小心翼翼将纸箱放到院子边一棵香樟树下的花台边,对着纸箱说,我就把你们放这里了,你们能去哪里,就自己想办法去吧。

第二天吃早饭的时候,洛南问驾驶员赵斌今天有没有其他安排,赵斌说目前还没有。洛南笑着说,趁着其他领导还没有安排,你跟我下村吧。洛南联系的大岩村有一个地质灾害隐患点。大岩村在青坪乡通往青石县城的公路上方,流向县城的青坪河顺着山势向左拐了一个大弯,河的右边形成了一个三四千亩的冲积坡,而大岩村三个组一百零八户人家就有八十三户住在这冲积坡面上。坡的后面就是两百多米高的鹰嘴岩,鹰嘴岩后边则连着更高的肖家梁。几年前,县国土局技术人员前来调查后说鹰嘴岩地质结构不稳定,有滑坡的可能。然后省市的专家也来现场勘测,虽然省市的专家都说不出那高高在上的鹰嘴岩到底会不会滑下来,什么时候滑下来,县里还是将鹰嘴岩列为全县的地质灾害隐患点。洛南对大岩村的支书王万全说,观测员每天都必须爬上去一次,发现有丝毫变化都立即报告,安全撤离线路必须让每一户人都走一遍,每户人家里都得有一把手电筒和装了紧急用品的提包，情况紧急时提着包就可以出门。洛南自己也沿着撤离线路走了一次，又对观测员反复交代。他总感觉鹰嘴岩就是老虎张开的嘴，冲积坡上的八十三户人家，就在那张开的嘴里。生活在别人嘴里是怎么也不会有安全感的，况且那是谁也不知道何时咬下来的老虎之嘴。支书王万全说，洛书记你不要太担心，这么多年都没垮，前几年下那么大的雨也没垮，现在怎么会垮嘛。到了真要垮的时候，我们按照你说的线路跑就是了。洛南始终没有王万全那么宽心，他以乡政府的名义向县里写了报告，请求将大岩村地灾隐患点的群众全部搬迁到安全的地方。由于专家无法对鹰嘴岩是否存在严重的滑坡隐患下结论，搬迁项目无法立项，村民搬迁之事就一拖再拖，洛南的心也就一直悬着。

　　洛南站在远处望了一眼鹰嘴岩，就进村里问了观测员近期上山查看的情况，又反复叮嘱王万全千万不要粗心大意，发现一点点变化都要立即报告。支书王万全和观测员都很响亮地回答，一定按洛书记的要求办。

　　洛南还想去另一个村看看人畜饮水情况，就接到了羊背村书记杨永久的电话。杨永久说来了个记者，女的，一个人背着照相机到处照相，还拿着一个小本子到村民家问这问那。我去问了，她说是了解退耕还林成效和补助领取情况，我问她有没有乡上的介绍信，她说她是晚报的记者，到基层采访不需要介绍信。洛书记你看怎么办？虽然咱们村的退耕还林都是按政策办的，但现在的老百姓，你做得再好都会有人说你不好的。有人会说自己退了耕没领到补助，而不说造林没有达到质量标准。还有人会说退了三亩只领到两亩的补助，还会有人说领到的补助比不上原来的粮食收入。如果这样宣传出去肯定对咱们村影响不好。洛书记你在分管林业，要不你来一趟？

洛南只好让赵斌改去羊背村。在路上他就有一种预感，当他在羊背村下车，果然就看见那穿牛仔服、背双肩包、穿登山鞋的瘦高身影，书记杨永久一边给洛南递烟，一边指指艾农说，就是她。

艾农在一块退耕还林地中拍完照片，才向洛南走来，一边走一边说，本来应该先来乡上向你们报到的，可我想还是一个人先上山采访自由些。因为如果有干部在场，老百姓说话就会看干部的脸色，我想了解真实情况就困难了。不过书记大人你别生气，更别赶我走，我采访完后肯定会来乡上汇报的。稿子写好还要请你们审核呢。洛南说，你小看我们的村民了，他们想说什么才不会看干部的脸色，不信今天我就陪你试试看。艾农说，洛书记你还是忙你自己的事情吧，何必跟着我浪费你宝贵的时间。洛南向艾农介绍了书记杨永久，又向杨永久介绍了艾农，介绍完又强调说艾记者是咱们《岷州晚报》的知名记者，写了好多热点报道，她的文章书记、市长都要看。杨永久立刻对艾农表现出极大的热情，希望艾记者多帮咱们村说好话。洛南拍拍杨永久的肩膀，既然希望艾记者帮咱们村说好话，那中午就好好敬她一杯。

杨永久立刻安排妇女主任杨梅回家煮饭，腊肉要瘦的，豆子要新鲜的，鸡要红烧的，至少要炒两样野菜。洛南对杨永久说，现在你把你们退耕还林的总体情况给艾记者汇报一下，最好能有一个书面材料，艾记者用起来也方便些。艾农也说其实你们根本不用紧张，我这次采访不是暗访找问题，而是完成市委宣传部安排给我们报社的一项任务，正面反映全市生态环境建设的成绩与民生改善情况，刚才我到地里看了，退耕还林栽的树苗绝大部分都存活了，而且长势良好。大多数村民也说领到了国家的现金和粮食补助。至于退耕后怎么办，有的说出去打工，有的说搞养殖，也有的说不知道。杨永久听艾农说完心里的石头放下来。洛南说，我还要去羊头村，杨书记你中午好好敬艾记者两杯吧。艾农说，洛书记你的架子也太大了吧。你来都来了，却又拍拍屁股要走，安排杨书记陪我，太小瞧我们记者了吧。杨永久也说，洛书记你再忙也得陪艾记者吃顿饭吧，我没什么文化，陪记者这活儿还是你内行些。

洛南只好留下，中午艾农一坐上桌子就吆喝要跟洛书记喝酒，洛南不知道艾农哪根神经短了路，居然端了酒杯来者不拒。村干部一个个都好酒量，妇女主任不光会煮饭烧菜，敬酒喝酒更有一股侠气。玉米酒的度数实在太高，三杯过后洛南就感到了头晕乎乎的。可是艾农却盯紧了他，不让他躲着少喝一点。杨永久知道洛南性格随和，也少了顾忌。大家都起哄一般劝洛南喝酒。洛南知道自己今天在劫难逃，不喝醉肯定下不了桌子，便提前对赵斌说，等会儿回乡上你先把艾记者安顿好，然后直接送我回寝室睡觉，给我弄一瓶开水就不用管我了。渐渐地洛南不仅感到头晕，胃里也开始难受，他强迫自己吃了半碗玉米蒸干饭。桌上的气氛热闹依旧，村干部向艾农敬酒，艾农又向村干部回敬。村干部又相互敬酒，每个人都兴致高涨，如同世间全是开心的事。洛南看看时机到了，偷偷溜下桌到厕所里用手指掏喉咙，呕了半天却只呕出几股刺鼻的酒气，挤出几滴眼泪，吃下去喝下去的东西却一点也吐不出来。他向赵斌要了车钥匙，准备去车上躺着。杨永久却走到屋外来叫他，大家都在等你打总结了。洛南说，我不进去了，我不行了。杨永久说今天这里你是最高领导，你不做总结没人敢做总结，这酒就收不了场。洛南说，我真的不行了，胃里难受得很。杨永久说，那你进去就说喝最后一杯，你的酒我帮你喝。洛南只好直起腰打起精神回到酒桌上，端起杯子说了几句客套话，大家一起举杯干了酒。妇女主任还想以主人家的身份再敬一杯,洛南不停摆手说下次吧。洛南一边说一边径直走到院里上了车,艾农也摇摆着在后排上了车。

车刚从院坝开上公路。洛南觉得头脑昏沉,脉搏跳得自己都能听见,胃里的东西一直在翻滚,眼皮沉重得如压了一座山,当他被胃里的东西折腾得再次睁开眼睛时,车子已经停在他寝室楼下。洛南双脚刚在地上站稳,胃里的东西就猛地冲向喉咙,他弯着腰在一棵树下将胃里的东西吐了个一干二净。头开始疼,呼吸更加急促,如重感冒,在天旋地转中他终于躺到了床上。

洛南感觉自己好像在沙漠中爬行,沙漠里一片漆黑,看不到一颗星星,可每一粒沙子都黑得闪光。洛南在黑色沙漠中找水,他感到嗓子冒烟,身体正在变成一片枯叶,满脑子都是对水的渴望。当他终于渴得从梦中睁开眼睛,才发现自己并没有躺在沙漠里,白得刺眼的灯光让他想起了中午喝酒的事。墙角又传来老鼠的私语,嘴里干得如被烤过,头依然很疼,但胃里很空,呼吸也不再困难。他慢慢从床上坐起,靠在床上抽了一支烟,下床喝了两杯水,再去卫生间尿了一泡长长的尿,然后浇着冷水洗了一把脸。当他从卫生间往回走时,却看见楼下的花坛边有一点红光在闪动,谁这个时候还在下面抽烟?他站在走廊栏杆边咳了一声,一个黑影便从花坛边站起。洛南下楼朝黑影走过去,是艾农!

你怎么还没睡觉?

回来就睡了一觉,醒了,睡不着了。

你不是害怕黑夜吗,还敢一个人到下面来抽烟?

我发觉,其实只要在黑暗中待久一点,周围就没那么黑了,心里也就不害怕了。

洛南也掏出烟来点上。艾农将手上的烟头扔在地上又慢慢踩熄。

　　洛南说，这么晚了，你还是回客房休息吧。

　　艾农又点上一支烟，有些神秘地说，告诉你吧，我的几个记者朋友打算悄悄调查青石的木材加工厂，看看有多少在收购黑木材，说不定到时候能爆出一个大新闻呢。

45

　　自从第一次在地下赌场赢了八千块，余伟就经常想起那个地方，一想起那个地方他身上就有一股躁动，后来当尚文军、尚文兵又邀请他一起去时，他基本上就没有推辞过。手气时好时坏，有时候输几千，有时又赢几千。余伟知道，出来混早晚是要还的，因此常常在深夜入睡前感到不安。后来他每次从赌场出来就暗自发誓，今后绝不再来！但过了半个月，心里就又开始发痒。不去那地方押上几把，心里就无法安定。

　　黑沟林场的事基本上清静下来后，尚文雄又约他去吃饭喝茶，晚上十二点唱歌散场后，尚文军、尚文兵又叫上他一起去地下赌场。余伟喜欢押大小和推牌九，这次他推牌九手气不错，坐上去不到二十分钟就赢了七千多，有人鼓励他，既然手气好就加码。余伟心里一热，就将每局的筹码都翻了一倍，几个输了的人也跟着加码。一把牌输了，余伟没在意，又加码继续，又输了。我就不信这把还是这么臭，又加码。直到前面的码没有了，余伟才发现和自己一起推牌九的对手已经完全不是刚才的几个人，赢了钱的都走了，只有输钱的还坐在桌上。余伟从来没输过这么多，不光把这段时间所赢的全部输了，而且还倒输了一万多。他摸摸衣服口袋里面还有一万块，这是他刚领到的去年的奖金,如果现在离开,输了的就输死了。那就用这一万块再碰一次运气!他端着买回的一百个筹码又回到牌九桌上,心里默念着,来把好牌。可是当他把牌拿起来以后,心就往下沉。前面的筹码很快就只剩下一半,他抬眼看到尚文军和尚文兵在另一张桌上,面前的筹码堆成了小山,尚文兵不时兴奋地大吼一声,翻牌摊牌的声音清脆而刺耳。余伟收起筹码站起身,就这样输了!风水轮流转,我就不相信摸不到一把好牌。他看看尚文军兄弟俩正赌得全神贯注,内心矛盾着又坐下。终于赢了一把,又小赢了一把,余伟又开始加码,但刚加码就开始输,越输心里就越不服气,不服气就继续加码,桌上的筹码终于一个不剩。尚文军兄弟俩依然在另一桌专心致志。

余伟眼前没有了筹码,却还坐在位置上发呆,慢慢地才清醒地意识到自己已经输光了。就这样一个晚上,自己已经输了三万多块,输光了给孩子准备的学费,输光了准备给老家买电视、空调的钱,输掉了自己一年的奖金。

一个穿员工制服的年轻女子走到他身边悄悄问,哥还想捞回来吗?余伟侧脸看看女子没说话。女子又问,哥,是不是没本钱了?如果哥还想翻本,可以借钱转一下手气,等赢了还了就行了。

余伟木偶般站起身,跟在女子后面走到一个窗口前,将身份证递进去。过了几分钟,窗口里的人将身份证递还给他,问他借多少。余伟说借一万吧,里面的人递出来一张借款合同,让他签了字按了指印,然后从窗口递出一沓钱让他清点。余伟清点了一下问,怎么只有九千块?里面的人说,先扣了半个月的利息10%,给你的当然只有九千。

余伟只留下五百,将其余全部买成了筹码。他想既然要换手气,就得换个地方。他端着筹码坐到了押大小的桌子前,第一把押五个，赢了。第二把还押五个，输了。第三把，押十个又赢了，第四把又押十个，又输了。第五把还是十个，输了。第六把押二十个，输了。余伟听人说只要输了就把赌注加大，要把前面输的全部加起来再翻一倍，这样只要赢一次，以前输的就全部赚回来不说，还会赢回输出去的一倍。到了第七把，余伟算算已经输了的，便把桌上剩下的全部押上去。

　　随着一声"开"，盖住骰子的盖子被揭开。在身边的赌家兴奋的欢呼声中，余伟慢慢站起身，他感到自己如被抽空了脊髓，脚步轻飘飘如踩在海绵上。输了，输彻底了！孩子的学费没有了，生活费没有了！他恨不得把自己的手砍掉，可是他只能在周围的喧嚣中悄悄走向门口。他看到尚文军和尚文兵兄弟还在牌九桌上，面前的筹码比刚才少了一半。他不想再过去和他们打招呼，今后也绝不再跟他们来这里了！

　　余伟越想越对自己充满愤恨，也对所有的人充满仇恨。尚氏兄弟之所以天天陪我吃喝，都是想利用我。黑沟村那些人天天找麻烦，邵年也总是把矛盾往我这里推。就连边军这样一个林业站长都在电话上逼我的宫，说什么你们来不来查处是你们的事，反正我给你们报告了的，有本事你们自己在下面处理了，又何必要把得罪人的事往我这边推！还有母辉，仗着在县上有关系，不仅不会看脸色，甚至还公开和我唱反调！

　　深夜从地下赌场回来以后，余伟在街边站了半个钟头，几个亮着空车顶灯的出租车在他面前减速按喇叭，见他无动于衷，又一辆辆远去。路灯面无表情，看他绝望的样子却连眼睛都不眨一下。余伟感到很冷，从内冷到外，从骨子里冷到脚趾。输光了，输完了，什么都输了！可是明天还得回办公室上班。要是天垮了就好了，那样就一切都结束了。可是天没有垮,一切都还得继续。天没有垮,却被捅出了一个大洞,独自将他置于深渊之中,让他承受别人永不知晓的磨难。在街边站了不知多久,余伟开始往回走,他的内心逐渐升起一股对自己的巨大仇恨,这仇恨的目标以自己为中心又辐射到了周围的一切,所有的人和物都面目狰狞,都在冷冷地看着他,看他向深渊坠落却袖手旁观,只有上二年级的孩子余晖孤苦无助地站在空旷的操场上低声哭泣。

余伟在旅馆里通宵没有闭眼,他半躺在床上反复回想自己这几个月在地下赌场输了多少钱,是怎么输掉的。如果不和尚文雄几兄弟玩,就不会被带去赌场,如果不去赌场,就算天天打麻将也输不了这么多。但虽然是尚文军兄弟带我去的,坐上桌子却是我自愿的,怎么能怨得了别人。现在还借了水公司①的钱,如果不尽快还掉,今后就会被拖累死。不能再滑下去了!要想不再下坠,就得抓住点什么。一切都坏在自己的手上,我惩罚不了别人,但我可以惩罚自己。我染上了赌瘾,这瘾就是我身体内的魔鬼,我得把这魔鬼闷死在体内。

余伟早上六点起床退了房,七点半回到青石县自己一个人住的家里。他在客厅的沙发上又坐了半个小时,听到楼下响起商贩的叫卖声、孩子上学路上和父母的说话声,他对自己说,不能再继续下去了。

余伟站起身走进厨房,在燃气灶上烧了一小锅水,盯着水沸腾。他关掉气,右手握着小钢锅的锅把,走到洗碗池边,又抓起一条洗碗毛巾用牙齿咬住,然后伸出左手,猛地将钢锅里的开水倾倒在自己的左手上。他感到左手的皮被人剥掉,巨大的痛瞬间从左手涌进全身,眼前变黑,汗从额头流下,钢锅从

---

① 水公司:民间高利贷公司的俗称。

右手脱出,掉在橱柜案台上又掉在地上,发出警钟般洪亮清脆的声音。余伟单手扶着案台让自己不倒下,牙齿死死咬住洗碗布,双眼紧闭,忍受着来自左手的撕裂。如果今后再赌,我就不再用开水而用滚油。就算这手残了废了,只要戒了赌也算值得,我只能废了你才能活命。

直到左手的刺痛逐渐减弱,全身的痛慢慢收缩到左手的手心和手背,余伟才睁开眼睛直视着自己的左手,如煮熟了的巨型鸡爪,肉皮上凸起密密的疱。那些疱正慢慢变大,有的还连成一片。余伟用右手轻轻一捏,便撕下一大片,露出了下面鲜红的肉和青色的血管,细密的血丝正慢慢从肉上浸出。

余伟回到客厅拿起电话对办公室的人说,自己早上烧开水时不小心把手烫了,要去医院治疗,请一会儿假。打完电话他又回到沙发上,右手握住左手腕,不让烫伤的地方碰到别的东西。疼痛让他的左半边身体也跟着一起痛,感觉疼痛让自己的脑子反而清醒了些,如果这手真的废了,那就让它废了吧。他走出门走路去了医院,医生说烫伤很严重,为防感染必须立即处理,并建议他住院治疗。余伟拒绝住院,让医生给他消了毒上了药,包扎好在脖子上挂一个纱布圈,将包着纱布的左手吊着便去了办公室。当他又坐进自己的办公室,心里想,这下魔鬼总不该再复活了吧。他悄悄以办案出差的名义,向会计借钱交了孩子的学费。

终于有一天,高利贷公司的电话就打到了余伟手机上。电话里的人很客气地说,余先生你某年某月某日的借款已经到期了,连本带息一共是两万一千块,请你在月底前将本息还清。余伟问能不能再拖几天。电话里的人说可以延期,但你要先来把利息还了,否则你所欠的利息也将转为本金。余伟知道,这就是利滚利,借一万块,实际拿到手只有九千,不到两个月,利息就比本金还高了。这样拖下去早晚有一天要出事。自己辛苦努力，好不容易混到今天这个位置。一旦出事就将身败名裂，这该怎么办？不能再找理由向财务室借。同事是不能借的，不然自己今后还有什么威信。

那——那——难道要找尚文雄开口了？如果他借了钱给我，又会向我提什么样的要求？

46

洛北在深圳通过招工广告进了一家电子玩具厂。工厂并不大，员工不过百十来人，靠出口订单确定生产产品和产量。车间工人实行基本工资加计件提成，普通员工三班倒平均每月四五千块。工厂在城市与乡村的交界处，工人多数来自西南和西北地区，各种方言让洛北在开始的一个多月里几乎成了聋人、半哑巴。所以他除了上班、吃饭，基本上都在集体宿舍睡觉。他不想去市里，一则没什么事，二则凡出门就得花钱。还有另一个原因，他时常会在汹涌的人流与车流中感到晕眩，因为晕眩而反应迟钝。好几次他在市中心迷了路，不知坐多少路公交车，只好狠心打的回厂。

由于省去了租房的开销，除了吃饭抽烟，每月都能存下三四千块。这样下去洛玄上学的费用就不用愁了。他每月给索娅寄回去两千，用于洛玄上学和家里的开销，余下的自己存进银行。在外打工好是好，但自己家在黑沟，终究是要回去的。索娅打电话说黑沟后山已经在砍木材了，公路修了进去，大车大车的木材拉了出来。每次索娅说到林场的事都被洛北制止，他不想再听这些烦心的事，也让索娅少管闲事，专心把洛玄照顾好。

除了睡觉，下班以后他唯一喜欢的就是顺着公路往城外走。他想找一座像黑沟那样的山上去爬一次。可经常是走了好几个小时，也只看到一小片一小片的农田，田里种的不是粮食，而是一片白得刺眼的大棚蔬菜。他每一次都走不同的方向，每一个方向都差不多。只有一次看到一处小山包，他爬上去，结果上面是一个别墅群。

两个月后他觉得自己的胃口越来越差，饭菜越来越没有味道。他去附近诊所看医生，医生说没什么问题。他想到家乡的老腊肉、土豆和玉米，就想立即坐在自家那被烟火熏黑的灶屋里。后来，他感到了更严重的事情，那就是晚上睡不着。车间流水线的机器声、外马路上彻夜不停的车流声，甚至小贩的叫卖声、门口大灯的吱吱声都困扰着他。他开始不停地在夜里想家乡那些山，躺在床上就想象自己在山里行走。他想听到院子里的狗叫与鸡鸣，想听到锦鸡的呱呱声、金鸡的咕咕声。

天天在车间纸白的灯光下，让他感觉时刻都是夜晚。每天脚踩在水泥地上，让他感觉如生活在月球，心里始终没有走在山路上、头顶太阳和星光的踏实感。走出车间天是灰的，他感到自己已经好久没看见星星了。走出厂门就是五颜六色刺眼的灯光，他感到晕眩，感到自己是从家里走失的孤儿。上床以后他就睡不着，听着同寝室工友的呼噜声、磨牙声和呓语，他知道自己病了。这病无药可治，离开了土地和山林，感受不到天神的目光，自己活着就失去了意义。

洛北咬着牙坚持，没有胃口也强迫自己吃。可是越来越严重的失眠症让他束手无策。睡不着时，他便在床上辗转反侧，过去的事如电影一样在他脑子里反复放。洛玄初中毕业到哪里上高中？索娅说尚文雄到家来问他的电话号码，他要我的电话干什么？我已经不是村主任了，他找我还有什么用？父亲的记性越来越不好,却天天问自己到哪里去了,怎么还不回来。父亲老了,早晚有一天得有人照顾,可是索娅和父亲性格不合,怎么可能去照顾他?

洛北不想让索娅讲村里的事,但他又想知道村里的事,想知道黑沟林场的事。听说严守信、仁青、木由、云丹几人去内沟阻止过,森林公安和林业站也去检查了好多次,可王小娃的人还是在砍。乡亲们说,黑沟村早晚还要打一架。

洛北强迫自己少想黑沟的事,多与厂里的同事交往,努力融入当地的生活,可千里之外的黑沟村,却一次次将他在即将入眠时唤醒。他知道自己肯定是要回去的,可是出来不容易,要回去更需要勇气。当初灰溜溜地走,现在又灰溜溜地回,这算怎么回事。

洛北在休息的时候往城外越走越远,最远的一次来回居然走了五个钟头。他看见一座很小的山坡,坡上长满了松树,没有人家也没有别墅,他觉得这片的树木很小,和自己家房后的自留山差不多,便在林子中间的一片空地上坐下来抽烟。一支烟刚抽了一半,手臂戴红袖章的人便不知从什么地方钻出来,硬罚了他一百块。往回走的路上他很懊丧,一天的工资一大半就这样没有了!

半年后,洛北由普通工人当上了小组长,每个月工资多了八百块。算算时间,应该也是冬天了,山上早就应该下雪了,起冰凌了,可是南方却没有一点冬天的迹象,树是绿的,风是热的。水稻在田里抽穗。公路上车流量很大,每辆车都如一座移动的山,从身边驶过时,他都能感到脚下的地在颤动。洛北时常站在往城外走的公路边望西边的天空,那些云下面就是自己的家乡。

每个月存下三四千块,一年就能挣到几万块,家里的二十多亩地，一年也能收入一万来块，这样下去几年后儿子上大学就不用愁了。索娅是一个特别能吃苦的人，但性格太好强了，不喜欢与村里人往来。其实索娅心不坏，只是对人冷漠了些。她与爹其实也没有什么矛盾，就是不喜欢天天有个人管着她，或者站在旁边监督着她。老爹更不可能天天看她的脸色。和爹分家这件事，始终让他心里隐隐地痛。洛南上了大学，在城里安了家，爹不愿去那是情理之中，而自己和爹相距不到一里路，结婚后将爹单独扔在一边，无论怎样都不合情理。村里人虽然当面不说，但背地里议论的肯定不少。爹在家万一生病了，说不定几天都没人知道。洛北想到爹一个人在家孤独的样子，晚上就睡得更不安稳了，如果爹有个三长两短，即使自己挣到一座金山，那又怎么样？

洛北感到进退两难，生活不习惯，水土不服，睡不着觉，只好在内心的矛盾中反复犹豫不决，去和留都下不了决心，早上起床后又继续上班。下班后，洛北给索娅打电话，让她去了解一下爹的情况，索娅说要了解你自己回来去了解，我才不会去你爹那里。洛北说，我没说一定要你去爹家里，你就在爹家门外，看看他在家没在家，脸上气色怎么样，在干什么，给我说一下就行了。索娅口头上虽然没答应，但没过几天就会在说今年收成的时候，顺便报告一下他爹的情况，今天你爹上山去了，看起来精神还不错。有时候也会说，今天你爹肯定又去白沙湾了，带着尔朵一起去的。洛北还想问问爹的情况，索娅却嫌电话费打贵了。

小组长当了两个多月，车间主管又安排洛北当了班长，手下的工人有二十来个。虽然他还是要在流水线上上班，但却有了给别人安排的权力，工资又多了八百块。听说洛北在老家还是村主任，主管说，你那个村主任有什么意思？还不如在这儿安心干下去，几年后把老婆孩子都接过来，就可以在这边安家了。

可洛北还是经常在夜里睡不着，睡不着就会想黑沟的事，就会想到没人照顾的爹，还会想到洛南。白天上班的时候，他觉得应该安心在这边干下去，晚上上床以后，他又觉得明天就应该回黑沟村去。

47

黑沟林场举报风波逐渐平息过后，尚文雄向林业局递交了新建实木地板厂的申请材料，申请表上写明木地板厂投资两千万元，年消耗木材一万立方米，年加工木地板五十万平方米，预计年产值五千万元。

局里的报告很快报到了县政府，关云山副县长在公文批阅处签明了自己的意见：我县是森林资源大县，兴办具有高附加值、高技术含量的实木地板厂，是将我县资源优势转化为产业优势的有效途径，建议大力支持。常务副县长文契只签了一句话：送政府常务会议定。

政府常务会讨论天润木地板厂议题时，李蒙问参会的局长们，大家有没有什么意见？环保局吴局长率先发言，木地板厂对调整全县产业结构，推进全县工业转型升级肯定是有推动作用，但是环保问题也必须引起重视，加工企业必须先有环评报告，不然上级督查就很难过关。发改局明确表示全力支持。商务局表示，只要资源管理部门认为青石的森林资源可以满足企业原材料需求就没问题，至于各项优惠政策全部可以按招商引资企业对待。各部门发言后，李蒙让关云山发言，关云山发言的内容和邵年差不多，重点在阐述木地板厂建成投产后对青石经济发展的作用。关云山刚说完，副县长王云飞主动发言，刚才商务局的意见很重要，这个项目对全县的木材资源进行了调查论证没有，如果没有，那就应当先做一个原材料来源及供应的分析论证，看看这个项目每年到底消耗多少木材、什么样的木材，而青石是否有这么多的资源，如果没有或者不能满足，那么这个木地板厂建成后的原材料供应如何解决，如须从外县购进，成本是否会增加。本县资源如何保证都能供给这个企业，仅靠市场手段行不行，是否需要行政干预，等等，这些问题都需要回答，当然这只是我个人的意见。王云飞发言时，关云山一直黑着脸，没有说话。李蒙又让副县长安桂林发言，安桂林首先对木地板厂项目表示支持，又认为王云飞的建议有道理。项目要上，相关手续也应当完善。随后几个副县长的表态都很有原则，既支持又谨慎。李蒙看看该发言的人差不多都说了，才对坐在左手边的文契说，现在你这个老林业局长发表点高见。文契还是他一贯的风格，说话声音洪亮沉稳、不紧不慢。他先分析了青石的资源特点与利用现状，又介绍了实木地板的市场前景、对资源的要求。他特别提到了高档实木家具，包括实木地板可能对青石野生硬阔林资源的潜在损害。作为主抓经济的常务副县长，他明确表示同意项目上马。但作为老林业局长，他又对林业部门就木地板厂建成以后的森林资源管理提出了明确的要求，相关程序应按王云飞副县长的意见办，多听听专家的意见没有坏处。经济发展不能以破坏生态为代价，绝不能出现为了经济发展而破坏森林资源的情况。李蒙说，那就按文县长的意见办，相关工作由关云山副县长牵头推进。

三个月后，尚文雄就拿到了市林业局核发的木材加工许可证。关云山又召集县上相关部门召开协调会，专门研究天润木地板厂筹建推进的土地、水电、供气、贷款、环保、原材料供应等问题，要求县上各部门必须全力支持，争取早日建成投产。木地板厂的地点选择有些微妙，刚好在青石与泉州两县交界处，厂址却全部在青石县境内。尚文雄能以低价从国土局买到这块接近二十亩的河滩地，并且很快办了国土出让手续，全靠了关云山帮忙，因为关云山既分管林业又分管国土。尚文雄拿着土地证又去找农行信贷部黄主任，黄主任又带他去找副行长，副行长看了他的土地证、木材加工许可证和项目建议书，当场就答应给予支持。

木地板厂的筹建进展顺利，一些关键环节上的问题都得到了解决，尚文雄才想起去黑沟林场看看。一段时间没有再听到余伟抱怨举报的事，说明事情已经被老二摆平了。看起来老二还是能干。尚文雄没有告诉老二自己要去山上，也没有叫金三娃给自己开车。自从上次黑沟打架事件以后，尚文雄感到自己对洛南做得有些过了。无论怎样，黑沟村是洛南的老家，洛北是洛南的亲哥。虽然收购成功，但举报一直不断，明显有些得不偿失了。就算余伟愿意帮我捂，如果事情闹大了，他一个小小的公安科长能捂得住吗？就算今天能捂住，能保证一直捂得住吗？

尚文雄直接开车到了月山乡上才给尚文军打电话，电话接通后先传来的是稀里哗啦的麻将声。尚文雄问你在哪里，尚文军说我在黑沟山上啊。尚文雄说我也在山上，你跟我去林场看看。尚文军支吾了一下又嘿嘿笑起来，大哥，我现在还在月山乡上呢，你等半个小时我马上上来。尚文雄说，出来吧，我就在月山乡的街上。两分钟后尚文军从旁边一家旅馆里出来，后面还跟着王小娃。尚文军忙着取烟说，大哥你要上来也不提前给我说一声。尚文雄问山上的采伐情况，尚文军说今年县上下达的两千米指标已经砍得差不多了，山上还在集运，楞场已经堆满了。主要是往厂里运的车少了，上材的地方窄，路也不行，每车最多只能装十来米。尚文雄没有再多问，就说上去看看。尚文军说大哥你就坐我的车吧，山路烂得很，不好开。尚文雄说我等会儿还有事，还是你们自己开一个吧。

到了村委会，尚文雄将车停下，上了尚文军的猎豹越野车，很快就到了内沟林场的伐区，沟右边的坡上已经砍完，左边的坡上也砍出了一个一个天窗。尚文雄望着路边和地里乱七八糟的木头，皱了皱眉头，然后问王小娃，平均一亩能砍多少木材？王小娃说多的十多米，少的六七米，平均下来也就十来米。尚文雄转身对尚文军说，咱们木地板厂马上就要投产了，需要大量的硬杂木，今后砍下的木材，在山上就要分开，桦木和榉木单独堆在一起。尚文军点头说好。

尚文雄又说，这山上的活虽然是粗活，但还是要多用点心，管细一点。尚文军说知道了。尚文雄又问是谁在举报，你们搞清楚了没有？尚文军支吾着，虽然能估计到是原来村上那几个人，但不能确定具体是谁。王小娃插话说，仁青和云丹可能性最大，木由也有可能。自从上次军哥给了几个人封口费后，一切都风平浪静了。尚文军说，大哥咱们还是下山到乡上吃饭吧，谢家馆子里有河里捉到的娃娃鱼。

尚文雄叹息一声，你们自己去吧，中午我还有事情，就不跟你们去了。

回到村委会，尚文雄就上了自己的车，看着老二和王小娃开车下了山，他才又将车向上开了一段，在二道坪的路边停了车，打开后面车门提起一桶酒、两条烟和一个塑料口袋，顺着一条小的机耕路慢慢往上走。转过一个弯，穿过一片厚朴林，先看到一个小院子，他知道那是洛北的家，院门关着，看不清楚是否上了锁。尚文雄没有停步，又走过一个小山包，机耕道变成了小路,顺着小路走了五六分钟,就看见一片树林掩盖的更小的院子,然后他听到了苍老的狗叫声。

尚文雄走进院子时,洛承义还是坐在门槛上抽烟。尔朵跑到他脚跟前一边叫一边围着他转圈,似乎在问他是谁。尚文雄走上台阶,站在洛承义面前问,大伯,我又想吃腊肉了。

洛承义放下烟杆站起身迎着尚文雄,你要想吃就多来,我这儿腊肉多的是。

洛承义转身进屋去给尚文雄提来了凳子,又进屋去烧开水,脸上显得很兴奋。尚文雄提着口袋跟着进了屋,将酒桶、烟和塑料袋放在堂屋桌上,然后打开塑料袋,取出几样药,这是我在市里给你买的治风湿的药,吃的擦的都有,听说对风湿关节炎效果很好,你用了试试看。如果真的有效果,我今后再给你买来。

洛承义激动地说,你天天事情那么多,那么忙,来看我的时间比洛南还多。

尚文雄说,今天我来乡上有事情,顺便来的。洛承义给尚文雄端了开水,转身又去烤火房取腊肉,口里说这山上没啥好吃的,中午我煮点腊肉,你将就吃点吧。尚文雄说我就是想腊肉才来的。洛承义将腊肉取下来烧了又洗,又去地里拔回两棵青菜,洗了几个土豆,一边煮一边抱怨洛南,自己都没安顿好,还说让我下山去跟他住。洛承义突然停下手上的活,问尚文雄,洛南说他又到青坪乡工作了,是真的吗?都说人往高处走,他怎么越走越低,是不是犯了什么错误啊?

尚文雄说,他到乡镇那是去锻炼,是为了今后高升,你放心吧,他早晚会回县上的。

吃饭的时候,尚文雄说喝我带来的酒吧,也是粮食酒,只不过是泡了人参、枸杞,还有去风湿的药。洛承义没有推辞,刚喝下一口就夸赞口味醇正。两人一边喝酒一边闲聊，洛承义又说起前次祭山时出现断头风和扫把云，那不是吉兆。尚文雄不觉心里一沉，洛北已经好几个月不在村里，他不会是那个举报人吧。如果还有人出来举报，那可真不是吉兆。几杯酒喝下去，洛承义脸色红润了许多，又说起自己误入鬼头崖，然后叹息一声，都说鬼头崖下无活人，即使从鬼头崖回来也活不过三个月。天神让我从鬼头崖回来，却病了三个月，虽然命捡回来了，但身体已和从前不能比，天神哪天说收我就收我回去了。

尚文雄一边喝酒，一边劝洛承义放宽心，你身体没有什么大问题，什么时候我接你到城里去走走，就什么病都没有了。洛承义伤感地说，老了，哪里都不想去了。尚文雄说洛南是我的好兄弟，我们从刚毕业起就天天在一起，我很小就没有了爹，今后我就把你当爹看了。

洛承义叹息一声，我真要有你这样一个儿子，睡着了也会笑醒的。你不知道，我那大儿子，一娶媳妇就变了个人，什么事都听媳妇的，还埋怨我没让他读高中。所以媳妇才娶进门几天，他就闹着跟我分了家。那时候老二还在上大学，放假回来就和他哥闹翻了脸，后来就一直不往来，连老二结婚他哥都没去。

尚文雄心里一沉，既然洛南不可能指使洛北对抗自己，那老二在洛北家提出洛南，可能反而刺激了洛北，所以才把事情越弄越糟。

尚文雄从洛承义家里离开时已是下午四点过，他回到二道坪，想在车上休息一会儿，闭上眼睛很快就开始做梦，他看见了自己的父亲坐在公路边等车，父亲不是司机吗？他的车呢？尚文雄朝父亲走去，父亲却不停地向公路上驶来的一辆客车招手，客车开过后，公路边就没有了父亲的影子。空中开始飘起雪片，远处出现一座很小的庙子，尚文雄想去小庙躲雪，却发现天突然黑了下来。他感到身上很冷，心想怎么秋天也在下雪，伸手去挡雪片却发现不是雪片而是白色的冰块，一阵风吹过，尚文雄打了个寒战从梦中醒来，这梦到底是什么意思？他抓起杯子喝了一口水，便发动车子慢悠悠地下了山，经过月山乡场也没有停，直接驶向了去青坪乡的公路。

洛南从村上回来，脸也没洗就躺到床上。头刚在枕上靠实，电话就响起。尚文雄的声音感觉有些陌生，我在你们乡政府门口，你要是在的话，咱们就找个地方喝一杯吧。洛南感到心快速下沉，变灰变暗，声音冷得如冬天的河水，我在村上老百姓家里，晚上可能不会回来了。尚文雄半天才说，那好吧。

48

两个月以后，洛南又在晚上睡觉时听到了老鼠声。你们怎么又回来了嘛！洛南并不特别烦那些老鼠，他只是担心睡着以后老鼠会不会来咬他，只好又拿起扫把在墙角和床下乱捣一通，一只老鼠顺着墙根从一个墙角跑到另一个墙角。洛南用扫把乱捅一气后，老鼠又往回跑。洛南想将纸箱挪开，又不想在夜里弄出那么大的声音。折腾得实在太累了，只好放弃驱逐行动，上床继续睡觉。以后每隔一段时间，老鼠就会在房间里闹腾一次。洛南感到庆幸的是，老鼠从来没有爬上床来咬过他。看着门下面的缝和墙角的小洞，洛南明白要阻止老鼠进来是不可能的事。既然这样，那就听之任之吧。晚上睡觉听见鼠叫声他也懒得再起身去折腾，再后来他居然能在老鼠的磨牙声、奔跑声和吱吱吱声中安然入睡了。

两个月后，山上的树叶变黄，洛南觉得自己也进入了秋天。雨下得如一个悲秋的怨妇,抽泣不断,绵绵细雨保证了不会发生森林火灾,也应该不会发生洪灾或者滑坡。作为分管森林防火、防洪、地灾和安全的副书记,洛南觉得自己的失眠症终于要被治好了。他躺在床上听着雨声如一首催眠曲,很快就进入了梦乡。梦里的世界全是凶恶的老虎,而咬人的却是善良的兔子。世界总是美好得无聊。兔子温柔地咬了洛南一口,他却感到如被火炭灼伤般的痛。洛南翻身从床上坐起,他听到了老鼠吱吱的叫声,一个小黑团从床上跳到地下。洛南感到左脚的大脚趾如被刀划着,痛得缠绵尖利。老鼠终究还是要咬人的!他怒从心起,开了灯就打算去操扫把,却见那只老鼠又跳到沙发上用前脚扒着沙发布,扒几下又看他一眼。这老鼠难道成精了,咬了人还要示威!窗外细雨缠绵如残酒。洛南的手刚触到扫把,耳朵里传来一阵奇异的声音,像初夏的雷鸣,又像夏天山里的洪水。既像来自天上,又像来自地下;既像某种猛兽在怒吼,又像某种神秘的催促。地上的老鼠见他去拿扫把,立即身手敏捷地跳到地上,冲向门下那条窄缝,转眼就从门下消失。

洛南追过去打开门,何豆腐却站在门外,身上全是泥水,肯定是摔了跤。他一个盲人冒雨摸到这楼上,怎么可能不摔跤!洛南愣住,还没来得及问他怎么在这儿。

何豆腐却先开了口,我听到往县城那个方向有奇怪的声音,过来跟你说一声。

洛南屏住气,先前那奇异的响声似乎越来越近,走廊上的黑正适合老鼠逃匿,雨声如微风吹过浅草。洛南让何豆腐进屋里坐,何豆腐却已经转身往楼下走。洛南回身拿起枕头边的手机,翻开盖子就是一条气象局的降雨量提示短信。他脑子里突然透进一缕闪电,照亮了大岩村那张巨大的嘴。鹰嘴岩!那张嘴似乎正在往下咬。我得去看看！

洛南一边穿衣服一边拨出了赵斌的电话，打了三次赵斌才接电话。赵斌是乡上的驾驶员，家却和洛南一样在县城，所以平时在乡上也是单身一人。书记县上开会没有回来，乡长在市委党校学习。洛南对着电话急切地说，快起来，我们去鹰嘴岩看看。赵斌懒洋洋地说，现在啊，又没下大雨现在去看什么。洛南说，对，就是现在。洛南挂了电话就穿衣服鞋子，取下挂在床头上的雨衣，顺手又拿起放在小茶几下的折叠雨伞和手电筒就出门下楼。

雨声依旧细柔如丝，耳边的声音却时断时续。赵斌已经在院子里发动了车，洛南上车后，赵斌打了一个哈欠，就将吉普车开出了乡政府院子，一声不响地向大岩村开去。洛南放下雨衣和雨伞就给王万全打电话，还好，电话响两声就接通了。听完洛南的安排，王万全犹豫着说，下这么一点雨，应该不会有问题吧。万一我们把大家都叫起来，冒雨摸黑跑到村委会避险，鹰嘴岩又没垮下来，大家肯定会骂死我们的。而且这黑灯瞎火，又是细雨，万一把老年人摔伤几个，人家找我们麻烦怎么办？

洛南努力用平和的语气说，这些你问我，我也不知道怎么办。我只知道命最重要，命没有了就什么都没有了。

赵斌也说，我看这雨下得不大，应该不会有什么问题。我觉得咱们去看看可以，注意观察，但不能轻易通知老百姓转移。洛南想，既然这样，那就先去看看再说吧。窗外雨线逐渐稠密，在车灯照耀下如千万支迎面飞来的箭。雨无声，赵斌也一言不发。洛南开始怀疑那轰鸣声是不是自己的幻觉，老鼠难道想将水泥地板也挖出一个洞来？如果大家都被叫起来，摸黑冒雨跑出来，鹰嘴岩却没有滑下来怎么办？

车已离开主公路，向右拐上了村道。洛南说先去王万全家商量一下。车到王万全家院门口刚刹住，王万全就晃着手电筒跑出来。洛南按下窗户玻璃说，先上车，咱们商量一下。王万全从后门上了车。洛南问，这雨今晚下多长时间了？

王万全说，四五个小时了吧，一直都是这样的绵绵细雨，刚才好像才变大了一点。

洛南说，那咱们不能再犹豫了，快回家去，把铜锣和电喇叭拿出来！

雨正在变大，落在山林上如安静的催眠曲。王万全从屋里跑出来时手里拿着锣和电喇叭，身上也多了一件雨衣。上车后，洛南就说咱们先去董家坪，那里地势高，住户最集中。赵斌三下五除二在院门前掉了车头，很快就到了董家坪。洛南打开车门，就又听到了那遥远的轰鸣声。他穿上雨衣下车，对王万全说，咱们不能再犹豫了，敲吧！

王万全犹豫着，洛南大声说，快敲！快！

铜锣的清脆与沉厚盖住了催眠的雨声。当！当！当当！洛南从王万全手里拿过铜锣和棒槌，说我来敲，你用喇叭喊，所有村民立即向村委会撤离。雨迅速变大，远处已经传来清晰的山洪声音。王万全说这雨越下越大，看起来是有危险。他一边说一边打开电喇叭开关喊，所有村民立即撤离到村委会！暴雨危险，所有的村民立即向村委会撤离！

洛南敲几下，又让王万全喊几声，再敲，再喊。洛南说，咱们得走进村子里面去喊。赵斌从车上下来说，我也跟你们一起去吧。洛南忙说，你就别跟我们去了，你把车开到村委会，在那里等我们。保持手机畅通，万一有情况，我电话通知你。

王万全说，咱们得先把三个组长喊起来，让组长去催每户人。说完便准备给组长们打电话，掏出电话才发现，因为被水淋湿，电话已经关机了。洛南掏出自己的电话，同样也关机了。两人便一边喊一边往住得最近的三组组长牛玉东家走。已陆续有人从家里跑出来，洛南一边敲一边用力喊，往村委会跑，往村委会跑。轰鸣声越来越近，雨声和喊叫声混在一起，雨已经大得让人睁不开眼睛。三组组长牛玉东、二组组长水长松、村主任胡顺云都跑过来。洛南将铜锣和棒槌交给胡顺云敲，自己从王万全手里拿过喇叭高喊起来。

各组组长快去催促各组的人，男女老少一个都不能落下。快，快！走不动的抬都要抬到村委会去！

河里涨水的声音越来越响，村文书林小川、一组组长邓中华也赶过来，洛南向邓中华简单交代几句，然后对王万全、胡顺云说，咱们分两组，从东西两边去检查。胡顺云和林小川两人一组，走西边往村委会方向，洛南和王万全两人则往东边方向走。路上到处都有手电筒在雨中晃动，很多人都没穿雨衣，也没有雨伞。洪水声、雨声和喊叫声交织在一起。有人抱着小孩，有人背着老人，在黑暗中摔倒了又爬起来继续跑。王万全说，如果没滑坡，咱们肯定要被骂得祖宗在地下都不得安宁。到那时……

话还没说完，后面山上就传来马群奔跑的声音，并迅速由小变大由远到近。一群人迎面跑来，洛南大声问，后面还有没有人？有人跑着回答，不知道！

王万全大叫，真的要垮了！说完拉起洛南转身就往西边村委会方向跑。

洛南站住，不知后面还有人没有！

王万全大喊，就是有人也没办法了，再不跑咱俩就要被埋在下面了！

一组组长邓中华迎面飞快跑来，口里大喊快跑。洛南也只好跟着往西边跑。一边跑一边问邓中华，后面还有人没有？邓中华回答，我也不知道，应该没有了吧。

右边的轰鸣声越来越近，洛南似乎又听到了几声遥远的呼唤。万一自己跑不过滑坡，一切都就此结束了。滑坡与泥石流沉闷的轰隆声已经盖住了雨声、河里的洪水声和身边王万全、邓中华的叫喊声，如巨型空钻机钻岩，如万匹虎狼一起吼叫。脚陷进了泥里，手电筒从手中滑落，洛南猛地摔倒在地上，他想就这样躺下不动了，又被邓中华用力拉起，有泥浆溅到身上脸上，脚下变成了稠密的陷阱。震天动地的响声在背后响起，然后向左边青坪河冲去。洛南没敢回头，他感到实在喘不过气，邓中华又拉着他跑，洛南再次摔在地上又被拉起。

王万全停下脚说，滑坡已经冲到河里了。

洛南和邓中华也站住了脚，果然，背后的轰鸣声没有了，世界只剩下雨声和左边青坪河里的洪水声。

当洛南和王万全、邓中华走到村委会，村委会前的坝上已坐满了妇女和小孩，到处都是哭声。不知是谁带头喊了一声，感谢洛书记、王书记的救命之恩，如果不是你们，我们都被埋在下面了。然后有人带头跪下向洛南和王万全磕头，口里喊感谢救命之恩。洛南赶忙让大家站起来，又叫王万全、胡顺云让各组组长清点人数，一家一家地清点。

没隔多久，邓中华报告，一组的人没有一个被落下。

水长松报告，二组的人全部都出来了。

牛玉东报告，三组的人也全部撤出。

洛南感到有些晕眩，房子没有了，牛羊没有了，土地没有了，粮食没有了，什么都没有了，但是所有人都跑出来了。他低声对王万全说，把办公室和会议室都打开，让大家都进屋去躲雨。刚说完就感到眼前发黑向地上倒去，赵斌过来扶住他说，洛书记你到车上休息一会儿吧。

当洛南再次醒来时，发现自己躺在村委会值班室的钢丝床上。天已经亮了，雨也停了，周围很安静，他起身走到值班室外走廊上，才发现会议室、办公室、文化活动室、图书室，到处坐满了人。有的趴在桌上睡觉，有的和怀里抱着的小孩一起睡着了。有老年人坐在办公室外的地上望着自己家的方向发呆。王万全和胡顺云也趴在办公桌上睡着了。洛南抬眼望去，鹰嘴岩不见了，岩下的村庄也不见了，只剩下住西边靠近村委会的这十几户人家。

青坪乡特大泥石流灾害虽然将大岩村的房屋土地几乎全部掩埋，但全村的人却没有一个被埋，包括八十多岁的老夫妻都被转移了出来。青石县在没有洪灾预警的情况下，及时组织群众成功转移，受到了省市领导的高度赞扬。薛书记被通知参加了全省安全工作会，并在会上做了交流发言，洛南和青坪乡书记杨家明、大岩村支书王万全、村主任胡顺云也受到了县委县政府的表彰。表彰大会上，杨家明代表青坪乡党委政府发言。常务副县长文契在给洛南发奖状时开玩笑说，谢谢你，帮我们保住了头上的帽子。

49

2001年底，文契在县人代会上当选为县长，曲源退二线，干了四年多副局长的邵年，终于由媳妇熬成了婆，当上了林业局局长。一个晚上，洛南正在和街上的何豆腐下象棋，突然接到文县长的电话，洛南感到很意外。文契直截了当地说，这次青坪洪灾群众转移你表现很不错，书记也在表扬你。林业局是青石县的重要部门，必须有一个熟悉政策业务的领导去把关，咱们全县就只有你一个合适的人选，回林业局吧。洛南还没回过神，文契已经挂了电话。第二天，邵年的电话也打了过来，用略带神秘的口气低声告诉洛南，他请求县委将洛南调回林业局，而且县委已经同意了。洛南口里说谢谢，内心却处在矛盾之中，说想回县上吧，好像是假话，毕竟自己已经习惯了和山林打交道，就想守着这两千多平方公里的山林，不愿让它被破坏。回到县上难道又陷入以前那种天天晚上被电话吵醒的日子吗？邵年说，我一直很看重你的人品，实在，从不偷奸耍滑，从不当面一套背后一套，在一起共事就是一种缘分。过了两天，洛南便接到了组织部干部科黄科长的电话，科长在电话里例行公事地宣布了县委的决定，然后又象征性地问他有没有什么意见，洛南想调侃科长几句，又突然失去了兴致。

自从调到乡下以后，秦柯就多次建议洛南想办法往市上调，按秦柯的想法，不用当什么领导，能到市里某个局当个普通工作人员就行了。大多数时间能够按时上下班，工资福利说不定比县上还高。不用天天提心吊胆，左右为难，还可以有时间陪陪孩子，何乐而不为。对洛南来说，能在岷州市里工作和生活，是自己大学毕业时最真实最强烈的愿望。这个愿望随着年龄增长，已经不再如年轻时那么强烈，而且在山里待久了，心里反而少了在城里时的躁动。过了这些年，洛南终于明白，县上市上乡上其实都不是自己能决定的。想明白了这点后，他才能平静地说服从安排。既然自己天生就是服从安排的人，那还有什么好抱怨的。

洛南开始清理办公室的文件和资料。艾农背着包进了洛南办公室就说，这次青坪乡群众转移，你立了大功，两百多人的生命啊。报社领导安排我专门来采访你，写一篇报道发到省报上去，你可得好好配合我完成任务。洛南说，那也不是我一个人的功劳，这只是我作为一个乡干部的职责。现在我马上就要离开乡上，采访我就不必了。艾农急得从沙发上站起，这怎么行？洛南又说，你实在要写，就去采访乡上的其他领导和大岩村的村干部吧。艾农说，你是当时的组织者，不采访你怎么行！洛南将整理好的资料放进文件盒，一边提上自己的公文包往门边走一边说，今天我还要去村上看几个贫困学生，就不留你了。

县上的集体谈话会还没有开，相关人事变动还没有正式宣布，书记杨家明就对洛南说，把手上的工作梳理一下，移交给别人，这几年也辛苦你了，回去休息几天吧。洛南说好。杨家明说，你才受了表彰，应该很快就能提拔到哪个乡当乡长，何必这么急着回去。洛南说，我和你不一样，你天生是当一把手的料，而我天生就只能做个副职，哪能跟你比。洛南移交了手上的工作，又到自己联系的村上去看了一次，从村上回来后，乡上又给他摆酒，祝贺他回到县上。移交工作后，洛南走到何豆腐门前，何豆腐正在将刚出锅的豆腐压水，动作熟练完全如一个正常人。何豆腐一边干活一边问，是不是要回去了？洛南说是。何豆腐压好一箱豆腐，才从旁边一个木架子上取出几块豆腐干，用旧报纸包了装进一个塑料袋递给洛南，这东西带出去放久了，味道就会变，今后要是想吃了就来吧。洛南接过口袋说，这么多年了，你还是回成都看看吧，今后老了，总得靠子女照顾。

洛南从何豆腐那儿出来就独自去了马坪乡。郭青苗正在地里点玉米，马芸芸也请了假回家帮忙。马芸芸抬起头，看见洛南站在路边，兴奋地叫一声干爹来了，忙跑过去接过洛南手上的口袋。郭青苗立即收拾地里的农具、种子、肥料，招呼洛南到家里坐。洛南要她们继续把地里的活干完，自己也没什么事情，就是上来看看。郭青苗不停地说着感谢的话，执意回家给他倒茶水，又说地里的活哪有干完的时候。当了农民，地里的活就是天天干也干不完。马芸芸又长高了，去年给她买的衣服又显得短了。郭青苗虽然腰还是不能完全伸直，不能挑水背柴干重活，但干轻活和家务都没有问题了，脸上的精神也好了许多。郭青苗进门就忙着收拾院子、阶沿，抹灰尘，搬出凳子用毛巾擦了擦，才请洛南坐。马芸芸给他端了茶水，主动给他讲学习情况，马芸芸上学期期末考试的成绩在班上排第九名，比期中考试前进了三名，说着她又拿出学习进步奖的奖状给他看。

郭青苗收拾完屋子就开始烧腊肉、洗腊肉，洗完腊肉就去院子后面竹林里捉鸡，可那些山野鸡跑得太快了，实在跑不赢就拍拍翅膀飞。洛南说不用杀鸡了，有腊肉就很好。马芸芸看妈妈累得喘气半天，跑过去说我来。马芸芸动作敏捷，出手又快又准，转眼之间便将一只雄壮的公鸡提在手上。洛南站起身问要不要帮忙。马芸芸说，干爹你就安心喝水吧，只管等会儿吃就行了。洛南走到院外的小路上，农民都在地里点玉米。不知父亲的玉米点了没有。

中午吃饭的时候，郭青苗专门请了马芸芸的大伯马万金来陪洛南喝酒。马万金一边喝酒，一边不停地向洛南表示感谢，说马万财出事也不能全怪林业站，他自己也有责任，他自己违了法当然要受处罚。他自己要寻短见，害得你们都跟着受了处分。那个叫艾农的记者，隔段时间就要上来看一次，每一次都是走路上山，还提着大包小包东西。你们都是好人，把郭青苗的腰伤治好了，还供马芸芸读书，你们真是太仁义了。洛南被马万金说得喝了一杯又一杯。从这个意义上讲，自己在乡镇待几年又有什么委屈的呢？他对郭青苗说，等芸芸初中毕业，就到县城来上高中吧，周末就到我那里来，我带你回岷州和洛阳弟弟玩。

接到组织部正式电话通知后，洛南向杨家明道别。杨家明让赵斌帮洛南收拾东西，送洛南回县上。多少年以后，当洛南躺在病床上，望着盐水瓶里的液体从透明的塑料管里流进体内，听着隔壁病房如杀猪般的号叫声时，依然能够记得2002年立春那天，他坐着青坪乡的切诺基回县城时，路边正在开的那些花。除了零星的油菜，还有上半山的野樱桃花，一团团如女人脸上没有涂抹均匀的脂粉。后排座位上放着他的被子、衣服和书。风从窗外挤进，长时间的冬旱与气温回升，让那些营养不良的油菜过早地竞相开花，在灰蒙蒙的天空下涂抹出一些不甘寂寞的色彩。还有小县城头上黑灰色的天空和天空下盘旋的鸽子。雨实在下得有些稀稀落落，如洛南经常在开会时听到的鼓掌声。大街上人们仍然神色安详，街道的两边，低矮的女贞树有的已经开始枯萎，只有横拉过街的各种标语不停地变换内容与色彩。都说地球是圆的，转一圈又会回到原地。只是窗外的雨声有气无力如某种心情再也回不到从前。洛南回想两年前收拾东西准备往乡下去的情景，当时内心那份落寞、荒寂记忆犹新。而现在，没有归来者的兴奋，也没有回到原地的忧伤，只有尚文雄的电话驱走了洛南的睡意，祝贺老弟！有什么好祝贺的，又不是英雄凯旋。尚文雄说一起吃个饭吧，洛南说，现在我只想好好睡一觉。

邵年主持召开了职工见面会，一反常规，在会上就宣布了班子分工。洛南接替他当副局长时所分管的工作，继续分管资源管理、野生动植物保护和森林公安，另外还增加了天然林保护和国有企业管理。办公室还是他以前那间，甚至办公桌椅、沙发、茶几、饮水机，都全部是原来的，犹如他从来没有被调走过一样。陈西还是林政股长，余伟还是公安科长，简玉强还是野保办兼天保办主任，甚至驾驶员和车子都没有变，还是刘洪志和那辆越野车。

下　卷

第六章　好像有什么声音

50

2002年5月底，邵年终于从欧洲回来。

听完案子的汇报，邵年脸就一直黑着，我这才走了几天，就出这么多事。看洛南和余伟都不说话，邵年不再抱怨，案子既然已经出了，那就想办法破案。我又不是专家，具体的破案也不懂，所以这事就由洛局长来总牵头，余科长具体负责，但光靠你那几个人肯定不行，还得要争取公安局支持，不要怕被抢功，明白吗？

一个月过去了，关于大熊猫案一直没什么进展。关云山隔几天就打电话来催问，案子一天不破，你我就一天直不起腰。洛南站在办公室窗前，胸口如压着一块石头，越想越迷惑，越迷惑越想。一阵风吹落法国梧桐树上的树叶，叶子向他扑来，还没飞到窗前就往下掉，露出了虚张声势的底牌。手机响起，号码是陌生的，声音也是陌生的，似乎在用力挣，请问你是洛局长吗？洛南心里顿时紧张起来，莫非又是一个陌生的举报人。他冷冷地问，你是谁？对方说话依然很用力，如隔着山沟向对坡喊话，我是你老家黑沟村的仁青，你爹摔伤了，你能不能回来一下？洛南刚要问情况怎么样，仁青又说，就是在路上下坎的时候摔了一跤，可能伤到了腰。腿能走，就是腰疼得直不起来，让他去医院他又不去，只好把他抬回了屋里，你回来还是带他去医院看看吧。

洛南放下电话便去向邵局长请了假，立即开始往回赶。洛北在深圳，索娅历来跟爹不合，没有人能替自己照顾爹。那一年，爹要娶白沙湾的水月，可自己和洛北都不同意，这么多年了爹一直一个人过。洛南想到自己孩子时的无知无心，就感到很愧疚。有一个后娘和没有娘，到底哪一种更好，或者说哪一种更糟，自己其实并不知道，就那样意气用事地跟着哥哥反对。洛南知道，自己反对父亲娶后娘，并不是害怕被后娘欺负，而是对小时候爹把好吃的给洛北的那份偏心的报复。虽然上学以后爹已将心偏到了他身上，但他总觉得当时的委屈、可怜感如一块坚硬的花岗石一直堵在心头，无法消解，也无法排除。爹是真的老了，自己今后也会老。老不可避免，死也不可避免，但能不能老得体面一点，死得安详一点？深秋的河谷两边，深绿色中偶尔晃过一点红。洛南打开音乐，一首老歌让他全身立即浸泡在一种忧伤的情绪中：用你温柔的声音，再次呼唤我名字，让我孤独的时候还能够想着你。

到了村上天还没全黑，洛南刚进院子尔朵就无声地上来蹭他的裤脚。阶沿上的灯都亮着，门开着，堂屋的灯也亮着，只是不见一个人影。洛南走进他爹的睡屋，仁青、云丹，还有二叔二婶，都站在爹的床前。爹躺在床上没有呻吟，只是脸色土黄，说话声音微弱，我没什么事，只是腰杆磕了一下，躺几天就好了。洛南细问了爹的伤情，让爹试一下看能不能翻身，可爹一扭动上半身就痛得额头冒汗。仁青说，义大爷有可能是肋巴骨受了伤。二叔说，不管哪里受了伤，都应该弄到医院去照个片子检查一下,有问题好及时治,没问题也放心一些。洛南觉得二叔说得有道理,便请大家帮忙把人扶上车。洛承义开始怎样也不愿意,在大家的劝说下,才弯着腰不情愿地被扶着艰难地走到停在青石坪的猎豹车前。几个人又扶着洛承义上了车,让他在后排座位上靠着。天慢慢黑尽,远近的山已和深色的天空融为一体,风在远处的树林里徘徊。云丹说,要不我跟你一起去吧,一路上也好有个人照顾。洛承义忙说不用不用。洛南想了想也说,算了,路上我开慢点就是了,到了医院就有医生和护士帮忙,你们都回去吧。

  灯光照在路边的树梢上,有鸟飞起。洛南不说话,将车开得很慢。直到下了山,上了水泥公路,他才一边加油一边望着前方对洛承义说,爹,我得开快点了,你要觉得受不了就说一声。

  洛承义在后排"嗯"了一声,算是答应。洛南也不再说话,专心地开车。到了县医院,值班医生当场就开了入院手续。洛南去办住院手续时,护士便将洛承义弄到了移动担架上,推着去照了片子。医生看了片子后说,洛承义是肋骨骨折。洛南说,该怎么治疗就怎么治疗,我们听医生的。洛承义躺在病床上,护士就来给他挂上了液体,然后是抽血、量体温、量血压。医生又将洛南叫到办公室说,虽然你父亲骨折了,但只是一条肋骨上出现了裂痕。他年龄这么大了,我们建议不做手术,采取保守治疗,即通过服药让骨头上的伤口自我恢复。洛南还是说,那就按医生说的办。等所有的手续都弄好,药吃了以后,洛南在病房里便闲下来。窗外已有了一丝天光,洛南看看手机,已快早上六点。洛承义躺在床上,眼睛望着天花板。洛南问,爹,你现在还感觉疼得厉害不?洛承义说,我这里一个人输液,没什么事情了,你回去睡一会儿,天亮以后还要上班。洛南说我请假了的，洛承义说你这一晚上都没睡，请了假也要回去睡一觉。

洛南在床边坐着没动，低着头问，爹，你是不是还在往白沙湾跑？

洛承义不说话。洛南又说，你以前年轻身体好，想跑哪里都可以，但现在你都七十四了，再这样跑我就不放心了。洛承义还是面无表情地盯着日光灯。洛南又抬头看一眼窗外，天边正升起一片霞光。他又将头低下，慢慢地说，要不你把她接到家里来吧。

洛承义终于在床上动了动，洛南转过头，洛承义已将脸和身体转向另一边，只将背对着他，口里喃喃地说，人都马上要死了，我去接个死人过来吗？

洛南上午在医院守着他爹输液，中午陪他爹在医院吃饭。医生说，洛承义至少要在病床上躺一个月，洛南只好每天先去办公室处理事情，下班后就到医院给洛承义打饭取药，上厕所时帮他举着液体瓶子，晚上就在医院借一床被子，租一张行军床安在洛承义病床边瞌睡。洛南再也不提白沙湾的事，洛承义也不再提，两人在一起经常是半天不说一句话。直到半个月以后，洛承义气色逐渐好起来，在输完液体后对洛南说，我的叶子烟没有带来，把你的烟给我抽一支。洛南说病房里不准抽烟，我扶你走到走廊上去抽吧。洛承义没有要洛南扶，自己走到了走廊的头上，可刚抽了两口就开始咳嗽，一咳嗽肋骨就疼，只好将烟灭了，站着等洛南把一支烟抽完。往病房走的时候，洛承义突然问，你哥到底到哪里去了？为什么一年多了都没回来，他是不是出什么事了？

尚文雄和梅玲走进病房时，洛南正在和洛承义吃午饭，洛承义看见尚文雄，脸上就有了笑意，话也多了起来，你那么忙,还专门来看我。我这点小伤算不上啥事,过几天就出院了。尚文雄又向洛承义介绍梅玲,这是我媳妇,也是老师,和秦柯在一个学校。梅玲将手上的水果和补品放到床头柜上后,才掏出一个红包,双手递给洛承义,大伯,这是一点小心意,祝你早日康复!洛承义连连摆手,坚决不收,你们专门从市里来看我,又买这么多东西,已经让我很不好意思了。梅玲双手伸着有些不知所措。尚文雄笑着说,大伯,你就收下吧,下次我们全家都上山来吃腊肉。洛承义还是不收,你们来吃腊肉,那是看得起我,只要不嫌弃就天天来,但这红包我真的不能收。洛南刨完碗里最后一口饭才抬起头说,不能让梅老师一直这样伸着手,爹你就收下吧。洛承义不情愿地收下红包,洛南收拾了碗筷,对尚文雄说,走吧,我请你们到楼下吃牛肉拉面。当三人在拉面馆坐下,洛南忧郁地说,国家的专项行动和省里的森林督查马上就要来岷州市了,市上已召开了专门的工作会,黑沟那个地方要是出点事,全县全市都不得安宁。尚文雄说,这事你就放心吧,过几天我亲自上去一趟,把该处理的都处理好。

洛承义在医院住了二十多天,就再也不愿意在病床上躺了,坚决要出院。医生说,洛承义肋骨上的伤口恢复很快,已经长得差不多了,可以回家吃药休养。出院后半个月来开一次药,两个月后再来复查一次。洛南便给洛承义办了出院手续,从病房下楼的时候,洛承义没有要人搀扶,自己慢慢地走到了停车场。上车以后,洛承义就说,这次我住院,把你一个人辛苦了,又要上班,又要照顾我。洛南没有说话,开着车慢慢出了医院大门。洛承义又问,这次一共用了多少钱?洛南说这个你就不用管了。洛承义说,你平时就那点工资,又要抽烟喝酒,还要供洛阳上学,哪有什么钱?回去我就把钱给你。你别看我天天跑来跑去，好歹还是把自己的棺材钱攒够了的。

洛南想让洛承义在自己县城的家里再住一阵，洛承义坚决不干，我再不回去，尔朵说不定都死在屋里了。洛南只好送他回黑沟村。回到家里，洛南从包里取出药，一盒一盒地给他讲，每天吃几次，每次吃多少。洛承义不停地点着头说记住了。洛南又拿出两条烟，爹今后你就抽纸烟吧，每天少抽点，不要再抽叶子烟了。

洛承义又问，我住医院用了多少钱？洛南说，我说过多少钱你都不用管了。

洛承义却起身进屋拿出一个存折本递给洛南，这是我在乡上信用社存的钱，有两三万块，以前打野物卖的钱。用了多少，你自己拿去取吧。洛南坚决不接。洛承义拿着存折，有些不知所措，半天才说，养儿防老，我有两个儿子，就算要负担，也该让洛北和你一人一半。

洛南说，爹，把存折拿回去放好，千万别再到处跑了。

洛承义说想要喝酒，洛南只好取了腊肉去煮。好多年没进厨房，洛南觉得自己的能力已经退化到孩童时代，烧腊肉让他衣服上沾满了油，玉米饼也烤糊了。时间才过几个月，他和洛承义的位置已经完全颠倒，洛承义坐在灶门前烧火，他站在灶台后忙碌。饭菜端上桌的时候，洛南觉得已经累得没有了一点胃口。

刚坐上桌子，头一杯还没喝完，二叔二婶提着两把蔬菜进了院门，洛南忙着给二叔递烟，邀请二叔二婶一起喝酒，说我也不会做饭，就只有腊肉。二婶说，我们带了新鲜菜来，干脆我再去给你们弄两个菜。洛承义说，你们不怕麻烦就去弄，反正我们还没开始喝。二婶提着菜就进了厨房，二叔也跟着进去帮忙。二婶对洛南说，你难得回来，就多陪你爹说说话，我和你二叔弄好就端出来。

二婶炒的菜虽然不能和爹做的比，但味道也算不错。二婶也能喝酒，而且酒量比二叔还大。洛南还没来得及向二叔二婶敬酒，二叔二婶已经先发制人，一杯一杯地敬他，夸他有出息，不仅吃上了皇粮还当了局长。不像你的两个兄弟，虽然都在外面打工，却挣不回来钱。房子要老的出钱修，娃娃也要送回来让老的带。几杯酒下肚以后，洛南觉得内心的灰暗压抑、挥不去的失败感没有了，和自己的堂兄弟比起来，自己已经算不错的人了。洛承义喝了两杯，看样子还想喝。洛南说，爹你就再忍几天吧，等你伤好完，你想喝多少都可以。

洛承义不情愿地放下杯子，喃喃地说，等我好了，能喝了，可是天天一个人喝有什么意思？洛南鼻子发酸，半天说不出一句话。洛承义又说人老了没意思，然后说到猎神，一个老光棍活得比谁都逍遥自在。洛南听爹说起猎神就想到大熊猫案子，正好也发生在小岭乡，会不会和猎神有关？便问爹有关猎神的具体情况。

洛承义回忆说，一个半月以前，他带着尔朵走山路去猎神家喝酒，两人喝到微醉时猎神曾说，有一个人要和他做一笔买卖，这是一笔大买卖，他要进山去几天。当我要再问时，他已经在床头发出了鼾声。现在也不知道他做的什么大生意，做成了没有。

洛南忙问，猎神会不会替别人杀大熊猫？

洛承义说，谁知道哇，他除了会抓野物、杀野物，还会做什么大生意！

51

洛南回局里后就马上和余伟、简玉强、母辉、范文勇一起赶往小岭乡紫山村猎神家中。三间木架房远离村社，如一座孤独的寺庙。猎神从不养狗，打猎都是孤身一人，常常是进山一次就是十天半月。一把大铁锁在破旧的木门上显得异常沉重，大门前的木凳上扑满了灰尘，两排木架上挂着几块山鹿肉，看起来猎神已经好久没有回家了。

调查组走访了猎神所在村子的村民，都说有好多天没有见到他了，有人说可能他又上山去了，由于猎神家距周围村民很远，平时又很少与邻居往来，所以没有人知道他的具体去向。大家估计猎神极有可能进山打猎去了。余伟估计，既然有陌生人来找他，就证明了他有作案的可能性，所以猎神还有可能再次进山猎杀大熊猫。洛南说，那我们立即进山，还有可能在山上将猎神抓住。

出发前，洛南看余伟精神不是很好，问他是不是病了，如果身体不舒服就回家休息，我与简玉强、老范、母辉去就行了。余伟笑着说，算了，我还是去好一些。

为防止万一可能的突发情况，专案组带上了手枪、手铐、干粮，五个人再次天不亮就出发，先坐吉普车到紫山村，再从没有公路的地方开始步行。

专案组一共五人，除了洛南、余伟，还有简玉强、范文勇和母辉。母辉刚从警校毕业不久，毕业后在一个基层派出所以合同警察身份工作了两年，去年才通过全市统一的警察招考，正式调入林业公安科。母辉的老家也不在本县，平时很少回老家，下班后也和洛南、简玉强一样，是快乐的单身汉，听说已经找了一个女朋友,是他在乡下派出所工作时认识的一个乡村教师。这次任务也是他主动要求参加的。上山的时候,母辉一个人背了两个人的野外用品,却没有一点疲倦的样子。范文勇还一路和他开玩笑,引得笑声不断,减轻了几人的紧张压力。

五个人翻过了一道又一道山垭,蹚过了一条又一条河,所走的路全是平时很少有人走的,猎人打猎与山民挖草药的小路。小路断断续续,一会儿翻山垭,一会儿又随着河滩走。有的地方小路完全被水冲垮,几人只能临时用树枝树干搭路。每过一道河,山上流下的雪水都会刺得人腿骨头如针扎一般痛。从河里蹚过站到河边石头上时,骨头里还在痛。范文勇、余伟涉河时从不脱鞋,开始蹚头几次河的时候,洛南、简玉强、母辉三人总会脱掉鞋子绑在腰上,过河以后又马上穿上,后来过河的时候太多,刚穿上走不了百米又要过到河对岸,而且赤脚踩在河里的乱石上也硌得脚生痛,所以最后都懒得再脱了,就打着绑腿穿着胶鞋过,过了河以后也就湿着裤子鞋子走。开始很不习惯,水让脚底很滑,久了就都习惯了。

当五个人到达深水沟的时候,大家都有些傻了眼。河水在乱石中汹涌着,让人不知深浅。余伟说,一个多月以前,他和母辉、范文勇上山时,河水只有现在一半深,那些石头都多半露在水面上。范文勇说,那时山上的雪还没有融化,现在山上的雪化了,所以水涨到了这么高。如果等雪水消退,那至少要一个月以后。用树搭桥,河床太宽,根本搭不起来。几个人在河的上下来回查看,要找一段河水最浅、水流最平缓的地方过去。范文勇终于找到一处水流平缓的地方,说,看起来只能从最浅的这段过去了。然后为大家一人砍了一根树枝做拐杖。要大家都把裤子脱掉,将东西绑在腰部以上。我先下去试一下哪里最好过,然后大家再过。要是蹚不过去我再回来,大家另想办法。

范文勇将鞋子、裤子包括短裤全部脱下，放进背包，然后将背包的背带紧了又紧，拄着一根树枝开始向河中走。每迈出一步都先用树枝在水流中探路，探实了再往前伸脚。河水由小腿逐渐淹过了膝盖，由膝盖淹上了大腿。范文勇在水中显得沉着从容，没有洛南每一次踩进水里时脸上那种痛苦的表情。河水已经淹过了范文勇的屁股，开始向腰上浸，迎水的一面已经将卷起的上衣打湿，背包下部有时也浸泡在水中。

这个时候范文勇在水中停了下来，回过头说，这里就是水最深的地方了，水流有点急，但过了就没问题了！

余伟第二个下水。他拄着拐杖顺着范文勇的路线也一步一步蹚到了河心。由于余伟个子高，水花在他的屁股处没有再往上卷。余伟说，摸着石头过河，这滋味真他妈的不好受。

水太刺骨，不能在水里停留太久，余伟和范文勇一起，蹚到了河的对面。河边只剩下洛南、简玉强和母辉了。母辉说，洛局长你们先过，我殿后。洛南便脱下鞋子、长裤下水。对于寒冷，洛南已有了心理准备，但如针扎刀割一般的疼痛还是让他把眉头皱在一起，嘴里不停地吸着冷气。虽然穿着胶鞋，水底的小石头还是硌得脚底生痛。简玉强也在后面跟了上来。有小枯树枝打在洛南腿上，又被水卷走。脚下的水流越来越急，腿上承受着一股强劲的冲击力。洛南个子不高，刚到河心时，水已完全淹过了他的屁股，卷到了腰上。小腿被水冲得有些发抖。洛南赶紧将拐杖在河底撑好，右手紧紧抓住拐杖，努力将自己的身子稳住，可是双腿却仍然止不住地抖动。

洛南回过头对简玉强说，快过来，我们俩牵着一起过！

简玉强一边喊一边蹚过来，你站在那里不要动！

洛南用左手抓住简玉强右手，侧过身子面对着河水冲来的方向，右手用拐杖探路，然后抬起右脚向前移动，可是脚一抬起，身子就开始摇晃，站立不稳。河水在石头上卷起一团团浪花，一层层漩涡不停地飞泻。洛南感到头有些晕眩，好像自己在水上漂动。已经上岸的范文勇与余伟大喊，抓紧！抓紧！

手已经抓得不能再紧了，可洛南还是感到身体在河水上面飞，世界开始旋转，身子又开始摇晃。简玉强说，抓紧了，往前走。脚底下一定要站稳，倒下去我们就完了。洛南看河水飞奔而下，心里想如果自己倒下去，说不定简玉强也会被拖下去。

对面岸上的范文勇大喊，不要看水面，不要看水面！看我们这边！

可是洛南的脚还是不能抬起，因为一旦抬起，就站立不稳。这时范文勇赶忙说，你们站在那里别动，我们过来拉你们！

就在范文勇刚重新踩进河里时，洛南突然感到脚下一股暗流如一阵旋风，又如一个人的手掌，轻轻地将他的脚抬了起来，被当作拐杖的树枝在河里的石缝间滑走。他的右手瞬间失去了支撑，上半身被水流推动着，侧着身向水面扑过去。洛南脑子里飞快闪过两个字：完了。他松开简玉强的手，水面的浪花向他脸上扑来，一股暗流推动着他扑向水面。身边传来惊呼声，他感到双脚离开了河底，本能地伸出手，一切都结束了！在嘴即将没入水中时，洛南用力转过头侧过脸，看到河边迅速移动的树和树梢上一动不动的云。水涌进他的嘴里，淹过他的头顶。洛南听到一声神秘的呼唤：我在这儿！

一阵寒气迅速钻进他的五脏六腑，犹如全身被肢解成一块块抛入冰雪中。他睁开眼睛，世界一片炫目，脑子里一片空白，身体在水中被强大的力推动着迅速移动，耳朵里的尖叫声越来越远。爹站在屋檐下咳嗽，儿子坐在饭桌前赌气，秦柯站在街边流泪，尔朵的眼里满是忧伤。所有的路上都铺满了鲜花，而自己却在空中飞。所有的房间都点着温馨的灯，而自己却没有一把钥匙。儿子站在门口喊，爸爸回来！

身体某个部位猛地撞到一个硬东西上，接着肩膀也撞过去，洛南似乎从梦中醒来，感到了肩上真实的痛。下半身还在被水推动着移动，一只脚却被什么夹住。身体停止了移动，他重新感到了水流巨大的冲力。又有东西抓住了他的肩膀，将他的头抬出水面。他再次睁开眼睛，看到了范文勇和母辉脸上的水珠和瞪圆的眼睛。脚上的手松开了，他用力将脚往下，踩到了两块石头之间的空隙处，在水里重新站直了身子。

洛南被范文勇和母辉一左一右拖着走出深水区，他想让两人松开手，可两人拖着他走过浅水区，才将他松开。洛南感到自己的身体不存在了，浑身只剩下一股寒气，一种寒冷的感觉，如置身冰窖。肚子里的凉水在汹涌，双腿一软便躺到一丛乱草上。张开嘴，凉水便悄无声息地从嘴角流出。简玉强、余伟过来蹲在他身边，帮他推背，范文勇、母辉用力拧衣服上的水。余伟说好险啊，如果不是老范和母辉反应快，后果真的不堪设想。老范不愧是当兵的。身上还是很冷。简玉强将他扶起，说先检查一下身体上有没有被碰伤。洛南站起身走了两步，除了头顶有点痛，其他地方都不痛，便说我感觉好冷，是不是冷水钻进骨头里了？

范文勇说几个人的衣服都湿透了，穿着湿透的衣裤也不好爬山，还是弄堆火烤个半干穿上才行。几个人便去近处树林中捡了一堆枯枝点燃。大家都脱光了身上的衣服，用树枝顶着衣服在火堆边烤。没有人觉得不自在。范文勇问，洛局你现在感觉好点了不？洛南还是感觉冷，嘴上却说好多了。

当大家衣服都烤干准备出发时,简玉强才说,刚才真危险!范文勇也说,你们知识分子身体也太差了点,倒下去不就当洗个冷水澡,爬起来就是了。一番话说得大家都笑了起来。一行众人都感觉到肚子饿了,便吃了点浸了水的饼干面包,然后又开始爬山。

过了深水沟,太阳已经开始向西偏去。范文勇说,我们得加快一点脚步,不然赶到黑竹垭天就黑了。洛南一直感到自己身上是冷的,所有的内脏都像是泡在冰水中,骨头似乎在向外冒着寒气,他只好用力地吸气,慢慢地吐出。一路上大家相互描绘别人屁股的大小与形状,然后开一些荤素掺杂的玩笑。

下午四点钟,五人到达了黑竹垭。太阳已经开始偏西,春日的阳光将群山抹上了一层金黄,在这海拔 3000 余米的山上,大部分都是成片的箭竹及低矮的灌木,杜鹃正在展叶尚未开花,零星分布在陡坡上的冷杉、云杉显得孤单而鹤立鸡群。偶尔在林间飞过的野鸡,让寂静的山间有了一点生气。范文勇找到一处干燥避风的崖凹,看样子今天是下不了山了,晚上咱们就在这儿烧堆火过一夜吧。大家便将背上的包放下来歇气。

余伟说,如果猎神上山了,应该会在这一带活动,我们分散找一找,如果发现什么线索就立即回这里报告。不能走得太远,天黑之前一定要赶回这里集中。

洛南说,猎神手中有枪,枪法准,发现他后一定要注意方法,努力稳住他,不要和他硬性冲撞。

范文勇又提醒大家,黑竹垭这一带地形复杂,极其容易迷路,大家在寻找时,一定要记好路,最好能做一些明显的标记。这山上除了大熊猫外,还有黑熊、野牛、豹子等动物,要避免与其正面相遇。山脊上有很多杂草隐蔽的断岩、暗洞,一旦掉进去就再也爬不上来了。

五个人便开始分散寻找。洛南沿着西北方向一条若有若无的小路寻找，每转过一道山垭，就用砍刀在路边砍下几株箭竹横在路上，再将一根箭竹顺着路指向返回的方向。除了间或分布的熊猫粪便、野牛与黑熊脚印，洛南没有发现一点人为活动的痕迹，更没有发现猎神的影子。

天色逐渐变暗，洛南开始顺着来路往回走。大家再次聚到一起，都说没有发现任何痕迹，坐在一起喝水时，余伟问，母辉呢？

大家都说没有和他一路。洛南想也许他走得远一些，等会儿就回来了，便坐下来一边喝水一边聊天。范文勇说，母辉肯定是遇上了母熊猫，和熊猫谈心去了。简玉强说，母熊猫比母老虎性情还暴躁，老范你去试试。

转眼间天已全黑了，仍没有见母辉回来。洛南心里有点犯闷，因为刚才出发时大家都讲好的，天黑前回营地集中，这个母辉是怎么回事？

余伟说，咱们得去找一下。说完便带头爬到附近的山头上喊起来，大家一起一遍又一遍地喊着母辉的名字。短暂的回音过后，群山依然一片寂静。刚才出发的时候，谁也没有注意到母辉走的方向。洛南感到有冷汗从自己额上冒出，余伟也显得坐立不安。

黑竹垭由于地形极为复杂，所有的山脊与沟谷成螺旋形辐射状，不熟悉地形的极容易迷路。而一旦迷路，就会顺着不易辨认的岔道在山林之间打转。况且山脊多断岩，走上山脊才发现前面是悬崖绝壁，而回头也全是无路的陡坎。在沟边、小路边很多深不见底的天然溶洞，由于杂草隐蔽，一旦掉进去，就再也爬不上来，甚至别人也永远发现不了。

四个人这才感到事情的严重性，一时又都想不出别的什么好办法，只好几个一起，打着手电沿着每一条小路寻找，一边找一边呼喊。但很快发现，这样打着手电寻找，不仅不起作用，还会遇上新的危险。四个人气喘吁吁，心急如焚，时而呼喊，时而又静下来侧耳聆听。除了山风刮出的呼呼声，听不到一点其他的声音。洛南耳朵里产生了幻觉，像是有人在呼叫。可是四个人都走得筋疲力尽了，声音喊嘶了，却依然没见母辉的影子。

山风越刮越猛，现在即使有人呼喊，也被风声掩盖得什么都听不见。范文勇说，咱们不是带了枪吗，鸣枪吧。如果母辉迷路了，听见枪声就会知道我们的方位，说不定他也会鸣枪告诉我们他的位置。

余伟掏出手枪，对着天鸣了两枪。枪声在山谷间久久回荡，然后一切又恢复了寂静。母辉如从这个世界消失了一般，让人觅不到一点痕迹。身边依然是间断的风声，箭竹在风中沙沙作响，天上稀疏的星辰映着山的轮廓，眼前的世界只有一片漆黑。洛南焦急起来，不停地说，怎么办？怎么办？

余伟说，咱们不能这样坐等，必须想办法。

范文勇说，没有别的办法，现在只有一部分人连夜下山，向局里报信，通知当地乡上派人明天一大早上山搜救；另一部分人留在山上，点起火堆守候。如果母辉看见火光，也许会自己找回来。

余伟对洛南说，你和简玉强身体差一些，白天又被水淹了一次，晚上再过黑水沟肯定不安全，还是我与老范下山，你与简玉强在山上守候。夜里山上可能会有野兽出没，把手枪交给你们，万一有危险能防身。

洛南说，枪还是你们带上吧，你们下山路上也有危险，我们在山上生起火堆，没问题。

余伟坚持说，我与老范野外经验比你们多，枪还是交给你们。一是防身，二是万一母辉鸣枪，你们也可以回应，让他知道你们的位置。

洛南感到非常疲倦，那好吧。你们下山一定要注意安全，特别是过深水沟时，夜里看不清楚，一定要小心。到了山下有电话的地方就先给局里和乡上打电话。

余伟和范文勇下山去了。洛南和简玉强两人捡来枯枝，在一个避风的山崖下生起火堆，搬来石头坐在火堆边。看不见群山，但能感觉到群山的存在。两个人在火堆边坐着，一时都相对无言。洛南感觉不到一点饿，只有疲倦与寒冷，犹如体内全是冰冷的河水。火渐渐变大，身上才有了一些暖意。简玉强取出烟递过来，两人又继续无言地抽烟，吸了几口，简玉强打破了沉默，说了一句毫无价值的话，不知道母辉能不能平安归来。

也许能够回来吧！洛南也有气无力地说了一句，但愿余伟和老范他们下山平安！那条河，真让我想起就害怕。

母辉吉人自有天相，会平安回来的。他年轻，又是警校毕业生，能够适应很多复杂的环境。

猎神没有抓到，母辉却下落不明，万一要是母辉出点什么事情，你说我们该怎么办啊？

洛南疲惫之中有说不出的沉重，在这海拔 2700 米山上的野外过夜，他太冷了。在火边坐了一会儿，洛南起身在附近走了一圈。山与天的界线模糊得无法辨认，除了间歇的风声，世界一片寂静。世界静了，洛南也想静下来，去想一些过去了的、眼前的、今后的事情。可是大脑中却是无数空白的碎片，然后就是母辉的影子在他的脑海中变幻着各种奇怪的表情。死生有命，既然人的生死是人力所不能改变的，那就只有求上天保佑。洛南不由自主地将双手放在胸前，抬起头注视着灰黑色的天空，天神啊，如果你真的能够感觉到我心里的愿望，就让母辉平安地回来吧！

山风吹得洛南眼睛发湿，他和简玉强在火堆附近拔了一些干草，铺在岩窝里边，就这样在干草上半躺下来。他耳朵里时常生出有脚步声传来的幻觉，可每一次都消失了。思绪开始漫游与飘移。在单位没有一个人不说母辉这小伙子不错，勤快、听话、聪明、诚实。可是好人为什么总是多灾多难，不是吉人自有天相吗？父亲只对打猎感兴趣，洛北枪法也不错，只有我，连猎枪也不会用。父亲被没收了火药与砂子，那他还是不是猎人？父亲说，我们家几代人都是打猎出身的……

死神穿黑袍从一个树梢跳到另一个树梢，如一只黑色的松鼠。死神飞过深水沟如老鹰一般抓起一件黑色的衣服。母辉穿着一身从来没有穿过的白色衣服，在山林里和死神捉迷藏。死神面色恼怒，母辉从深水沟一边跳到另一边，向死神挥起拳头。洛南边喊边跑过去，母辉，你在这儿干什么，我们都在找你！母辉张开嘴，洛南却没有听见他说话的声音。洛南再往前跑，母辉变成了洛西，从树枝后伸出半边脸，我在这儿！洛南感到双脚拼命用力却迈不出去，洛西又变成了母辉。洛南看见自己和母辉之间隔了一条不见底的深谷，他抬起双脚飞了下去……

洛南从梦中醒来，火堆正在逐渐熄灭，黑暗笼罩的群山依旧一片空寂。星群血红，似乎是满天火把。释比说，天神点起满天火把，你却只有闭上眼睛才能感受到它的光明与温暖。那些远远近近的星星，像冰雹，一颗颗都快要掉下来砸在自己头上。他闭上眼睛，体内慢慢涌起的寒气，潮水般要将他淹没。不远处有一种奇怪的声音，那种奇怪的声音时断时续，如鬼在哭，又如婴儿在笑。莫非是地狱里的声音，难道我已到了地狱门口？一种声音消失，另一种声音又从地下升起，像歌声，几百人的多声部合唱。洛南感觉自己在这声音里，飞过了一座座山，飞过了鬼头崖。一阵风吹过，身体也跟着摇晃。洛南睁开了眼睛，简玉强正在摇他的肩膀。

洛局你听！简玉强轻声说，好像有什么声音！

洛南从地上坐起，歌声、哭声消失了，不远处只剩一种动物的声音，像黑熊，应该有一只老熊就在附近，可能是闻到了人的气味，所以一直在附近不走，想从我们这儿找点吃的。

简玉强从背包里取出手枪，不过我们这里有火，应该没有什么大危险。

洛南说，黑熊没什么可怕，只是不知道母辉会不会遇上野兽。

简玉强说，母辉手上有枪，如果遇上野兽，他肯定会开枪的，我们没有听到枪声，说明应该没遇到。

奇怪的叫声依然时断时续、时远时近，这说明那只野兽一直在不远处逡巡。洛南左手拿着手电，右手握住手枪走出崖凹，声音听不到了。他用手电筒的光束扫着近处的树林和左右两边的垭口，什么也没看到，但他觉得一定有一只熊躲在树林里面。他心里很虚，要是林子里真的蹿出一只猛兽向他扑来，自己手里的枪很可能只是个摆设。要是爹在的话，他一定能听出树林里的到底是什么，并且一定有办法对付，只要爹在就什么都不用怕了。洛南打开枪保险，平举着，两眼盯着不远处的黑，耳朵里只有风在树梢上掠过的声音，胸口如被压着一块大石头，又闷又痛。洛南打开水壶又盖上，掏出烟点上刚吸了一口就扔进火里。胸口闷着的气慢慢冲向喉咙，洛南站起身离开火边，走到崖凹边，对着看不见天际线的山谷发出了长长的叫喊声。

啊——啊——啊——！

回声消失后，远处的黑熊叫声也跟着消失，洛南觉得黑夜也跟着消退了些，山的轮廓也被自己喊出来了。母辉你听到我的喊声了吗？简玉强忙跑过来，洛局，别叫了，别真把野兽招来了。洛南回到火边坐下，掏出烟来和简玉强一人一支点上。

简玉强从背包里取出饼干面包，咱们有二十来个小时没有吃东西了，吃一点吧，天亮了还要去找人呢！洛南接过一块面包，简玉强突然问，洛局，下午过河时你怎么把手松开了？手上沾了水，你一松我就怎么都抓不住你。

洛南笑着说，我要倒了，总不可能拉着你一起倒。难道死了还要拉个垫背的。

简玉强说，那你也不能松手啊，你是不是……

洛南笑笑，我有天神保佑，死不了的，就当在河里洗个澡。

天色渐渐亮了一些，群山的轮廓逐渐显现，怪叫声也随之不见。两人身上又感到阵阵寒冷，便往火堆里多添了些柴。前面被火烤得皮肤发涩，背上又阵阵发凉，只好隔一会儿就背朝着火堆反过来坐，两人居然迷迷糊糊在火堆边睡着了。醒来时看看手机，时间已是七点过。天已全亮，母辉还是没有回来。如果余伟他们两人下山顺利，山下的人最早也要等到十点才能上来。天亮了！如果母辉是天黑迷路了，那么天亮了就应该找回来了吧！

两个人一会儿坐，一会儿走，直到搜救队伍上山，也没有见到母辉的影子。余伟和范文勇见了洛南面第一句话就问，母辉回来了吗？

县公安局局长张天佑带领五十名警察率先赶到山上，听范文勇说他们在深水沟的一处河边窄、河床低的地方用三根高大的枫香树搭了便桥，洛南想回去的时候再也不担心被水冲走了。此外还有武警中队二十来人、小岭乡政府还组织了三四十人的民兵。邵年也带了局里十多个青壮小伙上来。百多人集聚在黑竹垭垭口下一块狭窄凹地上，现场由张天佑总指挥，各方人马统一整合后再分成十个小组。乡政府又给每个组安排了一个当地村民向导，每个组都带了一把手枪、一支微冲、一条警犬、一个对讲机，还背了一部电台。每个组按不同的方向搜索。洛南提出也参与一个组搜救，被邵年劝阻了，听说你昨天才落了水，晚上又没法休息，咱们就在指挥部。你熟悉地形图，正好协助张局长指挥。邵年人胖了一些，在一块石头上坐了半天，脸上的汗都还没干。没有被分到组上的人都一起动手，搭帐篷、架电台、铺一比五万的地形图、和各组联系了解具体位置和情况、安排山下的人往山上送矿泉水和干粮。邵年问余伟，母辉今年多大年龄了？余伟说，还不满二十八岁，邵年叹了一口气。洛南在地图上标注着每个小组的搜寻线路和不停变化的位置，箭头线离指挥部越来越远，他心里也越来越凉。昨天晚上分头搜索只有一个多小时时间，母辉不可能走那么远。要么就是他走散后迷了路，越走越远。但晚上那么黑，他不可能继续在没有路的山林、山坡、岩坎上走，而且他也没有鸣枪报警，只能说明他是遇到了突发的危险来不及鸣枪。连鸣枪都来不及的危险，他肯定是凶多吉少了。

一直到下午四点过，一个组报告发现了情况。搜救组的一个山民在一条很少有人走的小路边发现了一道不显眼的新鲜缺口，缺口下面是一个看不见底的山洞，洞口被杂草灌丛遮盖。张局长带着指挥部几个年轻人迅速赶到现场，搜救人员腰上捆着绳子下去以后，便发现了母辉。母辉躺在山洞底部的乱石上，手枪挂在洞里的树梢上，地上和嘴角上的血迹已经凝固，已经没有呼吸和心跳……

母辉的告别仪式在殡仪馆大厅举行。县委书记薛鉴、县长文契、副县长关云山参加了遗体告别式。母辉躺在大厅正前方的鲜花丛中，身上穿着全新的警服，双手伸直紧贴着裤子，如在躺着立正。脸依然是那张年轻的脸，只是被化妆师画得太白，白得不像一个真实的人。他双眼微闭，脸上看不出什么表情。洛南在向母辉告别时，专注地盯着他的额头，那里的伤口已经被化妆师处理得看不到一点痕迹。也许他的灵魂正和我们站在一起，看着自己的躯体，内心也有和我们一样的悲伤。只是灵魂太弱、太轻，他的哭泣与呼喊我们都听不到罢了。白发人送黑发人，却没有悲痛欲绝，没有呼天抢地的号哭，每个人都克制着内心的悲痛与哀伤，现场的气氛很压抑。和同事们一起将母辉遗体推到火化炉门口时，洛南感到自己站在生与死的边界线。任凭世间再多的风云、再大的伤痛，即使被送进高炉，母辉都不会再改变任何姿势和表情。

洛南在母辉死后才听说，母辉是家里的独子，本来已经计划年底结婚了。母辉的影子总是在洛南眼前飘来飘去，似乎还在抓住他的手，站在水流湍急的深水沟。你替我赶走了死神，自己却被他掳了去。死人的事虽然经常发生，但是却不应该发生在自己身边。那个几天前还生龙活虎的小伙子，现在已经静静地躺到了县城后面小山坡上的公寓里，今后即使有再大的案子发生，他也永远如山上的泥土一样，无声无息了！

洛南在母辉遗体火化后的第二天就和余伟、简玉强、范文勇一起，带着两个警察，再次来到小岭乡猎神家。那把大锁还是挂在门上，山鹿肉还在木架上挂着。洛南走到门前扭动门锁，一股刺鼻的气味扑来，一种让他感到恶心的腐臭。余伟和简玉强也闻到了臭味,却半天没有找到气味的来源,正四下探寻着,范文勇叫了起来。

在这屋里!

腐臭味确实来自屋里。几个人用石块将门上的铁锁砸开,更浓烈的臭味扑面而来。几只蝙蝠扑腾着从屋里飞出。

猎神的尸体在房间已经严重腐烂,据估计死亡时间应该在一个月以上。猎神死在他那张单人木板床上,身体呈微蜷缩的姿势,已经看不出脸上的表情。公安局刑警队长侯天明很快带着人赶到现场,在猎神的家里搜出了猎枪三支,各式猎套、兽夹十多件,同时还搜出了半块在熊猫案现场发现的烤玉米饼。但是,搜遍了房间的每个角落,都没有发现除猎神以外其他人的痕迹。几天后,尸体检验报告出来了,尸体的胃里留有大量的安眠药成分。案情很快推定为有人指使猎神上山捕杀大熊猫,并在取大熊猫皮时杀害了猎神灭口。侯天明说,案子的关键,是要找到取走熊猫皮的人。由于尸体高度腐烂,猎神家中也未留下任何有用的线索,案子再次被挂了起来。

第七章 师父你大胆往前走

52

木材检查站站长张明自从上一次挨打以后,就多次来找洛南递交辞职报告,申请不当站长了,随便去哪个林业站,当个普通职工都行。每次洛南说,张明你是身体没伤到,胆子被伤了。关河木材检查站地处县里的南大门,距县城50公里,是县里通向市里的主要出口。检查站共有职工12人,3人一组轮流值班,每天24小时守着一根花杆,对出县的各种车辆进行检查。实施天然林保护以后,由于全面停采停运,检查站曾经清静了一两年。人工商品林采伐试点开始以后,这里又突然变得非常热闹。非法木材贩子发明了许多偷运木材的方法,用微型面包车、三轮车、集装箱运输车等偷运木材企图蒙混过关,还有的甚至强行冲关,造成检查站冲突不断,花杆经常被强行撞断,检查人员经常被木材贩子辱骂殴打。每次洛南去检查站检查工作,都会有职工不停地诉苦,希望从检查站调离。张明找了洛南又去找邵年,邵年让他继续再干一阵,可是张明找局里的次数越来越频繁,甚至说,局里再不批准他就请长假去治病。

邵年将洛南叫到办公室说,现在张明天天闹辞职,再拖下去也不是个办法。检查站长很不好选,很多人都不愿意干。你在分管检查站,你提出一个站长人选。洛南说,我在乡下工作了两年,才回局里不久,情况都不太熟悉了,还是邵局决定吧。邵年说,你虽然离开了林业局两年,但林业局的人你还是最熟悉的，你最有发言权，你提个人看看。

洛南说，我觉得有一个人适合，但不知道他愿意干不。就是小岭乡林业站的范文勇，在这次大熊猫案的野外侦察中表现不错，当兵出身，有正义感、不怕事，但是文化不高，年龄也有些偏大，已经快五十岁了。

邵年沉吟片刻，范文勇这个人我也了解，人品好，素质过硬，只是有时候太强硬，不会变通。

洛南说，目前也没有更加合适的人选了。

邵年说，就让他去干一阵试试吧，实在不行到时候再说。我马上就开党组会过一下，会后你去找他谈话、做工作。要服从组织安排，不辜负组织信任，尽快上任开展工作。

当洛南代表局党组找范文勇谈话时，范文勇却顾虑重重，虽然不敢明说不去，但反复讲述自己不适合当检查站长的理由。范文勇是马坪乡的人，林业站离家不过七八公里，平时骑摩托回家，十来分钟就能到，家里农忙时他还可以回去帮忙。虽然当招聘干部后工资依然不高，但他觉得也不错了。前几年因为马万财的事，范文勇被免了站长，他感到自己可以轻松一下了，正准备自己动手把家里的房子修整一下，可是局里却将他调到离家更远的小岭乡。既不给他任命站长，又让他负责站上的工作，范文勇不想去，他想去找领导说说自己的困难。可局里除了洛南，其他领导他又觉得不熟，不好说话。但洛南调到了乡上，已经是泥菩萨过河自身难保。他只好背被盖卷又去了离县城60公里、距自己家100公里的小岭乡。范文勇觉得自己流年不利，便天天带着两个合同工下村检查伐区、森林防火。小岭乡靠近云岭省级自然保护区，好几个村都是大熊猫经常出没的地方。他带着两个合同工一个村一个村地跑，重点区域一个院子一个院子地检查宣传，但还是在靠近保护区的黑竹垭发生了猎杀大熊猫的案子。当洛南通知他到局里谈话时,他想到的是,也许自己又要挨一次处分,挨就挨吧,反正现在自己已不是站长,没有职务可免了。可是局里却要他去检查站,不仅要去,还要当站长。范文勇不想去检查站工作,但多年来的训练让他不自觉地形成了服从的习惯。当了几年兵,复员回来又干了十年的合同工才考上招聘干部,已经很难再对自己的上级说个"不"字。他早就听说检查站很乱,隔几天就有打架的事。他一直觉得检查站是一个浑水塘,虽然谁都想在街上处处被人恭维处处有人递烟,进饭馆有人抢着给钱,可是他不想卷入那个浑水塘。

洛南没有让范文勇继续推托,局党组已经决定了的事,只有党组会才能撤销,不要辜负了邵局长对你的信任。范文勇不再推托,洛南便亲自送他去检查站上任,还专门带上了余伟和陈西,目的就是让他们今后多支持检查站的工作。在见面会上,洛南专门点了森林公安,如果检查站发生冲突,特别是发生危及执法人员安全的事件,要及时到现场处置。森林公安有人有铐有枪,不能软。公安软了检查站就硬不起来,林业局就会变成橡皮图章。余伟也当场表态要为检查站保驾护航。

范文勇上任后,检查站挡获木材的数量在一个月内比以前翻了一倍,三个卡点放行登记、罚没登记变得规范,人员排班轮休也更加合理。执法人员抱怨少了,社会上对检查站的各种传言少了。县委书记薛鉴在下乡调研时,特地去看望了检查站的值班职工。县长文契在政务会上点名表扬了林业局。邵年脸上有了光,在党组会上也表扬了洛南和范文勇。看来范文勇这个人没有选错,邵年说。

53

洛承义拿起一把扫把，提一个塑料油桶，对尔朵说，走吧。尔朵跟着洛承义走出院子，在黑桃树下撒尿。洛承义站在旁边等，他口里埋怨，你怎么狗尿越来越多了？尔朵时而走洛承义前面，时而走他后面，时而又擦着他的脚和他并行。一路上它从不叫，也从不和其他狗纠缠。洛承义进了天神庙，尔朵自觉地在门槛外停下。狗不进庙门，这是规矩。洛承义先在神像前作个揖，说，我先歇一会儿。然后坐在门槛上抽卷好的叶子烟，咳出几口痰才站起身，用扫把扫天神身上的灰尘。可是天神头顶和肩头上的灰尘怎么都扫不到，他想爬到石台上去，刚用了一点儿力，腰上就痛起来。如果摔下来，死不了活不好，反而给儿子找麻烦。他只好摇摇头对天神说，我老了，爬不上去了，等儿子回来，我叫他给你打扫。

打扫完神像，洛承义又开始打扫墙上和地上，一点一点地清扫。他扯一把铁线草揉了揉当作抹布擦贡台，等打扫完，他抬头望望头顶的瓦，已有好几处坏了。洛承义叹一口气，提起油桶向台上的两只油灯碗里添了大半碗油，用一节未燃完的蜡烛签将灯芯挑一下，火苗立即亮了许多。

洛承义便坐在门槛上和尔朵说话，前几天老二回来说，猎神死了，咱们今后没地方可去了。尔朵虽然自己不会说话，但很会听。尔朵一定听得懂人话，不然怎么会时而摇头时而又点头，时而哼哼时而又眨眼睛。洛承义又对尔朵说，咱俩都是从鬼头崖回来的，咱俩都还活着。可你怎么比我老得还快呢？尔朵悲哀地哼哼两声。

猎神死了，到底什么时候死的都不知道。虽然人都是要死的，可这样的死还是让洛承义无法接受。他想去看猎神最后一眼，可老二说猎神是被人杀害的，早已被公安局拉去做解剖了，做了解剖就送到了火葬场，一把火过后只剩几块骨头。由于猎神没有后人，连骨灰都不知弄到哪里去了。

星期天，洛南回家给父亲送药的时候，洛承义埋怨洛南，就算老光棍没有后人，也该把他的骨头弄回来，埋到山上嘛。他一生都在林子里钻，也好让那些野兽给他做个伴嘛。洛南说，这不是我在管，是公安局在处理，爹你就不用管了吧。

洛承义说，我答应过要埋他的。我若不管他，就没人管他了。你去把猎神的骨灰弄回来，要多少钱都由我出。

洛南不好再说不行，回到县上就带了民政局的朋友去殡仪馆查找。还好，殡仪馆还把猎神的骨灰留着，装在一个瓦罐子里。洛南交了瓦罐的钱，就把罐子抱到车上。殡仪馆的人说你用私人的车拉骨灰，都不怕晦气吗？洛南便买了一卷鞭炮放了，在殡仪馆买了红布将瓦罐包上。在车子启动的时候，他对着瓦罐说，猎神，我带你回家了。

洛承义给了释比安珠一桶酒、两罐蜂蜜，请他给猎神唱经。安珠的猴头帽已经戴了三十年，依然光泽如初。他先在洛承义家院子里安了一张小桌子，将猎神的骨灰罐子放在桌上，点了香蜡纸钱，又在左边放了一碗玉米酒，然后盘腿坐在桌前的泥地上对着骨灰坛子念经，念了两个时辰，才站起身说，好了，送他上路吧。洛承义用背篓背上猎神的骨灰和一坛酒，扛着锄头，洛南拖着一把铁锹，尔朵犹豫片刻也跟了上来。洛承义走得很慢，似乎背上背的是一背篓土豆。他一路边走边撒纸钱，口里说，在那边想喝酒了，就来梦里给我说，我给你提一壶来。

洛南看爹走得有些吃力，说，爹，我来背吧。

洛承义说，算了，刚死的鬼邪气重，别迷了你。

洛承义刚想站住歇一口气，就见小路上有人上来，前前后后有十来个。不到一袋烟的工夫，一群人就到了近前。洛承义这才看清，这群人中有几个年龄大点的他面熟，都是这方圆几十里的猎人。一个穿羊皮褂、扎头帕、五十来岁的人走上前向洛承义拱手行礼，洛师叔，我叫尤龙，是猎神的大徒弟。感谢你能让师父的骨灰入土。尤龙指着其他猎人说，他们都是猎神的徒弟，听说师父归天了，我们都来送他一程。洛承义有些激动地说，难得你们这么重情义。尤龙说，一日为师，终身为父。尤龙身后的人都拱手向洛承义行礼，感谢洛大叔！洛承义神情激动地自言自语，老家伙，你的徒弟们都来送你了，你心里应该想得过了吧。尤龙向前对洛承义说，把师父的骨灰给我吧，我来背。洛承义将背篓递给尤龙，自己只扛着锄头，又指着洛南对一群人说，这是我的二儿子洛南，猎人们又向洛南拱手招呼，洛局长。洛南给每个人发烟后，大家才又一起往山上走。

走到院子后面小阳坡的青杠林里，洛承义在一个低洼处停下，就这里吧，这里避风、阴浸，又是咱们家的自留山，不用跟谁商量。

大家都在洛承义身边站住，洛承义一遍又一遍用锄把量位置，又量坑的大小，一边量一边说，老光棍，你消遥了一辈子，死了就委屈一点吧，好歹也把你弄回这山林里来了。这山上的野兽都不能打了，你活着也没啥意思。要不了多久，我和尔朵也要来了，那时候你就不寂寞了。本来我还是想给你弄副棺材，可是我老了，没那力气了。老二洛南又天生不是干这活的。你就将就一点吧，反正你也不是讲究的人。

洛承义量好尺寸，猎人们就开始挖坑，几个人争着挖，不到半个钟头，就挖出一个长五尺宽三尺深三尺的长方形坑。洛承义用锄把量了又量，才说差不多了。他将买来的纸钱在坑底撒了一层，尤龙从布口袋里取出一张豹子皮铺在上面，洛承义再将黑色的瓦罐放在坑的正中，又将酒坛摆在旁边。猎人们将带来的纸钱全部撒在坑里，几乎盖住酒坛和骨灰罐，洛承义在坑边点起一堆纸钱、一炷香、一对蜡烛。一个猎人将带来的酒坛打开，又递给一人一只碗，尤龙领头，徒弟们在坑边跪成两排磕头大喊。

师父，你升天吧！天上的荣华富贵等着你，锦衣玉食，骑马坐轿，妻妾成群，儿孙满堂。

喊完过后，每个人将酒碗端起，一个猎人给每人的酒碗里倒满酒，尤龙将酒碗平端在胸前，喊道，师父，徒弟们敬你三碗酒！

喝下三碗酒，阳关大道任你走，喝下三碗酒，出门走路不怕狗，喝下三碗酒，邻家的姑娘任你瞅，喝下三碗酒哎——师父你在奈何桥上哟乐悠悠。

唱完，再将酒碗举过头顶。尤龙喊，第一碗酒，愿师父在去地府的路上顺风顺水。大家一起将酒倒在面前的泥土上。倒酒的猎人又将每个人手里的碗倒满。尤龙又喊，第二碗酒，愿师父在阴曹地府处处受到优待照顾。大家又将酒倒在地上。然后是第三碗酒，尤龙喊出了全身力气，愿师父早日投胎，来世再也不做猎人了！

尤龙喊过大家就又一起唱起来。

师父你大胆地往前走，

第七章 师父你大胆往前走

往前走,莫回头。
骑白马,乘龙舟,
小鬼见你绕道走,
通天的大路再长也别愁。

师父啊,你一生都是快乐的单身汉,七十岁了还是孩子,下辈子还是娶个媳妇吧!

洛南一直站在旁边看猎人们敬酒,猎人们脸上的虔诚与庄重,让他感到内心某个地方被触动了,也许真的有奈何桥和阴曹地府。那么姐姐和娘在赶往地府时是怎样一种心情?她们回头张望过吗?

猎人们敬完酒才站起身,帮着往坑里回土,一边干活一边跟洛承义和洛南说话,师父的徒弟今天来得很整齐,活着的都来了。洛承义说,既然你叫我师叔,今天就到我家吃个饭。大家都说以后来吧,今天就不了。尤龙说,自从国家禁猎后,猎枪被收了,咱们都改行了。师兄弟们现在有的是木匠,有的是石匠,还有的在外地打工。没有一个人再收徒弟,咱们就是最后一代猎人了!洛承义被大家说得不停地擦眼睛,我们都是最后的猎人,今后世上再没有猎人了。

坟堆垒好,猎神的徒弟们离开后,洛承义才蹲在坟前烧纸,一边向火里扔纸钱,一边说,我们是平辈人,就不给你下跪了。愿天神时刻都眷顾你,下辈子还是找个媳妇吧!

洛南看着父亲一丝不苟、神情专注的样子,大半天居然没有咳几声,完全不是平时坐在门槛上有气无力的样子。直到纸烧完,洛承义才坐下来掏出叶子烟。洛南说,爹,咱们回去吧。洛承义说,我再坐一会儿。洛南自己也摸出一支烟,却没点上,说,爹,我看你身体还不错嘛,腰上还痛不?洛承义咳几声，各人的身体各人知道，只要能自己弄吃的，就不会给你添麻烦。洛南不知道该说什么，洛承义似乎想咳嗽又忍住，慢慢地说，土葬的罚款我已经准备好了，如果哪天我死了，就别把我拉去烧了。埋的地点我死前会告诉你的。

洛南说，爹你才七十几岁，身体也没啥大问题，说这些干什么！

洛承义不再说死后的事，反而突然问，你哥到底到哪里去了？为啥还没回来？

洛南犹豫了一下说，哥到外地打工去了。

洛承义吃惊地看了洛南一眼，打工？难道他没当村主任了！

洛南说，没当了，他不想当了。

洛承义没有再问什么，站起身收拾完东西，才对洛南说，走吧，去帮我打扫一下天神庙。父子两人在天神庙里一点一点地打扫，扫把扫过又用小刷子刷。洛承义一边干活一边说，你可别像你哥那样，让我这老脸都没地方搁。

洛南走后，洛承义在门槛上坐了一个时辰，才起身将院子里晾干的草药装进一个布口袋里，那些草药是专门治咳嗽的，他到山上挖了三个半天。草药一共有三种，一种叫乌蒿，一种叫黄叶草，还有一种叫野猪藤，都是祖上传下的偏方。他提起布口袋，刚走下阶沿，尔朵步履蹒跚地跟过来。洛承义说，你走不动了，就别跟着去了。尔朵听话地就地坐下，用眼睛送他出了院门。洛承义看看尔朵没有跟过来，就加快了脚步。先顺着沟往外走，到了青杠垭就往左拐，在一片青杠林中走了一里地左右，就进了与黑沟相邻的白沙湾。他在一个小山梁上坐下，点起一卷叶子烟。不知道水月喝了这种药好点没有？如果好点了，回去就再上山去采一点。如果还是老样子，就说明这药没有效果。洛承义一边抽烟，一边浅浅地叹了一口气，祖上传下来的方子都不灵验了，那又该怎么办？

洛承义抽完烟，看看天色暗下来，才如做贼一般向水月家走去。水月家住在白沙湾中段，从湾口往里走要经过好几户人家门前，每从一家人门前走过，就引得一阵狗叫声，似乎有意让全湾的人都知道来外村人了。洛承义在一丛竹林边站住，他想等狗叫声歇下来再继续走。不远处有一点暗黄的灯光，那就是水月家阶沿上的电灯。很多年前，那墙上挂的是一盏墨水瓶做的煤油灯。在买煤油还要凭票的时候，水月喜欢点灯，发的油票只够点半个月。洛承义长期在夜里进山打猎，独自一人在家根本不用点灯，所以他时常会给水月提去一瓶煤油。洛承义是护灯，家里从来不缺油点灯，但他从不用村民进贡给天神庙的桐油点自家的灯。他经常在进山时带一根布口袋，遇上野生的桐子就摘下来，多了就拿到街上换回一两瓶煤油，也是等洛南放学回来时才用。

洛承义在竹林下歇匀了气又往前走，自从有了电，每一个湾的晚上都亮了许多。洛承义自己在夜里还是习惯凭天上的星月照路。即使没有月亮，星星的光也足够把路照亮。那种亮让他走在山路上安静而踏实。而现在，虽然有了电灯，但照不到的地方比以前更黑，似乎把所有的黑暗都撵到背光的地方去了。而照到的地方又亮得刺眼，亮得让他如被示众，有种在光天化日、众目睽睽之下偷鸡摸狗的感觉。

经过了屋檐灯最亮、狗叫声最响的一户人家，终于到了水月家门前。水月坐在屋檐下就着灯光择黄豆。洛承义走近，感觉水月脸上的气色似乎好了些，鼻尖在灯光下反射着油灯一般的光。看见洛承义走进院子，水月就说，我把黄豆泡了给你磨点豆腐。洛承义将手里的草药挂到墙上的钉子上，说豆腐就难得磨了,你要是想吃,我改天去街上给你买几块。这草药如果有效果就再熬了喝,如果没效果,就还是到街上医院去找医生看吧。水月站起身,现在街上的豆腐都放敌敌畏,哪有胆水点的好吃。我这几天好多了,反正晚上有的是时间,推磨豆腐也累不死。洛承义只好说,那我去给你熬药吧。

水月还没推好豆腐,洛承义已将熬好的药端出来。洛承义说你喝药我来推,水月双手捧着药碗,一小口一小口地喝,洛承义说你要觉得苦,就去加点白糖,现在白糖不金贵了,不要票,价钱还便宜,别再舍不得。水月说,现在的药也没以前苦了。洛承义把一磨豆子推完,感到腰上还是有些隐痛,便坐在门槛上看水月滤豆渣。湾里很静,狗叫声都没有,安静得就像真正的夜晚。

洛承义觉得腰上的痛消失了,又取出烟点燃,说,猎神死了。

水月平静地应了一声,死了。

洛承义又说,尔朵也走不动了。

水月说,老了当然走不动了。

洛承义小心地吸着烟,他不想被烟呛着弄出太大的响声。

水月一边滤豆渣一边淡淡地说,谁都会死的,所有的人最终都是死路一条。

洛承义说,我只是担心,如果我比尔朵先死,今后谁来照顾它。

水月说,到那时候再说吧。你看我这样子,说不定哪天就死了,我都不想那么多。如果我比你后死,就把它交给我吧;如果我比你先死,就算了。

54

2004年冬,尚文雄的天润木地板厂如期竣工投产。局长邵年、副局长洛南、林政股长陈西都受到邀请参加剪彩仪式。洛南不想去,邵年说,你是分管领导,不去怎么行。你去参加的是竣工仪式,不是婚礼生日酒宴,是公事不是私事。在车上,洛南开玩笑说,邵局长今天这样穿戴一下就年轻了十岁。邵年说,我要真年轻十岁就不会还当这么个科级干部了,只怪父母让我读书少了,还是你们文化人好。陈西说,邵局长你是自学成才,比我们从学校出来的能干多了。

洛南说,我只是有些担心,现在天然林停伐,可以用的资源是有限的,万一发生资源管理上的问题,一追查起来都是我们的责任。

想到了今后有可能的麻烦,洛南就感到困倦,他闭上眼睛想睡几分钟,手机却在裤包里跳起来。看看号码,陌生又似曾相识,洛南便不想接,又闭上眼睛让电话在手上颤动。手机停了一下接着又开始发出沉闷的呜呜声,洛南只好接了。电话声音有些似曾相识,洛局长,向你举报一事,天润家具厂收购黑木材。洛南感到有些莫名其妙,天润木地板厂不是今天才正式生产吗,怎么就开始收购黑木材了?

我说的不是今天才开张的木地板厂,而是在关河湾的家具厂,全是小皮卡车、面包车,拉的全是桦木、椴木还有野杉,一天要收几十米。

洛南问,是你自己亲眼看见的还是听别人说的?

是真是假你们去查一查不就知道了。举报人虽然没有生气,却匆忙挂掉了电话。

洛南问坐在前面副驾驶位置上的邵年，邵局长，你看还是让公安科去看看吗？邵年半天没有回答。

邵年隔了一会儿说，你给大安林业站打个电话，让他们去看看。告诉他们不要声张，不要说有人举报的事，就说例行检查。尚文雄今天在开张待客，看来这个举报人很会挑时间，不简单。

竣工仪式来了很多领导，市林业局杜局长、关县长都来了，县计经委、国土局都来了一把手，很多县上部门也来了副局长，市日报社、晚报社和县电视台都来了记者。竣工剪彩仪式在新建的厂区生产车间大门外，新厂区占地七八十亩，还没有建成绿化及配套设施，四周建了围墙，围墙内空地一半打了水泥一半还是泥土地。围墙外朝公路一边贴上了大幅标语，大门口四只空飘气球悬挂着红底白字的祝贺标语，车间外立起了充气拱门，拱门下六个礼仪小姐托着一条扎着花的红布排成一排，两边摆着花篮，拱门前铺了红地毯。

一个穿西装的年轻小伙主动过来说，我叫任泉，是天润公司办公室的副主任，欢迎你们光临。尚总在陪市上和县上领导说话，安排我过来请你们过去。然后给邵年胸前别上了有小红花的贵宾带，又给洛南、陈西发了嘉宾胸带，殷勤地引着他们前往拱门前面。尚文雄正在陪杜才全、关云山和局长们聊天。尚文雄西装革履，短头发梳得很光洁，胸前配着小红花，看见洛南就招手让他过去。洛南摆摆手，停下了脚步，他不想去和领导们站在一起。陈西也停下脚。任泉又过来给他们一人一瓶矿泉水，邀请他们到嘉宾席就座。洛南对任泉说，有邵局长在那边就行了，咱们就随便走走看看，你也不用照顾我们了。任泉客气一番才离开。洛南便和陈西在围墙内闲逛，过了一会儿才感觉那声音有些熟悉，却没想起在哪里听到过。

陈西说，看起来尚文雄的计划还不止建这一个木地板厂，不然他征这么宽的地干吗。洛南叹息一声，可是咱们青石县的资源并不是像海水那样取之不尽，用之不竭的，这个木地板厂今后的原材料来源我真的很担心。

　　洛南和陈西专注地看着在场地边上的几块展板，上面有天润公司的简介、发展思路和规划，突然感觉有人拍了一下自己的肩膀，洛南回过头，一张熟悉的面孔正向他微笑着打招呼，洛局长！洛南猛然记起，这不是农行的黄主任吗？他忙着伸出手，一边握手一边问，黄主任，我有好长时间没见到你了。今天也来参加尚文雄的开业剪彩？

　　黄江水低声说，我已没在农行上班了，现在我是尚总的财务经理。我刚才远看像你，又不敢确定，这会儿确定是你，才过来招呼你。听尚总说你都当局领导了，祝贺你！洛南看黄江水说话的神态就知道了一些不好问的事，只说尚总从来都没说过你到他公司来了，不然我们早该一起吃个饭呢。你是有本事的人，尚总有眼光。黄江水依然恭谦地说，我哪有多大本事，混口饭吃而已。还是你不错，今后还要靠你多关照呢。

　　一个人往城外走的时候，洛北时常想起自己小时候跟着爹上山打猎的情景。爹走得太快，时常走一段就停下来等他。爹扛一杆长枪，自己扛一杆短枪。在山上放第一枪时，洛北被枪的后坐力推到地上，他觉得自己的耳朵肯定被震聋了。爹没有过来拉他，尔朵却过来用嘴拱他。但是洛北很快就掌握了开枪要领，第三次开枪时，他便打中了一只歇在桦树上的锦鸡。第四次跟爹上山，他便可以跟爹打配合，将一只未成年野猪赶到一个岩缝里。可是爹却很少带洛南上山，这让洛北曾经感到很自豪。洛南从小身体瘦弱，虽然只比自己小两岁，个子却矮很多。洛南不光个子小，还经常咳嗽发烧，走路死快快的，爹经常看到他就叹息皱眉。洛北刚上完初中，爹就说，回来跟我学打猎吧，我看你也不是读书的料。

爹说，咱家是猎人世家，这门手艺可不能在你们这一代丢了。你若把打猎这门手艺学好了，将来自己赚钱娶媳妇都没问题。洛北想，自己也许真的不是读书的料，便一声不响地跟爹上了山。后来洛北真的靠打猎赚钱娶了媳妇索娅，却没想到索娅刚过门就坚决闹着要分家，理由竟然是每天见到爹心里就害怕，还摊牌说如果不分家她就回娘家，直到分了才回来。爹有什么好害怕的，又不是黑熊野猪。只是洛北知道，因为没能上成高中而留在自己心里的结如小石子一直梗着。想到洛南上大学时得意的神色，洛北心里的石子就一直消解不了。因为和父亲分家，洛北与父亲的关系由父子变成了陌路，而且也和洛南闹翻脸，他心里一直有一条未愈合的口子。虽然分家后，他并未从家里拿走任何东西。而修新房子的钱索娅家几乎出了一半，另一半则是自己卖野物积攒下的。可是洛南上大学回来却毫不顾及兄弟情面地骂他，不光骂他，还打了索娅一耳光。小时候，爹经常骂洛南武大郎，但当他考上大学以后，爹却在村里逢人便说起他。洛南大学毕业当了国家干部，爹更是提起小儿子腰杆都挺得直一些，似乎他只有洛南一个儿子。

洛北一个人在路上走得像无家可归的流浪汉。他觉得大公路上车太多了，看不到一块农田，便拐上旁边的一条小路。路窄了，车少了，洛北心里的飘浮感也慢慢减弱。路边有了零星的农田，不远处也有了长满树木的山包。洛北走一会儿就站在路边抽一支烟，抽完烟又继续走。有农民穿着蓝色的背心在田间锄草，农民乌黑的脸和脸上的汗、头发上的灰尘让他感到十分亲切，终于在他乡找到了自己的同类！洛北感觉自己浑身也轻松起来。当他准备转身往回走时，路边一块很小的旱田里一个正在用锄头除草的人引起了他的注意。那人除草时不是站着,而是坐在一把简易的折叠椅子上,挥着双臂除上一段草,又起身用椅子做拐杖,向前慢慢挪动两步,然后又坐在椅子上继续除草。坐在椅子上除草的人已经老得无法站立和行走,却还不得不下地除草。洛北觉得自己的心被针扎了一下,他停下脚步走进地里,扯起别扭的普通话问,大爷你走路都不行了,怎么还下地干活啊?老人抬起头,满脸沟壑纵横,眼里一片迷茫。洛北又问了一遍,老人才说,要吃饭,不干活哪来饭吃?

洛北问,老人家你多大了?

老人微微喘着气说,不大,才刚过八十。

洛北问,你的儿女呢,难道他们不管你吗?

老人淡淡地说,女儿嫁了,儿子分家了。

分家!洛北感觉如挨了一记重重的耳光,他转身就往回走。自己娶了媳妇就和爹分了家,爹走不动了,也会拄着椅子下地干活吗?

有一天休假,洛北突然想到应该进城逛逛,今后索娅问深圳是什么样时,他才不会什么都说不出来。他在工友的指点下找到了地铁站。进了地铁站,洛北就被汹涌的人流挤得晕头转向。又高又长的扶梯上人挨着人,进站口、出站口、站台上全是人。每个人都行色匆匆、表情漠然。洛北被前后左右的人挤压着,他感到自己被挤成了一片树叶,在这远离家乡的地方飘移。一个人在面对人数太多的群体时,才会感到自己的渺小。自己连一只蚂蚁都不如,一粒沙子都算不上,就是一粒看不见的尘埃。既然人这么渺小,那又何必非得争个你死我活呢。

洛北被推挤着进了站,却不知怎样买票,只好操着生硬的普通话问身边匆忙行走的人,而别人的回答他又半天没有听懂。好不容易找到一个穿制服的工作人员,才被引到了地铁站的人工售票窗口。终于上了车,在地铁上看见有空座位,也不知该不该去坐。每个人都目光漠然,即使讲话,也是他听不懂的南腔北调。

出来这么久了,总该给儿子买点东西,洛北便进了商场。他看见一套漂亮的运动衫,还有一顶漂亮的帽子,价格也才五百多。他打算买了给儿子寄回去。去结账时才知道五百多只是帽子的价格,一套服装是七千多。用自己两个月的工资去买一套棒球服,他并不是买不起,而是舍不得。服务员已热情地为他包好,问他是刷卡还是付现时,他才尴尬地说算了,就买这顶帽子吧。洛北将漂亮的棒球帽带回厂里,却一直没敢把包装拆开。他害怕工友问他,取笑他,他也不能就这样给儿子寄一顶帽子回去,只好一直放在旅行包里。

爹没让自己上高中,可是爹教会了自己打猎,因为打猎挣到了钱才娶回了索娅。现在爹老了,我却把他丢在家里不管。洛北躺在床上闭上眼睛,就看到那个坐在椅子上锄草的老人,就看到爹在山上疲倦地干活的样子,看到天神眼里的责备与愤怒。他想给索娅打电话,又知道索娅不会听他的。他想给洛南打电话,又不知道说什么。直到天边发亮,洛北依然不知道自己该怎么办。

后来,索娅不知哪根神经出了问题,居然把自己的电话号码告诉了村里的人。云丹给他打来电话,洛主任你快回来吧。以前自己在村里谁的话都听不进去,实在太不应该了。严书记、木由、仁青都没有坏心眼,也没有私心,都是为了村上好,我错怪了他们。虽然云丹说大家都在等着他回来,洛北还是觉得实在没有脸面就这样回去。

可是,当他听说神树林被砍,严书记也被他们打伤时,他觉得自己不能再在外面多待一天了。

55

范文勇到检查站后，找到局里领导将一些胆小的、与木材贩子打得火热的人调走，又从林业站调了一些年轻的、正直不怕事的到检查站。范文勇虽然自己不值班，但平时都在三个分站跑来跑去。三个分站中，柳溪乡云岭是过境检查站，而香水乡香泉不是主要出口，只有大安镇关河湾才是青石县木材出境的主要关卡，也是发生冲突事件的主要地点，范文勇的办公室和寝室就在关河湾。

通常情况下，木材贩子白天进山，在某个林场排队装车检尺，回到县城多数已经是晚上。办了木材运输证再拉着木材从检查站过关时，基本上是晚上十一二点。所以检查站往往白天比较清闲，晚上却门庭若市。办公桌上堆满了一支支散烟，值班室里随时都站着一手拿烟一手拿着运输证等待检查盖章，或补交育林费的各色木材贩子。室内烟雾弥漫，室外装满木材或木材加工产品的各色货车在青岷公路边排着长队。因为白天青岷公路车流量实在太大，木材车也少，花杆就处于长时间开启状态。运输木材车都会停车接受检查。而偷运木材的，要么覆盖伪装成非木材车，要么就在半夜开到检查站附近，停在不显眼的地方或跟在小车客车后面，趁花杆抬起时冲过去。按照规程，过了晚上12点横跨在公路上的花杆就会放下，木材车被检查站检查验证盖章后，值班人员才会按动花杆抬升电动按钮。距花杆不到200米的公路边立着"前方检查站"和"停车检查"的大反光牌子，花杆上也涂了反光标志，中间还有一个停车检查的圆形反光小牌子。通常情况下木材运输的货车到达检查站时都会主动靠边停车，而对其他小轿车、客车等非运木材的车，值班人员则不用检查，直接按下按钮将花杆抬起，车辆通过后又将花杆放下。不过，明目张胆拉着一车没有手续的黑木材强行冲关的车几乎没有，因为花杆是铁管做的，如果直接冲过去，花杆会被损坏，车子也会严重受损，甚至无法正常行驶。而且即使硬冲过去了，检查站也会出动执法车追上货车，将车拦下。如果出现这种情况，就会由森林公安出面将非法运输的车辆连木材押回检查站，扣押几天再处罚，没收木材、罚款，甚至扣车，如果损坏了花杆还得赔偿。

范文勇对值班人员说，你们仔细一点，拿不准的多问一下，平时多翻一下木材运输管理的细则，把局里的文件多看几遍。那些规定说起来复杂，关键的也就那么几条。还要多练一下眼力，一车木材是五六米还是八九米多练练就能估个八九不离十。一辆车里面有没有木材，只要仔细观察也可以看出一些门道。你们都是我向局里要来的，都是信得过硬得起的。现在咱们是同一条船上的人，遇到事情时都要齐心，只要人在站上，不管是否在值班都要敢站出来。特别是遇到有人在检查站故意闹事甚至行凶，每个人都要站出来硬起。我是当兵出身的，不找事也不怕事。咱们的人加起来就是一个加强班，只要咱们都能硬起，有人就算想来检查站耍横也会有所顾忌。人不犯我我不犯人，如果有人拿刀拿棍威胁我们，我们也要拿刀拿棍自卫。只要大家不拿别人的不吃老板的，有什么事我都给你们担着，受伤也是工伤。但是如果谁收了老板的钱犯了法，被别人告了，被纪委暗访抓到了，我不仅保不了你们，连我也会跟着遭殃。

不到两个月，就发生了不下十次冲突事件。木材贩子想出了各种偷运木材的办法，将木材伪装成蔬菜、沙子等，更多的是各种小面包车，将车内的座椅拆了，用来偷运木材，让执法人员防不胜防。尤为让范文勇头痛的是一些胆大的木材贩子，借着夜晚，开着伪装后的木材车强行冲关。执法人员只好立即驾车追赶，而在追赶中，时常会被不法分子将车挤到路边水沟里，几次还差点被挤到悬崖下。此外，还有人专门在半夜来过卡点，趁着其他执法人员在休息，掏出一个信封就往值班人员包里塞。有人经不起几百块钱的诱惑，抱着侥幸心理违规盖了章按开了花杆。但大多数人都知道吃人嘴软的道理，坚决不收，于是便经常与拉木材的老板发生冲突。遇上有些操社会的，不仅会争吵，还会发生肢体冲突。范文勇不怕打架，但他不想天天活在紧张之中，更不想自己的职工出什么意外。他悄悄在自己寝室床下放了一把两尺长的砍刀，在值班室办公桌下不起眼的地方放了两根一米来长的钢管，在值班室后面的休息室床下放了两把消防铲。他私下里对值班人员说，万一别人拿刀砍我们，我们也要用这些东西保命。如果到了你死我活的关头，要保命就绝不能手软。

这天，范文勇打算回家请人帮忙把家里的几亩土豆挖了，卖了以后给儿子交学费与生活费。他刚收拾好脏衣服，楼下值班室就传来吵闹声。他放下脏衣服就下楼来到值班室，是尚文兵和两个跟班在与值班人员争吵。范文勇一问才知道是尚文兵运输的包装箱板未按规定交育林基金，值班人员要求尚文兵补交。

尚文兵嘴里喷着酒气，声音很高，原来都是按8％交，为什么你来就要我们交12％？范文勇解释，这是局里的规定，不是我们检查站自己定的。尚文兵说，那以前的8％就不是局里规定的吗？范文勇努力保持着耐心，以前是怎么收的我不清楚，但省厅、市局、县局的规定一直都是12％，检查站哪敢提高或减少一分！尚文兵突然拍了一下桌子，说，我拉木材几年了，都是交的8％，为什么都放行了的，明明是你来了才给我们设的坎让我们爬。范文勇还是说所有的加工厂都是按12％交的，总不可能你尚兵娃要特殊点。尚文兵又拍了一下桌子，你就是有意跟我们作对。范文勇说，你不要拍桌子，如果不按规定交费，我们是不敢放行的。

尚文兵继续拍桌子，如果我不交那么多呢，你把板子给我下几块？

如果不按规定交费，我们就只有不放行。

尚文兵又抬起手，却犹豫了一下，掏出电话走到值班室外。打完电话尚文兵又走回值班室站着。没过多久，值班室的电话响了。范文勇拿起电话，没好气地"喂"了一声，语气马上就低了下来，邵局长，我是范文勇。新的收费标准每个木材加工企业都是这样执行的，虽然有些意见，但是都按规定交了。可是天润公司……如果他们不执行新规定，其他企业知道了也不执行怎么办？我知道，我知道……好吧。范文勇闷闷地挂上电话，值班室沉闷的空气压得人喘不过气来。范文勇愣了片刻，转身上楼，两分钟以后，提着一口袋衣服下楼，对值班人员说，放行，然后上了一辆到县城的客车，直接来到林业局。

范文勇先到邵局长办公室，还没来得及把心中的怨气发出来，就被邵年打住。邵年说，我现在还是局长，你不听我的听谁的？范文勇还想争辩几句，邵年说，我还要去政府汇报工作，就这样吧。邵年说完就收拾公文包，准备出门。范文勇看到邵年黑着脸的样子，只好闭了嘴。他越想心里越窝火，转身又到洛南办公室。范文勇将脏衣服包放在沙发上，然后开始生闷气，你们当官的都要当好人，还要我们在检查站值班干什么？

洛南说，你既然向局长请示了，还问我这个分管副局长干什么？执行就是了！局长有指示当然听局长的，这个规矩都不懂吗？

范文勇坐在沙发上一言不发，如一个赌气的孩子。

你范文勇可真有本事，才当几天站长，不敢在局长面前发火，就到我办公室来骂人。看着五十来岁的范文勇生气的样子，洛南扔过去一支烟，又说这类情况今后还会经常遇到。你要记住，只要领导有指示，就按领导的意见执行，谁表态谁负责。没人表态就该你负责，懂吗？万一我的意见和一把手的意见相左，当然听一把手的，知道吗？

可是我并没有主动向邵局长请示，是领导打电话过来的。范文勇还想申辩。

洛南打断范文勇的话，局里以前是专门研究过对某些企业在育林费收取上适当降低标准，而现在新班子上任后却没有研究，所以多收和少收都不是大问题。好了，放了就放了，说说检查站现在的情况。

范文勇将烟抽了一半，才说，形势一天比一天严峻，这几天我们还发现了一个新情况，有时我们接到举报说，某个大货车下面装木材，上面却装沙子或者土豆，铁钎都插不进去。由于缺乏证据，我们也不敢强行要求下了土豆或沙子检查，万一举报不属实，人家要求我们赔偿损失，这个责任我可担不了。范文勇说起来就停不下，还有，这段时间各种中巴、面包车、三轮车甚至各种越野车偷运木材现象十分严重，由于车流量大，要对每一辆出境车辆进行检查非常困难，甚至根本不可能，肯定会有不少偷运者蒙混过关。

对检查站的情况，洛南并不是不知道，而是没有想到好的解决办法。由于采伐指标有限，很多人就偷砍盗伐。从老百姓手上收购一米没有指标的原木价格不过两三百元，卖到境外加工厂，价格高达每米六七百元。由于处罚制度上的缺陷，即使被抓住，也只是被没收木材，再处几百元钱罚款。低违法成本让偷运者无所顾忌。听社会上传言，有人靠偷运木材赚钱建起了三层楼房，还有人靠偷运木材买了汽车。县上人大、政协、纪委等部门在各种会议上对检查站工作提出了批评。

范文勇继续说，现在，值班人员已经接到多次恐吓电话，说让我们注意一点，总有一天会让我们缺胳膊少腿。前不久，又有人在值班室借酒闹事，差一点打起架来。

老范，现在检查站的情况你不说我也知道，不然怎么会调你到检查站当站长。局里安排你到检查站，就是要让你来替局里分忧，想办法、出点子。说实在话，就是我亲自来当这个站长，也不一定就能弄好。所以我很感激你，谁让我了解你呢。洛南诚恳中有一丝无奈，有些事情，我们现在能做的，就是尽到自己的责任。

洛南看看已经十二点过，办公楼里已经没有一个人，感觉有些累了，肚子却没感觉饿，便不打算吃午饭，就躺在办公室的沙发上准备睡午觉。电话响起，是妻子秦柯的声音：

都十二点过了，不去吃饭，在办公室干吗呢？妻子的声音充满了关切。

不饿，不想吃，睡了起来再说。洛南感到自己没有一点精神。

你看你自己，都瘦成什么样子了！我真担心你到底还能活几年！妻子调侃说。

我死了你就可以解放了，还可以找好的呢。洛南感到心情好了一点。

洛阳要上学了，你就一点不关心？是上公立学校还是上私立学校？私立学校条件好，费用高，可以全寄宿；公立学校虽然收费低，但是学校条件差，每天早晚都要人接送。妻子将难题交给了洛南。

私立学校我们哪儿找那么多钱，还是上公立小学吧。

每次谈到这些事洛南心里就觉得烦，他刚要挂电话，秦柯又说，昨天梅玲说，如果洛阳想上私立学校，尚文雄可以找关系帮忙，学费可以优惠一半。洛南不耐烦地说，算了吧，即使优惠一半也得不少钱，而且还要到处欠人情。秦柯在电话里依然心有不甘，听说尚书读的那个华辰学校有专门的音乐室、美术室、电脑室、电教室，每个教室都有电脑、音箱、投影，教材和资料都与普通公立小学不一致，一年级就开始学英语，专门有外教上语音课。洛南越听越烦躁，他生在我们这样的家里就是他的命。有多大的命，享多大的福。自己没有那个条件，再好又有什么用。

听洛南半天不说话，秦柯又换了一种口气说，我感觉现在你和尚文雄不像以前那样经常在一起了，是不是你们闹什么矛盾了？

洛南觉得秦柯有时候真的很笨，哪壶不开提哪壶。你就是看出来了，也不一定要说出来嘛，而且说起来不管听的人高兴不高兴。如果不打断她，她还会继续说下去。洛南只好说，哪有什么矛盾，我们又不是三岁小孩天天闹矛盾。

56

早上八点四十五分，洛南走进办公室，刚从文件柜里取出咖啡准备冲一杯，办公室门外楼梯上传来嘈杂的说话声和脚步声。洛南拧开瓶盖,抬头就见办公室门外站了一群人。他冲好咖啡,听见有人在敲局长办公室关着的门。洛南知道,邵局长今天上午在列席县委常委会,并且要汇报林业工作。这一大群人来找局长,应该不会是什么好事,便打算将自己办公室门关上。可他还没走到门口,那群人已经围到他门前。

哥,你回来了!看见洛北,洛南很吃惊。

洛北脸色灰暗,回来了。

洛南说,进来坐吧。洛北、云丹和释比安珠进门在沙发上坐下。洛南说我让办公室倒几杯水来,洛北摆摆手,不用了,我们来找你有事情。站在门外的其他人也挤进了办公室。洛北转头对云丹说,我才回来,情况没你们清楚,你们说吧。

云丹说,我们村的神树林被外人乱砍了,请林业局为我们做主。

办公室里的每个人脸上都带着怨气。一个老太婆居然坐到洛南的转椅上,有人在翻他办公桌上的书,有人站到窗户前抽烟,直接将烟灰抖到地上。

释比安珠声音有些沙哑,咱们村的林子被人强买了、乱砍了,咱们忍了。把咱们的人打伤了,咱们也忍了。可是他们连咱们的神树林都敢砍,还把咱们的书记打伤了,分明是不让咱们活下去了,咱们就没法再忍。紫云峡谷的神树林可是天神居住的地方,那里的一草一木,上百年都没有人去动一根啊。

云丹也激动起来,上次你哥和我还有好几个村民被他们打得住院,你哥伤心不过,出去打工了。这次严书记和我们去阻止他们,不准他们砍咱们的神树林,书记又被他们打得住了医院。你是咱们村出来的最大的官,又是专门管这个的,你可要为你老家主持公道。

洛南靠在办公桌沿上抽烟,看看门外,都是似曾相识的乡邻。云丹还没说完,另外几个人又插话,他们砍我们的神树林,我们去阻止,派出所来了反而抓我们的人。乡政府不管,我们找林业局;林业局不管,我们就去找县政府。

其他人也跟着附和,林业局不管,我们就去找县政府。

释比安珠说,没有天神的护佑,咱们族人就不会有平安日子。云丹说,我们要求林业局出面制止他们砍神树林,把砍树的尚文军、王小娃抓起来。

洛南打断云丹的话,我才从青坪乡调回来不到三个月,你们说的情况,我还不完全清楚。对你们反映的情况,我尽快安排人去调查。洛南还没说完,就被洛北打断,你不是尚文雄的兄弟吗?前后左右的声音纷纷响起,林业站和公安科都来调查好多次了,你们光调查不处理有什么用?

洛南不停地抽烟,嘴里只说,我会尽快安排人去调查,你们先回去吧。

办公室里坐着和站着的人都没动。洛南抽完一支烟,又说,你们反映的情况我已经清楚了,我会尽快向领导汇报,安排人来调查处理。你们都回去吧。

一屋子的人还是坐着没动。洛南感到自己成了陷入重围的士兵,找不到战友来解救自己,而围困自己的不是别人,正是自己的乡亲。他只好不停地抽烟,耳边全是抱怨声,自己竟然陷入了如此狼狈的境地,而又束手无策。又一支烟抽完,洛南终于换了一种口气说,哥,你们反映的情况局里已经清楚了,你们都先回去吧。要不你们都先上街去逛逛,中午我请你们吃饭。洛北说,我们不是来吃饭的,既然我们找你不起作用,那我们就在你办公室等局长回来。

洛北、云丹、释比安珠都不说话,办公室只剩下站着的男女七嘴八舌的声音。洛南不说话。洛北侧脸和云丹耳语几句,然后站起身对洛南说，那你慢慢忙吧，我们不打扰你了。释比跟着站起往外走，办公室里的其他人也陆续往外走。

洛南跟着大家下楼，走出大门，他将洛北拉到一边，悄悄说，黑沟的事仅靠我一人之力肯定解决不了，你带他们去找县上吧。

洛北看一眼洛南，眼里有些不明白。洛南更加小声地说，今天县上在开常委会，书记、县长都在，你知道我的意思吧。洛北转身就要走。洛南又说，去了不能大吵大闹乱喊乱叫，只反映实际情况。邵局长也在开会，你可千万不能说是我让你们去的。

洛南回到办公室关上门，缩在转椅里等着电话响。他感到非常疲倦，刚闭上眼睛，一股睡意便带着他向黑暗的深渊坠落。尚文雄，你不让我过几天安静的日子，那我也只好让你不能安静了！

手机跳动，洛南没有理会。桌上的电话又响起，邵年的声音充满急切，黑沟村的人冲进了常委会议室，书记很生气，你赶快过来！

县委常委会议室，县委书记薛鉴正在主持县委常委会。会议主要内容是听取政府几个重要部门负责人汇报上半年工作和下半年工作思路。薛鉴始终沉着脸听各部门的汇报，已经对好几个局长提出了批评，文契也一直不动声色，几个副县长都沉着脸。会场气氛严肃得有点让人喘不过气来。

下面林业局汇报。薛鉴说。

邵年刚翻开汇报材料，会议室大门就嘭的一声被猛然撞开。一群人如潮水般涌进会议室。所有埋头记录的参会人员都抬起了头。涌进来的人立即将回字形的会议室四周的空隙挤满，门外还挤了一大堆。进来的人情绪激动，大声喊我们找薛书记主持公道，有人大声嚷着我们要申冤。参加会议的常委，列席会议的人大、政府、政协领导、部门负责人都变了脸色。坐在外围与后排的人都如被施了定身法，望着涌进来的人群不知所措。

洛北走到坐在上首位置的薛书记面前，声音平静地说，薛书记，我是黑沟村的主任洛北，这是咱们村的文书云丹，这是咱村的释比安珠，我们的山林被砍光了，紫云峡谷的神树也被砍了。前次我们去阻止，几个人被打伤，现在支书又被打得住了医院。请薛书记为我们主持公道。

释比安珠上前一步说，神树林是天神居住的地方，三十多年前因为黑沟的树林被砍光，所以受到了天神的惩罚。二十多户人家的房屋被冲毁，七个人被洪水冲走。现在他们又要把我们山上的树砍光，难道还要我们受一次惩罚？

薛鉴阴沉着脸，听大爷说了几句，便转过脸问关云山，云山，具体情况你了解不？

关云山忙着站起身问邵年，邵局长，你过来一下，这是怎么回事？

邵年从下首的汇报席站起身走到薛鉴和释比旁边，面对着薛书记说，黑沟村把林场的木材卖给了天润公司，天润公司向林业局申请了采伐指标。具体的采伐监管由月山乡政府负责。

薛鉴还是不说话。县委办主任黄强已先一步走到洛北身旁，低声说，县委正在开常委会，你是村主任，让大家先出去，有什么事情待会儿开完再说。黄强一边说一边扶着洛北的肩膀往外推，洛北站着没动。邵年又去劝木由，木由说，别推我，我有哮喘病。释比又对薛书记说，我们的山林被贱卖，我们忍了。林被砍光，我们也忍了。但砍我们的神树林，我们不能忍。

邵年压低声音对洛北说，你们反映的情况我马上安排人去调查，现在你招呼大家先出去。云丹站到洛北身后说，山林是我们自己栽起来的，卖不卖是我们的权利。我这腰上的伤就是被他们打的，至今都还在痛。村主任和好多人都被打伤住院。强买我们的山林，还不按规划采伐，谁去阻止就打谁，这不是黑社会是什么！

站在会议室四周的村民纷纷喧叫起来，刚才还安静得大气不敢出的会议室，转眼就成了闹哄哄的一团。政法委书记肖明站起来大声说，你有什么事情可以申诉，但不能冲击县委，影响常委会，影响公务是违法的。邵年脸色通红，额上渗出了汗水，不停地说大家先出去，有事等常委会结束了再说。参会的人都站起来劝村民先出去。几个干部不停地劝说洛北，平时胆小的村民此时看自己人多，现在政府也没拿他们怎样，胆子便大起来，高声喊冤叫屈，还有人坐到了开会的桌子上，一个个脸上都是愤怒又害怕的表情。开会的人有的站着无言地观望，有人趁机出门去抽烟。

洛南进门时一眼就看到了站在释比旁边的洛北，会议室已七嘴八舌乱成了一片。洛南正要过去劝洛北，邵年将他叫到一边问怎么回事，洛南说了村民到林业局上访的情况。邵年责备道，你怎么让他们到常委会议室来了！洛南也来了气，他们要来我怎么知道！

邵年声音小下来，现在不是追责任的时候，我记得你老家好像就是黑沟的吧，这些人都是你的乡亲，现在你去劝劝他们，书记已经很生气了。

洛南忍住心里的火气，说，这些人虽然都是我老家村上的，但他们并不听我的。

邵年叹了一口气，那个主任也姓洛，跟你是什么关系？洛南只好说，是我哥。邵年说那你赶快过去劝他。洛南过去对洛北说，快让大家先出去吧。洛北说，这个时候大家都听释比的，谁听我的。洛南又跟邵年一起上前去劝释比，释比却不听劝，激动地说，必须把砍神树的人抓起来。云丹说，必须先把被抓的村民放了。其他领导都上前一边劝说一边推着群众向门外走，请你们现在出去，有事情等会儿结束再说。大家的情绪都比刚才在洛南办公室更激动，语气也生硬许多。有老人干脆坐到了会议桌上。几个老大爷、老太婆叫喊着坐到了地上。

你们当官的凭什么推我！

你们凭什么打人！

邵年在推劝村民出去时被抓住了衣服。薛鉴一言不发，注视着人群，深深地吸了几口烟。坐在薛鉴左手边的文契也一直不动声色地看着眼前的人。薛鉴抽完烟，偏头和文契小声说了几句，然后转头对黄强说，通知林业局、公安局局长、政法委、纪委、天润公司负责人、月山乡的书记和乡长，下午两点钟到政府开会。

十来个披挂齐全的警察站在会议室门外，两个带队的从会议室门口挤进，径直走到薛书记面前。薛鉴对警察说，你们出去。领头的警察看了薛书记一眼，薛鉴又重复了一遍，你们出去。

看着几个警察转身走出门外，薛鉴才从座位上站了起来，各位乡亲，我是县委书记薛鉴。会场安静下来，薛鉴接着说，大家反映的情况我到现在才知道，很对不起大家，我向你们检讨！我们工作存在不足，才导致了群众利益受到损害。我已委托文县长、关云山副县长，下午两点在县政府专门研究解决你们的问题，下午请你们推荐三到五个代表参加，现在请大家离开会场，由政府办安排大家中午就餐。

薛鉴说完，黄强招呼老年人和中年人带头向门外走，其他人也跟着离开了会议室。会场犹如一个大音箱，喧闹过后，尚有一阵久长的余音。当参会领导又回到自己的座位，薛鉴才沉着脸说话。

继续开会！

常委会散会后，薛鉴将关云山、邵年、公安局局长张天佑叫到办公室。关云山主动说，我工作不细致，下来马上安排调查处理。张天佑也说马上调查处理。薛鉴抬手阻止两人继续说下去。薛鉴站着，关云山三人也站着。

薛鉴脸色阴郁声音却依然平和，刚才人多，我不好多说。黑沟村这事应该不是老百姓无理取闹，当然也不排除受人指使的可能。青石县是林区大县，森林资源保护是一项重要工作，必须引起我们的高度重视。我们工作中肯定存在问题。到底是什么问题，我现在不下结论，也不想再问你们具体情况，问了你们也说不清楚。这件事会由文县长主持专题研究，我不想具体过问太多。但你们一定要先检查自己内部的人，有没有问题，如发现问题，从严处理，明白了吧。

邵年和洛南参加当天下午的专题会，两点不到，被通知参加会议的人员就已全部到齐。县长文契主持会议，副县长关云山、政法委书记肖明、县纪委副书记杨杰参加，林业局、月山乡政府、村民代表与天润公司老总尚文雄就事情起因与经过进行了各自陈述，在关键细节上发生了争执。天润公司尚文雄认为买卖合同是在双方自愿基础上签订的，不存在强买强卖情况。村民代表云丹、木由则认为合同是在天润公司暗中让林场木材卖不出去的情况下才签的。月山乡乡长杨伍则说，合同签订乡上从未向村里施压。洛北辞职后，支部书记主持村上工作是符合规定的。尚文雄认为双方打架是村民动手在先，且双方都有人受伤，属于普通的冲突，不存在涉黑人员参与情况。洛南猛地打断尚文雄的话，你们几十个人，带着刀棍到村上去，不服气就打，还属于普通冲突？你是根据什么法律下的结论？尚文雄也打断洛南，当时我没在现场，你也没在现场，派出所才有发言权。洛南又说，你到处放风，谁买了黑沟的木材都拉不出青石县，有没有这回事？

文契及时阻止了天润公司与黑沟村的争吵，并在会上决定，县上成立联合调查组，政法委书记肖明任组长，杨杰、洛南任副组长，公安局、林业局等单位参加调查。文契对洛南说，你是专家，黑沟又是你老家，好好把下关。被拘留的村民立即释放，天润公司暂停采伐运输。调查限期结束后，将处理意见报县委决定。

会议结束以后，邵年又回局里开了短会。邵年说，余伟和陈西暂时不参加，因为他们本身就是局内人，就在家负责收集整理相关资料。余伟负责收集涉及黑沟村县政府每次转来的举报的调查处理材料，材料要全，要有说服力，要经得起推敲。陈西负责收集黑沟村采伐指标下达、规划设计、采伐证办理、现场监管等资料，包括林业站的监管记录、整改通知书。你们俩各自再准备一个书面情况汇报，以备不时之需。邵年又对洛南说，在调查过程中要灵活把握，重要的情况及时给我打电话。邵年叹了一口气，是福不是祸，是祸躲不过。大家都要沉住气，不要自乱阵脚。

当三个人站起身准备离开，邵年却突然叫陈西留一下，看着洛南、余伟离开后才小声问，半年前，给黑沟林场追加的一千米指标那个文件，后来你找曲源补签字没有？陈西说签了的。邵年舒了一口气，你把下达指标文件的发文签复印一份给我。

洛南和县纪委副书记杨杰、县纪委监察室主任马友仁、工作人员刘玉明、公安局督查处副处长秦万良，还有政法委信访办先小云，一起到了月山乡。杨杰对洛南说，你来安排吧。洛南连忙摆手，这可是你们纪委的职权。杨杰说，你可是县长亲自点的人，也得多把关啊。杨杰与洛南、马友仁商量，先到村上找村民了解情况，再回头找乡上领导谈。一行人两辆车便直接开到了黑沟村村委会小楼前。小楼前的坝子里已经站了不少人，洛南抬眼就看见了洛北和仁青，云丹和木由也在人群中，洛北走上前来和他们打招呼。洛南没有在人群中看到父亲的影子，却看到一辆猎豹越野车停在远处的一个院子外的路边树荫下。

洛南提议先去采伐现场看一下，几个人都同意，便让洛北带路，两辆越野车直接开到了黑沟林场。根据采伐作业设计，天润公司2002年增补人工林采伐指标的伐区集中在黑沟内沟右手的第一个坡面，采伐面积大概两百亩。可是王小娃组织的采伐却没有明确的边界，伐区内没有用的灌木、藤蔓没有清理，只把有用的桦木、大叶杨、水冬瓜砍了。由于没有按规程清林，就导致采伐过后的造林更新无法开展。而伐区外通直的用材树①也被砍掉。主伐区对面的陡坡上也被砍得处处是天窗。站在伐区内的一个小山包上，调查组人员一个个都脸色阴郁。杨杰问洛北，你们村上来检查制止过没有？洛北说，我没在村上，但村干部来制止过，可是王小娃不听。杨杰没有再

---

① 以收获木材为目的的树种。

问，洛南站在土包上对杨杰说，两三百米外的紫云峡谷那边就是黑沟林的神树林，村民反映神树林被砍就在那个峡谷里。杨杰说那咱们过去看看。几个人便走路到了峡谷口，谷口歇牛坪有十几亩大，有白石祭塔、祭台。谷口很狭窄，两边的山直直伸向天空，只留下一条线，所以村民将紫云峡谷入口叫作一线天。站在一线天外的草地上就能听见谷内的流水声，通往谷内的小路上面有脚印，也有拖木材的印迹，还有几段冷杉原木隐藏在小路边的灌木丛里。洛南走到白石祭塔前躬身作了三个揖，口里默念，天神原谅！天神原谅！杨杰问可不可以进去看看，洛北说，除了释比、护灯，神树林原则上不让人进去。杨杰说那就算了。

调查组再回到村委会，洛北向杨杰介绍了仁青、云丹和木由，然后指着其他人说，他们都是自愿来反映情况的村民。杨杰看看洛南和马友仁，要不咱们就在村委会办公室先和这些人谈吧，谈完后如有必要再去入户走访，大家都说行。洛北便招呼几个村干部打开了村委会的会议室，打扫了灰尘，洗了水杯，用电茶壶烧了开水。杨杰说干脆咱们分两个组吧，每组三个人，洛局长你一个组，我一个组。洛南说我是林业局的，还是马主任和你一人一个组合适一些，我来配合你吧。两个组便分两处和村干部、村民一个一个地谈话。村干部谈的时间长，普通村民谈的时间短。有的村民只能说个现象，说不出实际东西。有的村民只说上次打架的事，还有的只说自己没领到任何补助。说到最近在采伐现场的冲突，有人说砍树的人先动手，有人说派出所来了却只抓村民。调查持续到中午一点过，才与到村委会来的人谈完。调查组在洛北安排的附近一户村民家简单吃了饭，又分两组入户走访。洛北和云丹各带一个组，每到一户人家开始问话时，杨杰都让带路的村干部到旁边回避一下。每个组走访了十来户，看看天快黑了，调查组才下山，住到了月山乡政府的招待所。

在政府食堂吃过饭后，几个人商量，干脆一鼓作气，把该询问的人都询问了。其实，了解情况的也只有乡长杨伍、副乡长白石和驻村干部何晓勇，乡党委书记席小林前两个月一直在市委党校学习，只了解后期的一些情况。调查组依然按照在村上的分组，一个组询问乡党委政府领导和职工，一个组询问派出所领导与出警人员，以及林业站的工作人员。

书记席小林说，前几个月他在党校学习，杨伍作为第一副书记、乡长，在家主持工作。前期签订的承包协议、冲突调解及村干部反映的情况，都是他在负责。后期这次冲突，我也是安排他在负责。他向我报告的是天润公司的承包程序和手续都是合法的，采伐手续也是合法的，村民的举报和冲突，都是由于村上内部有人因为想自己承包未成，而指使村民干的。既然安排了乡长负责，我也就没有多过问。谁知道竟然闹出这么大的事，当然我也有失察的责任。

乡长杨伍对调查组反映的和席小林说的基本一致。当调查组问他，村干部多次到乡上来反映情况，乡上都没去处理，是什么原因？他说是一些村干部在小题大做，都是看不得别人挣钱。调查组问他到现场去过没有，他说有白副乡长在具体分管，我每天事情那么多，就没来得及去。况且采伐监管是林业局在负责，指标是他们在下，规划是他们在搞，运输手续是他们在办。我就是去了，业务上的事情我也不懂。调查组又问他，县森林公安来调查过没有？杨伍说来过，都是白乡长在陪他们。至于调查的情况，白乡长才最清楚。调查组追问，白乡长给你汇报过调查处理情况没有？杨伍说应该汇报过，具体的记不清了，好像他后来跟我说过没什么问题。

副乡长白石对调查组说的则是，他去过现场一次，带了村干部和林业站的人员，发现确实存在越界采伐，现场便要求天润公司立即停止，回来后专门向杨乡长做了汇报。调查组问他，天润公司后来是否停止了越界采伐，你到现场去检查过没有？白石说我因为一段时间忙就没去，但我要求林业站的边军和驻村干部何晓勇去，后来因为事情太多就没顾得上过问这事。

调查组再问何晓勇时，何晓勇显得很委屈，我每天都在办公室加班弄材料，根本抽不出时间去现场。村干部几个人来找过我，我让他们直接去林业站报案，林业站是专管这个的，他们才有执法权。杨杰又带着刘玉明、先小云到乡卫生院找严守信了解情况。严守信伤得不重，在阻止王小娃乱砍树时，他被人一把推倒在地上，原来腰痛的地方加剧，倒在地上就爬不起来了。严守信正躺在床上输液，脸色蜡黄，说一句就歇一下。洛北离开以后，乡长叫我主持村委会工作，我只好服从安排。与天润公司签订采伐承包合同，也是村支两委都同意了的。如果不签，林场采伐的木材就全部朽掉了，损失更大。严守信痛得吸一口气，但他们不按合同与设计采伐，我们去阻止多次都不听，还砍到了紫云峡谷。我们村干部没人收过谁的一分钱好处，你们可以随便调查。

边军在接受调查组询问时，拿出了天润公司的采伐证复印件、规划设计、运输登记台账，从台账上看，没有超计划放行，没有运输国家保护树种和天然林木材。边军还拿出林业站的现场监管记录表、开给王小娃的整改通知书、签收单存根。边军说，我去了现场，该提的要求提了，整改通知发了，但我们基层林业站没有处罚权，他们不执行我也没有办法。调查组问，那你向上级报告没有？边军说当然报告了，我是当着几个村干部的面给公安科打的电话，请他们来处理。边军还拿出了自己的工作笔记本，上面清楚地写着是哪一天下午给林业局公安科科长余伟打的电话，反映黑沟村林场存在超范围采伐和采伐天然林现象，请他们来处理。

边军愤愤地说，他们说抽不出人来，让我们去，我们去了又不起作用。现在追责任了，就来找我们了，这个站长真不是人干的，你们把我免了，我反而轻松了。

57

听说黑沟村的村民到县里上访，冲进了常委会议室，尚文雄就知道这事麻烦了。上一次老二、老三在黑沟打架，赔点钱，运用一点手段，与黑沟村的合同也照样签了。而这一次，所有的问题都摆到了常委会上。薛书记是市上调下来的，连表哥做事都得看他的脸色。可老二居然又惹下这么个事。他将尚文军叫到办公室劈头就骂，老二你能不能干两件漂亮的事给我看看，不要让我天天跟在你后面擦屁股行不行？前次黑沟打架的事赔了十来万，还得我出面去收场。因为老三太莽撞，所以黑沟林场的事我只让你一个人管，你可好，惹出更大的事。尚文军一直站着不说话。尚文雄还是余怒未消，照你这么操，天润公司早晚要被你操垮，我们早晚都得跟着你一起玩完。

尚文雄骂完，尚文军才终于抬起头说，大哥你放心，我一人做事一人担，如果要有人去坐牢，我去就是了。

尚文雄当然不能让老二去坐牢，自从事情发生后，尚文雄首先想到的不是洛南，而是王小娃。他让尚文军立即去月山乡，把王小娃找到，要他把超界采伐和砍伐天然林这个责任背到，老二你虽然请他来砍树，给他拿工钱，但你没有要求他砍沟对面和谷里的野杉吧。他就是想甩锅，说是你找他砍的，他也拿不出任何证据来，所以这个锅他不背也得背。如果他耿直一点一口认了，我知道今后怎么补偿他。如果他去坐了牢，几年后出来，我还可以给他一碗饭吃、一条生路。

尚文军立即开车到了青石，电话上王小娃说他在月山乡。尚文军又赶到乡上，从一家小旅馆中把王小娃叫到自己车上。关起车门和窗户，尚文军把尚文雄的意思转告了他。王小娃开始还不以为意，认为没多大事，不就砍错了几十根树吗？他也听说了村民在县上闹事，但他以为仅仅是因为前几天山上打架的事。虽然他的工人和村民打了起来，但他又没有参与打架。而且双方都有人受伤，派出所来把该抓的都抓了。但当他听尚文军说村民到县上闹了常委会和县委书记的要求后，才半天沉默不语。尚文军又把尚文雄的话重复了一遍，然后说，我大哥这人说一不二，社会上的人都知道，他要办的事没有办不成的。你王小娃是聪明人，如果你还想推托甩锅，不仅推不托，还会伤了大哥对你的感情，那是什么后果你是知道的。

王小娃终于说，好，这锅我来背。我娃娃还在上小学，媳妇又没有正经事做，如果我去坐了牢，请雄哥和军哥帮我照顾一下。尚文军说这个你放心，大哥安排了，如果你去坐了牢，我们每年给你媳妇五万块钱，你坐几年给几年。等你出来后还跟着我们干。记住，如果调查组或公安问你，你就说你看不懂图纸，搞不清楚边界，是无意中砍错了的。

尚文军当天就将王小娃的情况电话报告给了尚文雄。尚文雄得知老二搞定了王小娃，心里松了一口气，又让他去山上采伐现场看看，让所有的采伐工人全部下山回家，堆材场的木材全部停运，所有的货车一辆也不准上山。当尚文军从采伐现场出来，就遇上了调查组的车进村，他将车停在不显眼的路边，和王小娃坐在车上,看到村委会前站满了人,知道那些人都是去找调查组告状的。尚文军愤愤地对王小娃说,等这阵风过了,我再慢慢收拾他们。

尚文雄知道,关云山上班时晚上大多不回市里,如果没有接待或其他安排,这个时候应该回家准备睡觉了。他当天晚上赶到了青石,在政府宿舍楼下看了看,关云山客厅里的灯还亮着,便上了楼。关云山穿着睡衣开了门,说这么晚了,有什么火烧眉毛的事吗?尚文雄只好赔笑着说,白天估计你开会,事情多,所以不好打扰。

关云山也没有让尚文雄再说客套话,坐回到沙发上就开了口,你比我先到青石县好几年,对这里的民风民俗应该比我更了解才是。黑沟村是少数民族村,民族问题无小事。可你却虎着胆子去砍人家少数民族的神树林,你尚文雄可真是个人才啊!

尚文雄低着头不说话。关云山却站起身,我来青石以后,对你的支持应该算不小了吧。尚文雄点头说是。关云山继续数落,你办木地板厂,我专门去向书记、县长汇报,说你的企业发展前景好,说你有胆识;你缺原材料,我专门召集林业局开协调会;你的人第一次在黑沟打架,我亲自给月山乡书记、乡长打电话,让他们协调处理。合同签了,你就找一个可靠点的人好好采伐,好好造林更新,跟村上处好关系,把黑沟冲突由坏事变成好事,做出一个让书记、县长、市上、省上都能去看的样板嘛!这样你今后在县上说得起话,我脸上也有光嘛。可是,你是怎么做的?村上几十个人冲进常委会会议上来了!你知道当时我这脸上多发烫吗?书记后来发火时虽然没点我的名,但响鼓不用重槌。你是不是应该好好想一想了?

尚文雄站着不停地说,是我没管好,是我没管好。

关云山让尚文雄也坐下，才说，上次与黑沟村打架的事，还要我出面叫林业局放人。这才隔多久啊，又捅这么个乱子，把书记都惹怒了，县长心里也不舒服。月山乡那个杨伍，完全就是一个心里无数的人。席小林在党校学习，让他主持工作，他天天就马大哈。如果当初村民找他反映时，他有一点警觉性，何至于把事情闹到常委会上来。现在书记、县长都还在气头上，我也不好在他们面前多说这事。好在文契指定我和政法委书记肖明牵头处理，一些事就好把握一点。

尚文雄不停地嗯嗯嗯。关云山说，你不是外人，我就跟你说，只要纪委那个杨杰不执意把事情上纲上线，事情就可以大事化小。当然是必须处理人的，超界采伐已经达到了刑案标准，你那边必须有人来承担责任。村上和你们签的合同，乡上是审批了的，责任不在你们。而派出所上山抓人，公安局自然会有人出来承担责任。现在你要做的事，一是手续该完善的完善，二是把该给村上的承包费给了，老百姓领到了钱，这河水才能消。还有，千万不能再到处打打杀杀了！重新找一个做事靠谱的人上山管理。

关云山停了一下，突然问，洛南那个哥哥以前是不是被你打伤过？尚文雄说，是，是老二、老三一时冲动干的。关云山叹一口气，你的兄弟真是什么人都敢打！你跟洛南的关系怎么就搞得这么僵了，你们不是一直都很好吗？尚文雄也跟着叹气，他这个人，就是一根筋，不会转弯。关云山又问，那个支书严守信是个什么样的人，你清楚吗？

尚文雄说，他就是一个谁都不敢得罪的老好人，应该不会在背后捣鬼。

关云山这才问，你现在找我，主要想说什么？尚文雄说没什么，就是想跟你报告一下情况，老二已经给王小娃说好了，超范围采伐的事责任由他承担,要坐牢也是他去。山上的采伐已全部停了,人也撤了,材没拉了,没运输的木材先堆在上面。与村上的合同、林业局的采伐手续全部都收齐了,如果调查组要看就给他们看。刚才邵局长对我说,他很担心林业局会受影响,他才当局长不久就出这件事,他担心书记会对他有看法。关云山说,这个邵年,什么时候让你转话了。尚文雄没解释,关云山又说,我知道,林业局没有违规给你们办采伐手续,只是监管不严的问题。但不处理人是肯定说不过去的,我在分管林业,如果不处理林业局的人,书记还会说我袒护他们。至于处理谁,给什么样的处分,我现在也说不清楚。我争取尽量少处理,轻处理吧。只要纪委不冒杂音,就不会对林业局特别是对邵年造成什么大的影响。

尚文雄站起身,从口袋里摸出一张卡放在茶几上,我知道你平时接待应酬多,有时我想过来买个单又不太方便。这张卡在市大型酒店商场都能消费,没有上限,你应该用得上。

58

洛南和调查组人员一起吃过晚饭后回到自己家里时,已是晚上十点过。好几天没有回市里了,他想给秦柯打个电话,问问洛阳的情况,看看时间已经快十二点,只好算了。村民这么一闹,薛书记这么一发火,虽然自己可能会背一个处分,但今后自己的压力也会小一些,这何尝不是不幸中的万幸呢。

余伟给尚文雄打电话,让乱砍滥伐的犯罪嫌疑人王小娃到公安科来自首。余伟说,他自己来今后量刑时就可以从轻。当天晚上,尚文军就开车将王小娃送到了林业局门口,看着王小娃进了大门上了楼,他才给尚文雄打电话报告。当天晚上余伟又给尚文雄打电话，说王小娃已被留置，明天办刑拘手续。鉴于他能主动自首认罪态度好，可以申请取保候审，先交保证金让他出来，等检察院起诉和法院判决。尚文雄说，还是先让他在里面关几天吧，我怕他出来再节外生枝。

第二天，调查组先到公安局调阅了黑沟村村民被拘留的相关手续，由于在县公安局没有查到相关领导签批的拘留手续，便只能认定月山乡派出所属于违规留置当事人。到林业局调查时调查组依然分两个组，一个组调查公安科对历次举报，特别是县政府批转的举报信处理情况；另一个组调阅林政股木材指标下达、规划设计、采伐证办理、伐区划拨、承诺书、与林业站签订的监管责任书，以及木材运输的准运证办理台账存根，等等。看完资料后，杨杰说，林业局在木材采伐审批与管理上还是比较规范的，但现场监管存在明显缺失，特别是提到公安科接到举报不及时查处，先是只到乡上了解情况，后来虽然去了现场却没有对违法行为进行相应的处罚，才导致了违法行为没有及时被制止，加剧了与村民的矛盾。

调查结束后，关云山专门召集会议听取调查组的汇报，讨论修改由纪委起草的给县委的调查报告。在对事情的定性上关云山要求实事求是，不夸大，不缩小，尽量避免对青石县造成重大的负面影响，在追责问责上对属于工作失误或履职不到位的，建议能从轻则从轻处理。对于利用职务之便，以权谋私收受贿赂和吃拿卡要的，从重问责。对违法犯罪当事人，由司法机关严格依法按法律程序办理。参加会议的人都表示同意关县长的意见，并以此为原则，向县委提出了问责建议。

三天以后，调查工作基本结束。根据调查，县林业局先后下达黑沟林场木材采伐指标1500米，办理采伐证1500米，林业站登记、开具县内运输证明1500米，检查站登记放行1500

米。调查组与相关专业人员到现场查看，认定现场超出采伐设计范围共计3500余平方米（折算为5.25亩）测算超范围采伐蓄积42米，其中，涉滥伐天然林18.6米，已经构成刑事犯罪。村民上山阻止天润公司采伐，引发了现场斗殴，斗殴中天润公司轻伤3人，重伤1人，村民轻伤4人。派出所未履行程序擅自将5个村民留置，现已释放。

一周后，县委召开专题常委扩大会，通过了纪委关于黑沟事件相关人员的处理建议，决定给予青石乡党委书席小林党内警告、乡长杨伍记过、副乡长白石行政记大过处分，对月山乡派出所所长周敏行政记大过处分，对黑沟村驻村干部何晓勇行政降职处分，对月山乡林业站站长边军行政警告、免去站长职务，对林业公安科长余伟行政记大过处分，对黑沟村支部集体约谈，四个村干部因主动上交尚文军的封口费而免于处分。涉嫌犯罪的当事人王小娃由公安机关移送司法部门。同时对县林业局局长邵年、县公安局分管领导予以诫勉谈话，对林业局林政股长陈西批评教育，对天润公司予以警告，责令立即停止采伐整地作业，对未使用的采伐指标予以冻结，限期整改合格后方可继续采伐。县委书记薛鉴在总结讲话时语气沉重地说，黑沟事件是给我们的一个深刻教训，全县干部都要吸取这一教训。森林资源保护这根弦一刻也不能松，一旦松了就会出问题。国家的法律是刚性的，该管起来的一定要管起来，该处罚的一定要处罚。无论是招商引资还是经济发展，都必须依法办事，都不能以破坏资源和环境为代价。

诫勉谈话后，洛南碰到了杨杰，杨杰小声对洛南说，我们听到一些关于余伟的反映，说他和尚文雄兄弟走得很近。我们手边也没什么真凭实据，你们可能要多关注一下。

马芸芸学校又通知开家长会，依然是星期五下午。洛南害怕局里和县上临时开会或者有事情，为了不食言，提前向邵年请了假，星期五上午就到了马坪乡。由于开家长会，下午学校都不上课，洛南便给马芸芸的班主任刘老师发信息，请他让马芸芸中午下课后到学校门口来。芸芸已上初中二年级，个子已经和秦柯差不多高，穿了一身新运动服，脸还是个娃娃脸，人却变得文静腼腆起来，站在校门口叫了一声干爹，脸上就红了一阵，然后说，这是艾农阿姨给我买的新校服，有点长。洛南说，现在长点，明年就合适了。我已经帮你跟你们老师请了假，出来吃饭吧。马芸芸犹豫着说，我还是就在学校里面吃吧，今天中午学校要吃宫保鸡丁。洛南说走吧，干爹让你吃比宫保鸡丁更好的。马芸芸说那好吧，脸上还是没有以往那种开心的笑。

在街上的餐厅坐下后，洛南递过菜单让马芸芸喜欢吃什么尽管点，马芸芸却没有接菜单，口里说干爹你点什么我就吃什么。洛南想这孩子两个月没见，怎么突然就长大了，拘谨了。便拣菜单上好吃的点，马芸芸似乎没注意洛南点了些什么菜，而相反，却好像有什么心事。洛南点完菜才问，怎么不高兴？是不是学习遇到了困难？马芸芸说不是。洛南又问，那是老师批评你了？马芸芸还是摇摇头。洛南没有再问，马芸芸却犹豫着开了口，干爹，我跟你说个事情。

洛南看着马芸芸说，说吧。

我娘想给我找个后爹。我、我不想让娘找后爹，我害怕后爹今后骂我打我。马芸芸说着眼睛就变红了，我想娘一直陪着我。

洛南看着马芸芸，半天不知说什么好。菜上来，洛南说赶快吃，吃了你就先回学校去，干爹要两点钟开会。马芸芸吃得心不在焉。饭吃到一半，洛南才说，芸芸，虽然你已经十五岁了，但你现在还是孩子，有些事你还不能理解。干爹理解你现在的心情。马芸芸看着洛南，洛南笑起来，你这么高了谁还敢骂你打你啊？马芸芸嘴里含着一口饭也跟着笑。

洛南说，你要相信你娘是爱你的，现在爱你，今后也会爱你。马芸芸说，我也爱我娘。

洛南叹一口气，说，你娘那么辛苦，还不都是为了你。你爱你娘，就应该让你娘选择她要的生活。你要相信你娘给你找的后爹也会爱你。干爹很小的时候就没有了娘，爹也想为我们找一个后娘，可是我和哥哥都反对，和你现在一样，我们都怕后娘骂我们打我们。我爹后来就一个人把我们养大，可是现在我爹老了，一个人在家里孤苦伶仃，生了病都没人照顾。干爹现在心里很后悔，当初要是同意爹找个后娘就好了。

马芸芸看着洛南说，我要去看爷爷，让爷爷到我们家去住吧，让我娘照顾他。洛南想，要让一个孩子转变过来还需要时间，便只好说，等你放假的时候，我带你去山上看爷爷。

黑沟事件过后，关云山专门将尚文雄叫到办公室，说，时代变了，早就不是仅靠打打杀杀闯天下的年代了。你要做大做强干成一番事业，就得靠经营管理，就得有经营管理人才，有自己的发展路径。检查站和社会上都对你那两兄弟反映很大，这次虽然他们躲脱了，但如果管束不住，早晚会给你惹大祸事。尚文雄不停地点头，我回去一定严加管束。

关云山叹息一声，咱们虽然是亲戚，但我也不能无原则帮你。这次的事我感觉书记心里已经有看法了，但他从不会明说。薛书记虽然表面上一副书生样子，但内心一点不软，做事情从来都是不动声色。前几天才免了两个局长，虽然免的是局长，打的却是分管领导的脸。你得给我脸上出点彩，我才好在书记面前继续帮你说话。尚文雄说知道。关云山又叹一口气，很多事你得自己心中有数，主动去找书记汇报一下吧。

回到公司后，尚文雄就问那个王小娃判了没有。尚文军说，还没有，凌姐正在帮忙找律师，说是争取缓刑。尚文雄当即叫来凌林，对着她的耳朵小声说，让王小娃在里面多待几年，明白吗？

凌林愣了一下马上反应过来，点头低声说，明白了。

尚文雄一大早就到了薛书记办公楼上，他觉得不好直接给书记打电话，只好到办公室来碰运气。这些年自己最大的失误也许不是其他事，而是没有和薛书记走近一点。他问办公室主任黄强，黄强说书记到市上开会去了。隔了几天他又去。联络员小许说书记今天一天都在开会。又过了一周，书记还是没在办公室，尚文雄恭敬地向小许递名片、递烟，小许没有接烟，只接了他的名片。尚文雄谨慎地问，能不能给我一个你的电话，今后到了岷州不管公事还是私事，尽管跟我联系，我请你吃饭喝茶。小许没有对尚文雄吃饭喝茶的邀请报以热情的回应，而是犹豫着只告诉了他办公室的座机。又过了一周，周一早上他将车停在县委办门外才打座机问小许，小许说书记现在在办公室。尚文雄立即上楼，小许说书记正在办公室和发改局局长说事情，让他等一会儿。尚文雄在小许办公室坐了几分钟又到走廊上站一下，书记办公室门口又有好几个人在等着。发改局局长刚出来，小许又让一个乡镇的书记进去了。乡镇书记还没出来，一个副县长又进去了。乡镇书记出来，副县长还在里面，一个副书记又进去了。尚文雄站在走廊上突然想起当年自己在市计经委的日子，心里又有了压抑感。他坚持着，小许又被书记叫进去一次，出来后看他还在，便对他说，书记马上要下乡调研，今天没时间见你了，再找时间吧。

第八章　我在这儿

59

邵年转给洛南一份尚文雄申请在青石新办纤维板厂的报告，是关县长签了字从政府转过来的。这次关县长没有签明确的支持意见，而是要林业局认真调查研究，提出书面意见报政府。邵年也没提任何意见就直接签给了洛南。

洛南叫来陈西，将报告交给他，你先拿去股里几个人讨论一下，提一个初步意见出来。陈西说，洛局你的意见是？洛南说，我的意见是，青石县资源有限，原则上不再设立新的木材加工企业。

一个星期后，林政股根据洛南的意见提出了关于尚文雄新建纤维板厂的意见，洛南反复斟酌后说，提交党组会讨论吧。

党组会的气氛显得有些严肃，平时党组会主要是研究一些中层干部任免、职工调动和政治理论学习之类。说是研究，其实只是程序上过一过，让班子成员知晓某人调动了、某人提拔了。天润纤维板厂的申请报告，只是会议的议题之一。列席会议的陈西简单汇报了情况，邵年问洛南有没有补充的，洛南还是说，青石县资源有限，现在的木材加工企业资源消耗已经饱和，原则上不应再设立新的木材加工企业。况且，新建年消耗资源 5 万米以上的人造板加工厂的审批权限在省上，必须有详细的可研报告并组织专家论证，如果没有经专家论证的可研报告，省林业厅根本不会受理。所以我建议先做纤维板项目可研报告，然后根据专家论证意见，再决定是否向上申报。邵年又让其他班子成员发表意见。大家看邵年没有表态，不知道他到底是什么态度，都说没有意见。只有纪检组长徐子平表示赞同洛南的意见，徐子平说，不应当首先说同意上马还是不同意，而是应当先进行严格的可行性论证，然后聘请专家组成专家组，将可研报告交专家组审查，根据专家意见再做决定。

会场出现了短暂的沉默，大家都闷着气等邵年拍板。邵年说，既然大家都赞同洛局长的意见，那就按他的意见办。

60

洛南去药店给父亲买完了药，便直接往老家走。他一路开得很慢，山上树叶已经变黄，坡上有人在收土豆。不就是和尚文雄吵翻了脸，不就是被关县长批评了一顿吗，天其实没垮，只是心里比天垮了还要压抑。他想忘记刚才的事，刚打开车上的音乐，尚文雄的电话打了过来，洛南不接，就让电话呜呜地闷响。电话挂了，洛南点上一支烟，窗外的山和山上的木架房慢慢飘过，他依稀记起了十多年前自己从岷州市被分配到青石时，自己坐班车去报到的情形，一首很久远的歌从他颅腔深处响起。

洛南到了月山乡街上，看看天色还早，他突然想走路回家。他将车停到乡政府的院子里，提上给父亲买的药，就开始往回走。也没什么特别的原因，他只是想看看自己的腿脚还能爬山不。老家到乡上有六七公里，上学时他每天早上去学校用一个小时，晚上回家因为是上坡，所以要一个半小时。冬天放学以后，无论他走得再快，天黑的时候都还在路上。以前的小路已经没人走了，早已被杂草和灌木淹没，他只好跟着机耕道走。路上很少遇到行人，即使遇见他也都不认识。因为天色还早,所以他走得不急,还能不时停下来,望一望隔着沟谷和他遥遥相对的群山。每一道山梁都在向远处延伸,将夕阳分割成无数光带,沟谷隐藏在阳光的阴影中,每一座山都充满了神秘感,那些远离人间烟火的密林和疏林里,有的暗红如鸡血石,有的红里透黄,还有的红得十分明亮。

进入村口,洛南看看四周,拐上了公路边一条几乎看不见的小路。羊角花谢了,珙桐花也只剩几片残存的花瓣。山的绿色正一天一天变浓,不知名的鸟在很远的树梢里躲着叫,如捉迷藏的孩子,不知疲倦地对洛南说,我在这儿!我在这儿!公路上很少有人走,偶尔一晃而过的也是冒着烟的摩托车。包不重,洛南却走走停停,不停地坐在路边歇气。他知道自己不是走累了,而是仅仅想在这两边全是树林的乡村公路上多坐一会儿。趁着父亲还在,自己还有在这山路上行走和歇气的理由,那就多坐一会儿吧。

走过一座小山包,拐了一个小弯,便在山洼的青杠树与马尾松的枝叶间看见了一个不起眼的瓦顶。庙还在。洛南如见了久别的故人,涌起一种特别的温暖。心里默念了句,纳吉纳鲁。人老了会长皱纹和白发,会弯腰驼背,而庙也会老的。庙老了就会破败,破败就是一种衰老。可庙虽然老了,那样子,那瓦的颜色,那檐口上的青苔和门槛外的杂草,都让洛南内心迅速安宁下来。洛南从塑料袋里取出几个苹果放在天神脚前的石台上,又取出香烛点燃,对着天神鞠了三个躬,口里说,二十年前我就对天神起过誓,不再下跪,只能给你鞠躬了。鞠完躬洛南才点上烟。他抬起头注视着庙里的每一根柱子、每一道土墙,小庙的房顶已到处漏雨,柱子上的漆已基本脱落,露出水泥的深灰色。天神依然坐着,眼睛依然睁着,脸上没有皱纹,头上戴了帽子,也不知长没长白发。雨水从房顶滴到天神头上，然后顺着额头掉进眼里，再从眼里流下，痕迹如一道十分明显的泪痕，感觉天神似乎经常平静而无声地哭泣。天神似乎在微笑，脸上却挂着泪痕。天神也老了。墙脚长出一排铁线草。门槛还在，当年和尚文雄躺着睡觉的石板还在，时光倒流总是让人感到温暖和亲切。神像前的石台上、门槛上、地上都积满了灰尘。墙角散落着几粒显眼的老鼠屎，门槛下还有不知什么动物拉的粪便。一只油灯里已没有油。看来上次自己陪爹来打扫过后，爹就没单独来打扫过。

洛南拿起墙角的扫把，慢慢打扫起地上的灰尘和树叶，他扫得很细，如在打扫自己的房间，又感觉是在打扫他爹的房间。天神无处不在，却又只能在人的心里，不能存在于尘世之中。天神一旦存在于尘世之中，便必然被尘土淹没。慢慢打扫完，洛南才坐在门槛上抽烟。时间在庙里停止，山林安静，天上的云也安静。他又感觉有了睡意。天神说，如果你累了就躺下，明天太阳会照常升起。只是他已经没有勇气再躺在石板上。洛南盯着石台上燃烧的蜡烛和冒着烟的香，不知名的鸟的叫声时远时近，阳光在庙顶的瓦上发出蝉鸣般的吱吱声。门外有风，桤木树叶反射着阳光如无数颗闪亮的宝石。真的有蝉在鸣叫，只是在很远处，比布谷鸟的叫声还远很多。

世界突然之间变得很安静。感觉还是有些累了，洛南将上半身靠在天神腿上，望着门外的山，一股睡意将他包围。洛南又闭上眼睛，他看到天神张开了嘴，变成了肚子上爬着小孩的弥勒佛。罗汉发出了咯咯的笑声，似乎刚收到一条搞笑的短信。洛南如白痴一般弱弱地问，你、你笑什么？罗汉不理洛南，继续笑，越笑越开心。洛南又问，你是不是吃了开心果？笑声暂停，罗汉斜过眼看到了洛南，你有什么不开心啊？洛南想了想，想不到一件让自己不开心的事，只好摇了摇头。罗汉又问，那你愁苦着脸干什么？洛南不知如何回答。大门外又进来一群人，全是洛南多年没见的乡亲，那些人进了庙门就开始捉迷藏，纷纷躲进石台、神像、柱子后面，小声喊，我在这儿！我在这儿！洛南看到了洛西圆圆的脸也隐在大门后面，声音脆脆地向他喊，我在这儿！洛南喊，姐姐！洛西的脸又从神像的另一边伸出，我在这儿！

洛南睁开眼睛，洛西和乡亲们不见了，雨声已经变小，天色暗下来。洛南还是感到很累，脑子里闪过一个念头，在这里住一天，就算天要垮了，别人也找不到自己。洛南一边想一边苦笑一下，自己已经做不出这么出格的事了。他站起身走出庙门，林间的鸟鸣声扑面而来。

61

回到家里，洛南就对父亲说，这次要在家里多住几天。洛承义便给他收拾睡屋，然后清理院子里杂乱无章的东西。尔朵一会儿卧在灶前柴堆里，一会儿又来院子里看一圈。洛南感到爹走路虽然还是很慢，但没有捂住胸口了，虽然脸上看不出表情变化，但他心里是高兴的。洛南问，爹，地里的土豆收回来了吗？洛承义说，是你二叔帮着收回来的，你走以后，都是你二叔二婶过来给我收拾家务。吃饭的时候，洛承义拿出中华烟来让洛南抽，说，你那个姓尚的朋友前几天又来过，给我买了烟，还给我带了市里买的药，效果好，涂一次管好几天。

第二天早上吃饭的时候，洛承义说，我去泡点黄豆推点豆腐。洛南说算了吧，你想吃我等会儿去乡上买点就是了。吃过早饭洛南就开车去乡上买了豆腐和新鲜菜，中午虽然烧了豆腐，洛承义却没再说要喝酒，两人低着头吃饭，饭桌上又陷入一种让人不自在的安静之中。

午饭快结束的时候,洛承义突然打破寂静说,白沙湾那个人今天上午死了,听说明天下葬。我现在走不了远路,你就去帮我送个礼吧。洛南愣了一下,没说话。洛承义又说,你要不愿意那就算了。洛南说,我开车送你去吧。洛承义伤心地说,算了,我哪有脸去见她的儿女和邻居。洛南说,那我去吧。

洛承义准备了一大口袋纸钱、一桶菜籽油,还有香与蜡烛,又摸出六百元钱要洛南拿着。洛南说我身上有钱,你说送多少我帮你送就是了。洛承义说,这是我的心意,钱只能由我出,你愿不愿意送那是你自己的事。

洛南只好接过钱。洛承义有些为难地说,如果可以,你就在那边吃顿饭吧,不要让人觉得你太看不起人了。洛南点点头,提着两大口袋东西上了车。黑沟村到白沙湾走小路不到五公里,开车却要先往山下,多开五六公里才能过沟。洛南往山下开了五六公里后,左转进了通往白沙湾的村道。白沙湾似乎比黑沟村平坦开阔一些,车刚拐进沟,就隐约听见了丝丝忧伤的唢呐声。母亲的容貌他早已记不清楚,还有洛西姐姐,她们肯定都早已投胎转世。

爹向自己和哥哥提出想娶水月时,自己和哥哥都还是孩子,但爹却像小孩向大人要两块钱交学费一般,脸上尽是谨慎和惶恐。而自己和哥哥都没有看到爹脸上的惶恐,如大人一般一口拒绝了爹的请求。后娘也是娘,爹没有娶成水月,自己与洛北也没再感受过母爱,从这个角度上讲,爹的遗憾也是自己和哥哥的遗憾。

洛南知道自己接受了一个让自己尴尬的任务,白沙湾的人他一个都不认识,也不认识那个曾经可能当自己后妈名叫水月的女人和她的儿女,别人也不认识自己,那么到了以后怎么自我介绍。其实当年爹要是真的把那个叫水月的娶回来，自己和洛北又能怎样？最多赌几天气，说不定一切都完全是另一个样子。长大一点以后，洛北就悄悄告诉过洛南，爹经常往白沙湾跑。后来洛南和洛北都长大成人，更加清楚爹去白沙湾是去找那个叫水月的女人，可他们都装作不知道，没有谁说不准他去，也没有谁改口让他把后妈娶回来。后来洛南上了大学，洛北当了兵，家里就剩爹一个人，他肯定跑白沙湾的时间更多。可是几十年过去了，爹再也没提起过把水月娶回来的事，而现在自己却要代表爹去给这没过门的后妈送葬。洛南越想心里越没底气，便将车停在路边抽烟。一个老太婆提着布口袋从车旁走过，洛南看她口袋里装的也是纸钱和香烛，便向他打听水月家在哪里。老太婆指着弯里一处正冒烟的院子，耐心地跟他讲怎么走。洛南道完谢，老太婆却问，你是外地来的吧？是水月儿子的朋友还是她女儿的朋友？洛南说不是。老太婆又问，那你是乡上的干部？洛南只好说我是黑沟的。老太婆恍然大悟般说，你是黑沟洛老汉的儿子？洛南只好点点头，老太婆又说，这白沙湾谁不认识洛老汉？他以前隔几天就给水月提来一只野鸡、野兔。洛南勉强地笑笑，老太婆说我也要去送礼，你把我搭上，我给你带路嘛。

车在水月家门前一块空地上停下，老太婆下车就吆喝，陆祥林，陆易春，来稀客了！院子里走出来一个和洛南年龄差不多的男子，男子戴着眼镜，头发稀疏，手背上戴着黑纱，虽然穿着普通的黑夹克衫，但一眼能看出是知识分子。老太婆小跑着上前对男子低声嘀咕了两句，男子便大步向他走来，大方地握住他的手，洛局长快里面坐。洛南回身从车上取下爹准备的东西，又从怀里掏出一个白皮信封递给男子，这是我爹托我转达的，他肋骨上的伤还没愈合，不能走远路。说罢又从身上掏出一个牛皮信封,这是我的一点心意。男子客气一阵便收下,自我介绍说,我叫陆祥林,现在岷州市师范学院教书。我妈早就给我说起过你,说你能干孝顺。

院子里已经挤挤密密地摆了八九张高方桌,有人正在给每一张桌配添长条凳子,有人在给每张桌上摆放瓜子糖果,一些人坐在桌旁聊天,一桌人在打麻将,两桌人在斗地主,院子里因为唢呐声而热闹。一群人围在一张方桌旁,手里拿着钞票等着支客师写礼。三个吹唢呐的人坐在院子边单独的一条长凳上吹一些忧伤的调子,洛南听出有一首是熟悉的《送亲歌》。歌词并不忧伤,只是几个人吹出来就忧伤了。主人陆祥林将洛南引到阶沿上的一口棺材前,棺材用油漆漆成黑色,后又在外面刷的桐油,黑得亮眼。棺材并不大,却十分显眼,让洛南还未走近就感到一股逼人之气。娘去世的情形他已没有任何印象,小时候村里死了人,爹从不带他去。所以对洛南来说,这应该是第一次近距离与一具棺材相对。

棺材被架在两根长条高凳子上,棺盖斜放在上面,留出一个三角形的口,让人能看到逝者的容貌。洛南跟在陆祥林身后站到棺材旁,多年前自己与哥哥假想的后娘,并没有当时想象的那样横眉冷眼,而是面带微笑、神态安详地闭着眼睛,似乎在这狭窄的空间里做着一个天宽地阔的梦。只是她脸上的皮肤已成蜡色,与所有的活人有着明显的界限。陆祥林说,娘还不到七十三岁,说了半句就打住。洛南没说话。院子里人来人往,堂屋正中摆着一个大火盆,一个身披孝布的女子正坐在小凳子上安静地慢慢往盆里扔着纸钱,旁边堆着一捆一捆的纸钱。陆祥林说,这是我的妹妹陆易春。洛南向陆易春点点头,拿起一捆纸钱拆开,打散,蹲下来向火盆里慢慢扔。纸钱在火盆里舞蹈,带着燃烧前的形状,上升,盘旋,冲上瓦房屋顶,然后如春天柳絮般纷纷扬扬。

一捆纸钱烧完,陆祥林又带他走到一张几个人正在旁边闲聊的桌子前,向他介绍,这是安主任,这是许支书,这是杨老师,又指着一个穿羊皮裥戴羊皮帽的男子说,这是咱们村的歌手木皮,然后又向大家介绍,这是黑沟村洛大伯的儿子洛局长。书记、村主任都过来和他握手,热情地邀他入座,洛南也掏出烟给大家发。每个人在接烟的时候都站起身,伸着双手或一只手全伸另一只手半屈相随。然后大家又继续先前的话题。杨老师说,陆大娘是咱们村开年后走的第一个,其余几个都没熬过去年冬天。村主任说还有两个,估计也拖不了多久了。支书说,现在上面要求火葬,可是每个人都不干,宁愿缴罚款也不愿把老人拉去烧。到时候上面检查起来,村上还不知道怎样交差。

洛南觉得自己就这样坐着很不自在,便起身在院子里随便走走看看。他一抬眼,又看见那黑亮的棺材,今天的主角正安静地躺在里面,毫不介意被大家忽视。院子里的人越来越多,还不断有人提着鞭炮、纸钱、鸡蛋、挂面、豆腐、凉粉等从院门口走进。每个人走进院子都先进堂屋给今天的主角烧一扎纸,再去支客师那里写礼,三十元、五十元、六十元甚至八十元都有。有小孩在方桌之间跑来跑去。从请阴阳先生看墓地、定下葬时间,找专门的匠人承包刻碑、挖坑、垒坟,到请端公做道场、请坝坝宴老板承包酒席,再到请抬丧队、吹鼓手、歌手,每一项都得有人落实。洛南想父亲今后若是走了,谁来操办这一摊子事。陆祥林去忙了,洛南感到自己没有一个熟人,很不自在。礼送了,纸烧了,他犹豫着要不要向主人告辞,却没看到陆祥林的影子。父亲说,你能不能在那边吃顿饭。父亲说这话的口气明显带着恳求。不知从什么时候开始,爹说话做事开始看自己的脸色了。

洛南打消了不吃饭就离开的念头,又回到书记、村主任那一桌。歌手木皮已经没在座,书记主动和洛南说话,问黑沟村的天气和收成,然后又问砍树手续、造林补助等政策,洛南一一耐心解答。村主任说,咱们村也有集体林场,可是每年的指标才三百米,能不能给咱们多一点?洛南说,你们把申请交去林业站,如果想要五百米,申请就写一千米。到时候我让乡上林业站专门来你们林场看看。书记、村主任都不停地向洛南表示感谢。

院门口的鞭炮声激烈地响起,激烈得让远处的人分不清是喜事还是丧事。硝烟弥漫了院子,又缠绕着院外的竹林慢慢升到空中,如主角的灵魂正在远去。硝烟散去,支客师便站到屋檐下的阶沿上喊:

风哭水泣云垂泪,慈母西去天地悲。儿孙灵前跪,亲朋八方回。魂化青烟去,玉盏烛长明。主人备薄酒,诚意谢贵宾。各位宾客乡亲,请入席。

男主人陆祥林不知从什么地方走过来,对洛南和书记、村主任说,我有孝在身,不能陪大家喝酒,特地委托我小学的老师杨老师陪大家。乡村条件简陋,粗茶淡饭,书记、村主任、洛局一定好好喝两杯。大家都说陆老师不要客气,你今天有事忙你的。陆祥林又将本组的组长周表叔、在乡村承包农村建房的钱三哥安排到这一桌,又给大家发了一圈烟,才客气地离开。

有人给每一桌摆碗筷、酒杯,有人给每桌放一瓶白酒、一瓶可乐。几个围着萌萌牌味精围腰的妇女开始给每桌上菜。支客师又在阶沿上说感谢的话，几张方桌上很快坐满了人，只有一张留着。支客师话还没说完，桌上的人都握起筷子端起杯子开始吃喝，洛南不想喝酒，却抵挡不了书记的劝酒热情，只好端起了酒杯。第一杯酒刚喝下去，屋檐下便传来清亮的歌声：

上河里的鸭子下河里的鹅，母鸡孵蛋哟窝窝里坐。半月鸡蛋变成仔，母鸡的翅膀下好暖和。娘亲怀儿哟十月苦，儿女长成人哟娘入土。羊角花开布谷鸟啼，儿哭娘亲哟泪沾衣。

木皮一连唱了三首，唱得自己先伤了心。洛南也感到眼眶湿润。木皮刚停下，唢呐声又起。吹鼓手们似乎都憋住了劲儿，要和木皮一争高下。吹了《念亲恩》，又吹流行歌曲《铁窗泪》，然后吹起了《北风那个吹》和《十送红军》。音乐的音调越来越忧伤，洛南又转头望一眼停在屋檐下的棺材，那黑色中似乎也聚焦着一团哀伤。上菜的、敬酒的人影在眼前晃动。猎神死了，水月也死了，如果有一天尔朵也死了，今后谁来陪爹走完余下的日子？唢呐声停下，歌手木皮又上场，他左手端着土红酒碗，右手做着电视里歌手的动作，唱起了《都说咱山里人光景好》，民族歌曲《萨拉西》《千多》，不用话筒音箱，歌声就飞出了小院，飞向远处的山林。

屋檐下陆易春的哭声传来，由低声的抽泣诉说逐渐变成悲怆伤心的呼喊，唢呐声停下，木皮的歌声也停下，院子里人影晃动，却只剩下陆易春悲恸的女高音：

我的娘呀！我记得你的死，记不得你的生。你记不得你的生，也记不得你的死。爹死了，你也死了。

白沙湾添了两个孤儿。这些年，你是咋个把我们养大的哟，我的妈妈呀！野狗也有个窝儿，虫子也有个三亲，从今往后，你的窝在哪里？亲在哪里？闻到别人家的饭香，你守在哪一家的门槛下？听到村子里的爆竹，你晓不晓得是年关？想起你又当妈来又当爹；想起你当年那样儿，忙了山上又忙家里！我的娘呀，你挨了多少饥，受了多少冻，才把我和哥拉扯大。让你进城你不去，偏要守着这山里的窝。我的娘啊，你说走就走，这窝今后谁来守？碗大罐子小，犁宽田土窄，你的那双手板子，黑的是泥土，紫的是血痂，深的是裂口，厚的是茧巴，我的娘呀！树无影儿比草低，人无影儿魂在哪儿？水流千里归大海，人走万里归土埋。恩情山海债，唯有泪堪还，我的娘呀！落花不能返树，流水不能归源。万般都是虚场合，一生好比水中月。没爹没娘，再老也是孤儿。活归活啊死归死，你自己是个孤儿命，又叫我们无双亲，我的娘，你冷不冷啊？我的娘呀！你冷不冷啊？我的娘呀！你冷不冷啊？我的娘呀……

　　陆易春跪在棺材前，哭声时而高亢如撕裂，时而低回如流水诉说。头上的白孝帕晃动如经幡。几个孙子辈的半大孩子跪在左右两边，很多人都站起身围到阶沿前看陆易春哭唱，有人跟着抹泪。只有洛南坐在桌前未动。他感到自己心里装满了河水，时而往下坠时而往上飘。渐渐地，洛南心里产生了一种幻觉，自己似乎一直生活在这样的院子、这样的人群中，哪里都不曾去过。那长歌当哭的不是水月的女儿陆易春，而是自己的姐姐洛西，也是自己，她哭的不是水月，而是自己面容模糊的娘和油尽灯枯的爹。爹今后如果死了，谁来给他哭！

洛南感到大脑一片空白，身体向一片虚无之境飞升然后坠落。锵！锵！锵！陆易春一遍又一遍唱着娘啊娘啊，如母亲呼唤走失的孩子，让水月的名字饱含了悲伤与凄凉。陆易春在哭，洛西在哭，母亲的确死了。哭声与纸钱灰一起在屋里飘浮。洛西躲在核桃树后喊，我在这儿！洛南的眼眶开始潮湿，他也想如刚出生时那样放声大哭，可是他哭不出来。一种莫名的苍凉如巨大的黑暗将他逐渐淹没，转而演变为初生婴儿般的幸福，如绚丽的礼花、如冬日纷纷扬扬的脚印转瞬即逝。青龙垭上北风正在远去。他似乎看见爹走在来时路上的侧影一点点被风吹散。

洛南回到家里已是晚上十点过，爹看着他在水月家不仅吃了饭还喝了酒，心里很满意，让他再在家里住几天。洛南说好。吃早饭的时候，洛承义说，昨晚我听你一晚上都在翻身，半夜还起身在院子里抽烟，是不是遇上什么不顺心的事了？洛南说没有。洛承义也不再问，两人都低着头喝玉米与大米混合的稀饭。吃过饭，洛承义主动起身收拾碗筷，说，如果你觉得心里难受，就去紫云峡谷坐坐吧。洛南看着爹，洛承义又说，你去了，天神就会看着你，天神总是眷顾善良的人。天神的目光能驱散你心中一切苦与痛，出来就一切都好了。

尔朵从门槛边蹒跚着过来，偎依到洛承义脚边。洛承义起身从自己的睡屋端出一个碗，碗里散发着刺鼻的药气。洛承义用一小块木片蘸着碗里的药，在尔朵背上的两个地方轻轻地涂。洛南问尔朵怎么了，洛承义说，前段时间尔朵被村里的土狗欺负，尔朵老了，吃了亏，背上被咬出一条口，回来却从未吭过声。前天晚上，我梦见尔朵突然开口说话，叫我爹，一边说一边就变成了你死去的姐姐，我正要过去抱她，梦却醒了。

我拉亮电灯，尔朵正在我的床脚边卧着。不知从什么时候开始，尔朵就不在给它做的窝里睡觉，即使看着它在窝里睡了，半夜醒来它都卧在我的床脚边。洛承义停顿一下叹息一声又说，如果今后我比它先死，你要想办法照顾它。洛南感到门外的风似乎有意不进来，害怕扰乱这屋里的宁静，阳光照得院子里的花楸树不停地摇晃，这个几十年没变过的小院子，时间停止着，只有血管里的血在缓慢地流淌。他站起身对洛承义说，爹，我答应你。

好多年没有走路去过内沟了，而紫云峡谷，他记忆中似乎只去过两次，都是小时候跟着爹去祭拜天神，上学以后就再没进去过。一路上他依然走得很慢。天润公司承包了林场以后，到内沟的公路被加宽，急弯没有了，陡坡降缓了，走起来并不吃力，只是感觉距离比上次跟调查组坐车进去远了许多。

沟里很安静，洛南感到自己也安静下来。转过青杠包，洛南看见路下地里一个人正在收割菜籽，阳光将那人压缩成一个黑点，那人手里的镰刀在阳光下翻飞，菜籽秆在如水般的嚓嚓声中安静地倒下，那是自己的嫂子索娅。儿子上学，丈夫在外打工，索娅一年三百六十五天几乎都在地里。洛南记得有一年在老家陪父亲过年，父亲不想去大哥家过年，也不想叫大哥一家人过来一起团年，洛南便陪父亲做饭喝酒烤火。正月初一下午，爹带着尔朵去钻山林，洛南独自在小路上散步。他走过很多乡邻家门前，每家人都在院子里烤火，只有索娅一个人在坡地上给小麦上肥料。收土豆的时候，索娅从不请人帮忙，几千斤土豆全凭她一锄一锄挖出，一背一背地背回院子里。等到贩子上山，又站在院门口，一分两分地与贩子讨价还价，最终卖出的都是全村最好的价钱。大哥当村主任的时候，家务几乎不做，庄稼活也干不到一半，而索娅却将自家的七八亩地收拾得让邻居赞叹不已，她家的玉米棒子最长，结籽最密实。她家的小麦，麦穗比邻居长。她地里的卷心白菜、萝卜都比别人家的大个。索娅还养一头母猪，每次下崽八九个，半年全部喂成了肥猪，母猪又下一窝，圈里始终有七八头猪在摇头摆尾。听爹说，自从大哥外出以后，索娅就每天只煮一顿饭，玉米面和着大米蒸的金裹银，早上吃了，剩下的就带一盒子到地里，另外带一壶开水，中午用开水将冷饭冲成泡饭，就坐在地边吃，晚上回家继续吃早上留的剩饭。说起索娅，爹也不得不说，那是个吃得苦的女人，难怪洛北在她面前从不说半个不字。

洛南站在路边，看了看不到百米距离的嫂子索娅，想打声招呼，却始终没开口。索娅抬头看了他一眼，也没开口，又低头挥起镰刀。翻过松林口，洛南又看见几个人在地里割油菜，每个人他都很面熟，但每个人他都叫不出名字，常常是别人和他打招呼，他礼貌地应答，却要在走过一段路之后，才能想起刚才给他打招呼的人的名字。猎神死了，水月埋到了山上，父亲今后想跑也没地方跑了。洛南想到自己再也不用为父亲跑来跑去而担心，浑身就有一种轻松，接着又生出一股悲凉，父亲再也没有地方可去了。

拐了一个弯又一个弯，一连拐了六个弯才到了天润公司的采伐基地。采伐基地上空无一人，全是高高低低的伐桩，沟对面坡上也被砍出一个个天窗，集材路边还堆着没有运出去的木材。洛南顺着沟慢慢往里走，不到半小时就走到了紫云峡谷沟口外。

洛南一个人沿着小路进了一线天内，他跟着拖木材的印迹，转过两道弯就看到一片白晃晃的伐桩。一眼看去至少有一百个，全是清一色的冷杉，地径都在四十厘米以上，大的至少六十厘米。他们真的敢砍咱们黑沟的神树林！洛南感到那百十来个伐桩，如在天神身上凿出的上百个洞，也像是在自己脸上用针扎出的血点。从出生以来，天神就无时不在。在父亲、乡亲的口中，在祭塔上，在黄昏的云端。天神从没有向村民索取什么，却一直在护佑着黑沟的平安。父辈说，神树林是天神居住的地方。而现在尚文雄的手下居然敢在神树林动斧子。洛南感到身体又慢慢变凉、收缩、坍塌。空气变成了冰层下的河水在身边流动，一层一层将自己的衣服、皮肤、脂肪、肌肉剥开，只剩下发抖的内脏。他双手抱着额头，低着头等着阳光在自己头上敲打。

峡谷深处有风吹出来，那风带着天神的怨气，凛冽如冬天的北风。洛南又将手放在胸前，用手心感受自己的心跳。他一个一个地数伐桩，一共一百零三个，难怪七十九岁的释比安珠要带着大家去县里上访。沟两边的坡上，出现了一个个大小不一的天窗，如癞子的头顶。

洛南走到每个伐桩面前，用手捧起地上的黑土，将伐桩的断面盖上，并围成一个小土堆。当他把所有的伐桩都用泥土盖完，再看那一排排小土堆，如一座座小小的坟墓。洛南面对坡面深深低下头，是我们没把神树林看好，天神饶恕我们吧！

从紫云峡谷出来，洛南听到对面的深沟里有一种陌生的鸟叫声，不是锦鸡也不是红腹角雉，那叫声很像布谷鸟，似乎在呼唤某个人的名字。洛南又看到那张圆圆的脸，听到那脆脆的声音：我在这儿！

中午洛承义将洛南的二叔二婶叫过来一起吃饭。洛承义喝完两杯后执意要洛南再陪他二叔喝一杯，洛南只好再喝一杯，当他伸出杯子让父亲倒酒时，却注意到父亲手上的皮酒囊很漂亮。洛南从父亲手上拿过酒囊，爹你什么时候有了这个酒囊了，以前我怎么没见过？洛承义说这哪里是我的，是猎神的。

那次我和尔朵去他家喝酒，他家有两瓶好酒，我们俩只喝了一瓶多一点，剩下的他灌进酒囊，让我带回来喝。洛南拿着酒囊在手里把玩，问这是牛皮的吗？洛承义说，什么牛皮，是鹿皮。酒囊很精致，线缝密实均匀，形状如一只桃子。洛南无意间发现上面有一串数字，应该是尖刀刻出来的。那些数字虽然排成一排，但大小不一，字迹粗糙与酒囊的精致极不相称。洛南便问洛承义，爹，这上面怎么还刻有数字？洛承义接过酒囊看看，摇摇头说，我也不知道，我一直都没有注意上面刻了字。洛南又将酒囊递给二叔看，二叔一边看一边念出了声，3423118，七位数，这应该是一个电话号码！

洛南突然觉得这个号码说不定与猎神的死有关。他对洛承义说，你把里面的酒倒出来，我要把这个酒囊带回去交给公安，如果能查到这个电话号码是谁的，说不定能查出杀害猎神的凶手。

洛承义听说这个酒囊有用，连忙把里面的酒倒进了自己的酒囊，将猎神的酒囊交给洛南。

洛南说，今晚我就不在家里住了，我得赶回去把它交给公安，让他们立即去调查。

洛承义说，如果抓到凶手，政府一定要把他枪毙了。

林业局公安科和公安局刑警队通过调查证实那串数字确实是一个岷州市的座机号码，又通过电信公司数字档案调阅，查出这个号码登记在青石县城的东山旅馆名下。调查人员对服务员进行逐个询问后才知道，现在的服务员都是在去年新老板承包后招进来的，以前的服务员一个都没留下。

刑警队长侯天明带着两个年轻刑警，几经周折终于联系上旅馆现在的老板，又通过现在的老板联系到在浙江做生意的前老板，前老板在电话里回忆了半天，才想起一个叫赵小英的服务员。说好像家就在青石县城，具体哪条街记不清楚。侯天明又通过户籍系统查出县城一共有 5 个赵小英，两个 60 多岁，一个 50 多岁，一个 20 多岁，还有一个 36 岁，36 岁这个应该就是前老板说的那个服务员。又几经周折，调查人员在青片巷里的一个小副食店，找到了那个名叫赵小英的女人。女人正在店里守着一个小男孩做功课。在侯天明说明来意后，赵小英艰难地回忆了半天，也没有想起来到底是什么人经常来服务台打电话和接电话。那段时间有什么人长期住在旅店里吗？侯天明提示，长期在店里面住。赵小英想了半天，还是没想起来。

侯天明掏出一张写有电话的卡片，如果你想起来，就给我们打电话。

第九章 对不起

62

秋天在绵绵的阴雨中悄无声息地过去，早上出门时洛南已经感到了一丝寒意。那寒意不是来自岷河上刮来的风，而是来自骨头里面，来自黑垭的深水沟。即使衣服穿得再多，他依然感觉冷。大熊猫案依然没有突破，神树林里白花花的伐桩总在洛南眼前晃动。关云山的批评、尚文雄的指责，都让洛南觉得很冷。他知道自己病了，去医院检查各项指标又都正常，只是那冷在体内如一块巨大的冰，化不了排不出。他去向邵年请假，准备回市里休息一段时间。邵年说，组织部给了咱们局里一个市委党校学习的名额，中青班，一个半月。正好还没安排，干脆你去一边学一边休养一下。在党校学习的头几天，洛南还有些不习惯，每天总还想着单位的事，但不到两周，那些烦恼的事似乎就离他很远了。

这几年陪洛阳的时间太少了，如果再这样下去，儿子长大后会和自己生疏的，所以他想趁这个机会，把自己在儿子面前失掉的分找回来。他不唱歌不打牌，班上组织的各种聚餐，他能不参加就不参加，实在不行的，去吃了饭就回家陪洛阳做作业。洛南家距党校不过一条街三五百米，所以每天都是先送儿子上学，然后走着去党校，重回教室洛南总有一种亲切感。下午党校没课时，洛南在家就和岳父下象棋。

早上洛南送洛阳进校门后，便不急不慢地往党校走，徐子平打来电话，先问他学习好不好玩，有没有漂亮的女同学，然后说要来请他吃饭。洛南说，不要说女同学一个个都和我一样人到中年，就算是有年轻漂亮的人家也不会专门给你留着，所以请吃饭就算了吧，六七十公里你难得专门跑一趟。徐子平坚持说，你在党校学习了这么久，一直都没来看看你，我已经在往岷州市的车上了，就这么定了，今天中午。洛南不好再说什么，徐子平又说，到时候我还得给你汇报几件事情，所以我把陈西也叫上了，就咱们三个人。

虽然人少，但徐子平还是找了一家看起来不错的餐馆，还要了雅间。徐子平自己带了一瓶酒，说还是过年时一个同学送给他的，咱们三人，就这一瓶喝完，想喝都没有了。刚喝完第一杯，徐子平就说，尚文雄那个纤维板厂的可研报告已经交过来了，是他找一家公司弄的，说是给了几万块。我们又不懂，你才是专家，帮着看一下。看行不行，不行就让他们再修改，你觉得行才组织专家评审。徐子平说的时候，陈西已经从包里取出一个文件夹放在他面前。洛南没去翻文件，问徐子平，你到底是来请我吃饭的，还是来找我看报告的？徐子平又举起杯子，又没让你现在就看，你带回去，等有空的时候再慢慢看嘛，来喝第二杯。洛南没有端杯，说，你要还有事情就一次说完再喝，不要喝一杯又说一件事情。徐子平说，还不都是你分管那些事，这个可研报告如果修改好了，专家论证怎么弄？关县长天天都在催。去哪里请专家？陈西说关县长把徐书记和我叫到他办公室去了一次，说就在局里找几个人当专家。如果那样，洛局你就得当专家组长。因为无论从文凭、职称、工作经验哪方面看，只有你当专家组长才合适。洛南连忙摆手，我是主管领导怎么能当专家组长！

徐子平说那陈西当组长，陈西也连忙摇头，我也是主管人员，而且我一个中专生中级职称不要说当组长，当个专家都不行。洛南说，我觉得最稳妥、最正规的还是请市林业局组织专家论证，找哪些专家，谁当组长，全部他们负责。

徐子平和陈西都说那就这么办。大家便继续喝酒。喝了两杯，徐子平又说到工作上的事，范文勇隔几天就跑到我办公室来说一次他不当了，要求把他随便调到哪个林业站都可以。我让他去找邵局长他又不去。他说检查站几乎每天都有人冲关，为了追拉黑木材的皮卡车或面包车，检查站的执法车有几次差点被别到沟里。即使追上，押解回来也就一两米木材。但如果不追，其他车也就会跟着冲关。检查站就一个车一个驾驶员，哪里经得起这种疲劳战术。还有，金三娃前不久又来检查站闹了一次事，把一个值班人员脸打肿了半边。范文勇给公安科打电话，等公安科的人过来，金三娃已经走多久了，说不定已经在泉州酒都喝了一半了。现在被打的人都还请假在家休息养伤，洛局你说该怎么办？

洛南说，喝酒就喝酒，你跟我说了也没用，我在脱产学习，有事你直接给邵局长汇报就行了。徐子平一边给洛南倒酒一边又说，有一个人经常在晚上打举报电话，内容都是说天润家具厂收黑木材，问他是谁他从不说。陈西和公安科的人去查了几次，却一次都没有抓到实证。可他还是举报，还说每次都是检查的人到达之前，运黑木材的车就提前走了，而且怀疑是我们给家具厂提前通了风报了信。看起来你管的这摊子事还真不好弄。

一周后，徐子平又给洛南打电话，说第二天在市林业局组织纤维板项目可研论证评审，问他能不能参加一下。洛南说，我在脱产学习，就不参加了。

又过了几天，徐子平打电话说，专家论证时提了很多意见，要求修改完善后再交专家组审查。市局领导说，你是青石的林业专家，又是分管资源的领导，即使专家审查通过了，也要你签字后，市局才会转报省林业厅。洛南说，青石县的资源就这么多，如果再上马这么大的木材加工项目，森林资源肯定会遭到破坏，以后的资源管理就更加困难，这已是睁眼就能看见的事。这个字我真的没法签！

一周后，下午刚下课，尚文雄的电话打来了。尚文雄说话时语气有些恭谦，纤维板厂项目可研报告按专家组的要求已经修改完善，专家组也给出了项目可行的意见，市林业局要求你签个字才能往省上报。大家都是兄弟伙，又都是为了青石发展，所以关县长让我约下你，晚上找地方大家一起坐坐，沟通沟通。

洛南说，我的意见一直没变，青石县不应当再增加高资源消耗的木材加工企业。我就是来了也没办法。尚文雄声音变得陌生起来，那你再考虑一下吧。

挂了尚文雄的电话，洛南一个人围着党校的操场转了两圈，关县长自己不出面，让尚文雄打电话，意思是很明显的，要自己在纤维板厂项目申报材料上签字。如果我不签，他肯定会给我扣上不讲纪律的大帽子，今后的工作还怎么干。可是，如果签了，这青石的森林资源肯定会遭到破坏。自己受处分倒是小事，资源破坏了自己就成了罪人。他呼出一口长气，拨出了县长文契的电话。

文县长的电话响一声就挂了，洛南站在操场边，体内的寒气又向上涌。他用力深吸一口气，捏着电话在一张长条椅上坐下，抬头望一眼天，感觉内心和天空一样灰暗。洛南刚要伸手去包里掏烟，文县长的电话来了。洛南有些紧张地向文契汇报了尚文雄申请新建纤维板厂、可研报告专家审查情况及市局意见，然后又说了自己对纤维板厂的态度及理由。文契听洛南说完，才严肃地问，你是不是认真测算过青石县现在森林资源的生长量与消耗量？洛南说认真测算过。文契又问，是不是消耗量真的已接近饱和？洛南说是。文契声音大了一些，你是林业专业的科班生，如果你是真的从科学角度判断青石不能再新增资源高消耗的木材加工企业，那就应当坚持你的意见。要学会承受压力，只要你是为了工作，就没人能拿你怎么样。千秋功罪，要经得起后人评说。咱们不能简单地为了几个税收，就把青石的资源破坏了，给后人留烂摊子。

放下电话，洛南又长长地吸了一口气，抬起头，天空似乎又亮了起来。

又过了几天，邵年电话打来，纤维板厂项目你没签字市局一直没往省上报。县上给局里压力很大，关县长已经专门叫我到他办公室去谈了一次。我们都是青石县管的干部，这事拖下去恐怕也不是办法。

洛南说，这字我如果签了，今后全县森林资源被破坏，我就成了青石县的罪人。所以，我真的不能签。邵年沉默片刻后说，好，我知道了，你放心干你的工作。

64

一直到洛南党校学习结束，尚文雄都没再给他打过电话。纤维板厂项目在市里卡住了，一直没往省里报。他刚感觉松了一口气，举报电话就在洛南即将入睡时踩着点打来，洛局长，天润木地板厂又在收黑木材。洛南握着电话不说话。举报人又说，洛局，我实在没有办法，我不能眼看着他们天天就这样把山上的树砍没了。

洛南坐在床上点燃一支烟，对着电话说，我其实已经猜到你是谁了。

举报人说，我信任你，只给你一个人打电话。如果你想把我出卖给尚文雄，你早就这样做了。

洛南将电话放下又拿起，邵局长，刚才又接到举报电话，天润木地板厂正在收购红桦和山毛榉，具体情况说得很细，你看查还是不查？

电话那边静了几秒，终于传来了邵年的声音。

那你就带几个人去看一下吧。

洛南起身下床，打电话叫车叫人。在前往天润公司的路上，洛南对陈西和两个退伍军人说，到了现场一定要小心谨慎，千万不要鲁莽行事。

天润木地板厂距县城不过五十来公里，小车却通常要开一个半小时。上车以后，车内没有一个人说话，气氛沉闷得如同押送死刑犯的囚车。为了稳重起见，洛南自己与陈西还有天保办的两个退伍军人在前，又安排余伟带着三个干警随后。领导说，阻碍企业发展就是阻碍全县经济发展，谁阻碍全县经济发展就会成为历史的罪人。尚文雄说，如果不能保证原材料的供应，企业将会考虑停产或搬迁到县外。洛南心里如放电影一般，身体却随着车子不由自主地前行，如离弦的箭，凭着惯性向举报人提供的地点靠近。

凌晨一点，洛南和陈西等人先行到达了天润木地板厂厂区大门口。大门紧锁，值班室里亮着灰白的灯光，四周一片寂静，没有一点举报人说的收购木材的痕迹。

你看怎么办，洛局？陈西问，要不要再给邵局长请示一下？

已经请示过了，还要请示什么？下去两个人到周围看看再说。

两个退伍军人下去了一会儿，回来报告，地上有装卸木材的剩余物，有山毛榉和红桦的树皮。

洛南对陈西说，你再下去到周围老百姓家里敲门询问一下，今晚是否看到有汽车往厂里运送木材。注意方法！

陈西下去了半个小时，回来说，问了当事人，两户说不知道，一户说好像有大车进去。

那木材和运材车肯定还在厂里，干脆叫门卫开门进去检查一下。一个退伍军人说。

开弓没有回头箭。让跟在后面的余伟他们上来，进厂检查！洛南平静地说。

余伟的警车闪着警灯开到了大门口，洛南带着余伟、陈西走进门卫室。门卫室电视机还开着，可守门人已经躺在床上睡着了。余伟出示了执法证件，叫门卫开门。

门卫揉着眼睛看了证件，问，你们是林业局的？要进厂检查？厂里有规定，我要打电话请示才能开门。

我们是突击检查，请你马上打开大门！陈西说。

我只听尚厂长的命令，没有尚厂长的命令我不敢开大门，擅自开大门我饭碗就没有了。门卫固执地说。

叫大家全部下车，车停外面，走路进去检查！洛南对陈西、余伟说。

公安干警和林业执法人员包括洛南一共八人，刚进厂门正往厂区里面走，余伟电话响起，余伟掏出看了看，挂了。不到半分钟，电话又响起，这次余伟看都没看，直接将电话关了机。厂区里面却突然传来了脚步声和大声说话声。二十来个人来到厂门口,将洛南等人挡住。

你们干什么,半夜闯进厂里,是要抢人还是怎的?说话的是胡黑娃。

接到举报,天润木地板厂违法收购毛榉和红桦,我们奉命对木地板厂进行检查。陈西说。

举报?你们接的谁的举报?有本事说出来,老子要他的命!专门和天润公司作对,诬告不是也犯法吗?那我现在举报山上有人在杀人你们去查吗?胡黑娃的声音一声比一声大。

一群人挡在洛南、陈西几人面前,人群中又有人喊了一句,我现在向你举报,小巷里有人在强奸,你们去查吧!夜总会里有人正在嫖娼,你们去查吧!又有人喊了一句,有人正在强奸,有人正在嫖娼,你们去查吧!更多的人跟着起哄,接着就是一阵狂笑声。

胡黑娃说,警察,警察有什么了不起!有本事你们现在就把我也抓进去关几天。

黑暗中有人突然大喊一声,警察打人了!警察乱抓了!警察砸门了!

转眼之间,厂区漆黑的房屋里突然冒出了上百人,黑压压地站成一大片,如群蜂一般发出嗡嗡的喊叫。

将警察赶出去!

不能放打人的警察走!

有人开始向他们扔碎木屑、木块。余伟问,怎么办,洛局?

洛南咬咬牙,低声命令道,撤!

一块巴掌大的木块打在了洛南身上,陈西头上也挨了一下,两个退伍军人在后面抵挡着。八个人终于从门卫室的小门撤了出来，而胡黑娃却没有追出门来，只在身后留下一片叫骂声。

上车以后，陈西气哼哼地说，肯定有人走漏了消息，我们被人算计了。

回去睡觉！洛南说。

65

对木地板厂突击检查过后，余伟又在周末接到了尚文雄的电话，邀他去岷州喝茶。余伟知道尚文雄找他要干什么，所以在电话上支吾着说自己这周家里有点事，想回去看看。尚文雄表面上还是很客气，但余伟已听出了那客气后面的意味。老弟还是来一下吧，有些事还是沟通一下好，不要弄成误会了。余伟只好又去了市里，到了尚文雄指定的一个茶楼，还没到雅间门口就听见里面很大的说话声，是尚文雄在对谁发火。他轻轻敲门，门开了，开门的是凌林。凌林将他让进去，又指了指沙发让他坐。雅间很大，除了一张麻将桌，还有一圈沙发和茶几。尚文雄却坐在一张椅子上，面对着坐在三人沙发上的尚文军、尚文兵，黄江水坐在一只单人沙发上。另一只单人沙发上放着一个女式包，余伟知道那是凌林的位置，便只好在三人沙发上挨着尚兵一边坐下。尚文雄似乎一直在生谁的气，在指责谁，也没有停下和余伟打招呼，继续说，我一直没想明白，到底是我尚文雄运气太差，还是我为人处世不到位，把所有的人都得罪了。纤维板厂被人卡住，办不了。就现在这加工厂，也天天有人来查！你们说这是为啥？

没有一个人说话，尚文雄这才停下，说给余科长倒茶。服务员悄无声息地端来一杯竹叶青。尚文雄问坐在沙发上的人，他们暗中到工厂外面来监视了几次，你们清楚不？两兄弟没一人回答。尚文雄又问，每次厂里一开始收材，他们的人就来检查了，到底是怎么回事？是不是你们那帮兄弟中出了内奸？

尚文兵说，那些兄弟我都了解，肯定不会。尚文雄猛地站起身，大声说，你们回去就查，一个一个地查。如果真查出了内奸，老子要把脚筋给他抽了，不然我尚大娃真成病猫了。

两兄弟都点头。尚文雄才又坐下，看着余伟说，老弟，今天咱们这儿没有外人，你说说，是不是洛南让你们在厂子周围安了眼线？

余伟看尚文雄眼里射着寒光，背上就掠过一股凉意，他只好如实说，没有。公安科肯定没有，至于其他人，我就不清楚了。

尚文雄转头又问兄弟俩，前次洛南带人来厂里突击检查你们提前知道不？尚文兵说，这个，伟哥提前给我说了的。可是时间太紧了，两个拉木材的车还来不及下车，他们就到厂门口了，只好把车直接开进车间里锁了。

尚文雄又问余伟，老弟下次可不可以再提前一点？余伟说，每次我都是接到通知就给老三打的电话。可是，洛局长每次都是通知过后就马上出发。他带队，我就没法控制时间，因为举报电话很多都是打给他的，我只能服从安排。退一步讲，如果我找理由不来，今后他就不会再通知我参加，而直接安排公安科其他人和他一起来，那样他反而会对我产生怀疑。

尚文雄的火气慢慢降下来，对一直没说话的黄江水和凌林说，余科长没有功劳也有苦劳，中午你们多敬他几杯。两人点头应承，一定一定。尚文军又开了口，现在稽查队路检越来越多，想拉几车黑木头越来越难。每一次在路上都得扯半天筋。能不能给表哥说一下，让他给林业局打个招呼，少到路上查嘛。尚文雄说,你当县政府是你开的吗?我们只有重要事情、大事情才能去找他帮忙,这些小事去烦他,那是最蠢的人才做的事。黄江水也说,让关县长为这事去林业局打招呼是不划算,县官不如现管,还不如请余科长多帮忙。

尚文雄又看着余伟,说,是这个道理。稽查队晚上的路检洛南基本上不参加,你是公安科长,陈西也不得不听你的。去不去,什么时候去,去哪几条路,还不是你说了算。余伟沉默不言。尚文雄又说,你应该变被动为主动,不等洛南安排就上路。等他想起来安排的时候,你已经在路上了。出发之前,你只须把你们要去的线路告诉老二、老三,那你们就永远不可能在路上遇见了。

尚文军、尚文兵都说,大哥说得对,伟哥你提前给我们打个电话就行了。

余伟面露难色,犹豫着说,只是,只是稽查的线路经常会在出发后改变。几个人一坐上车,一个说向东一个说往西,而且都有自己的理由。这个时候如果我一个人坚持说往北,大家都会不理解。如果和陈西在一路,他是股长,稽查人员由林政股和公安科的人临时组成,他说往南就会有人附和。脸色刚刚好转的尚文雄又阴沉下来,声音冷冷地说,这么说是没有办法了?

余伟听出了尚文雄话里的寒气,还钱的事还得找他帮忙,只好说,尚总放心,我尽力而为吧。

尚文雄缓一口气又说,出来混的人,讲的就是一个"义"字。和我作对的人,不会有好结果。帮过我的人,我也一定会帮他。一边说一边看一眼黄江水,黄经理以前在银行当主任时帮过我,后来他出了点事,虽然他不是因为帮我出的事,但我依然要帮他。他现在是天润公司管财务的经理,工资比以前在银行还高，公司的钱都是交给他在管。黄江水也点头说，尚总的确是非常重义的人，当年我还在银行就看出来他能干大事，才敢放心把款贷给他。他也果然言而有信，从不拖欠，到期就还。凌林站起身给大家添水，一边倒水一边说，余科长是尚总的朋友，尚总当然不会把你往火坑里推。他这个人哪，我最了解了。你就把心放回肚子里吧。现在事情说完了，尚总咱们喝酒吧！尚文雄站起身，好，喝酒！

尚文军也站起身，伟哥，咱们好久没打牌了，下午好好搓几把。余伟想起每天的催债电话，说，不了，我下午想回家去有点事情。

吃过饭余伟就开车往通泉镇走，刚上车电话就又来了，你若再不还钱，我们就来你办公室坐着，就到你领导那里去要。余伟说我正在想办法，最多半个月就能还给你。电话里的人声音高起来，我们已经给你延了多少个半个月了！你的单位我们知道，你的身份我们也知道。余伟说，半个月内我一定还，一定还。

挂了电话后，余伟继续开车出了城，他感到头很痛，天真的要垮了。拖是拖不过去的，如果贷款公司的人真的到单位来，自己就彻底完了，还当什么科长，当什么警察，工作能否保住都还说不清楚。如果自己没有了工作，没有了收入，儿子怎么办，拿什么来供他上学？只有还了钱，才能逃过这劫。拿什么还？家里最值钱的就只有房子了。可是，如果把房子抵押了，卖了，难道让老婆孩子去街边露宿！

第十章 那就干吧

66

催债电话让余伟晚上睡不好觉，白天也经常心神不定，他翻出局里房改所买住房的房产证，九十七点六个平方，按市场价能卖五万左右，可是水公司的人电话上说，他的借款连本带息已经四万多了，如果再不还，利滚利这套房子即使卖了都不够了，如果拿去银行抵押贷款，最多只能贷三万块。但抵给银行房子还可以住，贷款还了房子还是自己的。如果卖了房子就没有了，自己又住哪里？余伟将房产证装进自己公文包，又犹豫了几天，他还是想找一下尚文雄，看他能不能帮个忙，借自己几万块，自己把房产证抵给他。他在房间里反复走了几个来回，才给尚文雄打电话说了自己的难处和请求。尚文雄说，这个星期天我们几个兄弟要在千岛山庄聚会，你来吧，来了我帮你想办法。

星期天早上余伟便开车去了岷州市郊的千岛山庄，当着尚文军的面，余伟咬着牙又向尚文雄说了自己的困境及请求。尚文雄沉吟片刻，口里说，余科长这个忙我肯定要帮。不过俗话说得好，亲兄弟明算账，我帮你得帮在明处。平时我给你的是给，这次是借。余伟连忙说好。尚文雄叫来黄江水，让他具体与余伟商量。黄江水说，既然尚总已经安排了，就按余科长的要求办。余伟不停地向黄江水、尚文雄表示感谢。黄江水又说，只是你知道，我是银行出来的，比较细心，余科长你是尚总的朋友，利息免了，手续咱们还得简单有一个，拟一个简单的借款协议，双方签个字。余伟说行，黄江水便在一个包间的麻将桌上起草了一份协议，让余伟看看。余伟看着协议上写着：余伟向天润公司借款五万元，期限两年，两年期内不计利息。余伟知道这已是最好的结果，便说我一定在两年内还清。黄江水便去山庄商务中心将协议打印了两份，让余伟签了字，按了手印，然后又让余伟手写了一份借据，也按了手印。手续履行完，便由尚文军开车，黄江水和余伟一起去银行办转账。

尚文军一边开车一边说，伟哥，大哥这次帮你解了围，你可要多为咱们出点力。在银行转了账，余伟取了钱，又请黄江水与尚文军陪他去水公司还钱。连本带息一共四万三千六百元，尚文军对水公司的一个老板说，零头就不收了，还个整数吧。老板为难地说着，这——，尚文军脸黑下来，伟哥是我的朋友，能给你还个整数就不错了，万一惹毛了，不还你你又能怎样。老板说，既然军哥开了口，那就按军哥说的办吧。余伟将四万块现金递给老板，老板回头就让会计把原来的借款协议、借条还给了他。又对尚文军说，军哥，你一来我今天就亏了三千多。尚文军不说话，只拍了拍老板的肩膀。老板又说，请军哥放心，今后绝不会再找这位兄弟的麻烦。尚文军带着黄江水和余伟往门口走，老板又在他身后说，请军哥代我向雄哥问好，什么时候我请他喝酒。

还了高利贷回来，尚文军说，伟哥事情办好了，今天中午就好好喝几杯吧。中午吃饭时余伟便有了喝酒的心情，管他今后如何，至少眼前之急解了。他单独向尚文雄敬了一杯又一杯，不停地说感谢。尚文雄也多次拍着他的肩膀说，大家都是兄弟，相互帮忙是当然的。余伟又向黄江水、凌林、尚文军、尚文兵、金三娃，还有天润公司的几个副总、部门经理敬酒。酒桌上每个人对他都很友好，余伟觉得自己终于可以松一口气了。酒也有了滋味。他又向每个人敬酒,大家又都向他回敬。每个人都面带微笑,他觉得自己的生活也许并没有想象中的那么糟糕。

67

早上刚上班,刑警队长侯天明就接到一个陌生女人的电话,女人开口就问,请问是青石县公安局吗?侯天明感觉声音有些熟悉,却想不起是谁,便说请问你找谁?女人说我是赵小英,侯天明突然想起东山旅馆,便问想起什么情况了吗?赵小英说我好像想起来了一些事。

侯天明带着年轻刑警林川、刘阳立即赶到赵小英的副食店。赵小英看见侯天明就说,昨天晚上我想起来,两年多前有一个广东人在这里住了大概半个月。他经常来服务台打电话,也经常有人打电话找他,好像是做什么山货还是药材生意的。侯天明问,叫什么名字?长什么样?多大年纪?赵小英一边回忆一边说,人有点瘦,背有点驼,梳偏分头,戴细框眼镜。名字?姓向,对了,应该是两个字,向——向荣,对,向荣。他曾经说过,是欣欣向荣的向荣。年龄三四十岁吧,你知道广东人脸黑,看不出年龄。高矮?不高不矮,1.67米左右吧。后来去了哪里,说是接货去了就没有回来。是广东哪里人,这个就不知道了。

侯天明回局里后即刻安排林川在户籍网上查找广东省名字叫向荣,年龄在30至40岁的人,一共搜出符合条件的13人,然后把13人的照片全部打出来让赵小英辨认。赵小英一边回忆一边比较,最后比较肯定地挑出了其中一张,应该就是他。侯天明立即向领导汇报,青石县公安局立即与湛江市海安县公安局取得了联系。海安县公安局立即进行调查,向荣因吸毒目前正在戒毒所强制戒毒。侯天明立即与刑警林川、刘阳飞赴广东,在戒毒所见到了面色纸白、眼眶深陷的向荣。当向荣看见三个警察时,脸色更加暗淡。在戒毒所的一间小讯问室,向荣低头供述了他在岷州市购买熊猫皮的全部经过。

我原来是做土特产生意的,后来看药材生意利润高,又改做中药材生意。三年前,有老板问我能不能搞到熊猫皮,说是一张可以卖二十万,如果转卖出去价钱就更高了。我因为做生意认识了几个岷州市的朋友,所以来到岷州。我是在打牌的时候认识赵牛娃的。赵牛娃说他以前是做木材生意的,应该赚了些钱。听说好像被另外一个木材老板打了一顿,住了几个月医院,后来就不再拉木材,把五辆卡车租给别人跑运输,自己天天泡在茶楼打牌。可是他打牌手气不好,基本上一直在输,输了钱精神就不好。五辆卡车赚的钱基本扔到了牌桌上,输得实在没钱了,就只好借"水钱"。大安镇几个放水的茶楼,他几乎都借了水钱。我问他到哪里弄得到熊猫皮,如果搞得到我给他十万块一张。他开始不想干,后来他又输了,还借了高利贷,听说把几辆卡车都抵押了,输了钱就天天喝酒。我便又跟他说熊猫皮的事,他说那是犯法的,抓到了要坐牢。我说要赚钱,哪有不冒险的。马无夜草不肥,人无横财不富。你悄悄地找人做,谁会知道。赵牛娃终于答应去试一下,过了半个月左右,他来跟我说打听到一个猎人,住在山上很远,让我一起去找。听说要爬山,我就不想去。我觉得他还是比较耿直,便给了他两万块定金,让他自己去。他从山上回来后专门来找我,说事情讲妥了,猎人这几天就上山,货弄下来后给我打电话。果然没过几天他联系的猎人就打电话来说准备好了,让他去取。赵牛娃要我把剩下的八万块钱给他,他好去一手交钱一手交货。我说我已经给了你两万块,没见到东西是不会给你余款的。赵牛娃自己去了山上,回来后就给我打电话,说货取到了,要我把钱带上,第二天早上东山旅馆一手交钱一手交货。当天晚上我又到了青石县,住到以前经常住的东山旅馆。

第二天早上,赵牛娃提着一只口袋来宾馆找我,我刚给他打开门,他就接到一个电话,说有人给警察点了水,警察马上来了。他没有进门就转身往楼下走,情急之中将装有熊猫皮的蛇皮口袋塞进走廊上的消防箱里。他前脚出门,公安的警车后脚就到了门口。然后警察来查房间,看了我的身份证,问了我是干什么的,我说我是做药材生意的,因为以前经常在这里住,所以服务员都认识我,为我做了证,警察就没再问。

后来,赵牛娃来岷州找到我说,出事了,皮子被公安发现了,收走了。我让他把定金还我,他说他已经给了猎人。现在公安有可能发现了他,他让我赶快跑。我偷鸡不成反蚀把米,给了两万块,连熊猫皮的影子都没见到。但也没办法,我只好赶紧回到广东。

再后来,赵牛娃也来了广东,说还想去弄一张熊猫皮来,问我要不要。我再也不敢要,警察大哥,我可没杀熊猫没干违法的事。我连熊猫皮的影子都没见到。后来?后来我也不知道赵牛娃去了哪里,他后来就没和我联系过。

由于向荣已经由广东警方管控,侯天明三人便没有将他带回岷州。大家一致认为赵牛娃是猎神被害的重要嫌疑人,侯天明立即通知三泉镇派出所对赵牛娃的住所进行秘密监视。派出所报告,赵牛娃平时行踪不定,很少回家,最近已经半个月没有回三泉镇了。侯天明要求派出所安排专门眼线监视,不得惊动他,一旦发现他回来立即报告。

半个月后的一个黄昏,侯天明接到派出所所长的电话,赵牛娃回三泉镇上了。侯天明立即召集刑警队、林业公安科全部警力秘密赶往三泉镇。根据监视人员报告，赵牛娃独自回家后，一直没有出来。晚上十二点，公安人员悄悄靠近了赵牛娃家门口。赵牛娃家在三泉镇街道靠河一边，侯天明让林业公安负责门外警戒，防止赵牛娃在被抓捕时逃脱。侯天明带刑警队破门抓人。侯天明说，如果赵牛娃抓到，熊猫案和猎神案都能破案。但大家千万不要掉以轻心，冲进去以后人多混乱，千万不能开枪。

刑警们都点头。侯天明一个手势，一个刑警猛地一脚便将门踹开。四五个刑警迅速冲进屋。屋内漆黑，手电筒的光晃动。客厅里没人。侯天明立即带着两个警察冲向寝室，门刚推开，就见赵牛娃挥着一根棍子当头劈来。侯天明迅速闪过，侧身向赵牛娃扑去。赵牛娃手上的棍子又劈下，旁边的警察大叫一声倒下。侯天明从右边将赵牛娃扑倒在床上。又有两个警察冲上来，将赵牛娃按在床上。赵牛娃如一头未被驯服的野猪，一边大叫一边强烈挣扎。侯天明用肘顶住赵牛娃胸口，另一只手从腰间取下手铐，俯身向赵牛娃手腕扣去。刚才挨了一棍子的警察从地上爬起，挥起手中的三节电筒，大喊一句，老子看你跑，就向赵牛娃头上砸去。赵牛娃猛地扭身，只听大叫一声，一个按着赵牛娃的警察松开手捂住了后脑勺。赵牛娃趁势猛地发力，将按着他的另一个警察掀倒，从地上爬起又将一个拦他的警察撞倒冲向窗户，在侯天明查看受伤警察的一瞬间，翻出窗户扑向窗外黑漆漆的一团树枝。侯天明拔出手枪跟着冲向窗外，当他也翻到窗户外，借着手电筒的光，才看清下面是一个不知多高的堡坎，堡坎下面是看不清的乱石和树木。不远处传来三泉河哗哗的流水声。随后冲出来的一个警察对着黑暗中的乱石丛开了两枪，就被侯天明阻止，再开几十枪也没用了,先救伤员吧。

赵牛娃虽然逃脱,但熊猫案也算破了一半。侯天明对余伟说,啥时才能抓到赵牛娃,就看咱们的运气啦。

68

艾农从客车上下来,在镇上的一个小饭馆简单地吃了饭,找了一个不起眼的小旅馆登记了一个房间,然后躺在床上一边看书一边看电视,然后就是不停地看时间,书看累了扔在床头,拿着遥控板一个一个地按着电视频道。她从来没有像现在这样觉得时间难熬过,心里有些烦躁,也有些紧张。艾农是在几天前接到一个匿名电话而做出这个决定的,那个电话里说,要给她提供一个重要的新闻线索。天润木地板厂近段时间一直在违法收购无证木材,每天半夜的时候,都会有偷运木材车辆进入工厂大门,要她前去暗中调查。艾农准备了夜光照相机、微型录音机,没有和任何人打招呼,只身一人乔装打扮搭班车来到天润木地板厂所在的关河镇。

终于熬到了十二点过,艾农翻身下床背上了采访包,反身又躺到床上,还是再等一会儿吧,举报人不是说半夜吗。她又打开电视,继续不停地调换节目频道。直到深夜一点半,艾农才如一个十足的小偷,悄悄摸出了旅馆。街道上没有一个行人,艾农沿着街边的橘形路灯向着白天看好的木地板厂方向走。一只狗的叫声打破了深夜的寂静,艾农吓得直冒冷汗,差点叫出声来,定下神才看见那狗是被拴住的,脖子上的链子随着狗的跳动发出清晰的金属声。

木地板厂在关河镇通往青石的公路边上,靠青石河边,距公路五百米左右。距离木地板厂越来越近,艾农心里跳得越来越厉害。转过前面一个街头，就远远地看见了工厂大门口昏黄的路灯。艾农觉得每一处黑暗的地方都好像有一个人在盯着她。距厂门口不到一百米时，艾农躲进了公路边的玉米地里，眼睛死死盯着工厂门口。铁皮大门紧闭，没有一点动静。艾农从包里取出照相机，抬起头时厂门口的灯却熄了，天地一片漆黑，伸手不见五指。艾农闭上眼睛，然后再睁开，便又能看到公路与厂门的影子。

公路上有汽车声传来，没有明亮的远光，只有昏暗的小灯。艾农听见了铁门打开的声音，便举起夜光照相机，按下了快门。一张、两张，三辆大卡车盖着篷布先后驶进了工厂大门。艾农为了拍到更加清晰的卡车驶进大门时的照片，一时竟忘记了自己的处境，从玉米地里钻出来，向厂门方向靠近。直到有人大喊一声，那边有人在照相！

艾农猛然发现有人向她走来，瞬间有一种夜里遇上恶鬼魂飞魄散的感觉，转身便飞跑起来。艾农沿着黑暗的公路向镇上跑，有人追上了她，抓住了她的肩膀。艾农用力挣脱，可是采访包却被人抢了过去。艾农继续跑向镇上，后面的人在短时间的停顿以后，又追了上来。艾农转过一条街道，慌乱地掏出手机，号码还没拨出就被后面追上的人抢走了。

谁叫你来照相的？你是干什么的？保安队长胡黑娃过来就推了她一把，随后又有几个人赶上来。

我是《岷州晚报》的记者，你们要干什么？面对几个陌生男人凶狠的面孔，艾农感到了真正的恐惧。

你是记者，记者有什么了不起！有人翻开了艾农的采访包，打开了照相机。

把我的照相机还给我！艾农扑过去要将照相机夺回，却被几个人推了回来。

把我的照相机还给我！艾农再一次扑向拿照相机的男人，抓扯中在那人的肩上狠命地咬了一口。提照相机的男人哎哟一声，一巴掌打了过来，艾农一头撞在街边的一间平房的木板墙上。

艾农被人拖着手臂进了厂门，又被几个人吵吵嚷嚷推往办公楼。艾农被推得跌跌撞撞，不停大叫放开我。

在办公室值夜班的凌林听见吵声走出来问，怎么回事？抓住艾农的人将手放开。艾农站直身子说，我是《岷州晚报》的记者。刚说了一句就被打断。一个人说，她半夜三更一个人在厂门外偷偷拍照。凌林问艾农，你拍照干什么？艾农说，我是记者，想拍什么就拍什么，把我的包还给我。凌林对拿着包的男子说，把她的包给我。拿包的男子说，我们保安队只听胡队长的，他说给你我就给你。凌林对胡黑娃说，胡队长，把她的包给我，这事我来处理，你们回去吧。

胡黑娃说，凌经理，我们保安队只听兵哥的，你给兵哥说一下吧，他同意了我们就把人和包都交给你。凌林声音提高了几分，我是尚总任命的董事长助理兼办公室主任，老三只是保安部经理，我听他的还是他听我的？胡黑娃说，凌经理你不要让我为难好不好？要是我没经他同意就把人交给你，他会收拾我的。

凌林口气猛然严厉起来，那我现在跟尚总说，行不行？胡队长，你知不知道你们现在抓的人是《岷州晚报》的记者？要真惹出祸事，尚总怪罪下来，你们几个哪里仅仅是挨收拾，而是丢饭碗了。

胡黑娃犹豫半晌才说，那我们得检查一下她到底拍了什么照片。艾农跳起来要去抢夺照相机，我的照相机你们不能检查。艾农还没靠近就被人挡开。凌林说，厂里有规定，不能随便拍照，这个你们就按规定检查吧，检查完就还给艾记者。高个子拿过照相机打开捣弄了几下，就将包和相机一起递给凌林。凌林说你们都回去吧，这事明天我会向尚总报告。

几个人散去后，艾农还在哭着说，我的照片，我的照片没有了！凌林将包和相机还给艾农说，艾记者，我肯定不能让你拍了厂里的照片带走。这么晚了，我找个车送你回去吧，今后不要再干这种事了。今天也是我值班，要是换了其他人，你怎么脱身？

第十一章 是时候了

69

　　市人代会过后关云山召集专题会研究落实企业原材料供应保障工作。关云山只让邵年简单汇报了几句，就说情况我都了解，两个月前我就让你们拿出一个支持企业发展的办法来，你们拿出来了吗？邵年说，已经有了一个初稿，正在修改完善。关云山加重语气说，林业是青石县的重要产业支柱，青石县是林业大县，林业部门在全县都是叫得响的部门，可是只是叫得响有什么用！什么叫林业大县？就是林业必须在全县总产值中占有相应的比例，在全县税收中占有相应的比例。县里千方百计引进的企业，如果不能为我们创造产值与税收，引进来干什么，图热闹吗？巧妇难为无米之炊，企业没有原材料，用什么给县上创造税收。资源保护，只喊保护，不利用，保护起来做什么？这不符合辩证法嘛！只有经济发展了，我们的资源才能得到有效保护。如果老百姓连饭都吃不上，他有什么积极性去保护生态环境。可是我们有的部门，有的部门领导干部，处处拿保护当借口，为企业的生产、经营设置各种障碍，这不符合我们党的宗旨嘛！

　　关副县长讲到激动处不停地用手敲桌面。许多人的目光向邵年与洛南身上投过来。洛南知道这些话都是说给自己听的，他感到自己脸上发烫，心跳比正常速度快了一倍。几次要从座位上站起来申辩，都被邵年低声制止。他觉得自己就像一个被误认为是小偷的良民，有口却不能申辩，由于不能申辩，便好像自己真的成了小偷一般。他不知道自己应该低着头,还是该抬头望着窗外。洛南突然感到回到了几十年前,父亲对哥哥偏心时那份委屈如猛然涨起的潮水瞬间溢满了他的心头。难道我辛苦工作二十年,就为了受这份屈辱吗!他觉得自己的嘴唇不停地颤抖,身上的血全部涌向了头顶,脸上被众多投射过来的目光烤得滚烫。他咬牙让自己坚持,只希望时间能尽快过去,尽快离开这地狱般的房间,躲到无人的角落里去。可是,关云山终于点到了他的名字,洛局长,你在主管资源,支持企业发展的办法是不是你在主持起草?我让联络员给你打了两次电话,这个办法至今都还没出来,到底是什么原因?

洛南内心的闸门终于被冲开,关县长,我主管资源不是凭自己的个人喜好,不是随心所欲想怎么管就怎么管,限额采伐与凭证运输是国家法律中的刚性规定,我严格按照法律和上级规章执行,有什么错?我的任务是尽最大努力不让青石县的森林资源被破坏,不发生大的案件,支持企业发展主要靠的是项目、税收和资金支持,至于企业原材料供应,完全是市场行为,林业局总不可能下一个行政命令,不准合法采伐的木材、烧柴出县,必须卖给某个企业吧。

关云山声音高起来,想打断洛南的话,你不要开口就给我上法律课,法律是死的,人是活的,在法律的框架下就不能有支持企业发展的办法吗?共产党人必须讲政治,什么是政治?发展是第一要务,就是青石县最大的政治。

洛南没有理关云山,继续大声说,企业发展也不能靠违法行为来推动。关云山说,我并没有说要企业靠违法来发展,但你不能逼得企业走投无路,只有靠违法才能生存吧?洛南猛地从座位上站起,我什么时候逼企业了?我们按规定执法检查就是逼企业了吗?

关云山用力拍拍桌子,难道你们三天两头去企业检查,不是逼企业吗!

坐在旁边的邵年忙着拉洛南坐下,口气严厉地说,洛局长不要说了。几个参加会议的局长也都坐在自己的位置上招呼洛南不要说了。

洛南没有听清每一张嘴里说出的话,邵年拉着他坐下,他又站起,然后又被邵年拉着坐下,但他已经闭不上自己的嘴,如果你认为我执法错了可以把我免了。

政府办副主任过来扶着他的肩膀,洛局你到外面冷静一会儿。洛南感到自己的眼睛就要关不住泪水,他收起自己的笔记本走向会议室门口,他感到自己如行走在黑竹垭的深水沟,每一步都抽刀断水。洛南浑身起满了鸡皮疙瘩,眼前的一切开始恍惚。保安站在门边如稻草人,没有谁伸手扶他一把。出了政府大门上了车,他锁上车门却没有启动车子,靠着背椅闭上眼睛。他感到泪水已经偷偷流过脸颊,进了自己的嘴角。他不知道自己该去哪里。

洛南不知自己什么时候回到家里躺下的,所有参会的人都向着关云山,连邵年也没帮自己说一句话。没有人替他说一句公道话,这世上就没有人替自己说一句话,明天自己该怎么办?他睁开眼睛,眼前一片漆黑,黑得安静,黑得安全。他起身,从饮水机上接了一杯凉水喝下,他感到了饿,胃里却很堵。电话还是安静得如熟睡的婴儿。明天的事,还是明天再说吧。

第二天早晨,洛南到办公室就关了门,很快写了一份辞职报告。他将报告对折了放进公文包,然后靠在椅背上做深呼吸,与其等着被免,还不如主动辞职。就做一个普通职工有什么不好,自己现在还能爬山,规划、设计、检查、验收,都是轻车熟路。最好能去造林股搞技术工作。他提着公文包走下办公楼时，遇到陈西、简玉强，说要向他汇报工作，洛南说我有事要出去，当两人问他什么时候回来时，洛南只管往楼下走，没有回答两人的话。

洛南将车停在县委停车场，从公文包中拿出对折了的辞职报告，直接就上了组织部所在的四楼。走廊上很安静，大部分办公室门都关着。洛南想自己还是应该把报告交给部长吧。他走到部长办公室门前，门关着，一个年轻女子过来告诉他，部长没在，出差了。他又看看常务副部长办公室，门也关着。女子又说，刘部长也没在，开会去了。他走进干部科科长办公室，科长姓黄，洛南认识他，他也认识洛南。黄科长客气地问洛南有什么事，洛南将手中的报告递给黄科长，说，部长不在，我就交给你吧。黄科长看了一眼报告，眼里流露出不解，你是县管干部，应该交给部长才是。洛南说，麻烦你等部长回来转交给他吧。黄科长又问，是不是班子成员之间闹矛盾了？洛南说不是，黄科长友好地说，那你为什么提出辞职啊？很多人都在争取提拔，你却反其道而行之。洛南说没什么，只是感觉累了。黄科长将报告递还给洛南，干部任免是一件很慎重的事，也有严格的程序，所以你这个报告我是不能接的，如果你一定要交，就等部长回来你自己交给他吧。

洛南从组织部出来，刚上车电话就响了，号码是陌生的。

洛南每次看见陌生来电，心里就紧张，但他却不能不接。洛局长，你好。声音是友善的，洛南也客气地说你好，然后等着电话里的人说有什么事情。电话里说，我是岷州市师范学院的陆祥林，就是水月的儿子。洛南说我记得的，陆老师有事吗？陆祥林说，是这样的，我们在清理老家旧物品时，发现了一把老式猎枪，挂在母亲睡屋的墙上。由于母亲在外面挂了件长蓑衣，所以大家都没有发现。前几天我回老家取下蓑衣才看见。我们家几辈都没人打过猎，所以这杆猎枪应该不是我家的。我想会不会是洛大伯以前来我家时留下的。现在我娘去世了，这枪放在我老家已不合适，所以给你打电话，你看这事怎么处理？

洛南听陆祥林说完，也不知该怎么办。只好说，要不等我回家问问我爹，再给你回话，谢谢。回到办公室，洛南就没再想起猎枪的事，先后给陈西、简玉强打了电话，有什么事情现在上来说吧。

70

县委中心组学习会结束后，关云山走到薛鉴旁边，低声说，薛书记，我想就资源管理与产业发展单独向您汇报几句。薛鉴一边往会议室外走一边说，什么事，不能给文县长说吗？关云山犹豫着，这……薛鉴停住脚步，有什么想法，说吧。关云山环顾了一下周围，说，森林资源管理的问题，主要是林业局班子问题。林业局有的领导在观念上跟不上全县经济发展形势，不能服从全县经济发展大局。关云山停顿了一下，看薛鉴没有任何反应，继续说，所以我建议，是不是将洛南调离林业部门。关云山说完，便等着薛鉴说话。

薛鉴沉默了几秒，说出了一句话，这事以后再说！

关云山悻悻地准备离开，薛鉴又说，全县资源保护与林政管理的事情，我听到各种各样的反映。很多举报信都是从省里、市里转来的，要引起高度重视，不然总有一天会出大乱子的。曹市长的指示精神要贯彻落实，企业发展要支持，但森林资源管理也不能放松。森林资源保护是一条高压线，一旦触碰了就会出问题。我是县委书记,有推不掉的责任,而你的责任更大。你回去一定要好好研究,拿出办法来。关云山点头说,好,我马上落实。薛鉴停了一下又说,和企业打交道要注意把握好分寸,企业发展要支持,生态保护也不能大意。这也算是我作为班长给你的一个善意提醒吧。

71

晚上睡觉前,邵年接到尚文雄电话。尚文雄客气地寒暄了几句就转入了正题,我表哥很担心洛南这个人,所以他要我转达你一句话,想让你去向薛书记建议将洛南调离林业局。

邵年身上的血往上涌,洛南当初是我从乡镇要回来的,工作能力强,虽然有时很犟,但作风正派是出了名的,文县长对他印象好。我开不了这个口。况且党组分工是报组织部备了案的,哪能说变就变。

尚文雄说,邵大爷那么辛苦才坐到这个位置上,总不愿意他天天搅得你不安宁吧。

接了尚文雄电话过后,邵年晚上都睡不好觉,夜里常出冷汗,做一些奇怪而恐怖的梦,梦里经常有一条巨蛇向自己张开大嘴,醒来后便难以入睡。前列腺炎又开始复发,一个晚上通常要起夜小解五六次。我二十几岁当乡长,三十岁当书记,全县比我能力强、资历深的人又有几个,和我一起当乡长的人有的都当了市长了。关云山,你有什么资格指使我!有本事你直接给我打电话!有本事你自己去跟书记提嘛!

爷爷,爷爷。孙子从沙发的另一角摇摇摆摆过来抱住了邵年的膝盖,爷爷抱抱。

邵年抱起孙子,冬日里昏黄的阳光从窗口斜斜地照进屋子。关云山天天盯着青石县，似乎林业局成了整个岷州经济发展的绊脚石。

一点四十分，薛书记打电话来，询问局里几项重点工作，邵年先汇报了重点工作，又汇报了县上关心的事情，然后等着书记挂电话。薛鉴又停了一下，说，关于资源管理与支持企业发展，林业局一定要有清醒的认识。要正确处理保护和发展的关系，不能因为保护而卡住企业，也不能因为支持企业而不保护。国家的法律法规是红线，不能碰。企业也必须守法。你明白我的意思吗？你们要多研究，拿出两全其美的办法来。

邵年等薛鉴挂了电话，才反复琢磨书记的话，似乎明白了什么。

72

连续在检查站待了一个月，范文勇这才想起应该回家去帮着把土豆收了，最好能卖掉大部分给儿子上学用。在尚文兵押着三辆大货车到达关河检查站之前，范文勇已经有一种预感，今晚这个地方又不会清静了。他将打算带回家的衣服放下，对两个值班人员说，待会儿尚文兵的车来了以后，就放下花杆，一定要将三辆车挡住检查。

话刚说完，就传来了汽车的喇叭声，转眼之间三辆车就到了花杆面前，在距花杆不足一米处吱的一声停下。尚文兵坐在第一辆车的驾驶室里没有动，后两辆车上跳下四个人，拿着运输证走进了值班室。范文勇握着手电筒走到大货车跟前，对尚文兵说，接到举报，说中纤板下装有木材，请打开车厢接受检查。尚文兵坐在车上没有动，笑着说，范哥，我拉的是中纤板，我有准运证，这满满一车板子，你要我卸下来，不是开玩笑的吗？范文勇说，有举报，不查我就保不住这个饭碗了，尚老板配合一下吧。尚文兵说，是谁在举报？那我现在就举报你利用职权，收黑钱，放黑材，你就应该马上下课了，行不行！说着叫驾驶员启动了汽车，对着横架在公路上的花杆慢慢挤过去。范文勇大喊一声，尚文兵要冲花杆！快打电话报告公安科！说着一把抓住了驾驶室的门窗，一脚踏上了驾驶室外面的踏板大声叫道，尚文兵，马上停车！强行冲关，你要承担责任的！

汽车猛地加油，冲向花杆，只听到咣当一声巨响，钢管制成的花杆一头猛地弹起，随即折为两段，挂在了大货车前保险杠上。汽车加足了油门，开了大灯，向通往县外的公路上冲去。范文勇伸手抓住了车内的门把，要将车门打开，一手抓住尚文兵的衣服，想将尚文兵从车上拉下来。尚文兵挥拳击向范文勇面部，同时用力将范文勇向车下推。汽车在公路上飞速向前，路边的界桩从车灯的照射里一晃而过。范文勇的身后是陡峭的悬崖，悬崖下是湍急的大禹河流水。范文勇放弃了门把，一手抓住了尚文兵的衣服，一手挥拳向尚文兵还击。两人都不说话，尚文兵的拳头密集地击在范文勇脸上，范文勇一把住尚文兵的衣领。风将范文勇的衣服掀起。后面有车灯射来，货车一脚急刹车，范文勇感到自己飞了出去，被巨大的惯性抛向了黑暗的路边。

在飞向路边灌木丛的那一瞬，范文勇看到了深蓝色的天空上满天的繁星不停地闪烁。范文勇感到自己被什么东西托住，什么东西从他的脸上轻轻地划过，没有一丝疼痛的感觉。范文勇的脑子里一片空白，只有一个声音在身边响起，那声音陌生而又熟悉，让他闭上眼睛——是儿子，托住了他的身体，叫着，爸爸——

不知过了多久，范文勇听到了汽车的轰鸣声与警报的尖叫声，他艰难地睁开眼睛，一道雪亮的车灯照来，警车猛地停下，有人跳下车，在路边寻找。有人叫道，在下面树梢上！

范文勇听到有人在叫他的名字，想回答一声却张不开嘴。有人用绳子吊着来到他身边，再用另一根绳子拴在他的腰上，一些人在上边喊着：1，2，3！范文勇感到自己如一块砖头，被从悬崖上吊起。

被从树梢上救起来后，范文勇才感到后怕。他不知道自己哪来的胆子，竟然敢单手抓住车门和尚文兵拼拳头。幸好沟边有树梢挡住，不然说不定自己已经没命了。要是自己出点事，儿子怎么办。他走进洛南办公室就将辞职报告放在洛南办公桌上，我这个站长实在当不下去了。洛南让他坐下慢慢说。范文勇坐到沙发上感到怒气没有了，只剩下忧虑，三辆冲击检查站的货车及尚文兵均没有抓到，无法进行处罚。现在检查站是随时接到威胁电话，已经发生过的多起无证木材强行冲击检查站事件都是不了了之。前几天又有职工在值班时被打伤。这样下去，就是我还愿意当这个站长，总有一天也会成为光杆司令的。所以我请求局里批准我辞去站长职务，作为一般执法人员留在检查站或回林业站工作。

洛南将辞职报告还给了范文勇，你是局党组任命的，当然要由局党组来决定。不过我可以告诉你，老范，就算邵局长同意了，作为分管副局长、党组成员，我是肯定不会赞同的。

不过话说回来，不管怎么执法，不管形势怎么严峻，首先要保障我们执法人员的安全。今后就算再有车强行冲关，也不要做那么危险的举动了。你是站长，不要再让职工强行阻拦硬冲的车。个人感情归个人感情，责任却是不含糊的。你也要让我晚上能睡个安稳觉。范文勇说，我当初就不该听你的话到检查站去。洛南说，咱们都是成年人，既然你已经去了，就不能像小孩那样反悔。老范啊，你五十岁，我四十岁，我们的一生都过去一大半了，应该说已没有什么可怕的了，安心回去工作吧。算我求你了！

洛南感觉范文勇对自己是有怨气的，他一直有不好的预感，有什么东西正在到来。

果然没过几天，尚文军、尚文兵兄弟又在晚上十点多押送十辆装满原木的货车到了检查站。这一次范文勇同样接到了前次那个陌生人的举报电话。范文勇吸取了上次的教训，接到举报后就打了洛南的电话，又打了公安科的电话，而且将检查站所有人员集中到一起，说，今天就是豁出命也不能让尚氏兄弟的车辆强行通过，必须每车全部检查。范文勇让驾驶员将站上那辆破旧的桑塔纳启动待命，随时准备将车横在公路中间拦截。

洛南接到电话后终于压制不住内心的怒火，就是天要垮了也绝不能放一辆车通过！洛南来不及再想，立即通知余伟和陈西。上了车以后，余伟问要不要向邵局报告一下，洛南说算了，万一惹了什么祸事，也免得他受影响。可是，尚文军、尚文兵的货车队还是先到了。七八个检查站的职工全部站到了公路中间，范文勇以手势命令货车停车检查，一声声尖厉的刹车声响过之后，十辆货车成一字形在公路上停下，尚文军、尚文兵两兄弟从车上跳下，拿着运输证走向范文勇。

范文勇接过运输证，一车一车对证查验，说，必须全部重新检尺！尚文兵还是和前几次一样，首先跳起来，我每一车都有手续，还要怎么检尺？范文勇说，所有的车均涉嫌严重超载。尚文军说，没有手续，你要查挡。我有手续，你又说超载，你们这不是专门和我作对吗？

一排木材车上又下来七八个押车的人，向范文勇围了过来。检查站人员也围了过来。范文勇说，上次你没有把我摔到岩下，大不了你今天把我摔下去，横竖就这一百多斤摆在这儿了。

尚文军冲到范文勇面前，今天看起来是非要和我们哥几个摊牌了！尚文兵也冲了过来，老子今天要砸了你这个检查站，天也不会垮下来！

几个检查站职工冲过来挡住了冲向范文勇的尚文兵。检查站门前的公路上，霎时弥漫起了浓浓的火药味。

十几个人的对峙中，出现了短暂的寂静。正在这时，公路的两头几乎同时有车灯亮起。洛南带着余伟等几个公安人员和尚文雄同时到达检查站门前。洛南的三菱警车和尚文雄的丰田V8沙漠王子车灯相互对射着。丰田先熄了大灯，三菱车也熄了大灯。尚文雄没有下车，洛南也坐在车上没动。尚文雄坐在车上不停地拨着电话。洛南的电话也一直在裤包里响，他拿出电话，邵年的未接来电有一个，关云山的未接来电有两个。尚文雄从车上走下来，电话依然握在手里。金三娃也跟着下车站在尚文雄身后。洛南也将电话握在手里下了车。手里的电话一直在不屈不挠地振动，洛南不看不挂也不接，慢慢地站到车头前。尚文雄也在自己的车前站住。一个值班人员跑过来说，洛局，邵局长电话找你。洛南说，你说我这会儿有事，等会儿我给他回电话。尚文雄站着不说话。刚才的值班人员又跑过来说，洛局，关县长找你，说是有急事。洛南提高了声音，再紧急的事也得等我把眼前的事处理完再说吧。

尚文雄终于开了口，洛局长，我到底什么时候把你得罪了，你要天天跟我过不去。

洛南取出一支烟捏在手上，关河检查站已经被你闹得没人敢上班了，我不来看看行吗。

尚文雄冷笑道，当初你让我来青石拉木材，我一直记着这份情义，可今天，为了我这几车破木头，你把领导都得罪完了，值得吗？

洛南将一直在振动的电话放进裤包，点上烟才说，当初帮助你做木材生意是我做朋友的本分，但并不是说你可以违法，你知道我这人天生就笨缺眼水。

尚文雄挖苦道，我知道你厉害，天不怕地不怕。我又没挡你升官的道。

我从来就没稀罕过这个鸟官，但我端了这个饭碗，就得尽自己的责任。我不能让乡亲指着我的脊梁骂我败家子。

我知道你不想升官，你不就想当英雄为自己立块牌坊吗！那你就把这几车木材没收了吧！这区区十车木材我就算一根都不要了，也不至于明天就去讨饭。

金三娃一直站在尚文雄身后一动不动。尚文军喊，南哥，我和老三曾拜你为大哥，我们不愿伤害你，你也别逼我们。

洛南背上的寒气迅速涌遍全身，这明明是你们在逼我，哪里是我逼你们！

尚文兵冲向洛南，你忘恩负义，欺人太甚。我尚兵娃就算不要命了，也要教训你一下。

洛南感到头有些晕眩，站在车头没动。范文勇、陈西、余伟上前将尚文兵挡住。

尚文雄低声喝令，老三，回来。

尚文兵转头对着尚文雄喊，大哥，你往日的威风哪里去了！今天你就不要管我，我一人做事一人当，就算挨枪子，我也要替你出一口气。

尚文雄冷冷地说，你想要出气，除非你不再认我这个大哥！

尚文兵如暴怒的狮子，被缰绳强拉着转身，口里依然叫着。公路上的车堵成了长龙，喇叭声响成一片，检查站值班室外的水泥坝上站满了围观的人。

洛南冷冷地说，按规定对超运木材可以下掉超运部分，也可以补变价款。但为了不让人说我多收了变价款，还是下材吧。

尚文雄张了张嘴，却没有说话，又张张嘴，转身往车门边走。

尚文兵、尚文军也分别走向各自的车。尚文兵一边走一边说，姓洛的，走着瞧！

看着尚文雄的丰田车离开了检查站，洛南努力忍着背上的寒冷，咬着牙对范文勇吩咐下去。

安排检尺吧。

73

猎神死了，水月也入了土，洛承义感到自己七十五岁的时候又成了孤儿。自己虽然有儿子孙子，但依然是孤儿。有时候他会带着尔朵去猎神的坟头坐一会儿，抽支烟说几句话。有时候他也会提着酒囊自己喝一口，又给猎神坟头上倒一点，老光棍，你在那边过得还好吗？不知道那边有没有酒喝，有没有野物陪你。我现在精神越来越不好了，从鬼头崖回来，我这腿脚就一天不如一天，酒也不太喝得下去了，活得越来越没意思。我现在天天担心有一天真走不动了怎么办，要活活不了，要死死不下去，那才遭罪呢。还是你好，说走就走了，招呼都不打一个，也没麻烦什么人抬你上山。想来应该算是那个买熊猫皮的人帮了你，让你一边喝酒一边就归天了，你该好好谢谢人家才是。

　　有时候，洛承义也会在天快要黑的时候走到通往白沙湾的路口。他想去水月的坟上看看，又不知她埋在什么地方。他想再去水月院子里坐坐，又不知那院子现在有没有其他人在住。尔朵不停地用头蹭他的裤脚。水月已经死了，无论如何他都没有再去那个院子的理由。在岔路口的一块石头上坐到天完全黑尽，洛承义才又和尔朵一起往回走。沟里很安静，小路上偶尔才有一条游蛇穿过，蝉躲在树林里一声不吭。老大洛北家院门紧闭，屋檐下也没有亮灯，院子里的鸡鸭猪牛睡眼蒙眬，连门缝里也透着一股子凉气。天蓝得发黑，星星密集如蜂巢前的蜂群，那些星群时远时近，时亮时暗。释比说，星星是天神为夜行人点起的火把，只有闭上眼睛，才能感到它的光亮与温暖。

　　实在寂寞的时候，洛承义就带着尔朵在山林里钻。他只带一把弯刀、腊肉、玉米馍和酒。没有目的，没有时间，天黑了走到哪里就在哪里歇。药棚子也行，岩窝也行，只要天不是太冷，眼睛一闭哪里都能过一晚上。他和尔朵走走停停，每次出门都带够两三天的干粮。没有猎枪在手，虽然轻松了些，但他依然觉得不习惯。走过老熊坪，又翻青杠岭，爬上黑风梁，又穿杨家坡。林子里桦木的青涩，辛夷花、野樱桃的甜闷，杨树的苦冽，让他似乎又回到多年以前。野兔在不远处的洞穴里咀草，林鼠在洞里磨牙，猕猴在远处的树梢上荡秋千，竹鹨子躲在蕨草丛中东张西望。洛承义感觉自己忘了猎神和水月，忘了洛北和洛南，甚至忘了自家的院子。世界只剩下自己和身边的尔朵。夏天正悄悄到来，珙桐花刚开了一半，羊角花也跟着开。爬上青龙垭，他感到双腿开始发酸，呼吸变得沉重。坐在野猪岩下，洛承义转头对尔朵说，如果现在死，我们就死在这里吧。

洛承义取出一块玉米饼，咬了一口，觉得无法下咽，便扔给尔朵。尔朵走过去嗅了半天，才不情愿地吃下。洛承义感觉全身无力，靠在崖壁上闭上眼睛，他又看见叶珠坐在鬼头崖上绣花，洛西坐在扫把云上咬指甲。一股熟悉的气味将他从迷糊中唤醒，尔朵正在不友好地吼叫。洛承义努力睁开眼睛，洞口外已经一片漆黑。尔朵依然在叫，不是对着山下，而是对着洞里面。洛承义吸吸鼻子，那股熟悉的气味又钻进他的鼻腔。洞口透进一丝天光，他转过头看看洞里面，一团黑影紧紧贴在洞里的崖壁上。渐渐地，他看清了那是一只很小的麂子，应该不过两三个月大，肯定是和母亲走散了，仓促之间才钻进这山洞，现在却被尔朵逼在洞里，想逃又不敢逃。黑暗中，洛承义看见小麂子眼里闪着惊恐与无助。他厉声制止尔朵，不准吼！尔朵声音变小，却没有完全停下。洛承义从包里取出腊肉，撕下一块扔向尔朵，吼道，不准再叫！尔朵终于收住口，专心吃腊肉。洛承义看看黑暗中那两只眼睛依然在闪动，便掏出一块玉米饼扔过去，说，吃吧，天亮了就出去吧。

洛南接到二叔的电话就立即往回赶，心里虽然有些埋怨，又无可奈何。爹年纪大了，把他一个人放在老家，本来就不合适，又怎么能怪他？二叔说，你爹三天不见开门，也不见屋顶冒烟，今天我去弄开了门，家里也没人。猎神、水月都死了，你爹已经没有地方可以走动，他能去哪里三天不回家！

洛南回到家里就和二叔一起上山寻找，他们先去了猎人坟前，又开车去了水月家的院子，然后又去了猎神以前的家，都没有爹和尔朵的影子。洛南和二叔又回到黑沟，继续上山寻找。

二叔问，除了水月，你爹还有没有其他相好？洛南突然感到脸上发烫,好像二叔问的是他自己的隐私。看洛南没有回答,二叔又自己作了答,几十年都没听到过风吹草动,应该没有了。大哥这个人脾气怪得很,除了水月,可能没有人受得了他。洛南依然没有回答,叔侄二人在黑沟村的山路上走得很沉闷。过了老熊坪,又翻青杠岭,爬上杨家坡,又上黑风梁,走一阵就停下来喊几声,爹——!大哥——!

终于在青龙垭听到了尔朵汪汪的应答声。

尔朵站在岩窝外面,对着山林叫几声,停下然后又叫几声。洛承义半躺在野猪岩下的岩窝里一动不动,脸色苍白。洛南感觉心快要跳出来。看见弟弟和洛南走近,洛承义才慢慢坐起身。洛承仁说,大哥,我和洛南都找你两天了。洛承义慢慢站起身说,我把自己的墓地选好了。我和尔朵死后,你把我们埋到野猪岩下吧。

洛南压制住想凶爹几句的冲动,上前将洛承义扶起,说,爹,咱们回家去吧!

回家后,洛承义依然经常半夜从梦中醒来,他感到自己胸口很难受,如压着一块石头。从床上坐起后他时常能记得梦中的场景,一头黑熊在陷阱里用眼神向他求救,他提着猎枪走过去,黑熊却变成了洛南,陷阱变成了滴水岩。洛南躲在滴水岩里面哭。洛承义放下猎枪,向滴水岩走去,到了近前却发现自己和洞口隔着一条深不见底的沟,那沟不宽,自己却怎么都跨不过去。

74

尚文雄从来没想到自己会和洛南在关河检查站前的公路上怒目僵持。全县这么多加工厂,你就天天来我的厂检查。这么多人拉木材，你就天天盯着老二、老三查。咱们是兄弟，你却要天天跟我过意不去，这是什么道理！从检查站回来后，尚文军、尚文兵赌了好几天气，问他们什么都不回答，最后终于憋不住了，公开闹着要报复，连他们俩手下的那些小兄弟也跟着起哄，似乎不答应他们，他们就要反天了似的。凌林出面劝阻尚文军、尚文兵，千万不能意气用事啊，你们这样跑去能报复谁，报复洛南？报复检查站？还是报复青石县林业局？你们这样只会让公司，让你们大哥更加被动的。尚文兵说凌姐你就不要管我们了，我们自己做事自己当。就算要进监狱，我也要为大哥出这口气。尚文军说，我和老三就是大哥的两只手，大哥就是我们的脸面，脸被伤了难道手还不能伸吗？

凌林看着自己劝不住兄弟俩，便敲开尚文雄办公室门，尚总，老二、老三都闹着要去报复，你快阻止他们吧！如果真闹出事来，谁也不知道会有什么后果啊。尚文雄半躺在长沙发上一动不动。凌林说了一句，也不知道该不该继续说下去，只好站在沙发前等尚文雄说话。

尚文雄慢慢从沙发上坐起，低声自言自语道，说不定真的该给他点颜色看看呢。

凌林说，千万不要啊！尚总，你和洛南是几十年的兄弟，就算心里有隔阂，也该坐下来好好谈才是。

尚文雄说，谈了好多次，有用吗？

凌林声音变得焦急，可是，如果出去闹事，不仅没有用，还会起反作用啦。

尚文雄沉默半响才说，那你去给他们俩转达我的话，没我的允许，谁也不能轻举妄动。

凌林依然站着，尚总，让我去说，他们会听吗？尚文雄语气冷淡起来，我现在不想听他们在我面前吵，你去转告就行了。

邵年的前列腺炎又复发了，严重得连小便都完全解不出来，送往医院之后即被医生插上了一根导尿管。医生说，只有手术切除才能从根本上治好，不然每天都只能插着导尿管，挂着一个小瓶子。邵年住院以后，局里的职工纷纷前去看望。洛南一直在乡下检查天然林管护责任落实情况，回到局里时，邵年已经做完前列腺切除手术，经历过了手术后的阵痛期，正躺在病床上输液，尿管还插着，人瘦了不少，精神也没有恢复。

洛南站在床前问，手术后是不是痛得很厉害？邵年如释重负般说，岂止厉害，痛得我两天没睡着觉，但现在好多了。当初在做不做手术的问题上，我犹豫了很久。年龄大了，就是这样，最后还是下了决心。现在看来，做切除手术是对的。你说得对，长痛不如短痛。对于积留太久的老毛病，必须从根本上除掉。虽然要冒一些风险，要经历一个阵痛期，但是可以从根本上解决问题。

邵年吸了一口气才又说，前几天薛书记专门打电话问省纪委调查的事，上午薛书记又到医院来看我，书记还表扬了你有觉悟。

邵年在床上靠一会儿又坐起，上午书记来医院时，又谈到青石县森林资源保护的事，对全县资源管理提了明确的要求。书记的话意味深长。所以啊，我在想，等我身体恢复一些，就开个党组会先统一认识，再组织行动。

2006年12月5日，刚入冬月的第一天，范文勇遇到了一连串不顺心的事情。首先是一个开着面包车的老木材贩子，在检查站借酒发疯，拒绝停车接受检查，开着车直接向检查站的花杆撞去，将花杆撞弯，面包车的顶棚也被撞变形，木材贩子也受了伤。然后是天润厂的中纤板运输车，因为所运数量与准运证数量不符，为补交育林费发生激烈的争吵。

晚上十二点左右，范文勇感到从未有过的疲倦，便对检查人员说，我先回去睡了，有什么事到楼上叫我。范文勇回到自己的房间，脱掉外衣倒在床上，不到两分钟就进入了梦乡。梦里范文勇正坐在自己家的院子里晒太阳，黄狗在院子里对着天空无端地狂叫。范文勇骂了黄狗几句，可是黄狗却越叫越厉害。范文勇翻身从床上坐起，黄狗的叫声变成了楼下值班室的吵闹声、打斗声与呼救声。

出事了！一种不祥的预感掠过范文勇心头，让他冲下楼梯前便拨出了公安科号码。三个值班人员正被一群手持木棒的人围攻。值班室的桌子椅子已被打翻，电视机摔在了地上。范文勇大喊住手，冲进人群之中。几个人随即向他围过来，拳头、脚、木棍雨点般地落在他的身上。范文勇抓起门后的铁锹，一边大喊，楼上的人快下来！一边挥起铁锹乱砍乱扫，有人惨叫着倒在了地上。范文勇回头看到一个值班人员已被打倒在墙角，几个人正向值班人员的头部乱踢，他冲过去对着那几个人的背就挥起铁锹。另一个值班人员被拖到值班室门外，头上脸上全部是血。楼上休假的几个职工跑下来看到眼前的阵势都吓得呆住了。范文勇挥着铁锹，低着头乱扫，口里大喊，都操家伙，要死了也要拼一命。头上被重击了一下，他眼前一片血红，铁锹从手中落下。周围一声声惨叫钻进他的耳朵，有人抓住了他的肩膀，将他拖向门外。范文勇想，今天也许真的要被打死了！腰上不知被什么东西猛击了一下，一阵钻心的疼痛让他倒在了地上。围观的人越来越多，却始终没有人站出来吼上一句。这个时候，范文勇听到远处有一个声音低低地传来。

今天只给你们一点颜色,今后谁敢下我的木材,我就要他的命。

十几个人在围观人群的注视下,不慌不忙地上了停在路边的中巴车一溜烟离去。

一切都在几分钟之内发生了。当警车拉着警报赶到时,现场只有倒在地上的检查人员和围观的人群。

当洛南从车上跳下,就被眼前的景象惊呆了。范文勇和五六个检查站职工全部倒在地上呻吟,两个伤势较轻的在地上艰难地抬起上半身,脸上、身上都是血迹。林业公安、巡警、特警每个人脸上都是震惊和愤怒。洛南浑身止不住颤抖,他抬头望一眼天空,黑云低暗,不见一颗星星。风声凄厉。他不停地深呼吸,咬紧牙关,努力让自己的身体不再颤抖。二十多分钟后,救护车来了,洛南和警察一起将受伤者抬上担架,推上救护车。在抬范文勇时,他看见范文勇的嘴在动,便俯下身子,将耳朵凑到范文勇嘴边。范文勇艰难地挤出几个字,是尚文兵的人干的。

洛南看着范文勇几人被抬上车,就大声招呼陈西和余伟,咱们找尚文雄去。陈西看着洛南问,现在?洛南说,不是现在,难道还要等明年!上车!余伟走到洛南身边,洛局,现在已经是凌晨一点过了,咱们这个时候去哪里找尚文雄,就算找到了又能怎么样?陈西也说,余科长说得有道理,咱们这样怒气冲冲,却一点准备都没有,去了也解决不了问题。洛南打断陈西的话,你们不去,我和刘洪志去,他欺人太甚!他这打的是范文勇和检查站人员,也是打的林业局这个单位,欺人太甚!洛南一边说一边上了车,他让刘洪志开车,陈西赶忙拉住车门,掏出烟递过去,洛局,你冷静一下,咱们这样冲动是办不了事的。洛南气愤地抽烟,你们要是怕事就回去。刘洪志不愿去也可以跟你们回去，我自己开车去。余伟也走到车门边，洛局，这事咱们最好还是回去向邵局汇报了再行动，如果真的要采取行动，光靠咱们这几个人肯定不行。所以咱们还是先回去，明天一早就去向邵局汇报，大家一起研究了再行动。洛南一支烟还没抽完，陈西又递过去一支，洛局，余科长说得对，邵局虽然在住院，咱们还是应当先给他汇报。如果要动用公安、武警，都还得要他出面协调。如果咱们现在去找尚文雄，反而会打草惊蛇。第二支烟抽完，洛南才终于说，那好吧，回去。

第二天一大早，洛南就带着余伟、陈西来到邵年的病房，将检查站发生的事向邵年做了汇报。

邵局长，我们已经没有任何退路，形势容不得我们再犹豫了。洛南激动地说。

不马上抓了这伙犯罪分子，我们对全县林业职工无法交代，也会让今后的执法工作无法正常开展。陈西说。

现在是时候了，再拖上几天，行凶的犯罪分子就很难抓捕了。余伟说。

邵年听完洛南等人的汇报，沉默了片刻，从病床上坐起，拔掉输液针头，下床后将导尿管和尿袋装进裤包，说，走吧，去帮我办出院手续，我们去向薛书记汇报。

听完邵年的汇报，县委书记薛鉴指示立即严打。县公安局、武警中队、森林公安分局于当日凌晨开始了对检查站行凶案凶手的抓捕工作，县委常委、政法委书记肖明坐镇指挥，调动全县公安的精干警力，在市公安局与邻县公安局的协助下，刑警队长侯天明带队，五个拘捕组同时向凶手隐藏的地点出击。由于公安、武警反应迅速，情报准确，行动高度保密，大部分凶手都才刚从尚文兵的庆功宴上醉醺醺地回家，在梦里就被铐上了。有八个凶手正在一个夜总会的包房里与小姐喝酒唱歌，也全部被一网打尽。到第二天下午，除了主谋尚文兵在逃之外，参与检查站凶案的所有犯罪嫌疑人全部被缉拿归案。

尚文雄、尚文军也接受了公安局的调查，两人均表示对尚文兵带人到检查站行凶的事不知情。因未查到两人参与或指使的证据，无法对他们采取强制措施。抓捕工作基本结束以后，第二天晚上，政法委书记肖明召集了公安、武警、检察、林业等单位，召开关河检查站凶案案情分析联席会。肖明要求：一是立即开展突击审讯，尽快掌握犯罪嫌疑人尚文兵下落；二是立即开展取证工作，对案发现场检查站的所有职工、围观群众进行逐一调查，尽可能全面掌握尚文兵等人的犯罪证据；三是做好追捕尚文兵的准备工作；四是检察提前介入，做好检察起诉准备。

从联席会上出来，洛南接到艾农的电话。洛哥，我有事情找你，找个地方见个面吧。洛南说我这两天事情忙得晕头转向，什么事能不能电话里说或者改个时间？艾农闷了半天才说，我是真的找你有事。洛南说，那你说去哪里。艾农说去河滩吧。

洛南走到河滩时，艾农已经坐在水边的一块石头上。洛南走过去，站在他身后干咳了一声。艾农左右看看站起身，然后从口袋里掏出一个深色袋子递给洛南，没等洛南问话就说，这是我和我的朋友拍摄到的天润木地板厂、家具厂收购黑木材的照片和录像，还有他们在几个村林场乱砍树木的，不知道能不能帮得上你。

洛南有些激动地接过口袋，也左右看了看，才说谢谢你信任我。

两人又在石头上坐下，洛南才问，这些你们是怎么拍到的？艾农说，别忘了我是干什么的，千万别小看了我们记者，我们的吃苦耐劳精神别人没法比。前不久，我晚上去天润厂蹲守，被他们发现抓住了，如果不是一个姓凌的女经理，我还差点逃不掉。我的那些记者朋友，他们都和我一样仗义热心，见不得世间不平之事。如果不是他们冒着危险，我一个人是什么也做不成的。

洛南说，这次你和你的朋友帮了林业局大忙，真的谢谢你这么信任我。

艾农说，我不信任你，就没有人可信任了。洛南说，我也不会辜负你的信任。

"一二·五"凶案，关河检查站共计六人受伤，其中两人轻伤，三人重伤，范文勇左腿粉碎性骨折，脊椎严重错位。医生说，他这一生都得靠拐杖行走了。林业局职工都自发地来到医院，义务承担起照顾伤员的任务。不少街上的市民听说了发生在关河检查站的惨案，纷纷前来医院看望。薛书记、文县长一起来到了医院，看望受伤的林业执法人员，慰问范文勇家属，询问伤情。薛鉴握着范文勇的手动情地说，你是英雄，我们不能再让英雄流血又流泪了！局长邵年到病房看望受伤职工时心情沉重，脸色苍白，头上似乎一夜之间长出了缕缕白发。他在范文勇的病床前站了很久，神情忧郁地对范文勇说，是我重视不够，才让大家受了伤，我对不起大家！

抓捕基本结束后，邵年又带着洛南、余伟、陈西去县委，向薛书记专题汇报天润公司多次违规收购木材的情况，薛鉴要求关云山一起参加。在县委小会议室，洛南、余伟、陈西详细地汇报了前几次群众举报、查处受阻以及线人所反映的情况。汇报完后，洛南又展示了艾农提供的天润公司木地板厂和家具厂夜里收购木材的照片。关云山问洛南，你这些材料哪里来的？洛南说，向我提供材料的人希望我为他保密。薛鉴说，那我们就不问这个人是谁。然后又问关云山，你了解相关情况不？关云山回答说了解一些，但不全面。薛鉴又问邵年，你向文县长汇报过没有？邵年说，只是零星汇报过，没有做过专门汇报。

薛鉴又问关云山，你向文县长汇报过没有？

关云山说，零星汇报过几次，也没有做过专门汇报。

这样下去，山就会被砍光了，我们会成为千古罪人啊！"一二·五"案已经给我们再次敲响了警钟。薛鉴站起身说，是时候了。

根据县委书记薛鉴的指示，县政府、县委政法委、公安局、武警中队、林业局连夜召开了紧急会。县长文契对查处工作做了安排布置，县委政法委书记肖明亲自下达了对天润公司进行突击检查的命令。

公安干警、林业执法人员四十余人在林业局局长邵年、刑警队长侯天明的带领下，封锁了天润公司的几个大门及所有出口。根据分工，公安干警负责警戒，林业执法人员负责赶往厂区检查。洛南对邵年说，你刚出院，身体还没有恢复，就在车上坐镇指挥吧。邵年说也行。洛南便带着检查人员进入了厂区。尚文雄没有露面，整个厂区只有尚文军带着十八个人站在空旷的坝子里。检查人员从一个车间到另一个车间，搜遍了厂区每一栋房屋，没有见到秘密加工厂的影子。

一群人又找了几圈，还是没发现一点线索。余伟小声说，看来只有撤了。

陈西说，我就不信那些木材会上天入地。

洛南看看余伟，又看看陈西，心里无端生出一丝恐惧，县上动了这么大的阵仗，如果查不出实证，自己辞职受处分是小事，林业局、县委县政府的面子往哪儿放。正在这时，洛南的手机在裤包里跳动了几下，他打开一看，是经常打举报电话的那个号码发来的一条短信：

  西北小平房。

  洛南当即回复了三个字：谢谢你！然后收了电话，抬头在厂区四处搜寻，靠西北角围墙边果然有两间砖混结构的小平房，平房比一般房屋高出了一米左右，大卷帘门下面有两道明显轮胎印。洛南对余伟、陈西指了指。

  过去看看！

  在公安的协助下，金属卷帘门打开了，一个偌大的地下木材加工厂出现在眼前。

75

  洛南感觉自己患了陌生电话恐惧症，一看到陌生号码就紧张。

  洛局你好，我是尚文兵的女朋友甘草。我有点事想见一下你。

  电话里轻柔的声音并没有让洛南紧张的心放下，尚文兵的女朋友见我会有什么事？但他不好推辞，便小声地说，那你到我办公室来吧。

  电话里甘草显得有些为难，我不好到你办公室来，还是到河滩去吧。

  洛南刚在河边一块石头上坐着抽了两支烟，就见一个二十来岁、脑后扎着马尾的姑娘走过来,轻声地问,请问你是洛局长吗?洛南站起身点点头。姑娘说,我是甘草,是尚文兵的女朋友。洛南又点点头,然后才问,你说找我有事情?

甘草犹豫片刻终于说,洛局,我如果把尚兵娃的下落告诉你,你可不可以不让别人知道是我告诉你的。

洛南看着甘草,似乎在确认她刚才说的话,然后说,我答应你。

甘草在一块石头上坐下,我在天润公司做文秘,外面的人都不知道我是尚兵娃的女朋友,我们谈恋爱已经两年多了。

洛南站起身又坐下。

甘草又说,大家都觉得他天天爱打爱杀,还打牌酗酒。可我也不知道为什么,我就是喜欢他。我感觉他也是真心喜欢我的。他对别人凶狠,却从来没对我凶过。

洛南点上一支烟。甘草低下头又抬起,继续说,我觉得他这样在外东躲西藏不是个办法,说不定还会在外面惹出更大的祸事。还不如关进去坐几年,出来说不定就改好了。

76

洛南接到郭青苗的电话时有些意外。郭青苗用的是乡上的公用电话,洛局长,感谢你对芸芸的照顾,我想请你和你们全家人在冬月十八来我家里吃饭。洛南问是不是有什么喜事,郭青苗这才有些不好意思地说,我要结婚了。男的是外村的泥瓦匠,女人生病死了好几年,儿女都已经成了家,愿意到我家上门。洛南心里想问马芸芸同意了吗,嘴里却说,好,我一定来。

回到岷州家里,洛南便对秦柯和儿子说了去吃酒的事,又说，咱们都去看看吧。秦柯说我正好也想去看看这个干女儿，洛阳兴奋得提前一周就开始为给芸芸姐准备礼物而发愁，他喜欢望远镜、遥控车，秦柯都说不好，芸芸姐姐已经十六岁了，怎么会喜欢你这些小孩子的玩具。洛阳愁得睡觉前都还在想到底买什么好。秦柯说别想了，明天妈妈陪你一起去商店里选。第二天洛阳终于选到了一双漂亮的运动鞋。冬月十八当天正好是星期天，三个人一大早就从岷州出发，先到青石县城，再到马坪乡，然后又上岩路村，岩路村的村道比黑沟陡得多，背阴的地方路上还有薄冰，山的上半部有一条清晰的雪线，秦柯与洛阳一路上都很兴奋，洛阳不停地赞叹雪好漂亮。山路越来越陡，弯道越来越急，洛南开山路的时间本来不多，所以开得小心翼翼。虽然洛阳每年都要去黑沟老家看爷爷，秦柯也去过好多次，但看着车窗外的悬崖峭壁，还是吓得大气都不敢出。

  当车在村委会前的空坝停下，洛南觉得自己如参加了一场山地越野赛，下车后才长长地伸了个懒腰，出了一口大气。村委会到马芸芸家还有一两公里小路，洛阳一定要自己提着给芸芸姐姐的礼物。三个人在小路上走走停停，阳光照在林梢覆盖的雪上，让寒冷的山上显出温暖的色彩。小路两边有人在扯萝卜，有人在收卷心白菜，空气中飘着熏腊肉的香气，有人在院子里用簸箕晒汤圆粉，一个老人赶着七八只山羊和一头小牛走来，洛阳伸手就去摸羊背上的毛，被摸的羊一点也不反抗，反而用头在他身上蹭了两下，嘴里咩咩地叫上几声。

  马芸芸家的院子已经被修整一新，院门换了新的木板，全部上了桐油。旧房子的墙上全部刷了白石灰，院坝平整过，阶沿边破旧的石梯也换了新的石条，院子里摆了四张大方桌，桌上放着两大卷鞭炮，两株柿子树树枝上挂了红纸灯笼，大门换了新的门框，门上贴了对联。院子里人不多，看样子都是两边的亲戚,每个人脸上都有喜色。

洛南三人刚走进院子,马芸芸就放下手里端着的一摞盘子跑过来,一边大声喊,娘,干爹来了!马芸芸穿着洛南一个月前给她买的羽绒服,拴着一条围腰套着袖套,脸上没有一点不开心的样子。

洛南向马芸芸介绍说,这是你干妈,这是你洛阳弟弟。马芸芸有些羞怯地喊干妈,然后喊洛阳弟弟。洛南对洛阳说,快把礼物给芸芸姐姐。洛阳伸手将装鞋盒子的口袋递给马芸芸,有些不好意思地说,送给芸芸姐姐。

郭青苗带着一个男子从屋里出来快步下了阶沿,走到洛南几人面前。郭青苗身穿红色长呢大衣,围着一条淡紫色围巾,脸上焕着红光,热情地招呼,洛局长,实在不好意思,刚才在厨房里忙活,没到门外来接你们,听到芸芸喊才赶忙换了衣服出来。洛南向郭青苗介绍了秦柯和洛阳,郭青苗不停地说,你们能这么远赶来,我们真是太有面子了。然后指着旁边穿蓝色中山装的男子说,他就是石开国,我电话上向洛局长介绍过的。石开国忙着掏烟给洛南发烟,口里不停说感谢。

洛南从口袋里掏出红包递给郭青苗说,祝你们幸福!郭青苗客气一下收下红包,又不停地表示感谢,动情地说,如果没有你们的帮助,哪有我们家的今天。

三人被郭青苗引到堂屋里坐。洛南说,今天你大喜,就忙你的,别管我们。郭青苗叫一声,大哥!马万金从灶屋里出来,看见洛南就热情地递烟,招呼三人坐,又吩咐马芸芸,快给干爹干妈倒茶。洛南对郭青苗说,有马大哥招呼我们就行了,你快去忙吧。马芸芸给洛南、秦柯倒茶时,洛南说,你干妈也是老师噢,今后你要有什么不懂的地方就尽管问她。马芸芸说,那干妈会不会嫌我笨啊?秦柯笑起来,说你别被你干爹唬着了,干妈是教语文的,只能回答语文方面的问题,其他问题你还得问教你的老师。洛阳钻进灶屋,出来手里就拿着一根腊排骨,一边啃一边说好吃好吃,然后要马芸芸带他去山上堆雪人。马芸芸说好呀,便拉着洛阳往门外走。秦柯说你们可别跑远了,芸芸你带他就在房子后面有雪的地方玩一会儿行了,别把你们身上的衣服弄湿了。

看着两个孩子出了门,马万金才感叹着说,全靠你们的帮助,马芸芸遇到你们,是她上辈子修来的福分。老二马万财在天有灵也能瞑目了。

洛南问,芸芸这孩子后来是怎么想通的?马万金说,还是全靠你开导她。洛南说我是劝过她,但当时她也并没有完全想通啊。

马万金说,芸芸从学校回来就不再反对她妈妈改嫁的事。到我们家来玩时,开口就是我干爹说了什么,闭口又是我干爹怎么样,你的话她是慢慢才听进去的。然后又说,郭青苗是我的弟媳,马万财没有了,可马芸芸是我的亲侄女,郭青苗又是芸芸的亲娘,所以我们一直没把她当外人,她也一直当我是大哥。但是马万财已经没有了,郭青苗才三十多岁,当然不能为马万财守一辈子寡,所以我和她大嫂都支持她再找一个。家里有个男人,今后老了也有个伴。现在这个还是她大嫂给介绍的呢,石开国是她嫂子娘家那边的亲戚,虽然比郭青苗大六七岁,但人忠厚能干,又是泥瓦匠。你们看到这院子平整,这些墙粉刷修缮,都是他一个人干的。石开国女儿已经嫁人,儿子在外打工做了人家的上门女婿,所以石开国也答应了郭青苗的要求,到咱们岩路村来上门。等芸芸长大了,他们今后要回男家去住,还是继续留在这边,都随他们。

洛南说,芸芸的思想能转变过来,接受一个后爹,确实是一件值得庆幸的事。秦柯说十五六岁的孩子正处在青春叛逆期，能像马芸芸这样懂事的不多，看来出生环境对一个孩子的影响太大了。

院子里陆陆续续又来了些客人。马万金说，咱们农村再婚是不请客做酒席的，所以来的都是石家和马家这边的亲戚，也不搞什么仪式，就两边亲戚在一起吃顿饭，认一下人，今后才知道彼此是亲戚了。你们能从市里这么远赶来，他们心里也就满足了。洛南说，芸芸的干妈很早就说要来看看，这次才有了机会。郭青苗又有了丈夫，马芸芸又重新有了爹，也是天神对他们的眷顾。正聊着，郭青苗又和石开国从灶屋里过来，两人腰上都围着围腰。郭青苗说，请洛局长、秦老师入席，请大哥陪洛局长喝两杯吧。今天没有请人做饭，都是我们自己做的家常便饭，你们就别嫌弃，可能不合口味，你们就将就吃点吧。马万金便站起身招呼大家往院坝里走，这时院门外又传来一阵说话声，马芸芸和洛阳拥着一个熟悉的身影进来。

艾农身穿红色滑雪衫黑色皮裤，头戴白色线帽，脚上是长马靴，脖子上挂着单反相机，一副时尚派头。进了门就举起相机拍照。马芸芸高喊，娘，艾农阿姨来了！郭青苗又从屋里跑出，口里一边说感谢一边拉艾农入座。艾农掏出一个红包，递给郭青苗说声新婚快乐，马上就问，新郎呢，喊出来我给你们照个相。郭青苗说他还在厨房里忙，快先入座，要照相吃了饭再照吧。艾农抬头看了看站在阶沿上的洛南，大步走过来说，洛局长你也来了啊，早知道你要来，我就蹭你的车了，弄得我在山下半天都找不到车上来。又看看洛南旁边的秦柯，怎么不介绍一下？洛南这才说，这是秦老师，你叫嫂子吧。又对秦柯说，这是《岷州晚报》的记者肖艾农。艾农大方地招呼，秦老师好。秦柯也礼貌地回应。洛南伸手拉住秦柯的手臂随着马万金的引导往方桌边走,又转过头问洛阳和马芸芸,你们要不要跟我们坐一起?洛阳说,我要跟芸芸姐姐坐一起。马芸芸说,我们要和艾农阿姨坐一起。马万金说,那干脆我们就坐一桌吧。马芸芸和洛阳都说,好呀,好呀。大家便往一桌聚。秦柯将嘴靠在洛南耳边小声问,是不是那个写报道的记者?洛南微微点头,秦柯便没再说什么。马万金请洛南和秦柯坐上首,秦柯坚决不干,让马万金和洛南坐上首位置,自己和洛阳坐洛南左手一边,艾农和马芸芸坐马万金右手一边,下首则留给郭青苗和石开国。

门口鞭炮声响起,硝烟弥漫着院子,有人招呼亲戚入座,有人帮着上菜倒酒。因为客人只有四桌,所以上菜的都是前来吃酒的亲戚。郭青苗也在给每桌上菜。洛南对马芸芸说,快去给你娘帮忙吧,有好吃的我们给你留着。马芸芸立即起身去灶屋帮忙。艾农看一眼洛南,洛局长,今天青苗姐新婚,今天你是这里最高的官员,是不是代表大家说几句祝贺的话。洛南扫一眼艾农,说,新人都还在忙着上菜,咱们还是先动筷子吧。马万金立即附和说,对对,咱们先开席,等他们忙过了再说。来,来,请!请随意!洛阳率先挑了一块腊猪嘴尖,一边吃一边给马芸芸碗里也挑了一块。马万金要给洛南倒酒,洛南连忙摆手,下午我还要开车,一滴都不敢沾。马万金又要给秦柯倒酒,秦柯也摆手,说一直不会喝酒。轮到给艾农倒酒时,艾农没有拒绝,洛局长要开车,秦老师也不喝,那我就做个代表喝一杯。马芸芸上菜时不能像其他人一只手端一个盘子,每次她都是两只手端着走得小心翼翼。菜上得很快,桌上转眼就摆得满满的。郭青苗给每桌端上一盆腊猪蹄炖萝卜干后就解下围腰说,都是家常便饭,大家一定吃饱喝好啊。又对从灶屋里出来的马芸芸说,芸芸,菜上好了,快来吃吧。石开国也从灶屋里出来，走到洛南一桌前掏出烟来发。洛南站起身招呼，今天该你们俩坐上首的，来，来。石开国和郭青苗同时摆手说，那怎么行，你和大哥不坐上首，谁也不敢坐。

郭青苗和石开国在下首坐下后，洛南才端起茶杯说，今天下午我要开车，只能以茶代酒，敬你们两人，祝你们幸福！大家便一起举杯说，祝你们幸福，新婚愉快！郭青苗端起酒杯，又让石开国也端起一杯，激动地说，感谢你们，感谢你们！然后两人都干了杯。郭青苗没顾上吃一口菜，又拉起石开国，先向洛南一家敬酒，又敬马万金。艾农碰碰马芸芸胳膊，马芸芸也立即站起身，端起一杯茶，面对郭青苗和石开国说，娘，石爸爸，我敬你们一杯，祝你们幸福！洛南看见郭青苗眼里闪动着泪光，石开国也神情激动，和马芸芸碰杯后，石开国说，今后你就是我的亲女儿，你能考上大学我就供你上大学，能考上博士我就供你读博士。天神总会眷顾善良的人，芸芸终于又有了一个爸爸，郭青苗后半生也有了依靠。

洛南心里一直悬着的那口气终于松下来，但愿今后不会再做噩梦了吧！

郭青苗、石开国又去其他三桌敬酒，回来坐下后，艾农又端起杯子，向郭青苗夫妇敬酒后又倒满酒杯，向洛南和秦柯敬酒，虽然洛南和秦柯都没喝酒，但艾农还是豪气地干了杯，然后又向马万金敬酒。一桌子敬完她就去向其他三桌敬酒，每次向别人敬酒或者别人向她敬酒，她都耿直地干杯，似乎她才是今天的新娘。洛南想去劝她少喝点，看旁边秦柯虽然面带笑容却眉头微皱，便不好出面。郭青苗、石开国更不好劝她别喝了，只能眼睁睁看着她把自己喝醉。好在另外几桌客人多数是中老年人，都不太习惯城里劝酒那一套。

艾农找不到对手，只好回到自己座位找马万金喝，喝了几杯后，马万金说艾记者真是好酒量，我实在不敢再喝了，咱们晚上再喝吧。秦柯督促洛阳吃了一碗米饭，才准他跟马芸芸一起去玩。

77

洛北对索娅说，好久没听到天神的声音了，明天我要去神树林。索娅便给他准备了祭神的香烛果品。第二天早上天还没亮，他和索娅同时出了门，山里的鸡鸣犬吠如亲切的歌声。到了自家包产地边，索娅下地去干活，洛北则独自向紫云峡谷走去。洛北一直走到峡谷口，路上都没有遇见一个人，他在歇牛坪的白石塔前停下，将香烛点燃，又将所带的黑桃、板栗、花生三样贡品摆放在石塔前的石台上，先对着塔拜了三拜，再绕塔转了九圈，然后才顺着小路往峡谷里面走。过了一道小溪口，他就不时看到小路边堆着一堆野杉原木，洛北的心慢慢往下沉。进了谷口，拐了两道弯，两边的坡上出现了高低不一的小土堆，他轻轻刨开一个，就看到了里面的树桩如一个人的尸骨。

洛北在峡谷一直待到天色暗下才慢慢往回走，回到家里他就检查了靠在墙面的丁锄。吃晚饭的时候，他对索娅说，我要去峡谷把被砍的地方重新栽上幼树，等我老了的时候，幼树就又长成大树了。索娅说，你想去栽就去栽，地里的活反正没指望你。第二天洛北扛着丁锄，在往峡谷走的路上，遇到了释比安珠，听说洛北要去神树林植树，安珠说我也跟你去。洛北说你那么大年纪了，就别去了，我一个人就行了。安珠说，天神是大家的，怎么能只让你一个人去，我去把大伙都叫上。

洛北进了内沟，先在峡谷外的树林里找野生的野杉树苗，那些幼苗因为被上层的树木遮挡了阳光，很难在树林下长成大树，洛北将那些一米左右的幼树连根挖起来弄进峡谷，然后在伐桩边的空地挖坑，将幼苗栽进去。当他才挖出二十株左右幼树时，二十多个村民扛着锄头也进了峡谷。洛北告诉大家，野杉幼树要栽深踩紧才容易成活。二十多个人当天就将所有伐桩边的空地都栽上了野杉幼树。洛北取出烟来给大家发，仁青喘着气说，你回来大伙就又有主心骨了。洛北说，严书记出院了，晚上都到我家吃饭，云丹、仁青也一起，咱们把严书记也请上，好好喝几杯。洛北说，我以前太任性了，现在要向严书记和你们道个歉，以前错怪你们了。

2007年春，范文勇做了左腿截肢手术。做完手术的第三天，洛南来到了范文勇病房。经历了剧痛和大量失血的范文勇脸色蜡黄，胡子头发凌乱，在病床上睡着了。听范文勇妻子说，手术后，老范痛得在床上大叫了两天两夜，由于不能动弹，被医生用带子绑在了床上。痛得最厉害的时候，汗水将床单都打湿了。

洛南坐在范文勇旁边的病床边上，看着躺在床上终于平静下来的范文勇，已经与昔日身材高大、笑声爽朗的检查站站长判若两人。床头的饭盒里装着他一直没有吃一口的稀饭，输液瓶里的液体一滴一滴地从瓶子进入透明的塑料管道。人生经历了这么大的变化，需要有多大的勇气，才能熬得住，挺得下去。想到前不久范文勇来办公室向他递交的辞职报告，那张落地的白纸，如果自己当时接受了，不就可能没有今天这样大的灾难了吗。

范文勇又开始疲倦地呻吟，声音微弱，既像是因为伤口疼痛的本能表现，也似对生命不能承受之重的诉说。老范的妻子无声地坐在墙边的椅子上,脸上是木然的平静。洛南想说一些表示愧疚与安慰的话,几次都感到说不出口。病房里安静得能听见输液管里液体流动的声音,几株桃花伸到了窗户玻璃外面,风一吹就轻轻晃动,似乎是春天对病床上的人的慰问。洛南想,如果这种事情发生在自己的身上,自己又将如何面对?范文勇妻子说,老范看起来一时半会儿还不会醒,干脆你就不等他了,等他醒来我给他说你来看过他了。

第二天洛南又来到范文勇病房,老范正半躺在床上吃午饭,脸上已经恢复了原有的宁静,精神似乎好了一些。医生说,截肢手术很成功,伤口正在恢复。今后可以做一个假肢,行走也会方便一些。洛南说,你是因公受伤,局里有责任让你得到很好的治疗。你已五十五岁,根据政策也可以退休回家养老。老范,你是救过我命的人,可是我对不起你!

范文勇说,这不能怪你,谁也不能怪。要怪也只能怪自己的命,今后儿子、孙子总会比我们强,比我们过得好吧。

范文勇妻子说,老范出院以后在山上行走不方便,想住到城里来生活方便一些,看局里能不能给他解决两间住房。

洛南说,等你出院后就想办法尽快解决你们的住房问题,如果局里解决不好,我就把局里卖给我的房子腾出来给你们住。

第十二章　有本事就冲我来

眼皮又开始跳。洛南躺在床上怎么也睡不着，凌晨一点终于进入了梦乡。床头电话铃猛然响起来，让他刚跨入梦境的那只脚又跨回了现实。这么晚的电话，肯定不是有人请他喝酒唱歌，洛南习惯性地抓起电话放在耳边，是公安科长余伟急迫的声音。

尚文军一伙人违法运输木材，在金水湾公路上被林业执法稽查队的警车扣挡，准备肇事！对方人很多，请求局里支援！

该来的终于来了。洛南翻身从床上下地，一边穿衣服，一边拨通了局长邵年的电话。

邵局长，余伟来电话，尚文军带人拦住了林政稽查的公安科警车，准备报复肇事，我准备马上赶往现场，为防万一，是不是请求公安局协助！

你先去，我和公安局联系后马上赶来！邵年说。

金水湾距县城三十来公里，洛南带着陈西、蒋志远和一名退伍军人赶到现场，公路上已经围了一大群人，一辆越野车和两辆木材车将公安科的警车围在中心，余伟、张波和许强被围在中间，远远就听见了吵闹声、叫骂声。

余伟说，非法运输木材，必须押回林业局接受处理。

尚文军指着余伟骂，你他妈就是一条狗！你信不信，老子把你的老底全抖出来！

余伟说，尚文军，你不要欺人太甚，大不了把我这条命拿去!

尚文军喊,有本事你就把这车木材背回去,老子就算将它倒进河里又怎么样!又有人说,你们这帮林业局的狗!稽查队的人都站到木材车前,嘴里放干净点,你骂谁是狗!尚文军声音越来越大,骂你又怎么样,老子给你们明说,这两车木材今天是有意拉到这里来的,就是想陪你们玩一玩。有本事把洛南叫来,老子一样收拾他。

我来了!有本事就冲我来!洛南和陈西几人挤进人群,站到了余伟和张波身边。非法运输木材的车辆必须押回林业局处理。

姓洛的,你还真来了!加工厂被你封了,老三被你抓了,大哥被你欺得不出门。今天我是专门找你算总账的。你有本事今天把我也抓进去,我他妈今天就没打算跑。尚文军眼睛圆睁。

尚文军,我哥被你打断肋骨,检查站七个人还在医院。要算总账,现在就来吧!

尚文军挥拳就向洛南扑来,洛南连忙后退避让。陈西、余伟、张波、许强、蒋志远立即冲了上去。现场立即混乱成一片,喊声、骂声、惊叫声穿透厚重的黑夜,在山间散发着恐惧的回声。金三娃从旁边冲到洛南面前一拳向洛南打过来。洛南感到一股强劲的风向自己袭来,忙抬手抵挡,胸口挨了重重一拳,站立不住向后倒去。余伟迅速冲到两人中间,大吼起来。黑黑的公路上抓扯、打斗成了一片。金三娃又一拳将陈西打倒在地,洛南从地上站起,赶忙过去拉倒在地上的陈西,又被金三娃一拳打倒在地。公安干警和林政执法人员一边抵抗一边还击,由于人手少,受伤的人越来越多,形势越来越危急,只能逐渐缩成一个圆圈。

余伟胸口挨了一拳，腰上挨了一脚倒在地上，他爬起来掏出手枪，老子和你们拼了！巨大的枪声震得四周的黑暗裂开，天幕被子弹划出一条明亮的线，瞬间又完全合拢。尚文军高喊，兄弟们，他们开枪了，咱们也往死里打！余伟还没来得及开第二枪，就被金三娃一脚踢飞。尚文军捡起余伟的枪大笑着在手里把玩。余伟扑向尚文军，尚文军一脚将他踹倒。余伟爬起又向尚文军扑去。洛南刚从地上爬起，黑暗之中，金三娃从身上抽出尖刀，在星光下闪着白光，向洛南胸前刺来。洛南下意识地挥手抵挡，右手被划出了一条长长的血口，金三娃收回尖刀，再次刺向洛南，洛南再次挥手抵挡，腰上又被划开一条血口。当金三娃第三次刺向洛南胸口时，洛南感到再也无力抬起手，只好闭上了眼睛。他感到有人挡在了自己胸前，一声惨叫过后，有人重重地压在了自己身上。

有声音大喊，出人命了！出人命了！所有打斗的人都住了手。

金三娃收住刀说，军哥，出人命了，跑吧。

尚文军不动，大家也站着不动。黑暗中只剩下受伤者的哭叫声。

远处有警报声传来，闪烁的警灯将黑夜划出一道道裂痕。金三娃说，军哥，警察大队伍来了，咱们撤吧。

尚文军红着眼对金三娃说，要跑你们跑吧，我不跑了。

金三娃大叫，警察来了，快跑。说完带着一伙人迅速上了两辆车飞速离开。另外五六个人看尚文军没跑，也跟着留下来。尚文军喊，你们都跑吧，跑吧！

尚文军站在公路上，如受伤的狼一般大叫，啊——！

四辆警车在路边急刹住，命令声与枪上膛的声音同时响起，不许动。

洛南听到压在自己身上的人轻轻叫了声自己的名字，那是余伟的声音，陌生而熟悉。

当救护车赶来时，余伟的心脏已经停止了跳动。金三娃的尖刀刺进余伟胸口达六厘米。洛南被从地上扶起时，回过头看到尚文军被押上了警车，才挣扎着走到余伟的担架前。星星西沉，夜风的呼啸中，清晰地传来起伏的低哭声。

洛南抬起头，一弯新月从黑色的云层中浮出。

望着窗外灰暗的天空，洛南又清晰地记起了五年前从乡下调回林业局的那个初春的上午，灰色的天空下盘旋的鸽子。病房里如严冬一般寒冷，寒冷得让人想开始一场冬眠。他望着盐水瓶里的液体从透明的塑料管静静渗进自己冰凉的左手，任凭隔壁房间截肢病人如杀猪般的号叫声强烈撞击着他的耳膜。脑子开始迷迷糊糊，世界也变得魔幻，秦柯说，你是不是更年期到了，这么爱发脾气。透明的液体变成了蓝色依然一滴一滴地滴着。尚文雄的脚从床的另一头伸过来压住他的肩膀。楼下三轮车的铃铛声如村里小学老师摇动的上课铃声隔着玻璃钻进房间。洛南闻到了森林里牛肝菌的香气。洛西躲在门后面喊，我在这儿。洛南跟着戴羊皮帽的父亲在老林里穿梭，野百合与扁竹叶上黑熊的脚印清晰可见。走廊上护士推着的小推车胶轮与抛光地砖摩擦出遥远的吱吱声。一只麻雀躲在窗外大叶香樟树叶里貌似无心地偷窥着病房里的秘密。一滴滴露水砸进脖子，一根长满苔藓的老母藤绊住他的脚，洛南如坠进了一个巨大的摇篮荡起了童年时的秋千。尚文雄说，天润牌实木地板已经远销东南亚实现利税双过亿。隔壁病房传来的号叫如面对死神的挣扎。洛南问前来给他取液体的护士，一个男人爱发脾气是不是因为更年期到了？更年期到了是不是就说明老了？护士将滴着液体的针头冷漠地从他的手背拔出，对洛南的提问没有任何回应，似乎大口罩既罩住了她的嘴也塞住了她的耳朵。直到将洛南手背上所有的胶带撕完，才伸出手摸摸他冰凉的额头，然后隔着口罩严肃地说，你这个问题很高深，只有去请教主任医师。洛南想，从手上感觉，这个女人似乎离更年期还很远。洛南抬起头，走在前面的父亲转过身变成了赤身裸体、面目忧伤的天神，两行泪水在树叶间透进的阳光下如塑料管里的液体安静地流淌。

护士将一张检验单放在了他的床头，这是前几天检查胃病的结果：胃溃疡。其实洛南自己已经早就有了预感，只不过这次住院之后才得以证实罢了。医生说，洛南的胃病已经非常严重，如果不及时正规治疗，极有可能发生癌变，那时想治都治不好了。洛南望着输液管中的透明液体，突然想起了二十年前自己在岷州市人事局领了派遣证到街上寻找理发店的那个下午，二十年后心中的那份灰蒙依然如故。世界似乎就只剩下了这十来平方米的病房，天空依然灰暗，鸽子依然盘旋。

又有护士进来给他换药，洛南趴在床上，药力刺激让伤口阵阵剧痛，冷汗从额头上冒出。每次换药，都让他感觉如到地狱走了一遭，阵痛过后的后痛，让他长时间心有余悸。

徐子平到医院来看洛南，看他脸色那么差，开玩笑说，你要是不趁此机会把身体养好，出院后就会连家庭作业都完成不了。洛南疲倦地笑笑。徐子平玩笑开过，就脸色严肃起来，告诉你一件事情。

洛南被他的脸色弄得怔住，徐子平看看病房外没有人，才向他走近一步说，关云山被市纪委带走了。今天上午县纪委内部已通报了情况，据说他涉及多起违纪违法问题，主要是帮助企业牟取非法利益，收受企业贿赂，还可能涉及黑社会保护伞问题。他这一进去，恐怕就不容易出来了。

　　洛南坐在床边，感觉身体突然变得很轻，压在背上的包袱不翼而飞，半天，才长长地出了一口气。

79

　　看见爹站在门口时，洛南心里泛起一股遥远的温暖感。他赶忙走过去问，爹，你怎么来了？洛承义没说话。洛南又问，爹，你怎么知道我住院的？洛承义一边看着洛南一边往房间里走，说，我昨晚在梦里知道的。洛承义进了房间却半天没有坐下，似乎在犹豫着自己该坐什么地方。洛南忙着招呼爹在椅子上坐，又倒了一杯水过来。洛承义双手接过杯子捧在手上，问，你为啥又住院了？洛南说一点小伤，过几天就出院了。洛承义这才说，这几天我心里老是七上八下，原来是你出事了。昨晚天神托梦给我了。洛南说，爹，我不是跟你说了吗？不要再到处跑了，万一你在路上再摔一跤，那就给我找大麻烦了。而你呢，居然一个人坐车到县上来了。洛承义如小孩一般为自己辩解说，我就是不放心，所以来看看。洛南想再责备爹也没用，便说你既然来了就多住几天，我带你把以前的伤复查一下。到了晚上，洛南带洛承义去自己家里住，洛承义却不想去，说，我就在医院随便找个地方睡就行了，万一你有什么事我还可以帮你喊医生。洛南说我这里不需要人照顾，医院也没有多余的床。你还是回家里去睡，早上到医院来，我们一起打饭吃就行了。洛南带着父亲来到自己的家里，告诉他厨房卫生间在哪儿，燃气灶和马桶怎么使用，又给他讲了怎么用钥匙开门，怎样用遥控器调电视频道后就准备离开，洛承义站起身说，我，我还是跟你回医院里住吧。

洛南回身在沙发上坐下,看着站在客厅里手脚无措的爹,心里涌起巨大的悲凉,爹,都是我和大哥不好,才让你现在孤身一人。

既然你不需要人照顾,明天我就回去了。洛承义也在沙发上坐下,看见你没大事,我就放心了。作为猎人,受点伤不算什么大事,但大事上不能糊涂。

洛南这才想起猎枪的事,问爹打算怎么处理。洛承义半天才说,那枪是祖上传下来的,今后即使不打猎了,也不能扔掉。你就拿回来,自己收起来吧。咱们是猎人世家,野物可以不打了,但猎人家的传统不能丢。

80

洛南还没出院,就接到刑警队长侯天明电话,金三娃在广西北海被抓获,请森林公安局派人协助去北海押解人犯。

金三娃被押解回青石县后,不仅交代了自己砍伤洛南、刺死余伟的所有事实,还额外提供了赵牛娃的线索。

金三娃被押回后,关在青石县的拘留所。没有人来看他,他知道尚文军肯定被抓了,那天晚上他带着兄弟们撤的时候,尚文军坚持不跑,很显然是安心被抓的。金三娃想想心里有些后悔,他其实也应该留下来和尚文军一起,让他在里面也有个伴。老三已经被抓,家里应该只剩下大哥尚文雄了。出了这么多事,大哥肯定是不可能来看他的。金三娃甚至想要是能在监狱里见到二哥、三哥就好了。二哥尚文军让自己跑,而自己却没有跑出去。既然没跑出去,那该死就死吧。劳改当工作,弄死当睡着。我金三娃这辈子什么都享受过、经见过,值了。

当侯天明第一次提审金三娃的时候,金三娃就没有说一句正经话，探照灯对着眼睛他也能睡觉。侯天明也不着急，每天安排两个人慢慢和他耗着。过了五六天，看金三娃终于有些蔫了，侯天明才说，余伟在生前和你关系还不错吧，他的儿子才七岁，就没有了父亲。你自己很小就没有了父亲，知道没有父亲是什么滋味，可是你却又让别人从小就没有了父亲，你不觉得有愧吗？金三娃说，谁让他自己撞到我刀口上来的。侯天明说，他怎么可能自己往你刀口上撞，难道他不想活了？金三娃哼了两声，说不定他是真的不想活了。我当时就没想杀他。

侯天明紧追着问，你当时想杀谁？

金三娃抬头盯着白亮的探照灯，我谁也不想杀死，我只是想教训教训有些忘恩负义的人。

侯天明喝一口水说，不管怎样你都杀了人，难道你不怕死吗？

金三娃说，我都死过好几回了，有啥好怕的。

侯天明突然换了问题，赵牛娃是你以前的老大，他杀了猎神，却在我们抓他的时候跑掉了，你肯定知道他现在的下落吧。

金三娃心里震了一下，不知道。

侯天明轻描淡写地说，不知道就算了。不过你若能说出他的下落，就算你戴罪立功，说不定还真能把命保住了。金三娃又对着探照灯看了半天，才对着一团白光说，我的命能不能保住，我自己知道。

那以后好几天，金三娃都被关在一个单独的囚室，也没有人再提审他。金三娃想自己肯定死定了，便每天该吃就吃，该睡就睡。赵牛娃虽是自己以前的老大，但却是现在老大尚文雄的死对头。他知道明水乡泽可村砍红桦的事，肯定是赵牛娃或者他找人打电话举报的。因为尚文兵给自己打电话时，赵牛娃正和自己在同一张牌桌上诈金花。当时其他人都在专心看自己的牌,只有赵牛娃问了一句,泽可村的木材好,肯定能卖好价钱吧。赵牛娃打电话举报,本意是要收拾尚文兵,谁知道自己却成了替罪羊。虽然老大出面把自己保了出来,没让自己坐一天牢,但没有人怀疑是赵牛娃在背后捣鬼。赵牛娃一旦被抓住,肯定必死无疑,那自己也就成了不讲信誉的人。

金三娃第一次有了左右为难的感受。万一卖了赵牛娃,自己的命也没保住。或者,即使自己不卖赵牛娃,赵牛娃也终究会被抓住,那样的话赵牛娃的命没了,自己的命也没有了。他觉得自己半辈子没想过这么多的问题,脑子早已成了一团乱麻。终于他想到一个简单的办法,赌,赌运气。他在墙角的一条小缝里抠出一小块水泥片,一面光滑一面粗糙,心里默认光滑的一面为卖,粗糙的一面为不卖,然后将水泥片用力向上一抛。水泥片在碰到同样是水泥的屋顶后落下,当他看到光滑的一面在上时心里舒了一口气。牛哥,这是天意,不要怪我了。

半年前的一个晚上,金三娃被一阵急促的擂门声从梦中吵醒。他打开门,黑暗中一个人影立在门口,全身散发着寒冷的水汽。他认出那影子是自己以前的老大赵牛娃。虽然他已离开赵牛娃好几年了,但赵牛娃毕竟是他以前的主子。金三娃忙打开门,想让赵牛娃进来,赵牛娃却没有进门。金三娃问,牛哥,你这是怎么了?赵牛娃压着嗓子说,别问了,给我弄身干净衣服,弄点盘缠。条子在抓我,我得出去躲一躲。金三娃给赵牛娃拿来衣服,赵牛娃才进屋换了衣服,又说,给我弄点酒来去去寒。金三娃在黑暗中摸着拿出一瓶白酒,递给赵牛娃。赵牛娃坐在屋里的一把椅子上,大大地喝了一口才说,那个广东人把我卖了,熊猫案子事发了,我得跑路。金三娃问,牛哥,想跑哪里去啊?赵牛娃说,我也不知道,走一步看一步吧,我如果被抓住多半就没命了。赵牛娃一口喝下大半瓶白酒,精神也好了些。除了跑路,我还能怎么办?我想先到云南,在那边再找几个道上的朋友帮忙,到缅甸或泰国去。赵牛娃一边说一边掏出一张银行卡,你帮我把这张卡交给她一下。如果她问,就说我有事到外面去了。

金三娃知道赵牛娃说的她是谁,那是赵牛娃的相好田虹。这些年来,赵牛娃所赚的钱,大部分都给了这个身材娇小的女人。赵牛娃五大三粗又没读过几年书,对谁都凶狠,唯有对田虹柔声细语。田虹曾经是一个摆地摊卖衣服的,后来在赵牛娃的帮助下,开起了正经的服装店。田虹的老公是一个中学教师,性情阴沉,他早就知道了妻子与赵牛娃的事,却没有胆子去和赵牛娃斗,甚至不敢把自己戴绿帽子的事张扬出去。他不敢在田虹面前说半句狠话,只好哑巴吃黄连,装作什么都不知道。日子长了,田虹也把金三娃当小兄弟对待,经常说要给金三娃介绍媳妇。只是介绍了好几个,后来都没了下文,金三娃知道,此时赵牛娃将银行卡交给他,说明赵牛娃还是信任他的,并没有因为他跟了尚文雄而怀恨他。金三娃接过卡说,牛哥放心,我一定交给她。赵牛娃从椅子上站起,在黑暗中往门外走。到了门口他又停下说,千万不要对她说我出事了,然后迅速而无声地消失在黑夜中。

金三娃交代了赵牛娃,突然感觉浑身轻松了,这一生从来没有像现在这样轻松过,即使马上吃枪子也没有任何埋怨和遗憾。

让侯天明感到意外的是,在交代完赵牛娃后,他又主动交代了杀害李太贵的经过,交代了余伟透露李太贵电话号码、给天润公司通风报信,以及压下关于黑沟林场的举报等。侯天明很吃惊,你要是说假话、诬陷警察,可是要罪加一等。金三娃笑着说，我都是活不了几天的人，犯不着再说假话，信不信由你！

　　侯天明向公安局和林业局主要领导报告了金三娃所交代的余伟相关情况后，公安局和林业局又立即向县委汇报。县委书记薛鉴听了张天佑、邵年的汇报后，脸色阴沉如下雨前的云层，半天才长长叹一口气，县委常委关云山出了事，一个公安科长也出了事，教训深刻，值得所有干部警觉啊。张天佑和邵年都沉着脸不说话。薛鉴又说，既然人已经死了，就同意你们的意见，申报烈士和查处都终止了吧。

　　由于金三娃交代了赵牛娃的去向，又交代出了田虹，刑警队立即将田虹带回公安局讯问。田虹开始也是一问三不知，拒绝向警察提供任何信息。可是当刑侦人员从移动公司调出了她手机的全部通信记录，又从那些通话记录中逐一排查出一个广西北海的手机号码时，田虹便将赵牛娃留给她的银行卡交给了警察，并且全部交代了她与赵牛娃联系的情况。侯天明通过广西北海警方，成功地将赵牛娃的手机跟踪定位，然后由北海警方在一个老旧居民区的一间出租屋里将赵牛娃抓获。

　　对赵牛娃的审讯，比预想的顺利得多。因为警察告诉了他田虹和金三娃交代出的信息。让赵牛娃精神崩塌的，不是自己被抓将要被判死刑，而是两个自己信任的人出卖了他。坐在审讯室的探照灯下，赵牛娃高声大叫，一个是我的兄弟，一个是我最信任的女人，两个人都出卖了我，我赵牛娃哪里还有活路！

　　赵牛娃交代得很细，第一次上山去找猎神时，买的一百多块钱一瓶的特曲酒，给了一万块定金，猎神还送了他两只麂子腿。第二次上山去取货时，虽然带了一万块，却只给猎神看了一眼，下山时又带回来了。赵牛娃第二次还是提了两瓶和上次一样的特曲酒，只不过随身又带了一包磨成细粉的安眠药。在猎神喝到中途出门撒尿时，将药倒进了猎神的杯子，又添满了酒。猎神从门外回来，与赵牛娃碰杯后，干了杯子里的酒。赵牛娃又给猎神的杯子里添满，又举起杯子与猎神碰杯。猎神又将杯里的酒喝干。慢慢地猎神的话少了，一边喝一边说，这几天累了，我这才喝几杯，就想睡觉了，本来还想再陪你多喝几杯。猎神还没说完，就闭上眼睛趴到了桌子上。赵牛娃不动声色地又喝了几杯，将手指伸到猎神的鼻子下探了探，有气息却没有呼噜声。他拍拍猎神的头，猎神没有任何反应。赵牛娃便独自喝完了瓶里剩下的酒，摸到猎神的木棍床上和衣睡了一觉。当他醒来，时间已是凌晨五点过，他将猎神昨天给他的熊猫皮折叠后用绳子扎好，放进专门带上来的一只灰色编织袋中，再将编织袋放进一只装化肥的蛇皮口袋里。猎神仍然侧着脸趴在桌上，但身体已经冰凉，鼻子和嘴巴都没有了气。赵牛娃又伸出手指头捏了一下猎神的手腕，脉搏也没有了。猎神的身体虽然凉了，但没有僵硬。赵牛娃将猎神抱起放在床上，给他盖好被子。好好睡吧，想睡多久就睡多久。他找来一件猎神的旧衣服，将桌子、杯子、酒瓶都擦了一遍，一边擦一边提着蛇皮袋退到门外。关上门，拿起放在窗台上的铁锁锁上门，用旧衣服将锁也擦了一遍，然后将旧衣服和钥匙扔进院子角落的杂草丛中，才提着蛇皮袋在月色中走上下山的小路。到了自己停在公路边的车前，他从蛇皮袋中取出编织袋放进后备厢，再将蛇皮袋扔进公路下边的树林里，便开车直接去了青石县城与向荣约好的东山旅馆。

熊猫案终于告破，洛南感觉压在胸口的石头终于去掉了，后背却难再伸直。洛南和陈西、简玉强一起去了县城边上的公墓，在母辉的墓前放了一瓶酒，一起对着墓碑鞠了一个躬。陈西说，熊猫案破了，专门来给你报告一声。洛南又回了一趟老家，和父亲一起，带着香烛纸钱和酒囊去了猎神的坟前。洛承义将一酒囊酒全部倒在猎神坟头，一边烧纸钱一边说，杀害你的人抓到了，你就安心去投胎吧。

81

2007年五一节过后，县委召开常委扩大会，专题研究全县森林资源保护与发展问题。洛南虽然还没出院，但仍被通知和邵年一起列席会议。邵年在汇报全县资源保护现状、面临形势、存在问题时，一反往常的公文化，脱稿讲了一些违法犯罪事例。他声音激动，让所有参会者都全神贯注。薛鉴脸色阴沉，文契一言不发。邵年汇报完以后，县委、县政府、人大、政协各个领导发言。最后，薛鉴点名让洛南发言。洛南知道这次会议的重要性，想到还躺在医院里的六个林业职工，心中有一种说不出的沉重与激动。他首先汇报了国家生态环境与森林资源保护的宏观政策，又谈了青石县在长江上游生态屏障中的地位，然后介绍了历史上青石县森林资源所遭受的两次大破坏。虽然实施天然林保护以后，全县森林植被得到了较好的恢复，但是林业在山区到底应当做一个怎样定位，这个问题长期没有搞清楚。不能为了产值、税收，而不充分认识获取这些产值、税收我们付出的环境代价。现在国家对生态环境与资源保护制定了严格的政策法规，这些法规就成了我们不能碰的高压线。根据全县资源采伐限额，天润公司正常生产所需的原材料，县内是完全可以满足的，之所以一边原材料缺乏，另一边原材料又被大量运往县外，主要是因为违法收购压低了原材料价格。几年来我们不少林业执法人员在执法中受到了人身伤害，现在还有六个伤员躺在医院的病床上，他们的家属、子女受到了经济和精神上的多重打击，他们既是林业职工的骄傲，又是林业职工的悲哀；既是时代的英雄，又成了时代的牺牲品。

洛南发言结束后，会场鸦雀无声。文契说，洛南的话虽然有些悲观，但他说的情况是客观的。山区林业产业发展，除了强化管理，还应当着重考虑山区林业产业的结构问题，资源高消耗的产业必须向高技术含量、高附加值的产业转变。在资源利用方面，实现变无控制为有计划、规范化。同时，也要加大后备资源的培育，实现资源的可持续利用与经济的可持续发展。

最后书记薛鉴总结讲话。薛书记的讲话很快下发到各个乡镇和县上各个部门，主要讲了五方面的观点：其一，山区林业对全县经济发展有着重要的基础作用，其基础地位必须进一步加强；其二，山区经济的发展必须走可持续发展道路，不能以破坏环境为代价；其三，必须正确处理好资源保护与利用的关系，着力调整全县林业产业结构，对资源消耗型企业要严格审批，大力支持产品技术含量与附加值高、市场前景广阔的企业发展；其四，加强企业管理，强化企业的依法经营意识，对企业的违法违规行为，一视同仁，严肃查处；其五，开展林区社会治安的专项整治，严厉打击各种黑恶势力，改善执法环境，采取有效措施保障林业执法人员的人身安全。

根据县委常委扩大会精神，政府办将《支持木材加工企业发展的几条措施》和《木材加工企业原材料收购及运输管理规定》两个文件同时印发。

常委扩大会后第三天，邵年就主动找到薛书记做工作检讨。邵年说，余伟的问题，我负有责任，是我对干部教育监管不严格。现在我申请退二线。我虽然还没到退休年龄，但思想观念老了，胆子也小了，让有能力有魄力的年轻人来干吧。"

薛鉴说县委会考虑你的建议的，但你在任一天，就得随时绷紧干部教育和森林资源保护这根弦。青石这点家底，再也败不起了。

得知关云山被查后，尚文雄就将公司的事交给黄江水管理，自己一人回到了南泉县泉头镇母亲开副食店的老房子。他有时看母亲守着店与老邻居聊天，有时在后面小天井独坐。

店铺是一间一进三的老房子，前面临街一间作为店面，面积不足十平方米。后面两间是寝室，靠店面一间为母亲的寝室兼仓库。母亲的床靠着一边墙，其余的空间堆着各种烟酒箱子，还有方便面、文具、散装白酒桶、油盐酱醋，这些东西将母亲的床挤到了最小的空间。父亲去世后，母亲便找人将大床搬出去卖了，买回一张如学生宿舍上下床差不多宽的单人床。床小了，尚文雄感到母亲也变小了。后面一间原来是尚文雄三兄弟共同的寝室，两张床一宽一窄，通常尚文雄一人睡窄床，兄弟俩睡宽床。大学毕业以后，尚文雄就没再在这床上睡过。三间房后是天井，又搭了半间厨房兼吃饭的地方。二十年了，母亲一直守着这破旧的店铺，如守着自己的命。她一年三百六十五天从不关门歇业，早年都是自己骑着一辆货三轮车去进货，近年才多半由经销商送货。在尚文雄的印象中，母亲从来就没有生过病，每天早上八点就开了门，晚上十点才会关门。即使过年的时候，母亲也让儿子们在后面吃饭喝酒，自己在前面守店。母亲虽然瘦小却干净利落，自己房间里堆再多的货物也都收拾得井井有条，什么货物放什么地方，只有她自己才能记得清楚。听说街道要改造，这条街上的老房子都要拆了。尚文雄多次对母亲说，把店关了，跟我进城去吧。母亲每次都说再过几年吧。尚文雄知道，母亲是舍不得这间小副食店。

看着母亲已经微微驼起的背，尚文雄心里的隐痛又浮了出来。父亲出事以后，少得可怜的抚恤金根本无法养活母子四人。供销社主任却说这一进三的房子是供销社的公房，后面的房子他们可以继续住，但前面这间铺面供销社要收回集体经营。如果没有了铺面，母子四人的生活来源就成了问题，更不用说上学念书了。为了不让三个儿子到街上去讨饭，母亲不再带着三兄弟去主任办公室哭闹，而是三番五次提着烟酒去主任家里。母亲每次去和回都如做贼一般偷偷摸摸，几乎都是晚上兄弟三人上床睡觉以后。可是七岁的尚文雄还是发现了母亲的不寻常举动。兄弟俩都在另一张床上睡着了，而他却睁着眼睛望着蚊帐顶，耳朵听着门外的脚步声。终于在一个晚上，他听到门外开门声就悄悄下了床站在门后，母亲开门看见站在黑暗中的尚文雄，愣了一下却没有拉开电灯，低声说，雄娃子你在这儿干什么？怎么还不睡觉？尚文雄伸手拉亮电灯，母亲头发凌乱，衣服很潦草地穿着，前襟上的扣子还掉了一颗。母亲又伸手将灯拉熄。尚文雄感觉身上的血都涌上了头顶，说，妈，是不是谁欺负你了？我去找他算账。母亲压低声音，没有谁，别把弟弟吵醒了，快去睡觉。尚文雄站着不动，母亲将他推回寝室，看着他上床盖上了被子才转身离开。尚文雄躺进被窝就感到眼皮的沉重，当他半夜被尿意惊醒，在黑暗中睁开眼睛，却听到母亲房间里如细雨般的抽泣声。他觉得自己的尿意没有了，在两个弟弟细微的鼾声中，母亲的哭泣声异常清晰。那是母亲努力压抑着的，从喉咙深处发出的抽泣。尚文雄摸下床，母亲的哭声就停止，房间里又只剩下两个弟弟的呼气声。终于有一天，母亲在吃饭的时候说，这房子的产权划给咱们了，今后我用这间小店就可以把你们养大。两个弟弟高兴得手舞足蹈，尚文雄一句话也没有说。后来两个弟弟也上学了，在一次放学回家的路上，高年级的孙大元站在街边笑着喊，雄娃子你妈偷人了！尚文雄冲上去就将孙大元按翻在地上，将孙大元的眼睛打了一个青包，鼻子打出了血。两个弟弟也上去用脚踢孙大元。如果不是街坊路过阻止，说不定孙大元只剩下一只眼睛了。后来，母亲再也没有在晚上关门后出去了。尚文雄想，等自己长大了，一定要将主任的头踢爆，像踢一只西瓜那样踢成几块。

尚文雄多数时间在房里待着，有时也到店里来坐一会儿。来母亲店里买东西的，都是镇上的老年人，也都是老顾客。有时来买一袋盐，也要和母亲说半天话。

母亲说，前次梅玲带尚书回来时，让我进城去住。我才不跟你们住在一起，如果我实在走不动了，就去敬老院，那里老人多，还有人说话。尚文雄知道，如果自己送母亲去敬老院，肯定会让街上的邻居笑话，但这已是没办法的事。他觉得应该给母亲找一家条件好的敬老院，他再给敬老院捐一些钱或设施，让他们把自己的母亲照顾好一点。

看尚文雄在屋里待着没事，母亲说，过几天就是你爹七十岁的生日，你既然有时间，就去你爹的坟上看看吧。尚文雄爬上乡场镇后面的官山。山很矮，稀疏的柏树林下面却密密麻麻都是坟茔，有土堆的，有石条砌的，有的朝东南，有的朝西南，还有的朝正南。有的坟前宽敞，有的狭窄。每一座坟都很近似，但每一座坟又都不同。有的前面有石槽香槽，有的什么都没有。尚文雄在柏树林中反复寻找，还没找到父亲的墓，却首先看见一块风化了的青石碑，上面三个字让他觉得有些熟悉：钱向阳。当年供销社里忌讳的名字，大家都用"主任"二字称呼他，父亲也一样对他敬畏如神灵。如今这名字后面的土堆上也一样长满了茅草，如灰白的长发，完全没有区别于其他土堆的尊贵感。尚文雄抬起脚轻轻踢向青石碑，一下，两下，三下。这是当年你踢我娘的三脚，现在还给你了。

尚文雄好不容易才在一片密集的坟堆中找到了父亲的墓。没有石碑，尚文雄左右辨认前后比较，才确定了眼前这个长满巴茅地瓜藤的土堆是父亲的坟墓。他动手扯掉坟前的杂草，露出了坟前的一只酒杯一只土碗，碗和酒杯都完好无损，只是里面填了一半泥土和干草叶。尚文雄蹲下身，扯一把草慢慢地擦掉杯子和碗里的泥土，给杯子里倒满了酒，碗里也倒满了酒，又将带来的卤肉、水果、糕点一起摆放在坟头的一块条石上，再点燃蜡烛和香，又在燃烧的蜡烛上点燃纸钱。爸，过几天你就七十岁了，那边如果没有人陪你喝酒，今天你就多喝几杯吧。这可是当年主任都喝不到的好酒，你想喝多少就喝多少。刚才我看见主任的墓了，就距你这儿十来步，看起来你们在那边还是邻居，你就让他也过来喝几杯吧。当年我考大学，是为了今后不受人欺负。后来辞职做生意，也是由于受不了别人欺负。都是野心惹的祸。也许洛南做得没错，洛北也没错，而是我错了。我以前那么想当官都没当上，成了做生意的老板，现在却又守不住了。看起来娘说得没错，人再怎么努力，也争不过命。爸，现在我们兄弟出了点事，可能不能经常来看你了。等我们出来以后，再一起来给你过生，陪你喝个一醉方休。

从乡下回来以后，他便让凌林给他联系了几家敬老院，然后自己开车一家一家地查看。他感觉一家名叫天年的敬老院环境还不错，便将车停在门口打听。守门的让他们进去看看。进了大门，他便看见很多老年人坐在院子里的椅子上、花台边上晒太阳，彼此之间很少说话，都是一副痴痴呆呆的样子。还有人就在院子里随便某一个地方来回不停地走。也有身体好点的在水泥地上学小孩那样拍皮球。尚文雄心里凉了半截，如果让母亲也住到这样的地方来，肯定也会变成这些人的样子。但他想，既然来了，还是去问一下吧，便准备找人问一下办公室在哪里。这时一个拄着拐杖、来回走圈子的瘦高个口里自言自语着从他面前走过，尚文雄觉得瘦高个的面容和声音都很熟悉，却想不起来在哪里见过。他便让凌林去办公室咨询一下，自己在原地站住盯着瘦高个看。瘦高个背有些驼，拄拐杖的样子很用力，似乎在让拐杖替自己行走。他每走一步就停下歇一口气，面无表情走上五步就折转身往回走，如此循环，嘴里说的什么谁也听不清。尚文雄脑子里突然闪过一道亮光，对着瘦高个老大爷大喊一声，李科长！

老大爷如听到立定命令一般立即停住脚，转眼盯着尚文雄看。尚文雄又喊了一声李科长，瘦高个慢慢向他走来，快走到尚文雄面前时，突然抬起拐杖指着他，脸上立即显出开心的神情，大声说，尚文雄，你是新分来的大学生尚文雄！

尚文雄问，你怎么住到养老院来了？

瘦高个不回答他，却反问他，你才参加工作，怎么也到敬老院来了？

凌林带着一个面容和善的中年妇女走过来，中年妇女虽然体形微胖，却显得很干练的样子，主动自我介绍说，你好尚总，我是天年敬老院的院长齐天，请问尚总是打算把你母亲送来吗？尚文雄说我还没想好。齐院长便向尚文雄讲将老人送敬老院的种种好处，社会养老已经是大趋势，今后我们老了都得住敬老院。看尚文雄不表态，齐院长又说，咱们院是市里环境最好的，你看这里到处都是花草树木，还有医疗室、活动室，住房有普通单间、豪华单间、豪华套间，还定期体检。

凌林看尚文雄还是没表态，便准备向齐院长告辞。高个子老大爷走过来，用拐杖指着尚文雄说，尚文雄，你才大学毕业，不能住到敬老院来。

齐院长看看瘦高个，又看看尚文雄，尚总你们以前认识？

尚文雄说，他是我以前在市里上班时的科长李长兴。

齐院长惊奇地说，尚总你真神奇，李长兴犯老年痴呆十年了，平时连自己的儿女都不认得，居然把你认出来了。看来尚总和咱们院有缘，如果今后你愿意，就尽管放心把你母亲送来吧，我们保证给您照顾好。

尚文雄说，我送不送母亲来，今后再说吧，不过既然齐院长说我和贵院有缘，我就得向贵院表示一点，如果贵院还缺点什么，我愿尽绵薄之力。

齐院长说，太感谢尚总了，尚总您真是有爱心的人啦。尚文雄说，能在这里见到几十年前的老科长，我也觉得和贵院有缘，院里需要点什么，院长就开口吧，不用客气。齐院长说，这院里那些老年人，你看他们都坐在那里不动，是因为他们的双腿已经无力走动。要想出来呼吸新鲜空气、晒晒太阳，工作人员把他们扶出来以后，他们就只能坐在那里。尚总，你就给院里捐点轮椅吧。有了轮椅，他们自己就可以摇着轮椅在院子里活动。

尚文雄说好，那就给贵院捐二十部，不三十部轮椅，具体的事就由凌经理和你联系吧。

齐院长不停地表示感谢，热情地留尚文雄和凌林在院里吃中饭。尚文雄谢绝后，便准备往院外走。李长兴又从两米外拄着拐杖走过来，尚文雄，快去把杯子里的茶给我换一下，茶叶不要放太多了。尚文雄停下脚对齐院长说，捐的轮椅先给他一台。齐院长说好。尚文雄又说，另外麻烦你再给他买台小收音机吧。然后转头对凌林说，李科长一直爱喝茉莉花茶，回头你再给院里送点特级茉莉花茶来。

　　车开出敬老院,尚文雄在没人的路边停下车,转头看一眼凌林,眼睛便有些红,声音也有些沙哑,我进去以后,你就帮忙把我母亲送到这里来吧。今后照顾我母亲的事,就拜托你了!

82

　　2007年秋,洛南参加完全国森林资源保护先进个人表彰会就马上回到了青石县城,他感到好久没有去河边坐了。
　　黄昏下,街上所有行人脸上都很安然,和二十年前几乎一样。洛南一个人在小县城的街边走得很随意。国家林业局即将开展全国打击破坏森林资源专项行动,省林业厅马上就要开展第四轮森林督查,下个月就要到岷州市,还要到重点县现场查看。看起来又得忙了。换届的时候,洛南主动要求继续留在林业局,除了继续分管林政资源,还多了一项林业产业发展。终于又开始从事与自己专业相关的工作,洛南心里有种如见老朋友的亲切。金三娃被判了死刑,尚文军被判了死缓,尚兵娃被判了二十年,都没有提起上诉。想到这些年的风风雨雨,洛南心里又变得沉重。不知不觉便到了河边,天已经黑了,河水反射着对面楼房窗户里的灯光,夜风里带着暖暖的草木气息。洛南在水边一块石头上坐下,二十年前自己一个人在河边坐的日子犹如在昨天。
　　一个穿连衣裙的身影从灯光处走来,在洛南旁边站住。
　　甘草!洛南侧过头,有些惊讶,半天才回过神,谢谢你给我尚文兵的消息!
　　甘草在旁边一块石头上坐下才说,明天我就要去河北监狱看尚兵娃。我要在监狱外面开个小店,每个月都给他送三条烟进去。他这人什么都可以戒,就是烟戒不掉。我要告诉他好好改造,我会等他出来。

83

在马坪乡检查伐区时,洛南对林业站长汪高勇说,我想去岩路村看看。随行的陈西说,我们也跟着你去看看。车到了村委会,几个人就顺着被夏天洪水冲坏了的村道慢慢向马万财家走去。汪高勇在街上买了新鲜猪肉和蔬菜,陈西也买了一箱牛奶提在手上。洛南觉得自己的腰上还是有些疼,走一段就要在路上歇一会儿。村民都在地里干活,一个妇女背着小孩在地里挖土沟,小孩在妇女背上已经熟睡,头随着妇女双手的挥动一左一右地摇摆。

郭青苗和石开国正在院子旁边的地里点玉米,看到洛南一路人,郭青苗赶忙放下背篼,将洛南一行人迎进院子。郭青苗忙着搬凳子倒茶水,石开国忙着给大家发烟,我这烟不好,别嫌弃!房子虽然还是旧的,但上面的瓦翻新了,旁边还新盖了一间厕所,院子边上多了一辆摩托车。石开国说,每周要去学校接芸芸,所以只好先买辆旧的,等挣到钱了再买辆新的。

中午喝酒的时候,大家都夸石开国能干,郭青苗脸上也有了神采。一行人离开的时候,石开国从屋里拿出一个塑料包递给洛南,听青苗说,洛局长有胃病,我家有一个祖传的偏方,全是山上的草药配制的,也不知有没有效果,洛局长带回去试一下吧。熬了每天喝三次,七天后如有效就继续喝,如没效就别再喝了。

84

洛北带着一个年轻小伙子来到洛南办公室，还没坐下就先介绍，这是咱们黑沟村刚聘请的技术顾问任泉。洛南说，我们认识。他握住任泉的手，说，我得谢谢你。

洛南一边给两人倒茶，一边问洛北，哥，你怎么来了？

洛北接过茶杯说，黑沟村已全面停止木材采伐。索娅坚决不让他再当村干部。虽然他已辞去村主任职务，但乡林业站聘他担任了黑沟村的生态护林员，每年工钱虽然不多，但是每天能守着这一片片山林，他觉得活着有了意义。现在，村里计划利用内沟的资源开发生态旅游，聘请了专业人员任泉来给咱们指导。今天就是受村上委托，来找洛南帮忙做生态旅游规划的。洛南说，没问题，这规划我来做吧。洛北说，我们可没钱给你报酬啊。洛南说，谁说要钱了！

洛南又问，爹还好吗？洛北说，前几天你嫂子到街上给爹买了药送过去，爹也没再把脸马起了。

洛南感到窗外阳光明媚起来，大哥，有时间你陪爹去扫一下天神庙吧，神像太高，上面的灰尘爹扫不到。

85

2008年春节前两天，洛南回到家里和父亲一起打扫卫生，贴从城里买回的春联。洛南要接父亲到城里来，可是洛承义不愿意，洛南只好在老家住了两天。洛北过来叫洛南和父亲过去吃饭，虽然索娅和侄子洛玄都很热情，但洛南还是觉得不习惯，他从小就不习惯在别人家里。几杯酒后，洛南又提起让父亲进城过年的事。洛承义还是说不去。索娅说，爹就在我们家过年嘛。洛北也说，你到城里也不习惯，就在我们家过年。过年以后，正月初五还要敬天神呢。洛承义终于说，好吧。

86

　　大湾沟监狱的铁门很沉，开启时发出火车驶过的声音，里面的水泥地也很沉，像躺着的城墙。洛南向开门的武警道过谢，就顺着山沟中间的水泥路向不远处的几栋灰色建筑走去。尚文雄因为组织和领导黑社会、强迫交易、故意伤害及破坏森林资源等罪，被判刑二十年。

　　太阳照得两边山坡上的树叶发亮。当他走到一栋没有守卫、没有铁窗的小楼前，就见一个身穿蓝色囚服、头发很浅、脸色灰暗、眉眼下垂的人跟在一个狱警身后慢慢走过来。

　　尚文雄比以前瘦了很多，背似乎也有一些驼了。衣服上有一组醒目的阿拉伯数字：3721。